Megan Chance
Inamorata

D1668175

amazon crossing

Das Buch

Eine gespenstische Geschichte über den hohen Preis, den Ruhm und Reichtum kosten können ...

Der amerikanische Künstler Joseph Hannigan und seine hinreißende Schwester Sophie sind vor einem Skandal aus New York geflohen und mit einem ehrgeizigen Ziel ins betörende Venedig des 19. Jahrhunderts gekommen: Sie sind entschlossen, einen reichen Gönner zu finden, der Josephs Arbeit finanziert. Aber die rätselhaften Hannigans sind nicht die Einzigen, die geheime Pläne verfolgen. Josephs Begabung zieht bald die Aufmerksamkeit einer gefeierten Kurtisane und Muse auf sich, die schon viele Künstler zu großen Werken inspiriert hat. Aber die Inspiration ist nicht von dieser Welt und hat einen vernichtend hohen Preis.

Als die verführerische Muse Joseph anbietet, ihm den Weg zu unsterblichem Ruhm zu ebnen, müssen die Zwillinge sich entscheiden, wem sie glauben sollen und wie viel sie für ihr Renommee zu opfern bereit sind.

Die Autorin

Megan Chance ist preisgekrönte Verfasserin mehrerer Romane, die unter den Kritikern viel Anklang fanden. »The Best Reviews« bescheinigte ihr, dass sie »faszinierende historische Romane« schreibt.

Ihre Bücher wurden für das Borders Original Voices Program und das IndieBound-/BookSense-Programm ausgewählt. Die ehemalige TV-Nachrichten-Fotografin und Absolventin der Western Washington University lebt mit ihrem Mann und ihren beiden Töchtern im Pazifischen Nordwesten der USA. Besuchen Sie die Website der Autorin unter www.meganchance.com.

MEGAN CHANCE

INAMORATA

UNSTERBLICHER RUHM

Roman

Aus dem Amerikanischen
von Maike Claußnitzer

Die Originalausgabe erschien 2014 unter dem Titel
»Inamorata« bei Lake Union Publishing, Seattle.

Deutsche Erstveröffentlichung bei
AmazonCrossing, Amazon Media E.U. Sàrl
5 Rue Plaetis, L-2338, Luxembourg
August 2015
Copyright © der Originalausgabe 2014
By Megan Chance
All rights reserved.
Copyright © der deutschsprachigen Ausgabe 2015
By Maike Claußnitzer

Umschlaggestaltung: bürosüd° München, www.buerosued.de
Lektorat, Korrektorat und Satz:
Verlag Lutz Garnies, Haar bei München
www.vlg.de
Printed in Germany
By Amazon Distribution GmbH
Amazonstraße 1
04347 Leipzig, Germany

ISBN 978-1-503-94829-7

www.amazon.com/crossing

Für Kany, der immer daran geglaubt hat.

Omnia mundi fumus et umbra –
Alles auf der Welt ist Rauch und Schatten
(lateinischer Sinnspruch)

PROLOG
PARIS – 1878

Der Morgen würde erst in einigen Stunden anbrechen, aber es war nicht still. Ohnehin zeichnete sich dieses Stadtviertel, das keines der besten von Paris war, nicht durch Stille aus. Stimmen und Gelächter aus einem nahe gelegenen Café drangen wie ein Raunen durch mein offenes Fenster, untermalt von den leisen Rufen der Huren, die in den Hauseingängen versuchten, der Nacht auch noch das letzte bisschen Gewinn abzupressen. Manche Dinge änderten sich selbst im Laufe von zweihundert Jahren nicht.

Ich musterte wachsam die Schatten auf der Straße unter mir. Er hatte mich noch nicht gefunden, aber er würde mich finden, und dann würde alles von Neuem beginnen. Er hatte in Barcelona zu viel in Erfahrung gebracht, und ich glaubte nicht, dass er jetzt aufgeben würde.

Ich wusste nicht, ob ich mich auf seine Ankunft freuen oder mich davor fürchten sollte. Es war schon ein ganzes Jahr her, das ich zu einem Großteil im Dunkeln und im Schatten verbracht hatte, um mich vor der Welt zu verstecken. Zwölf Monate, und jetzt saß ich hier und war endlich wieder ich selbst, nur um festzustellen, dass ich mich nicht mehr sehr gut darauf verstand zu leben.

Ich seufzte, wandte mich ab und ließ das Fenster offen stehen, damit die Düfte der Stadt hereinwehen konnten. Manchmal reichten Gerüche, um mir zu verraten, wo ich gerade war: an welchem Ort und in welcher Zeit. Wann immer ich von Bord eines Dampfers ging oder eine Kutsche verließ, blieb ich stehen und atmete durch. Ach ja, das ist Paris. Oder London. Oder Madrid oder Rom oder Wien. Allerdings hätte ich vor diesem Augenblick nicht beschreiben können, welche Gerüche die jeweilige Stadt ausmachten.

Nun atmete ich Paris tief ein. Es war nicht ganz mein Zuhause – es gab keinen Ort, den ich als solches bezeichnet hätte, aber Paris kam dem nahe, und dieses Hotel gehörte zu meiner Vergangenheit und hatte etwas Tröstliches an sich, trotz des billigen Anstrichs von Pracht, den man ihm zu verleihen versucht hatte. Mittlerweile war ich nicht mehr an weniger als das Beste gewöhnt, aber nach all den Monaten im Versteck wollte ich an einem Ort sein, an dem ich genesen konnte. Der letzte Vorfall hatte mich sehr erschüttert, und ich war schon bei dem Gedanken erschöpft, wieder anzufangen, sein Gesicht zu sehen und zu wissen, was er vorhatte. Wieder zu kämpfen – hatte ich die Kraft dazu?

Langsam ging ich zu dem fleckigen Spiegel neben dem Bett und steckte mir die Haare hoch: Sie waren voll und dunkelbraun mit einem merklichen Rotstich. Meine Ehrenkrone, wie manche sagten. Andere hatten Gedichte über meinen anmutigen Hals und meine glatten Schultern geschrieben. Meine nackten Brüste zierten Dutzende von Ölgemälden. Musik feierte mein Lachen und mein Stirnrunzeln. »Deine Schönheit ist dein Glück«, hatte meine Mutter einst zu mir gesagt, aber das war nun schon so lange her, dass ich mir nicht sicher war, ob ich mich selbst daran erinnerte oder ob man es mir nur erzählt hatte.

Ich zog mich aus, griff nach meinem Reisekoffer und nahm das schmale Etui mit der Rasierklinge heraus, die darin funkelte. Ich drehte die Lampe herunter, bis sie nur noch ein zärtliches Dämmerlicht spendete, und stieg dann ins Bad. Ich nahm mir Zeit, ließ mich Zoll um Zoll hineinsinken, seufzte dabei und ließ das warme Wasser kurz an meinem Körper lecken, um mich darin zu entspannen.

Dann hob ich den Arm aus dem Wasser. Ich sah auf mein Handgelenk hinab, auf die schmale rosige Narbe, die es bereits verunzierte. Deutlich hob sich darunter die pulsierende Ader ab. Die blaue Linie unter meiner blassen Haut zeichnete einen Weg vor, dem man leicht folgen konnte. Ich setzte die Rasierklinge an meinem Handgelenk an und führte einen Schnitt. Der Schmerz ließ mich zusammenzucken, und ich wartete auf – ich weiß nicht recht, was; irgendetwas, ein Gefühl, das ich nicht kannte, etwas Echtes, obwohl es nichts Neues war, während das Blut unter der Klinge hervorquoll. Ich schnitt eine tiefe, lange Wunde, die der alten Narbe folgte.

Aber ich spürte nichts bis auf Schmerzen und die vertraute Langeweile. Sogar das hier reichte nicht aus.

Aber das hatte ich doch im Voraus gewusst, nicht wahr?

Ich widmete mich meinem anderen Handgelenk und schnitt genauso tief hinein. Dann ließ ich die Rasierklinge zu Boden fallen. Das Wasser brannte, als ich die Arme wieder hineinsinken ließ. Ich sah das Blut wie Rauch aus meinen Handgelenken im Wasser aufsteigen und schöne Muster formen, als es gitterartig der leichten Strömung folgte, die mein Atem und mein Puls webten. Irgendwann gab es keine hübschen Muster mehr, nur noch klares Wasser, in dem sich einheitlich rosafarbene und dann rote Wolken bildeten. Ich hieß die Mattigkeit willkommen, als sie mich überkam: Ich schwebte schwerelos und wunderlich dahin, nicht mehr ich selbst, sondern jemand anders. Diejenige, die ich vor langer Zeit gewesen war, als ich quer durchs Zimmer eine mit funkelnden Juwelen geschmückte Frau beobachtet und unverzüglich eine unverbrüchliche Seelenverwandtschaft zu ihr empfunden hatte.

Ich hörte ihre Stimme bis heute in meinem Kopf. Ich hörte ihr Lachen. Ich spürte noch, wie ihr Atem die Haare in meinem Nacken hatte erschauern lassen und wie die Diamanten an ihrem Handgelenk sich hart in meinen Arm gepresst hatten.

Ich erinnerte mich, wie ich mich in ihrem verführerischen, verlockenden Funkeln verloren hatte.

Was wünschst du dir am meisten, Odilé?

Ich sah aufs Wasser hinab, das inzwischen sehr rot war.

Ich lehnte den Kopf zurück und wartete auf den Sonnenaufgang.

KAPITEL 1
LONDON – APRIL 1879
Nicholas

ICH KANN NICHT ERKLÄREN, WIE ES BEGINNT ODER WARUM ES
überhaupt geschieht, welch seltsame Alchemie solche Dinge
auslöst: Ob es nun ein Raunen im Wind ist oder der Duft eines
fremdartigen Parfüms, das Menschen wie vom Donner gerührt
stehen bleiben lässt, da ihnen auf einmal merkwürdige Flausen
in den Kopf kommen – während sie mit einem Händler feil-
schen oder die Festigkeit einer Apfelsine prüfen, zum Beispiel –
und sich eine Sehnsucht in ihnen regt, von der sie nie auch nur
geahnt hätten, dass sie imstande wären, sie zu empfinden.

Ich kann euch nicht sagen, *wie* sie es bewirkt – nur, *dass* sie
es bewirkt. Sie ist der Grund und der Drang, und alles tanzt
nach ihrer Pfeife. Ich folge ihr nun schon seit Jahren, lange
genug, um zu erkennen, wann es geschieht, wenn auf einmal
Paris in aller Munde ist oder jeder an Rom, Wien oder Madrid
denkt.

Aber diesmal hatte ich den Zeitpunkt nicht gut genug
abgepasst. Seit einer Weile bemerkte ich immer wieder, dass
ich hinterherhinkte und erst unmittelbar nach ihrer Abreise
eintraf. Ich war nicht unbedingt ein geduldiger Mann, und
diese Unfähigkeit, sie zu finden, missfiel mir ganz ungemein.
Ich konnte es mir nicht leisten, sie so lange aus den Augen zu
lassen. Seit Barcelona waren schließlich schon zweieinhalb
Jahre vergangen. Die Zeit lief ab: Sie musste ihre Wahl bald
treffen. Das Wissen darum war der Fluch, der mich vor sieben
Jahren diesen Weg hatte einschlagen lassen, und war mir doch
zugleich ein Trost. Sie konnte sich nicht mehr lange verstecken,

das war gegen ihre Natur. Ich würde sie finden. Ich konnte nur hoffen, dass es dann noch nicht zu spät sein würde.

Ich wusste, dass sie in London war – oder sich zumindest dort aufgehalten hatte – und dass ich dort von ihrem nächsten Schritt erfahren würde. Aber bisher hatte ich noch nichts gehört, und ich war so rastlos und reizbar, dass ich mich entschloss, zur Abwechslung einmal den Salons den Rücken zu kehren, in denen ich mich allabendlich einfand. Lieber suchte ich in einem Wirtshaus in der Innenstadt Ruhe und Labsal. Ich schnitt gerade eine der üppigen Fleischpasteten an, die meine Landsleute für essbar halten, als der Zufall es wollte, dass mein alter Freund Giles Martin, ein Künstler von geringem Renommee und noch geringerer Begabung, hereingeschneit kam.

Er setzte sich unverzüglich an meinen Tisch, langte nach meiner Fleischpastete und schob sich ein Stück davon in den Mund. Dann rückte er sich unwillkürlich die Brille zurecht, die ihm schief auf der langen aristokratischen Nase saß, und verkündete dabei aufgeregt: »Mir ist ein Gedanke gekommen, Nick! Ich weiß, was ich als Nächstes mache!«

»Wer ist es denn diesmal?«, fragte ich spöttisch. »Hast du die hübsche Rothaarige vom Fischmarkt endlich überredet, sich für dich die Kleider vom Leib zu reißen?«

»Noch nicht«, sagte er völlig ungerührt, »und ich fürchte, mit ihr wird es auch nichts. Aber ich bin darüber hinweg. Ich habe eine Entscheidung gefällt! Ich weiß endlich, wie ich reüssiere: mit Freilichtmalerei!«

Ich musterte ihn skeptisch. »Landschaften? Du?«

Giles hasste das hiesige Wetter und zog es vor, sich die meiste Zeit über mit seiner neuesten »Muse« ins stille Kämmerlein zurückzuziehen, von der er sich gewöhnlich nur so lange inspiriert fühlte, bis er zwischen ihre Beine vorgedrungen war.

»Nicht einfach irgendeine Landschaft, Nick. Stell dir

doch bitte einmal Folgendes vor: pittoreske Ruinen; verfallene Gebäude; hinreißende Armut …«

»Hinreißende Armut? Hier? Guter Gott, was hast du denn getrunken?«

»Nicht hier«, sagte Giles ungeduldig und griff nach einem weiteren Stück meines Abendessens. »London hat seinen Reiz für mich verloren.«

»Wo dann? In Paris?« Ich schob ihm den Rest der Pastete hin, die ohnehin nur aus fettigem Mürbeteig und Knorpel bestand.

Er fiel eifrig mit den Fingern darüber her. »Venedig«, sagte er.

»Aha, Venedig. Und wie genau bist du darauf gekommen?«

»Alle sprechen im Moment darüber. Whistler hat vor hinzufahren, und ich habe gehört, dass Duveneck vielleicht seine Schüler in Wien im Stich lässt, um auch dorthin zu reisen.«

Das erregte meine Aufmerksamkeit. »Alle beide?«

»Angeblich ist jetzt der beste Zeitpunkt dafür.« Er starrte verzückt aus dem Fenster der Kneipe. »Ich war mir noch nie im Leben meiner Sache so sicher!«

Den Ausdruck, der in Giles' Augen stand, kannte ich gut. Alle redeten nur über eines. Männer ließen alles stehen und liegen, um hinzueilen. Und wie Giles die Stimme gesenkt hatte, um das Wort »Venedig« auszusprechen, als würde ihn der Gedanke daran völlig verzehren und als könnten alle Reize dieser Welt dieser neuen Verlockung nicht das Wasser reichen, noch nicht einmal die schöne Rothaarige, von der er noch vor wenigen Tagen besessen gewesen war …

Mein Warten hatte ein Ende.

Ich zügelte meine Erregung. So beiläufig ich nur konnte, bemerkte ich: »Venedig? Ach, weißt du, ich hätte nichts dagegen, selbst einmal dorthin zu fahren.«

»Dann komm mit«, sagte Giles. »Wir könnten uns zusammen Zimmer mieten, die Kosten teilen, etwas in der Art. Ich weiß nicht, warum die Stadt einen Dichter nicht ebenso inspirieren sollte wie einen bildenden Künstler.«

»Und zweifelsohne werden viele schöne Venezianerinnen in ›hinreißender Armut‹ schmachten und ein oder zwei Münzen gegenüber nicht abgeneigt sein«, neckte ich ihn.

Er lachte, und ich bestellte noch ein Ale. Obwohl ich den Rest des Abends mit ihm scherzte, war ich zu abgelenkt, als dass ich mich später noch hätte erinnern können, worüber wir eigentlich gesprochen hatten. Venedig. Weshalb war ich nicht schon vorher darauf gekommen? Die Stadt des schönen Scheins, der Verlogenheit und des Verfalls passte perfekt zu ihr. Sie war das personifizierte Venedig, mit ihrer unsterblichen Alterslosigkeit, ihren schönen, geheimnisvollen Augen, die Erlösung und Rettung verhießen, und ihrem Mund, der schon hundert Versprechen gemacht hatte.

Allesamt gelogen.

Es war der geeignete Ort für die Aufgabe, die man mir anvertraut hatte. Ich hatte noch nichts von aufstrebenden künstlerischen Genies gehört, und niemand sprach bisher von neuen Werken, die zur Inspiration künftiger Zeitalter werden würden. Daher glaubte ich, dass sie ihre Wahl noch nicht getroffen hatte. In diesem Zyklus blieben noch sechs Monate – nur wenig Zeit, zumindest für ihre Begriffe –, aber das hieß, dass ich nahe daran war. Die entsetzliche Erinnerung an meinen letzten Versuch, sie zu vernichten, suchte mich immer noch heim. Aber jetzt wusste ich wenigstens, womit ich zu rechnen hatte. Diesmal hatte ich einen Plan. Ich würde endlich bekommen, was ich wollte.

KAPITEL 2
VENEDIG – SEPTEMBER 1879
Sophie

In JEDEM BUCH, DAS ICH GELESEN HATTE, HIESS ES, VENEDIG SEI vom Meer aus gesehen am schönsten, in der Morgen- oder Abenddämmerung, und dass man es zum ersten Mal einfach so gesehen haben müsse. Also taten wir genau das natürlich *nicht*. Mein Zwillingsbruder und ich erhaschten unseren ersten Blick auf Venedig mitten in der Nacht und nicht von einer romantischen Gondel aus, sondern vom Fenster des Zugs, der über die Eisenbahnbrücke vom trostlosen Mestre dorthin fuhr.

Ich beugte mich dicht an die Glasscheibe und schob mir ungeduldig den Hutschleier aus dem Gesicht, um besser sehen zu können, aber es gab nichts zu entdecken. Der Zug schien in der Dunkelheit zu schweben. Flüchtige Funken stoben hell leuchtend aus der Lokomotive, verglommen gleich wieder zu Asche und zeigten nur, dass wir uns fortbewegten. Ich hatte den seltsamen Eindruck, dass wir ganz allein in der Dunkelheit waren, nur Joseph und ich im Dämmerlicht unseres Abteils, das auf dem Nichts dahinglitt und ins Nichts verschwand.

Ich sagte: »Wir sind fast da.«

Mein Bruder schenkte mir ein schlaftrunkenes Lächeln. Grübchen rahmten seinen breiten Mund, der selbst im Halbschlaf betörend war. »Du musst dir keine Sorgen machen, Soph. Ich habe es dir doch versprochen, nicht wahr?«

»Ja. Das hast du.«

Er drückte mir die Hand. »Es wird gut gehen. Wir werden alles bekommen, was wir nur wollen. Du wirst schon sehen.«

Ich nickte und richtete den Blick wieder in die elende Dunkelheit. Es war – je nachdem – zu spät oder zu früh. Wie enttäuschend! Ich hatte so nach Venedig gelangen wollen wie in einem Roman, hatte sehen wollen, wie die Kirchtürme und zylinderförmigen Schornsteine sich nach und nach vor dem rosa- und lavendelfarbenen Himmel abzeichneten, während ich dem leisen Klatschen des Ruders eines Gondoliere lauschte. Ich hatte den Murray-Reiseführer von vorn bis hinten gelesen, und das mehr als einmal – er lag sogar jetzt griffbereit im Außenfach meiner Reisetasche, die immer wieder leicht gegen meine Füße stieß. Ich hatte Joseph tausend Mal beschrieben, wie es sein würde, aber er hatte mich nur ausgelacht und gesagt: »Nur schöne Worte. Sie werden nie so viel zeigen wie mein Pinsel.«

Sobald wir beschlossen hatten, aus New York zu fliehen, hatte ich mich in Reisevorbereitungen gestürzt. Ich hatte alle Orte, die wir besuchen wollten, und alles, worauf wir achten mussten, aufgelistet, obwohl ich wusste, dass es verlorene Liebesmüh war. Joseph hatte kein einziges Buch aufgeschlagen und meinen Reiseplänen nur ebenso amüsiert wie distanziert gelauscht, aber er würde derjenige sein, der die Stadt bereits gut kannte, sobald wir sie erreichten. Er würde sie kennen, weil er auf seltsame Art in der Lage war, alles wahrzunehmen, das Wichtige zu sehen und Dinge zu finden, nach denen ich noch nicht einmal zu suchen verstand. All die Worte, die ich bei Murray, Ruskin, Byron oder Howells gelesen hatte, nützten da überhaupt nichts.

Doch ich konnte nicht einfach alles dem Zufall überlassen, nicht wahr? So viel hing davon ab – alles, wie er selbst gesagt hatte.

Du überlässt es nicht dem Zufall, Soph. Du überlässt es mir.

Das traf zu: Josephs Talent und Selbstvertrauen hatten uns

schon in der Vergangenheit Türen geöffnet. Aber ich nahm die Sache nie so leicht wie mein Bruder und wusste, was sich hinter seinem Selbstvertrauen verbarg. Ich konnte meine Nervosität und Angst nicht abschütteln – Venedig musste einfach die Antwort sein, auf die wir schon so lange hofften.

»Du machst dir Sorgen«, flüsterte er mir von Nahem ins Ohr. Ich spürte seinen warmen Atem an der nackten Haut unter meinem Ohr, drehte mich um und gab ihm schnell einen Kuss.

»Nein. Eigentlich nicht. Zumindest … nicht sehr. Wann kommen wir denn nun endlich an?«

»Jetzt«, sagte er mit einem Blick in Richtung Fenster und forderte mich mit einer Kopfbewegung auf, auch hinzuschauen. Da sah ich es: kleine Lichtpünktchen, die vor meinen Augen größer wurden, eine Stadt, die aus der Dunkelheit emporzuwachsen schien und sich immer weiter und weiter ausbreitete, sodass ich nicht feststellen konnte, was davon echt und was nur ein Spiegelbild war. Aber bevor ich sie ganz erfassen konnte, fuhr der Zug in den Bahnhof ein und kam ruckelnd zum Stehen. Eine Rauchwolke umwaberte das Fenster und verdeckte für einen Augenblick alles, und dann herrschte auf einmal geschäftige Betriebsamkeit. Joseph sprang auf, nahm meine Tasche und seine eigene und fragte scherzhaft: »Willst du etwa die ganze Nacht hierbleiben?«

Ich folgte ihm und klammerte mich an seinen Arm, als er uns auf den Bahnhof führte. Menschen eilten hin und her und rempelten sich mit Gepäckstücken an, während italienische Beamte in ihren abgewetzten graugrünen Uniformen die Pässe kontrollierten. Joseph nahm beide Taschen in eine Hand und zog unsere Pässe hervor. Als er sie den Beamten hinhielt, wurden sie mit solch einem flüchtigen Blick geprüft, dass wir schon wieder in Bewegung waren, bevor ich mich's versah. Als wir uns einen Weg um Kofferstapel, andere Gepäckstücke und Karren herum suchten, gerieten wir in eine derart dicht gedrängte Menschenmenge, dass ich es nicht wagte, meinen Griff um den Arm meines Bruders zu lockern.

Es folgte ein Spießrutenlauf: Gepäckträger, Fremdenführer und andere Männer versuchten, uns dazu zu bringen, hierhin oder dorthin zu sehen, gestikulierten oder riefen uns in einem Italienisch, das ich kaum verstand, etwas zu – es klang ganz anders als in Rom, aber es waren doch sicher dieselben Wörter? Joseph ging auf einen Gepäckträger zu, einen kleinen Mann mit sehr großen braunen Augen und einem offiziell wirkenden Abzeichen, der uns in perfektem Französisch fragte, wohin wir wollten.

Bevor mein Bruder auch nur ein Wort sagen konnte, antwortete ich in derselben Sprache: »Zum Omnibus. Wir suchen nach dem Omnibus.«

Der Gepäckträger nickte und drehte sich um, aber Joseph sagte: »Nicht zum Omnibus.«

Der Gepäckträger blieb stehen. Ich sah meinen Bruder verwirrt an. »Aber im Reiseführer steht, dass der Omnibus billiger ist!«

»Wir sind in Venedig, Soph«, sagte er. Ich starrte ihn verständnislos an, und er fuhr, an den Gepäckträger gewandt, auf Französisch fort: »Wir nehmen eine Gondel.«

Mit gesenkter Stimme wandte ich ein: »Aber Joseph, das kostet …«

»Du wolltest Venedig bei Sonnenuntergang von der Lagune aus sehen«, sagte er leise und nur zu mir allein. »Stattdessen werden wir es bei Nacht vom Canal Grande aus bewundern. Unsere erste Nacht in Venedig, unter sternklarem Himmel. Das wird wie in einer deiner Geschichten.«

Er wusste nur zu gut, dass ich so etwas unwiderstehlich fand.

»Wohin, Monsieur?«, fragte der Gepäckträger.

Joseph sah mich an, und ich war einen Moment lang gereizt, weil er den Namen des Hotels vergessen hatte.

»Albergo Beale Danieli«, sagte ich.

Der Gepäckträger nickte. Er warf einen Blick auf die Taschen, die Joseph und ich trugen, und fragte uns, ob wir Gepäck hätten. Joseph deutete auf den kleinen Koffer, den wir uns teilten und der verloren neben den Bergen fremder Koffer stand. Ich bemerkte, dass der Gepäckträger uns noch einmal ansah, diesmal so schief, als wüsste er, dass wir kein Geld hatten. Ich spürte, wie mir heiß wurde, und vergaß meine Verlegenheit erst wieder, als er die Lieferung unseres Koffers in die Wege geleitet hatte und uns durch die Menge aus dem Bahnhof hinausführte, wo das Wasser des Canal Grande bis auf die Stufen schwappte und gegenüber die goldene Kuppel von San Simeone hoch aufragte und der ganze glitzernde, andersweltliche Flitter der Stadt um uns herum erstrahlte. Ich blieb stehen, bremste damit auch Joseph ruckartig, was dazu führte, dass die Leute hinter uns strauchelten und fluchten.

»Oh«, hauchte ich, und Joseph lachte und zog mich sanft zu einem Mann hinüber, der uns ein Stück Papier mit den Gondelpreisen reichte.

Joseph warf noch nicht einmal einen Blick darauf. Er führte mich zu einer Reihe wartender Gondeln. Die sonderbar geformten, an Leichenbahren gemahnenden Boote wippten leicht in der Strömung. Die zahnartigen Fortsätze am Bug wirkten fremdartig und vage bedrohlich. Mein Bruder reichte unsere Taschen einem hochgewachsenen, breitschultrigen Gondoliere, dessen Gesicht ich im Dunkeln nicht gut erkennen konnte, und warf einen Blick hinauf zum Himmel. »Die Sterne sind zu sehen. Schau doch!«

Er hatte recht: Glitzernde Staubkörnchen auf einem breiten blauen Band. Vor mir erstreckte sich das Wasser wie eine dunkle Bahn schattenfarbiger Seide, auf die von den Lampen, die am Bug der schwankenden Gondeln hingen, gedämpfte Farbtupfer gemalt wurden. Das Herz ging mir auf angesichts all dieser Schönheit und Romantik.

»Du verwöhnst mich«, sagte ich zu Joseph.

»Hast du das nicht verdient?« Seine tiefblauen, funkelnden Augen wirkten in der Dunkelheit schwarz. »Haben wir es nicht beide verdient?«

Er reichte mich an den Gondoliere weiter. Der Mann schlang die langen, starken Finger, die sich sogar durch meine Handschuhe warm anfühlten, um meine und half mir ins Boot. Ich machte es mir auf dem Haufen lederbezogener schwarzer Polster in der Mitte so bequem wie möglich, aber sie waren dazu gedacht, wie hingegossen dazuliegen, und dazu war ich in einem Korsett und in engen Röcken einfach nicht in der Lage.

Joseph ließ sich neben mir nieder und streckte die langen Beine aus. Seine weiße Hose leuchtete in der Dunkelheit – weiß trotz eines staubigen Reisetags, aber jetzt konnte niemand den Schmutz darauf sehen. Er legte den Arm stützend hinter meinen Rücken, sodass ich etwas Festes hatte, um mich anzulehnen, und ich sah ihn dankbar an.

Das Boot stieß ab und fuhr auf den Canal Grande hinaus, und wir tauchten ein in eine Welt neuer Eindrücke: Andere Gondeln glitten wie schattenhafte Totenbahren vorbei. Der tanzende Heiligenschein ihrer bunten Laternen verlieh ihnen ein bestrickend geheimnisvolles Aussehen. Verlassene Palazzi erhoben sich in verfallener Pracht aus dem Wasser und bildeten in Verbindung mit ihren Spiegelbildern ein sonderbares Labyrinth, das ständig schmolz, zerfloss und sich wandelte, sodass ich nie völlig sicher war, was echt war und was nur ein Bild. Ein Schatten mochte zu einem Mann werden, der durch eine lautlos aufschwingende Tür verschwand – ein kurzer schräger Lichteinfall, der verschwamm und verblasste, sodass die Kerzen und winzigen Öllampen der kleinen Straßenschreine in unendlicher Dunkelheit zu schweben schienen. Wir schnappten Musik- und Gesprächsfetzen auf, wenn wir unter den Balkonen dahinglitten; die Geräusche waren auf dem Wasser weithin deutlich zu hören.

Es roch nach flüchtigem Parfüm und Flusswasser, das sich mit den Gezeiten des Meeres und altem Stein mischte. Joseph und ich waren stumm vor Staunen, als wir weiter den Kanal entlanggetragen wurden. Er schien endlos weiterzugehen, und ich war froh darüber, denn er war vollkommen überwältigend. Und plötzlich lagen vor uns der Campanile, die Säulen des Molo, San Marco und sein geflügelter Löwe, das rosa und weiß schimmernde Muster des Dogenpalastes, so schön und unerwartet, obwohl ich doch durchaus mit all dem gerechnet hatte... Nur nicht so, nicht in der Dunkelheit, und nicht so verzaubert.

Das Boot bog in einen schmalen Kanal ein und hielt nur wenige Schritte hinter einer niedrigen bogenförmigen Brücke an.

»Danieli«, sagte der Gondoliere mit tiefer Stimme.

Joseph stand auf und half mir aus der Gondel auf die rutschigen Steinstufen. Er ließ unseren Koffer ins Haus tragen und hob dann die Taschen hoch; zusammen gingen wir ins Hotel.

Ich war noch nie in solch einem vornehmen Gebäude gewesen. Ich kam mir wie eine Betrügerin vor, als ich die marmorgetäfelten Wände und Böden, die maurischen Torbögen und Säulen orientalischen Stils betrachtete. Die Eingangshalle war prunkvoll, mit einer vielstufigen vergoldeten Treppe, die in ein Atrium emporführte. Wir konnten es uns unter keinen Umständen leisten, hier zu wohnen – wie hatte ich uns nur in diesem Hotel einmieten können?

Als Joseph zur Rezeption ging und uns anmeldete, war ich überzeugt, dass der Mann dort sagen würde: »Oh, Monsieur, so leid es mir tut, Ihnen das zu sagen: Der Preis ist nicht der, den man Ihnen genannt hat. Ich fürchte, Sie müssen weit mehr bezahlen.«

Aber der Mann reichte Joseph nur ein Stück Papier, das er unterschreiben musste, und dann waren wir schon auf dem Weg die unglaublich schmale, schöne Treppe hinauf, vorbei an noch mehr Absätzen und Vergoldungen. Helles Gaslicht aus Wandleuchtern ließ alles erstrahlen, und es gab so viel massiven Marmor, dass ich mich fragte, warum das ganze Haus nicht in der Lagune versank.

Als wir endlich unser Zimmer erreichten und der Gepäckträger uns allein ließ, lehnte ich mich an die Tür und fragte: »Hast du den Preis noch einmal überprüft? Habe ich einen schrecklichen Fehler begangen?«

Joseph war ans Fenster gegangen und zog die graublauen Samtvorhänge beiseite. Er warf einen Blick über die Schulter. »Es ist billiger, als du in Erinnerung hast, und wir wohnen ja nur hier, bis wir etwas anderes finden.«

»Ich hätte ein anderes Hotel wählen können. Ich werde mich morgen informieren…«

Er bedeutete mir, zu ihm zu kommen. Als ich es tat, zog er mich eng an sich, sodass ich mit dem Rücken an seiner Brust lehnte, schlang die Arme um mich und ließ das Kinn auf meinem Kopf ruhen. »Sieh hinaus«, flüsterte er. Seine Stimme war ein dumpfes Grollen. »Es sieht wie die Kulisse einer jeden Geschichte aus, die du mir je erzählt hast.«

Ich folgte seinem Blick. Der Canal Grande schimmerte vor mir, und die Türme von San Giorgio Maggiore ragten als düstere Schatten in einiger Entfernung auf. Zur Rechten erstreckte sich der Molo, an dem Dutzende von Gondeln über Nacht vertäut lagen. Ihre gezackten schwarzen Silhouetten hoben sich von der im Lampenschein schimmernden Fondamenta ab. Es sah wirklich aus wie im Märchen.

»Es ist schön«, sagte er, und ich hörte ihm die Ehrfurcht an.

Ich spürte sie in ihm, als er mich eng und dicht an sich gezogen hielt. Er beugte sich vor. Seine dunklen Haare streiften meine Wange. »Du hättest es gar nicht besser machen können, Soph. Ich lasse nicht zu, dass du es bereust.«

Ich holte tief Luft. »Und morgen?«

»Morgen bringe ich in Erfahrung, wen wir kennenlernen müssen. Ich werde einen Weg hinein finden. Es dauert höchstens ein paar Tage, das verspreche ich dir, und währenddessen siehst du dich nach einer Mietwohnung um. Einverstanden?«

Ich umfasste seine Arme, hielt ihn fest und nickte. Mein Haar löste sich dort, wo es an den Bartstoppeln auf seinen Wangen hängen blieb, aus der mit Nadeln hochgesteckten Frisur. »Einverstanden.«

Sanft entzog er sich mir. Ich ließ ihn los. »Geh jetzt zu Bett«, sagte er zu mir. »Du bist müde.«

»Du musst doch genauso müde sein.«

»Noch nicht. Ich möchte noch eine Weile den Blick genießen.«

Er hatte recht: Ich war müde. Ich knöpfte mir den Mantel auf und nahm Hut und Handschuhe ab. Dann ging ich zu ihm, damit er die Vielzahl von Verschlüssen an meinem Kleid, meinen Unterröcken und meinem Korsett lösen konnte. Er tat mir den Gefallen und hielt dabei den Blick seiner dunkelblauen Augen auf das Panorama vor dem Fenster gerichtet.

Ich zog mich aus, streifte mein Nachthemd über, löste dann mein Haar und bürstete es vor dem Frisiertischspiegel. Als ich es zum Zopf flechten wollte, sagte Joseph: »Lass das«, und so wusste ich, was er vorhatte. Ich ließ mir die dunklen Locken über die Schultern fallen, wie er es mochte, und ging zum Bett. Das Zimmer war kühl und feucht; ich fror. Es gab weder Kamin noch Ofen. Ich legte mich hin. Die Matratze war dick und bequem. Ich fragte: »Darf ich eine Decke haben?«

Joseph schüttelte den Kopf. Ich widersprach nicht, sondern

blieb auf den Laken liegen und wartete. Aber er stand einfach nur am Fenster, und ich war zu müde, sodass mir schließlich die Augen zufielen. Ich spürte, dass der Schlaf auf mich lauerte, ganz gleich, wie kalt es war, und dann war ich wieder auf dem Canal Grande und wiegte mich in einer Gondel unter den Sternen, während das Wasser in tröstlichem, ruhigem Takt gegen die Seiten des Boots schwappte. Erst dann hörte ich in einem entlegenen Winkel meines Verstands, wie Joseph zu seiner Tasche ging. Ich hörte das Rascheln, als er daraus hervorzog, was er brauchte, und dann das Scharren eines weißen Stuhls mit Vergoldungen, den er über den Fußboden ans Bett schleifte. Ich hörte seinen leisen Atem und das Rascheln von Papier, das Kratzen der Zeichenkohle. Ich öffnete die Augen nicht, und er bat mich auch nicht darum. Vom Plätschern des Wassers und dem vertrauten Rhythmus seines Zeichnens ließ ich mich sanft in den Schlaf lullen.

KAPITEL 3

Nicholas

Iᴄʜ ʙᴇᴏʙᴀᴄʜᴛᴇᴛᴇ ꜱɪᴇ ᴀᴜꜰ ᴅᴇᴍ Rɪᴀʟᴛᴏ, ᴀʟꜱ ꜱɪᴇ ᴢᴡɪꜱᴄʜᴇɴ ᴅᴇɴ Fischhökern und Hausierern einherschlenderte, ein Bild der Anmut, das alle Blicke auf sich zog, wenn sie vorüberkam, so schön, dass man sie voller Sehnsucht betrachtete. Das war das eine, was sich nie geändert hatte: Allem, was ich über sie wusste, zum Trotz war mein Verlangen nach ihr ungebrochen, und ich befürchtete, dass es auch immer so bleiben würde. Meine ganz eigene Spielart der Schwindsucht. Niemand reichte auch nur ansatzweise an sie heran, wenn sie sich über Pyramiden gesprenkelter Pflaumen beugte oder mit einem Finger elegant die Frische eines Thunfischs prüfte. Sie lachte mit einem Gemüsehändler, während sie eine glänzende Paprikaschote in der Hand wog: Ihre perfekten Lippen öffneten sich, weiße Zähne blitzten auf. Sie trug Dunkelblau, das den Rotstich ihres Haars und das Grau ihrer Augen betonte. Schwarze Gagatknöpfe. Ein Hut mit schwarzen Federn, die weit genug hinabhingen, ihre Wange zu streifen.

Ich hielt mich verborgen. Ich würde mich bald genug zeigen, aber für den Augenblick begnügte ich mich damit, in den Schatten zu warten, während sie ein Stück Rotbarbe, einen Brotlaib und eine Melone — Melonen mochte sie besonders gern — kaufte, obwohl nichts davon ihren wahren Hunger stillen würde.

Ich folgte ihr wie der Verehrer, der ich war, als sie in ein kleines Café ging und sich an einen der Tische auf der Straße setzte. Ich versteckte mich hinter einem Stand, an dem *sguas-*

setto, eine würzige Suppe, verkauft wurde, und sah zu, wie ihr Blick unstet hin und her huschte. Wie eh und je spürte ich ihre einzigartige Anziehungskraft, die jetzt, wie immer gegen Ende des Zyklus, stärker wurde, und wusste, dass auch andere sie spürten: Ein Jongleur war gestrauchelt, als sie an ihm vorbeigegangen war, und hatte eine seiner Keulen fallen lassen; ein Drehorgelspieler war aus dem Takt gekommen. Aber sie war, wie ich erkannte, nicht auf der Jagd. Sie wartete, was hieß, dass sie ihr nächstes Opfer schon gefunden hatte. Ich fragte mich, ob er so viel Talent hatte, dass sie glaubte, dass er der eine sein mochte, oder ob er nur ihren schmerzlichen Hunger ein wenig linderte, während sie ihre Suche fortsetzte.

Mit gesteigerter Aufmerksamkeit verfolgte ich, wie ein Mann auf sie zutrat und sie ein bezauberndes Lächeln aufsetzte. Er war hochgewachsen und blond, wenn auch nicht so blond wie ich, und sein Haar war so glatt wie meines lockig. Er ließ sich am Tisch nieder, rückte seinen Stuhl nahe an sie heran, berührte sie vertraulich – er war also schon ihr Liebhaber –, ganz so, als könnte er einfach nicht anders. An das Gefühl erinnerte ich mich …

Seine Haare waren zu lang, sein Mantel am Saum ausgefranst. Ich hatte den Eindruck, ihn schon einmal gesehen zu haben – vielleicht im Salon, aber seit einiger Zeit nicht mehr. Natürlich war er irgendein Künstler. Und jung, wie sie es alle waren. Hübsch, wie sie ihr gefielen. Sie war so berechenbar!

Ich lehnte mich an einen Holzpfosten des Stands und wartete ungeduldig, während Kaffee und Süßspeisen bestellt und in aller Öffentlichkeit schmeichlerische, Übelkeit erregende Zärtlichkeiten ausgetauscht wurden. Endlich stand er auf und beugte sich vor, um sie zu küssen, bevor er ging.

Ich eilte ihm nach. Fast stieg mir sein strenger Schweißgeruch in die Nase, als ich ihm vom Rialto folgte. Das Bild jenes kleinen Zimmers in Barcelona blitzte vor meinem inneren

Auge auf und bestärkte mich in meiner Entschlossenheit. Ich hatte die letzten Jahre damit verbracht, genau das Gleiche zu tun wie hier und heute, und versucht, diese Männer zu retten, da ich wünschte, jemand hätte mich so gerettet, aber vor allem, um zu verhindern, dass sie ihr in die Hände fielen: diesen und hoffentlich auch den nächsten und übernächsten und überübernächsten. Und wenn der Zyklus endgültig durchbrochen war, dann – so hoffte, ja glaubte, betete ich –, würde die Begabung zurückkehren, die sie mir gestohlen hatte. Dann konnte ich wieder der Dichter sein, der zu werden ich ausersehen gewesen war. Dann konnte ich mein Leben zurückgewinnen.

Dieser Mann ging nicht weit, nur bis zum Campo San Bartolomeo, wo er sich an die Brunneneinfassung setzte und sein Notizbuch und einen Bleistift zückte. Ich rechnete damit, dass er wie im Rausch zu schreiben beginnen würde – die Inspiration, die sie einem schenkte, war wie ein Fieber –, aber er saß nur da und starrte leer auf das Papier. Nach ein paar Augenblicken trat ich an ihn heran und warf einen Schatten auf ihn. Er schaute stirnrunzelnd auf und sah aus zusammengekniffenen Augen gegen die Sonne zu mir auf.

»Hallo«, sagte er zurückhaltend, aber höflich. Er war Engländer, wie ich auch, und zu abgelenkt, um es auch nur mit Französisch zu versuchen, das hier allenthalben gesprochen wurde und als klare Alternative zu dem unverständlichen venezianischen Dialekt diente.

»Oh, Gott sei Dank, Sie sprechen Englisch«, sagte ich. »Ich habe den ganzen Morgen damit verbracht, in diesem elenden Labyrinth nach einem Landsmann zu suchen.«

Er hob eine Hand an die Augen, um sie vor der Sonne zu beschirmen, und lächelte. Er hatte sich mit reichlich Kölnischwasser parfümiert. Sogar an der frischen Luft konnte ich es von meinem Standort aus riechen. »Sie müssen neu in Venedig sein.«

»Noch völlig grün hinter den Ohren«, log ich. »Erst gestern bin ich hier angekommen und habe mich nun schon dreimal verlaufen. Wie findet man sich hier nur zurecht?«

»Sich zu verlaufen gehört zu dem Erlebnis dazu.« Er deutete auf sein Notizbuch. »Ich habe meine besten Gedichte geschrieben, als ich wie der Ewige Jude in den Calli herumgewandert bin.«

»Sind Sie Dichter?«

Er zog bescheiden den Kopf ein. »Ich maße es mir an.«

»Oh, ich auch! Nicht auszudenken – ein Mitdichter, und noch dazu Engländer! Sie müssen gestatten, dass ich Sie auf etwas zu trinken einlade. Gleich da drüben gibt es ein Café. Kommen Sie mit, und ergötzen Sie mich mit Ihren Eindrücken von Venedig.«

»Das würde ich ja gern, aber …«

»Und wenn Sie Dichter sind, kennen Sie doch sicher Katharine Bronson? Sie ist eine gute Freundin von mir; ich bin eigentlich nur in Venedig, um sie zu besuchen. Ich soll heute Abend ihren Salon in der Casa Alvisi besuchen, wenn ich ihn denn finden kann.«

»Ich war schon dort, allerdings seit einer Weile nicht mehr.«

»Also können Sie mir den Weg beschreiben?«

»Ja, gewiss.«

»Vielleicht kennen Sie auch eine andere Freundin von mir. Odilé León?«

Ich sah, wie die Freundlichkeit aus seinem Gesichtsausdruck schwand und Argwohn, gepaart mit Eifersucht, an ihre Stelle trat. »Sie kennen Odilé?«

»Ich kenne sie seit Jahren.«

»Wirklich? Ich muss gestehen, dass ich sie erst seit Kurzem kenne, aber …«

»Ein Augenblick mit Odilé ist tausend ganze Leben wert, nicht wahr?«

»Ja.« Seine Miene verriet nun derart viel Sehnsucht und Anbetung, dass es schon fast peinlich war. Es war, als sähe ich ein Spiegelbild meines früheren Selbst.

»Ach, was ich Ihnen da für Geschichten erzählen könnte ...«, sagte ich. Und dann wartete ich.

Die Gelegenheit, mit jemandem, der Verständnis hatte, über sie zu sprechen, köderte ihn; das war immer so. Es war eine meiner besten Strategien. Er nickte und bot mir die Hand. »Ich bin Nelson Stafford. Vielleicht sollten wir doch etwas miteinander trinken.«

Ich schüttelte ihm die Hand. »Nicholas Dane. Ich wäre entzückt.«

Er stand auf und steckte Notizbuch und Bleistift ein, und ich führte ihn zu einem Café auf der anderen Seite des Campo. Allerdings blieb ich nicht an einem der Tische draußen stehen, sondern führte ihn stattdessen hinein, an einen Tisch in einer dunklen Ecke ganz hinten, gut geschützt vor neugierigen Blicken.

Er war so erpicht darauf, von ihr zu sprechen, dass er sich gar nicht die Frage stellte, warum ich diesen düsteren Winkel dem strahlenden Spätsommersonnenschein vorzog. Ich bestellte eine Flasche Wein, obwohl es erst kurz nach Mittag war. Als der Wein aufgetragen wurde, stürzte er das erste Glas binnen weniger Augenblicke hinunter. Jetzt, da ich Zeit hatte, ihn genauer zu betrachten, bemerkte ich die Anzeichen von Odilés Zerstörungswerk. Ich schätzte, dass er schon mindestens eine Woche mit ihr zusammen war. Vielleicht auch zwei. Er wirkte ausgehungert, wie jemand, der vor lauter Gedanken an sie nicht mehr zum Essen oder Schlafen kam. Es war schwer zu sagen, ob es der richtige Zeitpunkt war: Zu früh hörten sie einem nicht zu, und zu spät ... nun, dann war es zu spät.

»Wann haben Sie sie kennengelernt?«, fragte er mich inbrünstig. »Wie lange ist es her? Wo?«

»Ich bin ihr begegnet, als ich dreiundzwanzig war«, sagte ich und nippte an meinem Wein. »Vor fast sieben Jahren. In Paris.«

»Ah! Allein der Gedanke an sie in Paris!«

Ich bedachte ihn mit einem schmalen Lächeln. »Glauben Sie, dass Sie in irgendeiner Stadt, die sie besucht, weniger bezaubernd ist als sonst?«

»Waren Sie ...?«

Ich schüttelte den Kopf, um ihn zu beschwichtigen. Er würde nicht auf mich hören, wenn er mich für einen früheren oder gegenwärtigen Rivalen hielt. »Wir waren nur Freunde.«

»Wie konnten Sie ihr widerstehen?«

»Sie ist diejenige, die eine Wahl trifft, wie jede Frau. Haben Sie das denn noch nicht begriffen? Es gibt sicher keinen einzigen Mann auf der Welt, der nicht mit ihr zusammen sein wollte, wenn er Gelegenheit dazu hätte. Einst hätte ich alles für sie getan, aber sie hat mein Interesse nicht erwidert – schade, aber sei's drum.«

Er goss sich mehr Wein ein und trank ihn gierig. »Sie ist ... Sie übersteigt alles, was ich je erlebt habe. Eine solche Inspiration ...«

»Ja, in der Tat. So ist sie eben, wissen Sie. Sie inspiriert einen. Bis sie es dann nicht mehr tut.«

Er hielt mitten im Schluck inne und sah mich stirnrunzelnd über sein Glas hinweg an. »Bis sie es dann nicht mehr tut?«

»Ihr sind doch als Erstes Ihre Gedichte ins Auge gefallen, nicht wahr?«

»Sie hat mich im Café Florian schreiben sehen. Sie setzte sich neben mich, und ich ertappte mich dabei, ihr einzelne Verse laut vorzulesen. Sie sagte, sie seien göttlich.«

»Haben Sie Oden auf sie geschrieben?«

»Ja. Ja, wer täte das nicht?«

Ich spielte träge mit einem Löffel und beobachtete, wie er funkelnd das Gaslicht widerspiegelte. »Haben Sie viel geschrieben?«

»Ja ... Aber ... Aber in letzter Zeit ...«

»In letzter Zeit waren Sie zu abgelenkt, um zu schreiben.«

Er schaute ruckartig auf und sah mir in die Augen. »Woher wissen Sie das?«

Ich zuckte mit den Schultern. »So entwickelt es sich nun einmal. Sie werden darüber hinwegkommen. Es sei denn, Sie haben das Glück, erwählt zu werden.«

»Erwählt?«

»Nun ja, dann würden Sie ein Epos der Weltliteratur verfassen! Sie ist die Muse aller Musen, und wenn sie Sie erwählte, würde sie Sie zu einem Gedicht inspirieren, das Ihnen einen Ruhm einbringen würde, von dem Sie bisher nur träumen können.«

Er musterte mich aufmerksam. In seinen Augen stand ein fiebriges Funkeln, doch nicht der geringste Zweifel. Nein, natürlich nicht. Er hatte ihren Sog schon gespürt, die Erschöpfung, die ihr unstillbarer Hunger hervorrief.

Ich fuhr fort: »Aber so etwas hat seinen Preis. Dieses Gedicht wäre das letzte, das Sie je schreiben – abgesehen vielleicht von schlechten Knittelversen, von Kinderreimen, die die Kleinen nachsprechen können, wenn sie schreiben lernen, ›Mutter Gans‹, ›Alle meine Entchen ...‹ oder ›Hoppe, hoppe Reiter ...‹ Jegliches Genie, über das Sie einst verfügt haben mögen, würde einfach verschwinden.« Ich schnipste mit den Fingern, und er zuckte zusammen, als hätte das Geräusch ihn erschreckt. »Sie würden wahnsinnig werden oder sich das Leben nehmen. Doch friedlich an Altersschwäche zu sterben ... Nein, mein Freund, darauf können Sie nicht hoffen. Es sei denn, Sie tun eines.«

»Und das wäre?«

»Verlassen Sie sie jetzt. Reißen Sie sich von ihr los und leben Sie weiter! Oder Sie bleiben und sterben in Wahnsinn und Enttäuschung.«

Er starrte mich stumm und staunend an. »Sie verlassen?«, fragte er dann. »Wie könnte ich auch nur daran denken, das zu tun?«

Ich schenkte ihm das nächste Glas Wein ein. »Sie sagen doch, dass Sie Schwierigkeiten haben zu schreiben. Wenn ich mich nicht irre, haben Sie lange nichts gegessen …«

»Ich habe keinen Appetit.«

Mit gesenkter Stimme sagte ich: »Sie sehnen sich verzweifelt danach, sie zu besitzen. Sie können kaum an etwas anderes denken.«

Er wurde rot. »Sie haben gesagt, Sie seien nie ihr Liebhaber gewesen. Woher wissen Sie das alles?«

»Mein Freund, ich kenne diese Frau seit Jahren. Ich weiß, wozu sie in der Lage ist.« Ich lehnte mich auf meinem Stuhl zurück. »Glauben Sie etwa, Sie wären der Einzige? Es gab schon Dutzende vor Ihnen. Sogar Hunderte. Ich habe es wieder und wieder mit angesehen.«

»Hunderte?«

»Hunderte. Sie wird Sie zerstören. Sie wird Sie aussaugen, bis Sie nur noch eine leere Hülle sind, und dann wird Sie sie wegwerfen, so wie eine Spinne sich ihrer Beute entledigt, nachdem sie ihr den Saft ausgesaugt hat. Und wenn es nur das ist, haben Sie noch großes Glück gehabt.«

Er griff nach seinem Wein und trank krampfhaft.

Ich redete beschwörend auf ihn ein: »Sie verstehen nicht, was Ihnen gerade widerfährt. Sie haben Angst und sind zugleich verzweifelt. Soll ich Ihnen sagen, was aus den anderen Männern geworden ist, die sie inspiriert hat?«

Er nickte mit großen Augen wie ein Kind.

»Selbstmorde. Aufgeschlitzte Handgelenke oder Gift.

Einige haben sich aufgehängt. Ich habe mit eigenen Augen gesehen, wie einer mit den Taschen voller Steine aus einem Fluss gezogen wurde. Mindestens zwei ihrer Opfer sind verrückt geworden – einer sagt nichts mehr, sondern starrt nur noch ins Leere und sabbert auf ein Lätzchen, das man ihm um den Hals gebunden hat. Der andere deliriert in einem Irrenhaus. Wissen Sie, wovon er spricht? Von Dämonen, mein Freund. Er behauptet, Schlangen in jedem Schatten zu sehen. Die gepolsterte Zelle ist sein persönlicher Garten Eden geworden, wo er sich tagtäglich und in jedem Augenblick der Versuchung des Satans erwehren muss. Wissen Sie, wovon er träumt? Von Odilé. Er fährt schreiend aus dem Schlaf hoch.«

»Das ist doch absurd!«, rief Stafford kühn, aber ich hörte ihm die Verunsicherung an.

»So? Nun gut, ich nehme an, Sie wissen es selbst am besten. Doch ich sage Ihnen eines: Der letzte Ort, an dem ich sie gesehen habe, war Barcelona. Dort hatte sie einen Geiger verführt. Er spielte wahrlich wie ein Engel. Ich versuchte, ihn zu warnen, so, wie ich Sie jetzt warne, und er reagierte ganz so wie Sie. Wissen Sie, wo ich ihn als Nächstes gesehen habe?«

Nelson Stafford schüttelte den Kopf.

»Tot auf dem Bürgersteig vor ihrer Tür. Er hatte sich eine Kugel in den Kopf geschossen. Er war erst achtzehn Jahre alt.«

Stafford wurde blass. »Aber … Wie … Ich wüsste gar nicht, wie ich sie verlassen sollte!«

»Gehen Sie einfach weg. Sie wird Sie nicht verfolgen, das verspreche ich Ihnen.«

»Das kann ich nicht.«

»Dann werde ich Sie erst bei Ihrer baldigen Beerdigung wiedersehen. Um Gottes willen, Mann, denken Sie wenigstens darüber nach! In Ihrem Herzen wissen Sie, dass ich die Wahrheit sage. Hören Sie auf mich! Ich versuche, Sie zu retten.«

»Mich zu retten?« Er schickte sich an, Wein nachzuschenken, aber die Flasche war leer. Er träufelte sich die letzten paar Tropfen ins Glas, umfasste es mit zitternden Händen und trank es aus. »Warum sollte Ihnen das wichtig sein? Sie kennen mich doch nicht einmal.«

»Nein, und ich könnte Sie einfach ertrinken lassen. Ich habe keine Ahnung, wie groß Ihre Begabung ist, ob Sie auf dieser Welt auch nur die geringste Rolle spielen oder ob Odilé überhaupt in Erwägung zieht, Sie wahrhaftig zu erwählen. Aber ich habe festgestellt, dass Wahnsinn und Verzweiflung mir sauer aufstoßen, vor allem, wenn ich die Macht habe, ihnen einen Riegel vorzuschieben.« Ich packte ihn am Arm und sagte leise: »Bitte, ich flehe Sie an. Denken Sie wenigstens über meine Worte nach. Ziehen Sie es in Erwägung. Treffen Sie mich morgen Nachmittag hier. Wenn Sie mir dann nicht sagen können, dass Sie mir glauben, geben Sie mir zumindest noch einmal Gelegenheit, Sie zu überzeugen.«

Er wirkte verängstigt, nickte aber. »Nun gut. Ich ... denke über das nach, was Sie gesagt haben. Und wir treffen uns morgen hier.«

Ich war erleichtert. Mit ihm war es einfacher gewesen als angenommen: Vielleicht hatte ich den Zeitpunkt getroffen, auf den ich gehofft hatte. Aber das eigentlich Schwere stand ihm noch bevor. Die Annahme, dass ich schon etwas bewirkt hatte, war verfrüht. »Um mehr bitte ich Sie auch gar nicht. Treffen wir uns um drei Uhr hier?«

»Ja«, versicherte er.

»Gut«, sagte ich lächelnd. »Ich möchte Ihnen beweisen, was für ein guter Freund ich sein kann.«

KAPITEL 4

Odile

ICH HÖRTE IHN HINTER MIR, SEIN SEUFZEN UND DAS LEISE KNARREN
der Matratze, das gedämpfte Rascheln des zarten Moskito-
netzes, als er es beiseiteschob. Ich zog meinen Morgenmantel
enger um mich und sah auf den Canal Grande vor meinem
Fenster hinaus: Der frühmorgendliche Sonnenschein schimmerte wie Perlmutt und umschmeichelte sanft die Barken, die
mit buntem Obst und Gemüse beladen allmählich zum Markt
auf dem Rialto fuhren. Fisch funkelte in den Körben wie Edel-
metall: glänzende Thunfische und Sardinen, amethystfarbene
Tintenfische, venezianische Geschmeide aus dunklen Aalen …

Der Canal war jetzt überfüllt; früh am Morgen und in
der Abenddämmerung ging es hier am geschäftigsten zu. Ich
schloss die Augen und atmete den Duft des Morgens tief ein.
Bitterer Kaffee und warme Polenta; das fettige, rauchige Öl,
in dem Schmalzgebäck garte; der Knoblauch aus Würsten
und der durchdringende salzige Sguassetto, den die Gondolieri schalenweise verzehrten; daneben der vertraute Gestank
nach Algen und Seetang bei Ebbe, der Flussgeruch des Canal
Grande, nasse Steine.

Und natürlich sein Kölnischwasser. Wie immer zu stark.

Ich öffnete die Augen und senkte den Blick zum Fenster-
brett, auf den kleinen blutroten Muranoglasteller, auf dem noch
ein Berg weißer Asche von der verbrannten Pastille lag. Ich
rührte mit dem Finger darin herum, sodass der widerwärtige
Geruch des mittlerweile verbrannten Kampfers aufstieg, der
die Moskitos fernhalten sollte. Ich war froh, dass der Sommer

schon fast vorbei war: Eine Zeit lang würden keine Pastillen nötig sein und auch nicht der ekelhafte schwere Rauch, der fast schlimmer als die Mückenstiche war, oder das Moskitonetz. Bald würde ich die Lampen bei offenem Fenster brennen lassen können, um die Stadt zu riechen, ohne sofort von Ungeziefer geplagt zu werden.

Ein plötzlicher scharfer Schmerz ließ meine Finger in der kleinen Schale krampfartig zusammenzucken, sodass die Asche über den Rand stob.

Ich hörte ihn zuschlagen und fluchen. »Diese verdammten Viecher! Wie erträgst du das nur?«

»Der Herbst ist schon fast da«, sagte ich und wusste, dass ich ihn auffordern musste zu gehen. Der Hunger verließ mich jetzt gar nicht mehr. Er nagte unerbittlich an mir. Einen alle drei Jahre, hatte sie gesagt. Die Worte waren Verheißung und Fluch zugleich, und nun spürte ich den Fluch, den dunklen Schrecken, der rastlos auf mein Scheitern lauerte. Mir blieb weniger als ein Monat, um meine Wahl zu treffen, und ich war immer noch nicht näher daran, den zu finden, den ich suchte. Ich war mir so sicher gewesen, dass Venedig der richtige Ort war. In Paris hatte er sich nicht aufgehalten; auch nicht in Florenz, obwohl es dort ein oder zwei gegeben hätte, die tauglich gewesen wären, wenn sie mir nicht zu früh genommen worden wären.

Die Verzweiflung hatte mich hierhergetrieben, in die Stadt, die mir immer so gute Dienste geleistet hatte und in der Byron und Tizian, Veronese, Tintoretto und Canaletto herangereift waren. Aber die Tage vergingen so schnell. Die Dunkelheit in mir wuchs und war mittlerweile schwerer denn je zu beherrschen. Mein Hunger verschlang alles, so wie er auch diesen hier verschlang. Er klagte schon eine Weile über Kopfschmerzen und rang oft nach Atem. Doch er war nicht der eine, das wusste ich längst. Zweihundertfünfzig Jahre Unsterblichkeit hatten mich gelehrt, was ich brauchte, und er war es nicht. Ich wusste, dass er gehen musste, bevor ich die Beherrschung verlor und ihn vollkommen aussaugte, denn das wollte ich nicht. Ich musste den Richtigen finden, bevor es zu spät war.

Zu spät. Ich spürte, wie die Furcht mit einer kleinen eisigen Hand nach mir griff. Nein, es war nicht zu spät. Ich würde nicht wieder scheitern. Jedes Mal, wenn ich versagt hatte, war das Grauen ein wenig länger geblieben und hatte mehr Opfer gefordert, und ich hatte mehr Zeit gebraucht, um wieder ich selbst zu werden. Wie lange würde ich beim nächsten Mal brauchen, um es zu überleben? Würde ich denn überleben?

Ich hatte noch Zeit. Die drei geforderten Jahre waren noch nicht vorüber. Ich hatte eine Gnadenfrist bis zum 15. Oktober, um ihn zu finden.

Aber erst musste ich diesen hier freilassen. Ich wandte mich vom Fenster ab. Er war damit beschäftigt gewesen, sich die Stiefel anzuziehen, schaute nun aber auf. Sein Oberkörper war noch nackt; als er sich aufrichtete, ließ das Morgenlicht den Rotstich der Locken auf seiner Brust hervortreten. »Sag mir, dass du willst, dass ich bleibe, dann tue ich es«, drängte er mich. »Ich will nicht gehen, weiß Gott!«

»Ich dachte, du hättest eine Verabredung?«

»Ich habe es mir anders überlegt. Ich gehe nicht hin.« Er kam in einem seltsamen Hinkegang zu mir herübergehumpelt, da er einen Stiefel schon anhatte, während der andere Fuß noch nackt war. Er öffnete meinen Morgenmantel und begrub das Gesicht zwischen meinen Brüsten. Seine rauen Bartstoppeln kitzelten auf der Haut. »Ich möchte nur meine Verabredung mit denen hier nicht verpassen«, murmelte er, und unvermittelt spürte ich Überdruss in mir aufsteigen. Ich war dies alles so leid! Schon tausend Mal hatte ich Männer mit ins Bett genommen, Tausende und Abertausende. Alles, um meinen Hunger zu stillen. Alles auf der Suche nach jener einzigartigen, kurzlebigen Glückseligkeit, die mich überkam, wenn ich die Wahl traf, wenn der Handel abgeschlossen und besiegelt war. Ich lebte für diesen einen Augenblick. Aber es gab keinen Grund, mit diesem Mann noch einmal das Bett zu teilen oder mich auch nur von ihm berühren zu lassen. Ich hob die Hände, um ihn von mir zu stoßen.

Doch genau in diesem Moment hob er das Gesicht. Er wirkte verlebt, verhärmt und ruhelos. Seine blauen Augen waren blutunterlaufen, seine blasse Haut gerötet. Mein Hunger nagte an ihm, und das weckte in mir Trauer und Mitleid, die ich nicht unterdrücken konnte. Ich wollte ihm nicht wehtun. Ich wollte keinem von ihnen wehtun. Aber ich tat es immer wieder.

Lass ihn gehen, Odilé, und zwar besser gleich. Er ist nicht der eine.

»Ich werde Oden auf deine Brüste schreiben«, sagte er heiser. »Sonette. Rondelle. Versprochen.«

»Oder vielleicht eine Elegie«, schlug ich vor.

»Eine Elegie? Um Himmels willen, nein! Wie sollte solche Vortrefflichkeit einen zu etwas Traurigem inspirieren?«

So sanft ich konnte, schob ich ihn von mir. »Schreib alle Gedichte, die du schreiben möchtest. Aber du hast eine Verabredung und solltest dich von mir nicht aufhalten lassen.«

»Wie kannst du es ertragen, von mir getrennt zu sein, wenn ich es nicht einmal aushalte, dir auch nur für einen Augenblick fernzubleiben?«

Ich spürte, wie der letzte Rest seiner Begabung den reißenden, gierigen Schlund meines Hungers nährte.

»Warum zitterst du?«, fragte er. »O Gott, bitte lass es aus Angst sein, mich zu verlieren!«

Er war auf die Knie gefallen und hatte mir die Arme um die Hüften geschlungen. Er schmiegte das Gesicht an mich und küsste die Löckchen zwischen meinen Beinen. Ich musste dem Ganzen ein Ende setzen: schnell und erbarmungslos. Ich musste wieder auf die Jagd gehen, bevor ich die Beherrschung verlor.

Aber wie immer wurde mir das Mitleid zum Verhängnis. Noch ein paar Minuten, bevor ich ihn freiließ ... Was konnte das schon schaden? Ich packte seine weichen honigblonden Haare, schlang sie mir um die Finger und zog daran, bis er keuchte – das gefiel ihm. Hoffnungsvoll wie ein Welpe, der um Essensreste bettelt, schaute er aus großen blauen Augen mit langen Wimpern zu mir auf. Ich dachte bei mir, dass seine Augen mir an ihm am besten gefielen – seine Augen und seine Gedichte. Er hatte so hübsche geschrieben.

Ich ließ ihn an mir heraufsteigen wie einen Affen auf einen Baum. Er drängte mich an die Wand, hob mich hoch und öffnete sich unbeholfen die Hose, während ich schon die Beine um ihn schlang. Ich ließ mich von ihm gegen den bröckelnden Putz gepresst nehmen, während ich mich festklammerte, um nicht abzurutschen, und während er an meiner Kehle stöhnte und keuchte, spürte ich, wie mein düsterer, unersättlicher Appetit die Zähne in ihn schlug, und kostete die Seligkeit der flüchtigen Erleichterung aus. Sie konnte nicht lange vorhalten, aber, oh, sie war immerhin etwas: Sie war süß. Er stöhnte gequält, brach zusammen, während er zum Höhepunkt kam, ließ mich abrupt los und fiel auf die Knie. Zitternd vor Ekstase und Entsetzen sah er zu mir hoch.

»Oh, wie ich dich vergöttere!«, keuchte er. »Was geschieht mit mir?«

Ich kniete mich hin und legte ihm eine Hand an die Wange. Süchtig nach meiner Berührung, schmiegte er sich daran. Ich küsste ihn sacht auf die Stirn. »Du hättest zu deiner Verabredung gehen sollen.«

Ich ließ ihn als zusammengesunkenes Häufchen Elend auf dem Boden liegen und rief nach Antonio, damit er ihn hinauswarf.

KAPITEL 5

Sophie

ALS ICH AM NÄCHSTEN MORGEN AUFWACHTE, WAR JOSEPH SCHON auf den Beinen und rasierte sich an der Waschschüssel. Das Zimmer war von fahlem, wässrigem Licht erfüllt: Seine Spiegelungen tanzten über die Decke, Sonnenkatzen, die ständig ihre Form veränderten und miteinander spielten.

Ich reckte und streckte mich und stand auf. »Konntest du schlafen?«, fragte ich ihn.

Er warf mir einen Blick zu und schnippte Rasierschaum vom Messer in die Schale, wo er sich wie eine kleine Wolke auflöste. »Ein wenig.«

Ich ging zu seinem Skizzenbuch, das auf der vergoldeten Kommode ruhte, und schob das Häufchen zerbrochener Zeichenkohle beiseite, die er darauf hatte liegen lassen. Dann sah ich mir die Skizze an, die er angefertigt hatte, als ich geschlafen hatte. Ich war zwar ohnehin nicht hässlich, aber mein Bruder hatte eine wahre Schönheit aus mir gemacht. Auf der Zeichnung wirkte ich üppig und sinnlich. Mein Haar führte ein Eigenleben und fiel mir in glänzenden Locken über die Schulter. Mein Schmollmund war nicht dem leichten Überbiss zu verdanken, auf den er, wie ich wusste, zurückging, sondern der Tatsache, dass Joseph meine Lippen voll, prall und ... verführerisch dargestellt hatte. Doch ich wusste, dass das nicht der Wirklichkeit entsprach. Ich war zwar ganz hübsch, aber nicht verführerisch.

»Es sieht mir kaum ähnlich.«

»Das sagst du jedes Mal. Es sieht ganz genauso aus wie du.«

Er führte die Rasierklinge mit aus langer Übung geborener Präzision über sein Kinn. »Zumindest sehe ich dich so.«

»Vielleicht brauchst du eine Brille.«

Er schnitt eine Grimasse und spülte das Rasiermesser ab. »Du solltest dich anziehen. Wir haben heute viel vor.«

Ich spürte wieder diesen Anflug von Nervosität und bemühte mich redlich, ihn zu verbergen, während ich Hemd und Korsett anlegte und zu Joseph ging, damit er die Verschnürung festzog. Er half mir, mein Kleid überzuziehen, und während er es zuknöpfte, sagte ich zu seinem Spiegelbild: »Heute haben wir keine Zeit für die Piazza, Joseph. Auch nicht für den Markusdom oder sonst irgendetwas. Noch nicht. Verstehst du?«

Er sah mich schief an, während er den letzten Knopf durch seine Öse führte. »Glaubst du nicht, dass der Dom voller Künstler ist?«

»Voller Touristen, ja. Nicht, dass sie nicht vielleicht eine Hilfe sein könnten, aber wenn ja, dann wirst du ihnen das doch nicht ansehen, nicht wahr? Vor allem nicht, wenn du einen Tizian studierst und zwei Stunden lang in ihm versinkst. Erst die Accademia! Dort wird sich ein Dutzend Kopisten aufhalten. Einer von ihnen muss jemanden kennen, der uns Zutritt verschaffen kann. Versprich es mir.«

Er griff nach seinem Hemd. »Versprochen. Ich trödele nicht lange auf der Piazza herum.«

»Und es ist mir gleichgültig, wie schön das Licht ist.«

»Es wird morgen auch noch schön sein«, pflichtete er mir bei. Er zog sich das Hemd an und knöpfte es zu, bevor er sich mit der Hand durchs dunkelbraune Haar fuhr – das war für ihn gleichbedeutend damit, es zu bürsten. Ich war wieder einmal neidisch darauf, wie perfekt es ihm künstlerisch zerzaust in Wellen und kleinen Löckchen bis auf den Kragen fiel.

Plötzlich hatte ich Angst davor, ihn aus den Augen zu

lassen. Wir kannten die Stadt nicht. Es konnte so viel passieren, und er war alles, was ich hatte. »Deine Haare sind zu lang«, sagte ich; meine Furcht brach sich als vorschnelle Kritik Bahn.

Er lächelte nur und schlang sich eine zerknitterte Krawatte um den Hals.

»Und deine Hose ist noch staubig.«

»Ich rede doch gar nicht mit reichen Touristen, schon vergessen?«, zog er mich auf und nahm seinen Mantel. »Glaubst du wirklich, dass irgendjemand einem Künstler über den Weg trauen würde, der zu gepflegt wirkt?« Er verstand sich so gut darauf, Sorglosigkeit vorzutäuschen, dass selbst ich manchmal vergaß, dass sie eine Lüge war – etwas, das er sich bewusst anerzogen hatte. Sie half, meine Ängste zu lindern, und erinnerte mich daran, wen wir hier spielen wollten. Joseph würde tun, was er tun musste – was er mir versprochen hatte. Für diesen einen Tag würde er die Schönheit Venedigs nicht beachten, sondern nach dem Mann oder der Frau Ausschau halten, der oder die uns in Katharine Bronsons engsten Kreis einführen konnte. Wir hatten einen Plan, und er hatte vor, sich daran zu halten; ich musste das Gleiche tun, egal, wie zerbrechlich ich mich fern von ihm fühlte.

Joseph holte sein Skizzenbuch, klemmte es sich unter den Arm und schob sich die Zeichenkohle in die Tasche. Dann kam er zu mir und hob mein Kinn an, bevor er sich vorbeugte, um mich zu küssen. »Such uns einfach eine Bleibe und überlass alles andere mir. Und, Soph? Ich will nicht, dass du glaubst, ich bräuchte ein Atelier, das so groß ist wie ein ganzer Stall. Ich rechne ohnehin damit, einen Großteil meiner Arbeit unter freiem Himmel zu erledigen. Vergiss nicht, das hier ist Venedig! Wenn ich den Anblick nicht im Bild festhalte, hätten wir ja gleich in New York bleiben können.«

»Wir sind nicht wegen der schönen Aussicht gekommen«, rief ich ihm ins Gedächtnis.

»O doch.« Er lächelte zwar, aber seine Augen funkelten vor Ehrgeiz. »Vergiss das nicht.« Er ging zur Tür und öffnete sie. »Ich sorge dafür, dass ein Gondoliere dich überall herumfährt ...«

»Bitte nicht! Die Kosten ...«

»Ich bestehe darauf, Sophie. Ich möchte wissen, dass du ohne mich in Sicherheit bist, und wir wollen doch schließlich auch den richtigen Eindruck machen, nicht wahr? Die Menschen merken es einem an, wenn man verzweifelt ist. Wir werden nicht bekommen, was wir wollen, wenn wir wirken, als ob wir zu erpicht darauf sind.«

Ich schenkte ihm ein keckes Lächeln. »Natürlich. Oh, ich würde ja auch gar nicht daran denken, mich in Venedig ohne Begleitung herumzutreiben – wie skandalös! Ich bin schließlich Joseph Hannigans höchst ehrenwerte Schwester.«

Er lachte und bedachte mich mit einem bewundernden Blick, von dem mir warm wurde. »Wenn du es so sagst, glaube ich es ja fast.« Bevor er aus der Tür schlüpfte, setzte er noch hinzu: »Aber nicht ganz allein, Soph, nicht, um ein paar Francs zu sparen. Nimm den Gondoliere. Ich meine es ernst. Sonst verbringe ich den gesamten Nachmittag im Dogenpalast, nur um dich zu ärgern.«

»Na gut«, versprach ich.

Sobald er fort war, unterdrückte ich mein Unbehagen und zwang mich, an das zu denken, was ich tun musste. Unser Geld reichte nur für ein paar Tage im Danieli, und das hieß, dass ich schnell eine andere Unterkunft für uns finden musste. Ich beendete meine Morgentoilette, setzte mir den Hut auf und zog die Handschuhe an, ließ meinen Mantel aber liegen. Es war ein schöner Tag und die feuchte Kälte der letzten Nacht nur noch eine ferne Erinnerung.

Als ich nach unten ging und wieder in die prächtige Eingangshalle des Danieli trat, überkam mich erneut das Gefühl, eine Betrügerin zu sein. Zwei gut gekleidete Frauen unterhielten sich in der Nähe der Rezeption. Eine von ihnen trug einen Seidenschal mit Fransen, der entsetzlich teuer aussah. Mir fiel wieder ein, was Joseph über den äußeren Eindruck gesagt hatte, und ich raffte mein Selbstbewusstsein zusammen. Indem ich tat, als wäre die Eleganz des Danieli nicht nur etwas, womit ich rechnete, sondern vielmehr das, was mir zustand, schenkte ich ihnen mein bezauberndstes Lächeln. Ihre Blicke wurden neugierig und abschätzend, und ich erschauerte vor Furcht bei dem Gedanken, dass ich einen Fehler gemacht haben könnte – dass sie aus irgendeinem Grund über mich Bescheid wussten. Doch dann sahen beide beiseite. Es waren mehrere andere Leute in der Halle: ein Herr, der nonchalant auf einem seidenbespannten Stuhl saß und eine Zigarre rauchte, deren Gestank sich in der ganzen Eingangshalle ausbreitete; ein älteres Pärchen; ein weiterer Mann mit einer Frau, die seine Schwester zu sein schien. Ich vermied es, noch jemandem in die Augen zu sehen, und ging zur Rezeption. »Ich bin Sophie Hannigan«, sagte ich zu dem Angestellten. »Mein Bruder sollte etwas arrangieren ...«

»Ihr Gondoliere wartet bereits auf Sie, Miss Hannigan«, sagte der Mann lächelnd. Er läutete eine kleine Glocke, und als ein Gepäckträger herbeigeeilt kam, wies er ihn an: »Bitte führen Sie Miss Hannigan zu Marco.«

Ich wurde auf die Stufen am Wasser hinausgebeten, zu dem Gondoliere Marco. Er war so groß wie mein Bruder, hatte aber breitere Schultern und Unterarme, die unter den aufgekrempelten Ärmeln seines Hemds knotig vor Muskeln waren. Er war sonnengebräunt und strotzte so vor Gesundheit und Güte, dass ich ihm sofort vertraute.

Er streckte mir die Hand entgegen, ließ beim Lächeln reizend schiefe Zähne aufblitzen und stellte sich vor als »Marco, der bald Ihr Lieblingsgondoliere von ganz Venedig sein wird«.

»Sophie Hannigan«, antwortete ich lächelnd, als er mir ins Boot half. Wie die Gondel gestern Nacht hatte auch diese hier keine Kabine, aber stattdessen ein blau-weiß gestreiftes Sonnensegel. Darunter befanden sich ein Sitz mit schwarzen Lederpolstern und zwei kleinere Sitze links und rechts. Auf dem Boden lag ein grauer Teppich. Marco nahm seinen Platz am Heck ein, während ein Junge den Bug vom Festmachpfahl wegschob.

»Wohin möchten Sie fahren, Padrona?«, fragte Marco. »Ich stehe Ihnen heute den ganzen Tag zur Verfügung.«

Er ließ es beinahe unanständig klingen; ich musste das Bedürfnis unterdrücken, mich nach ihm umzuschauen, und war froh, dass er mein Gesicht nicht sehen konnte. Ich erinnerte mich an das, was ich in Erfahrung gebracht hatte: dass die Gondolieri die beste Informationsquelle in der ganzen Stadt waren. »Ich suche nach einer längerfristigen Bleibe, einer Unterkunft, die mein Bruder und ich für ein paar Monate mieten können. Nicht zu teuer.«

»Oh, überlassen Sie das mir!« Abrupt drehte er das gewaltige Ruder in der Befestigung, sodass wir wendeten und uns vom funkelnden Bacino entfernten und in einen schmalen Kanal glitten. Er schien uns in ein fremdes, geheimnisvolles Land zu führen. Der goldglänzende Rokokocharme Venedigs verblasste und wich bezaubernd pittoresken zartrosa Wänden, die so romantisch mit Schimmel überzogen waren, als hätte ein Künstler ihn aufgetupft, um die beste Wirkung zu erzielen. Spiegelbilder versanken im Wasser und blühten erneut auf, verschwammen und tanzten, wenn wir vorbeikamen. Die leichten Wellen, die der Bug schlug, leckten an Stufen und schmalen Fondamente. Krebse huschten an den Rändern dahin, und ein oder zwei Katzen drückten sich in den Schatten herum.

Die ungeschliffene Schönheit der Stadt beeindruckte mich sehr. Wäsche, die an zwischen den Balkonen über uns gespannten Leinen hing, flatterte in der sanften Brise. Ein Feigenbaum lugte über eine Gartenmauer. Es fühlte sich widersprüchlich an: Einerseits hatte man den Eindruck, die Zeit sei stehen geblieben, andererseits bewegte man sich durch die Zeit. Ein- oder zweimal sah ich eine Frau, die sich nachdenklich über eine Balkonbrüstung beugte, oder eine Schar Mädchen, die lachend eine Calle hinabeilte. Obwohl ich nur wenige Menschen entdeckte, war es alles andere als leise. Geräusche trugen in den Calli und auf den Kanälen weit, Schritte ebenso wie die Rufe der Gondolieri; irgendwo sang jemand, während ein anderer laut etwas rief. Die Vogelstimmen der Kanarienvögel und Papageien, deren Käfige zwischen der Wäsche von den Balkonen hingen, war die perfekte Begleitmusik dazu.

Marco brachte mich zu Palazzi zwischen den aus Ziegeln und rosafarbenem Putz errichteten Häusern der Arbeiter und Händler, half mir auf rutschige Stufen und sprach in dem seltsamen venezianischen Dialekt mit den Besitzern. Er begleitete mich mit würdevollem Stolz, der fast etwas Besitzergreifendes hatte, und so durchquerten wir die engen Höfe mit kunstvollen Brunnen und Statuen, die pittoresk vom Schimmel geschwärzt und von Moos überwuchert waren. Wir stiegen Treppen zu Terrazzoböden hinauf, die sich sanft wellten, weil das Haus absackte, und durchstreiften gewaltige leere Räume, deren Wände uralte Fresken zierten.

Viele Palazzi waren aufgeteilt worden und wurden nicht mehr von einer einzigen Familie bewohnt, sondern von Mietern, die nur ein Stockwerk oder eines der Zimmer nutzten, die von einem gemeinsamen Flur oder Treppenhaus abgingen. Die oberen Stockwerke waren am begehrtesten und von jenen, die einst dort gewohnt hatten, am aufwendigsten verziert worden. Mit ihren Säulen, dem Marmor, Bogenfenstern, Stuck und unglaublich hohen, aufwendig bemalten Decken waren sie immer noch sehr schön. Viele hatten Nischen, in denen einst riesige Gemälde von Tizian, Tiepolo oder anderen Künstlern gehangen hatten – zu der Zeit, als die Adligen diese Paläste erbaut hatte, waren Künstler in Venedig im Dutzend billiger zu haben gewesen. Ich besichtigte kein einziges Haus, in dem es nicht entweder solche Bilder gab oder aber Lücken zeigten, wo sie sich einst befunden hatten, bevor sie verkauft worden waren.

Doch alle Wohnungen waren entweder zu teuer oder zu klein, schmutzig und verfallen, und im Laufe der Zeit wurde ich enttäuscht und müde. Sosehr ich den Tag auch genossen hatte, die Sonne stand schon tief am Himmel, und ihr grelles Funkeln auf dem Wasser hatte mir stechende Kopfschmerzen beschert.

Ich sagte zu Marco: »Wir sollten zurückfahren. Mein Bruder kommt sicher bald wieder.«

»Wir sind ganz nahe bei einem letzten Haus, *padrona, ai*?«

Ich nickte matt und beschirmte mir mit der Hand die Augen. So bogen wir in einen weiteren engen Kanal ab. Marco bremste die Gondel vor einem Torbogen, der eine Fassade aus schön gearbeitetem Putz durchbrach. Er legte an dem braunen Palo an und half mir auf die Stufen, die so von Algen überzogen waren, dass ich seinen Arm umklammern musste, um nicht abzurutschen. Ich warf einen Blick in den dunklen Gang hinauf, der von den Stufen wegführte und so herrlich geheimnisvoll wirkte, dass sich meine Laune beträchtlich hob.

Der Hof war mit rissigen Platten aus istrischem Stein gepflastert und halb hinter einem ausladenden Feigenbaum und einer Treppe verborgen, die ins Hauptgeschoss hinaufführte. Oben lag noch ein Torbogen, durch den man in einen weitläufigen Portego gelangte, in dem große Glasfenster auf der anderen Seite den Sonnenschein einließen, der den Terrazzoboden erstrahlen ließ und den ganzen Raum mit Licht durchflutete. Die Wände waren mit Fresken überzogen, und ich wollte mir das orgiastische Bacchanal, das dargestellt war, gerade etwas genauer ansehen, als eine recht kräftige Frau mit rotem Gesicht aus einer Tür hervortrat. Sie war mittleren Alters; einzelne Strähnen ihres ergrauenden Haars lösten sich aus dem Knoten.

Marco fiel mit einem venezianischen Wortschwall über sie her. Als er fertig war, lächelte sie breit und sagte in fließendem Französisch: »Willkommen, Mademoiselle. Sie suchen nach Zimmern?«

»Für meinen Bruder und mich«, erwiderte ich in derselben Sprache. »Ich bin Sophie Hannigan. Mein Bruder Joseph ist Künstler. Er ist hier, um zu malen, und deshalb ...«

»... suchen Sie nach einem Atelier«, unterbrach sie mich. »Und Schlafzimmern. Vielleicht auch nach einem Salon? Und natürlich nach einer Küche. Das Obergeschoss ist gerade frei, aber Sie müssten es sich mit einem anderen jungen Mann teilen. Er ist Schriftsteller, also werden er und Ihr Bruder doch vielleicht miteinander zurechtkommen?«

Sie wandte sich ab und bedeutete mir, ihr zum Ende des Portego zu folgen. Dann ging es eine Treppe hinauf, die an einer zweiflügligen Tür endete. Mit großer Geste riss sie diese auf – ohne anzuklopfen, wie mir auffiel. Wir gelangten in eine leere Sala, an deren Wänden die gleichen kahlen Stellen, die ich schon in anderen Häusern bemerkt hatte, anzeigten, dass hier Gemälde abgenommen worden waren. Auch die Decke schien entfernt worden zu sein, und in jeder Ecke verrieten Löcher, dass hier Stuckleisten abgelöst und vermutlich verkauft worden waren. Aber der Raum war weitläufig und mit seiner hohen Decke wunderschön. Gleiches galt auch für die Zimmer, die sie mir zeigte. Ein Salon und ein Schlafzimmer gingen auf den Kanal hinaus, das andere auf den Hof, wenn auch der Feigenbaum einem die Aussicht verstellte. Es gab noch ein drittes, helles Zimmer, das Joseph gut als Atelier dienen konnte.

»Alles für nur vierzig Francs im Monat.«

Die Summe konnte ich mir leisten, und die Zimmer gefielen mir. Meine Kopfschmerzen ließen nach.

»Wer ist der Schriftsteller, der hier lebt?«, fragte ich, als sie endlich innehielt, um Luft zu holen.

»Mr Nelson Stafford. Kennen Sie ihn?«

Ich schüttelte den Kopf. »Ist er Amerikaner?«

»Engländer, glaube ich. Aber er ist ein reizender Junge, und gut aussehend noch dazu.« Sie stieß mich augenzwinkernd an. »Ich bin sicher, dass Sie und Ihr Bruder ihn sehr mögen werden. Ich hatte noch keinen Augenblick lang Ärger mit ihm. Würden Sie sich gern den Hof ansehen? Wir teilen ihn uns alle, aber ich kann dafür sorgen, dass Sie ihn zu bestimmten Zeiten ganz für sich allein haben.«

Das klang hervorragend. »Ja, ich würde ihn gern sehen.«

Sie führte mich wieder ins Hauptgeschoss und dann die Treppe in den Hof hinunter; Marco folgte uns stumm. Die Sonne vergoldete die Krone des Feigenbaums. Von der Treppe aus roch ich etwas, das mir auf dem Hinweg entgangen war, einen üppigen, lieblichen Duft wie nach Gardenien. Ich konnte mir gut vorstellen, in diesen riesigen Zimmern zu leben und abends in den Hof hinunterzugehen, um den süßen Geruch tief einzuatmen und meinem Bruder unter den glänzenden Blättern des Feigenbaums Modell zu stehen, während ich ihm bis zum Sonnenuntergang die Geschichten erzählte, die er so liebte.

Als wir unten ankamen, bog die Vermieterin scharf um die Ecke, vorbei an der moosbedeckten, halb geschwärzten Statue eines Fauns. In einer riesigen Urne, die beinahe halb so hoch war wie ich, wucherte irgendeine buschige Rankpflanze. Ich hörte dahinter ein seltsames Surren und Summen. Bienen, dachte ich, oder vielleicht ein Mückenschwarm.

»Mr Stafford kommt gern morgens hierher«, sagte sie und schob ein wildes Rankengewirr beiseite, um auf den eigentlichen Hof zu gelangen. »Er sagt immer zu mir …«

Sie blieb so unvermittelt stehen, dass ich gegen sie prallte. Mit einem leisen Aufschrei hob sie die Hand an die Brust, und ich brauchte einen Augenblick, bevor mir klar wurde, dass nicht mein Straucheln der Auslöser für ihren Gefühlsausbruch war.

»Mr Stafford!«, keuchte sie.

In der Mitte des Hofs lag neben einer marmornen Brunneneinfassung ein Mann und starrte mit leerem Blick gen Himmel, während unter ihm eine schwarze Blutlache gerann, über der es von schwirrenden, summenden Fliegen nur so wimmelte.

KAPITEL 6

Nicholas

»BIST DU ES NOCH NICHT MÜDE, DAS ZU ZEICHNEN?«, FRAGTE ICH Giles und warf einen Blick über seine Schulter auf seine wohl mittlerweile vierhundertste Skizze des Ponte dell'Accademia, einer gelinde gesagt monströsen eisernen Brücke. Ich hatte keine Ahnung, was er oder der Rest des guten Dutzends Künstler, das sich an diesem Nachmittag auf dem Campo della Carità aufhielt, daran so faszinierte; allerdings malten die meisten von ihnen zugegebenermaßen auch den Blick auf Santa Maria della Salute.

»Ich bekomme es einfach nicht richtig hin«, sagte er und schob seine Brille zurecht. »Ich versuche es weiter, bis es mir gelingt.«

Ich hütete mich, die Wahrheit auszusprechen – die da lautete, dass Giles es niemals richtig hinbekommen würde und dass die Brücke selbst, wenn es ihm wider Erwarten doch gelänge, so hässlich war, dass nur jemand mit einem abscheulichen Geschmack ein Gemälde davon kaufen würde. Dann wandte ich ungeduldig den Blick ab. Kunst reizte mich im Moment nicht besonders. Nelson Stafford war nicht zu unserer Verabredung erschienen, und ich befürchtete, dass ich zu spät gekommen war, um ihn zu retten.

»Wo ist denn nun dieses Mädchen, das du mir zeigen willst?«, fragte ich.

»Sie wird bald kommen«, sagte Giles unverdrossen.

»Weißt du, ich habe nicht den ganzen Tag Zeit.«

Giles lachte leise. »Nein? Was hast du denn sonst vor?«

Dann versteifte er sich. »Oh, oh… Da ist sie! Nein, um Himmels willen, Nick, starr sie nicht so an!«

»Du klingst wie ein Zehnjähriger«, sagte ich und folgte seinem Blick zu seiner Giulietta, die gerade von der Brücke auf den Campo spaziert kam. Soweit ich feststellen konnte, war sie ein typisch venezianisches Mädchen mit dunklen Augen und schwarzem Schal, und wie bei ihresgleichen üblich, hatte sie ein Auftreten, dem man anmerkte, dass sie erwartete, alle Männer würden ihr zu Füßen liegen. Ich nehme an, Männer wie Giles taten das auch, aber einer wie er hatte ja auch noch nie wahre Schönheit erlebt.

Das erinnerte mich nur wieder daran, warum ich nicht länger herumtrödeln konnte. Ich wandte mich Giles zu. »Sie ist recht hübsch und wird dir sicher für ein oder zwei Centimes Modell stehen. Das tun sie doch alle, weiß Gott!«

»Es ist schlimm, wie zynisch du geworden bist.«

»Ich würde es eher ›realistisch‹ nennen. Heutzutage gibt es doch kein einziges Mädchen in Venedig, das nicht weiß, was es als Modell wert ist.«

Ich warf wieder einen Blick in ihre Richtung, und so bemerkte ich den Mann, der die Brücke überquerte und auf den Campo kam. Er hatte die Art von Charisma, die Aufmerksamkeit erregt – und das passende Selbstvertrauen zu seinem Aussehen, das sogar ich atemberaubend fand. Er hatte dunkle Haare und trug keinen Hut. Seine weiße Hose war zerknittert und hatte hier und da graue Staubflecken. Er hielt ein großes Skizzenbuch unter dem Arm.

»Wer ist das?«, fragte Giles stirnrunzelnd.

»Woher soll ich das wissen? Ich bin schließlich nicht derjenige, der den ganzen Tag hier zubringt.«

»Ich habe ihn noch nie gesehen.«

Ich auch nicht, und es stimmte, dass Giles und ich mittlerweile so gut wie jeden Künstler in Venedig kannten.

Wie magisch angezogen kamen sie alle an denselben Orten zusammen: hier an der Accademia, gegen Sonnenuntergang an der Fondamenta der Riva bei den öffentlichen Gärten und an der Zattere wegen ihrer Aussicht auf den Lido. Sie kamen und gingen und besuchten fast alle irgendwann den Salon in der Casa Alvisi, in dem Giles und ich uns häufig aufhielten. Also war es seltsam, dass keiner von uns diesen Mann schon einmal gesehen hatte.

Er überquerte den Campo, nicht arrogant, aber seelenruhig, anders als die meisten anderen Künstler hier, die sich unter dem Gewicht der alten Meister Venedigs klein zu machen schienen. Ich ertappte mich dabei, ihn neugierig zu beobachten. Er lächelte denjenigen zu, an denen er vorbeikam, und murmelte hier und da einen Gruß. Ein Künstler hielt ihn mit einem Wort auf, als er vorübergehen wollte, und er blieb stehen, beugte sich über die Schulter des Mannes, zeigte auf etwas auf der Staffelei und machte eine Bemerkung dazu. Der Maler rief etwas und lachte, und der Fremde ging weiter und setzte sich schließlich auf die Pflastersteine. Er zog sein Skizzenbuch unter dem Arm hervor und holte ein Stück Zeichenkohle aus der Tasche seines dunkelblauen Mantels.

Ihm war kein Zögern anzumerken, kein Innehalten, um über eine Linie oder einen Schatten nachzudenken. Er zeichnete, als wüsste er genau, was auf dem Blatt zu sehen sein sollte und wie er es dorthin befördern musste. Ich beneidete ihn um seine Gewissheit – so selbstsicher war ich mit Worten nie gewesen. Aber ich sagte mir, es könne nur daran liegen, dass er sehr schlecht war, unbedarft genug, nicht zu wissen, dass er zögern sollte. Während ich mich fragte, ob das wohl tatsächlich der Fall war, fiel mir auf, dass die kleine Giulietta zu ihm hinüberspazierte, sobald sie ihn bemerkt hatte.

Giles ließ den Kasten mit seinen Pastellfarben aufs Pflaster fallen und rannte fluchend los, um sie aufzuhalten. Keine drei

Schritte entfernt von dem zeichnenden Mann mit der weißen Hose, verstellte er ihr den Weg. Er sagte etwas zu ihr, und jeder in der unmittelbaren Umgebung hörte, wie sie Giles in diesem unverkennbaren venezianischen Singsang einen Hund nannte. Sie versetzte ihm einen kräftigen Stoß gegen die Brust, sodass er über den fremden Mann und dessen Skizzenbuch stolperte. Giles fiel hin, dem Mann flog das Skizzenbuch aus der Hand und schlitterte über die Pflastersteine, und Giulietta stolzierte davon.

Ich eilte hinzu und zog Giles auf die Beine. Er war rot im Gesicht. »Was habe ich ihr nur getan?«, brach es aus ihm hervor. »Du hast es doch gesehen: Was habe ich getan?«

»Um Himmels willen, Giles, sie ist ein ordinäres Ding«, sagte ich. »Womit hast du gerechnet?«

Er klopfte sich den Staub ab und warf mir einen finsteren Blick zu, bevor er sich dem Mann zuwandte, über den er gestolpert war und der sich jetzt erhoben hatte und uns verwirrt ansah. »Es tut mir leid. Sie sind doch nicht verletzt?«

»Kein bisschen«, sagte der Mann. »Nur erschrocken.«

Ich ging zu seinem Skizzenbuch, und als ich es aufhob, um es ihm zu reichen, sah ich, was er gezeichnet hatte. Überwältigt hielt ich inne: Es war ihm gelungen, mit wenigen Strichen das Getümmel der Flaneure auf dem Campo einzufangen. Das war mehr als beeindruckend. »Das ist sehr gut.«

Er lächelte und griff nach dem Skizzenbuch, das ich ihm reichte. »Sind Sie Kunstkritiker?«

Ich lachte. »Weit gefehlt!«

»Dann sind Sie selbst Künstler?«

»Auch nicht, so leid es mir tut. Giles hier ist der Künstler. Ich bin bloß Dichter.«

»Dichter? Sind Sie berühmt? Verzeihen Sie mir, dass ich frage, ich bin kein sehr eifriger Leser. Meine Schwester kennt sich besser damit aus.«

»Ich hatte den einen oder anderen Erfolg«, sagte ich ohne falsche Bescheidenheit; es gab sehr wenig zu feiern. »Aber bisher ist mir der wahre Ruhm versagt geblieben.«

»Dann sind Sie in Byrons Fußstapfen auf der Suche danach?«

Ich ignorierte den Schmerz, der mich bei dem Namen durchzuckte, die Erinnerung, die nicht so schwach war, wie ich es mir gewünscht hätte. »Ich habe längst genug von den venezianischen Schwelgereien und Ausschweifungen.«

Giles lachte. »Schwelgereien? Nick hat ganz und gar nicht geschwelgt, seit wir in Venedig sind. Vielleicht ist es das, was dir so zu schaffen macht, alter Junge: keine Schwelgereien.« Er wandte sich dem Fremden zu. »Ich bin übrigens Giles Martin, und mein Freund hier, der Dichter, heißt Nicholas Dane.«

»Joseph Hannigan«, sagte der Mann und schüttelte uns die Hände.

»Sind Sie schon lange in Venedig?«, fragte Giles.

»Ich bin gestern Abend angekommen.« Hannigan warf einen Blick quer über den Campo zur Accademia und beschirmte seine Augen vor der Sonne. »Ich habe versucht festzustellen, welche Orte man sich am besten ansehen sollte. Meinen Sie, dass es sich lohnt hineinzugehen? Ich habe gehört, dass es dort einen guten Veronese gibt.«

»Zwerge und Hunde«, sagte ich trocken.

Er lachte. »Wenn ich recht verstehe, halten Sie nichts von Veronese.«

»Ich fürchte, ich habe kein gutes Auge für so etwas«, sagte ich.

»Nick ist nur bescheiden. Er ist ja vielleicht kein Ruskin, aber er hat ein sehr gutes Auge, das sagen alle.« Giles sah mich mit einer Art vagem Stolz an, der mich verblüffte. »Sogar Henry Loneghan persönlich fragt ihn nach seiner Meinung, bevor er irgendetwas kauft.«

»Henry Loneghan?«, wiederholte Hannigan.

»Ein Kunstsammler, der in der Stadt lebt«, erklärte ich. »Er wohnt dauerhaft hier. Und Giles übertreibt. Loneghan braucht wohl kaum meine Hilfe dabei, Kunst auszuwählen.«

»Aber er bittet dich dennoch darum«, sagte Giles.

Ich war mir stärker denn je bewusst, wie die Zeit verging und wo ich hätte sein sollen. »Es ist mir eine Freude, Sie kennengelernt zu haben, Hannigan. Doch ich muss jetzt in aller Eile gehen, so leid es mir tut. Vielleicht begegnen wir uns ja einmal wieder.«

»Das hoffe ich.« Als er die Hand ausstreckte, um meine zu schütteln, rutschte ihm das Skizzenbuch aus der anderen Hand, fiel hin und schlug noch einmal weit geöffnet auf den Pflastersteinen auf. »Wie tollpatschig von mir«, sagte er lächelnd, bückte sich, um es aufzuheben, und blätterte die Seiten durch, als wolle er sich vergewissern, dass auch alle unversehrt waren. Er machte nicht bei dem Bild halt, an dem er gerade gearbeitet hatte, sondern bei einem anderen, der Skizze einer Frau – wobei es stark untertrieben wäre, die Zeichnung nur als Skizze zu bezeichnen. Die Frau schlief; ihr dunkles, lockiges Haar lag auf einem weißen Kissen ausgebreitet, ihr Schmollmund war leicht geöffnet, und das Nachthemd war ihr von einer Schulter geglitten und hatte eine gerundete Brust mit steifer Brustwarze entblößt. Es war ein schönes Bild, so hervorragend gezeichnet und derart erotisch aufgeladen, dass ich wie betäubt davorstand. Guter Gott, er war unvergleichlich begabt! Vielleicht begabter als sonst irgendjemand, den ich bisher in Venedig getroffen hatte. Er war genau das, wonach Odilé suchte.

Giles schnappte nach Luft. »Guter Gott, Mann! Wer ist das?«

Joseph Hannigan warf einen Blick hinab auf die Skizze. »Gefällt es Ihnen? Das war das Erste, was ich gezeichnet habe, nachdem ich hier angekommen war.«

»Heißt das, sie ist hier? In der Stadt?«, fragte Giles.

Wie aus weiter Ferne hörte ich mich selbst sagen: »Nach dieser Skizze zu urteilen, würden Sie mit Veronese nur Ihre Zeit verschwenden.«

»Was sollte ich mir denn dann stattdessen ansehen? Wohin soll ich gehen? Ich hatte gehofft, einen Ortskundigen zu treffen – allerdings keinen Fremdenführer. Ich habe kein Interesse daran, einzukaufen oder Restaurants zu besuchen. Ich würde gern jemanden finden, der mir etwas Neues zeigen kann. Fällt Ihnen irgendjemand ein, der geeignet wäre? Ich kann bezahlen. Nicht viel, aber wenn ein paar Centimes reichen …«

»Etwas Neues?«, brachte ich hervor. »Wozu?«

»Zur Inspiration.«

»Ich möchte annehmen, dass Sie in jenen Armen schon genügend Inspiration gefunden haben.«

Ein Ausdruck, den ich nicht ganz deuten konnte, huschte über Joseph Hannigans Gesicht, bevor er mit einem raschen Lächeln antwortete: »Sie ist meine Schwester. Genauer gesagt meine Zwillingsschwester.«

»Ihre Schwester?« Giles war offensichtlich genauso verblüfft wie ich.

Hannigan nickte, als fände er nichts Merkwürdiges daran. »Sie steht mir oft Modell. Sie eignet sich gut dazu, finden Sie nicht?«

»Gewiss doch«, sagte Giles so inbrünstig, dass ich wusste, dass er seine Venezianerin schon vergessen hatte. »Sie ist also mit Ihnen hier?«

»Ja, und sie kann es genauso wenig erwarten wie ich, Venedig zu entdecken.«

Dass das Modell seine Schwester war, ließ mich seine Fähigkeiten nur noch mehr bewundern: Die Sinnlichkeit, die er heraufzubeschwören verstand, verriet jene Art von einfallsreichem Talent, nach der Odilé ständig suchte, und jetzt mehr denn je. Ihr blieb nur noch ein knapper Monat. Sie brauchte einen Mann wie Joseph Hannigan. Jung. Gut aussehend. Charmant. Und mit solch einem Talent! Sie würde ihm im Handumdrehen auf die Spur kommen, und sobald ihr das gelungen war, würde sie ihn erwählen. Wenn ich je mein Leben – und meine Begabung – zurückgewinnen wollte, durfte ich nicht wieder versagen. Wenn sie von Joseph Hannigan bekam, was sie brauchte, wäre ihre Kraft vollständig wiederhergestellt, und dann würde der Zyklus von Neuem beginnen.

So weit durfte ich es nicht kommen lassen. Nicht jetzt, da ein Ende in Sicht war. Das hieß, dass ich Odilé davon abhalten musste, ihn aufzuspüren. Ich musste ihn beschäftigt halten, indem ich ihn dazu brachte, durch die Stadt zu streifen. Er wollte Inspiration, und ich würde dafür sorgen, dass er sie fand – an Orten, die *ich* bestimmte.

»Giles und ich könnten Ihnen zeigen, was es in Venedig zu sehen gibt, nicht wahr, Giles?«

Giles nickte eilfertig. »Oh, gewiss, das können wir! Was wir noch nicht gesehen haben, lohnt sich auch nicht. Wir würden mit Freuden auch Ihre Schwester herumführen.«

Joseph Hannigan lächelte, offensichtlich erfreut. »Ich möchte Ihnen nicht zur Last fallen.«

Ich erwiderte sein Lächeln. »Ihre Begleitung ist uns alles andere als lästig. Im Gegenteil: Wir freuen uns darauf!«

Wir verabredeten ein Treffen später am Abend, und ich eilte davon, um Stafford zu suchen, aber Joseph Hannigan ging mir nicht aus dem Sinn. Anscheinend lachte mir das Glück endlich!

KAPITEL 7

Odile

I**N** V**ENEDIG GIBT ES** A**UGENBLICKE, DIE SO ERHABEN SIND, DASS** einen ihre schiere Schönheit und Bedeutsamkeit den Atem verschlägt. Dazu zählt der traurige Pas de deux der Gesänge der Gondolieri, ein Phänomen melancholischer Sommernächte. Doch als ich diesmal an meiner offenen Balkontür stand, um ihm zu lauschen, weil ich nicht schlafen konnte, hatte er eine andere Wirkung auf mich. Mein Hunger war jetzt rasend und rastlos, auf eine Art, die ich verabscheute und fürchtete, und die Schönheit von *La biondina* konnte mich nicht trösten, ganz gleich, wie lieblich der Widerhall und die Harmonien waren: Eine Zeile wurde ganz in der Nähe gesungen, die nächste scholl aus weiter Ferne zurück, immer hin und her, bis das Lied verklang und verschwunden war. Ich erinnerte mich an die Frau, für die es geschrieben worden war, die Gräfin Benzoni, die ganz Venedig betört und verführt hatte. Aber obwohl mir die Melodie die ganze Nacht über und bis in den nächsten Tag hinein nicht aus dem Kopf ging, dachte ich nicht an Benzoni, sondern an Paris.

Und an Madeleine Dumas.

Manche Erinnerungen verblassen zu zärtlicher Nostalgie, und manche verblassen völlig. Da ich nun beinahe dreihundert Jahre gelebt hatte, war mir sehr viel entfallen, aber meine Erinnerung an Madeleine wurde nie schwächer. Wenn ich auch nur an ihren Namen dachte, sah ich sie so strahlend schön vor mir stehen, wie sie vor all den Jahren gewesen war, prachtvoll mit Juwelen und Seide ausstaffiert. Sie schien selbst im mattesten Dämmerlicht noch zu funkeln. Sie war es, die mir gesagt hatte, dass in meiner Reichweite lag, was ich am meisten wollte. *Du kannst das alles haben, Chérie, aber du musst den Willen haben, es dir zu nehmen.*

Damals war ich schon viele Jahre auf mich allein gestellt gewesen – genauer gesagt, seit ich zwölf gewesen war. Aber damals war man mit zwölf nicht mehr gar so klein, und mir waren schon allerlei Schliche und Verführungskünste beigebracht worden, bevor meine Hure von Mutter meine Jungfräulichkeit an einen reichen alten Mann verschachert hatte. Ich hatte gedacht, ich könnte ihn behandeln, wie jede hübsche Heranwachsende ältere Männer behandelt, könne ihn verzaubern und mir alles erschmeicheln, da er zu dumm und betört sei, um zu sehen, dass ich ihn an der Nase herumführte.

Dieser Irrglaube wurde mir binnen weniger Augenblicke ausgetrieben. Kaum war er zur Tür hereingekommen, drang er auch schon in mich ein. Als ich vor Schmerz aufschrie, hielt er mich nieder und stieß mit zusammengebissenen Zähnen hervor: »Sei still, mein Täubchen. Ich habe gerade ein Vermögen dafür bezahlt, es dir als Erster zu besorgen, und ich gedenke es zu genießen.«

Dann schlug er mich, immer wieder, und genoss meine Schreie und mein Stöhnen. Er nahm mich in jener Nacht noch zweimal und ließ mich schließlich halbtot auf dem Boden liegen. Mir war übel, weil ich nun wusste, dass ich nichts war – weniger als nichts. Er ging, ohne einen Blick zurück zu werfen. Ich war es nicht wert, dass er weitere Gedanken an mich verschwendete.

Es hätte mich nicht überraschen sollen. Ich war in einem Bordell geboren und unter Huren aufgewachsen. Ich wusste, wie vergänglich ein solches Leben ist. Frauen verschwanden oft ohne Erklärung zwischen der Abend- und der Morgendämmerung, und niemand dachte je wieder an sie. Ich hatte immer geglaubt, dass mir ein solches Schicksal erspart bleiben würde. Wie meine Mutter damals, ein Bauernmädchen aus den Spanischen Niederlanden, das von zu Hause weggelaufen und nach Paris gegangen war. Statt des aufregenden Lebens, das sie sich erhofft hatte, war sie in einem Abgrund von Opiumsucht, Schmerz und Erniedrigung geendet. An den Tagen, an denen sie sich überhaupt daran erinnerte, dass es mich gab, kämmte sie mir mit anmutigen Fingern das dichte Haar und flüsterte mir zu: »Deine Schönheit ist dein Glück, mein Liebes. Du wirst nicht wie wir anderen. Aus dir wird etwas Vornehmes.«

Doch als ich in jener schrecklichen Nacht an die fleckige Decke starrte und mit tränennassen Wangen schmerzerfüllt keuchte, wusste ich, dass es nicht stimmte. Ich wusste, dass ich auch nicht anders war als die Übrigen und meine Schönheit mich letzten Endes nicht retten würde.

Zwei Monate später starb meine Mutter. Sie wurde erwürgt in der Gosse einer Seitengasse in Paris gefunden. Niemand stellte je Nachforschungen über ihren Tod an. Er kümmerte niemanden. Ich wusste nur, was geschehen war, weil ich mich auf die Suche nach ihr gemacht hatte. Wir fragten damals immer zuerst im städtischen Leichenschauhaus nach, und dort lag sie bleich und kalt auf einer Totenbank. Ich erhob noch nicht einmal Anspruch auf ihren Körper – was hätte ich damit schon tun sollen? Soweit ich weiß, wurde sie mit Hunderten anderer namenloser, gesichtsloser Seelen auf einem Armenfriedhof verscharrt. Ich war der einzige Beweis dafür, dass es sie je gegeben hatte, und sogar ich nahm sie am Ende nicht mehr zur Kenntnis.

Die Angst vor solch einem Schicksal ließ mich nicht los. Ich versuchte, mir einzureden, dass sie recht gehabt hatte, dass meine Schönheit etwas bedeuten musste. Warum sonst war sie mir verliehen worden? Ich war gewiss zu Höherem bestimmt und konnte nicht einfach ungesehen und vergessen sterben, um als namenlose Leiche unter vielen im Armengrab zu enden.

In jenen Tagen gab es nur einen einzigen gangbaren Weg für eine Frau wie mich, sich in der Welt einen Namen zu machen. Es war schwer, diese Leiter zu erklimmen, aber ich war entschlossen, eine der berühmten Kurtisanen von Paris zu werden. Ich wollte, dass der Name Odilé León für immer in Erinnerung bleiben würde.

Als ich fünfzehn war, wetteiferten die Männer bereits um meine Gunst. Sie schickten mir Süßigkeiten und Geld, edelsteinbesetzte Kleinodien und teure Parfüms. Als ich siebzehn war, hatte ich schon zwei Häuser gemietet. Ich hatte Truhen voller Juwelen, Seide und kostbarer Spitze. Ich hatte meine eigene Kutsche mit einem Gespann von vier grauen Pferden. Mit neunzehn war ich die begehrteste Kurtisane von ganz Paris. Es ging das Gerücht um, ich sei eine Fürstin im Exil oder eine Sklavin, die aus einem orientalischen Harem entkommen war, und es gefiel mir, diese Geschichten nie zu dementieren – einige davon hatte ich ja sogar selbst in die Welt gesetzt. Geheimnis und Verlockung waren wichtiger als alles andere. Die reichen Männer mussten sich fühlen, als ob sie etwas von einzigartigem Wert besäßen.

Ich richtete meine Zimmer in überbordendem Prunk ein. Lange bevor es in Mode kam, beduftete ich sie mit exotischem Weihrauch und brachte die besten Weine und Speisen auf den Tisch – natürlich bevorzugt solche, die als Aphrodisiaka galten. Man sagte mir nach, dass ich fähig sei, die Manneskraft eines jeden zurückzuholen. Ich lehrte junge Männer, gute Liebhaber zu werden, und dann und wann heuerte eine junge Frau mich an, damit ich sie darin unterwies, ihrem Ehemann zu Gefallen zu sein. Ich wählte meine Freier sorgfältig aus und wurde zu einem Luxusgut, das sich nur wenige leisten konnten, einem

Fang, den sich nur die mit den besten Verbindungen sichern konnten.

Ich glaubte, meine Angst endlich überwunden zu haben. Mein Name würde jetzt doch sicher im Gedächtnis bleiben? Und jahrelang hatte ich keinen Grund, etwas anderes anzunehmen. Ich war die Beste und Teuerste. Jeder wusste, wer ich war. Doch die Zeit ist keiner Frau eine gute Freundin. Ich begann die zarten Fältchen um meine Augen zu bemerken, das leichte Erschlaffen meiner Gesichtshaut. Graue Strähnen erschienen nach und nach in meinem dunklen Haar; ich konnte nicht mehr um vier Uhr morgens schlafen gehen und um acht aufstehen, ohne dass man es mir ansah. Allmählich verlor ich meine bevorzugten Liebhaber an jüngere Frauen, deren Augen unschuldig funkelten, deren Brüste straffer waren und die makellosere und schönere Haut hatten.

Ich begann mich wieder zu ängstigen – und auch das merkte man mir an. Männer spüren Verzweiflung. Sie sind wie Tiere und wollen immer die Oberhand haben. Ich war sechsunddreißig. Mein Einfluss war im Schwinden begriffen, und auch das spürten sie. Ich war nicht mehr die begehrte Beute von einst, sondern das verblassende Symbol einer anderen Zeit. Ich bemerkte immer häufiger, dass die Blicke der Männer an mir vorbeigingen, wenn ich ein Zimmer betrat, und erkannte, dass ich meine Furcht doch noch nicht überwunden hatte. In wenigen Jahren würde es sein, als hätte Odilé León nie existiert. Es war zu spät, einen anderen Weg einzuschlagen als den, für den ich mich entschieden hatte. Mir war das Schicksal meiner Mutter bestimmt, das ich schon vor Augen gehabt hatte, als ich blutend auf dem nackten Boden gelegen hatte.

Aber dann traf ich Madeleine Dumas. Die große Kurtisane Ninette hielt einen Salon ab, um einem Maler eine Bühne zu bieten, von dem alle Welt sprach – sein neuestes Ölgemälde war skandalös und brillant, und es ging das Gerücht, dass er vorhatte, die Frau mitzubringen, die ihn dazu inspiriert hatte. Ich wollte sie kennenlernen. Ich wollte wissen, was sie getan hatte, um solche Unsterblichkeit zu erringen. Aber als ich ankam, war der Künstler allein. An seinem Arm hing keine Frau, und er schien keine anzuhimmeln, sodass ich gar nicht darauf kam, dass Madeleine seine Geliebte und Muse war, obwohl ich es hätte wissen sollen, sobald ich sie auf der anderen Seite des Raums erspähte, funkelnd und lächelnd, von Kopf bis Fuß mit Edelsteinen behängt. An jenem Abend trug sie ein Kleid, das mit so vielen winzigen Rubinen und Perlen besetzt war, dass ich mich fragte, wie sie sich unter dem schweren Stoff überhaupt bewegen konnte. Goldene Kämme glitzerten in ihrem blonden Haar, aber ihre Augen … Ihre Augen waren dunkel wie Obsidian. Augen, die mich so anzogen, dass ich unfähig war, den Blick abzuwenden. Ich hatte den Eindruck, etwas Sonderbares in ihnen zu sehen, das einen gefangen nahm und erregte. Sie roch nach Selbstvertrauen und Lilien. Sie war in meinem Alter, und doch verfügte sie über etwas, das mir fehlte – Sorglosigkeit. Sie hatte keine Angst.

Ich wollte sie sein, und so etwas hatte ich noch nie empfunden – warum hätte ich eine andere Frau beneiden sollen? Das ungewohnte Gefühl ließ mich stutzig werden, war es doch eine unverfälschte, heftige Sehnsucht.

Sie winkte mir zu, als hätte sie gesehen, dass ich sie anstarrte. Ich ging – ganz in ihren Bann geraten – auf sie zu. Sie lächelte mich an und fragte, wer ich sei; als ich es ihr sagte, wurde ihr Lächeln breiter. Sie legte erheitert den Kopf schief, obwohl ich ihr nur meinen Namen genannt hatte. »Ich kenne Euch, nicht wahr?«

»Ich glaube, wir sind uns noch nie begegnet«, sagte ich. »Daran würde ich mich erinnern.«

»Vielleicht auch nicht.« Sie warf einen Blick quer durch den Raum dorthin, wo ihr Geliebter, der Künstler, mit einem anderen Mann in ein angeregtes Gespräch vertieft war, und beugte sich dicht zu mir, um zu flüstern: »Ich bin diejenige, die ihn zu allem gemacht hat, was er ist. Glaubt Ihr mir?«

»Natürlich.«

»Wie er es liebt, mich in der Öffentlichkeit mit Nichtbeachtung zu strafen!«

»Aber das tut er gewiss nicht, wenn Ihr zu Hause seid«, versicherte ich ihr.

»Nein, sofern ich denn da bin, und darüber habe ich noch keine Entscheidung gefällt.«

»Ihr wollt ihn verlassen?«

Sie zuckte mit den Schultern; es war eine reizende, elegante Geste. »Ich verlasse sie alle. Es ist schließlich *mein* Leben, nicht wahr? Ich muss es leben, ich muss es regeln. Warum sollte ich es ihnen überlassen, nur damit sie es vergeuden?« Sie hielt inne. »Was haltet Ihr von seinem Talent?«

»Ich glaube, er wird sehr berühmt werden.«

»Oh, das hoffe ich! Ich will, dass er berühmt wird. Es besteht auch kein Zweifel daran, dass er es schaffen wird. Aber ich frage mich, ob sein Ruhm von Dauer sein wird. Was glaubt Ihr? Werden die Menschen ihn noch in Hunderten von Jahren preisen?«

Ich dachte über ihre Frage nach. »Ich weiß es nicht. Vielleicht. Allerdings zeigt er nichts wirklich Neues, obwohl er sehr kunstfertig ist, also vielleicht auch nicht.«

Madeleine seufzte. »Das habe ich mir gedacht. Ich frage mich, ob ich vielleicht mit einem Makel behaftet bin.«

»Was meint Ihr damit?«

»Ich habe so etwas schon oft getan, so viele Male … Vor ihm war da ein Musiker. Er war genauso: Er war sehr begabt, aber er schrieb Lieder für Schulkinder. Ich nahm mich seiner an. Ich war seine Muse, seine Inspiration. Seine neuen Kompositionen wurden von der Kirche gut aufgenommen und in

Gesangbüchern veröffentlicht. Eine Zeit lang war er tatsächlich sehr berühmt. Und recht wohlhabend.«

»Das muss ihn sehr gefreut haben«, sagte ich.

»Das Geld?«, fragte sie.

»Der Ruhm«, entgegnete ich, unfähig, den Neid aus meinem Tonfall herauszuhalten. »Die Menschen kannten seinen Namen. Sie erinnerten sich an ihn.«

Madeleine musterte mich, und ich sah etwas in ihren schwarzen Augen: ein merkliches Interesse. »Wünscht Ihr Euch das für Euch selbst?«

»Nicht unbekannt und vergessen zu sterben? Ja, sicher. Wer wünscht es sich nicht, eine Spur in der Welt zu hinterlassen.«

Sie wandte den Blick ab. »Aha.«

Ich wusste nicht, was ich von ihr erwartet hatte, aber ihre Antwort enttäuschte mich. Ich hatte das Gefühl, ihre Aufmerksamkeit verloren zu haben, und wünschte mir nichts sehnlicher, als sie zurückzuerlangen. »Was ist aus ihm geworden? Aus dem Komponisten?«

»Seine Lieder sind nicht mehr in Mode. Er war nicht so einflussreich, wie er es meiner Ansicht nach hätte sein sollen.« Sie beugte sich wieder zu mir. »Ich glaube, ich habe kein gutes Auge dafür. Glaubt Ihr, dass Ihr es besser könntet, wenn Ihr Gelegenheit dazu hättet?«

»Ich?« Ich lachte. »Das weiß ich wirklich nicht.«

Ihre Worte gingen mir während der folgenden Abende nicht aus dem Kopf. Ich war wie gebannt und verzaubert. Madeleine hatte mir gezeigt, wie beschränkt die Welt war, in der ich lebte. Sie hatte mir verdeutlicht, wie viel mehr es gab, wie viel mehr man erlangen konnte.

Was wünschst du dir am meisten, Odilé?

Auch wenn ich jetzt auf meinem venezianischen Balkon stand und Venedig roch, hatte ich nur Paris im Kopf. Paris und Madeleine. Ich dachte an alles, was sie mir gegeben hatte, die

Jahre, die ich erlebt hatte, aber ich empfand dabei kein Staunen mehr, sondern nur noch Erschöpfung. Es gab Tage wie diesen, an denen der Fluch meiner Natur alles andere übertönte. Es war zu spät im Zyklus, als dass ich mich hätte freuen können. Mein Hunger verkrampfte sich in meinem Innern, heftig und schmerzhaft. Die Zeit ging mir aus. Irgendwo in dieser Stadt musste der Mann sein, der die ganze Welt inspirieren konnte. *Irgendwo.* Und wenn ich ihn nicht fand …

Barcelona huschte mir durch den Sinn: eine Vision des Erwachens aus einem Albtraum, nur um zu erkennen, dass es kein Albtraum war, sondern die Wirklichkeit. Die schreckliche Wirklichkeit, und ich war nichts als sich windende Dunkelheit. Ein Strudel der Begierde, und er stand in der Tür, das Sonnenlicht verlieh ihm einen Heiligenschein. Sein Gesicht verriet Entsetzen, und das Monster, zu dem ich geworden war, spiegelte sich in seinem Blick …

Ich schloss die Augen und verdrängte meine Erinnerung. Er war ja nicht einmal hier. Er hatte mich nicht gefunden. Ich hatte noch Tage, um meine Wahl zu treffen, ohne fürchten zu müssen, dass er sich einmischte. Er konnte mich nicht vernichten, aber was er tun konnte, was er mich zu werden zwingen konnte …

Wieder durchzuckte mich ein Schmerz, diesmal ein stechenderer. Genug der Erinnerungen – es war Zeit, auf die Jagd zu gehen. Gewöhnlich bevorzugte ich dazu den Rialto; er war einer der geschäftigsten Plätze in Venedig, und dort fand ich immer einen. Wenn schon kein wahres und unvergängliches Talent, dann doch jemanden, der meinen Hunger für eine Weile mildern konnte. Aber heute hatte ich etwas anderes vor. Ich erinnerte mich an die leise Musik, die ich letzte Woche von ferne aus einer Kirche gehört hatte, süß und verlockend. Den Klang des Möglichen.

Ich rief nach Antonio und wies ihn an, die Gondel bereit zu machen. Als ich ins Boot stieg, sagte er: »Er ist tot, Padrona.«

Einen Moment lang hatte ich keine Ahnung, von wem er sprach. Ich hatte den Dichter schon vergessen.

»Signor Stafford«, setzte Antonio hinzu.

»Oh. Woher wissen Sie das?«

»Er wurde auf seinem Hof gefunden.«

Klatsch sprach sich in Venedig ziemlich schnell herum. Die Gondolieri wussten alles fast schon in dem Augenblick, in dem es geschah.

Antonio machte eine Schneidebewegung quer über sein Handgelenk. »Selbstmord.«

Und wieder einer. Mein Entsetzen und meine Trauer waren nicht geheuchelt. Das hatte ich nicht gewollt! Ich wollte es nie. Ich dachte an den Dichter, wie ich ihn zuletzt gesehen hatte – auf dem Boden zusammengebrochen. Die Tränen in seinen Augen, als ihm klar wurde, dass ich ihn verbannte. Mein Appetit regte sich bei der Erinnerung. Plötzlich legte Antonio sich die Hand aufs Herz und runzelte die Stirn. Ich spürte einen Hauch von Sättigung und zuckte zusammen, als ich mich an die Lieder erinnerte, die er als Gondoliere sang. Ein Vogel, der bis eben in einem nahen Käfig gezwitschert hatte, verstummte schlagartig.

Mit aller Kraft drängte ich die Dunkelheit zurück. Antonio zitterte. Er holte tief Atem, und ich sagte: »Fahren Sie mich zur Kirche San Maurizio, und das schnell, bevor die Messe beginnt.«

Er nickte, obwohl er immer noch verwirrt dreinsah, und es kostete mich alle Kraft, ein Zähneknirschen zu unterdrücken. Als wir ankamen, tönte bereits Orgelmusik aus dem schlichten weißen Gebäude, und der Campo mit seiner gewaltigen quadratischen Brunneneinfassung war fast leer. Ich ging zum Kirchenportal und spähte in die Dunkelheit. Ich hörte das Knarren der Orgelbank, als sie zurückgeschoben wurde, einen kurzen Wortwechsel, eine angenehme Stimme und dann Schritte.

Der Mann, der ins Freie kam, war rothaarig, blauäugig, blass, feingliedrig und anmutig. Als ich ins Licht trat, sah ich diesen Ausdruck auf seinem Gesicht, den ich so liebte: Erstaunen, dann Ehrfurcht und Begehren.

»Haben Sie da eben gespielt?«, fragte ich ihn.

»J…ja«, stammelte er.

Ich lächelte. »Es war wunderbar. Ich musste einfach herkommen und herausfinden, wer solch ein Talent hat.«

Er wurde rot. Ich spürte plötzlich einen stechenden Schmerz und unterdrückte ein Aufkeuchen, als ich die Hand ausstreckte. »Ich bin Odilé León.«

Er umfasste meine Finger und liebkoste meine Hand, als hätte er schon sein Leben lang darauf gewartet, genau das zu tun. »Jonathan Murphy.«

Am Ende gab es für mich nur das eine: Begehren und Sucht und Hunger, ein Verlangen, das die Welt scharfkantig und in brutaler Schönheit hervortreten ließ.

»Möchten Sie ein Glas Wein mit mir trinken?«, fragte ich Jonathan Murphy.

KAPITEL 8

Sophie

DIE POLIZEI BEHIELT MICH ZWEI STUNDEN LANG DA, OBWOHL ICH nichts mit dem Leichnam oder mit der Stelle, an der er gefunden worden war, zu tun hatte. Die Vermieterin war hysterisch, und mir ging es nicht viel besser. Marco war derjenige, der die Polizei rief, und er war es auch, der dem Verhör mit Nachdruck ein Ende setzte und mich sanft aus dem Hof fortzog, nachdem die Polizisten ihre Fragen gestellt hatten. Er nannte ihnen meinen Namen und meinen Aufenthaltsort für den Fall, dass sie sich wieder mit mir in Verbindung setzen mussten.

Aber als ich auf dem Rückweg ins Danieli die öligen, düsteren Spiegelbilder im Wasser an mir vorbeiziehen sah, wurde ich den Anblick des Toten in seiner Blutlache und das Summen der Fliegen einfach nicht los.

Marco runzelte die Stirn, als er mir aus der Gondel half. »Sie sollten sich ausruhen, Padrona.«

Ich lächelte ihn an und spürte selbst, wie gekünstelt es wirkte. »Das tue ich gleich. Aber Sie müssen mir versprechen, morgen wiederzukommen – ich nehme die Wohnung doch nicht. Das könnte ich nicht ertragen, verstehen Sie?«

Er sah erschrocken drein. »Nein, das dürfen Sie auch nicht! Doch nicht bei solch einem zornigen Geist.«

»Einem zornigen Geist? Aber es war kein Mord. Es war Selbstmord.«

Zu dem Schluss war die Polizei gekommen. Die Blutlache stammte von seinen Handgelenken, die sauber aufgeschlitzt waren; daran war er gestorben.

Die Vermieterin hatte gesagt: »Er sah krank aus, das ist wahr. Ich habe ihn gestern Morgen angefleht, mehr zu essen. Er sagte, er bräuchte keine Nahrung – die Liebe hielte ihn am Leben.«

»Jetzt nicht mehr«, hatte der Inspektor angewidert bemerkt.

»Dann eben ein unglücklicher Geist«, sagte Marco jetzt zu mir.

»Ob es dort nun einen Geist gibt oder nicht, ich könnte nie mehr auf den Hof gehen«, erklärte ich ihm. »Sie kommen also morgen? Gibt es noch andere Wohnungen, die Sie mir zeigen können?«

»Hunderte, Padrona. Sie können sich ganz auf Marco verlassen.«

Es gelang mir, die Beherrschung zu wahren, als ich ihn verließ und durch die große Eingangshalle des Danieli schritt, die jetzt voller Leute war. Sie kehrten von ihren Tagesausflügen zurück und wollten sich ausruhen, bevor sie am Abend wieder ausgingen. Ich brachte es nicht fertig, zu lächeln oder mit irgendjemandem zu sprechen. Als ich endlich unser Zimmer erreichte, holte der Tag mich ein: Ich zitterte in einem fort und konnte mich nicht beruhigen.

Joseph war schon da. Er räkelte sich barfuß auf dem Bett, fertigte Skizzen an und verteilte Holzkohlestaub auf der Tagesdecke. Als er mich sah, schaute er lächelnd auf. »Ich glaube, ich habe den Weg hinein gefunden.«

Ich schluckte und versuchte, mir meinen Kummer nicht anmerken zu lassen. »Ja? So schnell?«

»Ich habe dir doch gesagt, dass es mir gelingt. Ich habe ihn heute Morgen getroffen. Einen Dichter. Er ist schon seit einer Weile in Venedig. Er kennt Henry Loneghan, Soph. Loneghan! Sie sind befreundet.«

»Loneghan? Oh … Das ist sehr gut.« Ich setzte mich auf die Bettkante und zog die Handschuhe aus, die an meinen schweißnassen Handflächen klebten. Unbeholfen fingerte ich an der Hutnadel herum.

»Er ist unterhaltsam. Ich glaube, du wirst ihn mögen.«

Ich ließ die Hutnadel fallen. Die Hände zitterten mir zu heftig, als dass ich sie hätte festhalten können. Ich nahm den Hut vom Kopf und tat so, als ob es keine Rolle spielte. »Wie lautet denn der Name dieses Wunderknaben?«

Aber Joseph hatte es gesehen – wie immer. Er legte sein Skizzenbuch beiseite. »Was ist geschehen? Du bist bleich wie ein Gespenst.«

Ein Gespenst. Ich konnte nicht anders: Ich brach in Gelächter aus. Sogar ich selbst hörte den Hauch von Hysterie darin.

»Sophie, um Gottes willen …« Er setzte sich neben mich. »Erzähl es mir.«

»Es gibt keinen Grund zur Sorge. Die Polizei sagt, dass es Selbstmord war …«

»Ein Selbstmord? Was meinst du damit? Wer hat Selbstmord begangen?«

»Mr Stafford. Oh, Joseph, es wäre so perfekt gewesen! Die *Sala* war so hell, und dein Zimmer wäre auf den Kanal hinausgegangen, und er war Schriftsteller …«

»Sophie. Sieh mich an.« Noch beim Sprechen drehte er mich mit sanftem Druck zu sich herum. »Was du sagst, ergibt keinen Sinn. Wer ist Mr Stafford? Von welcher Sala sprichst du? Fang ganz von vorn an.«

Er griff nach meinen Händen und umfasste sie fest, bis mein Zittern aufhörte, und ich spürte, wie ich Stück für Stück die Beherrschung zurückerlangte und wieder zu mir kam.

Ich berichtete ihm alles – über die Suche nach einer Unterkunft, über die Vermieterin. Aber ich brachte es nicht übers Herz, alles so nackt und hässlich und bedeutungslos zu erzählen. Und so verschönte ich die Geschichte und malte sie in

Farben aus, die ich ertragen konnte. »Sie sagte, er sei aus Liebe gestorben. Das ist doch eigentlich sehr romantisch, findest du nicht? Vielleicht hat etwas die beiden voneinander ferngehalten, und sie hatten keine Möglichkeit, zusammen zu sein. Er konnte ohne sie nicht leben. Oder vielleicht … vielleicht hatte sie einen Grund, ihn zu verlassen, wollte sich aber nicht von ihm trennen, und so brachte er das ehrenhafteste Opfer überhaupt. Für sie. Alles nur für sie.«

Joseph musterte mich nachdenklich und sagte dann leise: »Du hast einen Schock erlitten. Soll ich dir etwas holen – Schokolade vielleicht? Würde das helfen? Oder nein … Sherry!« Er ließ mich los und stand auf. »Verdammt, hier im Zimmer gibt es nichts, nicht wahr? Ich werde nach unten gehen müssen.«

Ich packte ihn am Arm, bevor er sich auch nur einen Schritt entfernen konnte. »Nein. Nein, bitte nicht, ich möchte nichts. Lass mich nicht allein!«

Ich hatte damit gerechnet, dass er Einwände vorbringen würde, aber er sah mich an, und sein Gesichtsausdruck wurde weich. Er setzte sich wieder neben mich aufs Bett, zog mich in die Arme und lehnte sich mit mir zurück, bis wir am vergoldeten Kopfteil ruhten und ich ihm den Kopf auf die Brust gelegt hatte. Sanft strich er mir eine lose Haarsträhne von der Wange.

»Wir bleiben heute Abend hier«, flüsterte er und streifte mit den Lippen meine Stirn. »Ich lasse jemanden etwas zu essen heraufbringen.«

»Das ist zu teuer«, murmelte ich.

Er ignorierte meinen Einwand. Seine Berührungen waren hypnotisierend, beruhigend. »Wir sparen uns das Café Florian für morgen auf. Ich wollte dich Dane vorstellen, aber das kann warten.«

Genau das wollte ich tun: hier liegen, mich trösten lassen, an nichts denken und nirgendwohin gehen. Nichts vortäuschen müssen, was ich nicht empfand. Aber einen ganzen Abend zu vergeuden – das konnten wir uns nicht leisten. Ich richtete mich auf. »Nein. Nein, mir geht es schon viel besser. Wir sollten ins Café gehen.«

»Auf den einen Abend kommt es nun auch nicht an.«

»Du sagst, er kann uns helfen?«

»Das glaube ich.«

»Dann sollten wir ihn nicht verlieren.«

»Bist du dir sicher? Wir könnten hierbleiben, es macht mir nichts aus. Ich könnte ihm eine Nachricht schicken. Es ist doch keine große Verzögerung.«

»Aber mir macht es etwas aus. Ich will hin«, sagte ich ernst, und tatsächlich wollte ich es in dem Augenblick: Das Gespenst des armen Mr Stafford entfernte sich zum ersten Mal, seit mein Blick auf seinen Leichnam gefallen war. »Wir haben keine Wahl. Unser Geld wird nicht lange reichen, wir müssen jede Gelegenheit ergreifen. Du hast ihn gefunden; jetzt muss ich meine Rolle spielen.«

Joseph schwieg eine Weile und musterte mich prüfend. Er seufzte. »Nun gut, wenn du darauf bestehst.«

»Das tue ich«, sagte ich fest. »Jetzt erzähl mir alles über ihn. Sieht er gut aus?«

»Ich glaube, er wird dir gefallen, und es sollte nicht allzu schwer sein, ihn zu betören. Er ist dank mir schon halb in dich verliebt.«

Auch das war Teil des Plans gewesen: Wenn es ein Mann war, musste *ich* mich um ihn kümmern; eine Frau war Josephs Aufgabe. »Und der Salon der Bronsons?«

»Wenn er Loneghan kennt, kann man darauf wetten, dass er auch mit den Bronsons bekannt ist, meinst du nicht? Außerdem hat Loneghan das Geld, sich als Mäzen zu betätigen. Er ist der Wichtigere.« Joseph legte den Kopf in den Nacken und sah träumerisch an die Decke. »Ich hätte nie gedacht, Aussichten auf ihn zu haben. In hundert Jahren nicht.«

»Das wirkt wie Schicksal, nicht wahr?«

»Ich habe dir doch gleich gesagt, dass sich alles ergeben würde, oder? Das ist uns vorherbestimmt. Es könnte gar nicht anders sein. Aber jetzt bist du am Zug, Soph. Du musst ihn an Land ziehen.«

Als wir zum Café Florian aufbrachen, war ich gut darauf vorbereitet, Nicholas Dane zu treffen. Ich hatte natürlich schon von dem Café gehört – wer hatte das nicht? Es war uralt und ging auf den Markusplatz hinaus, den größten Salon von allen. Abends strahlte er am intensivsten. Die untergehende Sonne vergoldete das Fischgrätmuster des Pflasters und überzog den Markusdom und das Rosa-Weiß des Dogenpalastes mit einem rotgoldenen Schimmer. Als Joseph und ich ankamen, waren die Tische, die sich auf der Piazza drängten, schon fast alle besetzt. Die angeblich allgegenwärtigen Tauben hatten sich um diese Tageszeit überwiegend zurückgezogen. Nur wenige stolzierten noch umher und brachten sich eilig vor achtlosen Füßen in Sicherheit.

Heute spielte kein Orchester, aber es war dennoch laut: Gespräch und Gelächter; die Rufe der Blumenmädchen; die Marktschreier, die Süßigkeiten anpriesen und Körbe voll glänzender Bonbons trugen; Jungen, die für wenig Geld Kunststücke vorführten; ein Mann mit einem Akkordeon und ein zerlumptes Mädchen mit hübscher Stimme, das alles sang, wofür die Leute es bezahlten. Spaziergänger schlenderten über den Platz und schlüpften unter die Arkaden, Kellner eilten mit Eis und Sirup, Kaffee und der ein oder anderen heißen Schokolade hin und her. Es wirkte, als wäre fast ganz Venedig hier zusammengeströmt.

Joseph zog einen Stuhl zurück und wartete, bis ich mich gesetzt hatte. »Soll er uns nur suchen! Es wäre nicht gut, zu verzweifelt zu wirken, nicht wahr?«

Ich ließ mich nieder. So zuversichtlich wie mein Bruder

war ich noch nie gewesen, und ich machte mir Sorgen, dass Nicholas Dane vielleicht schon an einem anderen Tisch saß und nun den ganzen Abend auf uns warten würde. Aber Joseph wirkte völlig entspannt. Er bestellte ein Zitroneneis für mich und Kaffee für sich, und als beides serviert wurde, lehnte er sich auf seinem Stuhl zurück, ließ den Arm auf meiner Rückenlehne ruhen und sah für die ganze Welt aus wie ein Mann, der seine Mußestunden genoss.

Ich probierte ein winziges bisschen Eis.

»Du siehst aus, als ob du gleich zusammenbrichst«, sagte Joseph mit gesenkter Stimme. »Sollen wir für heute Abend aufgeben und ins Hotel zurückkehren?«

Bevor ich antworten konnte, huschte sein Blick plötzlich an mir vorbei; seine Besorgnis um mich schwand und machte einem raschen Lächeln Platz. »Dane!«, sagte er und erhob sich. »Ich habe mich schon gefragt, ob wir Sie verpasst haben!«

»Oh, es ist doch noch früh, nicht wahr?«, antwortete eine geschmeidige Stimme mit britischem Akzent. Als ich hinschaute, sah ich zwei Männer vor uns stehen: einen sehr hochgewachsenen mit strähnigem braunem Haar, der ständig an seiner runden Brille herumfummelte, die ihm andauernd die lange Nase hinabrutschte, und einen kleineren, stämmigeren, der recht gut aussah – mit scharf geschnittenem Gesicht, kurzen blonden Locken, hoher Stirn und sehr blauen Augen.

Joseph sagte: »Sophie, darf ich dir Nicholas Dane und Giles Martin vorstellen?«

Ich streckte die behandschuhte Hand aus und lächelte. »Ich bin Sophie Hannigan. Es freut mich sehr, Sie beide kennenzulernen.«

Mr Martin starrte mich mit offenem Mund wie ein Fisch an. »Ich bin höchst erfreut, Miss Hannigan«, sagte er und drückte mir die Finger etwas zu fest, bevor er sie losließ.

»Ich ebenso«, warf Mr Dane gewandt ein. »Sie sehen Ihrem

Bruder sehr ähnlich. Hannigan sagte, Sie seien seine Zwillings-schwester?«

Ich antwortete: »Ja, aber ich hatte dennoch nie den Ein-druck, dass wir uns besonders ähneln, wenn man von Haar- und Augenfarbe absieht.«

»Sophie ist Gott sei Dank Papas Nase erspart geblieben; das Glück hatte ich nicht.« Joseph berührte liebevoll und neckisch meine Nasenspitze.

Wir setzten uns wieder hin, und Giles Martin verschlang mich mit Blicken, aber ich wusste ja aufgrund dessen, was Joseph gesagt hatte, dass Mr Martin nicht derjenige war, den ich bezirzen musste. Allerdings war ich nicht sicher, wie wichtig er vielleicht noch werden würde, und so schloss ich ihn für den Augenblick in mein Lächeln mit ein.

Joseph merkte an: »Wir wären beinahe nicht gekommen. Sophie hat leider einen großen Schock erlitten.«

»So? Hoffentlich war es nichts allzu Ernstes.« Mr Dane winkte den Kellner heran, um Kaffee zu bestellen. Das ver-schaffte mir Zeit, ihn zu mustern. Er wirkte in seinem dunkel-braunen Mantel und seiner modisch karierten Hose gepflegt, aber ich vermutete, dass er nicht reich war – man sah keine Uhrkette aus seiner Westentasche baumeln, und er trug auch keine Ringe oder Manschettenknöpfe. Joseph hatte gesagt, dass er Dichter war, aber er hatte auch keine Tintenflecke an den Fingern.

Ich war so damit beschäftigt, ihn zu betrachten, dass mir erst nach einer Weile bewusst wurde, dass alle auf meine Erklä-rung warteten. Ich hatte Mühe, mich daran zu erinnern, was die Frage gewesen war – ach ja, der Schock. »Oh. Ach doch, es war leider schlimm. Schrecklich schlimm.«

»Sie ist heute über eine Leiche gestolpert«, sagte Joseph.

»Eine Leiche?«, fragte Giles Martin sichtlich entsetzt. »Einen Toten?«

Ich nickte. »Ja, auch wenn die Polizei mir versicherte, dass es Selbstmord war und kein Mord, wie ich zuerst dachte.«

Nicholas Dane zog eine sandfarbene Augenbraue hoch. »Ein Selbstmord?«

»Er war Dichter wie Sie, Mr Dane. Sein Name war Nelson Stafford.«

Er atmete scharf ein. »Mein Gott.«

»Wie ist es denn überhaupt so weit gekommen, dass Sie auf ihn gestoßen sind?«, fragte Mr Martin.

»Es war gar nicht so schwer, wie man vermuten könnte«, sagte ich trocken. »Ich habe Wohnungen besichtigt. Im Hof einer davon lag er.«

»Ich hoffe, Sie haben sie nicht gemietet!«, sagte Giles Martin.

»Ich hätte es beinahe getan. Aber dann … Nun ja … Natürlich konnte ich es nach diesem Erlebnis nicht mehr.«

Der Kaffee wurde aufgetragen. Mr Dane spielte mit dem Griff seiner winzigen Tasse und bemerkte nachdenklich: »Ich hatte noch gar nicht davon gehört. Das ist seltsam, da Venedig doch für Klatsch und Tratsch lebt. Und dann auch noch Selbstmord! Wie tragisch.«

»Wir haben ihn erst vor ein paar Stunden gefunden«, sagte ich leise. »Ich glaube nicht, dass sich die Neuigkeit so schnell herumsprechen konnte. Kannten Sie ihn?«

Giles Martin erschauerte. »Nein, aber wir haben ihn ein- oder zweimal von Weitem gesehen.«

Mr Dane führte die Tasse an seinen wohlgeformten Mund und sah mir über den Rand hinweg in die Augen. »Es ist entsetzlich, dass eine wohlerzogene junge Dame so etwas zu sehen bekommen musste«, sagte er, nachdem er an seinem Kaffee genippt hatte. »Ich kann mir kaum vorstellen, dass Sie sich schon davon erholt haben, Miss Hannigan.«

Instinktiv griff ich nach der Hand meines Bruders, die

neben meiner Schulter hing. Er umfasste meine Finger fest und aufmunternd.

»Was meinen Sie, warum hat er es getan?«, fragte Mr Martin nachdenklich. »Mein Gott, ich hasse Selbstmorde. Sie bringen mich immer auf den Gedanken, dass ich irgendetwas hätte tun können, um das schreckliche Ereignis zu verhindern.«

»Aber Sie sagten doch, dass Sie ihn gar nicht kannten«, meinte Joseph.

»Nun ja, aber dennoch ... Ich hoffe, er setzt es sich nicht in den Kopf, Sie heimzusuchen, Miss Hannigan.«

»Du bist so abergläubisch wie nur irgendein Venezianer«, sagte Mr Dane abfällig.

Joseph lachte leichthin. »Hier fällt einem das doch auch leicht, nicht wahr? Als wir gestern Abend auf dem Weg zu unserem Hotel waren, hatte ich den Eindruck, die Zeit würde stillstehen. All die Geschichte ... Venezianische Spione, Morde an jeder Ecke. Die Stadt fühlt sich an, als wäre sie voller Geister.«

»Das ist sie sicher auch«, entgegnete Mr Dane, »und ich nehme an, empfindsame Gemüter spüren das deutlicher als andere.«

»Geister in Wasser und Wind ...«, murmelte mein Bruder und starrte zu den sanft schimmernden Arkaden hinüber.

»Sind Sie deshalb hier?«, fragte Mr Dane. »Suchen Sie nach jenen flüchtigen Geistern?«

Ich sah, wie der vertraute gehetzte Ausdruck in Josephs Augen trat – nur kurz, aber lang genug, um mich über das verzweifeln zu lassen, woran er sich gerade erinnerte. Ich schloss die Hand enger um seine, und die Bewegung schien ihn wieder zu sich kommen zu lassen. Er schenkte mir ein schwaches, bekümmertes Lächeln und sagte: »Ich habe nicht den Wunsch, auf die Suche nach Geistern zu gehen, aber ich spüre sie trotzdem. Sie nicht?«

Nicholas Dane erwiderte: »Man müsste gefühllos sein, um sie nicht zu spüren. Und Venedig liebt Geheimnisse, nicht wahr? Die Stadt ist wie geschaffen dafür, und genau das lockt die Künstler scharenweise hierher. Jedenfalls hat es Giles hergeführt. Ein Ruf in der Luft, eine unwiderstehliche Kraft…«

»Du lässt es wie eine Torheit klingen«, protestierte Mr Martin.

»Nun ja, die Hälfte aller Geniestreiche hat ihren Ursprung in einer törichten Laune«, sagte Mr Dane voller Zuneigung. »Nicht zuletzt deine… Haben Sie das auch gespürt, Hannigan?«

»Ich würde es nicht als törichte Laune bezeichnen«, sagte mein Bruder sinnend, »aber es war ein Traum, der mich hergeführt hat.«

»Ein Traum… Wie ein Wunsch, meinen Sie? Sie wollten Venedig schon immer einmal sehen?«, fragte Mr Martin.

»Ein Traum wie ein Traum.« Josephs Lächeln war schläfrig und fein, das Lächeln, das ich am liebsten hatte. »Ich habe von Venedig geträumt und dachte, ich sollte herkommen und herausfinden, warum.«

Das war natürlich eine Lüge. Es war die Art von Grille, mit der man bei Künstlern rechnet, und mein Bruder war klug genug, sich den Erwartungen gemäß zu verhalten. Aber Joseph hatte nie von Venedig geträumt. Er hatte nur gehört, was man sich über die Salons der hier lebenden Ausländer und das großartige Licht erzählte, und ich hatte die Gelegenheit gesehen, die wir brauchten: Venedig war der perfekte Zufluchtsort, an dem wir unsere Wunden lecken und hoffentlich den Ruhm und Reichtum finden konnten, der uns, wie Joseph glaubte, vorherbestimmt war.

Aber es passte zu meinem Bruder, dass er unsere Flucht romantisch und kunstsinnig klingen ließ.

»Nun«, sagte Mr Dane, »ich hoffe, Venedig wird dem

Traum gerecht, mein Freund, und wird nicht stattdessen zu einem Albtraum.«

»Glauben Sie, dass es dazu werden könnte?«, fragte mein Bruder.

Mr Dane zuckte mit den Schultern. »Ich habe es schon passieren sehen. Manche Menschen warnen einen davor, zu lange hierzubleiben. Sie sagen einem, Ausländer müssten häufig erkennen, dass Venedigs Vermächtnis die Verzweiflung ist.«

»Denken Sie doch nur an den armen Stafford«, pflichtete Mr Martin ihm bei.

»So etwas würde Joseph nie zustoßen«, sagte ich inbrünstig. »Wir sind hier, um der Verzweiflung zu entkommen, nicht, um sie zu finden.«

Ich spürte, wie mein Bruder warnend seinen Griff um meine Finger verstärkte, bis es fast wehtat.

Ich versuchte zu lächeln. »Was ich sagen wollte, ist … dass Joseph viel Talent hat. Niemand mit so viel Begabung sollte je verzweifeln.«

»Auch eine so schöne Dame wie Sie nicht«, warf Mr Martin ein wenig zu ernst ein. »Haben Sie die öffentlichen Gärten von Venedig schon gesehen, Miss Hannigan?«

Der Themenwechsel und sein allzu offensichtliches Kompliment warfen mich aus der Bahn. »Oh … O nein. Wir sind noch nicht so lange hier.«

»Nick und ich haben Ihrem Bruder die schönsten Panoramen in Aussicht gestellt, und in den Gärten gibt es gleich mehrere. Sie sind das einzige bisschen Grün in der Stadt. Wir sind übereingekommen, sie morgen zu besichtigen. Und was mich betrifft, wäre ich hoch erfreut, wenn Sie sich uns anschließen würden.«

Ich hatte vorgehabt, den Tag mit Wohnungssuche zu verbringen, aber Joseph drückte mir die Hand, und ich wusste, was er von mir erwartete. Ich sah Mr Dane an. »Kommen Sie auch mit?«

»Das hatte ich vor«, sagte er.

Giles Martin bemerkte: »Vielleicht findest du dort ja die Inspiration, nach der du schon so lange suchst, Nick.«

Ich wandte mich an Mr Dane. »Wie kommt es, dass Ihnen an einem Ort wie Venedig die Inspiration fehlt?«

Er bedachte mich mit einem müden Blick. »Wer weiß? Worte sind mein Geschäft, Miss Hannigan, aber Venedig fegt sie alle beiseite.«

»Ich sage ihm ja schon die ganze Zeit, dass er einfach noch nicht die richtige Muse gefunden hat«, warf Mr Martin ein.

Mr Dane lachte kurz auf. »Oh, von Musen habe ich genug, glaube ich.«

Er sagte es mit einer Verbitterung, die mir verriet, dass er unglücklich verliebt gewesen war, und das zweifelsohne erst vor Kurzem. Das erschreckte mich ein wenig, aber es war kein Beinbruch. Es stand zu viel auf dem Spiel, als dass ich mich davon hätte aufhalten lassen. Nicholas Dane musste uns mögen. Mich mögen.

»Aber vielleicht finden Sie in den Gärten eine, die eher nach Ihrem Geschmack ist«, sagte ich.

Nicholas Dane neigte zustimmend den Kopf. »Vielleicht«, räumte er ein, doch als er mich ansah, sprach nur Höflichkeit aus seinem Blick. Ich dachte an die Verbitterung, die seiner Stimme anzuhören gewesen war, und an meinen Eindruck, dass ihm die Liebe einen Strich durch die Rechnung gemacht hatte. Aber Liebe verlangte ich ja auch nicht von ihm …

Vergiss das nicht! Ich konnte Josephs Stimme beinahe in meinem Kopf hören. *Jeder Mann lässt sich von Begehren verleiten, Soph. Aber Begehren ist keine Liebe. Mach nicht den Fehler, das zu denken.*

Das wusste ich ja wohl besser als sonst jemand, nicht wahr?

KAPITEL 9

Nicholas

Sie war in der Realität ebenso atemberaubend wie auf seinem Porträt. Sie war nicht eigentlich schön, aber in ihr steckte etwas Interessanteres als Schönheit, als blaue Augen, dunkle Haare und blasse Haut. Es war das, was ihr Bruder in seiner Skizze eingefangen hatte, eine tiefe, beinahe urtümliche Sinnlichkeit, eine geheimnisvolle Anziehungskraft... Anders, als ich gedacht hatte, war der erotische Beiklang nicht seine Erfindung gewesen, sondern tatsächlich vorhanden. Er war echt.

Ich kannte nur eine einzige andere Frau, die über diese Eigenschaft verfügte, und während Sophie Hannigan beim besten Willen nicht so gefährlich sein konnte – ich hatte sogar den Eindruck, dass ihr überhaupt nicht bewusst war, wie sehr sie einen betörte –, wusste ich genug, um misstrauisch zu sein.

Es gab hundert Gründe, mich von Sophie Hannigan fernzuhalten – nicht zuletzt ihr Verhältnis zu ihrem Bruder. Was er in ihr gesehen hatte... Es war seltsam, dass er als ihr Bruder es bemerkt hatte. obwohl ich mir sagte, dass es auf der Hand lag, dass er beobachtete, wie andere Männer auf sie reagierten. Doch auch darüber hinaus war etwas an den beiden eigenartig. Joseph Hannigan allein war bereits charismatisch, aber die beiden zusammen waren seltsam unwiderstehlich, als ob sie einander jeweils steigerten. Ich war nicht der Einzige, der wie gebannt davon war: Giles ging es nicht anders. Vielleicht lag es nur daran, dass sie Zwillinge waren und deshalb jene im Mutterschoß begonnene Verbindung teilten, von der ich schon gehört hatte, ohne sie je mit eigenen Augen zu sehen. Was auch immer es war, ich verstand es nicht so recht; aber ich empfand es als unnatürlich faszinierend, und es schürte nur das Verlangen, das ich bereits nach ihr empfand, seit ich die Skizze gesehen hatte. Solch ein Begehren war Grund genug, Abstand zu halten: Eine derartige Verwicklung konnte ich mir nicht leisten. Sophie Hannigans Bruder im Auge zu behalten, während ich darauf hinarbeitete, Odilé zu vernichten, würde meine volle Konzentration erfordern. Ich durfte mich nicht von einer anderen Frau ablenken lassen, ganz gleich, wie verlockend ihr Äußeres war.

Ich beschloss, freundlich zu Miss Hannigan zu sein, sie aber am ausgestreckten Arm verhungern zu lassen. Später, wenn ihr Bruder in Sicherheit und Odilé nicht mehr da war, konnte ich es mir vielleicht noch einmal überlegen.

Die Gärten waren ein Grünstreifen am äußersten Ende der Riva, eine unverhoffte Ansammlung von Laubbäumen und verschlungenen Pfaden, an denen dicht gedrängt Statuen standen. Man kam aus Venedigs überfüllten engen Calli und Kanälen, aus einer Stadt aus Wasser und Stein, und trat in eine andere Welt, auf Wege zwischen Hecken, Rosen und Ranken. Es war ein warmer Tag, der Himmel war wolkenlos, und in der Ferne lagen blau die Euganeischen Hügel und die schneebedeckten Alpen. Auf den Gartenwegen gingen mehrere Menschen spazieren; andere ruhten im Schatten der Bäume oder saßen an Tischen an der Balustrade, von der aus man einen Blick auf die Lagune, San Giorgio Maggiore und den Lido hatte.

Nachdem wir etwa eine Stunde lang herumgeschlendert waren, setzten wir uns an einen dieser Tische. Die Hannigans hatten etwas zum Mittagessen mitgebracht: Wein, Wurst, Brot und Melone. Hannigan schnitt mit dem Messer große Stücke aus dem orangefarbenen Fruchtfleisch, und ich tat mein Möglichstes, nicht darauf zu achten, auf welch sinnliche Art Sophie

Hannigan sie verzehrte. Sie hatte die Handschuhe abgestreift, und der Saft lief ihr über die schlanken Finger und die Handgelenke, um im etwas vergilbten Spitzenbesatz ihres Ärmels zu verschwinden.

Giles war offensichtlich genauso hingerissen von ihr. »Auf die Inspiration«, sagte er, hob sein Glas in ihre Richtung und konnte den Blick nicht von ihren üppigen Lippen lassen.

»So flüchtig sie auch sein mag«, setzte ich hinzu.

Joseph Hannigan bückte sich, um eine rosafarbene Rose von einem rankenden Strauch in der Nähe unseres Tisches zu pflücken. Er brach einen Dorn ab und steckte sie dann mit einem breiten Lächeln seiner Schwester hinters Ohr. »Rosa steht dir. Finden Sie nicht auch, Dane?«

Natürlich stand es ihr. Der kräftige Rosaton hob sich von ihrem Haar ab und unterstrich die leichte Röte ihrer Wangen, die der Sonne ausgesetzt waren. Ich hielt meinen Tonfall so ausdruckslos höflich, wie ich nur konnte. »In der Tat. Das ist genau Ihre Farbe, Miss Hannigan.«

»Sie sollten ganz von Rosa umhüllt sein«, sagte Giles inbrünstig. »Von Kopf bis Fuß in Rosen.«

»Ich vermute, die Dornen würden so etwas recht unbequem machen«, bemerkte ich spöttisch.

Hannigan brach sich einen Kanten Brot ab, lehnte sich auf seinem Stuhl zurück und musterte seine Schwester, wie ich Hunderte andere Künstler ihre Modelle hatte studieren sehen – mit kritischem, abschätzendem Blick, der sie völlig entmenschlichte. »Hm. Vielleicht nicht von Kopf bis Fuß. Aber einige hier und da, finde ich, vielleicht vor weißem Hintergrund, um deine Haut zu betonen. Wir könnten es ja einmal probieren. Was meinst du, Soph?«

Sie zuckte leicht die Achseln und nahm sich noch ein Stück Melone. »Ganz wie du willst. Du hast den Blick dafür, nicht ich.«

»Mein Gott, das klingt schön«, sagte Giles. Ich hatte den Eindruck, ihrer Miene Unmut anzumerken, aber vielleicht lag das nur daran, dass ich mich selbst daran störte, obwohl ich mich doch mittlerweile an Giles' Anfälle von flammender Zuneigung gewöhnt hatte. Er war nie törichter, als wenn er in irgendeine Frau verschossen war.

Aber ich hatte zugleich Verständnis dafür. Ihr Zauberbann überbrückte den Abstand zwischen uns, berührte einen und zog sich dann wieder zurück. Ihr Lächeln war so sinnlich, dass man sofort ans Liebesspiel dachte. Das Verhalten ihres Bruders war nicht gerade hilfreich, lenkte er doch auf die vielfältigste Weise unsere Aufmerksamkeit auf sie. Ihr die Rose ins Haar zu stecken war nur eine von über einem Dutzend kleinen Gesten gewesen – als ob selbst er ihr so verfallen war, dass er nicht anders konnte.

Sie stützte das Kinn in die Hand und blickte auf die Lagune hinaus. »Was für ein schöner Tag, nicht wahr? Man kann sich unmöglich vorstellen, dass es hier andere Tage als solche gibt.«

»Bisher habe ich keinen einzigen mit schlechtem Wetter erlebt«, sagte ich, »aber ich war auch nur den Sommer über hier.«

»Die Lagune ist zauberhaft«, fuhr Miss Hannigan verträumt fort. »Bevor wir hergekommen sind, habe ich so viel darüber gelesen. Jeder erwähnt den ersten Blick auf Venedig von der Lagune aus. Aber das war, bevor die Eisenbahnbrücke gebaut worden ist. Ich nehme an, heute erblickt niemand mehr Venedig zum ersten Mal von dieser Seite.«

»Nein, vermutlich nicht«, pflichtete ich ihr bei. »Aber selbst wenn man vom Bahnhof kommt, ist Venedig schön, besonders im Vergleich zu Mestre.«

Joseph Hannigan lachte.

Giles bemerkte: »Solch eine trostlose, staubige Stadt.«

»Sie hat ihre Reize.« Hannigan wandte sich an seine Schwester. »Erzähl es ihnen, Soph. Erzähl ihnen, was wir in Mestre gesehen haben.«

Sie lächelte, und der träumerische Ausdruck in ihren Augen wurde stärker; es war unmöglich, sich ihm zu entziehen. »Wir mussten eine Stunde lang dort warten und saßen gerade auf der Bank vor dem Bahnhofsgebäude, als ein Zug einfuhr. Auf einen der Waggons war eine Kutsche geschnallt. Sie glänzte sogar im Staub. Ein goldenes Wappen war auf die Tür gemalt, und die Fenster funkelten im Sonnenschein wie Diamanten.«

Ihre Stimme gewann ein liebliches Timbre, den Überschwang einer Geschichtenerzählerin, die einen in ein Märchen hineinzieht, bevor man es auch nur bemerkt. »Der Zug hielt so plötzlich an, dass ein Ruck durch die Kutsche ging und die Riemen, mit denen sie gesichert war, rissen. Sie rollte, bis sie nur noch mit einem Rad auf dem Waggon stand, und hing lange genug so da, mich glauben zu machen, dass sie weiter in der Luft schweben würde. Aber dann stürzte sie schwer zu Boden. Die Koffer auf ihrem Dach sprangen auf, und Krüge und Flaschen und Holzkästchen rollten überall hin und barsten, als sei das Wüten der ganzen Welt gegen sie gerichtet. Schmetterlinge, Falter und Insekten flatterten befreit daraus hervor. Die Luft schimmerte vor glänzenden, farbenfrohen Flügeln, und der Boden erstrahlte in allen Regenbogenfarben. Es war so schön, dass wir den Blick nicht abzuwenden vermochten. Der Mann und die Frau, denen die Kutsche gehörte, rannten hin und her und versuchten, sie wieder einzusammeln, verzweifelt darauf bedacht, sie in Sicherheit zu bringen. Denn Sie müssen wissen, dass es nicht wirklich Insekten waren, die darauf warteten, getrocknet, aufgespießt und gerahmt im Museum ausgestellt zu werden. Nein, es waren Feen, die von einem bösartigen Dämon verzaubert und in das Grab einer Mumie gesperrt worden waren. Sie hatten Hunderte von Jahren in Dunkelheit verbracht, und der Mann und die Frau hatten sie befreit und wollten sie nun in die uralten Gärten von Rom zurückbringen, wohin sie gehörten. Aber jetzt waren die Feen in Sonnenlicht getaucht und lachten, weil sie der Finsternis endgültig entkommen waren. Sie wollten nicht in die Flaschen und Kästchen zurückkehren. Wir spürten ihre Freude und hörten sie singen. Der Mann und die Frau ließen sie gehen – was hätten sie auch sonst tun sollen? Sie konnten sie nicht länger beschützen. Sie konnten nur hoffen, dass die Feen selbst den Weg in die Gärten finden würden. Einige von ihnen sind schon dorthin gelangt, das weiß ich, und die Übrigen werden auch hinkommen, sobald sie die Spur finden, die ihnen die anderen gelegt haben, damit sie folgen können. Ich werde den Zauber von Mestre niemals vergessen.«

Ihre Stimme verklang, aber die Vision, die sie für uns heraufbeschworen hatte, hallte nach und war unmöglich zu vergessen. Ich hatte Sänger gehört, die alle Welt mit ihren Stimmen verzücken konnten, und Schauspieler, deren sonores Organ einen vor Ehrfurcht zu Tränen rührte. Aber Sophie Hannigan konnte ich nur noch staunend anstarren ob ihrer Fähigkeit, Geschichten zu erzählen. Es lag nicht nur an ihren Worten, sondern auch an der Art, wie sie sie aneinanderreihte, und an der Stimme, die mit jedem einzelnen Wort an Kraft zu gewinnen schien, sodass mein Kopf von derart magisch farbenfrohen Bildern erfüllt war, als hätte ich das alles mit eigenen Augen gesehen. Sophie verwandelte die Welt in etwas Schönes. Sie ließ einen daran glauben.

Wir waren alle sprachlos, aber Hannigan … Hannigans Blick war so erfüllt von Liebe und Sehnsucht – einer fatalen und irgendwie falschen Mischung –, dass ich kurz stutzig wurde. Ich hatte keine Ahnung, was ich davon halten sollte.

»Ist das wirklich geschehen?«, fragte Giles und brach so

das Schweigen, das sich über uns alle herabgesenkt hatte. »Die Insekten und Schmetterlinge? In Wirklichkeit waren sie doch wohl für ein Museum bestimmt?«

Sophie Hannigans Lächeln verflog, und für einen Augenblick trat eine Düsternis in ihren Blick, die mich nur noch mehr verwirrte. Ich wollte Giles erwürgen, weil er die Frage gestellt und so den Zauber der Geschichte besudelt hatte, aber es war Joseph Hannigan, der sanft bemerkte: »Sophies Geschichte ist doch diejenige, die Sie glauben wollen, nicht wahr?«

Die Schatten schwanden aus ihren Augen. Sie schenkte ihrem Bruder ein dankbares Lächeln.

Der Moment zog sich in die Länge und hing auf so intime Art zwischen ihnen, dass ich mir wie ein Eindringling vorkam und mich abwenden musste. Aber dann seufzte Hannigan, und als ich wieder aufschaute, sah ich, wie er sich erhob. »Kommen Sie schon, Martin. Vielleicht sollten wir versuchen, das Panorama zu zeichnen, statt nur darüber zu plaudern.«

Giles runzelte die Stirn. Er wirkte, als sei er drauf und dran, Einwände zu erheben, aber dann stand er widerwillig auf, folgte Hannigan und warf dabei einen Blick zurück zu Miss Hannigan, die er offenbar nicht gern verlassen wollte.

»Das war eine eindrucksvolle Geschichte«, sagte ich, als die beiden fort waren.

»Hat Sie Ihnen gefallen?«

»Sie können mit Worten umgehen und sind einfallsreich. Haben Sie die Geschichte aufgeschrieben?«

»Ich? O nein. Ich bin keine Dichterin. Ich erzähle gern Geschichten, aber ich verstehe mich nicht besonders gut darauf, sie aufzuschreiben. Sie können die Geschichte haben, wenn Sie mögen. Schreiben Sie sie für mich auf. Ich lehne mich zurück und betrachte so lange schweigend die Aussicht.«

Ich wandte den Blick ab, sah zu den Baumkronen empor und hörte mich selbst unvermittelt sagen: »Denn schön war sie, und ihre Schöne hüllt in Grau der Erde Glanz, dass alles schien nur eines Schattens schnell entschwebend Bild.«

»Oh, das ist reizend«, sagte sie lächelnd. »Wie schade, dass es nicht von Ihnen stammt, sondern aus Shelleys *Die Zauberin des Atlas.*«

Dass sie das Gedicht kannte, überraschte mich, doch ich hätte nicht erstaunt sein sollen. Sie war offensichtlich gebildet, und sie und ihr Bruder stammten entweder aus einer begüterten Familie und waren in Not geraten, oder sie waren aus niederen Verhältnissen aufgestiegen. Oder vielleicht hatten die Eltern ihren Bruder, den Künstler, verstoßen, und sie war ihm gefolgt. Es konnte viele Gründe haben, dass das Kleid, das sie trug – Seide von guter Qualität, wenn ich mich nicht irre –, nicht ganz der neuesten Mode entsprach und dass ich es nun schon zum zweiten Mal an ihr sah. Gestern Abend im Café Florian und heute wieder, obwohl sie einen anderen Hut und einen anderen Schal trug, als wolle sie die Tatsache verschleiern, dass es dasselbe Kleid war. Ich ertappte mich dabei, über ihre Vergangenheit nachzudenken, ihr Verhältnis zu ihrem Bruder und darüber, wo sie wohl gelernt hatte, Geschichten zu erzählen. Ich unterdrückte entschlossen den Drang, sie danach zu fragen. Schließlich wollte ich mich, wie ich mir ins Gedächtnis rief, nicht so tief auf sie einlassen.

Sie bat: »Sagen sie mir doch bitte eines Ihrer Gedichte auf. Joseph sagt, Sie hätten schon welche veröffentlicht. Ich muss gestehen, dass Ihr Name mir nichts gesagt hat, aber es gibt ja so viele Schriftsteller, die wir in Amerika nicht kennen! Ich nehme an, in London sind Sie berühmt.«

Ich nippte an meinem Wein und ignorierte den mittlerweile altvertrauten Groll, den ich bei ihren Worten verspürte. »Ich glaube, man kennt mich noch nicht einmal in London – zumindest kennen mich die meisten nicht. Kaum etwas lässt einen so demütig werden wie eine Veröffentlichung.« Und kaum etwas zeigte einem so sehr, wie unbedeutend man war.

»Nun, ich gehe davon aus, dass Venedig Ihnen guttut, ganz gleich, was Sie meinen. Vielleicht ist es, wie Mr Martin sagt, und Sie erkennen eines Tages, dass Sie die Inspiration direkt vor der Nase haben.«

Sie stützte immer noch das Kinn in die Hand. Ihre Augen glänzten und waren unverwandt auf mich gerichtet, als ob sie mich faszinierend fände. Es stieg mir zu Kopfe, das muss ich zugeben. »Vielleicht. Aber bisher hatte ich mit meiner Inspiration nicht so viel Glück wie Ihr Bruder.«

Ich sagte es mit voller Absicht und hoffte, aus ihrer Reaktion meine Schlüsse ziehen zu können, aber sie blinzelte nur und sagte leichthin: »Man weiß nie, was die Zukunft einem bringt.«

»Sie sind ebenfalls optimistisch, wie ich sehe.«

»Ebenfalls?«

»Giles ist es auch. Oder er ist verrückt – ich weiß nicht, was von beidem. Ist es Optimismus oder Wahnsinn, wenn man trotz Scheitern über Scheitern unverdrossen weitermacht?«

»Ich nehme an, es ist Glaube.«

»Oh? Glaube woran?«

»Ich weiß es nicht. An Gott. Oder an das Schicksal.«

»Oder an die Symmetrie«, sagte ich gedankenlos.

Sophie Hannigan zog die Stirn kraus. »Symmetrie?«

»Das pflegte ... jemand, mit dem ich befreundet war, zu sagen. Dass die Welt das Gleichgewicht zu schätzen weiß. Symmetrie.«

»Oh.« Sie sah verwirrt drein. »Nun, ich vermute, das ist so etwas wie Schicksal. Alles wendet sich zum Besten, nicht wahr?«

»Wirklich? Sie haben Nelson Stafford auf jenem Hof gesehen. Es gibt dort draußen eine Vielzahl von Schrecken, die um die Seele eines Menschen kämpfen, Miss Hannigan. Manchmal gewinnen sie. Ist das das Beste? Für wen?«

Der Glanz ihrer Augen wurde matt und wich den Schatten, die ich vorhin gesehen hatte – und für einen Moment waren sie so dunkel und verstörend, dass ich erschrak. Mir wurde auf einmal bewusst, dass Sophie Hannigans Vergangenheit – ganz gleich, wie sie aussah – völlig anders war als das, was ich mir ausgemalt hatte.

Aber dann wandte sie den Blick ab und sah auf die Lagune hinaus, zu ihrem Bruder, und der Ausdruck verschwand, sodass ich mir unsicher war, was ich gesehen hatte.

»Die Schönheit hat doch wohl mehr Macht als alle Schrecknisse, finden Sie nicht?«, fragte sie leise.

»Wie Ihre Geschichte über Mestre.«

Sie nickte. »Die Magie ist mir lieber. Ich möchte die Welt so sehen, wie Joseph es tut – er erkennt so viel Schönheit in allem.«

»Er kann sich glücklich schätzen, dass er das Talent hat, diese Vision der ganzen Welt zu zeigen. Ich nehme an, wir können uns alle glücklich schätzen.«

»Ja. Ich weiß nicht, was ich ohne ihn tun sollte.«

»So, wie es aussieht, empfindet er das Gleiche für Sie. Er scheint Ihnen recht ergeben zu sein.«

»Wir sind einander ergeben«, erklärte sie mir offen. »Wir haben sonst keine Angehörigen.«

Das überraschte mich nicht. »Ihre Eltern ...?«

»... sind bei einem Kutschenunfall ums Leben gekommen, als wir noch ganz klein waren.«

Das war es also, dachte ich: der Grund für die verstörenden Schatten in ihren Augen. »Wie tragisch. Wer hat Sie großgezogen?«

»Unsere Tante war unser Vormund. Haben Sie eine Familie, Mr Dane?«

Ich verstand mich selbst zu gut darauf, um nicht zu bemerken, dass sie ablenkte. »Eine sehr große, fürchte ich, die von keinerlei unseligen Todesfällen oder Krankheiten heimgesucht wird. Meine Mutter und mein Vater sind auf bestem Wege, in Ehren zu ergrauen. Mein Bruder und meine Schwester sind beide verheiratet. Meine Schwester hat sich als ausgesprochen fruchtbar erwiesen, was meinen Bruder und mich der Notwendigkeit enthoben hat, Enkelkinder zu zeugen, doch es mag sein, dass mein Bruder es inzwischen doch noch getan hat. Es ist eine Weile her, dass ich zuletzt zu Besuch war, also weiß ich es nicht.«

»Nein? Wie sonderbar.«

»Eigentlich nicht«, sagte ich. »Wir haben kein echtes Interesse aneinander, und mein Vater und ich kommen nicht gut miteinander aus. Er hatte ehrgeizigere Bestrebungen, was mich betraf.«

»Gefällt es ihm nicht, dass Sie Dichter sind?«

»Er fand, ich solle mir einen Beruf suchen, von dem ich tatsächlich leben kann. Ich nehme an, er hatte nicht ganz unrecht.«

Wieder dieses Lächeln. »Nun, ich setze große Hoffnungen in Sie, Mr Dane.« Sie beugte sich vor. Die Bewegung sorgte dafür, dass ihr Parfüm mir entgegenwehte: Veilchen, dachte ich, und Begehren regte sich unwillkürlich, entfesselt und inbrünstig.

Genau wie damals bei Odilé.

Im selben Augenblick, als mir der Gedanke kam, rief Giles nach mir, als hätte das Universum ihn geschickt, um mich zu retten. »Du solltest Miss Hannigan nicht ganz allein mit Beschlag belegen, Nick! Du wirst sie mit deinem Zynismus noch zu Tode langweilen. Kommen Sie doch einen Moment her, Miss Hannigan. Sagen Sie mir, ob ich die Farbe dieser Rose wirklichkeitsgetreu eingefangen habe.«

Sie zögerte. Ich glaubte, ihr Enttäuschung anzusehen, und mir wurde bewusst, dass sie offensichtlich mit mir hatte allein sein wollen. Die Erkenntnis erfreute mich ein wenig zu sehr. Ich raffte gezielt meine ganze Beherrschung zusammen, die – ohne dass ich es wollte – einen kalten Ton in meine Stimme brachte, und sagte: »Lassen Sie sich von mir bitte nicht aufhalten.«

Sophie war überrascht, das sah ich ihr an. Sie errötete, stand auf und ging zu Giles hinüber. Ich beobachtete interessiert, wie er zurücktrat, um ihr zu zeigen, was auch immer er da gerade malte, und versuchte, mir vorzustellen, welche Worte sie sich wohl einfallen lassen würde, um Giles trotz seines völligen Mangels an Begabung für Landschaftsgemälde ein Kompliment zu machen. Was sie sagte, war nach seinem freudigen Ausruf zu urteilen genau das Richtige.

Er deutete auf die Balustrade, und als sie dorthin spazierte, erkannte ich, dass er sie bat, ihm Modell zu stehen. Verärgerung durchzuckte mich. Es war dafür zu spät am Nachmittag; er würde sie stundenlang dort stehen lassen, und ich war mitgefangen, mitgehangen, obwohl ich von dem Tag schon genug hatte. Ich musste vor Sonnenuntergang noch einiges erledigen. Ich stand auf, schlenderte zu den beiden und sagte, als ich mich näherte: »Um Gottes willen, Giles, fall ihr doch nicht zur Last, indem du sie Modell stehen lässt.«

Sophie Hannigan setzte ein zögerliches Lächeln auf. »Ach, das macht mir nichts aus, ich bin daran gewöhnt.«

»Was haben wir denn sonst zu tun?«, fragte Giles.

Seine Worte riefen mir in Erinnerung, warum ich heute in die Gärten gekommen war: um Joseph Hannigan im Blick zu behalten und ihn in meiner Welt zu beschäftigen, damit er nicht die von Odilé durchstreifen konnte. In Katharine Bronsons Salon fand eine Dichterlesung statt, und Giles und ich hatten versprochen, uns dort sehen zu lassen.

Ich sagte zu Giles: »Wir sollen doch heute Abend zu Katharine kommen, hast du das schon vergessen?«

Giles zuckte zusammen. »O ja, das habe ich wirklich vergessen. Aber es spielt doch keine Rolle, ob wir zu spät kommen, nicht wahr? Es sind schließlich nur Johnsons Verse.«

»O nein, bitte, doch nicht unseretwegen«, sagte Miss Hannigan und wirkte auf einmal eigenartig steif, ob nun vor Enttäuschung oder aus Zurückhaltung. »Joseph und ich würden Sie niemals von einer Verabredung fernhalten wollen!«

Ein wenig unaufrichtig entgegnete ich: »Es ist keine Verabredung, keine richtige. Eher so etwas wie eine langfristige Verpflichtung. Katharine Bronsons Salon in der Casa Alvisi. Wissen Sie, eigentlich sollten Sie und Ihr Bruder mitkommen. Ja – das sollten Sie unbedingt tun. Ich glaube, es würde Ihnen beiden gefallen.«

»Whistler war neulich da«, sagte Giles, »und Frank Duveneck.«

»Oh, das klingt wunderbar. Aber ich muss erst Joseph fragen…«

Giles rief: »Hannigan! Kommen Sie her!«

Hannigan zuckte zusammen, als sei er aus einem Traum gerissen worden. Er schlug das Skizzenbuch zu, stand von seinem Sitzplatz unter einem nahen Baum auf und kam zu uns.

Ich sagte: »Sie haben doch noch keine Pläne für heute Abend, oder?«

Er warf seiner Schwester einen Blick zu, und sie sagte: »Mr Dane hat uns gerade in Katharine Bronsons Salon eingeladen.«

»Einen Salon?« Er schien noch nicht ganz aus seiner Gedankenverlorenheit erwacht zu sein.

»Es ist nicht so langweilig, wie es klingt«, versicherte Giles, »zumindest meistens nicht.«

Ich sagte: »Nein, wirklich nicht. Sie beide werden hochwillkommen sein. Neue Gesichter sind immer gern gesehen.«

Giles lachte. »Die einzige Anforderung ist die, dass man unterhaltsam sein muss. Darauf legen sie großen Wert. Wenn man nicht unterhaltsam sein kann, muss man wenigstens ein guter Zuhörer sein.«

»Ich bin die beste Zuhörerin überhaupt«, sagte Sophie Hannigan. »Nicht wahr, Joseph?«

»Aber Sie sind schon zur Unterhaltung bestimmt, Miss Hannigan«, meinte Giles. »Man wird Sie gar nicht damit durchkommen lassen, heute Abend nur im Publikum zu sitzen.«

Sie runzelte die Stirn. »Wie das?«

Ich rechnete damit, dass Giles ihr nun ein Kompliment zu ihren Reizen machen oder irgendetwas ähnlich Unsinniges daherschwatzen würde, aber er sagte: »Bis heute Abend wird der Klatsch über Stafford die Runde gemacht haben. Alle werden Ihre Geschichte hören wollen.«

»Oh«, sagte sie, »ich bin mir nicht sicher, ob ich darüber reden möchte.«

»Man wird es Ihnen nie verzeihen, wenn Sie allen die Geschichte vorenthalten«, sagte ich rasch. »Sie werden schließlich der Ehrengast sein! Doch ich warne Sie: Mit Verschwiegenheit werden Sie sich dort keine Freunde machen. Nicht bei diesen Leuten. Und Sie sollten auch alles ausschmücken: Sie lieben Einzelheiten und rechnen mit Lügen. Nach Ihrer Erzählung über Mestre zu urteilen, sind Sie darin sehr gut.«

Sophie Hannigans Lächeln traf mich unvorbereitet: Ich konnte mich nicht wehren.

Sie sagte: »Natürlich. Ich werde ihnen alles erzählen, was sie hören wollen.«

KAPITEL 10

Sophie

WIR KEHRTEN INS HOTELZIMMER ZURÜCK, UM UNS UMZUZIEHEN, bevor Mr Dane und Mr Martin uns um sechs Uhr abholen sollten. Kaum dass wir durch die Tür waren, wirbelte Joseph zu mir herum, umschloss mein Gesicht mit den Händen und küsste mich schwungvoll. »Mrs Bronson und die Casa Alvisi, Soph!«, rief er überschwänglich. »Ich habe es dir doch gleich gesagt, nicht wahr? Ich wusste, dass er die Verbindung hatte.«

Ich schlang die Arme um meinen Bruder und zog ihn eng an mich. »Du hattest recht, wie immer.«

»Und jetzt sind wir dank dir dabei!«

»Dank mir? Oh, ich glaube nicht, dass es auch nur im Geringsten an mir liegt. Eher an dir.«

»An mir?«

»Er ist entzückt von dir. Ich glaube nicht, dass er sich überhaupt von mir angezogen fühlt.«

Ernüchtert runzelte Joseph die Stirn. Er trat zurück und ging ruhelos zum Fenster hinüber. »Nein. Er interessiert sich für dich. Die Skizze und … Ja, ich weiß, dass er sich für dich interessiert. Ich habe es gesehen.«

»Er wirkte heute allerdings nicht so.«

»Als ich euch allein gelassen habe …«

»… schien er immun zu sein.«

»Worüber habt ihr gesprochen?«

»Ich erinnere mich kaum. Gott, glaube ich. Oder das Schicksal. Dass es ihm an Inspiration mangelt. Er war aber neidisch auf deine. Er hat nach unserer Familie gefragt.«

Joseph wandte sich um. In seinem Blick spukten Gespenster. Ich spürte, wie die alten Wunden, die er so sorgsam verborgen hielt, nach meinen riefen. »Was hast du ihm erzählt?«

Rasch sagte ich: »Genug, um ihm zu zeigen, dass es nicht sehr interessant ist. Tote Eltern, von einer Tante großgezogen, nichts weiter.«

Ich war erleichtert zu sehen, dass seine Gespenster flohen. Meine eigenen kamen daraufhin zur Ruhe. Joseph seufzte. »Hat er dich berührt? Deine Hand oder deinen Arm?«

»Kein einziges Mal.«

»Hat er gelächelt? Oder gelacht?«

»Ja, aber nicht so, wie du meinst. Vielleicht hast du recht, und er ist interessiert, aber wenn ja, dann hat er offenbar nicht vor, mehr daraus werden zu lassen. So etwas merke ich.«

»Martin sagte, er hätte kein anderes Mädchen. Du musst nur ein wenig mehr mit ihm kokettieren. Erinnerst du dich an das, was ich dir beigebracht habe?«

»Ja, natürlich. Ich habe es versucht. Wirklich. Er hat mich kaum angesehen.«

»Lass ihm Zeit«, sagte Joseph geringschätzig. »Er ist vorsichtig, das ist alles. Deine Geschichte hat ihm genauso gut gefallen wir mir. Sie war …« Er brach ab. Ich sah die Erinnerung daran in seinen Augen: an die Welt, die ich für ihn geschaffen hatte und in der wir beide gern gelebt hätten, die Welt, in der nichts wehtat und niemand uns störte. Und ich sah auch die Sehnsucht, die sie in ihm heraufbeschwor und die meine eigene widerspiegelte; die dafür sorgte, dass ich mich mächtig, elend und hilflos zugleich fühlte. Er blinzelte sie fort und sagte etwas heiser: »Glaub mir, er will dich so sehr wie Martin.«

Ich streifte die engen Handschuhe ab, indem ich einen Finger nach dem anderen losrüttelte. Dabei dachte ich an die Bitterkeit in Nicholas Danes Tonfall zurück, an meine Überlegung, dass er schon einmal verletzt worden war und nicht wieder verletzt werden wollte. »Vielleicht. Allerdings fühlt er sich auch zu dir hingezogen. Er konnte nicht aufhören, dich zu beobachten.«

»Das werde ich im Kopf behalten.«

»Was für eine Rolle spielt das noch? Warum sollte auch nur einer von uns es weiter versuchen? Wir sind in den Salon der Bronsons eingeladen. Wozu brauchen wir ihn da noch?«

»Wir werden seine Unterstützung noch eine Weile benötigen, zumindest, bis wir uns hier einen Namen gemacht haben. Und dann ist da ja noch Henry Loneghan …«

»Ja«, sagte ich seufzend, legte die Handschuhe beiseite und zog meine Hutnadel heraus. »Loneghan.«

»Du kennst seinen Ruf. Die Leute hören auf ihn. Sie folgen seinem Vorbild.«

»Ich weiß.« Ich nahm den Hut ab und löste die Haarsträhnen, die sich im Schleier verfangen hatten, bevor ich ihn auf den Stuhl warf.

»Dane wird dir nicht lange widerstehen können, selbst wenn er auch mich begehrt. Vertrau mir. Du bist unwiderstehlich.«

Ich sah ihn nur an.

Der Blick meines Bruders wurde sanft. »Du musst es nicht allein schaffen, Soph, das weißt du doch. Ich werde meinen Teil tun.«

Ich nickte. »Ich weiß.«

Joseph sah wieder aus dem Fenster. Leise sagte er: »Man wird im Salon der Bronsons noch nicht von uns gehört haben. Ganz gleich, was du tust, erwähn Roberts nicht.«

Mir war, als hätte sich ein Leichentuch über mich gesenkt. »Warum sollte ich ihn erwähnen?«

»Ich habe ja nicht gesagt, dass du es tun wirst, ich warne dich nur davor. Manchmal wirst du nervös, dann sprudelt einfach irgendetwas aus dir hervor.«

Das traf mich, ganz gleich, wie wahr es sein mochte. »Ich würde nicht über ihn reden. Ich habe ihn schon vergessen.«

»Bist du sicher, dass er ihnen nichts von dir erzählt hätte?«

Das Leichentuch lastete schwerer. »Ich habe ihm nichts bedeutet. Du warst der Einzige, auf den es ihm ankam.«

Joseph atmete aus. »Dann haben wir nichts zu befürchten«, sagte er befriedigt. »Es gab keinen Grund, von mir zu sprechen.«

Ich ging zu ihm hinüber. »Es war nur ein ganz kleiner Skandal, Joseph«, flüsterte ich. »Kaum jemand hat davon erfahren. Niemandem ist etwas zugestoßen.«

»Nur dir«, sagte er liebevoll.

Ich nickte, schmiegte die Wange an seinen Rücken, an den weichen, abgetragenen Stoff seiner Anzugsjacke, und schlang die Arme um ihn. Er hielt sie fest. »Nur mir.«

KAPITEL 11

Odile

ICH STAND AM FENSTER UND SAH ZU, WIE DIE SPÄTNACHMITTÄGLICHE
Sonne auf den Strömungen des Canal Grande tanzte und im
Takt der Klänge des Klaviers, auf dem er spielte, funkelte, zur
Ruhe kam und sich ausbreitete. Es war ein Konzert, das ich
gut kannte. Ich hatte es gehört, als es zur Welt gekommen war,
jeder Ton fest auf den vorhergehenden gefügt, ein Notenwirbel
wie ein Schneesturm, der dahinraste und aus einer Hand pur-
zelte, die vor Feuereifer zitterte, alles niederzuschreiben und ja
nichts zu verlieren.

Ich schloss die Augen und kostete die Erinnerung aus. Ich
wusste noch gut, wie er das Konzert vollendet hatte und vor
Erschöpfung beinahe zusammengebrochen war. Schwitzend
von der Anstrengung des Komponierens, war er zu mir getau-
melt, mir in die Arme gefallen und hatte mich mit zu Boden
gerissen, wo seine Töne sich in meinem Haar verfangen und
sich mit unseren Verrenkungen und Zuckungen verbunden
hatten, den Krämpfen der Lust, den Schreien, die ein Widerhall
seiner Melodie gewesen waren …

Jetzt näherte sich das Klavierspiel dem Ende: Der letzte
Akkord verklang im warmen Nachmittag, verebbte langsam,
löste sich in einzelne Töne auf und sank wie Staub zu Boden.
Wir sagten beide kein Wort – mein neuer Musiker wusste
so sehr wie nur irgendeiner das Talent eines Vorgängers zu
schätzen. Das war die Eigenschaft, die mir an Musikern am
besten gefiel. Sie rivalisierten und waren eifersüchtig. Doch
anders als Dichter, Schriftsteller oder Maler borgten Musiker

sich viel aus, bauten auf alten Fundamenten auf und würdigten das Genie früherer Zeiten. Sie benutzten es. Einer machte eine Entdeckung, und andere begrüßten sie, verschönerten sie und schmückten sie aus, indem sie sie veränderten und zu etwas umformten, das etwas ganz Eigenes war, obwohl darin noch die Vergangenheit nachhallte. Auf diese Weise fühlte jede Melodie und Harmonie sich wie ein Teil eines gewaltigen Universums an, das nicht nur dem Menschen, sondern auch jedem anderen Geschöpf gehörte – ob nun natürlich oder übernatürlich.

Die Musik hatte mich einst gerettet: Musik, die mir versicherte, dass ich noch immer eine Seele hatte – denn wie wäre es sonst möglich gewesen, davon so berührt zu sein? In den Zeiten, zu denen mein Appetit gestillt war und ich wie betäubt wartete, war es die Musik, die mir in Erinnerung rief, dass ich einst etwas empfunden hatte. Gerüche gaben mir Halt, aber Musik ... Musik verriet mir, dass mir meine Seele geblieben war, ganz gleich, was mir sonst genommen worden sein mochte. Selbst wenn der dunkle Heißhunger Besitz von mir ergriff und ich nichts als ein Gewirr aus Begierde und Entzücken war, blieb ich – irgendwie – immer noch Odilé. Und ich fürchtete mich mehr denn je davor, genau dies zu verlieren.

Ich hörte das Rascheln von Papier, das leise Geräusch, als er den Klavierdeckel schloss, das Knarren des Hockers, als er aufstand. Ich öffnete die Augen und sah ihn an. Er war noch ganz berauscht vom Spielen: Sein blasses Gesicht hatte Farbe bekommen, sein rotes Haar fiel ihm in die Stirn, seine Augen glänzten. Mein Hunger überbrückte den Abstand zwischen uns, zapfte ihn an, ließ ihn straucheln. Verwirrt runzelte er die Stirn und sah nach unten, als wolle er dem Boden vorwerfen, ihn absichtlich ins Stolpern gebracht zu haben. Dann stellte er sich hinter mich, schlang die Arme um mich und zog mich an seine Brust.

»Odilé.« Er flüsterte jede einzelne Silbe – Oh-die-leh – an meinen Hals, gleich unter meinem Ohr, sodass die zarten Haare dort sich bewegten und mir ein Schauer über den Rücken lief. »Du siehst so schön und traurig aus, dass ich es nicht ertragen kann.«

»Es liegt an der Musik«, sagte ich. »Weißt du, wer das Stück geschrieben hat?«

»Schumann«, antwortete er ohne Zögern.

»Man sagt, er sei von Engeln inspiriert worden. Aber das stimmt nicht, weißt du?«

»Von seiner Frau, wie ich gehört habe.«

Ich widerstand dem brennenden Hunger fürs Erste und erlaubte dem nun schon fast köstlichen Schmerz, sich weiter auszudehnen. »Nein, nicht von seiner Frau, obwohl er sie liebte. Es gab eine andere Frau. Eine, von der niemand wusste. Er nannte sie seinen Engel. Er dachte, sie sei aus einer anderen Welt gekommen, und in gewisser Weise traf das auch zu.«

Er knabberte an meinem Hals und atmete tief meinen Duft ein. Sein Puls verriet mir, wie behext er war, und mein Hunger riss weit das Maul auf, um ihn zu verschlingen. Für den Augenblick sperrte ich mich jedoch dagegen und kostete es aus.

»Er begegnete ihr auf einer eisigen Straße in Düsseldorf.« Ich erinnerte mich, wie Robert Schumann um die Ecke gebogen und so plötzlich stehen geblieben war, dass er auf dem Eis weitergeschlittert war. Er hatte den Sturz abgefedert, indem er sich mit einer behandschuhten Hand an der Wand abgestützt hatte. Er hatte inbrünstig flammende Augen und recht langes dunkles Haar gehabt, das unter seinem Hut hervorgelugt hat. »Später erzählte er ihr, dass sie sich als Schattenriss vor der Wintersonne abgezeichnet hatte, als er sie zum ersten Mal sah, sodass es ihm erschien, als wäre sie von einem Heiligenschein umgeben, als wäre sie ein Engel, den Gott ihm geschickt hatte – und dass er einen Augenblick lang gedacht hätte, sie sei nicht wirklich da.«

Der Musiker murmelte irgendetwas. Ich spürte, wie seine warmen Lippen sich auf meiner Haut bewegten, als er mir einen Kuss gab.

»Er war verzweifelt. Er liebte seine Frau, aber er war eifersüchtig auf sie. Ihr Ruhm überstrahlte seinen, und das quälte ihn. Er spürte, dass er nichts schreiben konnte. Er sagte, er hätte Stimmen gehört, die ihn anwiesen, nichts mehr zu komponieren, und andere, die danach schrien, freigelassen zu werden. Aber wenn er bei seinem Engel war, sprudelte die Musik nur so aus ihm hervor. Er konnte gar nicht schnell genug schreiben. Sie war es, die ihm sein eigenes Genie bewusst machte. Sie war es, die ihm zu dem Ruhm verhalf, nach dem er sich sehnte.«

Mein Musiker rührte sich nicht mehr. »Wer war sie?«

»Das weiß niemand, nur, dass er die *Geistervariationen* für sie schrieb. Manche Leute glauben, er hätte sie seiner Frau gewidmet, aber das war nicht der Fall. Sie galten seinem Engel, obwohl er ihren Namen nie enthüllte. Er vergalt ihr alles mit Vergessen und Bedeutungslosigkeit.«

»Ich erinnere mich, dass er von Engeln besessen war. Er ist doch verrückt geworden, nicht wahr?«

Ich drehte mich zu meinem Musiker um, sah ihn an und schlang die Arme um seine Taille. »Ja. Das war der Preis, den er zahlte.«

»Der Preis? Wofür?«

»Für die Inspiration.« Ich lächelte ihn an. »Für den Ruhm. Glaubst du, dass sie es wert waren?«

Der Musiker starrte mich an, als hätte ich ihn verhext. Es war der gleiche Ausdruck, den ich in Robert Schumanns Augen auf jener frostigen Straße gesehen hatte, während sein Handschuh auf der Wand geruht hatte, in dem Augenblick des Innehaltens, als die Zeit stillgestanden hatte, während sein Atem in der Luft Wolken gebildet hatte.

»Ja«, flüsterte Jonathan Murphy. »Er ist doch derjenige, an den wir uns heute erinnern, nicht wahr? Nicht seine Frau.«

»In der Tat.« Ich stellte mich auf die Zehenspitzen, um ihn zu küssen. Sein Mund schmeckte süß wie Honig. Er taumelte wie ein Betrunkener gegen mich.

»Aber was war mit der Frau?«, beharrte er undeutlich, geschwächt. »War sie wirklich ein Engel, wie er sagte?«

»Ein Engel? O ja.« Ich drückte ihm den Mund auf die Halsschlagader und spürte, wie sein Puls unter meiner Zunge einen Satz machte. Er keuchte und erschauerte vor Lust, die sich schon dem Höhepunkt näherte, ein williger Gefangener, der mich anflehte, ihn zu nehmen, und ich spürte ein Schaudern der Erschöpfung und zugleich Erleichterung, als ich mit der Hand durchs feine, dichte Rot seines Haars fuhr und dabei murmelte: »Ja, sie war sein Engel. Aber errätst du es nicht, mein Liebster? Sie war auch sein Dämon.«

KAPITEL 12

Odile

ICH WAR BESESSEN VON MADELEINE – DAS ERKENNE ICH JETZT, doch damals wusste ich nur, dass sie mich faszinierte. Monatelang folgte ich ihr wie ein unglückliches Hündchen und war dankbar, dass sie meine Gesellschaft zu wollen schien. Jetzt weiß ich, dass es daran lag, dass meine Beharrlichkeit ihr ein Rätsel war. »Du bist etwas Neues«, sagte sie zu mir, und ich verstand erst viel später, wie ungewöhnlich ich tatsächlich für sie war. Sie war es gewohnt, andere zu verlassen, und ich duldete es nicht, verlassen zu werden.

Sie hatte ihren Künstler verlassen, wie sie es angekündigt hatte, und er verfiel bald darauf in eine Depression, die im Selbstmord endete. Madeleine schien davon nicht weiter berührt zu sein und sich auch nicht darüber zu wundern. Als ich ihr die Neuigkeit mitteilte, sagte sie nur: »Ach, sehr traurig«, als wäre diese Traurigkeit einfach etwas, das man zur Kenntnis nehmen musste, eine Tatsache wie »der Hund ist schwarz«, aber nichts, was sie spürte. Sie war in den ersten paar Tagen danach still und nachdenklich – sie lauschte gern meinem Geplauder, und ich fand in ihr eine Zuhörerin, die immer interessiert, wenn auch nicht mitfühlend war.

»Was willst du nur von mir?«, fragte sie mich eines Tages und musterte mich mit scharfen schwarzen Augen. Ich spürte, dass die Frage Gewicht und Bedeutung hatte, und bekam den seltsamen Eindruck, dass meine Zukunft von dem abhing, was ich antwortete.

»Ich will wie du sein«, sagte ich zu ihr.

»Du willst das hier, meinst du«, sagte sie und wies auf das Zimmer, das in seiner Üppigkeit beinahe erdrückend war: Schals und Kissen, goldene Statuetten, edelsteinbesetzte Leuchter, flauschige Teppiche.

Ich schüttelte geringschätzig den Kopf. »Ich besitze genug.«

»Also willst du Liebhaber.«

»Nein. Ich will sein, was du bist.«

»Was ich bin?«, fragte sie, und in ihrer Stimme lag ein gewisser Argwohn, ein Lauern, das ich darin noch nie wahrgenommen hatte.

»Die Männer, die du inspiriert hast, werden dich nie vergessen. Du hast Eindruck auf sie gemacht. Sie sagen, dass du unvergesslich bist.«

Die Menschen kannten ihren Namen; sie wollten bei ihr sein. Seit Madeleine den Maler verlassen hatte, erhielt sie Briefe, Bitten und Besuche von anderen Künstlern: Dichter, Maler und Musiker flehten alle darum, einen Moment mit ihr verbringen zu dürfen, sie hofften allesamt auf mehr. Madeleine tat etwas, das ich bei einer alleinstehenden Frau bisher noch nie beobachtet hatte: Sie wählte, wen sie mochte, ohne auf Geld oder Prestige zu achten, und ihre Wahl verwandelte andere. Sie peitschte ihre Geliebten zu künstlerischer Raserei auf. Sie bewegte und inspirierte sie, und ich wollte wissen, wie sie das erreichte. Niemand übersah sie. Niemand wandte je den Blick von ihr ab. Man erinnerte sich an sie. Ich wollte das, was sie hatte – wollte es mit einer solchen Inbrunst, dass es mir manchmal Angst machte.

Ich wunderte mich nie über die seltsamen Dinge, die ich bei ihr beobachtete, obwohl ich es hätte tun sollen: Ich fragte mich nicht, warum sie ihre Liebhaber so schnell verschliss, manchmal binnen weniger Tage. Gelegentlich suchte ich morgens ihre Gemächer auf und sah die Männer davonstolpern, als wären sie von einem Fieber geschwächt. Ein oder zwei von ihnen fand ich zusammengesunken auf dem Teppich. Madeleine sagte immer nur, es sei nichts – ihr Geliebter sei krank, er habe nichts gegessen, die Nacht sei anstrengend gewesen –, und die Dienerschaft trug die Männer hinaus. In jenen ersten Monaten nahmen sich zwei ihretwegen das Leben: Einer sprang von einem Balkon, der andere hängte sich auf. Ich staunte nicht darüber – warum auch? Ich verstand es. Ich wäre am Boden zerstört gewesen, wenn sie mich verstoßen hätte.

Ich vergraulte die wenigen Geliebten, die ich noch hatte, doch es kümmerte mich nicht, als ihnen der Geduldsfaden riss, weil ich ihnen keine Aufmerksamkeit mehr schenkte, und sie mich für andere verließen. Mich kümmerte nur noch Madeleine. Ihr Einfluss war bemerkenswert: Sie erzählte mir Geschichten über die Männer, die sie inspiriert hatte, und ich war bass erstaunt, wie viel sie in ihrem Leben schon unternommen hatte und wie viele Kunstwerke ihre Existenz ihr verdankten. Die Erkenntnis bestärkte mich nur in dem Gefühl, dass sie die Antwort auf meine Unzufriedenheit kannte. Ich glaubte, dass sie allein wusste, wie ich meine Unzulänglichkeit besiegen konnte.

Sag mir, wie man du wird. Diese Worte oder eine Abwandlung davon muss ich mehrfach zu ihr gesagt haben, doch sie wimmelte mich immer ab. »Ach, Chérie, du weißt nicht, was du da verlangst!« Oder: »Sei mit deinem eigenen Leben zufrieden.«

Aber das war ich nicht, und im Laufe der nächsten sechs Monate wurde das immer deutlicher. Sie ließ sich mit einem Komponisten ein, und ich sah neidisch zu, wie er unter ihrem Bann sein bestes Werk bisher schrieb. Ein Stück, das höchst eindrucksvoll war, aber nicht bis in alle Ewigkeit Begeisterung auslösen würde. Mir wurde allmählich klar, dass das, was Madeleine einmal gesagt hatte, zutraf: Sie hatte einen Blick für Talent, aber nicht für Genie. Ich nahm an, dass sie ihre Fähigkeiten nicht bis aufs Äußerste ausreizte.

»Fragst du dich nie, wie die Welt sein könnte, wenn du dich entschließen würdest, nur die Besten zu inspirieren?«, fragte ich sie eines Tages.

Sie runzelte die Stirn. »Wie meinst du das?«

Ich zuckte mit den Schultern. »Dieser Komponist ist begabt, aber er ist wie dein Maler. Eine Zeit lang wird er berühmt sein, aber dann wird man ihn vergessen. Sehnst du dich nicht nach mehr? Du könntest als die Muse bekannt sein, die Genies inspiriert, Madeleine. Du könntest die Welt verändern. Die Besten erwählen, statt dich mit den mittelmäßigen Talenten zu begnügen, derer du dich annimmst.«

Sie warf mir einen kritischen Blick zu. »Meinst du, dass du es besser könntest?«

»Ja. Lass mich jemanden suchen, der deiner würdig ist.«

Sie wurde nachdenklich. Ich spürte die Magie ihrer dunklen Augen, wie immer: In ihnen lag etwas wahrlich Berückendes. Sie sagte langsam, als ob sie versuchte, eine Entscheidung zu fällen: »Nun gut, finde ihn. Bring ihn mir, dann werden wir ja sehen, ob du recht hast.«

Es war das Einzige, worum sie mich je gebeten hatte, und ich war entschlossen, sie nicht zu enttäuschen. Ich hatte immer noch ein wenig Geltung, und ich nutzte, was davon übrig war, um die Abendessen und Bälle zu besuchen, die mir einst unverzichtbar erschienen waren. Ich ging ins Theater oder in die Spielhöllen, in denen die Künstler in der Hoffnung zusammenkamen, dass sich ihr Glück wenden würde.

Als ich ihn fand, wusste ich es sofort. Er war nicht hübsch. Sein Haar war dunkel und zerzaust, und er war in der Kindheit zum Krüppel geworden: Seine schlimme Hüfte zwang ihn, am Stock zu gehen. Er war auch schon beinahe sechzig Jahre alt, aber damals schreckten weder Madeleine noch ich vor dem Alter zurück. Er hatte ein faltiges, aber nicht unangenehmes Gesicht und scharfe Augen. Ich hörte ihn bei einem kleinen

Abendessen aus seinen Gedichten lesen und wusste schon im ersten Augenblick, dass er ein Genie war, wenn auch kein anderer bei dieser Zusammenkunft es bemerkte. Alle plauderten während seiner Lesung weiter, lachten und schenkten ihm keinerlei Aufmerksamkeit; am Ende verriet mir sein Seufzen, dass ihn der Mut verließ.

Danach brachte ich ihm ein Glas Sherry gegen seine Heiserkeit. Ich glaube, er war überrascht, dass ich mich herabließ, ihn zu bemerken. Ich war schließlich noch immer schön, und er war kein Mann, der solche Aufmerksamkeit gewohnt war. Ich sagte: »Kommt mit. Es gibt jemanden, den ich Euch gern vorstellen würde.«

Ich nahm ihn mit zu Madeleine. Als ich ihn durch die Tür führte, zog sie eine Augenbraue hoch, und ich sagte: »Vertrau mir.«

Er war sofort wie gebannt, ganz wie alle anderen. Als sie ihn einlud, Wein mit ihr zu trinken, blieb er. Ich verließ die beiden voll selbstgefälliger Befriedigung. Denn ich hatte mich nicht in ihm getäuscht. Seine Gedichte werden heute noch gepriesen, obwohl er verrückt wurde, kurz nachdem Madeleine ihn verließ. Das war ein geringer Preis dafür, wie ich damals fand. Und das finde ich heute immer noch.

Obwohl Madeleine dankbar für das war, was ich getan hatte, änderte sich von da an etwas. Ich ertappte sie oft dabei, mich zu beobachten, wenn sie glaubte, dass ich es nicht bemerkte, und ihr Gesichtsausdruck behagte mir nicht.

Als wir eines Tages durch die Säle einer privaten Kunstausstellung schlenderten, blieb Madeleine unvermittelt wie gelähmt vor dem Porträt eines jungen Mannes stehen. Er war in edlen Samt gekleidet; das Haar fiel ihm in dunklen Locken bis auf die Schultern, und seine Augen waren so schwarz, dass sie dunklen Teichen glichen.

Madeleine erschauerte. »Diese Augen.«

Ich runzelte die Stirn. »Was ist damit?«

»Wie sie mir folgen. Sie scheinen…« Sie schluckte die Worte herunter, als könnten keine zehn Pferde sie dazu bringen, sie auszusprechen.

Ich warf einen Blick auf das Porträt. Die Augen waren schlecht gemalt, ohne Tiefe, und ich sah eigentlich keinen Grund dafür, dass sie eine solche Wirkung auf Madeleine hatten. Ich wollte schon weitergehen, aber sie berührte mich am Arm, um mich aufzuhalten. Sie hatte sich immer noch nicht von dem Porträt losgerissen.

»Was weißt du über Dämonen, Odilé?«

Es ging um das Gemälde, das wusste ich. Es war offensichtlich, dass es sie verstört hatte. »Es liegt nur daran, dass der Künstler sich ungeschickt angestellt hat, als er die dunklen Augen einfangen wollte. Ich halte ihn nicht gerade für einen Dämon.«

»Wie wenig du doch von der Welt weißt.«

Das traf mich – es sah Madeleine gar nicht ähnlich, so geringschätzig zu sein. »Ich bin alles andere als ein Unschuldslamm.«

»Nein, aber es gibt so vieles, was du nicht weißt. Du bist wie alle anderen und glaubst Dinge, weil du sie nie infrage gestellt hast.«

»Warum sagst du so etwas zu mir?«

»Weil es wahr ist.« Ihr schien kaum bewusst zu sein, dass sie mich gekränkt hatte. »Du redest, als ob du einen Dämon erkennen würdest, wenn er vor dir stünde.«

»Ich glaube, das würde ich auch«, sagte ich kalt und dachte an den Mann, der mir die Jungfräulichkeit genommen und mich blutend auf dem Boden liegen gelassen hatte. »Bosheit und Grausamkeit sind in aller Regel unverkennbar.«

»Und du glaubst, dass diese Dinge allein Dämonen vorbehalten sind?«

»Nein, natürlich nicht. Aber ich glaube, daran erkennt man, ob man es mit einem Dämon zu tun hat. Der Mann, der mich ins Verderben gestürzt hat, hatte Dämonenaugen. Ich sehe sie in meinen Albträumen.«

»Und doch wärst du, wenn er nicht gewesen wäre, wie deine Mutter eine gewöhnliche Hure und nicht eine der gefragtesten Kurtisanen von ganz Paris.«

»Nicht mehr so gefragt«, sagte ich leise, und es versetzte mir einen Stich.

»Aber du bist wohlhabender, als du es sonst geworden wärst, nicht wahr? Er hat dich gezwungen, zu tun, wovon du bis dahin nur geträumt hattest. Er war nicht dein Verderben, sondern deine Rettung.«

»So rosig sehe ich das nicht.«

»Nein, du bist wie alle anderen. Du möchtest gern denken, dass sich alles mühelos einordnen lässt. Die Menschheit hat eine Vorliebe für Schubladen. Alles gehört an seinen Platz. Und doch ...« Sie trat nahe an das Gemälde heran, streckte die Hand aus und zeigte auf die gemalten Augen des Jünglings. »Du sagst, der Künstler hätte nicht die nötige Fähigkeit, dunkle Augen darzustellen. Ich sagte, dass du nicht genau genug hinsiehst.«

Sie legte einen Finger auf die Augen. Ich sah hin, und plötzlich erwachten die gemalten schwarzen Augen zum Leben. Sie schienen zu funkeln, als hätten Madeleines blasse Haut und die Ringe an ihren Fingern das Licht eingefangen und auf die Farbe gespiegelt. Obwohl ich nur dick aufgetragenen Impasto vor mir sah, dachte ich plötzlich an den Bann ihres Blicks, die Momente, in denen ihre dunklen Augen mich lockten und in einer endlosen Kreisbahn gefangen nahmen, und ich sah jetzt das Gleiche in den Augen des gemalten Jünglings.

»Siehst du es, Odilé?«, flüsterte sie. »Siehst du nicht selbst in dieser Dunkelheit das Licht? Bemerkst du jetzt, da du danach Ausschau hältst, was man auf den ersten Blick nicht erkennt?«

Sie löste die Finger von dem Gemälde. Die Augen des Jungen wurden wieder schwarz, schwarz wie die Ewigkeit, endlos, und doch ... sah ich nun den Schimmer in ihnen, als wäre die Lichtreflexion, die sie darauf geworfen hatte, irgendwie hängen geblieben. Aber das war doch unmöglich, nicht wahr? Es war nur eine Illusion.

Als sie sich mir zuwandte, sah ich auch in ihren Augen diesen Schimmer, der von verborgenen Dingen zeugte, von einem Wissen, das über das hinausging, was ein Mensch besitzen konnte oder sollte – ein Wissen, nach dem ich mich sehnte.

Sie sagte: »Du hast mir gesagt, ich solle mein Talent nutzen, um die Welt zu verändern.«

»Ja«, pflichtete ich ihr bei. »Und ich hatte recht, nicht wahr? Seine Gedichte waren atemberaubend, und jeder weiß, wer ihn dazu inspiriert hat. Sie werden überdauern. Und du auch.«

»Weißt du das?«

»Wie kann irgendjemand das mit Sicherheit wissen? Aber ja, ich glaube es.«

Sie sah wieder das Gemälde an. Ich hörte Geräusche im Saal dahinter; Schritte, das Rascheln von Röcken, leise Stimmen und Gelächter.

»Und wenn du solch ein Talent zur Inspiration hättest, was würdest du tun?«

»Was ich dir geraten habe. Die Welt inspirieren. Einen bleibenden Eindruck hinterlassen.«

»Ganz gleich, um welchen Preis?«

»Kostet es denn einen Preis?«, fragte ich. »Ich muss gestehen, dass ich keinen sehe. Und selbst wenn es einen gäbe, ist das Ergebnis ihn doch sicher wert? Die Welt zu verändern und zu wissen, dass der eigene Name bekannt wird und unvergessen bleibt? Ja, ich glaube, das ist alles wert. Doch komm, wollen wir nicht weitergehen? Ich spüre die Augen des Knaben allmählich so wie du.«

Madeleine nickte, aber bevor ich auch nur einen Schritt machen konnte, sagte sie: »Wie froh ich doch bin, dich entdeckt zu haben, Odilé.«

Die Wärme ihres Lächelns war wie Balsam für meine Gereiztheit. Ich vergaß alles bis auf sie. Ich vergaß, worüber wir gesprochen hatten. Ich vergaß das Geständnis, das sie mir abgerungen hatte, und machte mir seine Tragweite nicht bewusst. Ich war einfach nur froh, bei ihr zu sein.

Später erkannte ich, wie wahr die Dinge waren, die sie gesagt hatte: Ich war blind. Ich hatte keine Vorstellung von der Welt, die über mein Vergnügen hinausging, und so sah ich nicht, wie sie aus der Bahn geriet und sich verzerrte. Ich sah die Tür nicht, die ich durchschritt, und auch nicht, wie sie mein Leben verändern würde. Mir war nicht klar, dass wir nicht nur im übertragenen Sinne von Dämonen sprachen.

KAPITEL 13
Nicholas

DER NACHMITTAG WAR SCHON FORTGESCHRITTEN, ALS GILES UND ICH uns am Danieli von den Hannigans verabschiedeten und in unsere eigene Wohnung nahe beim Campo San Fantin zurückkehrten, doch der Salon würde erst in ein paar Stunden beginnen.

Ich sagte Giles, dass ich noch einmal kurz ausgehen müsse, und er stellte keine Fragen; er war zu beschäftigt damit, seine Leinwand zu betrachten, auf der er Sophie Hannigans Gestalt skizziert hatte, wie sie sich über die Balustrade beugt. Es war eine ganz ordentliche Zeichnung, aber wenn Giles überhaupt eine Begabung hatte, dann eine für Allegorien. Etwas an den muskelbepackten, geflügelten Göttern und fantastischen Kreaturen sprach das geringe Talent an, über das er verfügte – vielleicht lag es daran, dass niemand je solche Wesen gesehen hatte, außer in Büchern, sodass er sie nicht wirklichkeitsgetreu darstellen musste.

Ich überließ ihn seiner Beschäftigung, endlose Änderungen vorzunehmen, und ging durch die Tür und die Treppe hinab. Unsere Wohnung war klein: kein Palazzo, sondern nur ein Kaufmannshaus, in dessen Erdgeschoss ein Laden lag, dessen Inhaber mit Reliquien handelte. Der Besitzer war ein Jude, dessen ständig wechselndes Inventar an Körperteilen Heiliger darauf hindeutete, dass er gute Verbindungen zum Okkultismus oder zu einem Friedhof hatte. Er und seine Frau zogen es aber anscheinend vor, im Getto wohnen zu bleiben, denn er vermietete den Rest des Hauses. Im mittleren Stockwerk wohnte ein deutsches Pärchen; Giles und ich hatten das oberste. Man erreichte es über zwei Treppen von einem Hof aus, der vor allem als Müllhalde diente. Daneben gab es einen Brunnen, der ständig von einer grünlichen Schaumschicht überzogen war und aus dem weder Giles noch ich trinken mochten, sowie einen Haufen alter Schmiedewerkzeuge – fragt mich nicht, warum, ich weiß es nicht. Ich beobachtete nie jemanden dabei, sie durchzusehen.

Die Hauptattraktion des Hauses war ein Dachgarten. Er war auch der Grund dafür, dass wir die Zimmer überhaupt gemietet hatten. Doch nur Giles auf seiner ständigen Suche nach der perfekten Landschaft hielt sich dort immer wieder auf – und diese Landschaft bestand offenbar aus einer endlosen Reihe von Ziegeldächern samt dem Teatro La Fenice. Venedigs berühmtestes und beliebtestes Theater war nun bis zu Beginn der Karnevalssaison geschlossen, aber der Karneval selbst fand schon fast gar nicht mehr statt, wenn man von wenigen Kostümbällen absah, die diejenigen gaben, denen etwas daran gelegen war, die alte Dekadenz am Leben zu halten.

Ich eilte auf den Campo hinaus und machte mich auf den Weg zur Casa Dana Rosti. Dort zog ich mich in die Schatten eines umgedrehten Boots auf der Fondamenta des Nachbarpalazzos zurück und wartete.

Ich hatte Glück: Es dauerte nur eine Stunde, bis ich ihre Tür knarren hörte, die sich in der Feuchtigkeit verzogen hatte und über den Steinboden oberhalb der Wassertreppe schrammte. Der Gondoliere trat ins Freie und ließ die Tür hinter sich offen. Ein Mann – rothaarig, jung, erfüllt von dem nervösen Überschwang, den sie immer hervorrief, zumindest zu Anfang – trat heraus und zog sich die Anzugjacke zurecht, als hätte er sie gerade erst übergestreift. Er warf einen Blick zurück, als er zur wartenden Gondel ging; seine Sehnsucht war ihm anzusehen.

Hinter ihm sah ich etwas Weißes aufblitzen, so flüchtig wie ein Gespenst, und dann stand sie da: Das gelöste Haar fiel ihr schwer über den Rücken, ihre grauen Augen waren verschleiert. Venezianische Geschmeide glitzerten an ihren Handgelenken, Windung um Windung feinsten Goldes, aber abgesehen davon trug sie nur ihr Nachthemd und war darunter offensichtlich nackt. Ihre Brüste wogten, als sie den rothaarigen Mann umarmte, um sich dann von ihm zu lösen und ihn mit dem Nachhall eines Kusses zurückzulassen.

Ich zwang mich, an Barcelona zurückzudenken, an das, was ich in dem abgedunkelten Zimmer gesehen hatte, das Grauen. Ich beobachtete, wie sie ihn anlächelte, als er sie widerwillig verließ und in die Gondel stieg. Ich prägte mir seine Züge ein, bis ich sicher war, dass ich ihn mit niemandem verwechseln würde, wenn ich ihn wiedersah. Er ließ sich auf den Polstern nieder; sie hob zum Abschied die Hand, als sie in den Schatten zurücktrat und die Tür schloss. Der Gondoliere brachte sein Ruder zum Einsatz, und die Gondel glitt davon.

Ich schoss aus meinem Versteck hoch und rannte, bis ich die Traghetto-Station gerade noch rechtzeitig erreichte, um das rote Haar des Mannes in der Sonne funkeln zu sehen, während die Gondel den Canal Grande hinunterfuhr. Wie immer lungerten hier Gondolieri herum und warteten auf Fahrgäste, und ich heuerte rasch einen an, indem ich sagte: »Sehen Sie die Gondel dort hinten? Ich will wissen, wohin sie fährt.«

Er nickte nur und stieß beinahe schon ab, bevor ich an Bord war. Dann folgten wir der anderen Gondel in den Rio de Ca' Corner, um eine Biegung und an San Anzolo vorbei. Sie hielt am Campo San Maurizio, und der Rothaarige stieg aus. Auch ich verließ meine Gondel rasch und beeilte mich, ihn einzuholen.

Aber in den wenigen Augenblicken war er schon verschwunden, was in Venedig auch nicht besonders schwierig war. Ich rannte in die verschiedenen Calli, die vom Campo abgingen, und durchsuchte jede einzelne. Entweder bewegte er sich schneller, als ich gedacht hatte, oder er hatte keine von ihnen genommen. Enttäuscht und verärgert kehrte ich zum Campo zurück, stellte mich neben die allgegenwärtige Brunneneinfassung, starrte auf ihre schwarze Steinhaube hinab und fragte mich, wie es möglich war, jemanden aus den Augen zu verlieren, dem man so dicht auf den Fersen gewesen war, dass man ihn fast schon hätte berühren können.

Er musste irgendwo in der Umgebung des Campo sein; er war zu schnell verschwunden, als dass es anders hätte sein können. Ich setzte mich auf die Steinstufen der Brunneneinfassung und starrte die kleine Kirche San Maurizio an. Morgen würde ich besser vorbereitet sein, nun, da ich sicher wusste, dass sie einen neuen Liebhaber gefunden hatte: Ich würde eine Gondel warten lassen und sofort bereit sein, ihm zu folgen.

Ich warf einen Blick gen Himmel. Es musste fast fünf Uhr sein, und ich musste mich noch waschen und umziehen. Müde stand ich auf, um in die Wohnung zurückzukehren, die ich mit Giles teilte und die glücklicherweise nicht weit entfernt lag.

Doch dann hörte ich die Orgelmusik, die aus der Kirche drang, und wusste, wohin der Rothaarige verschwunden war – und warum sich Odilé für ihn entschieden hatte.

Langsam ging ich die schmalen, niedrigen Stufen hinauf und durchs offene Portal ins Kirchenschiff. Dort war er. Er saß an der Orgel, bewegte die Hände über die Tasten, seine Schultern hoben und senkten sich, und er trat mit scheinbar grenzenloser Energie in die Pedale.

Ich wusste, wie es sich anfühlte.

Ich schloss die Augen, ließ die Musik eine Weile über mich hinwegbranden, lauschte den Klängen, die Odilé offensichtlich angesprochen hatten. Es war niemand sonst in der Kirche – er probte nur –, und so wartete ich, bis das Stück zu Ende war, bevor ich mich neben ihn stellte. Während er einen Noten-stapel durchblätterte, sagte ich: »Sie spielen sehr gut. Wo sind Sie ausgebildet worden?«

Er zuckte zusammen, als hätte er meine Anwesenheit gar nicht bemerkt, obwohl ich doch direkt neben ihm stand. Ich sah seine geistesabwesende Miene – auch die erkannte ich wieder. »Oh. Oh, danke. Vielen Dank. Ich habe in Dublin gelernt.«

Ein Ire. Und so gut aussehend, wie sie ihr gefielen. Ein markantes Gesicht, das zu seinem ebenso markanten Akzent passte. Ich lächelte. »Sie haben mir mehrere schöne Stunden beschert, in denen ich Ihrer Musik gelauscht habe. Vielleicht würden Sie mir gestatten, Sie zum Dank auf etwas zu trinken einzuladen?«

Er zögerte. »Danke, aber ich muss wirklich …«

»Ich glaube, wir haben eine gemeinsame Freundin.«

»Ja?«

»Odilé León«, sagte ich geschmeidig.

»Odilé«, flüsterte er ehrfürchtig.

Ich sagte: »Ich könnte Ihnen hundert Geschichten über sie erzählen.«

Ich sah Neugier in seinen Augen aufblitzen, eine fieber-hafte Sehnsucht. »Etwas zu trinken, sagen Sie? Nun, warum nicht?«

* * *

Als ich in unsere Wohnung zurückkehrte, wartete Giles schon nervös auf mich. »Beeil dich gefälligst!«, sagte er, als ich durch die Tür kam. »Hast du vergessen, wie spät es ist? Wir haben den Hannigans gesagt, dass wir uns um sechs Uhr treffen.«

Nach meinem Gespräch mit dem Organisten von San Maurizio war ich mehr als bereit, an etwas anderes als Odilé zu denken. Es brauchte nie viel, mein Verlangen nach ihr wieder zum Leben zu erwecken, und eine Stunde lang über sie zu reden hatte mehr als gereicht. Sehr zu meinem Leidwesen fiel es mir trotz allem immer noch schwer, ihr zu widerstehen. Odilé ließ das Begehren, das ich Sophie Hannigan gegenüber empfand, im Vergleich zu dem, was ich vorher erlebt hatte, wie etwas Schales und Ordinäres erscheinen.

Das dachte ich zumindest. Aber als Sophie Hannigan, dicht gefolgt von ihrem Bruder, in der Eingangshalle des Danieli erschien, geschah, was ich für unmöglich gehalten hatte: Ich vergaß Odilé.

Die wohlanständig wirkende Frau im engen Korsett, die den Tag mit uns in den Gärten verbracht hatte, war verschwunden. Heute Abend schien Sophie Hannigan weit eher der Boheme anzugehören. Sie trug ein mehrlagiges, üppiges Kleid in einem blaugrünen Farbton, dessen Ärmel an die mittelalterlicher Kleider erinnerten. Ihr Haar war so lose hochgesteckt, dass es wirkte, als würde es bei der leisesten Berührung herabfallen. Sie sah aus, als wäre sie einem Gemälde von Rossetti entstiegen: eine zum Leben erwachte präraffaelitische Lilith. Giles war sprachlos, und mir ging es nicht viel besser.

Joseph Hannigan trug denselben dunkelblauen Rock, den er jedes Mal angehabt hatte, seit ich ihm zum ersten Mal begegnet war, doch darunter eine Weste und eine braune Hose mit schwarzen Nadelstreifen. Er hatte sich nicht die Mühe gemacht, sich die Haare zu ölen, hatte sie sich aber elegant aus der breiten Stirn gestrichen. »Meinen Sie, wir sind so vorzeigbar genug? Wir waren nicht sicher, ob heute Abendgarderobe erforderlich sein würde.«

Die beiden waren betörend; von Neuem war ich wie gebannt von ihrer seltsamen Alchemie. Giles öffnete den Mund und schloss ihn wieder, als hätte es ihm vollständig die Sprache verschlagen. Ich bemühte mich, gefasst zu wirken.

»Sie werden perfekt in die Runde passen.« Ich deutete zur Tür. »Wollen wir?«

Wir gingen zur wartenden Gondel und ließen uns darin nieder, Hannigan und seine Schwester auf den Polstern in der Mitte, Giles und ich auf den wackeligen Sitzen an den Seiten.

»Der Tee ist schon um fünf gereicht worden«, erzählte ich ihnen, als wir ablegten. »Aber die Leute kommen und gehen den ganzen Abend hindurch. Es ist eine sehr formlose Veranstaltung.«

Hannigan nickte. »Was meinen Sie, wer wird heute Abend da sein?«

Ich sagte: »Whistler wahrscheinlich. Und die beiden Curtis und ihr Sohn – sie leben alle hier, stammen aber ursprünglich aus Boston, glaube ich. Besonders Mr Curtis kann ein wenig ermüdend sein.«

»Weshalb?«, fragte Miss Hannigan.

Giles erklärte: »Es hat irgendetwas mit ihrem längst vergangenen Krieg zu tun. Ich höre ihm schon seit Wochen nicht mehr zu. Sprechen Sie das Thema nicht an, wenn Ihnen Ihre Ohren lieb sind und Sie uns andere davor bewahren wollen, das alles noch einmal über uns ergehen lassen zu müssen!«

»Wir werden daran denken«, sagte Hannigan lächelnd.

Ich fuhr fort: »Möglicherweise wird auch Robert Browning zugegen sein. Sie rechnen jeden Tag mit ihm. Und zweifelsohne Frank Duveneck.« Ich sah Hannigan an. »Sie werden wünschen, dass Sie ihnen etwas ins Gästebuch zeichnen. Karikaturen mögen sie am liebsten.«

Hannigans blaue Augen funkelten amüsiert. »Karikaturen? Nun gut, die kann ich zeichnen.«

»Was soll ich tun?«, fragte Miss Hannigan.

»Wie ich schon heute Nachmittag sagte: Seien Sie einfach unterhaltsam.«

Es blieb keine Zeit, das Gespräch fortzusetzen: Wir waren

da. Die Casa Alvisi war schlicht und kantig, nicht so verschnörkelt wie viele der anderen großen Palazzi in Venedig, und hatte nur eine einzige Reihe Balkone, die quer vor der Beletage verlief – dem Piano nobile. Unser Gondoliere legte an den blau-weißen Pali an und ließ uns aussteigen. Ein Diener, der im Torbogen wartete, sagte: »Willkommen in der Casa Alvisi.« Er half Miss Hannigan auf die rutschigen, wasserbespritzten Stufen.

Dann ließ er uns allein, sodass wir selbst einen Weg über den gepflasterten düsteren Ehrenhof suchen mussten, zur Treppe, die zur Beletage und zum Salon führte. Die schwache Gasbeleuchtung an den Wänden flackerte, die Ecken lagen ganz im Schatten. Giles ging voran, während ich hinter den Hannigans folgte. Miss Hannigan hatte ihrem Bruder die Hand in die Armbeuge gelegt, und er lehnte sich dicht zu ihr, um ihr etwas zuzuflüstern – eine Intimität, die seltsam wirkte, abstoßend und anziehend zugleich. Als wir den Portego betraten, brachen die perlende Musik, das Gelächter und die verrauchten Räume von Mrs Bronsons Salon mit voller Wucht über uns herein.

Der lange, gut beleuchtete Portego mit seinen schimmernden Terrazzoböden endete am Hauptbalkon, der mit weichen Polstern ausgestattet war und direkt auf die funkelnde weiße Kuppel, die Statuen und Portiken von Santa Maria della Salute hinausging. Wie immer war er überfüllt, und als wir hereinkamen, wurden Gespräche unterbrochen. Alle Blicke wandten sich den Hannigans zu. Also waren Giles und ich nicht die Einzigen, die von den beiden fasziniert waren. Ich muss zugeben, dass die Aufmerksamkeit mir gefiel. Mit stolzgeschwellter Brust führte ich sie an den kleineren Empfangsräumen vorbei, von denen einer dauerhaft in ein Miniaturtheater für unsere vielen improvisierten Theaterstücke und Lesungen umgewandelt worden war, in die Sala, in der Katharine Bronson Hof hielt.

Auch die sala hatte Glastüren, die auf einen weiteren schmalen Balkon führten, aber selbst die vom Kanal hereinziehende Frischluft konnte den schweren Nebel aus Zigarren- und Zigarettenrauch nicht auflösen. Unter der exquisit mit Stuck und Gemälden verzierten Decke hingen dichte Schwaden und ringelten sich um die dunklen Samtvorhänge.

Tassen klirrten auf Untertassen, aus einem Silberservice wurde Tee eingegossen, aus Muranoglaskaraffen Sherry. Arthur Bronson, Katharines Mann, stand in der Ecke und unterhielt sich mit jemandem. Ich war überrascht, ihn zu sehen: Es ging das Gerücht, er sei krank, und er ließ sich nur selten blicken. In der Nähe des Balkons stand vor einer mit Fresken verzierten Wand ein Kanapee, auf dem Katharine Bronson saß, strahlend schön in grüne Seide gekleidet; ihr braunes Haar war kunstvoll über ihrem gütigen, ausdrucksvollen Gesicht hochgesteckt.

Sie sprach gerade mit einer kleinen Frau in Zartblau und einem bärtigen Mann in einem uralten braunen Gehrock – den Peabodys –, aber sie saß mit dem Gesicht zur Tür. Katharine war eine untadelige Gastgeberin. Als wir eintraten, gelang es ihr, gleichzeitig aufzusehen und das Pärchen, mit dem sie sprach, auf uns aufmerksam zu machen, ohne dass es kränkend gewesen wäre. So bildeten sie gewissermaßen ein Empfangskomitee, als Giles und ich die Hannigans zu ihr brachten.

»Mr Dane und Mr Martin!«, rief sie, erhob sich und streckte uns die schmuckbehangenen Hände entgegen; ihre Augen funkelten interessiert, als sie die Zwillinge musterte. »Wie schön, Sie beide zu sehen! Und wen haben Sie denn da mitgebracht?«

Nachdem ich ihr die Hannigans vorgestellt hatte, fügte ich hinzu: »Hannigan ist der begabteste Künstler, den ich seit langer Zeit gesehen habe.«

»Ist er das?« Sie umfasste Joseph Hannigans Hände und konnte den Blick kaum von seinem Gesicht wenden. »Nun, das würde ich ausgesprochen gern selbst einmal sehen. Wo haben Sie Ihr Atelier, Mr Hannigan?«

»Im Augenblick unter freiem Himmel auf dem Campo della Carità«, sagte er lächelnd, »auch wenn Dane mir die Schönheit der Riva nahegebracht hat, sodass ich künftig vielleicht dort meine Studien betreiben werde.«

»Das ist die ganz falsche Seite, wissen Sie?«, erwiderte Katharine lachend. »Auch wenn unser lieber Mr Whistler und Mr Duveneck darauf beharren, sich dort einzumieten. Die Sonnenuntergänge sind unvergleichlich.«

»Das habe ich auch gehört, aber ich habe noch keinen gesehen«, sagte Hannigan. »Allerdings haben wir uns noch nirgendwo eingemietet. Meine Schwester und ich wohnen im Danieli, bis wir eine andere Unterkunft finden.«

»Sie haben also vor, eine Weile zu bleiben?«

»Mindestens bis zum Frühling«, erklärte er.

Katharine Bronson sah – endlich – mich an. »Nun, Mr Dane, ich hoffe, Sie haben ihnen einige Ratschläge erteilt. Es wird uns doch sicher gelingen, etwas für sie zu finden? Es ist eigentlich so viel frei, aber man muss natürlich die Kosten im Auge behalten. Wenn sie ›Amerikaner‹ hören, denken sie sofort, dass wir ganze Schatzkammern voller Gold auszugeben haben.«

»In der Tat«, pflichtete Miss Hannigan ihr bei. »Ich dachte, ich hätte eine Wohnung gefunden, aber sie hat sich dann doch als nicht passend herausgestellt.«

Wie vorzüglich es ihr doch gelang, das Gespräch ohne jedes Zögern und jede Unbeholfenheit auf das zu lenken, was nun folgen musste und wofür Katharine Bronson sich gewiss am meisten interessieren würde!

Ich sah, wie Katharine zwei und zwei zusammenzählte – die Gerüchte, die sie zweifelsohne gehört hatte, und Sophie Hannigans Namen. Sie umklammerte den Arm der kleinen Mrs Peabody. »Oh, meine Liebe! Sie sind doch nicht etwa dieselbe Miss Hannigan, die den armen Mr Stafford gefunden hat?«

»Doch, die bin ich leider.«

»War es so schlimm, wie wir gehört haben?«, fragte Mrs Peabody atemlos. »Es muss furchtbar gewesen sein. Ich bin ganz sicher, dass ich es nicht hätte ertragen können.«

»Kannten Sie ihn gut?«, fragte Miss Hannigan.

Mrs Bronson nickte. »Er war hier eine Weile Stammgast, aber leider hat er sich vor Kurzem verliebt und sich seitdem nicht mehr blicken lassen. Wir haben ihn alle vermisst.«

»Die Vermieterin sagte, er hätte nichts mehr gegessen«, erzählte Miss Hannigan. »Sie berichtete, dass er gesagt hätte, er könne von der Liebe allein leben. Romantisch, finden Sie nicht? Und doch so traurig.«

Auch davon war ich beeindruckt: Was für eine hübsche Geschichte sie in wenigen Worten daraus machte. Es erinnerte mich mit aller Macht an die Gärten und ihre Erzählung über Mestre.

Mrs Bronson schnalzte mit der Zunge. »Miss Hannigan, Sie müssen uns alles erzählen – natürlich nur, wenn es nicht zu verstörend ist. Und, Mr Dane? Vielleicht könnten Sie unseren lieben Whistler suchen. Wie ich gehört habe, ist er vor knapp zehn Minuten eingetroffen. Ich weiß, dass er entzückt wäre, Mr Hannigan kennenzulernen.«

Sie nahm Miss Hannigans Hand und zog sie aufs Kanapee. Sophie Hannigan warf ihrem Bruder einen raschen, zuversichtlichen Blick zu.

Hannigan wandte sich mir zu. »Gehen Sie vor.«

Ich fühlte mich etwas selbstgefällig, als ich ihn aus der Sala in ein anderes Empfangszimmer führte. Katharine hatte angeboten, den Geschwistern zu helfen, und das hieß, dass sie beide mochte – und dass ich an Geltung gewonnen hatte. »Ihre Schwester ist in der denkbar besten Ausgangslage zu reüssieren.

Und das gilt auch für Sie, wenn Sie sich Whistler heranziehen können. Wenn er Gefallen an Ihnen findet, werden Sie rasch in den Kreis um Duveneck und die anderen aufgenommen werden.«

»Es ist sehr freundlich von Ihnen, so viel Interesse aufzubringen«, sagte Hannigan.

»Nun ja, wenn Sie zum Erfolg werden, dann bin ich derjenige, der Sie entdeckt hat«, erläuterte ich ihm mit einem Lächeln. »Das werden sie nicht so schnell vergessen.«

»Das ist Ihnen wichtig?« Hannigans Blick war durchdringend; ich spürte, dass er etwas in mir erkannte. Etwas, von dem ich nicht wusste, ob ich wollte, dass er es sah.

»Wie könnte es das nicht sein? Nicht alle von uns haben das Glück, schöpferische Genies zu sein. Manche von uns müssen auf andere Art einen bleibenden Eindruck hinterlassen.«

»Aber ... Ihre Gedichte ...«

»Ich habe seit Jahren kein Wort mehr geschrieben. Meine Vision ist verflogen, so leid es mir tut, das sagen zu müssen.«

Hannigan sah verwirrt drein. »Wie das?«

Sie wurde mir genommen. Ausgesaugt von einer Dämonin, die ich einst geliebt habe. Doch wie hätte ich ihm auch nur das Geringste darüber sagen können?

Hannigan betrachtete mich aufmerksam, als ob von meiner Antwort für ihn viel abhing. Das war schmeichelhaft; es verleitete mich dazu, etwas Wahres zu sagen. Aber ich beschränkte mich auf: »Sie hat mich einfach verlassen.«

»Ich wäre verloren«, sagte er schlicht; in einem Ton, der verriet, dass er meinen Kummer und meine Verbitterung verstand, und ich fühlte, dass er mich auf eine Art kannte wie noch niemand zuvor, dass er sich in mich hineinversetzen konnte, als wären wir Landsleute, Brüder im Geiste. Ich musste mir ins Gedächtnis rufen, dass wir uns erst vor zwei Tagen begegnet waren.

»Ich bezweifle, dass es Ihnen widerfahren wird«, sagte ich. »Ihre Inspiration scheint wenig Neigung zu zeigen, Sie zu verlassen.«

Er zog eine Augenbraue hoch.

»Ihre Schwester«, erklärte ich.

»Ja.« Dieses eine Wort klang still und ehrfürchtig. Aus ihm sprach etwas, das zugleich verlockend und abstoßend war. »Sie könnte bei Gelegenheit auch Sie inspirieren, Dane.«

Es war bloß so dahingesagt, eine beiläufige Bemerkung. Bedeutungslos. Aber plötzlich dachte ich an all die Arten, auf die Sophie Hannigan mich inspirieren konnte, als hätte er absichtlich solch erotische Visionen in meinem Kopf heraufbeschworen.

Natürlich lag es an meiner eigenen Begierde, an meiner Eifersucht auf die offensichtlich so enge Bindung zwischen den Zwillingen. Meine eigene Muse war äußerst launisch und unbeständig gewesen. Wie schön musste es sein, eine zu haben, die durch Blutsbande und Liebe an einen gefesselt war.

Wir waren im Esszimmer angekommen, und Whistler saß mit seinem unverkennbaren breitkrempigen braunen Hut am Tisch. Eine weiße Haarsträhne in seinen ansonsten beinahe schwarzen Locken fiel ihm über ein Auge. Er hatte ein Stück Papier vor sich liegen und skizzierte rasch und mit kraftvollen Linien, die mich an das Selbstbewusstsein erinnerten, das ich wahrgenommen hatte, als ich Hannigan zum ersten Mal gesehen hatte.

Ich beugte mich zu ihm und flüsterte: »Ah, da ist ja der ehrwürdige Löwe. Sie werden ein klein wenig katzbuckeln müssen. Wenn er Sie mag, wird er versuchen, Sie für ein paar Francs hierhin und dorthin mitzunehmen ... Es ist das Beste, einfach nachzugeben und es als Geschenk zu betrachten. Er ist ohne Zweifel ein sonderbarer Kauz und ist sich nicht zu schade, aus seiner Exzentrik Kapital zu schlagen.«

»Darauf hat er ja auch ein Recht, nicht wahr? Er ist ein Genie.«

»Und nach dem Rechtsstreit mit Ruskin bankrott«, sagte ich. »Bezaubern Sie ihn, Hannigan, dann wird Ihnen diese ganze Gesellschaft aus der Hand fressen.«

»Ich werde mein Bestes tun.«

»Kommen Sie, ich stelle Sie ihm vor.« Ich führte ihn quer durchs Zimmer. Whistler schaute auf, als wir uns näherten. Als wir den Tisch erreichten, hob er das Monokel hoch, das ihm unter den schmalen schwarzen Binder gerutscht war, und hielt es sich vor ein Auge. »Dane!«, rief er aus. »Ich war zweimal am Rio Mendicanti, aber das farbige Wasser, von dem Sie mir erzählt hatten, habe ich bisher noch nicht gesehen!«

»Vielleicht ist der Färber gerade nicht in der Stadt«, sagte ich leichthin. »Ich würde Ihnen gern einen Freund von mir vorstellen. Joseph Hannigan.«

Whistler musterte ihn prüfend. »Hannigan? Verwandt oder verschwägert mit den Hannigans aus Boston?«

Hannigan sagte lächelnd: »Ich bin ein großer Bewunderer von Ihnen, Sir, und freue mich sehr, Sie kennenzulernen.«

»Was sind Sie? Dichter wie Dane?«

»Worte sind nicht meine Stärke, nein.«

»Er ist Maler. Und sehr begabt!«, warf ich ein. »Ich bin ihm bei der Accademia begegnet.«

»Hat er Santa Maria della Salute gezeichnet, wie die anderen Stümper?«, fragte Whistler.

Hannigan lachte. »Ich interessiere mich eher für andere Ansichten.« Er nahm einen Stuhl und setzte sich an den Tisch, als wären wir eingeladen worden – ein Anflug von Hybris, der mich sowohl erschreckte als auch beeindruckte.

Whistler runzelte die Stirn, aber ich hatte das Gefühl, dass auch er beeindruckt war. »Wollen Sie nicht den Blick auf die Lagune oder den Sonnenuntergang von der Riva aus zeichnen?«

»Nun ja, sie sind wirklich schön, nicht wahr? Aber hier gibt es noch mehr.« Hannigan sah aus, als ob er nach den richtigen Worten suchte. »Eine gewisse ... ich weiß nicht recht ... Traurigkeit, nehme ich an.«

»Traurigkeit? Oh, ja, ja«, stimmte Whistler zu. »Die Melancholie ist anders als alles, was ich je gesehen habe. Und die Einheimischen erst! Solches Elend verbunden mit solcher Schönheit.«

»Ja, ich weiß genau, was Sie meinen«, sagte Hannigan. »Gerade gestern habe ich einen Innenhof in der Nähe von San Bartolomeo gesehen, weit schöner als ein venezianischer Sonnenuntergang.«

Whistler zog eine Augenbraue hoch. »San Bartolomeo? Blumen und dergleichen?«

Hannigan schüttelte den Kopf. »Geborstenes Pflaster mit Unkraut zwischen den Steinen. Eine einfache Brunneneinfassung. Verwitterte Stufen und eine Statue, die genau an den richtigen Stellen vom Schimmel geschwärzt war. Ich sah eine Frau dort, eine dieser Perlenstickerinnen. Sie hatte das rötliche Haar, das Tizian so wunderbar eingefangen hat, und trug einen von diesen ...«, er deutete auf seine Schultern, »diesen alten schwarzen Schals. Das Licht war fantastisch. Alles so reizend im Verfall begriffen. Melancholie, genau wie Sie sagen. Schön.«

Er war erst seit zwei Tagen in Venedig, und ich hatte einen Großteil dieser Zeit mit ihm verbracht. Wann war er dazu gekommen, einen Innenhof in der Nähe des Campo San Bartolomeo aufzusuchen?

Dann begriff ich, wie er Whistler in die Falle gelockt hatte. Hannigan hatte zwar behauptet, nicht wortgewandt zu sein, aber wie seine Schwester hatte er mit Worten ein so lebendiges Bild gemalt wie die, die ich in seinem Skizzenbuch gesehen hatte. Und genauso hatte er es bei mir gemacht, erkannte ich nun. Diese Einsicht, diese Auffassungsgabe ... Er wusste genau, was Whistler dazu bringen würde, aufmerksam zuzuhören.

Whistler schob ihm das Stück Papier hin, auf dem er bis eben gezeichnet hatte. »Zeigen Sie es mir.«

Es war natürlich eine Prüfung, aber als Hannigan in die Tasche griff und ein Stück Zeichenkohle daraus hervorzog, sah ich Whistlers leichtes Lächeln und wusste, dass Hannigan sie zumindest zum Teil bestanden hatte. Kein echter Künstler ging ohne etwas zum Zeichnen irgendwohin. Hannigan zog das Papier zu sich heran und entwarf mit wenigen Strichen die Umrisse des Mädchens, des Hofs, der schadhaften Pflastersteine. Whistler zog eine seiner buschigen Augenbrauen hoch; offensichtlich war er betört, wie auch ich es erneut war. Ich spürte warmen Stolz und Befriedigung, die mich daran erinnerten, warum ich Hannigan hergebracht hatte. Nach Whistlers Reaktion zu urteilen – und die war vielsagend –, würden alle Joseph Hannigan lieben, und das hieß, dass der ganze Salon ihn so verhätscheln und auf Trab halten würde, dass er gar keine Gelegenheit bekam, zufällig auf Odilé zu treffen.

Whistler griff nach Hannigans Hand, um ihn mitten im Skizzieren aufzuhalten.

Hannigan schaute auf.

»Wie hießen Sie doch gleich?«, fragte Whistler schneidend.

»Joseph Hannigan.«

»Sagen Sie mir, woher Sie stammen«, forderte Whistler. »Wo haben Sie Ihre Ausbildung erhalten?«

Hannigan lächelte rasch und strahlend. Während ich beobachtete, wie er James Whistler um den Finger wickelte, fragte ich mich plötzlich, ob er mir das Gleiche angetan hatte und ich unwissentlich in eine Falle getappt war. Dann unterdrückte ich das Gefühl. Ich war von Natur aus zu zynisch, wie Giles mir so oft sagte. Und als ich zusah, wie Hannigan Whistler mit

seinem Charme immer mehr bestrickte – auf seine Art war er
so reizend wie seine Schwester auf ihre –, wurde meine Neugier
auf die beiden stärker denn je.

KAPITEL 14

Sophie

Der Salon der Bronsons war der Grund dafür, dass wir uns für Venedig entschieden hatten. Als New York unerträglich geworden war, hatten die Bronsons – und ihr Einfluss und Mäzenatentum – uns angezogen wie ein Magnet. Sie hatten, mehr als irgendjemand sonst in New York, die Macht, etwas aus Josephs Talent zu machen. Jetzt lag alles, was wir uns je gewünscht hatten, in Reichweite, und das viel müheloser, als ich es in meinen kühnsten Träumen erwartet hätte… Es erschien mir unwirklich. Ich hatte es kaum glauben können, als Joseph und ich die Casa Alvisi betreten hatten.

Aber als ich sah, wie die Leute sich umdrehten, um meinen Bruder zu mustern, und wie seine Schönheit und sein Charisma sie anlockten, kam es mir nicht mehr wie eine Illusion vor, sondern stattdessen allzu bekannt.

Es war so lange her, dass ich an einem Salon, einem Souper oder sonst irgendeiner gesellschaftlichen Veranstaltung teilgenommen hatte, dass ich ganz vergessen hatte, wie Joseph die Aufmerksamkeit auf sich zog. Männer und Frauen gleichermaßen übersahen mich und schauten stattdessen ihn an. Und obwohl ich seine unwiderstehliche Anziehungskraft besser als jeder andere verstand, wünschte ich mir, dass auch nur ein einziges Mal jemand zuerst mich ansehen würde. Dass ich nicht immer in seinem Schatten stehen müsste, dass es irgendetwas auf der Welt geben könnte, das nur mir allein gehörte. Ich wollte selbst gern auf meine eigene Art so etwas Besonderes sein, wie Joseph behauptete, dass ich es sei – manchmal sehnte ich mich so stark danach, dass es mich selbst überraschte.

Allerdings wusste ich zugleich, dass alles, was wir wollten, von Joseph abhing und dass es stets so gewesen war. Mit seinem Talent und seiner Schönheit würden wir unser Glück machen. Wir waren etwas Besonderes, aus einem bestimmten Grund eng verbunden. Wir hatten nicht grundlos überlebt. Das musste ich mir nur ins Gedächtnis rufen, dann konnte ich solch eigensüchtige Wünsche unterdrücken.

Genau wie ich sie jetzt unterdrückte, als Mrs Bronson mich anlächelte. Ich verbannte meine Nervosität und wurde die Sophie Hannigan, die ich für uns beide sein musste. Ich erzählte Mrs Bronson und Mrs Peabody die Geschichte von Mr Stafford und schmückte sie aus, wie es mir gefiel, ergänzte sie um Romantik und Tragik und ließ gerade genug schaurige Details einfließen, um sie beide zu fesseln. Dann schauderte ich theatralisch und erzählte ihnen, wie unwirklich es mir vorgekommen war, den Leichnam und sogar Venedig selbst zu entdecken.

Mrs Bronson hörte ganz gebannt zu. Sie berührte mich am Arm. »Oh, das geht uns allen so, meine Liebe. Und je länger Sie bleiben, desto stärker wird es, das verspreche ich Ihnen. Es gibt einige, die es gar nicht ertragen können. Leider verfallen unsere Landsleute in Scharen der Melancholie, wenn sie zu lange hierbleiben.«

Das Gleiche hatte Mr Dane gesagt. »Aber Ihnen ist es wohl gelungen, ihr zu entkommen«, stellte ich fest.

»Ich liebe die Stadt«, sagte sie. »Ich finde solche Dinge interessant und nicht belastend, aber möge Gott uns alle vor dem elenden Schirokko bewahren. Zum Sommer hin kann er einem jegliche Tatkraft entziehen.«

»Und die Moskitos«, warf Mrs Peabody ein.

»In der Tat.« Mrs Bronson nickte mit Nachdruck. »Aber die Stadt ist einfach unwiderstehlich. Allein die Geschichten …«

»Nicht jeder teilt deine Ansichten darüber, meine Liebe«, sagte Mrs Peabody. »Die meisten von uns finden die Legenden ganz abscheulich.«

»Legenden?«, fragte ich.

Mrs Bronson sagte eifrig: »Spukgeschichten, Mythen … Viele davon sind wirklich ganz schrecklich: Erzählungen über Teufel, die auf den Brücken umherstreifen und entsetzliche Abmachungen treffen. Es gibt keinen Gondoliere in Venedig, der nicht jede Einzelne davon kennt, und sie zögern nicht, sie einem zu erzählen, wenn man sie darum bittet. Die Venezianer sind das abergläubischste Volk auf der Welt. ›Es bringt Unglück, zwischen den Säulen auf der Piazzetta hindurchzugehen; ein Gast, der seine Serviette zerknittert, wird nie an Ihren Tisch zurückkehren; wenn Sie einen Buckligen sehen, ist das Glück Ihnen hold …‹ Und hundert weitere Dinge. Sie glauben nicht *wirklich* an etwas, verstehen Sie, sie haben vielmehr die *Gewohnheit*, an etwas zu glauben.«

»Abgesehen von den Geistern. An Geister glauben sie wirklich«, fügte Mrs Peabody hinzu.

»Geister, ja.« Mrs Bronson seufzte. »Und um ehrlich zu sein, weiß ich nicht einmal, ob sie sich irren. Ich hätte jene Wohnung nie gemietet, meine Liebe, und die Tragödie für die Padrona besteht darin, dass es auch sonst keiner tun wird.«

»Es sei denn, er weiß nicht über den armen Mr Stafford Bescheid«, sagte Mrs Peabody.

»Wie das denn? Die Venezianer sind entsetzliche Klatschbasen.«

»Das ist leider wahr.«

Mrs Bronson tätschelte mir tröstend die Hand. »Machen Sie sich keine Sorgen, meine Liebe. Wir werden die perfekte Wohnung für Sie und Ihren Bruder finden. Ich könnte sogar schwören, dass ich in der Nähe eines Traghetto Zimmer gesehen habe, die zu mieten sind …«

»O nein, das wollen Sie nicht! Dort kampieren die Gondolieri, und der Lärm wird Sie die ganze Nacht wachhalten.« Mrs Peabody erschauerte vielsagend.

»Ich würde es sehr zu schätzen wissen, von irgendeiner Möglichkeit zu hören«, sagte ich voller Erleichterung zu ihr. »Es gab auch noch eine ganz reizende Wohnung nahe beim Campo San Bartolomeo, aber die Vermieterin und ich sind uns über den Preis nicht einig geworden.«

»Sie sollten jemanden mitnehmen«, schlug Mrs Peabody vor. »Jemanden, der die Stadt kennt. Vielleicht Mr Dane? Er kennt sich hier besser aus als irgendjemand sonst.«

»Es wäre mir sehr zuwider, ihm noch mehr zur Last zu fallen, als ich es ohnehin schon getan habe.«

»Oh, aber ich bin mir sicher, dass er enttäuscht wäre, wenn Sie es nicht täten. Er ist der hilfsbereiteste Mann, den ich kenne – findest du nicht auch, Anna?«

Mrs Peabody nickte so heftig, dass es aussah, als könne sie sich dabei das Genick brechen. »Äußerst hilfsbereit. Unersetzlich, würde ich sagen. Und noch dazu unterhaltsam. Wir lieben ihn alle.«

»Er hat Giacomo für die Loneghans gefunden, weißt du noch? – Ihren Gondoliere«, setzte sie an mich gewandt hinzu. »Henry und Edith vergöttern Mr Dane. Ich glaube, ihre Familien sind alte Freunde. Haben Sie von den Loneghans gehört, Miss Hannigan? Henry ist ein begeisterter Kunstsammler. Mr Dane ist immer auf der Suche nach Künstlern, die er ihm vorstellen kann.«

Ich bemühte mich nach Kräften, nicht so interessiert dreinzusehen, wie ich es war. »Mr Dane scheint jeden in Venedig zu kennen.«

»Um ehrlich zu sein, weiß ich auch nicht, wie er das anstellt, aber wenn Sie irgendetwas brauchen, dann ist der erste Mensch, den Sie fragen sollten, Nicholas Dane. Wenn er selbst nicht weiß, wie er es herausfinden kann, kennt er zumindest jemanden, der es weiß.«

»Lebt er schon lange hier?«

»O nein, aber ich glaube, er hat es sich zur Aufgabe gemacht, alles zu wissen – wie sonst sollte er dazu in der Lage sein?«, sagte Mrs Peabody. »Wann haben wir ihn doch gleich kennengelernt, Katharine? Ach… Das war doch im Theater, nicht wahr? An dem Abend im Malibran.«

»O ja«, sagte Mrs Bronson, und ihr Gesichtsausdruck wurde bei der Erinnerung sanft. »Ich erinnere mich an etliche Gläser Wein.«

Mrs Peabodys Augen glänzten, als sie mir erzählte: »Mr Dane kennt Giovanni Lotti, der an dem Abend die Hauptrolle gespielt hatte. Welch ein vorzüglicher Auftritt! Es herrschte großes Gedränge, aber sobald Mr Dane herausgefunden hatte, wen wir zu treffen hofften, führte er uns hinter die Bühne. Wir verbrachten den ganzen Abend mit den Schauspielern.«

»Wir stehen nicht nur in der Hinsicht in seiner Schuld; der heutige Abend kommt nun hinzu, denn er hat Sie in unsere Mitte geführt, meine Liebe.« Mrs Bronson lächelte mich an. »Er scheint immer zu wissen, wer am besten herpasst.«

Wenn ich noch einen Beweis dafür gebraucht hätte, dass Joseph recht hatte – und dass ich mich an unseren Plan halten musste, was Nicholas Dane betraf –, dann hätte diese Bemerkung ihn mir geliefert. »Ich hoffe, mein Bruder und ich enttäuschen Sie nicht.«

»Oh, reden Sie sich das nur nicht ein!« Sie sah an mir vorbei und sagte dann mit gesenkter Stimme: »Da kommt noch jemand, der es gar nicht wird abwarten können, Ihre Neuigkeiten über Mr Stafford zu hören – Mr Curtis. Kennen Sie ihn, Miss Hannigan? Er, seine Frau und sein Sohn sind meine besonderen Lieblinge. Sie leben schon eine Weile in Venedig. Gestatten Sie, dass ich Sie ihnen vorstelle.«

Auf diese Weise verging ungefähr eine Stunde: Neue Gäste trafen ein, und Mrs Bronson zog mich mit ihnen ins Gespräch, bis ich die Geschichte, wie ich Mr Stafford gefunden hatte, ein halbes Dutzend Mal erzählt hatte und das ganze Zimmer wusste, dass ich eine Wohnung suchte. Aber Katharine Bronson lauschte jedes Mal wie gebannt und stellte bei jedem Zuhörer andere Fragen. Ich fragte mich, wie ihr das gelang und ob man solchen Charme erlernen könne.

Am Ende war meine Kehle so trocken, dass ich mich entschuldigte und mir ein Glas Sherry holen ging. Es war sehr guter Sherry, und ich genoss ihn mit Blick zur offenen Balkontür und hinüber auf die unbeschreibliche Schönheit von Santa Maria della Salute jenseits des Kanals, die samt den goldenen Engeln mit Speeren und Hörnern und den durchscheinenden weißen Kuppeln vom Sonnenuntergang über und über in blendende Rosa- und Goldtöne getaucht war. Wieder kam es mir unglaublich vor, dass ich hier war, dass wir so nahe am Ziel waren. Nun fehlte nur noch Henry Loneghan, um alles zu vervollständigen.

Ich riss mich von der Aussicht los und bahnte mir auf der Suche nach meinem Bruder einen Weg durch die Menge, vorbei an Gelächter und Gesprächen aus der Sala hinaus, durch die kleineren Räume, die rauchgeschwängert und voller Menschen waren. Endlich erspähte ich Joseph: Er saß lachend am Esszimmertisch. Außer Nicholas Dane waren ein Schwarzhaariger, der einen Hut trug, und ein anderer Mann bei ihm. Beide kannte ich nicht. Mein Bruder hielt ein Skizzenbuch in der Hand – nicht sein eigenes – und zeichnete etwas hinein, während Mr Dane sich über seine Schulter beugte.

Joseph wirkte glücklich. Er war in seinem Element. Es erinnerte mich an die Zeit nach dem Tod unserer Tante, als Joseph die Universität verlassen und sich den Bohemiens in New York angeschlossen hatte. *Du wirst sie lieben, Soph. Sie sind unseresgleichen.* Und das waren sie. Als ich ihn zum ersten Mal in ihrer Gesellschaft gesehen hatte, war mir gleich klar gewesen, dass er dorthin gehörte. Ich hatte ihn nie mit jemand anderem außer mir derart leichten Herzens lachen sehen. Jetzt sah ich von meinem Bruder zu Nicholas Dane hinüber und war entschlossener denn je, ihn für Joseph einzufangen – und mit ihm Henry Loneghan.

Mein Bruder warf mir einen Blick zu. Er nickte rasch, wandte sich dann um und sagte etwas zu Mr Dane, der in meine Richtung blickte. Dann drängte sich Mr Dane durch die Menge, kam auf mich zu und sagte: »Ihr Bruder schickt mich, um Sie zu holen. Er hat sich mit Whistler und Frank Duveneck angefreundet. Kommen Sie, Sie müssen die beiden kennenlernen!«

Als er sich umdrehte, um mich hinzuführen, hielt ich ihn am Arm fest. »Aber ich will mich nicht aufdrängen.«

»Sie drängen sich nicht auf. Sie werden Whistlers Zuneigung zu Ihrem Bruder nur noch steigern. Er hat einen Blick für hübsche Frauen.«

»So?«, fragte ich und setzte dann leise hinzu: »Und Sie?«

Er stutzte und sah überrascht drein. »Wie bitte?«

Ich spürte, wie mir die Hitze ins Gesicht stieg, wagte mich aber noch weiter vor: »Ich habe gefragt, ob Sie einen Blick für hübsche Frauen haben. Oder vielleicht … für Frauen allgemein.«

Sein Gesichtsausdruck wurde vorsichtig, misstrauisch. »Warum möchten Sie das wissen?«

»Vielleicht, weil es mich interessiert.«

»Es interessiert Sie, ob ich widernatürliche Neigungen habe?«

»Das war nicht meine Frage, aber meinetwegen …«

»Was ist mit Ihnen, Miss Hannigan? Mögen Sie Männer im Allgemeinen? Oder … hegen Sie vielleicht eine Vorliebe für einen bestimmten Mann?«

Als er es sagte, warf er einen Blick zum Tisch hinüber, zu Joseph, und mir wurde kalt, da mir der Klatsch und Edward einfielen, aber dann dachte ich: Nein, es steckt nichts dahinter. Er hatte nur einen ganz beiläufigen Blick in die Richtung geworfen. Er fragte mich nur, ob meine Gefühle anderweitig gebunden seien, und das hielt ich für ein gutes Zeichen. Meine Hand lag noch auf seinem Arm. Ich schloss die Finger fester darum, senkte die Stimme und sagte: »Ich bin ganz ungebunden, Mr Dane, aber ich muss zugeben, dass ich Sie interessant finde. Ich habe wohl gehofft ... dass auch Sie mich interessant finden könnten.«

Ich hielt den Atem an und fragte mich, wie er darauf antworten würde – ob ich etwas missdeutet hatte. Manche Männer mögen solche Direktheit nicht, aber auf Unterschwelliges hatte er in den Gärten nicht reagiert.

Er warf einen Blick auf das Glas, das ich in der anderen Hand hielt. »Sie sehen aus, als ob Sie noch etwas zu trinken gebrauchen könnten.«

Zu direkt also. Ich hatte ihn falsch verstanden, so wie ich ihn von Anfang an falsch verstanden hatte. Nicholas Dane würde es uns nicht so einfach machen, wie Joseph und ich gedacht hatten. Er fühlte sich offensichtlich nicht zu mir hingezogen. Vielleicht war es das Beste, ihn einfach meinem Bruder zu überlassen.

Ich seufzte enttäuscht und frustriert, ließ Mr Danes Arm los und versuchte zu lächeln. Ich hielt ihm mein Glas hin. »Ja, bitte. Sherry.«

Er nahm mein Glas und zeigte in Josephs Richtung. »Ich stoße dort wieder zu Ihnen.« Dann stürzte er sich in die Menge.

Ich sah ihm nach und ging dann zu meinem Bruder, der immer noch lachend bei den anderen saß.

* * *

Es war nach Mitternacht, als Joseph und ich endlich ins Danieli zurückkehrten. Mein Bruder ließ sich aufs Bett fallen und legte sich den Arm über die Augen. »Ich habe zu viel getrunken.«

»Das würde niemand bemerken.« Ich legte mich neben ihn auf den Bauch. »Du warst brillant.«

»Du auch, wie ich finde.« Er zog an einer meiner Haarnadeln, bis eine Strähne sich löste und mir auf die Schulter fiel. »Ich habe dich und Dane vorhin beobachtet. Er wirkte betört.«

»Das ist er nicht«, erzählte ich ihm unglücklich. »Weißt du, was er mich heute Abend gefragt hat? Er fragte mich, ob ich eine Vorliebe für einen bestimmten Mann hege.«

Joseph zog noch eine Nadel heraus. Ich schüttelte ein wenig den Kopf, sodass sich meine Frisur auflöste. »Er fragt nur, ob du vergeben bist. Das heißt, dass er Interesse hat.«

»Ich hatte den Eindruck, dass er dich ansah, als er das sagte. Ich habe mich gefragt, ob … Oder er gehört hat …«

»Niemand, den wir kennen, ist in Venedig, Soph«, versicherte mein Bruder mir leise. »Und es waren ohnehin nur Gerüchte. Ich habe die Skizzen. Niemand hat sie gesehen.«

»Ja, ich weiß, aber …«

»Hat er zugegeben, dass er dich mag?«

»Nein. Nein, er hat die Frage sogar betont ignoriert. Ich glaube nicht, dass ich bei ihm sehr weit kommen werde, Joseph. Es wäre vielleicht besser, wenn du dich seiner annimmst. Er will dein Freund sein. Er mag dich schon sehr.«

Er schlang sich eine Strähne meines Haars um den Finger. »Er kämpft gegen sein Verlangen an. Ich weiß nicht, warum.«

»Es fällt mir schwer, ihn einzuschätzen.«

»Mir aber nicht.« Er sah zu mir hoch, und die volle Wucht des Blicks seiner blauen Augen traf mich. »Vertrau mir. Er begehrt dich. Versuch es weiter. Wir lassen uns etwas einfallen, das er nicht ignorieren kann.«

Ich versuchte, mein Erschrecken zu überspielen. Joseph

irrte sich gewöhnlich nicht, wenn es um Menschen ging, aber in diesem Fall glaubte ich, dass er sich täuschte. Ich sah es als verlorene Liebesmüh an, Nicholas Dane weiter zu bedrängen. Er sah so gut aus, dass er sich die Frauen aussuchen konnte – warum sollte er mir einen zweiten Blick schenken?

Aber ich seufzte nur, nickte und wechselte das Thema. »Mochtest du Whistler? Ich konnte es deinem Verhalten nicht entnehmen.«

Joseph zuckte die Schultern. »Er ist zweifelsohne brillant. Ich kann von ihm lernen und werde das auch tun. Und er passt gut hierher. Er ist exzentrisch und sagt, was er denkt. Er verkörpert alles, was sie sich hier unter einem Künstler vorstellen.«

»Und er redet nicht über Geld.«

»Nein, aber er denkt daran.« Joseph lachte. »Er denkt sogar sehr oft daran. In der Hinsicht gleichen er und ich einander. Er weiß, was ich tue: Diese Leute geben gern vor, dass Geld nichts bedeutet. Sie laufen vor jedem davon, der es für wichtig hält.«

»Sie haben ja auch genug davon, nicht wahr?«

Er wurde wieder still, drehte eine Strähne meines Haars zu einer Art Pinsel zusammen und fuhr sich mit dem weichen Ende über den Mund. »Diese Leute machen einen zur Berühmtheit, Soph. Zweifle niemals daran.«

Das tat ich nicht. Ich hatte es an der Art gesehen, wie Mrs Bronson mich zum Ehrengast des Tages gemacht hatte. »Du hast heute Abend jedenfalls wie der hellste Stern am Himmel gestrahlt. Sie lieben dich jetzt schon.«

»Uns ist ein Freibrief erteilt worden«, sagte er. »Wir sind jederzeit willkommen. Das hast du sie auch sagen hören, nicht wahr?«

Ich nickte. Er lächelte, runzelte dann aber genauso schnell wieder die Stirn. »Mein Gott, das hätte ich beinahe vergessen.« Er ließ meine Haare los und nahm sein Skizzenbuch und einen Stummel Zeichenkohle vom Nachttisch. Er zeichnete schnell etwas und reichte es mir dann. »Sieht er so aus?«, fragte er. »Der Hof, von dem du mir erzählt hast, der mit der Perlenstickerin?«

»Der in der Nähe von San Bartolomeo?« Ich sah auf die Skizze. Joseph hatte alles beinahe perfekt eingefangen, und das nur anhand meiner Beschreibung. »Ja, so sieht er aus, nur liegen die Stufen auf der anderen Seite.«

Er runzelte die Stirn. »Ich frage mich, ob das eine Rolle spielt. Vielleicht wird er einfach denken, dass ich es falsch in Erinnerung hatte.«

»Wer?«

»Whistler.« Sein Stirnrunzeln wich einem befriedigten Lächeln. »So habe ich heute seine Aufmerksamkeit gefesselt: indem ich den Hof für ihn gezeichnet habe. Mir ist im Gespräch mit ihm rasch klar geworden, dass er kein Interesse an den üblichen Ansichten hatte. Er sucht nach etwas Erlesenerem. Ich pflichtete ihm bei und zeigte ihm das hier.«

Seine Gerissenheit verblüffte mich immer wieder. »Oh, Joseph, es wird wirklich funktionieren!« Ich schmiegte mich an ihn und legte ihm den Kopf auf die Brust. »Du wirst noch in diesem Jahr der berühmteste Maler in ganz Venedig sein.«

»Du meinst: auf der ganzen Welt«, sagte er. Seine Stimme grollte in meinem Ohr, und er grub mir die langen Finger in die Schulter.

Ich schlang ihm einen Arm um die Taille und hielt ihn eng an mich gezogen. »Auf der ganzen Welt«, pflichtete ich ihm bei.

KAPITEL 15

Nicholas

ICH WAR DEN GANZEN TAG LANG UNGEDULDIG UND GEREIZT. ICH
wartete nicht gern. Untätigkeit verdross mich – ich langweilte
mich schnell und wurde rastlos –, und mich verstörte die Art,
wie meine Gedanken zu Dingen zurückkehrten, mit denen ich
mich nicht beschäftigen wollte.

Die Dämmerung machte das übliche verschwommene
Licht Venedigs noch weicher, ließ Umrisse dahinschmelzen
und hielt sie in wabernder Unschärfe. Herbstkälte lag jetzt in
der Luft, und als ich die Anzugsjacke enger um mich zog, versuchte ich, nicht an Joseph und Sophie Hannigan zu denken –
und an das Verlangen, das ihre Worte in mir geweckt hatten.
*Ich habe wohl gehofft, dass auch Sie mich interessant finden
könnten.*

Ich fluchte leise und verbannte beide in einen entlegenen
Winkel meines Verstands, während ich mir selbst befahl,
mich zu konzentrieren, als ich zu dem Café kam, in dem der
Organist sich heute Abend wieder mit mir treffen wollte. Ich
hatte ihm erzählt, was ich allen anderen erzählt hatte, und
mein Möglichstes getan, auf ihn einzuwirken, aber sosehr ich
ihn auch gewinnen wollte, rechnete ich mir doch keine rosigen
Aussichten aus. Wie oft war es mir schließlich schon gelungen?
Bei einem oder zweien von Dutzenden vielleicht.

Ich ging hinein, bestellte eine Flasche Wein, goss mir ein
Glas ein, trank es langsam aus und wartete. Der vereinbarte
Zeitpunkt kam und ging: Immer noch wartete ich. Eine
Stunde zog vorüber, dann eine zweite. Ich rechnete halb damit,

dass er gar nicht mehr erscheinen würde. Er war nicht besser als Nelson Stafford oder irgendeiner der anderen – immer noch in ihrem Bann, obwohl sie ihn schon aussaugte, bis er ein Nichts war.

Doch dann öffnete sich die Tür, und ich sah überrascht, dass er es war. Er kam zu meinem Tisch herüber und bedachte mich mit einem schuldbewussten Blick, der mir besser als alle Worte sagte, welche Entscheidung er gefällt hatte. »Ich wollte gar nicht kommen. Aber dann dachte ich, dass Sie es wissen sollten. Ich will Sie nicht verlassen. Ich liebe Sie.«

Das war nicht gerade etwas Neues, nicht wahr?

Dennoch lächelte ich. »Dann werden Sie mir vielleicht beweisen, dass ich mich in ihr täusche. Ich hoffe, dass Sie es tun. Kommen Sie, trinken Sie etwas mit mir.«

»Ich bin mit ihr verabredet …«

»Erst später, vermute ich«, sagte ich. »Habe ich recht? Ich halte Sie nicht von ihr fern, das verspreche ich Ihnen. Aber wir sind doch jetzt Freunde, und ein Freund kann sicher die Zeit für ein Glas Wein erübrigen.«

Er sagte: »Nun gut, aber diesmal müssen Sie mich bezahlen lassen.«

Ich kann mich nicht erinnern, worüber wir sprachen – vielleicht erzählte er mir seine Lebensgeschichte; das taten sie oft. Wir bestellten mehr Wein und leerten nach und nach drei Flaschen. Das Meiste davon trank er.

Es war spät, als er schließlich taumelnd auf die Beine kam und verkündete: »Ich muss gehen. Sie erwartet mich.«

»Gestatten Sie, dass ich Sie hinführe«, sagte ich, obwohl ich nichts dergleichen vorhatte. Er war so betrunken, dass ich glaubte, ihn kampflos in seine eigene Wohnung bringen zu können. Schon eine Nacht fern von ihr würde ihm helfen.

Er wankte und stützte sich an der Tischkante ab. »Ich schaffe das schon.«

»Oh, das glaube ich nicht, mein Freund.« Ich stand auf und legte ihm eine Hand auf den Arm. »Doch ich sorge dafür, dass Sie hinkommen, ohne in einen Kanal zu fallen.«

»O ja.« Er runzelte die Stirn. »Ich kann nicht schwimmen. Vielleicht … eine Gondel …«

»So spät finden Sie keine. Aber zur Traghetto-Station ist es zu Fuß nicht weit.«

Wir stolperten aus dem Café. Er sackte an der Tür zusammen und stieß gegen mich, und dann noch einmal auf der Straße, wo er zwischen der Wand und meiner Schulter hin und her pendelte. Schließlich packte ich ihn, um ihn davor zu bewahren, in den Kanal zu stürzen, auf den die Calle sich öffnete. Er schenkte mir ein dankbares Lächeln. »Sie sind ein guter Freund, Dane«, lallte er. »Habe ich Ihnen das schon gesagt? Ein sehr guter Freund.«

Wir bogen auf eine schmale Fondamenta ein. Eine flackernde Kerze in einem der mehreren Hundert Eckschreine spiegelte sich in der dunklen Seide des seitlich gelegenen Kanals. Murphy blieb stehen und streckte die Hand aus, um die Blütenblätter einer Rose zu betasten, die für die Heilige niedergelegt worden war. Eine glasierte Porzellanstatue der Jungfrau war in die Nische eingelassen. Die Kerze warf einen weichen Schein über sie: Jemand hatte sie wohl vor Kurzem gereinigt, denn es war keine Spur von Schimmel oder Schmutz zu sehen. Sie wirkte blank poliert und allenfalls ein wenig abgestoßen. Sträuße toter Blumen lagen herum; dazwischen standen kleine Teller mit halb verzehrten Speisen, an denen bestimmt die hungrigen Wasserratten geknabbert hatten. All die Geschenke waren hier hinterlassen worden, auf dass die Heilige sie gnädig annehmen möge – zum Dank dafür, dass sie ein Gebet erhört hatte, oder in der Hoffnung darauf.

Murphy hob die Rose hoch. Sie war rosafarben und mit einem schwarzen Ripsband umwunden. Er schwankte, führte sie an die Nase und runzelte die Stirn. »Kein Duft. Das würde ihr nicht gefallen. Sie mag den Duft.«

»Den mag sie in der Tat«, sagte ich leise, »und es bringt Unglück, etwas aus den Schreinen zu stehlen.«

Er ließ die Rose wieder zu Füßen der Jungfrau fallen.

»Hat sie Ihnen ihre Geschichten erzählt?«, fragte ich.

Der Kerzenschein beleuchtete ihn seltsam, sodass eine Hälfte seines Gesichts im Schatten lag, während die andere verfärbt und gelbsüchtig wirkte und sein Auge wässrig funkelte. Er stützte sich mit der Hand an der Wand neben dem Altar ab, als würde die Welt sich drehen. »Geschichten? Etwas über … Schumann.«

»Schumann?«

»Er hat Engel gesehen.«

»Hat sie Ihnen von John Keats erzählt? Die Geschichte seiner *Lamia*?«

»Was ist das?«

»Sein Gedicht«, sagte ich ungeduldig. »Haben Sie es nie gelesen?«

Er schüttelte den Kopf. Von der Bewegung schien ihm schwindelig zu werden. Er strauchelte und prallte mit der Schulter kräftig gegen die Wand. »Poesie liegt mir nicht.«

»In *Lamia* geht es um sie. Um Odilé. Sie war John Keats' Inspiration.«

»Seine Inspiration. Aber … Warten Sie mal. Ist er nicht tot?«

»Seit etwa fünfzig Jahren. Das ist einer der Nachteile ihrer Gunst, so leid es mir tut.«

»Seit fünfzig Jahren? Aber wie kann sie dann …« Er hielt sich den Kopf. »Ich habe zu viel Wein getrunken.«

Ich setzte nach: »Wie kann sie dann seine Lamia gewesen sein, meinen Sie? Wenn er seit fünfzig Jahren tot ist? Sie kann doch wohl nicht so alt sein, nicht wahr? Sehen Sie sie nur

146

an – welch eine Schönheit! Ja, man würde sie nicht älter als fünfunddreißig schätzen. Aber das ist alles eine Lüge. Sie ist sehr alt, mein Freund. Älter, als Sie oder ich es uns vorstellen können. Zweihundert Jahre oder noch älter, glaube ich, auch wenn ich mir nicht ganz sicher bin. Sie hat es mir nie gesagt, verstehen Sie? Ich musste raten.«

Er sah mich aus glasigen Augen an. »Zweihundert Jahre? Was sagen Sie da? Das verstehe ich nicht.«

»Nein, natürlich nicht.« Ich trat dicht an ihn heran. »Sie ist Lamia, begreifen Sie denn nicht? Die Schlange, die zu einer Frau wurde und Lycius mit ihrer Schönheit verführte. Es war Odilé, die Keats beschrieb. Er sah ihre Schrecklichkeit, aber er starb, bevor er der Welt davon erzählen konnte. Doch nun bin ich hier, um es für ihn zu tun. Ich weiß, was sie ist.«

»Eine Schlange?«

»Sie saugt Ihnen das Talent aus. Noch inspiriert sie Sie, aber in wenigen Tagen werden Sie nicht mehr in der Lage sein zu komponieren – Odilés Hunger wird Ihnen alles nehmen.«

Er trat von der Wand zurück, runzelte die Stirn und wankte. »Sie reden wirr. Wie könnte Sie das tun? Wie sollte irgendjemand dazu in der Lage sein?«

Ich schnaufte frustriert. »Mein Gott, muss ich es in Worte fassen, die selbst ein Geistesschwacher verstehen könnte?«

Er blinzelte. »Warum sagen Sie mir all das? Was hat das mit irgendetwas zu tun?«

Es hatte keinen Sinn – es war so zwecklos wie immer. »Sie ist ein Sukkubus, Sie Dummkopf. Ein Dämon.«

Er zuckte zusammen und wich vor mir zurück – zu schnell. Er verlor das Gleichgewicht. Ich griff nach ihm, als er fahrig nach der Wand tastete, die er diesmal verfehlte. Sein Kopf schlug mit voller Wucht gegen die Ziegel. Er verdrehte die Augen, sackte bewusstlos auf der Kante der schmalen Fondamenta zusammen und landete mit einem leisen, aber dumpfen

Aufklatschen im Kanal, bevor ich Anstalten machen konnte, ihm zu helfen.

Ich fiel auf die Knie, um ihn zu packen, aber er war schon außer Reichweite, versank unter der Oberfläche und glitt davon, sodass meine Finger ihn nur streiften, ohne dass ich ihn hätte festhalten können. Ich konnte nicht schwimmen, und so konnte ich nichts tun, als zuzusehen, wie er in der trüben Schwärze versank. Er kam noch einmal hoch und war dann verschwunden, ließ nur Luftblasen zurück, versank in einem flachen, wässrigen Grab, um den Krebsen und Ratten zur Nahrung zu dienen, die die Kanäle unsicher machten.

Ich kniete auf der Fondamenta und suchte mit Blicken die Oberfläche des Kanals ab. Er kam nicht wieder hoch, und das Wasser schlug weiter sanfte Wellen, als hätte nichts es je gestört. Ich blieb dort, starrte sehr lange vor mich hin und verspürte Versagen, Kummer und entsetzliche Verzweiflung. Ich schloss die Augen und sprach ein rasches Gebet für seine Seele. Ich sagte mir, dass es ein besseres Schicksal war als das, was ihn erwartet hätte. Eigentlich sogar eine Gnade. Dann stemmte ich mich hoch und ging davon.

KAPITEL 16

Nicholas

ACH, VANITAS VANITATUM! WER VON UNS IST GLÜCKLICH AUF DIESER
Welt? Wer von uns hat alles, was er wünscht, oder ist zufrieden,
wenn er es hat?

Thackeray hätte von mir sprechen können, als er diese
Worte schrieb. Es gab Zeiten, zu denen ich das Gefühl hatte,
dass meine Unfähigkeit, zufrieden zu sein, das prägende Element meines Charakters war. Hinzu kamen Ungestüm und
Ungeduld, und so werdet ihr verstehen, warum mein Vater
mich, als ich zweiundzwanzig Jahre alt war, aufforderte auszuziehen.

Er drückte es natürlich nicht so direkt aus. Was er in
Wirklichkeit sagte, war: »Es ist an der Zeit, dieses Geschreibsel
hinter dir zu lassen, meine Junge, und etwas zu finden, das dir
einen guten Lohn einbringen wird. Weißt du, ich kann dich
nicht ewig unterstützen.«

Mein Vater war ein Anwalt mit politischen Ambitionen,
und er erzog seine Kinder dazu, dem Vorbild seiner Intelligenz,
seines Charmes und seiner Verlässlichkeit zu folgen. Mein
älterer Bruder, Jonathan, ließ sich mit Leib und Seele darauf ein
und beschloss früh, in die Fußstapfen unseres Vaters zu treten
und Jura zu studieren. Meine jüngere Schwester, Amelie, ging
eine sehr vorteilhafte Ehe ein, die ein Vermögen einbrachte, das
den Ehrgeiz meines Vaters – und meines Bruders – finanzieren
konnte. Ich war das einzige schwarze Schaf, da ich nun einmal
zur Gelehrsamkeit und zur Dichtkunst neigte. Und was konnte
je aus einem Gelehrten werden? Höchstens ein Lehrer.

Ich spürte, dass ich das Zeug zu mehr hatte. Irgendwie wusste ich tief in meiner Seele, dass ich das Talent hatte, etwas Besonderes zu sein, die Art von Dichter, der andere beeinflusste und inspirierte. Aber als ich das meiner Mutter sagte, lächelte sie nur, tätschelte mir die Wange und sagte: »Du musst dich nicht so abmühen, Nicholas. Jonathan wird für uns alle Furore machen. Er ist geradezu brillant. Weißt du, manchmal frage ich mich, wie du überhaupt zu uns gehören kannst. Niemand sonst in der Familie interessiert sich so für Bücher.«

»Vielleicht war ich ein Wechselbalg«, sagte ich zu ihr, und tatsächlich hatte ich dieses Gefühl. Wenn es eine Familie auf der Welt gab, zu der ich nicht gehörte, dann war es meine eigene.

Aber ich verspürte auch keinen echten Antrieb, sie zu verlassen. Ich machte mir nicht viel aus Leid, und da mir genauso gut wie meinem Vater bewusst war, wie schwierig es ist, sich sein Brot als Dichter zu verdienen, blieb ich, bis die Leute Fragen über meine Aussichten zu stellen begannen und bis mein Vater sich Hoffnungen darauf machte, für mich eine Ehe mit irgendeiner Erbin zu arrangieren, die einen faulen Schreiberling nicht als allzu große Last betrachten würde. Als er eine fand, eine Miss Isabelle Blakeley, der mein Äußeres zu gefallen schien, wenn auch sonst nichts – »Es ist ein Segen, dass dir zumindest ein gutes Aussehen beschieden ist«, sagte mein Vater –, wusste ich, dass ich keine andere Wahl mehr hatte, als zu gehen. Isabelle Blakeley hatte eine lange Nase und ein Gesicht wie ein Frettchen, und ich brachte es einfach nicht über mich, so zu tun, als wäre ich begeistert von der Vorstellung, mit ihr das Bett zu teilen – ganz zu schweigen davon, den Rest meines Lebens mit ihr zu verbringen.

Also ging ich. Ich hatte keine Pläne und kaum Geld – nur das, was meine Mutter mir zusteckte und was meine Schwester mir aus Sentimentalität zukommen ließ, ein kleines Stipendium, von dem mein Vater nichts wusste. Sie küsste mich, als ich ging, und sagte: »Ich möchte dich nicht verlieren, Nick. Versprich mir, dich regelmäßig zu melden!«

»Das werde ich wohl tun müssen, wenn ich weiterhin deinen Beitrag zu meiner großen Flucht erhalten möchte, nicht wahr?«

Sie lachte. »Ja. Wie du siehst, lasse ich dich nicht vom Haken, mein Lieber, bis du irgendwann wieder den Weg nach Hause findest.«

Ich hatte nicht vor, das oft zu tun. Aber es war nur eine geringe Summe, und da ich wusste, dass Amelie sie nicht vermissen würde und die Vorstellung genoss, dass ich in ihrer Schuld stand, hatte ich kein schlechtes Gewissen, das Geld anzunehmen.

Ich feierte ein oder zwei Erfolge, nichts Großartiges, aber genug, um mich glauben zu machen – fälschlicherweise, wie sich herausstellte –, dass ich auf einem guten Weg sei, die Anerkennung zu erringen, nach der ich mich so sehnte. Ich veröffentlichte ein Büchlein mit Gedichten. Als ich meinem Vater ein Exemplar schickte, war es ihm noch nicht einmal eine Antwort wert. Das Buch erhielt recht ordentliche Besprechungen. Ein Kritiker ging so weit zu sagen: »Dane hat Talent, wenn auch nur in begrenztem Maße.« Das traf mich, aber ich klammerte mich an das Wort »Talent« und versuchte, alles Übrige außer Acht zu lassen. Der Wunsch, den zweiten Teil der Kritik zu widerlegen, wurde mir zum Antrieb. Alles, was ich brauchte, war ein Tapetenwechsel, eine Inspiration. Die Veröffentlichung brachte mir genug Geld ein, um ein paar Monate auf Reisen zu gehen, und so brach ich nach Paris auf. Ich war dreiundzwanzig Jahre alt und brannte vor Ehrgeiz, der Dichter zu werden, der ich, wie alle behaupteten, nicht sein konnte.

Ich konnte gut mit Menschen umgehen, da ich jahrelang unter den einflussreichsten und mit den besten Verbindungen gesegneten Leuten von London herumgereicht worden war. Zudem sah ich mehr als nur vorzeigbar aus, und so vertraute ich darauf, dass sich mir alle Türen öffnen würden, wohin ich auch ging. Und überwiegend war das auch der Fall. Paris war die Stadt meiner Träume. Ich nahm mir eine Wohnung, deren Fenster auf einen malerischen Marktplatz hinaus gingen, und freundete mich mit anderen im Ausland lebenden Briten und mit gleichgesinnten Künstlern und Schriftstellern an. Wenn es einen Ort auf Erden gab, an dem ich den Erfolg haben würde, nach dem ich mich sehnte, dann musste es meiner Überzeugung nach Paris sein.

Stattdessen war Paris der Ort, an dem ich *sie* fand.

Sie war mit der Art von Schönheit gesegnet, die einen Mann sprachlos macht. Dunkles Haar, von roten Strähnen durchzogen. Graue Augen, die leicht schräg standen, als hätte sie Ahnen aus dem Osten, und die einen an Tscherkessinnen, Haremsdamen und hemmungslose exotische Lust denken ließen. Auch ihre makellose Haut hatte einen dunklen, östlichen Unterton. Und ihr Körper! Große üppige Brüste, wohlgeformte Hüften. Sie war wahrscheinlich um die zehn Jahre älter als ich, aber das steigerte ihren Reiz nur noch. Sie lachte gern, und ihr war eine Direktheit zu eigen, die mich verblüffte – ein Wille, sich zu nehmen, was sie wollte, der jüngeren Frauen fehlt. Erfahrung, nehme ich an, aber es war mehr als das: Es war, als hätte sie zahllose Geheimnisse, und sie bot sie einem wie eine Versuchung und eine Herausforderung dar: Finde heraus, was ich weiß, dann kann ich dir die Welt zeigen. Ich konnte mir nicht vorstellen, dass irgendjemand sich freiwillig von ihr abwenden würde. Ich jedenfalls konnte es weiß Gott nicht.

Ich stolperte wortwörtlich über sie, weil ich im Gehen so ins Schreiben vertieft war. Sie lud mich zu einem Glas Wein ein. Erst viel später begann ich mich zu fragen, warum solch eine Frau mich begehren sollte. Obwohl ich schon eine ganze

Anzahl hübscher Mädchen gehabt hatte und mir meiner eigenen Vorzüge durchaus bewusst war, war sie eigentlich weit außerhalb meiner Reichweite. Doch als sie die Einladung aussprach, dachte ich mit einem anderen Körperteil als mit dem Kopf, und impulsiv – mein alter Fehler – nahm ich an. Während sie mir im Laufe des Abends meine Geschichten abschmeichelte, wurde mir gar nicht bewusst, wie wenig sie im Gegenzug von sich erzählte. Als sie mir nach Stunden meiner halb betrunkenen Enthüllungen die Hand auf den Oberschenkel legte und schnurrte, dass sie mich mit nach Hause nehmen wolle, verschüttete ich in meiner Ungeduld beinahe den Wein.

Ich nahm die Zimmer kaum wahr, und auch nicht, in welchem Teil der Stadt sie lagen. Ich hätte den Weg dorthin nicht wiederfinden können, wenn sie beschlossen hätte, mich in jener Nacht zu verlassen. Ich erkannte nur eine grüne Tür mit abblätternder Farbe und unbeleuchtete Steinstufen, den Geruch feuchter Steine – und ihren. Sie verströmte einen Duft, den ich nicht beschreiben kann: Moschus und Mandel, unauffällig und durchdringend zugleich – er machte mich rasend vor Verlangen. Es kam mir zu dem Zeitpunkt vor, als hätte ich schon seit Stunden ein steifes Glied; kaum dass sie die Tür aufgeschlossen hatte, stieß ich sie auch schon hindurch. Bevor ich wusste, wie mir geschah, war ich nackt, und sie berührte mich überall, zog mich zu Boden. Der Schein der Straßenlaternen warf durchs Fenster Schatten auf ihre makellose Haut. Ich hatte das Gefühl, stundenlang, nächtelang, tagelang mit ihr schlafen zu können. Ich fühlte mich unbesiegbar, unverwundbar. Die Energie, die meine Adern durchströmte, ihr Duft, ihr Geschmack … Jetzt verstehe ich all das, aber damals war es mir so fremd, dass ich es nicht einmal ansatzweise durchschaute. Wäre ich in jenem Augenblick gestorben, hätte ich mich vollendet gefühlt.

Ich weiß nicht, wie lange ich bei ihr in der Wohnung

blieb. Tagelang, nehme ich an. Wochen. Sie erzählte mir eine Geschichte über John Keats, die ich noch nie gehört hatte: Er sei verzweifelt gewesen, weil er geglaubt habe, niemals berühmt zu werden, er habe gewusst, dass ihm ein früher Tod vorherbestimmt war, und befürchtet, dass seine Gedichte in Vergessenheit geraten würden. *Hier liegt einer, dessen Name in Wasser geschrieben ward* war die Inschrift, die er sich für seinen Grabstein gewünscht hatte.

»Aber es gab eine Frau«, sagte Odilé mit ihrem seltsamen Akzent – sie sprach Französisch, aber es war von einer anderen, mir unbekannten Sprache gefärbt.

»Eine Frau?«, fragte ich. »Du meinst seine Verlobte – wie hieß sie doch gleich? Fanny Sowieso?«

»Nein.« Sie schüttelte den Kopf, und ihr Haar strich über meine Brust, da sie in meinem Armen lag. »Nein. Eine andere Frau. Seine größte Inspiration. Die Frau, für die er *Lamia* geschrieben hat.«

Ich zitierte das Gedicht, weil ich eitel genug war, Odilé beeindrucken zu wollen: »So regenbogenstrahlend lag sie dort, wie schmachverflucht durch Zorn und Zauberwort, nein, selber schien ein Dämon sie zu sein …«

Sie drehte den Kopf zu meiner Brust, sodass ich ihr Lächeln spürte und wahrnahm, wie ihre Lippen sich auf meiner Haut bewegten. Ich fühlte eher, als dass ich hörte, wie sie sagte: »Ja. Genau die.«

»Dann muss sie wirklich eine Inspiration für ihn gewesen sein. Es ist ein schönes Gedicht.«

»Das fand ich auch immer«, erwiderte sie, »obwohl er übertreibt wie alle Dichter.«

»Wie alle Dichter?«, neckte ich sie.

Sie strich mir mit der Hand über die Brust bis zum Bauchnabel, langsam und stetig. »Niemand weiß von der Frau. Man glaubt, er sei von einem Traum oder von einer Vision inspiriert worden. Niemand begreift, dass es in Wirklichkeit um sie ging.« Odilé tastete sich mit der Hand weiter vor. Ich spürte, dass ich in Erregung geriet und mein Glied wieder steif wurde. »Und wie jede Frau bekam sie nicht, was ihr gebührte.«

Ich konnte gerade noch hervorbringen: »O doch. Sie wurde durch *Lamia* unsterblich gemacht.«

»So spricht ein Mann«, flüsterte sie mir ins Ohr. »Wirst du mich dereinst auch auf diese Weise vergessen? Wirst du niemandem meinen Namen verraten, wenn die Gedichte, die du für mich geschrieben hast, eines Tages veröffentlicht werden?«

Ich hatte in den Tagen mit ihr zahlreiche Gedichte geschrieben. Meine besten Werke, wie ich wusste. Sie entflammte mich wie bisher nichts anderes. Ich konnte gar nicht schnell genug schreiben. »Ich werde ihn der ganzen Welt nennen«, sagte ich voller Überzeugung, drehte sie auf den Rücken und drang in sie ein, sodass sie sich versteifte und vor Lust aufkeuchte. »Ich werde niemanden vergessen lassen, was du mir bedeutest.«

Sie erzählte mir von Byron, davon, wie viele Frauen er in Venedig gehabt hätte, und von der einen, die die allerwichtigste gewesen sei und ihn zu *Don Juan* inspiriert habe. Sie sei jedoch unbekannt geblieben. »Er schrieb hundert Verse oder mehr pro Nacht«, sagte sie mir, als sie vor dem Fenster stand und sich ihre Silhouette im Licht des frühen Morgens abzeichnete. »Er war unersättlich – er konnte weder von ihr noch von den Worten genug bekommen. Es war, als würde er sie in der Luft finden.«

Ich war beeindruckt, dass überhaupt ein Mann die Kraft hatte, hundert Verse in einer Nacht zu schreiben.

»Die Geschichte«, fuhr sie fort, »besagt, dass sie ihm ein Angebot machte. Sie versprach ihm Ruhm und Reichtum. Sie schwor, seine größte Inspiration zu sein.«

»Und was sagte er?«, fragte ich.

»Er verachtete den Ruhm – das behauptete er zumindest. Er wollte, dass alle glaubten, er verabscheue ihn. Er wollte den

Ruhm ausreißen.« Sie machte eine ruckartige, schnelle Fingerbewegung, um ihre Worte zu illustrieren. »Er sagte, er wolle nicht in der Schuld einer Frau stehen. Sie hätten ihm schon so viele Schwierigkeiten bereitet.«

»Du meinst seine Frau. Man sagt, dass er sie hasste.«

»Er hasste das, was er ihr angetan hatte«, verbesserte Odilé leise. »Sie allein wusste um seine Grausamkeit – wie konnte er ihr das verzeihen? Aber nein, es war der Verrat seiner Schwester, der am schmerzlichsten brannte.«

Ich runzelte die Stirn. »Seiner Schwester?«

»Sie waren Geliebte, weißt du?«, sagte sie und wandte sich vollends vom Fenster ab. »Deshalb hatte er England verlassen. Es lag nicht an dem Skandal um seine Ehe, sondern an seiner Affäre mit seiner Schwester. Ach nein ... Richtig ... Sie war nur seine Halbschwester. Macht das einen Unterschied?«

»Nicht in England.«

»Nun, am Ende konnte sogar sie seiner neuen Muse nicht das Wasser reichen. Er wurde ... überwältigt. So besagt jedenfalls die Geschichte. Und obwohl er keinen zusätzlichen Ruhm brauchte, wollte er Unsterblichkeit. Er wollte sicherstellen, dass sein Genie weiterleben würde, und er konnte die Inspiration, die sie ihm schenkte, nicht leugnen. Nachdem er sie einmal gespürt hatte, konnte keine andere mehr mithalten. So nahm er ihr Angebot an. Aber er wurde arrogant und verließ sie, bevor *Don Juan* fertiggestellt war, und so ... blieb es unvollendet. Schade, nicht wahr?«

»Ist das wahr? Woher weißt du das?«

Sie kam ans Bett, das mit meinen Papieren, mit Worten übersät war, und kniete sich auf die Kante. »Aber das weiß doch jeder, mein Liebster. Wenn du nach Venedig reist, wirst du immer noch Gemunkel darüber hören.«

Ich war verwirrt. »Ihr Angebot, sagst du ... Was für ein Angebot hatte er angenommen?«

»Ich habe es dir doch erzählt: Sie hat ihn zu unsterblicher Genialität inspiriert.«

»Und was hat sie im Gegenzug verlangt?«

»Natürlich seine Seele.«

Sie schob die Papiere beiseite und zog ihr Nachthemd hoch, um sich rittlings über meine Hüften zu schwingen. »Hättest du solch ein Angebot angenommen, wenn sie es dir gemacht hätte?«

»Warum nicht? Ist Inspiration nicht genau das – die eigene Seele an etwas Erhabeneres zu verlieren?«

Sie schob das Laken zwischen uns beiseite und schlängelte sich hinunter, bis sie brennend heiß neben mir lag. Sie strich mit den Händen über meine Haut, und ich ließ sofort Notizbuch und Bleistift fallen. Sie küsste mich sanft. »Oh, wie gut du das verstehst, mein Liebster.«

In Wahrheit verstand ich gar nichts – ich verstand es erst viel später.

Wann begann sich alles zu ändern? Es fällt mir jetzt schwer, mich daran zu erinnern, aber es kann damals nicht mehr als ein Monat vergangen gewesen sein. Schon Tage vorher waren die Wörter plötzlich in meinem Kopf durcheinandergepurzelt. Die einfachsten Dinge fielen mir nicht mehr ein. Aus *Engel* wurde *Göttin*, weil ich mich auf einmal nicht mehr entsinnen konnte, wie man Ersteres buchstabierte, und danach gelang mir kein Reim mehr. Ich fand nicht die richtigen Worte, um ihren Mund zu beschreiben. Ich kramte in meinem Gedächtnis und versuchte, bei anderen Inspiration zu finden: im Hohelied Salomos, bei Keats, Byron, Browning, Coleridge und Shelley. Mir blieben nur noch Fragmente dessen, was ich immer gewusst hatte. Dann erwachte ich eines Tages vor ihr. Ich setzte mich auf, bemerkte, wie die morgendlichen Schatten ihr aufs Gesicht fielen, spürte, wie sich der Anfang eines Gedichts in meinen Gedanken regte. Aber sobald ich die Mine auf die Seite drückte, entfiel mir alles und ließ mich mit einem einzigen Wort zurück: *Liebe.*

Das war alles, was ich noch wusste. Liebe. Liebe Liebe Liebe Liebe Liebe.

Als Odilé die Augen aufschlug, war ich verzweifelt, und ich sah einen flüchtigen Ausdruck über ihr Gesicht huschen, ein Gefühl, das ich nicht zu deuten vermochte und das bald verschwunden war.

Alles löste sich auf. Die Inspiration, die sie mir geschenkt hatte und die mich dazu gebracht hatte, die ganze Nacht wach zu bleiben, mich mit ihr dem Liebesspiel hinzugeben und die Worte niederzuschreiben, die danach auf mich einbrandeten, war verflogen, so schnell dahingeschmolzen, dass ich daran zweifelte, dass es sie je gegeben hatte. Ich war unersättlich, unbefriedigt und noch voller Begierde, nachdem ich zum Höhepunkt gekommen war. So blieb mir nur, wieder von vorn anzufangen, ein endloser Kreislauf des Liebesspiels, während ich verzweifelt nach dem suchte, was sie mir zuvor so mühelos gebracht hatte. Aber die nagende Unzufriedenheit, die für solch kurze Frist verschwunden war, kehrte schlimmer denn je zurück, und nichts, was Odilé tat, konnte sie lindern.

Sie war so unwiderstehlich wie immer, doch sie löschte meinen rasenden Durst nicht mehr. Sie beschwerte sich nie, ganz gleich, wie ich über sie herfiel. Sie wurde für mich zu jeder beliebigen Hure, die ich je gekauft hatte, zu jeder Frau, die ich verführt hatte, zu jeder, die mich ihrerseits verführt hatte. Ich war zornig und haltlos und wollte sie strafen. »Was ist damit geschehen?«, fragte ich heftig und mehr als einmal, nachdem ich so enttäuscht, dass es schmerzte, immer wieder in sie hineingestoßen war. »Warum spüre ich es nicht mehr?«

Sie sagte nichts, aber ich begann mich mit ihren Augen zu sehen. Ein Bild, das mich anwiderte: einen schwachen, verzweifelten, verlebten Mann, einen Versager. Ich begann, die Stimme meines Vaters in meinem Kopf zu hören: *Du wirst niemals wichtig sein, Nicholas. Du hast nicht das nötige Talent.*

Das Begehren verflog. Bis dahin hatte ihr Duft ausgereicht, mich zu erregen, aber nun wirkte nichts mehr, ganz gleich, wie sehr sie und ich es versuchten. Ich wurde zu einem Nichts, impotent und leer, ohne Worte, ohne Willen, ohne Geschlechtstrieb.

Ich begann sie zu hassen.

Und doch konnte ich sie nicht verlassen. Die Erinnerung an das, was sie mir einst bedeutet hatte, war zu stark. Ich konnte es zurückgewinnen, das wusste ich. Ich konnte es einfach nicht für immer verloren haben. Ich starrte auf die Blätter hinab, die ich vollgeschrieben hatte, Zeilen über Zeilen in meiner Handschrift, doch ich erkannte die Worte nicht mehr als meine. Wie waren sie mir eingefallen? Ich fühlte mich schwach wie ein Wurm. Meine Lunge versagte mir den Dienst; meine Beine trugen mich nicht mehr. So ging es tage- oder wochenlang. Vielleicht sogar noch länger – selbst jetzt bin ich mir nicht sicher, wie lange ich bei ihr war. Noch heute erscheint mir diese Zeit wie ein Traum.

Es verging eine Weile, bis ich erkannte, dass sie mich verlassen hatte, dass sie nicht zurückkommen würde. Versteht ihr, ich glaubte es nicht, als sie mir sagte, dass sie gehen würde, weil ich nicht länger auf das vertraute, was ich in ihren Augen sah, und nicht mehr recht wüsste, mit wem ich sprach: mit ihr oder mit meinem Vater. Es dauerte Wochen, bis meine Kraft zurückkehrte, bis ich eines Morgens aufwachte, das Sonnenlicht zwischen den Vorhängen hindurchströmen sah, die zu schließen ich nicht das Herz gehabt hatte, die verfaulten Apfelsinen auf dem Tisch roch und Schimmel wie eine Haut auf einer halb geleerten Kaffeetasse wuchern sah.

Sie ließ nichts für mich da, nur einen kleinen Lederbeutel voller Münzen, als wäre ich ein Lustknabe, den man bezahlen musste. Die Nachricht, die sie daneben liegen ließ, war auf einen Fetzen Papier gekritzelt, den sie von einem Gedicht abgerissen hatte, das ich einst geschrieben hatte: *Nimm dies, und nimm dich in Acht.* Ich warf die Notiz in den Kamin zwischen erloschene Kohlen. Ich nahm das Geld und das Bündel Gedichte, die ich geschrieben hatte. Ich verließ die Wohnung, aber ich blieb in Paris. Ich hätte abreisen sollen. Ich hätte sie vergessen sollen.

Aber ihr Duft ging mir nicht aus dem Kopf. Ich konnte nicht einfach loslassen: Sie hatte in mir das Unterste zuoberst gekehrt, und ich strebte danach, mich selbst wiederzufinden, und auch die Worte, die mir abhanden gekommen waren. Ich war überzeugt, dass Odilé der Schlüssel dazu war. Wenn ich sie aufspüren konnte, würde ich wieder schreiben. Ich war niemals so inspiriert gewesen wie an ihrer Seite, und das wollte ich wieder erleben. Mit ihrer Hilfe – das wusste ich – konnte ich der Mann sein, der ich sein sollte.

Äußerlich führte ich mein Leben so weiter, wie es vor ihrem Erscheinen gewesen war: Ich verbrachte Zeit mit meinen Freunden, ich betrank mich. Doch andere Frauen ließen mich kalt. Ich wollte nur sie. Und dann besuchte eine Gruppe von uns die Ausstellung des Salons. Wir gelangten zufällig in einen Saal, in dem Menschen sich ehrfürchtig um ein bestimmtes Werk geschart hatten. Es war groß, fast anderthalb mal zwei Meter, und hatte einen vergoldeten Rahmen. Ich wartete, bis ich an die Reihe kam, es zu sehen, und wurde ungeduldig, weil die Leute es so stumm betrachteten, überwältigt wirkten und sich davon losreißen mussten, als stünden sie unter einem Zauberbann. Und dann ging endlich eine ganze Gruppe, und meine Freunde und ich eilten auf das Bild zu, um ihren Platz einzunehmen. Als ich das Bild sah, verstand ich, was alle so gefangen genommen hatte und weshalb sie das Gemälde in unverhohlener Anbetung angestarrt hatten.

Es war ein Porträt von ihr.

Der Maler hatte sie perfekt eingefangen, verspielt und sinnlich, und er hatte es auf eine Art getan, die ich noch nie gesehen hatte, mit lebhaften Pinselstrichen in einer völlig neuen Technik. Es war offensichtlich, dass sie ihn so inspiriert hatte, wie es zu Anfang auch bei mir der Fall gewesen war.

Ich wusste, dass das Gemälde berühmt werden würde. Ich wusste, dass man in hundert oder gar zweihundert Jahren noch darüber sprechen würde. Sie hatte ihm geschenkt, was sie mir versagt hatte: Ruhm, Unsterblichkeit, und ich wusste – obwohl es natürlich keinen Sinn ergab und vollkommen unvernünftig war –, dass sie mir diese Dinge absichtlich vorenthalten hatte.

Ich fand den Namen des Künstlers heraus und verließ die Ausstellung voller Wut. Ich suchte ihn auf, da ich wusste, dass dort, wo er sich aufhielt, auch sie sein würde. Aber als ich in seinem Atelier eintraf, fand ich ihn trübselig und ungepflegt vor. Er sah aus, als hätte er seit Tagen nicht geschlafen.

»Sie hat mich verlassen«, sagte er auf meine Nachfrage hin. Er deutete auf die Leinwände, die überall im Raum verteilt waren, alle nur halb vollendet, alle mit ihrem Ebenbild. »Vor drei Tagen, Gott steh' mir bei! Wenn Sie sie finden, bitte ... bringen Sie sie zu mir zurück. Ich brauche sie. Ohne sie werde ich sterben.«

»Sie wissen nicht, wohin sie gegangen ist?«

Er schüttelte den Kopf. »Sie hat mir versprochen, für immer meine Inspiration zu bleiben. Sie hat es versprochen, wenn ich mich ihr ganz hingeben würde.«

Ich hatte schon Anstalten gemacht, mich zum Gehen zu wenden, aber etwas an seinen Worten ließ mich stutzig werden: etwas, woran ich mich erinnerte. Ich runzelte die Stirn und suchte nach dem Widerhall. »Das hat sie gesagt?«, fragte ich langsam. »Sie hat versprochen zu bleiben?«

Der Maler fuhr sich mit der Hand durchs Haar und hinterließ Farbstreifen darin. Voller Verzweiflung antwortete er: »Sie erzählte mir, sie könne mir Ruhm bringen. Sie sagte, meine Werke würden für immer bekannt bleiben. Was hätte ich sonst tun sollen? Ich habe sie geliebt. Sie war meine Muse! Hätte ich nicht auf den Handel eingehen sollen?«

Jetzt besann ich mich auf ihre Geschichten über Keats, über Byron, über die Frau, die sie inspiriert hatte, über das Angebot, das sie ihnen gemacht hatte. »Welchen Handel? Welche Abmachung haben Sie mit ihr getroffen?«

Er wies wieder auf die Leinwände. Tränen traten ihm in die Augen. »Wie schön sie ist! Wie konnte ich Nein sagen?«

Ich ließ ihn mit seinen unvollendeten Gemälden und seinen Träumen von ihr allein. Die Geschichten, die sie erzählt hatte, tönten mir in den Ohren. Die Erzählung über Byron. Die Frau in Venedig. Sie hat ihn zu unsterblicher Genialität inspiriert. Und was hat sie im Gegenzug verlangt? Natürlich seine Seele.

Es war unmöglich. Das konnte nicht sein. Byron war vor über vierzig Jahren gestorben, Keats noch früher. Sie war nicht alt genug, um auch nur einen von ihnen gekannt zu haben. Sie konnte nicht die Frau in der Geschichte sein. Es widersprach jeglicher Logik.

Aber die Idee ließ mich nicht los. Ich durchstreifte die Straßen von Paris und ließ mir jedes Wort noch einmal durch den Kopf gehen, das sie zu mir gesagt hatte, überzeugt, dass es darin etwas zu finden gab, das mir helfen konnte, dieses Rätsel zu lösen. Der Künstler stellte nichts mehr aus; ich hörte Gerüchte, er sei verzweifelt, und dachte an seine unvollendeten Gemälde. Ich dachte daran, dass Byron *Don Juan* nicht vollendet hatte. Mein Gott, was für ein Unfug! Solche Abmachungen waren nur Märchen, faustische Geschichten; es konnte nichts Wahres daran sein.

Ich verlor Odilé aus den Augen. Es schien, als wäre sie einfach verschwunden, aber ich war besessen. Ich vergaß sie nicht.

Zwei Jahre vergingen, bis ich wieder etwas von ihr hörte. Alle Welt sprach von Wien, von einem Komponisten dort und seiner neuen Oper, die alle in Erstaunen versetzte, die sie hörten. Das fieberhafte Verlangen, diese Oper zu sehen, eroberte Paris wie im Flug. Es ging darin um eine Frau von großer mystischer Macht, eine Muse ohnegleichen. Angeblich beruhte das Libretto auf einer wahren Geschichte, und es gab wirklich eine solche Frau, die Inspiration des Komponisten.

Ich wusste, wer es war. Wer sonst?

Zu dem Zeitpunkt hatte ich schon meinen zweiten Gedichtband veröffentlicht, die Werke, die ich in ihrem Bann verfasst hatte. Die Kritiken waren abermals gut, besser als die für mein erstes Buch, wenn auch manche eine gewisse Schwäche bei meinen Reimen erwähnten. Aber ich hatte nichts Neues geschrieben, seit sie mich verlassen hatte, und es waren Monate voller Enttäuschungen gewesen. Ich wusste, dass es ihre Schuld war, dass die Gedichte, die ich geschrieben hatte, nicht gut genug waren, und dass ich meine Gedanken nicht genug sammeln konnte, um wieder zu schreiben. Mein Zorn auf sie wuchs. Ich wollte die Begabung zurück, die sie mir genommen hatte. Ich wollte Antworten. Aber mehr noch wollte ich sie. Die Veröffentlichung brachte mir ein wenig mehr Geld ein, und so brach ich nach Wien auf, um den Komponisten der Oper aufzuspüren und Odilé zu finden.

Als ich seine Wohnung aufsuchte, saß er über ein Klavier gebeugt, auf dem ganze Papierstapel verstreut lagen. Das polierte Holz war mit Tintenflecken übersät. Seine Augen waren verquollen, so schlaflos wie die des Malers – und meine. Er sagte voll verzweifelter Hoffnung zu mir: »Sie kennen sie? Ah, dann wissen Sie, warum ich sie zurückhaben muss. Um mich wieder in ihr zu begraben – sie hat mir nicht gesagt, dass sie gehen würde. Es war nicht Teil des Handels! Ich wusste es nicht!«

Schon wieder der Handel.

»Wohin ist sie gegangen?«, fragte ich.

Er konnte es mir nicht sagen. Ich ließ ihn in seiner Verzweiflung zurück.

Ich blieb in Wien und wartete darauf, von jemand anderem zu hören, irgendeiner neuen Sensation; Gerüchten über ein vortreffliches Werk, das angeblich die Art veränderte, wie wir die Welt sahen. Meine Besessenheit von ihr suchte mich jeden Augenblick heim, und mein Groll wuchs wie ein Geschwür. Was hatte sie in ihnen gesehen, das sie in mir nicht gesehen hatte? Sie hatte dem Maler und dem Komponisten zu einem Ruhm verholfen, der sie überleben würde; ihre Namen würden bis in alle Ewigkeit voller Ehrfurcht ausgesprochen. Das hatte ich mir auch für mich selbst gewünscht – genau das hatte ich immer gewollt. Aber sie hatte es mir nicht angeboten. Ich musste wissen, warum.

Mir entging, dass solche Gedanken absurd waren; ich war nicht mehr vernünftig. Ich hatte damals noch keine Ahnung, was sie in Wirklichkeit war, aber sie gewann eine andersweltliche Macht. Zu dem Zeitpunkt war ich schon so überzeugt, dass sie Keats' und Byrons Muse gewesen war, dass ich mich noch nicht einmal mehr fragte, wie eine Frau in der Lage sein konnte, einen Dichter zu inspirieren, der vor ihrer Geburt gestorben war.

Dann hörte ich von Florenz. Alle wollten plötzlich dorthin reisen: Sie erzählten von Träumen und Visionen. Das war das Zeichen, nach dem ich gesucht hatte. Ich hatte keine Zweifel, dass sie dort war. Die einzige Frage, die sich stellte, war, ob ich wieder zu spät kommen würde.

Ich fand mich gegen Mitte des Sommers in Florenz ein. Wie immer schmeichelte ich mich in ein neues Umfeld ein und hörte zunehmend Gerüchte über eine schöne Frau, die eine Schneise durch die Künstlerschar der Stadt schlug. Ich begegnete einem mittelmäßigen Musiker, der mit ihr geschlafen hatte – *Das werden Sie mir nie glauben, mein Freund, aber ich konnte nicht bei ihr bleiben... Sie hat mich erschöpft –*, und einem unreifen Bildhauer – *Welche Brüste! So etwas in Marmor einzufangen... Oh, aber ihre Schönheit war zu viel für mich.*

Zu Anfang war ich eifersüchtig: Ich konnte nicht glauben, dass diese Stümper sie berührt hatten. Aber dann wurde mir klar, dass sie keinem von beiden dasselbe Angebot gemacht hatte wie dem Künstler in Paris oder dem Wiener Komponisten. Sie waren wie ich.

Ich wollte nicht darüber nachdenken, was wir miteinander gemein hatten. Ich hielt weiter Ausschau nach ihr. Und dann entdeckte ich sie eines Nachts in einem überfüllten Lokal. Ihre Schönheit verschlug mir den Atem, wie immer. Obwohl ich davon besessen gewesen war, sie aufzuspüren, hatte ich nicht darüber nachgedacht, was ich tun oder sagen würde, wenn ich sie wiedersah. Ich vermute, ein Teil von mir nahm an, dass es mir ohnehin nie gelingen würde. Als sie mich erspähte, wandte sie sich zum Gehen. In meiner Hast, mich durch die Menge zu drängen und durch die Tür zu stürmen, ließ ich mein Getränk fallen.

Ich packte sie am Arm; ihr Duft driftete als Wolke auf mich zu und ließ mich zurückfahren. Das Verlangen nach ihr stieg so unaufhaltsam wie eh und je in mir auf. Ich zerrte sie in eine enge Gasse und drängte sie an die Wand. Ich war grob und unbedacht. Ich wollte ihr wehtun. Aber ihr Gesichtsausdruck war unbeugsam – sie gab mir nichts, selbst als ich sie küsste. Ihr Aphrodisiakum durchwallte mich, aber mit ihm ging die Vision meiner Ohnmacht, als sie mich verlassen hatte, einher: meiner Schwäche, meiner Demütigung. Meine Begierde verdorrte; ich trat zurück und sah die Verachtung in ihren Augen.

»Warum?«, hörte ich mich selbst fragen, fordern. »Warum sie? Warum nicht ich?«

Und sie sagte mit Worten, die durch ihre Sanftheit und ihr Mitgefühl nur umso unbarmherziger klangen: »Du hast nicht genug Talent, die Welt zu verändern, Chéri.«

Die Worte hallten in mir nach. Ich hörte in ihnen alle Kritik, die ich je erhalten hatte, jeden Tadel meines Vaters. Sie sprach eine Wahrheit aus, die ich nicht hören wollte. Als sie sich von mir löste und ging, ließ ich sie ziehen.

Ich kehrte zu den Künstlern zurück, die um den Tisch saßen, den ich gerade verlassen hatte, zu dem Musiker und dem Bildhauer, dem Verein der Verlassenen, dem ich irgendwie beigetreten war, ohne es zu bemerken. Stümper, so hatte ich sie genannt – und nun war ich einer von ihnen. Ich trank, bis mir die Welt vor den Augen verschwamm. Ich lauschte, wie sie über ihre neueste Eroberung sprachen, einen Schriftsteller, doch ich erinnere mich an kaum etwas aus jener Nacht oder den nächsten beiden. Ich weiß nur, dass ich drei Tage später unter der eben erst aufgegangenen Sonne erwachte, die Nachwirkungen des Trinkens als stechenden Kopfschmerz und Übelkeit spürte und auf einem Hof, den ich nicht kannte, zusammengesunken neben einem Brunnen lag. Ich kroch auf den Knien dorthin, weil ich rasenden Durst hatte, und zerrte am Seil, um den Eimer hochzuziehen. Der Strick verfing sich an etwas, und ich fluchte und näherte mich dem Rand, um abzuschütteln, woran auch immer er festhing. Ich sah in die feuchten, dunklen Tiefen herab und blickte in ein Gesicht, das mich anstarrte – blass, aufgeschwemmt und mit weit aufgerissenen Augen. Zuerst dachte ich, es sei mein Spiegelbild, aber dann erkannte ich entsetzt, dass dem nicht so war: Es war die Leiche eines Ertrunkenen, den ich zu kennen glaubte.

Bruchstückhafte Erinnerungen an die vergangenen Nächte kehrten zurück, aber ich verdrängte sie: Ich wollte sie nicht sehen. Ich kam taumelnd auf die Beine und verließ den verfluchten Ort, stolperte in meine Wohnung zurück, ließ mich aufs Bett sinken und fiel in einen tiefen Schlaf, hatte einen Albtraum, in dem ich sie durch ein Fenster beobachtete, ihren Lustschreien lauschte und sah, wie ihre wohlgeformten Beine die Hüften des Mannes umklammerten, der in sie eindrang. Es war eine Vision, die in eine von dunklen Treppen und einem Hof überging, einem Mann, der den Kopf in die Hände gestützt hatte und dessen Verzweiflung ich nicht lindern konnte.

Ich wachte schwitzend und krank auf. Als ich später hörte, dass der Mann im Brunnen gefunden worden war und dass es sich um ihren neuesten Geliebten, den Schriftsteller, gehandelt hatte, war ich nicht überrascht zu erkennen, dass ich es schon wusste.

Es war Selbstmord gewesen. Nicht nur bei ihm, sondern auch bei dem Bildhauer, der während unseres Gesprächs über sie in sein Bier geweint und sich dann vom Balkon gestürzt hatte. Ich begann, die Galerien von Florenz zu durchstreifen und nach etwas zu suchen, von dem ich noch nicht einmal wusste, was es war. Dort sah ich dann das Gemälde, das meinen nagenden Verdacht grell beleuchtete: Es war ein Canaletto, eine seiner ikonischen Stadtansichten, schlichter als die anderen. Ein venezianischer Garten, in dem eine Frau auf einer Marmorbank saß. Ihre grauen Augen schienen einem von der Leinwand entgegenzuspringen, und ihr Blick folgte mir, wohin auch immer ich ging. Ihr Gesicht war mir so vertraut wie mein eigenes. Es war unverkennbar Odilé.

Das Gemälde war über hundertfünfzig Jahre alt.

Ich kehrte in meine Wohnung zurück und kramte die Bücher hervor, die ich immer bei mir hatte. Es war ein kleines Bändchen von Keats dabei, das *Lamia* enthielt. Ich durchsuchte es fieberhaft nach dem Gedicht, und als ich es fand, stürzte ich mich auf die Verse, die ich ihr zitiert hatte und in denen es hieß, dass Lamia selbst ein Dämon zu sein schien. Ich las, was Keats über die Schlange schrieb, bevor sie sich in eine Frau verwandelte:

Bis er im Dickicht eine Schlange schaut,
Die, kreisgerollt, wie Glanz im Düster bebt,
Gordischer Knoten, blendend und belebt.

Und über ihre berückende Schönheit:

So süß die Worte, die sie liebend sang,
Ihm war, er liebte sie schon sommerlang.

Jetzt erkannte ich die verschlüsselte Botschaft in diesen Versen. Ich wusste, dass das, wovon Keats sprach, genau dasselbe war, was ich selbst über sie wusste, über ihre Schönheit und ihre Lügen.

Als uns die Nachricht erreichte, dass der Pariser Maler Selbstmord begangen hatte, saß ich trinkend in einer Taverne. Mein Freund, der Musiker, der unwissentlich meine Vergangenheit mit ihr teilte, kam in einem Wirbel von Sonnenschein und Staub zur Tür hereingestürmt. Er ließ sich an meinem Tisch fallen und erzählte mir die Neuigkeit brühwarm: »Er hat einen Abschiedsbrief hinterlassen, in dem er schreibt, dass er seine Einbildungskraft verloren habe. Kannst du dir vorstellen, was für eine Hölle das wäre? Er sagte, er hätte nichts mehr, wofür es sich zu leben lohne. Wie gut ich ihn verstehe!«

Ich dachte an Byron. Er konnte die Inspiration, die sie ihm schenkte, nicht leugnen. *Nachdem er sie einmal gespürt hatte, konnte keine andere mehr mithalten.* Ich dachte an Keats und *Lamia. Obwohl er übertreibt wie alle Dichter… Niemand begreift, dass es in Wirklichkeit um sie ging.*

Als ich Gerüchte hörte, dass der Wiener Komponist dem Wahnsinn verfallen sei, verstand ich den Handel endlich. Sie schenkte ihnen Inspiration; sie machte ihr Werk unsterblich. Aber nur um einen schrecklichen Preis: *Natürlich seine Seele.*

Nie fragte ich mich, warum ich daran glaubte, dass es tatsächlich eine unsterbliche Muse gab. Ich wusste nur, dass ich der Einzige war, der diese Verbindung hergestellt hatte und dass ich deshalb wirklich etwas ganz Besonderes war. Ich hatte vielleicht nicht genug dichterisches Talent, um ihr zu genügen, aber ich hatte etwas viel Wichtigeres: Ich wusste die Wahrheit über sie.

Zwei schlaflose Nächte lang grübelte ich darüber nach. Ich glaubte, dass ich die Begabung zurückgewinnen würde, die sie mir gestohlen hatte, wenn es mir gelänge, sie aufzuhalten und zu vernichten. Ich würde wieder in der Lage sein zu schreiben, und nicht nur das: Ich würde andere vor einem entsprechenden Schicksal bewahren! Wer wusste, was Byron noch alles hätte leisten können, wenn ihm ihre Art von Inspiration erspart geblieben wäre? Vielleicht hätten seine größten Meisterwerke noch vor ihm gelegen. Wie konnten wir je wissen, was der Pariser Maler noch geschaffen hätte oder der Wiener Komponist? Wer war sie, zu entscheiden, wann das beste Werk eines Künstlers hinter ihm lag? Wie konnte sie wissen, was gar nicht abzuschätzen war? Sie hatte der Welt Wissen und Schönheit geschenkt, ja, aber wie viel mehr hatte sie ihr im Gegenzug genommen?

Meine Aufgabe wurde mir klar: Mir war eine geheiligte Pflicht auferlegt worden, die kein anderer Mensch mit mir teilen konnte. Sie hatte Florenz schon verlassen, und ich folgte ihr. Sankt Petersburg, Konstantinopel, zu viele andere Städte, in denen ich immer erst ankam, wenn sie schon wieder fort war, und nur auf die Offenbarungen und die Verzweiflung stieß, die sie zurückgelassen hatte. Ich hinkte immer einen Schritt hinterher. Aber dann, endlich: Barcelona. Ich kannte sie zu dem Zeitpunkt schon gut, ich wusste, wie sie sich bewegte und wonach sie suchte. Ich fand heraus, wen sie kurz zuvor in ihr Bett gelockt hatte – einen talentierten Geiger –, und als ich ihn fand, wartete er vor ihrer Tür und saß auf der Kante eines steinernen Blumenkübels.

»Sie wird Sie ruinieren«, sagte ich zu ihm. »Sie wird Ihnen einen Handel anbieten: Inspiration und Ruhm im Austausch gegen Ihre schöpferische Seele.«

Ich redete über eine Stunde lang mit ihm und versuchte, ihn zu überzeugen, sie zu verlassen. Als ich am nächsten Morgen das Café aufsuchte, in dem wir uns verabredet hatten, war er nicht da. Enttäuscht kehrte ich zu Odilés Wohnung zurück und hoffte, ihm auflauern zu können, wenn er wieder ging.

Er war da. Über dem Blumenkübel zusammengesunken, während sich unter ihm eine Blutlache aus einer Wunde ergoss, die er sich selbst beigebracht hatte.

Ich war bestürzt, aber ich gebe zu, dass ich zugleich eine Art Befriedigung empfand. Es war mir zwar nicht gelungen, ihn am Leben zu halten, aber gerettet hatte ich ihn dennoch. Ich hatte das Elend und die Verzweiflung erlebt, die ihn erwartet hätten, und ich wusste, dass es weit besser war, tot zu sein.

Und dann... Nun, was soll ich euch noch erzählen? Ich wusste, dass sie auf der Jagd nach einem Mann war, der an seine Stelle treten würde, und tat mein Bestes, Odilé jedem Einzelnen auszureden. Mir wurde nicht klar, wie gut ich ihre Pläne durchkreuzt hatte, und auch nicht, wie weit ihr Hunger fortgeschritten war. Nicht, bis ich erkannte, dass Männer verschwanden: Jeder von ihnen war irgendein Künstler. Allerorten machten Gerüchte über Verbrechen die Runde; in den Cafés herrschte eine angespannte Atmosphäre voller Misstrauen. Ich wusste, dass es etwas mit ihr zu tun haben musste, obwohl sie sich in der Vergangenheit nur jeweils einen Mann auf einmal hörig gemacht hatte, nicht mehrere gleichzeitig. Ich wusste auch, dass ich etwas dagegen unternehmen musste, denn wer sonst hätte es tun können? Wer sonst wusste, was sie war?

Ich ging zu ihrer Wohnung und klopfte, aber nichts rührte sich. Als ich die Tür zu öffnen versuchte, war sie abgeschlossen. Ich versuchte, durchs Fenster zu spähen, aber die Vorhänge waren zugezogen, und es schien nichts als Dunkelheit dahinter zu liegen. Und doch wusste ich, dass sie nicht abgereist war. Ich behielt sie zu genau im Auge; ich hätte es bemerkt.

Ich ging zur Rückseite des Hauses und stieg über die Mauer auf ihren Hof. Es war heiß, und die Sonne wurde grell von dem fahlen Steinpflaster zurückgeworfen. Fliegen summten um die herabgefallenen Früchte eines Orangenbaums, und der Geruch nach verfaulten Apfelsinen lag schwer in der Luft und erinnerte mich ein wenig zu sehr an Paris und mein eigenes Elend.

Ich versuchte, die Hintertür zu öffnen. Sie war ebenfalls verschlossen, aber ich hörte ein Geräusch von drinnen, einen rasch unterdrückten Aufschrei, und das reichte, um mich zum Handeln zu zwingen. Ich zog das Messer aus der Manteltasche und brach das Schloss auf. Dann öffnete ich langsam die Tür und wagte mich in die Finsternis.

Der Gestank war entsetzlich. Etwas Totes. Verwesendes Fleisch. Die Dunkelheit war beklemmend und brütend heiß. Mir brach der Schweiß aus, nicht nur vor Hitze, sondern auch vor plötzlicher Angst. Vorsichtig ging ich durchs gesamte Haus. Es wirkte verlassen, als sei keine Menschenseele hier. In der Küche stand ungespültes Geschirr, über den Essensresten surrten Fliegen. So lautlos ich konnte, tastete ich mich durch die leeren Zimmer.

Als ich die Tür am Ende des Flurs erreichte, den letzten Raum, holte ich tief Luft und drehte den Türknauf. Die Tür schwang auf...

Was mich dort erwartete, war so entsetzlich, dass es mich bis heute heimsucht.

Überall lagen Leichen. Männer, allesamt nackt, bleiche Körper in der Dunkelheit, einige schon aufgequollen in der Hitze. Ich starrte entsetzt auf dieses Grauen, und dann hörte ich ein Geräusch. Ich sah einen Schatten, der sich zwischen den Toten wand, und begriff, dass *sie* es war. Odilé – und doch nicht Odilé. Sie war ebenfalls nackt, ihr Haar war aufgelöst und verfilzt wie das einer Wahnsinnigen. Aber ihre Augen waren das Schrecklichste überhaupt: flammende Augen, so dunkel wie Obsidian. Sie spiegelten einen derart bodenlosen Hunger wider, dass es war, als würde man in einen Abgrund stürzen. Sie hob den Kopf und lächelte, und in ihrem Lächeln lagen Bosheit und Irrsinn.

Erst dann verstand ich wirklich, was sie war, was Keats sterbend in seinen Visionen gesehen hatte. Sie hatte ihn nicht nur zu *Lamia* inspiriert: Sie war Lamia. Sie war ein Sukkubus. Das Wort war nicht einfach nur ein Begriff – ein Mythos –, sondern Wirklichkeit.

»Komm zu mir«, sagte sie mit einer Stimme, die nicht ihre war, sondern die eines Ungeheuers. Ich hörte ihr diesmal etwas Neues an: Verzweiflung. »Ich werde dich erwählen, wie du es dir wünschst.« Dann lachte sie, ein Klang wie ein Albtraum.

Es kostete mich alle Willenskraft, davonzulaufen. Ich hörte, wie sie mir nachrief, als ich in meiner Hast, diese Hölle zu verlassen, über meine eigenen Füße stolperte. Ich stürmte in den Sonnenschein des Tages hinaus und fiel keuchend auf die Steine des Hofs. Und ich spürte, wie sich etwas in mir verzog und verdrehte, wie mein Leben sich auf ihres einstimmte und die Aufgabe, die mir von Gott oder vom Schicksal verliehen worden war, sich zusammenfügte. Ich wusste, dass ich sie so weit getrieben hatte. In den letzten Monaten war ihr Hunger immer weiter gewachsen und unersättlich geworden, weil ich ihre Geliebten in der Hoffnung, sie zu retten, in die Flucht geschlagen hatte. Meine Bemühungen, diese Männer davon abzuhalten, den elenden Handel mit Odilé zu schließen, hatten sie zum Monster gemacht.

Danach verbrachte ich Monate damit, alles zu verschlingen, was ich über Ungeheuer und Dämonen finden konnte. Ich las alle Werke von Dichtern, die über seltsame Frauen, schöne Musen und Inspirationsträume im Opiumrausch geschrieben hatten. Dort, in den Legenden, entdeckte ich den Schlüssel. Drei Jahre. Alle drei Jahre musste sie den einen erwählen, sie musste den Handel schließen: Inspiration und Ruhm – ein geniales, großes, unsterbliches Werk – im Austausch gegen seine Schaffenskraft. Und wenn der Pakt nicht geschlossen wurde, dann verwandelte sie sich in das Ungeheuer, zu dem ich sie in Barcelona gemacht hatte.

Sobald ich das wusste, war mir klar, wie ich sie vernichten konnte. Als ich sie das nächste Mal anderthalb Jahre später in Paris sah, war sie schön wie eh und je: keine Spur mehr von dem Monster, das sie gewesen war. Aber ich wusste, dass es da war. Ich wusste, dass es in ihr lebte und lauerte. Die Männer, die sie in jener dunklen Kammer in Barcelona ausgesaugt hatte, hatten ihr die Kraft gegeben, es wegzusperren und wieder menschlich zu werden. Aber ich fragte mich, was geschehen würde, wenn keine Männer da waren, keine Lebenskraft, von der der Dämon sich nähren konnte. Was, wenn ich sie noch einmal davon abhalten konnte, den Handel zu schließen, um sie dann, wenn sie sich verwandelte, allein in ein Zimmer zu sperren? Was, wenn ihr Hunger nichts verschlingen konnte als sein eigenes Gefäß?

Ich wusste, dass es funktionieren musste. Und wenn sie dann endlich nicht mehr da war, konnte ich wieder der Mann – der Dichter – werden, der ich sein sollte. Man würde mich nie mehr für minderwertig halten.

KAPITEL 17

Odile

ZWEI NÄCHTE LANG SASS ICH AM FENSTER UND BEOBACHTETE, WIE die flackernden, blinkenden Laternen der Gondeln sich vor dem pechschwarzen Hintergrund des Kanals hin und her bewegten und die Schatten riesenhafter Ratten über die Fondamenta huschten. Ich wartete auf das Läuten einer Glocke, die stumm blieb. Die Morgendämmerung war schon fast angebrochen, als ich erkannte, dass er nicht kommen würde, aber ich saß weiter da und beobachtete, wie der Nebel über dem Canal Grande aufzog, sodass die Boote und Fischer nur als schwache Umrisse zu erkennen waren und jedes Klirren, Platschen und Rufen seltsam gedämpft klang. Der Nebel spielte mit Venedigs naturgegebener Eigenheit, Geräusche zu verzerren und sie zu einem labyrinthartigen Rätsel werden zu lassen, nah und fern, verschlungen und geraunt, sodass das gespenstische Kreischen einer Katze einen Häuserblock entfernt sich anhörte, als ob sie gleich neben mir stünde, während Antonios Hämmern auf dem Hof von der anderen Seite der Stadt zu kommen schien.

Ich wusste schon, dass mein Musiker tot war, wartete aber dennoch die zweite Nacht hindurch und hoffte auf seine Rückkehr. Wartete, bis es nicht länger möglich war, bis mein Hunger an mir nagte, als könne er sich einen Weg aus mir hervorbeißen. Damit ging Ermüdung einher. Es blieben nur noch wenige Wochen. Ich hatte gedacht, der Musiker wäre vielleicht geeignet – seinen Kompositionen wohnte eine tödliche Süße inne, von der ich angenommen hatte, sie könnte vielleicht zu wahrer Größe inspiriert werden. Und was für eine Geschichte hätte man über ihn erzählen können! Aus einer unbekannten Kirche in Venedig hervorgelockt, von einer geheimnisvollen Frau zu noch stärkeren Anstrengungen angetrieben ... Er war so süß wie seine Musik, inbrünstig genug, um Innigkeit in sein Werk einfließen zu lassen, und vielleicht wäre er derjenige gewesen, der mir die Anerkennung hätte zuteilwerden lassen, nach der ich mich sehnte: »*Sie* war es. Es war Odilé. Ohne sie bin ich nichts ...«

Aber er war nicht mehr da, und ich wusste, dass ich von vorn anfangen musste. Ich schloss die Augen, um die Erschöpfung, die Verzweiflung und den Zeitdruck auszusperren.

Zwei Nächte mit nichts hatten dafür gesorgt, dass mein Hunger sich zuspitzte und stechend wurde. Ich konnte nicht mehr viel länger ohne Folgen auf die Jagd gehen, aber jetzt war kein Kraut dagegen gewachsen. Es war mir unmöglich, tatenlos dazusitzen; ich musste den einen finden.

Ich sehnte mich nach einem Salon, einer Ausstellung, etwas Sicherem. Aber der einzige Salon in der Stadt war mir verschlossen, und auf dem Rialto war es immer noch am einfachsten, Künstler aller Art zu finden. Zumindest bot der Markt dort rasche Erleichterung in Form von Straßengauklern. Ich konnte den Schmerz noch ein paar Tage lang lindern, indem ich mich von minderen Begabungen nährte – aber wirklich nur noch ein paar Tage lang. Bald würden sie nicht einmal mehr dazu reichen.

Bis die Gondel bereit war, hatte der Nebel sich allmählich schon gelichtet und ließ verschwommene Sonnenstrahlen durchdringen, die die Morgenkühle erwärmten. Als wir dann endlich ankamen und ich auf die Fondamenta nahe der Rialtobrücke trat, hörte ich Musik hinter den Gemüseständen mit ihren Pyramiden aus grün gestreiften Melonen und Kohlköpfen, Kürbissen, Karotten und tiefroten Tomaten. Ein Geiger spielte mit einem gewissen Maß an melancholischer Schönheit.

Nicht genug, um mir mehr als nur ein wenig Erleichterung zu verschaffen, das wusste ich, aber es musste reichen.

Ich bahnte mir einen Weg durch die Menschenmenge, die an den Ständen feilschte, und eilte auf die Musik zu, ohne die Männer zu beachten, die neugierig aufschauten, wenn sie mich erspähten. Ich ignorierte ihr schnelles, inbrünstiges Interesse. Mein Appetit war jetzt so gewaltig, dass sie ihn spüren mussten, obwohl ihnen sicherlich nicht klar wurde, dass er es war, der sie gaffen ließ, ihnen den Atem verschlug und sie mit einer Begierde erfüllte, die sie sogleich zu ihren Ehefrauen oder Geliebten eilen ließ.

Ich drängte mich durch das Gewühl am Rande des Fischmarkts und war enttäuscht. Der Geiger war ein alter Mann, und ich sehnte mich nach Jugend, nach Unschuld, nach Dingen, die ich nie mehr haben konnte, Dingen, die dafür sorgten, dass ich mich lebendig fühlte. Er keuchte, als ich in seine Nähe kam – ich spürte, wie sein Talent aufwallte, als er sich an die Brust fasste, und entfernte mich rasch wieder.

Ich ging an den Fischerbooten vorbei, die an der Fondamenta vertäut lagen; ihre stinkenden Netze trockneten in der Sonne, und die Segel, die mit Kreuzen und Heiligensymbolen verziert waren, hingen halb gerefft schlaff herunter. Ich war auf dem Weg zu einem Café, das ich kannte, in dem oft Straßenkünstler an den Tischen im Freien auftraten. Und ja, da stand ein Mann mit hellbraunem Haar und gewinnendem Lächeln und sang etwas von Verdi. Ein Häufchen Centimes lag in dem weichen Hut zu seinen Füßen und glitzerte in der Sonne. Er war jung und hübsch und hatte genug Talent, das leere, brodelnde Sehnen für ein oder vielleicht gar zwei Tage zu stillen. Als er fertig war, fing ich seinen Blick auf und winkte ihn mit dem Finger zu mir. Er trat an mich heran, neugierig, ein wenig ungläubig, und ich flüsterte ihm zu, was ich von ihm wollte.

Er schluckte. »Wo?«, fragte er heiser. »Wann?«

Ich hatte eigentlich vor, ihm zu sagen, dass er mit mir zur Gondel kommen sollte. Aber die Zuschauermenge hatte sich nach und nach entfernt, während wir miteinander gesprochen hatten, und plötzlich entdeckte ich, worauf die Menschen mir den Blick verstellt hatten. Die Worte, die ich hatte sagen wollen, erstarben mir auf den Lippen.

Das Glänzen der Sonne auf blondem Haar. Ein blasses Gesicht und hellblaue Augen. Er saß allein an einem der Tische, hob mir die Tasse entgegen und lächelte das spöttische Lächeln, das ich so gut kannte.

Rasch sagte ich mit gesenkter Stimme zu dem Sänger: »Heute Nachmittag. In zwei Stunden – können Sie mich dann aufsuchen? In der Ca' Dana Rosti?«

»In zwei Stunden, ja«, sagte er, verneigte sich leicht vor mir und lächelte.

Ich sah ihn gehen und wandte mich dann wieder dem Café zu.

Langsam ging ich zum Tisch. Er beobachtete mich; das Lächeln schwand keinen Augenblick von seinem hübschen Gesicht. Er warf einen Blick in die Richtung, in die der Sänger verschwunden war, und zog eine Augenbraue hoch. »Mit uns ist es wohl etwas bergab gegangen, nicht wahr, Odilé?«

Ich ging nicht darauf ein. »Nicholas. Wie seltsam, dich hier im Sonnenschein zu treffen. Ich hatte mich schon zu fragen begonnen, ob du ein Vampir bist, da du so viel Zeit damit verbringst, dich in den Schatten herumzudrücken.«

»Ich gehe, wohin du gehst«, sagte er leichthin. »Ich drücke mich herum, wo du dich herumdrückst.«

»Welch schlaue Worte. Hast du in letzter Zeit eigentlich viele Gedichte geschrieben?«, piesackte ich ihn. »Ich halte immer die Augen nach dir offen, aber die Landschaft wirkt seit einer Weile so verödet – nichts, aber auch gar nichts von meinem Lieblingsdichter. Aber vielleicht hast du ja etwas veröffentlicht, das meiner Aufmerksamkeit irgendwie entgangen ist?«

Er nippte vorsichtig an seinem Kaffee und erwiderte: »Leider nein. Ein übler Sukkubus hat mich sprachlos gemacht.«

»Du solltest dich von solchen Kreaturen fernhalten. Sie können tödlich sein.«

»Auch nicht tödlicher als ich.«

Ich spielte müßig mit den vielen Schlingen der venezianischen Kette um mein Handgelenk. »Du bist wie ein Schaf auf Bahngleisen, Nicholas. Lediglich für kurze Zeit ein Hindernis.«

»In deiner ganzen Vergangenheit hat es nie jemanden wie mich gegeben. Sei ehrlich.« Er beugte sich mit funkelnden Augen vor. »Du hast Angst vor mir.«

Das traf zu, aber das würde ich niemals eingestehen. Ich hatte Angst vor ihm, nicht, weil er hätte zerstören können, was ich wirklich war, sondern weil er Odilé zerstören konnte. Ich konnte Barcelona nicht vergessen; oder meine Furcht vor dem Ungeheuer in mir, meine Angst, dass es mein Schicksal sein mochte, irgendwann nur noch das Monster zu sein.

Ich unterdrückte die Erinnerung und bedachte Nicholas mit einem vernichtenden Blick. »Du hast so eine hohe Meinung von dir selbst. Das war schon immer ermüdend.«

»Früher oder später werde ich dich aufhalten. Ich habe dich schon aufgehalten.«

Ich hob den Blick und sah ihm in die Augen. »Glaubst du? Meinst du, dass jene Männer mir irgendetwas bedeutet hätten? Ich wollte keinen von beiden. Ich hätte keinen von ihnen erwählt. Sie waren schwach. Wie du.«

»Ach so? Wer von uns war denn in Barcelona schwächer?«

»Du kannst mich nicht besiegen, Nicholas. Warum musst du es unbedingt versuchen?«

»Ich glaube, du unterschätzt mich.«

»Oh, das glaube ich kaum.«

Er stand auf. »Wirklich? Wie fühlst du dich denn in letzter Zeit, meine Liebe? Verhungerst du schon? Tötest du im Vorübergehen Kanarienvögel?«

Ich begegnete seinem Blick. »Warum kommst du nicht mit zu mir nach Hause und stellst fest, ob du mich befriedigen kannst? Ach nein … Warte … Ist von dir überhaupt noch genug übrig, um sich davon zu nähren? Oder sind deine Tagebuchseiten nur …«, ich strich ihm mit den Fingern über die Hemdbrust und spürte, wie er erstarrte und den Atem anhielt, »… leer?«

Er zuckte zurück. »Vielleicht bin ich nicht das, wofür du mich hältst.«

»Nein?« Ich lächelte erneut. »Wir werden ja sehen.«

Seine hellen Augen funkelten. »Ja, wir werden sehen«, sagte er, und dann war er fort, bevor ich auch nur ein weiteres Wort sagen konnte. Als er davonging, erinnerte ich mich mit Unbehagen an den Ausdruck seiner Augen in Barcelona. Trotz meines Auftrumpfens war es tatsächlich so, dass Nicholas wusste, wie er mir wehtun konnte – er war der einzige Mensch auf Erden, der über dieses Wissen verfügte.

KAPITEL 18

Sophie

Meine Bemühungen, eine Wohnung zur Miete zu finden, blieben fruchtlos. Katharine Bronson hatte recht gehabt: Sobald die Leute bemerkten, dass ich Amerikanerin war, schossen in den meisten Fällen die Preise in die Höhe und brachten jeden Palazzo für uns völlig außer Reichweite.

Ich war nahe daran zu verzweifeln, als ich spät an jenem Nachmittag ins Danieli zurückkehrte, aber Joseph war guter Laune. Er trug nur ein Laken um die Taille gebunden, das auf dem Boden hinter ihm her schleifte, und sein Haar war so nass, dass ihm Wasserrinnsale über die Schultern und die nackte Brust liefen. Seine weiße Hose hing – grün gestreift von etwas, das nach Algen aussah – über einem Stuhl und tröpfelte stetig in den Nachttopf, den er daruntergestellt hatte.

»Ich bin Schwimmen gegangen«, erzählte er mir auf meine Frage hin. »Mit Frank Duveneck, drüben am Palazzo Rezzonico.«

»Du bist am Palazzo Rezzonico Schwimmen gegangen?«

»Im Kanal«, sagte er. »Die Flut lief gerade auf. Ich dachte, dass du vielleicht auch Lust hättest, es zu versuchen, aber Duveneck sagte mir, dass die Damen nur am Lido baden.«

Ich verspürte kurzfristig einen Groll, eine leise Eifersucht, dass er im kühlen Kanal geplanscht hatte, während ich schwitzend unzählige Stufen hinaufgeklettert war, um zahllose Wohnungen zu besichtigen, für die unser Geldbeutel dann doch zu schmal war.

»Hilfst du mir, das hier auszuziehen? Ich gehe gleich ein.«

Ich streifte mir die Stiefel und Strümpfe ab, während Joseph zu mir kam, um mein Kleid aufzuknöpfen und mir herauszuhelfen, bevor er die Schnüre meines Korsetts lockerte, sodass ich die Haken öffnen und es ebenfalls ausziehen konnte.

»Hast du etwas gefunden?«, fragte er.

Ich schüttelte den Kopf. »Es gibt nichts. Das heißt, es gibt zwar hundert Wohnungen, aber sie sind alle zu teuer. Ich weiß kaum noch, was ich tun soll. Ich will noch nicht nach New York zurück.«

»Wir kehren vor dem Frühling auch nicht nach New York zurück«, versicherte mein Bruder mir ruhig und ging zur Kommode. Als er sich wieder umdrehte, hielt er einen kleinen Korb in der Hand. »Ich habe dir ein paar Feigen gekauft. Setz dich einen Augenblick hin und iss eine. Sie sind sehr gut.«

Ich lächelte voller Dankbarkeit. Die Aufmerksamkeit meines Bruders war das einzig Gute an diesem entmutigenden Tag. Er ließ sich auf der Bettkante nieder und hielt mir den Korb hin; ich ging zu ihm, setzte mich neben ihn, nahm eine Feige und biss hinein. »Das ist womöglich das Köstlichste, was ich je gegessen habe.«

Joseph lachte. »Komm, erzähl mir, was du dir heute angesehen hast.« Meine Litanei schien ihn nicht weiter aus der Ruhe zu bringen. »Ich nehme an, jemand aus dem Salon wird uns noch vor Ende der Woche helfen, aber wenn du willst, gehe ich morgen mit dir auf die Suche.«

Ich wusste, dass er eine Hilfe sein würde – er konnte jeden dazu bringen, alles zu tun, indem er einfach nur lächelte. Aber ich schüttelte den Kopf und stand auf, um zur Waschschüssel zu gehen. »Du musst arbeiten.«

»Warte«, sagte er.

Als ich einen Blick über die Schulter warf, starrte er mich mit einem Gesichtsausdruck an, den ich nur zu gut kannte, benommen und aufmerksam zugleich.

»Du siehst ... perlenbesetzt aus.«

»Es ist Schweiß«, sagte ich und verzog das Gesicht. »Ich wasche mich gleich, und ...«

»Noch nicht.« Er erhob sich, trat zurück und rieb sich das Kinn, als er mich ansah. »Zieh es aus.«

Ich verspürte einen vertrauten Schauer der Erregung und Sehnsucht, als ich ihm gehorchte. Ich streifte die Ärmel meines Hemds ab, ließ es zu meinen Füßen fallen und schlüpfte aus der Unterhose, sodass ich nackt vor ihm stand. Joseph musterte mich kritisch, aber das war ich gewohnt. Ich wartete, bis er aufs Bett zeigte. »Leg dich hin.«

Als ich es tat, wies er mich an: »Auf die Seite«, und dann beugte er sich über mich, brachte mich in die richtige Pose, strich mir mit der Hand über die Hüfte und zog meinen Arm in eine ganz bestimmte Haltung. Er reichte mir eine Feige. »Drück sie dir an die Lippen, als würdest du dich anschicken hineinzubeißen. Ja, genau so.« Sein Skizzenbuch lag auf dem Boden neben dem Bett, und er langte danach, hakte den Fuß hinter einem Stuhlbein ein und zog den Stuhl zu sich heran. Dann wollte er in die Tasche greifen, um ein Stück Zeichenkohle hervorzuziehen, als ihm aufging, dass er nur ein Bettlaken trug. Er nahm ein Stück Kohle von dem Haufen auf dem Nachttisch und begann zu zeichnen, schnell und effektvoll, wobei er mir knappe Befehle erteilte: »Öffne den Mund weiter – ich will deine Zähne sehen. Schau mich an. Ja, gut so. Zieh die Schulter ein wenig zurück.«

Es war uns zur zweiten Natur geworden, solange ich zurückdenken konnte. Ich konnte mich nicht an eine Zeit erinnern, in der Joseph mich nicht gezeichnet hätte – er tat es schon, seit er wusste, was Papier und Bleistift sind. In unserem Haus in New York hatten Dutzende von Skizzen herumgelegen, dazu besaß er noch ganze Mappen davon. Sie waren an die Wände im Kinderzimmer, in seinem Schlafzimmer und in meinem geheftet – hundert verschiedene Ansichten von mir, die beinahe jeden Augenblick meines Lebens illustrierten, von der Kindheit über die Jugend bis ins Erwachsenenalter – für immer festgehalten. Die meisten davon, die Joseph und ich allein angefertigt hatten, waren wunderschön, aber manche – die für Miss Coring gestellten, auf denen sie bestanden hatte – waren... Mir fehlten die Worte, um sie zu beschreiben, sogar jetzt noch, wenn ich an sie dachte, an jene entsetzliche Zeit...

»Soph«, riss Josephs Stimme mich aus meinen Gedanken. Ich schaute auf und erkannte, dass er sich nicht rührte, dass in seinen Augen die gleichen Schatten standen, die, wie ich wusste, in meinen lagen. Seine Stimme klang tief, als er flüsterte: »Nicht. Denk nicht daran. Es ist vergangen. Es ist vorbei. Es kann uns jetzt nicht mehr wehtun.«

Das stimmte nicht: Die Vergangenheit saß mir ständig im Nacken, bereit, die zerbrechliche Welt zu zerstören, die wir uns erschaffen hatten, aber ich blinzelte und versuchte zu lächeln. Obwohl ich wusste, dass ich ihn damit nicht hinters Licht führen konnte, sagte ich: »Ja, ich weiß. Es tut mir leid. Möchtest du, dass ich tatsächlich in die Feige beiße?«

Er seufzte und legte das Skizzenbuch beiseite. Er kam aufs Bett und streckte sich neben mir aus. Er nahm mir die Feige aus den Fingern. Das Herz ging mir über und war mir doch zugleich schwer.

»Ich kenne eine Geschichte«, sagte er. »Über einen Prinzen und eine Prinzessin. Sie war sehr schön, aber er hatte eine große Nase...«

»So groß war sie nun auch wieder nicht«, protestierte ich.

»... und sie lebten in einer Kammer, die dunkel und voller Schrecken war, aber obwohl die beiden Gefangene waren, mochten sie dieses Zimmer, weil es ihnen allein gehörte. Sie wussten, dass es eine Welt jenseits davon gab, die voll schöner Dinge war, aber nichts erschien ihnen so schön wie das, was sie aneinander hatten. Sie brauchten niemand anderen. Sie wollten niemand anderen. Dann drohte eines Tages die Dämonenkönigin, die beide gefangen hielt, den Prinzen für immer fortzubringen. Die Prinzessin war verzweifelt bestrebt, ihren Bruder zu retten – was hätte sie ohne ihn tun sollen?«

Die Geschichte war so alt wie die Zeit selbst, eine der ersten, die ich je für ihn erfunden hatte, für uns beide, und ich wusste, was er mir riet: die Erinnerung abzulegen, in ein Kästchen zu all den anderen kleinen Kästchen, die wir verschlossen und versteckt an einem Ort aufbewahrten, an den nur selten Licht drang. Auch das war uns zur zweiten Natur geworden: Geschichten erfinden, um Wahrheiten zu verbergen, die es nicht wert waren, ans Licht geholt zu werden. Geschichten, die Hässlichkeit in bunte Kostüme und goldene Kronen hüllte, in denen Joseph und ich auf hübschen weißen Pferden entflohen, in einen strahlenden venezianischen Sonnenuntergang davonritten und Dämonen, Drachen und Bedrängnis weit hinter uns ließen.

Ich fuhr mit den Worten fort, die wir beide so gut kannten: »Dann entdeckte die Prinzessin, dass ein goldener Kristall im Besitz eines scheußlichen Zauberers die Dämonenkönigin besiegen konnte. Wenn sie ihn in die Hand bekam, dann konnte sie auch den Prinzen retten.«

»Allerdings war der einzige Weg zur Festung dieses Zauberers steinig und führte über eine Brücke, die einen Abgrund überspannte ...«

»... und es gab kein Geländer, nur einen schmalen Steg aus Gold, das sich ständig verformte und bog und unter jedem Schritt wippte und schwankte ...«

»Aber sie durfte nicht fallen, sonst hätte der Abgrund sie bei lebendigem Leibe verschlungen.«

Das Herz schwoll mir vor Dankbarkeit, Sehnsucht und Kummer. Ich strich Joseph mit den Fingern über die Wange, weil ich ihn spüren musste. Er umfasste meine Hand und hielt sie dort fest.

»Sie war eine sehr tapfere Prinzessin«, flüsterte er.

»Die nicht ohne ihren Bruder leben konnte«, flüsterte ich zurück. »Sie hätte alles für ihn getan.«

Er führte meine Finger an seinen Mund und küsste sie; ich spürte, wie der Moment zwischen uns flammend zum Leben erwachte und wie Joseph sich anstrengte, die Beherrschung zu wahren, zu widerstehen. »Wenn dem so ist, sollte sie jetzt tun, was ihr Bruder will, und nicht an die Vergangenheit denken. Nur die Zukunft spielt eine Rolle. Einverstanden?«

Ich empfand Trauer, Erleichterung – zu vieles auf einmal. »Ja. Einverstanden. Aber nur, wenn du es mir ebenfalls versprichst.«

Er sagte nichts, sondern drückte mir die Feige, die er in der Hand hielt, an die Lippen und fütterte mich, als wäre ich eine altrömische Herrscherin und er mein Diener. Dann seufzte er. »Wir sollten uns jetzt wohl besser anziehen. Ich habe Duveneck versprochen, dass wir heute Abend im Salon sein werden.«

Ich erhob mich vom Bett. »Ich wünschte, ich hätte noch ein Kleid. Sie werden bald wissen, dass wir Habenichtse sind, wenn ich jeden Abend in demselben erscheine.«

»Du wirst noch ein Kleid bekommen«, sagte Joseph inbrünstig mit gesenkter Stimme. »Ich verspreche es dir. Wir werden alles bekommen, was wir wollen, Soph. Alles, was wir verdient haben – sobald wir Dane überzeugen können, mich Loneghan zu empfehlen.«

KAPITEL 19

Nicholas

DIE BEGEGNUNG MIT ODILÉ HATTE MEINE SINNE GESCHÄRFT. ES WAR, als würde ich alles zu stark empfinden, als ich den Salon in der Casa Alvisi betrat und die Hannigans sah. Sophie Hannigan lachte gerade, und ich spürte den raschen, erbarmungslosen Stich des Verlangens. Sie hatte ihrem Bruder die Hand auf die Schulter gelegt, und ich bemerkte wieder diese seltsame Magie zwischen ihnen, die einem sofort ins Auge sprang. Ich fühlte mich eigenartigerweise so, als würde ich in etwas hineinstürzen, worauf ich nicht ganz vorbereitet war, obwohl es nichts Offensichtliches war, nichts, worauf ich zeigen konnte, um *ja, das ist es, genau* zu sagen. Sie standen in einer Gruppe mit Duveneck und Giles zusammen, und ich ging zu ihnen hinüber und stibitzte auf dem Weg dorthin ein Glas Sherry. Giles schaute von seinem Skizzenbuch auf und schob sich die Brille zurück an die richtige Stelle. »Da bist du ja, Nick! Wo zum Teufel warst du?«

»Unterwegs.« Ich lächelte Sophie Hannigan an, die meinem Blick gelassen begegnete.

Joseph Hannigan sagte: »Wir dachten schon, Sie wären vielleicht in einen Kanal gefallen.«

»Wie dieser unglückselige Organist«, setzte Duveneck hinzu. »Haben Sie von ihm gehört, Dane? Von dem aus San Maurizio? Der ist gestern Nacht tot aufgefunden worden. Er trieb in einem Kanal in der Nähe von San Anzolo. Hatte sich anscheinend den Kopf gestoßen. Davor müssen Sie sich in Acht nehmen, wenn Sie zu Ihrer neuen Wohnung gehen, Hannigan. Diese Calli sind so gefährlich wie die Kanäle.«

Ich runzelte die Stirn. »Zu Ihrer neuen Wohnung? Ziehen Sie aus dem Danieli aus?«

»Mrs Peabody hat endlich eine Unterkunft für uns gefunden«, erklärte Sophie Hannigan.

Ich spürte eine kurze Aufwallung von Entsetzen. Daran hatte ich nicht gedacht, und es kam mir wie eine schwere Unterlassungssünde vor. Bitte, lieber Gott, mach, dass die Wohnung, die Mrs Peabody gefunden hat, weit von der Ca' Dana Rosti entfernt liegt! So beiläufig ich nur konnte, fragte ich: »Doch hoffentlich in der Nähe?«

»Ja, so ist es. Im Palazzo Moretta.«

»Kennen Sie ihn?«, fragte Hannigan.

Ich nickte erleichtert. In der Nähe, ja. Diesseits des Canal Grande, in der Nähe des Markusdoms. Weit entfernt von Odilé. »Ich glaube, den kennt jeder. Es ist eine gute Wahl. Ich bin mir sicher, dass es Ihnen gefallen wird. Wann ziehen Sie dort ein?«

»Wir sollen morgen alles arrangieren«, sagte Miss Hannigan. Sie strahlte geradezu, als sei ihr eine große Last abgenommen. Ich verfluchte mich, weil ich nicht bemerkt hatte, wie wichtig es ihr war, eine Unterkunft zu finden. Ich hätte für die beiden selbst mühelos eine Wohnung finden können, wenn ich mich darum gekümmert hätte. Dass ich es nicht längst erledigt hatte, war nur ein Zeichen dafür, wie abgelenkt ich in ihrer Gegenwart immer war. Es war schieres Glück, dass mein augenblicklicher Mangel an Aufmerksamkeit sich nicht als tödlich erwiesen hatte.

Ich zwang mich, wieder an mein Ziel zu denken. Sie würden morgen umziehen, und Odilé würde zweifellos noch immer mit ihrem Straßensänger beschäftigt sein. Aber am nächsten Tag...

»Ach! Eigentlich hatte ich gehofft, Ihnen beiden morgen den Lido zu zeigen. Das Wetter wird sich nicht mehr lange halten, und Sie sollten ihn unbedingt sehen. Aber vielleicht übermorgen, sobald Sie eingezogen sind?«

Hannigan sagte: »Duveneck und ich hatten vor, nach Torcello zu fahren.«

»Nun gut, das ist recht hübsch, wenn man etwas mit Ödland voller Unkraut anfangen kann«, räumte ich ein. »Aber der Lido ist großartig! Wissen Sie, dass Byron seine Pferde dort hat galoppieren lassen?« Ich ignorierte das gewohnte Unbehagen, das mich immer überkam, wenn ich an ihn dachte. »Ganz zu schweigen von den Sandstränden und dem jüdischen Friedhof.«

»Ein jüdischer Friedhof?«, fragte Hannigan interessiert.

Duveneck warf ein: »Der würde Ihnen gefallen, Hannigan. Trostlos und verfallen. Größtenteils verlassen. Dane hat recht, wir sollten stattdessen dorthin fahren, solange das Wetter gut ist.«

»Wir könnten alle zusammen dorthin fahren«, sagte Miss Hannigan.

»Das klingt nach einem perfekten Plan für einen schönen Tag«, pflichtete Giles ihr bei.

Am übernächsten Morgen nahmen wir zu fünft ein Vaporetto zum Lido. Der Dampfer hatte ein lautes, misstönendes Horn, das erscholl, wann immer ihm ein Fischerboot vor den Bug geriet. Und die graue Rauchwolke, die er hinter sich her zog, wurde uns immer wieder von der Brise ins Gesicht geweht, sodass wir weder freie Sicht hatten noch Luft bekamen, als wir die Lagune überquerten, um zu der langgestreckten schmalen Sandinsel zu gelangen, die Venedig vor der Adria schützte.

Aber abgesehen vom schmutzigen Rauch des Dampfers war die Luft glücklicherweise gut. Der Frühnebel hatte sich schon gelichtet, bevor wir abgefahren waren, und der Himmel war blau und klar. Eine gewisse Kühle lag in der Luft.

»Wie gefällt es Ihnen und Ihrem Bruder im Palazzo Moretta?«, fragte ich Miss Hannigan.

Sie schenkte mir ein strahlendes Lächeln. »Er könnte uns gar nicht besser gefallen. Im Salon gibt es fantastische Wandgemälde – Neptun und seine Nereiden. Und bemalte Säulen und Balkone ... Er ist schön. Oder war einmal schön. Jetzt ist er recht baufällig, aber immer noch malerisch. Mrs Bronson hat uns geholfen, eine akzeptable Miete auszuhandeln, also bin ich recht zufrieden.«

»Das freut mich zu hören. Ich würde diese Wandgemälde gern irgendwann einmal selbst sehen.«

Ihr Lächeln wurde breiter, und ich glaubte, eine einzigartige Wärme in ihren Augen zu sehen, als sie erwiderte: »Oh, ich habe schon fest geplant, sie Ihnen zu zeigen.«

Wieder einmal war ihre Direktheit verstörend. Bevor ich antworten konnte, bemerkte Giles: »Es ist gut, dass wir heute hergefahren sind. Es wird langsam kalt.« Er erschauerte, als wir uns über die Reling beugten und die vorbeiziehenden Inseln betrachteten. Auf einer von ihnen lag das Irrenhaus für Männer, auf der anderen das Kloster San Lazzaro.

»Oh, ich finde es perfekt«, sagte Miss Hannigan und hob ihr Gesicht der Brise entgegen, die vom Bug in unsere Richtung wehte. »Es war mir bisher zu heiß.«

»Das liegt an all den Kleidern, die du trägst«, neckte ihr Bruder sie.

Sie schnitt eine Grimasse und wandte sich dann an mich. »San Lazzaro – das ist doch das Kloster, in dem Byron seinen Studien nachgegangen ist, nicht wahr?«

»Genau«, sagte ich. »Es gibt dort eine Gedenktafel, die an seinen Aufenthalt erinnert, falls Sie sie sehen wollen.«

»Hm. Heute nicht«, sagte sie und schloss die Augen. »Heute möchte ich im Sand liegen.«

Das Bild, das ihre Worte vor meinem inneren Auge heraufbeschworen, war allzu provokant: Ich konnte den Blick nicht abwenden. Ich hatte mich wieder gefangen, als das

Vaporetto uns zusammen mit ein paar anderen Ausflüglern nach Santa Maria Elisabetta brachte, wo es ein Restaurant und eine Badeanstalt gab. In der Hochsaison wimmelte es auf den Sandstränden von Badezelten und Deutschen, aber heute schien es vergleichsweise ruhig zu sein. Der kalte Nebel hatte alle abgeschreckt. Es ließen sich keine Badenden im seichten Wasser treiben, das berückend blau war.

Der Lido hatte sich seit Byrons Zeiten verändert: Die mohnblumenübersäten Felder waren größtenteils verschwunden, und der unbefestigte Weg, der von Santa Elisabetta zur Adria führte, war ausgebaut worden: Heutzutage war er gepflastert und mit Gaslaternen beleuchtet. Es gab eine ganze Menge Pensionen und Läden sowie ein Lokal, in dem ein Orchester aufspielte. Das Essen im Restaurant war heute vielleicht auch nicht besser als damals, aber die hölzerne Plattform, die über das Wasser ragte, entschädigte einen für vielerlei Sünden.

Dorthin gingen wir zuerst, und Joseph und Sophie Hannigan ließen alles mit einem Vergnügen auf sich wirken, das ihre ohnehin schon unglaublich faszinierende Sinnlichkeit vollends erblühen ließ. Wieder einmal fühlte ich mich unwiderstehlich von den Geschwistern angezogen, und ich wusste, dass es den anderen nicht besser ging. Duveneck lachte so laut und herzlich, wie ich es schon seit Langem nicht mehr erlebt hatte, und Giles tat, was er konnte, um den beiden zu Gefallen zu sein. Die Zwillinge waren wie eine seltsame Droge, nach der man schnell süchtig wurde, ein Zauberbann, dem ich nur mit Mühe widerstehen konnte, und ich machte meine Sache noch nicht einmal sonderlich gut. Wir ließen uns Zeit mit unserer Mahlzeit aus Oliven und Käse, wässriger Krebssuppe und knusprig gebratenen Fischchen, die wir mit einer beträchtlichen Menge Wein herunterspülten, das alles zu einer Begleitmusik aus Gesprächen und Gelächter.

Als wir fertig waren, zogen wir die Stiefel aus, spazierten am Strand entlang und streckten die Zehen in die Gischt der sanften Wellen. Dunst stieg in Schwaden vom Wasser auf, umwaberte uns und löste sich dann wieder auf. Wir ließen uns an einer Stelle ein wenig weiter unten am Strand nieder und streckten uns im warmen Sand aus. Giles und Duveneck schlugen die Skizzenbücher auf, die sie bei sich hatten, und begannen eifrig, die Aussicht einzufangen. Hannigan legte sich ausgestreckt hin, schob sich die Arme angewinkelt unter den Kopf, schloss die Augen und sah aus, als ob er vorhabe, die nächsten Stunden zu verschlafen.

»Wollen Sie denn gar nicht zeichnen?«, fragte Giles ihn ungläubig.

Hannigan öffnete ein Auge einen Spaltbreit. »Wenn Sophie beschließt, in der Brandung zu tanzen, dann zeichne ich. Bis dahin überlasse ich die Aussicht Turner. Er hat sie am besten gemalt.«

»Was für eine ausgefallene Äußerung.« Duveneck starrte ihn voll dumpfer Verwunderung an, die Hand noch in der Luft über seinem Papier. »Meinen Sie wirklich, dass Turner da das letzte Wort gesprochen hat, sodass wir anderen es noch nicht einmal versuchen sollten?«

Hannigan hatte die Augen wieder geschlossen. Er machte sich nicht die Mühe, sie noch einmal zu öffnen. »Keineswegs. Ich meine nur, dass die Ansicht, die ich zeichnen möchte, Sophie in den Wellen ist.«

»Nun, ich bade heute nicht«, sagte Miss Hannigan. »Ich habe noch nicht einmal Badekleidung mit, und ich kann mir nicht das Kleid ruinieren.«

»Du könntest es ausziehen und wärst immer noch voll bekleidet«, schlug ihr Bruder vor. »Du hast schließlich sechshundert Unterröcke an. Aber das habe ich ohnehin nicht gemeint. Es wäre hübsch, dich am Ufer entlangwandeln zu sehen, als würdest du den Blick über dein Königreich schweifen lassen.«

»Und Venedig läge wie eine Märchenstadt im Hintergrund«, hörte ich mich selbst sagen.

Sie sah mich voll Verwunderung und Entzücken an. »Was, Mr Dane? Habe ich da eben etwa eine poetische Beobachtung gehört?«

Ich lächelte sie an. »Wohl kaum. Man kann gar nicht umhin, es zu sehen. Ich bin nicht der Einzige, dem dieser Vergleich eingefallen ist.«

Hannigan stützte sich auf die Ellenbogen und spähte aus zusammengekniffenen Augen in die Ferne. »Es sieht recht unwirklich aus«, stimmte er mir zu. »Sehen Sie doch nur, wie der Nebel sich über dem Wasser sammelt.«

»Er lässt es aussehen, als würde die Stadt schweben«, bemerkte Giles.

»Oder aus den Wolken emporwachsen«, warf Duveneck ein.

»Oder gerade erst aus einem Zauberschlaf erwachen«, sagte Miss Hannigan mit leiser, ehrfürchtiger Stimme. »Die Augen des Dogenpalastes blinzeln und öffnen sich, nachdem sie ein Jahrhundert lang geschlummert haben – sehen Sie sie? Wie schön sie sind. Alle Geister der Stadt sind unter ihrem Blick davongestoben. Das ist nämlich der Nebel, wissen Sie? Die Geister, die enteilen.«

Und wie bei ihrer Geschichte über Mestre lag die Wirkung nicht in ihren Worten allein, sondern in der Art, wie sie sie sprach. Diese Geschichtenerzählerstimme, dieses berückende Timbre … Sie beschwor eine Vision des Palastes – dieser Hochburg der Spione und der Heimtücke, der Hinrichtungen und des Verrats! – als eines gütigen und wohlwollenden Wächters über die Stadt herauf. Die Hässlichkeit, die in ihm lag, hatte sie weggefegt. Wir starrten sie alle an, und ihr Bruder flüsterte: »Geh in die Wellen, Soph. Tanz für uns.«

Sie wandte sich um und sah ihn an. Was sich zwischen den beiden abspielte, erweckte in mir solch eine Sehnsucht, sie zu berühren, dass ich die Hände blindwütig in den Sand grub. Und seltsamerweise hatte ich auch den Eindruck, dass Hannigan genau das von mir gewollt hatte – dass er irgendwie mit voller Absicht sein eigenes Charisma eingesetzt hatte, um ihres zu speisen. Natürlich war das ein törichter Gedanke. Wie hätte so etwas auch nur möglich sein sollen?

Miss Hannigan erhob sich. »Nun gut, ich tue es. Und alle können mich zeichnen. Wir machen einen Wettbewerb daraus.«

»Was ist der Preis?«, fragte Hannigan.

»Ein Kuss«, sagte sie und zerzauste ihm das Haar.

»Aber das ist ungerecht«, protestierte ich. »Ich kann nicht zeichnen.«

»Dann müssen Sie ein Gedicht schreiben«, sagte sie und wandte sich mir zu, die Hände in die Hüften gestemmt. »Ich erteile Ihnen sogar in aller Form den Auftrag dazu, Mr Dane. Schreiben Sie ein Gedicht über mich, dann gebe ich Ihnen einen Kuss, ob Sie den Wettbewerb nun gewinnen oder nicht.«

Schon der Gedanke daran war schier unmöglich. Ich durfte sie nicht küssen. Diese Begierde zu spüren konnte nur gefährlich sein. Ich wollte und brauchte keine Geliebte. Meine Berufung nahm all meine Aufmerksamkeit in Anspruch. Dennoch wurde mein Mund trocken. »Auch wenn es ein sehr schlechtes Gedicht wird?«

»Ich kann mir beim besten Willen nicht vorstellen, dass es schlecht wird.«

»Ich habe es Ihnen doch schon gesagt: Venedig hat mir die Sprache verschlagen.«

»Dann werde ich mich bemühen, Sie zu inspirieren«, sagte sie.

Sie griff nach oben, zog sich eine lange Nadel aus dem Haar und nahm dann ihren Hut ab. Sie warf ihn in den Sand, wo er ordentlich neben ihren Stiefeln und Strümpfen landete. Dann griff sie noch einmal hoch, und ich erkannte, dass sie ihr Haar lösen wollte. Der Gedanke, Sophie Hannigan so zu sehen – mit offenem Haar, barfuß in den Wellen …

Ihr Bruder sagte: »Lass dein Haar hochgesteckt.«

Sie runzelte die Stirn und senkte die Arme. »Hochgesteckt? Bist du sicher?«

Ich glaube, wir hätten alle gern protestiert – es gab wohl keinen einzigen Mann am Strand, der Sophie Hannigans Haare nicht gern offen gesehen hätte –, aber zwischen den beiden hing etwas wie ein unausgesprochenes Gebot in der Luft, das mich schweigen ließ, und ich war überzeugt, dass die anderen es auch spürten.

Hannigan nickte, und seine Schwester sagte: »Nun gut. Sind alle bereit?« Und mit diesen Worten tänzelte sie an den Rand des Wassers.

Dort hielt sie inne. Ihr purpurner Rock glänzte im Sonnenlicht, und die Streifen ihres Mieders verschwammen aus der Entfernung gesehen so, dass sie wie Gold wirkten. Einen Moment lang sah sie die verschwommene Stadtsilhouette jenseits der Lagune an, und dann wandte sie sich uns zu und hob die Röcke. Langsam. Sie enthüllte blasse Knöchel und schlanke Unterschenkel, neckte uns so absichtlich und gekonnt, dass ich mir nicht vorstellen konnte, dass sie so etwas nicht schon einmal getan hatte. Der Rock stieg immer höher, bis sie ihn unmittelbar oberhalb ihrer Knie am Ansatz ihrer Oberschenkel haltmachen ließ. Sie lachte – ein Laut, der über den Strand tönte und im Wasser widerhallte. Ich war sprachlos vor Verblüffung; sie war das sinnlichste Wesen, das ich je gesehen hatte. Ich hätte sie gern dort im Wasser geliebt.

Sie hüpfte durch die leichte Brandung, ließ die Wellen zu hauchzarten Regenbogen um ihre Beine aufspritzen und verwandelte sich vor meine Augen in die Quintessenz der

Unbekümmertheit. Sie war eine Najade, eine Meerjungfrau, andersweltlich, verführerisch und bezaubernd. Ich hatte das Gefühl, dass sie nur für uns erfunden worden war und keinen anderen Daseinszweck hatte, als sich zu drehen und zu wenden, wie ihr Bruder es wollte: *Tanz für uns. Lass dein Haar hochgesteckt.*

Es war beunruhigend erotisch, eine Hingabe, wie ich sie nie zuvor gesehen hatte. Sie war zu dem geworden, was er ihr zu sein befohlen hatte, aber zugleich war sie inmitten ihrer eigenen Geschichte – nicht nur die Fürstin, die den Blick über ihr Königreich schweifen lässt, sondern eine, die inmitten der fliehenden Geister tanzt, als würde sie es genießen, wenn die Seelen ihre Haut streifen.

Die anderen skizzierten wie wild; ich hörte das Kratzen von Kohle auf Papier, doch als ich einen Blick auf Joseph Hannigan warf, sah ich, dass er überhaupt nicht zeichnete. Er saß reglos da und starrte sie mit einem Entzücken an, das ihrer Hingabe gleichzukommen schien. Als hätte er meinen Blick gespürt, wandte er sich um. Einen Moment lang waren seine Gefühle ihm überdeutlich anzusehen: gequälte Faszination und schmerzliche Sehnsucht.

Ich hatte den Eindruck, dass seine Miene die Antwort auf ein Rätsel enthielt, auf das ich eben erst einen Blick erhascht hatte. Ein Rätsel, von dessen Existenz ich bis zu diesem Moment kaum etwas geahnt hatte. Es war das Verstörendste, was ich je empfunden hatte.

Giles sagte: »Du schreibst ja gar nicht, Nick«, und Hannigan blinzelte; der Augenblick war so rasch vorüber, dass ich mich fragte, ob ich ihn wirklich gesehen hatte. Hannigan hob sein Skizzenbuch auf und begann zu zeichnen. Der Bann war gebrochen.

»Ich habe kein Papier«, sagte ich, »und auch keinen Bleistift.«

»Dann wirst du deinen Kuss nicht bekommen«, sagte Giles.

»Nehmen Sie das.« Duveneck riss ein Blatt aus seinem Skizzenbuch und reichte es mir zusammen mit einem Kohlestift. Ich nahm beides, und im selben Moment kam mir ein Gedanke, verschwommen und gestaltlos, der mich vergessen ließ, was ich gerade in Hannigans Augen gesehen hatte. Es war eher eine Idee als eine Formulierung; ein Bild der Lichtgestalt, die Sophie Hannigan war, wenn sie sich im Nebel drehte – und dann war es wieder verschwunden. Dennoch überraschte es mich. Ich sagte mir, dass es wohl nur Einbildung gewesen sei. Meine Worte waren mir vor langer Zeit gestohlen worden: Ein grauäugiger Dämon hatte sie mir abgerungen, mich mit Haut und Haaren verschlungen und wieder ausgespuckt. Ich hatte keine Hoffnung, sie wiederzufinden.

Am Ende kritzelte ich irgendetwas hin, aber nur weil ich diesen Kuss desto mehr wollte, je länger ich sie in der Sonne tanzen sah, obwohl ich wusste, dass ich den Wunsch nicht hätte hegen sollen. Ach, es war doch nur ein Kuss. Was konnte er schon schaden?

Miss Hannigans Gesicht war gerötet, als sie endlich zurückkehrte. Sie hatte rosige Flecken oberhalb der Wangenknochen. Ihre Augen funkelten. »Ich hoffe, das war lang genug«, sagte sie und ließ sich zwischen ihrem Bruder und mir hinsinken, ohne auf den Sand zu achten, der an ihrem nassen Rock kleben blieb.

»Mein Gott, das war bezaubernd«, sagte Giles, wie immer zu inbrünstig.

Frank Duveneck bemerkte mit einem Lächeln: »Sie waren eine Inspiration, Miss Hannigan.«

»Nun, die hoffe ich zu sein«, sagte sie. »Jetzt müssen mich alle ein Urteil fällen lassen.«

Giles reichte ihr sein Skizzenbuch. Sein Bild war, wie all seine Werke, mittelmäßig. Er hatte ihre Gliedmaßen nicht recht eingefangen, obwohl Venedig hinter ihr schön wiedergegeben war – seinem Stil kam das Überbordende der Stadt natürlich entgegen. »Sehr hübsch«, sagte Hannigan, der über Sophies Schulter spähte. »Haben Sie es mal mit allegorischen Gemälden versucht, Martin?«

»Allegorien beherrscht er gut«, warf ich ein. »Das habe ich ihm schon dutzendfach gesagt.«

Duveneck war der Nächste. Ich mochte seinen Stil nicht besonders: Er war zu deutsch, zu sehr auf den Eindruck bezogen. Aber Hannigan betrachtete das Bild mit offensichtlicher Bewunderung. »Sieh doch, wie er deine Bewegung festgehalten hat, Soph«, sagte er, und ich sah, wie stolz Duveneck auf das Kompliment war.

Sie reichte Duveneck das Skizzenbuch zurück und nahm das ihres Bruders. Es war keine Überraschung, dass er sie besser eingefangen hatte als die anderen. Er hatte sie nicht in dem Kleid gezeichnet, das sie trug, sondern in einem leichten Hemd, dessen Ärmel herabgeglitten waren, um ihre rundlichen Schultern zu enthüllen, und in Unterröcken, die sich in ihren Händen bauschten, sodass sich ganze Girlanden aus Rüschen und Spitze über ihre Finger ergossen. Das Licht umspielte sie. Es war ein Meisterwerk des Chiaroscuro – wie ihm das gelungen war, obwohl er nur Holzkohle zur Hand gehabt hatte, wusste ich nicht, aber sie erschien unwirklich, wie die Najade, als die ich sie mir ausgemalt hatte, und auch er hatte die Geister gesehen: Sie reckten die Finger aus dem Nebel um ihre Füße und klammerten sich an sie, als würden sie sie lieben. Es war ihre Geschichte, und er hatte ihr schillerndes, atemloses Leben eingehaucht.

»Mein Gott, ist das schön«, hauchte Giles mit gesenkter Stimme.

»Das ist es wirklich«, sagte Duveneck.

»Oh! Alle haben ihre Sache sehr gut gemacht, aber ich fürchte, Joseph hat gewonnen.« Sophie Hannigan schaute ihren

Bruder an, als würde sie niemanden sonst sehen. Sie sprang ihm so schwungvoll in die Arme, dass er hintenüber in den Sand fiel und sie lachend umfing. Sie gab ihm einen ausgedehnten Kuss, der sich für Bruder und Schwester zu lange hinzog.

Der Gedanke, der mir nur halb gekommen war, kehrte voll ausgeformt zurück, unwillkommen und verstörend: dass das Zwillingscharisma, das ich in ihnen sah, vielleicht etwas ganz anderes war. Nichts Magisches, sondern etwas … Ungesundes. Der Anblick war seltsam und aufreizend zugleich. Auch die anderen starrten sie an. Miss Hannigan lachte, als sie sich von Joseph löste und uns anschaute – ich glaube, sie erblickte nichts im Geringsten Falsches darin.

Hannigan setzte sich auf und griff nach seinem Skizzenbuch; ihm schien ebenso wenig wie ihr etwas bewusst zu sein. Duveneck wandte den Blick ab, als sei er verlegen; Giles tastete unbeholfen nach seinem Bleistift, der ihm in den Sand gefallen war. Sophie Hannigan wandte sich an mich: »Was ist mit Ihnen, Mr Dane? Haben Sie ein Gedicht, das Sie mir zeigen können? Möchten Sie Ihren Preis entgegennehmen?«

Sie lächelte, und ich sah eine Herausforderung in ihren Augen. Ich versuchte zu vergessen, was ich beobachtet hatte, und reichte ihr das Stück Papier, auf dem ich geschrieben hatte. »Ich warne Sie, es ist nicht sehr gut.«

Ihr Lächeln wurde breiter. »Sie sollten nicht so bescheiden sein.« Sie warf einen Blick auf die Worte und formte sie mit dem Mund, während sie las. *Es war eine Dame am Lido …* Plötzlich hörte sie auf halber Strecke auf, die Lippen zu bewegen, als der Limerick kippte. Ich sah, wie ihr die Röte in die Wangen stieg, und am Ende lachte sie – ein kurzer, süßer Klang.

Sie lachte immer noch, als sie aufschaute. »Also wirklich, Mr Dane, das ist ein äußerst schlechtes Gedicht.«

Ich erwiderte ihr Lächeln. »Sie haben nicht gesagt, dass es gut werden muss. Nur, dass ich ein Gedicht schreiben sollte.«

Hannigan griff danach. »Lass mich einmal sehen.«

Sie riss ihm das Blatt weg und knüllte es in der Faust zusammen. »Das ist nur für meine Augen bestimmt.«

»Wie? Ist es unanständig?«, fragte Giles.

»Ganz entsetzlich.« Sie bedachte mich mit einem tadelnden Blick. »Ich glaube nicht, dass Sie sich der Sache mit dem nötigen Ernst gewidmet haben.«

»Die anderen haben gezeichnet, was sie gesehen haben«, sagte ich zu ihr. »Ich habe nur das Gleiche getan.«

»Sie sind sehr schlau, Mr Dane.«

»Das hat schon meine Mutter immer gesagt.«

»Ich bin mir nicht sicher, ob ich Sie belohnen sollte.«

Ich sah ihr in die Augen. Mit gesenkter Stimme sagte ich: »Wie schade. Und ich hatte mich schon so darauf gefreut.«

Sie wandte den Blick nicht ab. »Ich nehme an, ich habe es versprochen.«

»Ja.«

Sie beugte sich vor und drückte die Lippen auf meine, ein rasches, hartes Streifen mit dem Mund. Kaum, dass ich nach ihr griff, entzog sie sich mir schon wieder. Der Kuss, den sie mir geschenkt hatte, war weniger als ein Viertel so lang wie der, den sie ihrem Bruder gegeben hatte. Dennoch war es verstörend, wie vollständig mich dieses Nichts von einem Kuss erregte.

Hannigan schlug sein Skizzenbuch zu. »Wo ist denn nun dieser jüdische Friedhof? Ich würde ihn gern sehen.«

Den Rest des Tages verbrachten wir im spärlichen Schatten krüppelwüchsiger Bäume damit, die uralten moosbedeckten Gräber des von Ziegelmauern umgebenen verlassenen jüdischen Friedhofs zu erkunden, die halb versunken im Sand lagen und von Unkraut überwuchert waren. Vier Männer, zwischen denen Sophie Hannigan wie eine ätherische, sinnliche Nymphe hin und her huschte. Ich war verkrampft vor Begierde und erschöpft von dem anstrengenden Bemühen, sie zu ignorieren.

Es war fast eine Erleichterung, als der Tag schließlich vorüber war. Ich wollte nur rasch zurück in mein abgedunkeltes Zimmer, um mein Verlangen und meine Verwirrung in einer Flasche Wein zu ertränken. Wir betrachteten alle stumm den Zauber des Sonnenuntergangs: Die Spitze der Dogana, die Kuppeln von Santa Maria della Salute und die majestätische Pracht von San Giorgio Maggiore zeichneten sich als Schatten vor dem lebhaften Aquamarinblau, Lavendel und Violett des Himmels über dem mit goldenen, topasfarbenen und rubinroten Streifen durchzogenen Horizont ab, und alles spiegelte sich in den stillen Wassern der Lagune. Auf halber Strecke bemerkte Duveneck seufzend: »Wie schade, dass der Tag enden muss.«

»Das muss er nicht«, sagte Giles eilfertig. »Lassen Sie uns doch alle zu Nick und mir gehen. Wir haben reichlich Wein.«

»Unsere Zimmer sind schon für uns kaum groß genug«, wandte ich ein.

»Wir gehen aufs Dach. Vom Garten aus kann man die ganze Stadt sehen.«

Und so war es beschlossene Sache. Sobald das Vaporetto uns an der Piazzetta abgesetzt hatte, brachen wir zu unserer Wohnung auf, um Wein zu trinken. Wir gingen in den kleinen Hof und die Treppe hinauf. Als die anderen weiter zum Dachgarten wollten, blieb Sophie Hannigan stehen und fragte mich: »Soll ich Ihnen beim Wein helfen, Mr Dane?«

Obwohl ich mir selbst nicht über den Weg traute, wenn ich mit ihr allein war, kam es mir unhöflich vor abzulehnen, und so sagte ich: »Ja, natürlich.« Sie folgte mir in die Wohnung, stand da und sah sich verunsichert um. Ich zündete eine Öllampe an, die das Durcheinander aus Malutensilien nur schwach beleuchtete: Giles' Staffelei, auf der immer noch das unvollendete Gemälde aus den Gärten stand; Pinsel, die in Terpentinkrügen einweichten; Kannen voller Leinöl und zusammengedrückte metallene Farbtuben; daneben die Möbel, die uns nicht gehörten, und meine herumliegenden Bücher.

»Das ist … recht hübsch«, sagte sie.

»Nein, das ist es nicht. Aber es reicht aus. Giles und ich wohnen allein hier, also ist kein Luxus vonnöten. Kommen Sie, die Küche ist hier hinten.«

Ich nahm die Lampe, und sie folgte mir in die kleine Küche, die eher als Weinlager als zum Kochen diente. Auf der Arbeitsfläche standen eine Schale mit verschrumpelten Feigen – ich konnte mich nicht entsinnen, woher sie kamen und wie lange sie schon da waren – und ein paar schmutzige Gläser mit angetrockneten Rotweinrändern.

Sophie trat ein und griff lächelnd nach einer Feige. »Sie lassen sie einfach verkommen.«

Wie unter einem Zauberbann hörte ich mich selbst sagen: »Sie waren heute schön, Sophie.«

Sie lächelte. »Oho! Aber so haben Sie mich nicht beschrieben.«

»Ich habe nur auf andere Art gesagt, dass Sie schön waren.«

»Es war obszön«, sagte sie, aber sie lächelte immer noch. »Ich fand es allerdings interessant.«

»Aber nicht interessant genug, mich anständig zu küssen.«

»Oh, Mr Dane, das war doch ein anständiger Kuss! Ich glaube, Sie wollen lieber einen unanständigen.« Ich spürte, wie etwas in mir nachgab, als sie ihre Stimme fast zu einem Flüstern senkte: »Habe ich recht?«

Sie gab mir keine Gelegenheit zu antworten. Bevor ich wusste, wie mir geschah, ruhte ihr Mund schon auf meinem, und jeder Vorsatz, den ich gefasst hatte, zerbröselte zu Staub. Sie hatte recht: Ein unanständiger Kuss war genau das, was ich wollte. Ich legte ihr die Hand in den Nacken. Sie öffnete die Lippen unter meinen, ich schmeckte ihre Süße. Sie war so berauschend, wie ich sie mir vorgestellt hatte, und erwiderte meinen Kuss mit einer kleinen Zungenbewegung, die von Erfahrung zeugte – als wüsste sie genau, was sie tat. Nachdem sie sich endlich von mir löste, war ich außer Atem und hatte völlig die Beherrschung verloren. Ich hätte sie einfach auf den Tisch geworfen, doch sie legte mir eine Hand auf die Brust, lächelte mich an und sagte: »Die anderen warten auf uns.«

Was stimmte, wie ich wusste, aber ich war verhext. Ich hätte in jenem Augenblick alles getan, was sie von mir verlangte, und so folgte ich ihr, als sie den Wein nahm und mir wie einem Kind Anweisungen erteilte: »Die Gläser, Mr Dane, die Feigen …« Gemeinsam stiegen wir zum Dachgarten hinauf, wo die anderen drei lachten und plauderten. Sie ging zu ihrem Bruder und reichte ihm eine Flasche Wein, damit er sie öffnete. Er legte ihr den Arm um die Schultern – besitzergreifend, wie ich gereizt dachte, als ob er Anspruch auf sie erhob –, aber nur einen Moment lang. Er küsste Sophie auf den Scheitel, und sie trat wieder beiseite, goss Wein ein, verteilte Gläser und reichte mir meines mit einem »Bitte sehr, Mr Dane«, als wären wir Fremde, trotz jenes Kusses, der so erotisch gewesen war wie nur irgendeiner, den ich je erlebt hatte. Dann bedachte sie mich mit einem wissenden, verführerischen Lächeln. Ich konnte den Blick den restlichen Abend über nicht von ihr wenden. Ich dachte an die Skizze ihres Bruders, die sie auf dem Bett zeigte, die Art, wie er sie in Unterrock und Hemd gezeichnet hatte, wie sie in den Wellen planschte, daran, wie sie sich an mich geschmiegt und wie ihre Zunge mit meiner gespielt hatte, und ich verlor mich hoffnungslos in einer einzigen Erkenntnis: *Lieber Gott, so habe ich mich schon einmal gefühlt.*

KAPITEL 20

Odile

Er war vulgär, ungebildet und grob. Ein Kind der Straße, dessen Stimme gut genug war, dass sie ihm eine Unterkunft für die Nacht und eine Mahlzeit einbrachte, wenn auch nicht Ruhm und Ehre. Nach meiner Begegnung mit Nicholas am Rialto wartete ich ungeduldig auf ihn, und als er endlich eintraf, war ich so verstört und abgelenkt, dass ich nicht aufpasste. Obwohl wir nur eine Stunde miteinander verbrachten, ließ ich den Sänger erschöpft und angeschlagen zurück. Ich hatte ihn stark beansprucht, und doch war es nicht genug. Ich ließ ihn gehen, und er kehrte am nächsten Tag zurück, immer noch schwach, aber ein Getriebener seines Verlangens. Ich hätte ihm die Tür weisen sollen, aber bei seinem Anblick überwältigte mich mein Hunger. Ich verspürte leichtes Mitleid mit ihm – und zugleich Müdigkeit. Ich wünschte, ich hätte das alles nicht so dringend gebraucht. Ich war es einfach leid: das Schwitzen, den Beischlaf, die Koseworte, die noch jeder verlangt hatte, die gespielte Zuneigung, Liebe oder Begierde. Es war alles eine Lüge, denn was ich von ihnen wollte, war nicht die körperliche Vereinigung, sondern ihre schiere Essenz. Ich wollte mich nur nähren. Und doch erforderte das diese Berührung, die verschlungenen Gliedmaßen und aufeinandergepressten Münder und bedeutungslosen Zärtlichkeiten.

Es gab Zeiten, zu denen ich es verabscheute, aber es aufgeben und mir eingestehen, dass es mich aufzehrte und kaum Aussicht darauf bestand, dass ich erlangte, was ich wollte – das konnte ich noch nicht. Zwar hatten mich diejenigen, die ich inspiriert hatte, letzten Endes allesamt enttäuscht, aber ich klammerte mich an die vage Hoffnung, dass eines Tages einer kommen würde, der mir geben würde, wonach ich mich sehnte. Irgendwann würde ich ihn finden, und der Name Odilé León würde bis in alle Ewigkeit gepriesen werden.

Aber noch war es nicht so weit, und vorerst fehlte mir die Disziplin, um nach ihm zu suchen. So ließ ich den Sänger ein und gestattete ihm, über mich herzufallen. Ich nahm ihn mit ins Bett und ließ ihn mir zu Willen sein, bis sein Herz vor Anstrengung raste und sein Atem unregelmäßig ging. Er war zu untalentiert, um mich wirklich zu befriedigen, und ich konnte mich nur mit Mühe zurückhalten und ihm nicht alles nehmen.

Doch ich war zu gierig. Das Ungeheuer in mir forderte zu viel. Als ich mich auf dem Sänger aufbäumte und wiegte, hörte ich ihn nach Luft schnappen und war unachtsam. Ich trank und trank und zapfte und saugte, und der letzte Rest von ihm brüllte in mir auf, nicht genug, nicht genug, nie genug, und dann hörte ich ihn aufschreien – ein Schrei, ein Keuchen, dann ein Ruck... und es war verschwunden, ganz plötzlich. Zu plötzlich.

Der Schmerz brach über mich herein, hungrig streckte ich die Hände aus, schlug um mich und tastete – vergeblich, denn es war nichts da. Wo er gewesen war, gab es nichts mehr, und als ich zu mir kam, sah ich ihn leblos unter mir liegen und an die Decke starren, während ich mich auf ihm wiegte.

Blankes Entsetzen ließ mich erstarren. Das hier wollte ich nicht. Obwohl ich Kummer und Reue verspürte, fühlte ich doch vor allem Schrecken. Das Ungeheuer gewann an Einfluss. Es wurde zu stark. Ich tappte in die Falle, die Nicholas mir gestellt hatte. Der Selbstmord des Dichters, das Ertrinken des Organisten... Ich wusste, dass er sie in den Tod getrieben hatte. Er war dafür verantwortlich, dass ich hierzu gezwungen gewesen war. Es blieben nur noch wenige Wochen, und ich war dem Verhungern schon mehr als nahe. An all dem gab ich Nicholas die Schuld.

* * *

Als ich Nicholas Dane kennenlernte, wusste ich schon längst, welch unverhoffte Wendungen das Leben aufgrund noch so beiläufiger Entscheidungen nehmen kann. Ich wusste es sogar besser als die meisten anderen. Und wie das mit beiläufigen Entscheidungen so ist, ließ bei unserer Begegnung nichts darauf schließen, wie bedeutsam sie einmal für mich sein würde. Doch ich frage mich, ob ich etwas hätte anders machen können, selbst wenn ich es gewusst hätte – ob ich es hätte vermeiden können oder ob das Schicksal mir eine Rolle zugedacht hatte, die ich nun einmal spielen musste. Vielleicht war es auch gar nicht das Schicksal gewesen, sondern das Gleichgewicht, wie ich Nicholas einmal gesagt hatte. Denn die Welt verlangt schließlich nach Symmetrie.

Ich war ihm früh im Zyklus begegnet. Ich hatte Zeit zum Spielen, und obwohl ich nach dem einen Ausschau hielt, suchte ich nicht besonders gezielt. Es war ein lauer Abend, ich war gerade auf dem Heimweg von einem Pariser Café, als Nicholas in mich hineinrannte. Er war unaufmerksam gewesen, weil er zu beschäftigt damit gewesen war, beim Gehen zu schreiben.

Ich hätte seine Entschuldigung annehmen und meinen Weg fortsetzen können. Ich hätte den Hunger in Schach halten können. Ich hätte gehen sollen. Aber kein Anzeichen hatte meinen Argwohn erregt. Wie hätte ich es also wissen können?

Ich lächelte und sagte zu ihm: »Vielleicht sollten Sie nicht gleichzeitig gehen und schreiben.«

Er sah mich verlegen an. Er war äußerst gut aussehend: blasser Teint, helle Augen. Sein Haar, das ein wenig zu lang war, fiel in leichten Locken herab und schimmerte golden im Schein der Laternen. »Ja«, sagte er. »Ja, natürlich haben Sie recht. Aber mir war gerade ein Gedanke gekommen, den ich niederschreiben wollte.«

»Ein Gedanke?«, neckte ich ihn. »Kommt Ihnen so selten einer, dass Sie sich alle gleich notieren müssen?«

Zuerst starrte er mich ausdruckslos an, aber als ihm klar wurde, dass ich ihn aufzog, lachte er. Sein Mund war hübsch: wohlgeformt, mit vollen Lippen. »Leider ja, zumindest in letzter Zeit. Ich versuche schon seit einer Weile, die Schönheit von Paris einzufangen, aber mein Verstand gleicht einem Sieb. Ich könnte damit wahrscheinlich Steinbrocken transportieren, aber kaum etwas anderes.«

Er hatte also Sinn für Humor – das hatte mir schon immer gefallen. »Sie haben versucht, die Schönheit von Paris mit Worten einzufangen? Oh, das kann ich nachvollziehen! Also sind Sie Schriftsteller?«

»Dichter. Zumindest ein angehender.«

Dichter. Hübsch. Jung. Angehend.

Mein ganzer Körper verkrampfte sich. Ich ging mit ihm aus. Ich nahm ihn mit nach Hause. Aber so stark und voller Leben er auch war, erkannte ich doch binnen weniger Wochen, dass er nicht der eine war, nach dem ich suchte. Ich blieb dennoch ein bisschen zu lange bei ihm. Ich hatte meine Freude an ihm: Er war klug und gut aussehend und brachte mich zum Lachen. Und so spielte ich mit ihm, bis ich ihn genau auf das reduziert hatte, was ich verabscheute: erbärmliche Schwäche und keuchende Besessenheit.

Mein Unwille, ihn zu verlassen, erwies sich als größerer Fehler, als ich jemals hätte ahnen können.

Ich rechnete nicht damit, ihn jemals wiederzusehen. Aber in einer Welt, in der es letztlich keine Überraschungen gibt, überraschte er mich doch. Und vernichtete mich beinahe. Für mich waren die schönen, sonnengebadeten Höfe von Barcelona von einer Dunkelheit überschattet, die ich weder durchdringen noch übersehen konnte – und inmitten von ihr stand Nicholas Dane. Seinen Gesichtsausdruck hatte ich nicht vergessen: In ihm spiegelten sich Entsetzen und Befriedigung zugleich.

Nach Barcelona war ich gezwungen gewesen, in den Untergrund zu gehen. Monatelang hatte ich mich in Kellern und Abwasserkanälen herumgetrieben und darauf gewartet, dass die Lebenskraft derjenigen, die ich ausgesaugt hatte, ihren Zauber in mir entfaltete und mich zurückholte. Ich hatte meine Grenzen kaum jemals ausgereizt, nur ab und zu eine Fehleinschätzung begangen. Aber diesmal war es schlimmer denn je. Es schien eine Ewigkeit zu dauern, bis ich meine menschliche Gestalt zurückgewann. Ich schlängelte mich durch Feuchtigkeit, Dunkelheit und Gestank und wartete; der Teil von mir, der Odilé war, stand ganz im Bann der Dämonin, zu der ich geworden war. Ich hatte entsetzliche Angst, auf immer gefangen zu bleiben – als Ungeheuer. Madeleines Warnungen gingen mir als endlose Litanei immer wieder durch den Kopf.

Es war ein Albtraum, und ich hatte befürchtet, nie wieder daraus zu erwachen. Noch schlimmer war allerdings, zu wissen, dass mir keiner helfen konnte. Niemand konnte mich retten. Ich war allein auf der Welt. Das war eine Wahrheit, die ich schon vorher gekannt hatte, aber sie war mir nie so bewusst geworden. Doch jetzt konnte ich sie nicht mehr ausblenden: Meine Einzigartigkeit war ein Fluch, der mich ermüdete und ins Elend stürzte, in endlose, unabwendbare Einsamkeit.

Das hatte Nicholas mich gelehrt. Wie konnte ich ihm das jemals verzeihen?

KAPITEL 21

Sophie

DER MORGEN DÄMMERTE BEREITS, ALS WIR ENDLICH DEN DACH-garten verließen. Wir waren alle ein wenig betrunken von dem Wein, und die Nacht war so wunderbar wie der Tag gewesen, erfüllt von Geplauder und Gelächter und verstohlenen Blicken. Ganz zu schweigen von dem Kuss, den ich noch immer auf den Lippen spürte – und einer Möglichkeit, über die ich nicht nachzudenken wagte.

Bis zu unserem Palazzo war es nicht weit, doch weder Joseph noch ich kannte den Weg, und so brachen wir alle zusammen auf – Duveneck wollte nach Hause, Nicholas Dane bot uns an, uns zu begleiten, und Mr Martin fragte: »Warum sollte Nick Sie ganz für sich allein haben?«

Ich war froh darüber; wenn wir nur zu dritt gewesen wären, hätte Joseph Nicholas Dane und mir vielleicht Gelegenheit gegeben, miteinander allein zu sein, und ehrlich gesagt, ich fürchtete mich ein wenig davor, wie sehr ich ihn mittlerweile mochte – und vor den Gefühlen, die der Kuss in mir geweckt hatte und von denen ich wusste, dass sie gefährlich waren. Schließlich hatte ich so etwas schon einmal empfunden und musste nun darauf achten, vernünftig zu sein. *Es gibt keine Ritter ohne Fehl und Tadel, Soph. Nicht wie in deinen Geschichten. Du musst die Menschen so sehen, wie sie sind, nicht so, wie du sie dir wünschst.* Das waren Josephs Worte gewesen, und ich wusste, dass er recht hatte. Wir hatten – endlich! – das Vertrauen von Menschen gewonnen, die wohlhabend und einflussreich genug waren, uns wirklich zu helfen – zugegeben: Nicholas Dane war zwar nicht Ersteres, aber eindeutig Letzteres. Ich spürte, dass wir nur wenige Schritte von Henry Loneghan entfernt waren, und empfand angesichts dieses Gedankens eine schwindelerregende Befriedigung, die mich etwas zu leichthin lachen und ein wenig zu gut kokettieren ließ. Ich musste vorsichtig sein. Joseph und ich konnten uns es nicht leisten, Nicholas Dane zu enttäuschen oder ihn zu erzürnen.

Wir brachen in die Stadt auf und stolperten lachend über eine der venezianischen Brücken ohne Geländer. Das weiße Steinpflaster war vom Abendnebel rutschig geworden. »Vorsicht«, sagte Mr Dane und nahm meinen Ellenbogen, als wir die Brücke überquerten. »Die Venezianer sagen, dass man sich vor den vier P in Acht nehmen muss. Übersetzt bezieht sich das auf weißes Steinpflaster, Huren, Priester und Gaukler.«

»Gaukler?«, fragte ich. »Warum Gaukler?«

In seinem Lächeln lag eine köstliche Boshaftigkeit, die mich an seinen Kuss erinnerte. »Nun ja, weil sie allesamt Scharlatane sind, wussten Sie das nicht? Das Wort lautet auf Italienisch Pantalone. Kennen Sie ihn?«

Ich schüttelte den Kopf.

»Er ist eine Figur aus der venezianischen Komödie. Ein Prahlhans und Narr, aber zugleich unheimlich. Niemand, dem man in einer dunklen Nacht über den Weg laufen möchte.«

»Es gibt in Venedig so einiges, dem ich nicht gern in einer dunklen Nacht über den Weg laufen würde«, sagte Mr Duveneck, erschauerte und zog seinen Mantel eng um sich.

Aber Nicholas Danes Bemerkung hatte mich neugierig gemacht, und ich ertappte mich dabei, dass ich dann auch noch an seiner Seite blieb, als wir die Brücke überquert hatten und er meinen Arm wieder losgelassen hatte. »Sie scheinen eine Menge über Venedig zu wissen.«

»O nein«, wiegelte er bescheiden ab. »Sagen wir es so: Ich weiß sehr wenig über sehr viele Orte. Ich fürchte, das lässt sich nicht vermeiden, wenn man ein solcher Vagabund ist wie ich.«

»Wirklich? Sind Sie schon viel gereist?«

»Ja.«

»Wo waren Sie denn sonst noch?«

Er zuckte mit den Schultern. »Überall, nehme ich an. Seit ich vor sieben Jahren von zu Hause fortgegangen bin, habe ich an keinem Ort länger als ein paar Monate gelebt.«

Ich konnte nicht einschätzen, ob Bedauern in seinem Tonfall lag oder nicht – vermutlich aber eher nicht, denn ich entsann mich, dass er gesagt hatte, dass seine Familie ihm nichts bedeutete. »Warum reisen Sie so viel?«

»Ich bin auf der Suche nach einer gewissen flüchtigen Inspiration.« Wieder hörte ich die Bitterkeit, die ich ihm in den Gärten angemerkt hatte, und hatte das Gefühl, dass etwas Düsteres unausgesprochen blieb.

Aber ich kannte mich selbst ein wenig mit düsteren, unausgesprochenen Dingen aus, und so sagte ich: »Was geschieht, wenn Sie sie finden?«

»Ich weiß es nicht.« Ich spürte, wie er mich ansah. »Aber ich muss zugeben, dass ich neugierig darauf bin, es herauszufinden.«

Er hatte eigentlich nichts gesagt, und doch kam es mir so vor, als sei seine leise Stimme von irgendetwas geschwängert, das mich vor plötzlicher Wärme erschauern ließ. Ich dachte an den Kuss in der Küche, die Art, wie meine Verführungskünste mir selbst zum Verhängnis geworden waren und wie schwer es mir gefallen war, mich von ihm zu lösen. Denk an das, was damals geschehen ist, rief ich mir ins Gedächtnis. Sei vorsichtig.

Ich wandte den Blick ab. »Sie kennen sicher ein paar faszinierende Geschichten.«

»Vielleicht. Aber meine sind nicht so hübsch wie Ihre. Sie haben Biss.«

»Nun, manchmal denke ich, etwas weniger von dem, was Sie Biss nennen, täte es vielleicht auch.«

Er wurde still. Angesichts seiner plötzlichen Anspannung fragte ich mich, ob ich etwas Falsches gesagt hatte. Doch als er dann sprach, klang es aufmunternd. »Wünschen Sie sich das nicht zu vorschnell. Ihre Geschichten gefallen mir sehr. Die Welt ist ohnehin schon ein hässlicher Ort; ein wenig wohldosierte Schönheit dann und wann gibt einem den Glauben daran zurück, dass doch nicht alles bedeutungslos ist. Ich glaube, Sie und Ihr Bruder haben Verständnis dafür; weit verbreitet ist es nicht. Ich bin dankbar, es in Ihnen zu finden.«

Sein Kompliment gefiel mir. Ich freute mich, dass er verstand, was Joseph und ich empfanden, und dass es ihm wichtig war.

Wir schwiegen einen Moment lang, dann sagte er leise: »Wissen Sie, Sie sind etwas Besonderes, Miss Hannigan.«

Seine Worte hallten in mir nach, und wieder konnte ich nichts dagegen tun, dass mir warm wurde. Zum Glück war es dunkel, sodass er nicht sah, wie meine Wangen langsam erröteten. Ich konnte nicht umhin, wieder einen Hauch von einer Möglichkeit zu verspüren: Vielleicht würde ich in Venedig doch noch etwas finden, das nur mir gehörte.

Oh, aber das war doch töricht, nicht wahr? Ich hätte es nicht empfinden sollen, ich wollte es nicht empfinden. Ich brauchte ihn für Joseph, für unsere Pläne. Nicholas Dane war ein beeindruckender Mann, aber es gab einfach zu viele Dinge, die ich ihm nicht erzählen konnte, zu viele Dinge, die er nie verstehen würde, weil niemand sie verstand. Etwas anderes auch nur zu denken ... So dumm durfte ich nicht noch einmal sein.

»Komm schon, Sophie!«, rief mein Bruder von weiter vorn. »Trödel nicht herum, sonst verläufst du dich noch!«

Ich lachte ein wenig nervös und sagte: »Oh, sehen Sie nur,

wie weit die anderen uns voraus sind!« Dann eilte ich ihnen nach und überließ es Mr Dane, mich einzuholen. Als ich zu den anderen aufschloss, konnte ich Joseph nicht in die Augen sehen. Aber als er meinen Arm berührte, spürte ich, wie ich wieder ins Gleichgewicht kam. Wie immer war mein Bruder mein rettender Anker.

Dennoch nahm ich Nicholas Dane sehr deutlich wahr, als wir durch die verwinkelten Calli gingen, von denen jede einzelne uns tiefer in ein seltsames Labyrinth zu führen schien. Es war leicht, sich auszumalen, dass man sich hier verlaufen und jahrhundertelang ziellos umherstreifen würde. Unsere Schritte hallten von den Mauern wider und schienen von überall zu ertönen; deshalb warf ich immer wieder einen Blick zurück, um zu sehen, ob uns jemand folgte. An den Straßenecken wirkte die Dunkelheit noch tiefer und gefährlicher. Verschiedenen Heiligen gewidmete kleine Schreine befanden sich dort; sie wurden von winzigen flackernden Öllampen beleuchtet, die dafür sorgten, dass ihre Ränder rötlich schimmerten, während ihre Schatten golden wirkten. Um die Schreine herum wirkte alles leicht verzerrt, wie eine fantastische Illusion. Giles Martin stibitzte ein Stück Brot aus einem der Schreine und kaute im Gehen darauf herum, woraufhin Mr Dane ihm einen vernichtenden Blick zuwarf.

»Überlass es den Ratten«, sagte er. »Sie sind zumindest Gottes Geschöpfe.«

Mr Martin grinste nur. »Na, wer wird denn gleich abergläubisch werden? Auch ich bin Gottes Geschöpf, nur dass du es weißt.«

»Kein sehr gelungenes Modell«, bemerkte Mr Dane trocken.

Ich lachte, Mr Martin auch. Unsere Stimmen verflochten sich miteinander, hallten verzerrt wider und wirkten wie nicht von dieser Welt. Die Calli schienen alle Geräusche wie ein

Trichter aufzusaugen: die lauten Schritte, das Plätschern des Wassers, obwohl wir nicht in der Nähe eines Kanals waren, das dumpfe Zufallen einer Tür, das Quietschen eines Fensters. Mr Duveneck bemerkte: »Zu dieser Nachtzeit beginnt man, all die Geschichten über Venedig zu glauben.«

»Da haben Sie recht«, murmelte mein Bruder. »Geister lauern in allen Schatten.«

»Und Mörder hinter jeder Ecke.« Mr Duveneck senkte die Stimme und ließ sich auf das Spiel ein. »Ich wäre nicht überrascht, einen Mann im Domino mit einem Stilett bewaffnet aus einem Hauseingang hervorschnellen zu sehen.«

»Ach, hören Sie auf!«, protestierte ich. »Sie sorgen noch dafür, dass ich Albträume bekomme.«

Joseph lachte leise. »Sophie hat eine zu ausgeprägte Vorstellungskraft.«

»Ich will nicht die ganze Nacht wachliegen und an Geister denken.«

»Vielleicht könnten Sie daraus stattdessen eine ihrer hübschen Geschichten machen«, sagte Mr Dane.

Ich warf ihm einen Blick zu. Er lächelte, und ich konnte nicht umhin, sein Lächeln zu erwidern. Wir bogen um die Ecke, und dann waren wir auch schon da: Vor uns befand sich der Eingang zum Hof des Palazzo Moretta, eine in eine Steinmauer eingelassene stabile Holztür, die ein kleines Fenster mit gekreuzten Gitterstäben zierte.

Wir verabschiedeten uns voneinander. Joseph trat als Erster ein, und als ich ihm folgte, ergriff Mr Dane meine Hand und strich mir mit den Fingern über die Handfläche; dann ließ er mich gehen. Als er mich berührte, durchlief mich ein Schauer.

Joseph schloss die Tür, und wir standen in der Stille des Hofs. Die Säulen, die ihn säumten, ragten wie düstere Schatten auf, und die Farnwedel, die von den Mauern hingen, sahen aus wie gespreizte Finger. Im Dienertrakt seitlich des Hofs rührte sich nichts; das ältere Pärchen, das ihn gemietet hatte, war schon zu Bett gegangen. Auch bei der Französin und ihren beiden kleinen Söhnen im Obergeschoss brannte kein Licht, und es war kein Geräusch zu hören. Die Nacht ging in die Morgendämmerung über: Tiefes Schwarz verwandelte sich in Schiefergrau, als Joseph und ich erschöpft die Treppe ins Piano nobile hinaufstiegen. Ich war übermüdet – der Tag war so lang gewesen, dass es mir vorkam, als wäre seit der Zeit, die wir auf dem Lido verbracht hatten, ein Jahr vergangen. Mein Körper sehnte sich nach einem Bett.

»Ich muss heute auf den Markt gehen«, sagte ich. »Wir haben nichts mehr zu essen.«

»Ich komme mit«, sagte Joseph. »Wir gehen zum Rialto. Dort gibt es eine reizende kleine Ecke bei einem der Fischstände. Ich will dich dort zeichnen. Wir besorgen dir einen dieser Schals, den all die Mädchen tragen.«

»In Ordnung«, stimmte ich ihm zu und wandte mich ab, um ins Schlafzimmer zu gehen. »Aber bitte erst später. Damit wir schlafen können …«

»Geh noch nicht ins Bett.« Joseph ergriff meine Hand. »Lass uns den Sonnenaufgang beobachten.«

Ich war zu müde, um Einwände zu erheben. Joseph führte mich in die Sala, die riesig und leer wirkte und hallte; die Wandgemälde, die Neptun und seine Meerjungfrauen zeigten, lagen im Schatten. Joseph ging zu den Balkontüren und öffnete sie. Kühle, feuchte Luft strömte herein. Dann führte er mich in die Mitte des Raums und zog mich mit sich hinab, sodass wir beide auf dem kalten, glatten Boden lagen und zum gemalten Himmel der Decke hinaufstarrten; er lag so weit über unseren Köpfen und war so dunkel, dass er genauso gut gar nicht hätte da sein können.

»Ich dachte, du wolltest den Sonnenaufgang beobachten«, sagte ich.

»Das will ich auch.« Er zog mich eng an seine Seite.

Ich legte meinen Kopf auf seine Brust und lauschte seinem Herzschlag und den Geräuschen, die aus der Stadt hereindrangen – dem Klatschen der Ruder und einigen Stimmen. Irgendjemand lachte. Ich schloss die Augen und sog tief die Luft des frühen Morgens ein, die nach Algen, Stein und Salz roch –und nach meinem Bruder, dem noch immer der Duft des Lido anhaftete: Sand und Sonne und herber Wein.

Joseph sagte leise: »Von wegen er hat kein Interesse. Heute konnte er die Hände kaum von dir lassen. Was ist geschehen?«

»Ich glaube, es lag am Lido.«

»Ich wusste, dass er dem nicht würde widerstehen können. Du warst perfekt.«

»Und ... ich habe ihn heute Abend geküsst. In der Küche.«

Joseph erstarrte. Dann sagte er mit gesenkter Stimme: »Du solltest ihn rasch von Loneghan überzeugen.«

»Das werde ich.«

Mein Bruder streichelte mir mit der Hand den Arm, auf und ab, eine bedächtige, stetige Liebkosung. »Sei vorsichtig, Soph.«

Seine Berührung hypnotisierte mich geradezu. Sie beschwor einen Schauer herauf, der mich erst durchlief und dann tief in mir zur Ruhe kam. »Das bin und bleibe ich.«

»Ich will nicht, dass du irgendetwas tust, das du nicht willst. Das weißt du doch, nicht wahr? Ich würde es nicht verlangen.«

»Ich weiß«, versicherte ich ihm. »Aber ich mag ihn wirklich. Und es ist leicht, mit ihm zu kokettieren.«

»Nicht wie Stimpson oder Davenport?«

Ich dachte an die beiden Männer in unserem New Yorker Salon, denen wir beide einen Einfluss zugetraut hatten, den sie am Ende doch nicht gehabt hatten. Es war reine Zeitverschwendung gewesen, sie zu verführen. »Es hat mir auch nichts ausgemacht, mit ihnen zu kokettieren.«

»Aber es hat dir nicht behagt, mit ihnen zu schlafen.«

Ich zuckte mit den Schultern. »Ich dachte, sie könnten uns helfen.«

Er sagte: »Was ist mit Dane? Würdest du gern mit ihm schlafen?«

Ich dachte an die Art, wie Nicholas Dane mich angesehen hatte. Ich spürte wieder seinen Mund auf meinem, seine Zunge, seine Körperwärme, auf die ich in einer Art reagierte, mit der ich nicht gerechnet hatte. Sie waren etwas Besonderes. Ich war etwas Besonderes. »Ich weiß es nicht. Vielleicht.«

»Ich mag ihn auch, Soph. Aber mach ihn nicht zum zweiten Roberts.«

»Nein«, flüsterte ich. »Edward Roberts war ein Fehler.«

Mein Bruder atmete mit einem tiefen Seufzen aus. »Ich will nur nicht, dass du noch einen begehst.«

Ich hörte ihm sein schlechtes Gewissen an und sagte: »Es war nicht deine Schuld.«

»Nein? Ist es nicht immer meine Schuld?«

Die bittere Unterton in seiner Stimme brach mir schier das Herz. »Ich war töricht. Du hast es mir gesagt, und ich habe nicht auf dich gehört. Ich lasse nicht zu, dass es noch einmal so weit kommt, versprochen.«

Ich sah ihn an. Unsere Blicke trafen sich, und seiner war so erfüllt von allem, dass ich beinahe in Tränen ausbrach. Dann sah er zur Decke.

»Schau«, sagte er ehrfürchtig.

Dann wurde mir plötzlich klar, wonach er Ausschau gehalten hatte und warum wir hier auf dem Boden unter der mit einem Himmel bemalten Decke lagen: Im gleichen Maß, wie die Sonne vor unserem Fenster aufging, breitete sie sich über den falschen Wolken und dem vergoldeten Stuck aus. Der

Kanal warf Gold und Rosa zurück, das Licht schlug Wellen und setzte die Decke beinahe in Flammen. Es war, als hätte die Sonne beschlossen, sich nur uns allein zu zeigen.

»Oh«, hauchte ich, und Joseph lachte mir leise ins Ohr. Da lag ich, ehrfürchtig und überwältigt, und war mit einem Mal überhaupt nicht mehr müde, sondern beobachtete gebannt, wie das Licht eine bemalte Decke zum Leben erweckte.

KAPITEL 22

Sophie

ICH ERINNERE MICH AN KAUM ETWAS AUS UNSEREM LEBEN, BEVOR unsere Eltern starben, und glaube, Joseph geht es nicht anders. Meine einzige echte Erinnerung an sie ist ihre Beerdigung, auf der wir neben den beiden Särgen standen, die in der unerträglich heißen Sonne glänzten. Wir waren sieben Jahre alt, es war Hochsommer, und die schwarze Wolle, die ich trug, juckte; ich wünschte mir nichts sehnlicher, als meine Strümpfe auszuziehen und mit meinem Bruder im Park zu spielen. Ich glaube, ich war traurig. Ich muss traurig gewesen sein. Doch letztlich kommt mir auch das wie ein Traum vor – ich kann mir nicht sicher sein, dass meine Erinnerung mich nicht täuscht.

Unsere Tante, die unser Vormund war, ließ sich kurz blicken, um Miss Jessamine Coring als Gouvernante einzustellen, und reiste dann wieder ab. Meine Tante mochte New York nicht; sie behielt das Stadthaus am Washington Square nur, weil Joseph es einmal erben sollte und weil es ihr zupass kam, uns dort fern von ihr wohnen zu lassen. Ein Großteil der Möbel wurde verkauft, um Schulden zu begleichen, und meine Tante ersetzte sie nur mit den allernotwendigsten Dingen – gerade genug, um auch sie aufzunehmen, sie zweimal im Jahr zu Besuch in die Stadt kam und uns ins fremde Land des Erdgeschosses entführte, wo wir ein langes Teetrinken mit ihr über uns ergehen lassen mussten. Sie sah wie ein Bussard aus und hatte wenig Geduld mit Kindern, vor allem nicht mit zweien, von denen man ihr gesagt hatte, dass sie so ungezogen seien.

Ob das zutraf oder nicht, konnte ich nicht beurteilen. Miss

Coring war eindeutig dieser Meinung, und deshalb erlaubte sie uns nie, den zweiten Stock zu verlassen. Meine Welt, die auch vorher nicht sehr ausgedehnt gewesen war, verengte sich auf das Kinderzimmer, Miss Coring und meinen Bruder, der im Mittelpunkt ihrer Aufmerksamkeit stand. Joseph und ich waren immer unzertrennlich gewesen, und unsere Isolation schweißte uns nur noch enger zusammen. Wir trafen keine anderen Kinder, und so kam es uns gar nicht in den Sinn, sie zu vermissen. Wir waren zu beschäftigt damit, Miss Coring und ihre unberechenbaren Launen zu überleben. Tief in der Nacht, wenn wir einander umschlungen hielten, um uns gegen die Dunkelheit zu schützen, pflegte Joseph mir zuzuflüstern: »Wir sind anders, Soph, das weiß ich. Uns beiden ist etwas Besonderes vorherbestimmt.«

Ich wusste, dass das zumindest auf ihn zutraf; sein Talent war offenkundig, seit er auch nur einen Bleistift festhalten konnte. Und weil er darauf bestand, versuchte ich, es auch von mir selbst zu glauben, obwohl es mir nie so recht gelang. Es verging einige Zeit, bis mir klar wurde, wie anders wir wirklich waren.

Einen ersten Verdacht hatte ich mit sechzehn, als Miss Coring starb, sodass Joseph und ich gerettet und verlassen zugleich waren und Tante Rebecca mich ins Mädchenpensionat und Joseph auf die Universität schickte. Sie versuchte uns beide davon zu überzeugen, dass es besser wäre, dort auch zu wohnen, aber keiner von uns blieb; wir kehrten jeden Abend ins Kinderzimmer zurück, da wir getrennt zu verletzlich waren und unfähig, einzeln etwas aus uns zu machen. So gab sie am Ende auf, und wir blieben uns selbst überlassen – aber zum ersten Mal war ich mit anderen Mädchen in meinem Alter konfrontiert. Ich lauschte ihren atemlosen Gesprächen über die Dinge, die ihnen wichtig waren und die mir ausnahmslos fremd und dümmlich erschienen. Ich tat so, als wäre ich daran interessiert, eine von ihnen zu sein, weil es von mir erwartet wurde, aber ich kam mir stets wie eine Betrügerin vor – als ob ich ein Leben an der Oberfläche eines tieferen, reicheren und wunderbareren Ozeans führte, aber nicht weit genug hinabtauchen konnte, um all seine Herrlichkeit zu erfassen.

Das Gefühl wurde nur noch schlimmer, als meine Tante sich daran machte, Ehen für uns zu arrangieren, die sie endgültig von uns befreien würden, und zu diesem Zweck darauf bestand, dass Joseph und ich uns wieder in der Gesellschaft sehen ließen, in die wir hineingeboren waren. Meine Eltern hatten nie zu den oberen Zehntausend gehört – wir waren nicht reich genug, um Astors oder Vanderbilts zu sein –, aber dennoch war es seltsam, in diese Welt aus Damenkränzchen, Abendessen und Bällen zurückzukehren und so zu tun, als hätten wir dieses Leben nicht schon mit sieben Jahren hinter uns gelassen. Alte Freunde unserer Eltern hießen uns willkommen, als wären wir nie fort gewesen.

Joseph fühlte sich natürlich gleich überall zu Hause, er trat so liebenswürdig und reizend auf, dass jeder sich sofort zu ihm hingezogen fühlte. Aber er war rastlos. An der Universität hatte er sich mit Leuten angefreundet, die uns in Kreise einführten, die uns lieber waren und ihre Abende nicht damit verbrachten, bei zu süßer, warmer Limonade über die neueste Mode zu plaudern. Stattdessen sprach man hier über neue Welten, über freie Liebe und Frauenwahlrecht, Sozialismus, Philosophie und Kunst. Joseph blühte in diesen Runden auf. *Hier gehören wir hin, Soph.*

Ich gebe zu, dass ich daran Gefallen fand. Es waren berauschende Gespräche, ganz gleich, wie wenig praktischen Nutzen sie hatten. Joseph und ich begannen, ein Doppelleben zu führen: Die Abende verbrachten wir in der feinen Gesellschaft beim Essen und hörten zu, wie die Töchter unserer Gastgeber das Klavier vergewaltigten; spätnachts unterhielten wir uns dann entzückt über Dinge, die uns wirklich etwas bedeuteten, und tranken und lachten bis in die frühen Morgenstunden. Joseph glaubte – und ich auch –, dass sein Talent uns alles einbringen würde, wonach wir uns je gesehnt und wovon wir in jenen Tagen geträumt hatten, in denen wir uns im Kinderzimmer imaginäre Welten ausmalten. Wir waren beide davon überzeugt, dass uns Ruhm zustand – warum sonst hatten wir die Hölle bei Miss Coring überlebt, wenn Joseph nicht das wurde, was er war? Außerdem war unser Erbe so klein, dass wir dringend Geld brauchten. Es gab Männer – und Frauen – im Salon, die uns zu beidem verhelfen konnten, und wir machten uns daran, sie auszunutzen, um Josephs Karriere voranzutreiben. Joseph belegte reihenweise Frauen mit Beschlag, die nur zu angetan davon zu sein schienen, mit Beschlag belegt zu werden. Für mich war es schwerer, obwohl ich bei ein oder zwei Männern Glück hatte. Joseph konnte sich in Begehren verlieren, aber keine Frau schien ihm mehr etwas zu bedeuten, sobald er ihr Bett wieder verlassen hatte. Ich wünschte, ich hätte mich auch so bereitwillig verlieren können, aber mein eigenes Verlangen war flüchtig: Ganz gleich, wie sehr ich mich danach sehnte, davon verzehrt zu werden, es kam nie so weit. Ich begann mich zu fragen, ob es mir wohl vorherbestimmt war, nur ein einziges Mal zu lieben, ob das einzige Begehren, das ich je empfinden würde, jenes war, das ich nicht zum Ausdruck bringen konnte.

Mein Bruder und ich hatten immer alles miteinander geteilt, aber ich begann, mich nach etwas Besonderem zu sehnen, das nur mir allein gehörte, nach jemandem, der mich unabhängig von Joseph lieben könnte. Vielleicht war es vermessen, darauf zu hoffen, denn schließlich blieb es mir ja versagt. Im Unterschied zu meinem Bruder kamen mir alle Jungen so unreif vor. Wenn ich nur jemanden wie Joseph hätte finden können... Als ich mich bei meinem Bruder beschwerte, lachte er und neckte mich, dass ich zu hohe Erwartungen hegte. »Du wirst in der guten New Yorker Gesellschaft wohl kaum einen Ritter ohne Fehl und Tadel finden!« Aber ich sah auch, dass er sich freute.

Und dann traf ich Edward Roberts.

Edward war gerade erst aus Europa zurückgekehrt. Sein Vater hatte ihn dorthin geschickt, damit er sich darüber informierte, wie aussichtsreich eine Partnerschaft mit einem Pariser Kunsthändler sein mochte. Sobald ich davon hörte, wusste ich natürlich, dass ich mein Bestes tun musste, ihn zu bezaubern. Ich wandte alle Schliche an, die Joseph mir beigebracht hatte, alle Kniffe, um das Interesse eines Mannes zu gewinnen, und ich war froh, als es so schien, dass es mir bei Edward gelänge. Zumindest begann es so. Ich hatte bei all dem nur im Sinn, Joseph zu helfen.

In der Rückschau erkannte ich die Anzeichen, die mir beizeiten hätten sagen sollen, dass es in einer Katastrophe enden würde, aber man sah Edward nicht im Geringsten an, wie hinterhältig er war. Joseph hielt ihn sogar für dumm, was seltsam war, da mein Bruder sich selten in Menschen täuschte. Aber ich weiß, warum er es dachte: Edward sah ständig drein wie ein Welpe, mit großen, einnehmenden schokoladenbraunen Augen unter einem goldblonden Haarschopf, und er legte einen rührenden Eifer an den Tag, einem zu gefallen. Zumindest fand ich ihn rührend. Joseph fand ihn lästig, und ich bemerkte, wie mein Bruder Edward immer dann, wenn er glaubte, ich würde es nicht sehen, abschätzig und halb verärgert musterte.

»Er ist hinter irgendetwas her«, sagte Joseph eines Morgens zu mir, als ich ihm im Sonnenlicht, das durch das Kinderzimmerfenster drang, Modell stand.

»Bestimmt nicht hinter unserem Erbe. Es ist schließlich kaum groß genug, uns noch ein oder zwei Jahre durchzubringen, und er hat selbst Geld.«

Joseph stand auf und streckte die Hand aus, um mir eine Locke kunstvoller auf der Brust zu drapieren, und musterte sie dann stumm, bevor er sich hinsetzte und mit dem Zeichnen weitermachte. »Es ist das Geld seines Vaters, nicht seines, und ich glaube, sein Vater hält nicht besonders viel von ihm. Er wird eine reiche Erbin brauchen, und die bist du nicht. Warum verschwendet er also seine Zeit?«

»Vielleicht weil er mich mag? Und er weiß, wie begabt du bist. Das sagt er ständig.«

»So? Zu wem denn?«

»Zu jedem, den er trifft. Er bewundert dich. Du solltest versuchen, ihn zu mögen. Wenn du dich auch nur ansatzweise anstrengst, wird er sich überschlagen, dich seinem Vater vorzustellen.«

Joseph sah nachdenklich auf sein Skizzenbuch hinab. Er verrieb mit dem Daumen etwas auf dem Papier und fuhr sich dann damit übers Kinn, sodass er einen Kohlestreifen darauf hinterließ, bevor er sich geistesabwesend wieder der Zeichnung widmete.

Ich ging zu ihm und schob ungeachtet seines Protestes das Skizzenbuch beiseite. Es fiel zu Boden, und ich ließ mich auf seinen Schoß sinken. Ich umfasste sein Gesicht mit den Händen und hielt ihn fest, damit er mir in die Augen sehen musste. »Du hörst mir nicht zu. Wir sind morgen zum Tee bei Mrs Ballast eingeladen. Bitte komm mit.«

»Mrs Ballast kann nichts für uns tun.«

»Nein, aber Edward wird auch da sein, und ich will, dass du freundlich zu Edward bist.«

Seufzend ließ er den Kohlestift fallen, legte die Arme um mich und zog mich eng an sich. Ich spürte seinen Mund auf meiner nackten Haut, als er murmelte: »In Ordnung, Soph. Du weißt, dass ich alles tue, was du willst.«

»Das musst du nicht unbedingt so verdrießlich sagen.«

»Ich mag ihn nicht. Aber wenn du glaubst, dass er uns helfen kann ...«

Ich vergrub meine Finger in seinem dichten dunklen Haar und zog seinen Kopf in den Nacken, sodass er mich ansehen musste. »Ich mag ihn wirklich. Sehr sogar. Und ich weiß, dass er uns helfen kann. Aber du musst auch nett zu ihm sein, und du darfst nicht eifersüchtig werden. Bitte.«

»Warum spielt es eine Rolle, ob ich eifersüchtig bin? Es ist ja nicht so, als ob ...« Er atmete aus und entriss mir seinen Kopf. »Ich bin ganz brav, in Ordnung?«

»Danke.«

Sein breiter, schöner Mund zuckte, aber ich sah, wie gezwungen sein Lächeln war. »Du klingst halb vernarrt. Sag mir ja nicht, dass du dich in ihn verliebst.«

»Was, wenn doch?«

»Er ist nicht gut genug für dich. Und er ist nicht sonderlich schlau.«

»Das würdest du über jeden sagen, der Interesse an mir zeigt.«

Er drückte mir einen langen Kuss aufs Schlüsselbein. Sein Griff um mich verstärkte sich. Seine Finger verkrampften sich. Schließlich seufzte er und schob mich sanft von sich. »Im Gegenteil. Der Mann, der sich wirklich in dich verliebt, wird der intelligenteste Mann auf der ganzen Welt sein.«

Ich stieg von seinem Schoß, stellte mich wieder am Fenster in Positur und legte mir das Haar so über die Schulter, wie er es getan hatte. »Du glaubst also, dass Edward nicht dieser Mann ist?«

»Nein, ich habe es dir doch schon gesagt: Ich glaube, er will irgendetwas von uns. Ich weiß nur nicht, was es ist, da wir doch fast nichts haben.«

»Aber das wird sich ja ändern, nicht wahr? Sobald die Welt erkennt, was in dir steckt, wird es sich ändern.«

»Ja, es wird sich ändern.« Joseph stand auf, griff nach meinem Morgenmantel und reichte ihn mir.

»Sind wir fertig?«, fragte ich erstaunt.

»Für den Augenblick«, sagte er. »Ich muss ausgehen.«

»Ausgehen? Wohin? Zu welchem Zweck?«

»Einfach ausgehen«, sagte er mit einem gezwungenen Lächeln und dem gehetzten Blick, den ich nur zu gut kannte. »Ich komme nicht zu spät. Nimm Mrs Ballasts Einladung in unser beider Namen an. Reicht das?«

Ich nickte, während ich den Morgenmantel überstreifte, und verschloss ihn, als Joseph das Kinderzimmer verließ. Ich hörte seine Schritte auf dem Flur; sie hallten in der Leere wider. Ich wusste, worauf dieser gehetzte Blick zurückzuführen war und wo er versuchen würde, sich Erleichterung zu verschaffen, und verabscheute beides, aber es gab nichts, was ich tun konnte – es hätte alles nur noch schlimmer gemacht, wenn ich es versucht hätte. Der Wille, Widerstand zu leisten, fühlte sich manchmal so an, als hinge er am seidenen Faden.

Ich sah mich im Kinderzimmer um und spürte die Last meiner Erinnerungen, guter wie schlechter. Trotzdem war es immer noch der Raum, in dem wir einen Großteil unserer Zeit verbrachten, die Welt, die wir kannten. Joseph weigerte sich sogar, in sein Schlafzimmer zu gehen – das hatte er nicht mehr getan, seit er alt genug war, sich nicht mehr dazu zwingen zu lassen –, und jetzt war es abgeschlossen und wurde nur einmal die Woche geöffnet, damit das Hausmädchen Staub wischen und das Bett für jemanden lüftete, der nie dort schlief. Auch dafür hatte ich Verständnis. In dem Zimmer lauerten zu viele Erinnerungen an Miss Coring.

Der Name ließ mich neun Jahre nach ihrem Tod immer noch schaudern. Man hätte annehmen sollen, dass er nicht mehr die Macht hätte, mich zu verletzen, aber manchmal verkrampfte ich mich immer noch, weil ich dachte, ich würde ihre

Schritte hören. Noch immer träumte ich davon, wie sie sich über mich beugte und in ihren dunklen Augen die grausame Erregung funkelte, die ich zu fürchten gelernt hatte. *Komm schon, Sophie, tanz für mich und deinen Bruder...*

Ich verdrängte das Bild und setzte lieber ein anderes, besseres an seine Stelle: Joseph, wie er auf dem Bauch auf dem Boden lag, während die Sommersonne sein dunkles Haar vergoldete und von der Straße her die Stimmen einer Stadt, die wir nie erkundet hatten, zu uns drangen, aus einem Land, das uns fern und fremd erschien, als hätte es gar nichts mit uns zu tun. Das einzige Land, das uns etwas bedeutete, war jenes, das wir erfanden und das er zeichnete, während ich es ihm akribisch Einzelheit um Einzelheit beschrieb. Er hatte meinem Lieblingsprinzen eine Hakennase verpasst, und ich hatte mich gegen ihn geworfen und protestiert, seinen Fingern die Zeichenkohle entrungen, während er immer weiter gelacht und mich schließlich so fest an sich gezogen hatte, dass ich kaum noch Luft bekommen hatte, um mir ins Ohr zu flüstern: »Na, er kann doch nicht zu hübsch sein, nicht wahr? Ich will nicht, dass er mich verdrängt.«

Joseph war weit mehr als ich Miss Corings Opfer gewesen. Er war schon als kleiner Junge zu schön gewesen, zu begabt. Er fiel den Menschen auf. Seine Schönheit peinigte Miss Coring, wie auch unsere Verbindung. Die innige Vertrautheit zwischen uns stieß sie ab und machte sie zornig – bis wir älter wurden und ihr Würgegriff um Joseph sich lockerte, sodass sie sich eine Art einfallen ließ, mich zu benutzen, um ihn nahe bei sich zu halten. Wir waren so isoliert aufgewachsen, dass ich nicht gewusst hatte, dass die Dinge, die sie uns antat, anders oder gar falsch waren. Nicht, bis Joseph eines Nachts in mein Bett gekommen und dort geblieben war: Er hatte mich angefleht, ihn festzuhalten, ihn davor zu bewahren, auf einen Ruf zu hören, den er zugleich fürchtete und herbeisehnte.

Ich konnte den Ausdruck nicht vergessen, der auf ihr Gesicht getreten war, als sie uns am nächsten Morgen eng umschlungen gefunden hatte, diesen Ausdruck, der mir selbst jetzt noch Übelkeit verursachte. An jenem Morgen verflocht sich die Liebe zu meinem Bruder – das Beste in meinem Leben, das, worauf es ankam – mit Scham und Schmerz. Das war das Einzige, was ich ihr nie verzeihen konnte.

Sie starb ein Jahr später. Anscheinend war ihr Herz in mehr als nur einer Hinsicht schlecht. Ich erinnere mich noch, wie ich im Kinderzimmer etwas sortierte, als ich schreckliche kehlige Tierlaute aus dem Flur dringen hörte. Ich ging hinaus und sah Joseph am oberen Ende der Treppe sitzen, den Kopf in den Armen geborgen. Es dauerte einen Augenblick, bis mir klar wurde, dass diese entsetzlichen Geräusche von ihm stammten – dass er schluchzte. Ich setzte mich neben ihn, umschlang ihn, flüsterte: »Schon gut, Joseph, schon gut, ich bin hier.« Und er sagte, ohne den Kopf zu heben: »Ich habe sie gehasst. Ich habe sie gehasst. Ich habe sie gehasst.« Wieder und wieder, wie ein Lied, und ich wusste, dass er diese Worte sagen musste. Ich wusste auch, dass sie nicht die ganze Wahrheit waren.

Er legte seinen Kopf in meinen Schoß, und ich fuhr ihm mit den Fingern durchs Haar, das sich am Kragen lockte. Ich sagte zu ihm: »Weißt du noch, was du gesagt hast? Dass uns etwas Besonderes vorherbestimmt ist? Jetzt können wir sein, wozu wir bestimmt sind, Joseph. Jetzt, da sie dahin ist, können wir alles tun, wovon wir je geträumt haben.«

An jenem Tag blinzelte ich die Erinnerung daran fort und hörte stattdessen, wie Joseph die Tür hinter sich zufallen ließ, als er ging. Ich hatte mir eingeredet, dass es besser sei, nicht an jene Dinge zu denken, mich nie zu erinnern, doch das, was sie uns angetan hatte, schmerzte noch immer so heftig, dass es mir manchmal schwerfiel.

Ich verließ das Kinderzimmer und wartete darauf,

dass Joseph wieder nach Hause kam, da ich wusste, dass die Begierde, die ihn hatte gehen lassen, gestillt sein würde, wenn er zurückkam. Er hatte so viel mehr Glück als ich, wenn es darum ging, sich Erleichterung zu verschaffen. Aber er war ja schließlich auch ein Mann, und Männer haben es in dieser Hinsicht leicht. Als er Stunden später zurückkehrte und nach billigem Parfüm roch, war er wieder der Alte, und ich war erleichtert.

»Es tut mir leid«, sagte er zu mir, lächelnd, spielerisch. »Ich weiß, dass du dir Sorgen machst.«

Ich wusste, dass er darüber gar nicht sprechen wollte. Das wollten wir beide nicht.

Also sagte ich: »Wir sind morgen um vier Uhr zum Tee eingeladen. Vergiss das nicht, und verschwinde ja nicht.«

Ich wagte eigentlich nicht zu hoffen, dass er sich daran erinnern würde: Zuverlässig war er nie. Er würde einen Spaziergang unternehmen und etwas sehen, das ihm gefiel, vielleicht auch eine Einzelheit, die ihm bisher entgangen war; dann würde er ganz im Zeichnen oder Malen aufgehen. Stunden würden vergehen, bevor ihm wieder einfiel, wie spät es war. Aber er überraschte mich. Um halb vier am nächsten Tag war er gewaschen, rasiert und vorzeigbar, wenngleich sein Äußeres immer leicht zerzaust blieb und ihn als den Künstler auswies, der er war.

Als Joseph und ich bei Mrs Ballast zum Tee erschienen, wartete Edward Roberts schon auf uns. Er strahlte, als er uns erspähte, kam auf uns zu, um mir die Wange zu küssen, und schüttelte Joseph vielleicht etwas zu lang und enthusiastisch die Hand. Joseph entschuldigte sich bald, um mit Mrs Ballasts Tochter Angelica zu sprechen, und Edward zog mich in den Schatten eines Rosenspaliers. »Dein Bruder mag mich nicht«, beklagte er sich.

Ich legte ihm die Hand auf die Weste. »Mach dich nicht

lächerlich. Natürlich mag er dich. Er ist nur … nun ja, abgelenkt. Irgendetwas fällt ihm immer ins Auge.«

Edward runzelte die Stirn. »Meinst du eine Frau?«

Ich schüttelte den Kopf. »Etwas Neues, das er malen kann. Ich vermute, dass er, als er dich sah, schon bemerkt hat, wie die Sonne auf die Eibe scheint oder so etwas. Er kann einfach nicht anders. Aber ich weiß, dass er dich mag, Edward. Er hat gerade heute Morgen etwas in der Art gesagt.«

»Ja?«

»Er sagte …« Ich hatte Mühe, mir etwas einfallen zu lassen. »Er sagte, dass du gut mit Worten umgehen kannst.«

Edward wirkte erfreut. »Das sagt mein Vater auch immer.«

»Siehst du?« Ich lächelte. »Ich glaube, du verstehst dich auch auf ganz andere Dinge gut.«

Sein Blick verdüsterte sich. Er legte mir die Hände um die Taille, zog mich nahe an sich und küsste mich. Und es war noch nicht einmal ein keuscher Kuss. Zum ersten Mal küsste er mich, bis ich außer Atem war, bis ich spürte, wie mein Begehren sich regte, bis ich dachte: vielleicht.

Er trat zurück. Sein blasses Gesicht war rot angelaufen. Er sagte: »Ich finde, dass es Zeit wird, dich meinem Vater vorzustellen. Auch deinen Bruder. Ich glaube, er würde euch beide mögen«, und in mir wallte ein Triumphgefühl auf, das mich dazu brachte, ihn erneut zu küssen.

Später sagte Joseph zu mir: »Jetzt, da wir schon seinem Vater vorgestellt werden sollen, musst du das Spiel nicht weiterführen.«

Ich wusste nicht, wie ich ihm erklären sollte, dass ich genau dies vorhatte. Dass ich nach Edward Roberts die Art von Verlangen empfand, von der ich befürchtet hatte, dass ich sie nie spüren würde, dass ich glaubte, vielleicht endlich verliebt zu sein. Was als Versuch begonnen hatte, Joseph zu helfen, hatte sich in etwas anderes verwandelt, das nur mir allein gehörte.

Die Art, wie Edward mich ansah, dieser Blick, der mich an den meines Bruders erinnerte, ließ mich allmählich glauben, dass Edward vielleicht nicht wie die anderen war, dass er in mir etwas Besonderes sah, das nichts mit Joseph zu tun hatte. An dem Tag, an dem Joseph und ich dann im Haus von Edwards Vater zum Abendessen eingeladen waren und mein Bruder den alten Mann so beeindruckte, dass er ihm den Auftrag erteilte, seine Frau zu porträtieren, wusste ich, dass ich mich verliebt hatte.

Josephs Aufregung und Begeisterung sorgten nur dafür, dass ich Edward noch mehr begehrte. Ich konnte in jener Nacht kaum schlafen, wälzte mich im Bett hin und her und war ruhelos, bis Joseph aufwachte und fragte: »Was ist denn mit dir, Soph?« Da stand ich auf, um im Haus umherzuspazieren.

Am nächsten Morgen hatten Edward und ich uns zu einer Kutschfahrt verabredet; als er eintraf, bat ich ihn ins Haus und die Treppe hinauf. Ich zitterte, als ich ihn küsste. Wir gingen in mein Schlafzimmer, aber dort wollte ich nicht bleiben – es fühlte sich seltsam und unbehaglich an, ihn dort zu haben, und im Kinderzimmer war es noch schlimmer. Also führte ich ihn durch den Flur zum Zimmer meines Bruders, schloss die Tür auf und zog ihn hinein. Hier standen noch ein paar von Josephs Habseligkeiten: alte Stiefel und Schuhe, Bücher, Skizzen, die er an die Tapete geheftet hatte. Edward trat zurück, runzelte die Stirn und sagte: »Das ist nicht dein Zimmer.« Als ich ihm sagte, dass es das Zimmer meines Bruders sei, schien Edward in Ekstase zu geraten. Er fiel über meine Knöpfe her, als wollte er mir das Kleid vom Leib reißen, und ich ließ mich ohne nachzudenken und ohne mich zu wehren in die vertraute Dunkelheit der Hingabe sinken.

Danach sah er mich mit diesem Gesichtsausdruck an, den ich nicht zu deuten vermochte, und sagte: »Du bist nicht wie die meisten anderen Frauen.« Ich dachte, das hieße, dass er mich liebt. Ich dachte, ich hätte endlich, wonach ich mich sehnte.

Als Joseph am Nachmittag nach Hause kam, war seine Miene wie versteinert. Obwohl Edward schon vor Stunden gegangen war, wusste ich, dass Joseph verstand, was zwischen uns geschehen war. »Du solltest dich in Acht nehmen«, ermahnte er mich. »Du willst doch nicht schwanger werden und gezwungen sein, ihn zu heiraten.«

Ich wurde rot. »Ich glaube, ich liebe ihn.«

Joseph setzte sich neben mich. Er nahm meine Hand und drückte sie sich an den Mund. »Begeh nicht den Fehler, das zu denken, Soph.«

»Er will mich«, sagte ich ärgerlich. »Er sieht mich.«

Mein Bruder bedachte mich mit einem gequälten Blick und ließ meine Hand los. Er stand auf und wandte sich zum Gehen, und ich hatte plötzlich ein schlechtes Gewissen und fürchtete mich.

Um ihn zurückzurufen, sagte ich ein wenig verzweifelt: »Es tut mir leid. Ich werde künftig vorsichtiger sein, versprochen. Soll ich dir Modell stehen?«

Er drehte sich nicht um, blieb auch nicht stehen und warf noch nicht einmal einen Blick über die Schulter. »Nicht so. Er haftet noch überall an dir.«

Und das machte mich zornig genug, meine Schuldgefühle zu vergessen. Joseph war nur eifersüchtig. Er wollte mich zu eng an sich binden. Er wollte nicht, dass ich etwas Eigenes fand. Ich nahm Edward immer wieder mit zu mir nach Hause, stets in Josephs Schlafzimmer, weil es Edward dort zu gefallen schien. Eines Tages sah er sich um, als ich schläfrig in seinen Armen lag, und sagte: »Diese Skizzen sind schön.«

»Sie sind noch nicht einmal seine besten. Die meisten von denen hier hat er gezeichnet, als er noch jünger war. Mittlerweile ist er viel besser.«

»Es ist schier unglaublich, dass er keine Ausbildung genossen hat. Das Bild von dir da drüben, auf dem du das Kinn in die Hand stützt... Wie alt warst du, als er das gezeichnet hat?«

Ich warf einen Blick auf die Skizze, von der er sprach. Es war eine von vielen; ich erinnerte mich kaum an den Tag, an dem Joseph sie gezeichnet hatte. Meine Haare waren mit einem rosafarbenen Band hochgebunden; mit Pastellkreiden hatte er meinen Wangen Röte verliehen und meine Augen blauer gemacht, als sie waren, während das Mädchen, das ich einmal gewesen war, verträumt ins Leere starrt. »Ungefähr zwölf. Vielleicht dreizehn.«

»Er stellt dich so gut dar. Das Bild da drüben ist auch so schön. Er hat dich perfekt eingefangen.«

»Er hat reichlich Übung«, sagte ich mit einem Lächeln. »Es muss Hunderte von Skizzen von mir geben.«

»Wo sind sie? Ich würde sie zu gern sehen.«

»Oh, überall«, sagte ich und wollte ihm den Gefallen gern tun, weil ich sein Interesse an meiner Welt als Beweis seiner Liebe betrachtete. »Aber ich weiß, dass hier nur eine einzige Mappe liegt.«

Ich ging zum Schreibtisch meines Bruders, den er nun nie mehr benutzte, und zog die Mappe, von der ich wusste, dass sie dort stand, dahinter hervor. Ich trug sie zum Bett und legte sie auf die zerknitterten Laken. Edward rutschte aus dem Weg, sodass ich sie aufschlagen konnte. In dieser Mappe befand sich nur ein Bruchteil von Josephs Arbeiten – es lagen überall ähnliche Ordner herum –, aber als ich sie aufschlug, drohten Hunderte von Zeichnungen daraus hervorzupurzeln. Einige legte ich verstohlen beiseite – diejenigen, für die Modell zu stehen Miss Coring mich gezwungen hatte. Joseph hatte sich nie dazu überwinden können, etwas wegzuwerfen, das er gezeichnet hatte, noch nicht einmal diese Skizzen, und es überraschte mich nicht, sie hier versteckt zu finden, aber ich konnte es nicht ertragen, dass jemand anders sie zu Gesicht bekam; ebenso wenig konnte ich es ertragen, mich auch nur daran zu erinnern. Die übrigen Zeichnungen zog ich eine nach der anderen hervor, um sie Edward zu zeigen: Skizzen von mir, wie ich in einem dünnen Kleid mit fliegendem Haar tanze, andere, auf denen ich einen Pfirsich schäle, während mir der Saft über die Finger tropft, und auch ein Bild, auf dem ich in einem von Josephs Hemden auf einem Stuhl sitze, die Knie an die Brust gezogen.

Edward schnappte nach Luft, und ich wusste, dass er auch diese Skizzen schön fand. Ich wollte, dass er die Begabung meines Bruders so liebte, wie ich es tat, und so holte ich noch mehr Zeichnungen hervor, nun auch einige von meinen Lieblingsbildern: ich als Odaliske auf einem Kanapee, mit durchgedrücktem Rücken ausgestreckt, sodass mein Haar seitlich bis fast zum Boden herabhängt; eines, auf dem ich mit düsterem, verstörendem Blick über die Schulter sehe; ein weiteres, auf dem ich wie hingegossen im Bett liege und verzückt und befriedigt wirke, mit zerzausten Haaren, die zerknitterten Laken zwischen den Beinen.

Ich reichte Edward eine Skizze, die ich besonders liebe: Ich liege darauf in einem Flecken Sonnenschein auf dem Boden, Licht und Schatten wechseln sich auf meiner Haut ab. »Das war immer eine meiner Lieblingszeichnungen«, sagte ich.

Er nahm sie nicht. Er umklammerte beinahe krampfhaft jene, die mich im Bett zeigt. Als ich ihn überrascht ansah, sagte er: »Du stehst... aus dem Leben gegriffen Modell. Auf fast jeder.«

»Ja, natürlich.«

»Aber...«

»Aber was?« Ich runzelte verwirrt die Stirn.

Edward bedachte mich nur sehr nachdenklich mit einem

langen, bedächtigen Blick. Es war ein Gesichtsausdruck, der mich nervös machte, ohne dass ich den Grund dafür hätte benennen können.

»Was ist?«, fragte ich. »Warum siehst du mich so an?«

Er schüttelte den Kopf und reichte mir die Zeichnung zurück. »Du hast recht. Sie sind alle sehr schön.«

Ich legte die Skizzen weg. Ich dachte nicht mehr daran. Ich nehme an, ich war naiv – nein, mehr als naiv. Dumm. Mir kam nie auch nur der Gedanke, dass die Skizzen irgendetwas anderes als wunderschön waren. Ich wusste es zu schätzen, wie Joseph mit jedem Strich Sehnsucht, Begehren und Liebe einfing. Ich war darauf nicht ganz ich selbst, aber zugleich war ich stärker ich selbst, als irgendjemand sonst es wissen konnte. Ich glaubte, auch Edward hätte das gesehen.

Erst zwei Tage später wurde mir klar, was Edward wirklich gesehen hatte.

Er war am Nachmittag zu mir gekommen, und das war seltsam – gewöhnlich besuchte er mich morgens, nachdem Joseph zu einem seiner Ausflüge aufgebrochen war. Ich hatte nicht mit Edward gerechnet, aber wie immer freute ich mich, ihn zu sehen. Als er mich nach oben in Josephs Zimmer führte, schien ein seltsames Fieber von ihm Besitz ergriffen zu haben. Er zog mich so allmählich und sorgfältig aus, dass ich es nicht verstand: Bisher war er stets in Eile gewesen, ungeduldig. Und obwohl er langsam und gründlich vorging, wirkte er seltsam nervös, als würde er auf etwas warten. Als er die Verschnürung meines Hemds öffnete, sagte er: »Lassen wir uns Zeit, mein Schatz, ja? Wir haben den ganzen Nachmittag.«

Aber den hatten wir nicht, das wusste ich. Der Zeitpunkt, zu dem Joseph nach Hause kommen würde, näherte sich, und ich wusste, dass es ihm nicht gefallen würde, Edward und mich so vorzufinden. Und just in dem Augenblick, als mir dieser Gedanke kam, hörte ich, wie die Haustür sich öffnete und schloss; ich hörte meinen Bruder rufen: »Soph? Ich bin wieder da. Wo bist du?«

Ich geriet in Panik. Ich wollte zur Tür. Edward hielt mich fest, sodass ich mich nicht rühren konnte. »Das verstehst du nicht«, sagte ich verzweifelt zu ihm. »Es wird ihm ganz und gar nicht gefallen …«

»Nein?«, fragte Edward, und sein Ton war so ausdruckslos, dass ich stutzig wurde und ihn ansah.

»Sophie!« Joseph kam die Treppe hinauf.

Ich sagte noch einmal: »Das verstehst du nicht.«

»Was verstehe ich nicht?«, fragte Edward. Seine Augen funkelten so erregt, dass ich erschrak: Intuitiv wusste ich, dass er genau darauf gewartet hatte, dass er absichtlich so spät zu Besuch gekommen war, um eine Konfrontation mit meinem Bruder herbeizuführen. Aber ich hatte keine Ahnung, warum. Ich verstand es ganz und gar nicht.

Und dann hörte ich, wie Joseph das oberste Stockwerk erreichte. Ich hörte, wie seine Schritte ins Stocken gerieten, als er die angelehnte Tür des Schlafzimmers bemerkte, das er doch immer verschlossen hielt. »Sophie?«

Ich hörte seinen angespannten Tonfall, und gerade, als ich mich fragte, wie ich ihm das nur erklären und was um alles in der Welt ich sagen sollte, stieß er die Tür auf. Er hielt inne, sah mich mit heruntergelassenem Haar nur in ein Hemd gekleidet, das meine Schultern freiließ, und Edward mit nacktem Oberkörper.

Joseph sagte: »Was zum Teufel tut ihr ausgerechnet hier?«

Ich versuchte, mich Edwards Griff zu entwinden, aber seine Hände drückten so fest zu, dass es beinahe wehtat, und hielten mich fest. Ich sagte: »Es ist nicht so, wie es aussieht.«

»O nein – es ist genau so, wie es aussieht«, sagte Edward zu meinem Entsetzen mit befriedigtem Blick. »Es ist ja nicht so, dass er nicht wüsste, was hier vorgeht, mein Schatz. Sie wissen doch wohl, dass ich es Ihrer Schwester besorgt habe, nicht wahr, Hannigan?«

»Edward«, hauchte ich.

Mein Bruder blinzelte nicht einmal. Er stand einfach nur da wie eine Statue, bleich und wie gemeißelt schön, mit einem Ausdruck in den Augen, der mir übel werden ließ. »Ich weiß«, sagte er leise.

Edward sagte. »Wir wollten gerade anfangen. Warum...«

»Edward, bitte«, brachte ich hervor.

»...stoßen Sie also nicht zu uns?«, schlug Edward vor.

Ich keuchte auf und sah mich überrascht nach ihm um.

Edward musterte mich beinahe verächtlich. »Komm schon, tu nicht so schockiert. Erzähl mir nicht, dass du dieses Spiel nicht schon früher gespielt hast.«

Joseph sagte gepresst: »Ich glaube, Sie sollten gehen.«

Edward ließ mich los. Seine Muskeln waren verkrampft; er beugte sich zu Joseph, als würde er magisch von ihm angezogen. »Kommen Sie zu uns.« Er senkte die Stimme zu einem Flüstern, einem Flehen. »Mein Gott, kommen Sie her.« Das Drängen in seinem Ton entsetzte mich. Er durchquerte das Zimmer mit zwei Schritten, so schnell, dass ich kaum mitbekam, was er tat. Er war weder größer noch kräftiger als Joseph, aber er stieß meinen Bruder mühelos gegen die Wand und schmiegte sich an ihn, wie er einst mich an sich gezogen hatte. Er packte Joseph am Hinterkopf und schob ihm die Finger ins Haar. Joseph ließ es geschehen und wehrte sich nicht, als Edward Roberts ihn zu sich herunterriss, um ihn zu küssen, wild und ausgiebig, als wollte er ihn in einem Stück verschlingen. Ich konnte nur entsetzt zusehen, wie Joseph sich fügte. Es war, als wäre Miss Coring wieder im Zimmer. Widerstand war zwecklos – wie gut sie uns das doch beigebracht hatte! Wie gut ich das verstand.

Edward zerrte fieberhaft an Josephs Hemd, riss es ihm aus der Hose, schob die Hände darunter und strich über die nackte

Brust meines Bruders. »Bei Gott, ich will dich«, flüsterte er. Ich glaube, er hatte vergessen, dass ich mit im Zimmer war. »Ich will dich schon, seit ich dich zum ersten Mal gesehen habe.«

Und dann wusste ich es. Ich wusste, was Edward Roberts von uns wollte – nicht mich. Ich war es nie gewesen. Ich hatte ihm nie etwas bedeutet. Es war immer schon Joseph gewesen, und plötzlich ergab alles einen Sinn: was mir an Edwards Begehren seltsam erschienen war, all die Kleinigkeiten, die ich merkwürdig gefunden und doch verdrängt hatte, die Art, wie Josephs Gegenwart Edward sogar in seiner Abwesenheit erregte. Ich schrie auf und presste mir fast sofort die Hand auf den Mund, um den Laut zu ersticken, aber es war zu spät, und es war dieses Geräusch, das meinen Bruder wachzurütteln schien. Er sah mich an – ich sah wieder diesen gehetzten Blick, das Leid in seinen Augen –, und dann stieß er Edward kräftig von sich, so schwungvoll, dass Edward zurückstolperte. Bevor er wieder Tritt fassen konnte, schlug Joseph ihn. Das dumpfe Krachen des Schlags hallte laut wider. Edward stürzte und landete auf dem Rücken zu meinen Füßen. Er schlug mit seinem Kopf an den Bettpfosten. Um sein Auge bildete sich schon ein Bluterguss.

»Verschwinden Sie«, sagte Joseph gemessen. »Belästigen Sie meine Schwester und mich nie wieder.«

Edward kam unsicher auf die Beine. Er packte sein Hemd, das auf dem Bett lag. In seinen Augen loderte Feuer, sogar in dem zugeschwollenen. »Das werden Sie noch bereuen. Alle beide«, knurrte er. »Es gibt ein Wort für Leute wie Sie. Sie haben alle hinters Licht geführt, aber glauben Sie ja nicht, dass ich Sie damit durchkommen lasse.«

Er stolperte aus dem Zimmer. Joseph und ich standen beide wie betäubt da und hörten ihn die Stufen hinunterklappern. Die Haustür schlug so laut zu, dass ich die Erschütterung bis in den zweiten Stock spürte.

Erst da brach mir das Herz, und das Entsetzen überkam mich. Ich begann zu weinen.

Joseph nahm mich in die Arme. Er hob mein Kinn und küsste mir die Tränen fort. »Sophie. Sophie. Es wird alles gut, das verspreche ich dir. Versprochen.« Er zog mich zu sich auf das Bett, in dem er nie schlief und das er so hasste, und drückte mich eng an sich. Wir blieben bis zur Morgendämmerung dort liegen, als wäre es eine Mutprobe, als könnten wir so irgendwie die alten Dämonen bannen, die immer noch hier lauerten, und die neuen, die gerade erst erschienen waren, gleich mit.

Am nächsten Nachmittag traf eine Nachricht von Edwards Vater ein: Er zog den Auftrag zurück, den er Joseph erteilt hatte, wollte aber, um seine Frau für ihre Mühe zu entschädigen, die Skizze behalten, die Joseph schon angefertigt hatte und die selbst schon ein wunderschönes Kunstwerk war. Er hatte uns keinen einzigen Cent gezahlt. Bis zum folgenden Tag waren drei Einladungen zum Tee oder zum Abendessen unter irgendeinem Vorwand zurückgenommen worden. Als ich am Tag darauf ein Geschäft betrat, wandten sich zwei Frauen, die ich kannte, ab und eilten davon, als hätten sie mich nicht gesehen.

»Ich weiß nicht, was er ihnen erzählt hat«, sagte ich verzweifelt zu Joseph. »Was hätte er denn sagen können, was nicht auch ihm zum Verhängnis geworden wäre?«

»Das weißt du«, sagte mein Bruder grimmig. »Du weißt es sogar sehr gut.«

An dem Abend tranken wir Bier in einem Café und lachten und schwatzten mit den Künstlern, die ich für unsere Freunde hielt. Ich ertappte einige von ihnen dabei, wie sie miteinander flüsterten, aber sie wurden still, sobald wir in ihre Nähe kamen, und ich sah, wie ein oder zwei von ihnen mich anstarrten, wenn sie glaubten, ich würde nicht hinsehen. Ich wusste, dass Joseph es ebenfalls bemerkte. Als wir in der Nacht nach Hause kamen, ging er gleich wieder aus und sagte nur, dass er mit jemandem reden müsse, ungeachtet der Tatsache, dass es ein Uhr morgens war.

Er kehrte lange nicht zurück. Erst als ich beim Frühstück saß, kam er mit so finsterer Miene ins Kinderzimmer, dass ich den Löffel in meinen Tee fallen ließ.

»Was ist los? Stimmt etwas nicht?«

»Roberts hat ein paar von den Skizzen«, sagte er und ließ sich auf einen Kinderstuhl sinken, der viel zu klein für ihn war und unter seinem Gewicht knarrte. Er beugte sich vor, stützte die Ellenbogen auf die Knie und begrub das Gesicht in den Händen.

»Skizzen?«, fragte ich dümmlich.

»Wie kann er sie nur gefunden haben?«, fragte er. »Warum sollte er sie haben?«

»Ich ... ich habe sie ihm gezeigt. Ich habe ihn aber keine mitnehmen lassen.«

»Aber er wusste, wo sie waren, nicht wahr?«

»Ja«, räumte ich ein. »Ja, das wusste er. Ich wusste nicht, dass sie ein Geheimnis sind.«

Er sah trostlos zu mir hoch. »Sie sind kein Geheimnis, Sophie. Doch warum musstest du sie ihm zeigen?«

»Was meinst du?« Mir war mittlerweile unbehaglich zumute. »Sie sind schön. Ich wollte, dass er sieht, wie begabt du bist. Und du hast sie auch schon anderen gezeigt.«

Er atmete aus und wandte den Blick ab. »In den Salons ... Die Leute dort wissen sie zu schätzen. Sie haben uns geholfen.«

»Ja. Aber ich verstehe nicht, worauf du mit Edward hinauswillst.«

Joseph erwiderte unverwandt meinen Blick. »Du hattest ihn schon, Sophie. Es hatte keinen Zweck. Und jetzt hat er zwei von denen, die zu zeichnen sie mich gezwungen hat.«

»Die habe ich ihm nicht gezeigt«, flüsterte ich. »Sie sind obszön.«

»Jedenfalls hat er sie jetzt. Er hat anderen davon erzählt, aber er hat sie ihnen zum Glück noch nicht gezeigt.«

»Es war nicht unsere Schuld«, sagte ich schwach. »Sie hat uns gezwungen…«

Joseph warf mir einen Blick zu. Die Wahrheit, die in seinen Augen stand, brachte mich zum Schweigen.

»Niemand versteht das«, brachte ich hervor.

»Nein. Aber das spielt keine Rolle, nicht wahr?« Er ging nicht in die Einzelheiten, und das musste er auch nicht. Ich wusste, was das hieß, was die Leute darin sehen würden. Ich hatte es doch schon einmal erlebt, nicht wahr? An jenem Morgen vor langer Zeit, als Miss Coring uns gefunden hatte. Entsetzen und Eifersucht, Erregung und Ekel. Und während die anderen Skizzen die Liebe zeigten, die ich zu meinem Bruder empfand und umgekehrt, hatte Edward diejenigen gefunden, die das Hässliche zeigten, das unsere Liebe zu etwas anderem machte. Sie konnten uns zerstören.

»Was will er?«, fragte ich.

»Geld«, sagte Joseph offen. »Geld, um ihm das Maul zu stopfen und sie zurückzukaufen. Aber das wird uns fast alles kosten, was wir haben. Und… wir müssen die Stadt für eine Weile verlassen, Sophie. Die Gerüchte… Es wäre das Beste, wenn wir gehen würden.«

»Wir können allen die Wahrheit sagen. Wir könnten erzählen, wie er… wie er dich angegriffen hat, und…«

»Und was? Das würde alles nur noch schlimmer machen. Zur Antwort würde er die Skizzen herumzeigen, und dann… dann würde es keine Rolle mehr spielen, was wahr ist. Nein, es ist das Beste, wenn wir für eine Weile weggehen, damit das Gerede zum Erliegen kommt.«

»Wohin sollten wir gehen?«

Joseph zögerte. Dann sagte er so rasch, als hätte er schon eine Weile darüber nachgedacht: »Alle reden von Venedig.

Und dort gibt es Leute – Leute, die Geld haben. Leute, die gute Mäzene abgeben würden.«

Ich erinnerte mich an etwas, das mir zu Ohren gekommen war. »Die Bronsons sind in Venedig, nicht wahr? Und die Loneghans.«

»Ja. Uns bleibt nicht mehr viel, wenn das hier vorbei ist, vielleicht noch nicht einmal genug, um dorthin zu reisen. Aber du könntest es ausrechnen, nicht wahr? Du bist gut in Haushaltsführung. Vielleicht könntest du genug auftreiben, um uns ein paar Monate über die Runden zu retten. Zumindest bis zum Frühling.«

»Und wenn du erst einen Mäzen gefunden hast, spielt es keine Rolle mehr, mit wie wenig wir anfangen.«

Er nickte. »Ich bekomme das schon hin, Soph, versprochen. Ich sorge dafür, dass alles gut geht. Du weißt, dass ich es kann.«

»Ja«, sagte ich. »Das weiß ich.«

Er lächelte, und dieses reizende Lächeln ließ mich alles andere vergessen: Edward und das Hässliche, das er mit sich gebracht hatte, meine Kränkung und meinen Zorn darüber, wie ich ausgenutzt worden war, meine Torheit. Ich vergaß alles, als Joseph mich mit dem Finger zu sich heranwinkte und ich zu ihm ging, in seine Arme – der Plan und seine Willenskraft beruhigten mich, ließen alles wieder gut werden, heilten mich. Wir würden nach Venedig fahren. Wir würden all das hier hinter uns lassen. Wir würden meinen Bruder so berühmt machen, wie es ihm gebührte.

Uns beiden ist etwas Besonderes vorherbestimmt.

Ich spürte seinen Kuss auf meinem Haar, als ich ihn umklammerte, mein Gesicht an seine Brust schmiegte und tief seinen Duft einsog – den meiner anderen Hälfte. Immer wieder ließ ich mir die Verheißung durch den Kopf gehen, bis ich getröstet und wieder in der Welt, die wir füreinander geschaffen hatten, in Sicherheit war.

KAPITEL 23

Odile

DER LEICHNAM DES SÄNGERS WAR WEGGERÄUMT WORDEN. ANTONIO stellte in seiner stummen Tüchtigkeit keine Fragen, und ich hatte nur gesagt, dass der Mann ein Herzleiden gehabt habe, was auch zutraf – sein Herz war stehen geblieben, weil ich ihm seine Schaffenskraft genommen hatte. Ich bereute es – ein solcher Kontrollverlust hatte mir nie behagt und war nur ein Beweis mehr dafür, dass ich nicht länger säumen durfte. Und seither waren bereits zwei Tage vergangen. Ich wies Antonio an, die Gondel bereitzumachen, und drückte mir die Hände auf den Magen, als könnte ich den Schmerz und mit ihm meine Angst wegpressen. Das Ungeheuer tobte und war kurz davor hervorzubrechen. Es blieb keine Zeit mehr.

»Padrona, ein Mann ist hier und möchte Sie sprechen. Ein Signor Balbi.«

Die Stimme meines Hausmädchens Maria ließ mich zusammenzucken; ich wirbelte herum. Ungeduldig sagte ich: »Balbi? Ich weiß nicht, wer das ist. Nimm seine Karte und schick ihn fort.«

»Er ist von der Polizei.«

»Von der Polizei?«

Sie nickte mit Nachdruck. Ich war erst überrascht, dann verärgert und schließlich so neugierig, dass mein Schmerz nachließ. Ich konnte mir nicht vorstellen, was die Polizei von mir wollte, und war nicht im Geringsten nervös. Welchen Grund hätte ich auch gehabt, die sterbliche Polizei zu fürchten? »Ich verstehe. Nun gut. Führ ihn herein.«

Signor Balbi war ein hochgewachsener Mann mit ergrauendem Haar und entsprechend grauem Spitzbart. Ich hatte den Eindruck, dass ihn größte Sorgfalt, scharfsichtige Auffassungsgabe und ein gehöriges Maß Eitelkeit auszeichneten. Sein Haar war gut geölt, sein Bart tadellos gestutzt. Er trug Schwarz, was mich an die alten Zeiten in Venedig erinnerte, in denen der Adel ausschließlich diese Farbe getragen hatte, und ich hatte das Gefühl, dass er sich mit Absicht so kleidete, um darauf anzuspielen. Seine Uhrkette – nur eine einzige, an der keinerlei Anhänger befestigt waren – war sein einziger Schmuck.

»Madame León«, sagte er, als er auf mich zuschritt – er sprach untadeliges Französisch, wenn auch mit jenem venezianischen Akzent, der den Konsonanten zum Verhängnis wird. »Bitte gestatten Sie mir, mich vorzustellen. Ich bin Inspektor Alberto Balbi von der Polizeidirektion. Vielen Dank, dass Sie mich empfangen.«

Ich nahm die Visitenkarte, die er mir hinhielt, und warf nur einen flüchtigen Blick darauf, bevor ich sie auf den Tisch legte. »Wie kann ich Ihnen helfen, Inspektor?«

»Es geht wirklich nur um eine Kleinigkeit«, sagte er mit einem liebenswürdigen Lächeln. »In der letzten Nacht haben wir eine Leiche gefunden, die im Rio Orseolo trieb. Einen Mann namens Giovanni Santo.«

Er sah mich an, als ob er mit einer Reaktion rechnete. Ich hatte ihm keine zu bieten. Der Name war mir unbekannt. »Und?«

Der Inspektor runzelte die Stirn. »Giovanni Santo wurde zuletzt mit Ihnen gesehen, Madame.«

Mein Hunger wallte auf. Ich konnte nicht verhindern, dass mir der Atem stockte. Auch der Inspektor hörte es, wie ich bemerkte – und hielt es für eine Art Eingeständnis. »Dann ist es also wahr?«

Ich versuchte zu lächeln. »Wahr? So leid es mir tut, ich

243

kenne diesen Namen nicht, also kann ich es Ihnen beim besten Willen nicht sagen.«

»Nein? Er war ein einfacher Mann. Ein Straßensänger.«

Diesmal musste ich mich hinsetzen. »Verzeihen Sie mir, Inspektor, aber es geht mir heute Morgen nicht sonderlich gut.«

»Aha. Ich hoffe, Sie sind nicht krank?«

»Nein. Es ist … ein chronisches Leiden, fürchte ich.«

»Ein chronisches Leiden?« Er kniff die dunklen Augen zusammen. »Hat es keinen anderen Grund? Man hat Sie nicht verletzt? Nicht geschlagen?«

Mir wurde plötzlich klar, wonach er wirklich fragte, und ich bedachte ihn mit einem kalten Blick. »Möchten Sie mich nach Blutergüssen absuchen, Inspektor?«

»O nein, ich glaube, das ist nicht nötig.«

»Warum sind Sie hier, Inspektor? Haben Sie vor, mich zu fragen, ob ich diesen Giovanni – wie hieß er doch gleich mit Nachnamen? – getötet habe?«

»Santo.«

»Ich habe ihn seit zwei Tagen nicht gesehen.«

»Aber ich glaube, Sie waren die Letzte, die ihn lebend gesehen hat, Madame. Er hat schon so lange im Wasser gelegen.«

»Sehe ich aus, als ob ich solch einen Mann überwältigen könnte?«

Er zuckte mit den Schultern. »Was kann nicht alles geschehen, wenn jemand überrumpelt wird? Ein leichter Stoß in einen Rio …«

Ich warf ihm einen schiefen Blick zu. »Sie hätten Geschichtenerzähler werden sollen, Inspektor.«

»Er war Ihr Geliebter, nicht wahr?«

»Das war er«, sagte ich müde. »Für ganze zwei Nächte.«

Balbi zog eine dunkle Augenbraue hoch. »Wie traurig für Sie.«

»Ich kannte ihn nicht gut genug, um traurig zu sein«, erklärte ich ihm unumwunden. »Ich habe ihn auf der Straße gesehen und mit nach Hause genommen. Ich habe ihn nie nach seinem Namen gefragt, und es war mir auch nicht wichtig, ihn zu kennen. Schockiert Sie das?«

»In Venedig überrascht einen nichts mehr, Madame. Wir haben gehört, dass Sie auch Nelson Stafford und Jonathan Murphy... eng verbunden waren.«

»Ja. Was ist mit ihnen? Bezichtigen Sie mich etwa, auch die beiden getötet zu haben? Nelson Stafford hat Selbstmord begangen. Jonathan hatte einen Unfall. Das hatte nichts mit mir zu tun.«

»Ach, dann haben Sie also nur Pech?«

»Ja«, sagte ich, »viel Pech. Aber ich glaube nicht, dass das ein Verbrechen ist.«

»Nein, kein Verbrechen«, entgegnete Balbi kopfschüttelnd mit dünnem Lächeln. »Wann haben Sie Giovanni Santo zum letzten Mal gesehen? War er da noch am Leben?«

»Sehr sogar. Er war erschöpft. Wir waren die ganze Nacht wach gewesen.« Ich sah dem Inspektor weiterhin unverwandt in die Augen, während ich log. Ich machte mir keine Sorgen wegen der Diener, da Antonio und Maria mir beide treu ergeben waren – und noch dazu überbezahlt. »Ich habe ihm einen Abschiedskuss gegeben. Er ist in den Morgen hinausgegangen. Seitdem habe ich ihn nicht mehr gesehen.«

»Sie sind ihm nicht gefolgt?«

»Nein.«

»Sie haben ihn auch nicht verfolgen lassen?«

»Warum hätte ich das tun sollen?«

»Vielleicht um festzustellen, ob er nicht etwa zu seiner Verlobten zurückkehrte? Waren Sie nicht eifersüchtig? Nicht erzürnt, dass es noch eine andere gab?«

Ich lachte. »Ich hatte keine Ahnung, dass es eine gab. Und

wenn schon … Mein lieber Inspektor, sehe ich in Ihren Augen wie eine Frau aus, die sich vor Rivalinnen fürchten muss?«

Er ließ den Blick über mich schweifen. »Nein, wahrhaftig nicht. Ich würde eher das Gegenteil behaupten – dass andere Frauen sich vor Ihnen fürchten.«

Es war ein Kompliment, aber ich ging nicht darauf ein. »Ich wollte Giovanni Santo nur um seiner Fähigkeiten als Liebhaber willen. Die stellte er mir zur Verfügung. Mit Freuden. Ich habe keine Ahnung, mit welchen Frauen er sich noch abgab oder was er sonst tat. Es ist mir auch gleichgültig.«

Ich wartete darauf, dass er das Höfliche tun und sich verabschieden würde, aber er stand einfach nur einen Augenblick lang da und sah mich an, als ob er damit rechnete, noch irgendeine Antwort zu bekommen. Doch die einzige Antwort, die es gab, konnte ich ihm nicht geben. Nichts an der Wahrheit würde ihn befriedigen. Er würde kein bisschen davon glauben.

»Danke, dass Sie sich die Zeit genommen haben, Madame. Das sind für den Augenblick alle Fragen, die ich habe, aber falls Ihnen noch etwas einfällt, von dem Sie annehmen, dass ich es wissen sollte, haben Sie ja meine Karte.«

»Ich kann mir nicht vorstellen, was das sein sollte.«

»Trotzdem.« Er lächelte. »Und … dürfte ich einen Vorschlag machen?«

»Ich kann Sie wohl nicht davon abhalten.«

»Vielleicht sollten Sie eine Pause in Sachen Liebe einlegen. Damit die Stadt sich erholen kann.«

Er wandte sich ab und verließ die Sala. Ich hörte seine Schritte auf dem harten Boden den Portego hinab verhallen, bis er verschwunden war.

Erst jetzt gestattete ich mir, zornig zu werden. Auf mich selbst, weil ich dem Sänger nicht die Tür gewiesen hatte. Auf den Dichter und den Organisten, weil sie schwach und dumm gewesen waren. Venedig erwies sich wirklich als Ort, der mir

Unglück brachte. Und jetzt würde mich auch noch die Polizei im Auge behalten. Nicht, dass ich Angst vor ihr gehabt hätte – Gesetze betrafen mich nicht. Aber ich fürchtete mich davor, dass mir noch mehr Steine in den Weg gelegt werden würden, besonders jetzt, da nur noch so wenig Zeit war.

Ich fühlte mich, als würde ich mich auflösen: Das Grauen in mir war fordernd und hartnäckig. Polizei hin oder her, ich musste den einen finden. Ich musste ihn jetzt finden.

Ich rief nach Antonio und brach zum Rialto auf.

KAPITEL 24

Odile

Es war ein schöner Tag, und auf dem Markt herrschte dichtes Gedränge. Überall traten Straßenkünstler auf und gerieten ins Stocken, wenn ich in ihre Nähe kam. Ein Zauberer auf dem Fischmarkt schien mehr Talent als die meisten anderen zu haben, und ich blieb stehen, um ihm eine Weile zuzusehen. Seine Atmung beschleunigte sich; er griff daneben, als er eine Münze aus seiner Handfläche verschwinden lassen wollte, und ließ sie fallen, sodass sie funkelnd und glitzernd über das Steinpflaster rollte. Eine Schar Straßenkinder eilte hinzu, um sie sich zu schnappen. Die Welt veränderte vor meinen Augen ihre Farben, von Sepiatönen zu greller Buntheit und zurück; die Umrisse wurden unscharf. Ich brauchte irgendetwas, und das schnell.

Ich trat vor und wollte den Zauberer schon am Arm berühren, ihn anlächeln und mit mir fortziehen, als mein Blick auf einen nahen Fischstand fiel. Dort standen versteckt, wie ein Juwel zwischen Steinen, ein dunkelhaariges Mädchen, das einen schwarzen Schal trug, und ein überraschend gut aussehender Mann. Ich weiß nicht, warum sie mein Interesse erregten – vielleicht lag es an der Art, wie er sie berührte, und daran, dass die beiden nur Augen füreinander und für niemand anderen zu haben schienen. Aber dann erkannte ich, dass er sie in Positur stellte, und als er zurücktrat, hob er ein Skizzenbuch auf, das in der Nähe auf einem zusammengerollten Tau lag. Ein Künstler.

Mein Hunger flammte heftig auf; ich musste die Zähne

zusammenbeißen, um nicht aufzuschreien. Ich trat auf sie zu, schlüpfte durch die Menge und schlich mich von hinten an ihn heran. Er war so auf seine Zeichnung konzentriert, dass er mich nicht zu spüren schien. Über seine Schulter warf ich einen Blick auf das Skizzenbuch und fragte mich mit fast schmerzlicher Vorfreude, was ich sehen würde.

Die Zeichnung ließ mich vor Erleichterung fast schwach werden.

Die Art, wie er sie eingefangen hatte, die kühnen Striche, das Chiaroscuro … Was er aus ihr gemacht hatte, war nicht einfach nur schön, sondern erhaben.

Die Gerüche waren plötzlich zu durchdringend – die Algen in der Sonne, das Fett beim Schmalzbäcker, beißender Öl- und Rauchgestank vom Vaporetto –, und meine Haut fühlte sich straff gespannt an. Meine Finger zuckten vor Begierde. Ich hatte das Gefühl, dass ich gleich ohnmächtig werden könnte. Mein Warten hatte ein Ende. Hier war er endlich.

Ich musste alle Kraft zusammennehmen, um zu bemerken: »Das ist wunderhübsch.«

Er zuckte zusammen und ließ beinahe die Zeichenkohle fallen. Er warf einen Blick über die Schulter – er war sogar noch schöner, als ich gedacht hatte –, und ich sah erst Verwunderung in seine tiefblauen Augen treten, dann den Ausdruck, an den ich mich mittlerweile gewöhnt hatte und nach dem ich mich dennoch sehnte: Wohlgefallen, Begehren. Er erstarrte, offensichtlich sprachlos. Mein Hunger hatte bereits auf ihn gewirkt.

Ich wies auf das Skizzenbuch und auf seine Hand, die noch darüber schwebte, als wäre sie in der Luft festgefroren. »Sie sind ganz vorzüglich.«

»Vielen herzlichen Dank.« Die Stimme ertönte gleich hinter ihm. Seine Geliebte war zu uns herübergekommen. Ich hatte sie schon ganz vergessen, aber sein Blick blieb an ihr hängen, als wäre er völlig gebannt von ihr. Sie schenkte mir ein argwöhnisches entschuldigendes Lächeln und berührte seinen Arm. Er beugte sich in ihre Bewegung hinein, und seine Reize schienen sich bis fast ins Unerträgliche zu steigern. Das Ungeheuer in mir schlug um sich. Ein Mann, der einen Käfig mit einem Kakadu trug, kam an uns vorüber. Der Vogel war strahlend weiß mit einem blauen Federbusch. Eben noch hatte er fröhlich gerufen, aber nun verstummte er; er war meinem Hunger zum Opfer gefallen. Ich sah, wie das Mädchen den Blick auf den Käfig richtete, als der Mann ihn hochhob. Ich sah sie zugleich mit ihm die Stirn runzeln, als der Vogel von seiner Stange fiel.

Sie hatte die Stirn noch immer krausgezogen, als sie sich an den Künstler wandte und sagte: »Joseph, wir müssen los.«

Ich war wie vom Donner gerührt, als ich erkannte, dass er ihr gehorchen würde, und da ich verzweifelt darauf bedacht war, ihn am Gehen zu hindern, sagte ich rasch zu ihr: »Sehen Sie doch, wie schön er Sie eingefangen hat, und das in einer bloßen Skizze. Wie leidenschaftlich muss er Sie lieben!«

Sie wirkte verblüfft und ein wenig besänftigt, aber immer noch misstrauisch. Es hatte nie eine Frau gegeben, die ich nicht hatte ausstechen können. Ich sah ihn an. »Haben Sie sie schon in Öl gemalt?«

Er leckte sich die Lippen. »Ein paarmal.«

»Aber Sie haben sie schon oft skizziert, das sehe ich. Da ist eine gewisse Vertrautheit.« Ich lächelte ihn an. »Sie ist Ihre Muse.«

Wieder schluckte er. »Meine … Zwillingsschwester.«

Seine Schwester. Ich war abermals erstaunt. Zwischen ihnen herrschte eine Innigkeit, die von größerer Vertraulichkeit zeugte, als sie sonst zwischen Geschwistern herrscht, ob sie nun Zwillinge sind oder nicht. Aber die Nachricht war mir zugleich hochwillkommen. Sie konnte mir noch viel weniger Konkurrenz machen, als ich erwartet hatte.

Sie streckte die Hand aus. »Ich bin Sophie Hannigan. Und das hier ist Joseph.«

»Odilé León.« Ich ergriff ihre Hand. Die Schlingen aus venezianischen Ketten rutschten mir fast bis auf die Finger. Obwohl er derjenige war, auf den es mir ankam, hatte ich vor, beide zu bezaubern. »Sie sind Amerikaner, nicht wahr? Sind Sie schon lange in Venedig?«

Joseph Hannigan räusperte sich. »Seit ein paar Wochen.«

»Wo wohnen Sie? Im Danieli?«

»Im Palazzo Moretta«, sagte sie.

»Ach, im Palast der stummen Kurtisane!«

Sie warf mir einen verwirrten Blick zu.

»Kennen Sie die Geschichte nicht?«, fragte ich.

»Ich wusste gar nicht, dass es überhaupt eine Geschichte darüber gibt.«

»Er ist nach einer Karnevalsmaske bekannt, einer derjenigen, die Frauen aus dem Patriziat trugen. Man hielt sie mittels eines Knopfs zwischen den Lippen fest.« Ich sprach an sie gewandt, spürte aber, wie er mir lauschte, und arbeitete mit jeder Silbe daran, ihn zu verführen.

»Wirklich?«, fragte sie. »Aber wie haben sie denn dann gesprochen?«

»Gar nicht. Deshalb ist der Palazzo ja auch danach benannt.«

»Das verstehe ich nicht.«

Ich trat näher an beide heran und fuhr vertraulich fort: »Die Gondolieri sagen, dass der Mann, der den Palazzo Moretta erbaute, in eine Kurtisane verliebt war. Er kaufte ihr Geschmeide und Seide, alles, was sie wollte. Aber ganz gleich, wie sehr er sie anflehte, sie sagte nie auch nur mit einem Wort, dass sie ihn liebte. Das war das Einzige, was er wollte. In seiner Verzweiflung stürzte er sich vom Balkon in den Kanal darunter.«

»Oh … wie traurig.«

»Finden Sie?« Ich schenkte ihr ein begütigendes Lächeln. »Aber die Liebe nimmt doch immer ein schlimmes Ende, nicht wahr? Hören Sie seinen Geist im Palazzo Moretta?«

Sie zog die Stirn kraus. »Seinen Geist? Oh, ich glaube nicht, dass es dort einen Geist gibt.«

Ich sah ihren Bruder an, der wirkte, als stünde er unter einem Zauberbann. Mein Dämon tobte jetzt, da er seine Begabung erkannt hatte. Ich legte ihm einen Finger aufs Handgelenk, und sein Puls durchströmte mich wie Ambrosia. »Was ist mit Ihnen, Monsieur? Hören Sie ihn?«

»Nein.« Es war nur ein Flüstern.

Ich hatte ihn. Aber ich bemerkte zugleich die Art, wie er sie ansah. Obwohl er mir folgen wollte, würde er sie nicht verlassen. Ich spürte einen Funken Ärger, aber in gewisser Weise zollte ich ihm dafür Respekt. Venedig war kein Ort für eine Frau allein, und was für eine Rolle spielte es schon, wenn es noch eine Nacht länger dauerte, da ich ihn doch nun gefunden hatte? Ich würde ihm eine Einladung schicken, wenn ich in meinen Palazzo zurückgekehrt war; er würde morgen Abend vor meiner Tür stehen, und dann würde er für immer mein sein.

Also zog ich den Finger zurück und lächelte. »Wie schade. Nun, es war ganz reizend, Sie beide kennenzulernen. Ich hoffe, wir sehen uns wieder, ja?«

»Vielleicht«, sagte sie.

Ich beachtete sie kaum, doch ihm schenkte ich einen langen Blick, und ich spürte, wie er mir nachsah, als ich davonging. Er würde den Rest des Tages und bis in die Nacht an mich denken. Seine Träume würden von mir erfüllt sein. Und wenn er dann endlich zu mir kam, würde er mir zu Füßen liegen, das stand schon im Voraus fest.

Mein Hunger biss um sich und spannte sich bei dem

Gedanken an; der Schmerz wurde mir von der Vorfreude versüßt. Bald würde die Seligkeit mein sein. Alles, was nun noch zu tun blieb, war, ihn zu überzeugen, sich auf den Handel einzulassen – und wann war mir das je misslungen? Ich war überglücklich, als ich den Zauberer einsammelte und ihn benutzte, um den Hunger zu lindern, den Joseph Hannigan zu schierer Raserei aufgestachelt hatte. Und dann machte ich mich bereit, den einen zu empfangen.

KAPITEL 25

Sophie

ALS SIE SICH VON UNS ABWANDTE, BLINKTE DAS GOLD AN IHREN Handgelenken, die beide mit venezianischen Ketten umwunden waren wie mit Handschellen, in der Sonne so hell auf, dass der Rest der Welt um sie herum zu verblassen schien. Ich sah ihr nach, bis sie verschwand, und hatte das Gefühl, von etwas Sonderbarem und Unschönem berührt worden zu sein, als hätte sich ein Schatten über die Sonne gelegt.

Ich drehte mich zu meinem Bruder um und fragte mich, ob er wohl das Gleiche fühlte wie ich. Sein Gesichtsausdruck erschreckte mich. Er starrte ihr nach, als stünde er unter einem Zauberbann.

»Joseph«, sagte ich, hörte meiner Stimme einen Hauch von Verzweiflung an und fragte mich, woher sie wohl kam und warum ich sie so plötzlich verspürte.

Er wandte sich zu mir um, als würde er dazu gezwungen. Sein Blick klärte sich – plötzlich war er wieder der Alte, der Bruder, den ich kannte. Er steckte sich die Zeichenkohle in die Tasche und machte Anstalten, das Skizzenbuch zuzuklappen, aber ich hielt ihn auf. »Lass mich mal sehen.«

Er hielt mir das Buch eilfertig hin. Die Zeichnung war so wunderbar, wie die Frau gesagt hatte, aber das hatte ich im Voraus gewusst. Wieder einmal ich und doch nicht ich. Ein hübsches Mädchen, dessen Miene ein Hauch von Sehnsucht umspielte, die Augen geschlossen, das Gesicht der Brise zugewandt. Und ringsum ging das Leben so unvermittelt weiter, dass ich sofort spürte, was ich empfunden hatte, als er an der

Zeichnung gearbeitet hatte, dieses unbestimmte Sehnen, einen flüchtigen Wunsch, den ich nicht lang genug festhalten konnte, um ihn eingehender zu betrachten. »Sehen Sie doch, wie schön er Sie eingefangen hat«, hatte sie gesagt, aber ihr Blick hatte auf Joseph geruht. Sie hatte mich gar nicht gesehen, bevor sie die Skizze betrachtet hatte und sich von der Vision meines Bruders hatte leiten lassen. Sie war wie alle anderen: Sie konnte mich nur durch ihn sehen.

Dieser Gedanke erfüllte mich mit einer Verbitterung, die mich erstaunte. Mit einem unguten Gefühl sah ich Joseph an.

Er schlug das Skizzenbuch zu. Sein Lächeln war mild und tröstlich. »Es war nichts, Soph«, sagte er und beantwortete so eine Frage, die ich gar nicht gestellt hatte. Ich erkannte, dass er genau so aufgelöst war wie ich.

Verunsichert sagte ich: »Sie war schön, nicht wahr?«

»Ja, das war sie.« Joseph klemmte sich das Buch unter den Arm. Er hob mein Kinn an, küsste mich sacht und ließ sich dabei genug Zeit, um zu flüstern: »Es war nichts.«

Aber seine Worte trösteten mich nicht, und abends im Salon trat ich an Katharine Bronson heran und bemerkte: »Joseph und ich sind heute auf dem Rialto einer höchst interessanten Frau über den Weg gelaufen. Sie heißt Odilé León. Kennen Sie sie?«

Mrs Bronsons Blick verdüsterte sich. Das war bei ihr ein derart ungewohnter Ausdruck, dass ich verwirrt war. »O je. Odilé León, sagen Sie?« Als ich nickte, legte sie mir die Hand sanft auf den Arm. »Wenn ich Sie wäre, würde ich mich von ihr fernhalten.«

»Warum sagen Sie das?«

Mrs Bronson seufzte. »Sie besinnen sich doch auf den armen Mr Stafford?«

»Es ist sehr unwahrscheinlich, dass ich ihn je vergessen werde.«

»Natürlich.« Sie bedachte mich mit einem mitfühlenden Blick. »Sie erinnern sich auch, dass ich Ihnen erzählt habe, dass er sich mit einer Frau eingelassen hatte und nicht mehr in den Salon kam?«

Entsetzen durchzuckte mich. »Ich erinnere mich. Und die Vermieterin sagte, er hätte ihr erzählt, er könnte allein von Liebe leben.«

Mrs Bronson nickte. »Nun, es war Madame León, mit der er sich einließ. Sie ist für Männer ziemlich unwiderstehlich, wenn ich richtig informiert bin.« Ihr Ton wurde kalt. »Sie und ich hatten ... eine ernst zu nehmende Meinungsverschiedenheit.«

»Eine Meinungsverschiedenheit?« Wie seltsam, sich vorzustellen, dass Katharine Bronson mit jemandem stritt!

»Über einen guten Freund von mir, einen Bildhauer. Er war von ihr sehr angetan und ist seitdem leider nicht mehr der Alte.« Ihr Blick schweifte in die Ferne; mit sichtlicher Mühe rief sie sich in die Gegenwart zurück und versuchte zu lächeln. »Das ist eine ganze Weile her, aber ich bringe es einfach nicht über mich, sie hier wieder willkommen zu heißen. Wenn ich Sie wäre, würde ich Ihren Bruder gut im Auge behalten. Und da wir gerade von ›unwiderstehlich‹ sprechen, meine Liebe: Mir ist aufgefallen, dass Mr Dane sie dieser Tage besonders im Blick zu haben scheint.«

»Er ist sehr charmant.« Ich war mir nicht sicher, was ich sonst sagen sollte.

»Und heute Abend nicht hier, wie ich sehe«, bemerkte sie und schaute sich um. »Wissen Sie, ob er vorhatte, heute zu kommen?«

»Er hat es mir nicht gesagt«, erwiderte ich, und das war die Wahrheit; ich hatte allerdings damit gerechnet, ihn zu sehen.

»Ich frage mich, ob er weiß, dass die Loneghans wieder in der Stadt sind.«

»Ich wusste gar nicht, dass sie fort waren.«

»Sie haben die letzten paar Wochen in Ägypten verbracht«, erläuterte sie, »um sich um eine von Henrys archäologischen Grabungsstätten zu kümmern. Sie sind gestern zurückgekommen.«

»Oh. Werden sie heute Abend hier sein?«

»Sie kommen nur selten«, sagte sie. »Wissen Sie, Henry hat keine Lust darauf, und Edith tut, was Henry will. Ich hoffe aber sehr, dass Sie Gelegenheit haben werden, sie kennenzulernen, Miss Hannigan. Edith würde Sie und Ihren Bruder so mögen!«

»Ich hoffe auch, dass ich sie kennenlernen kann«, sagte ich und bemühte mich, nicht übereifrig zu klingen. Ihre Worte lenkten mich völlig von Odilé León ab. Ich hatte eine Aufgabe zu erfüllen, wenngleich ich mir eingestehen musste, dass es damit mittlerweile mehr auf sich hatte. Ich hatte in den letzten Tagen oft an Nicholas Dane gedacht, an die Art, wie er mich ansah, und an die Dinge, die er gesagt hatte. Obwohl ich versucht hatte, ihn mir auszureden, freute ich mich darauf, ihn wiederzusehen. Ich mahnte mich selbst zur Vorsicht, als ich auf die Suche nach ihm ging, aber es stellte sich heraus, dass das völlig unnötig war: Sehr zu meinem Ärger glänzte Mr Dane heute Abend durch Abwesenheit. Als ich Mr Martin über den Weg lief, sagte er liebedienerisch: »Ich habe ihn seit heute Nachmittag nicht gesehen, aber ich hege nicht den geringsten Zweifel, dass er noch kommen wird.«

Zu meiner großen Bestürzung tat er das nicht. Nachdem wir uns geküsst hatten … Na, womit hast du gerechnet? Mit nichts, redete ich mir ein. Ich wollte nichts. Ich hätte nichts wollen sollen. Es war besser so. Und dennoch kam ich nicht gegen meine Enttäuschung an.

»Martin wusste nicht, wo er ist?«, fragte Joseph, als wir an dem Abend nach Hause zurückkehrten.

»Nein, das habe ich dir doch schon erzählt.« Das gusseiserne Geländer unter meiner Hand fühlte sich kalt an, als wir die Treppe ins Piano nobile hinaufstiegen.

»Vielleicht hat sich etwas ergeben«, sagte Joseph.

»Glaubst du, dass ich ihn wieder gekränkt habe?«

»Ich weiß es nicht. Hast du denn etwas Kränkendes gesagt?«

»Nein, natürlich nicht!«

»Fahr mich nicht so an – es war deine eigene Vermutung. Was war das Letzte, das er zu dir gesagt hat?«

»›Gute Nacht, Miss Hannigan.‹ Du hast doch daneben gestanden.«

»Vorher, meine ich.« Wir waren auf dem Treppenabsatz. Er trat zurück, um mich als Erste den Portego betreten zu lassen. »Als du ihn geküsst hast, hat …«

»Mr Hannigan?«

Die Stimme kam aus dem Hof. Joseph und ich blieben beide stehen und warfen einen Blick über das Geländer. Unten war die rundliche Silhouette von Mrs Bedemann zu erkennen, umgeben vom Schein einer Gaslampe, die aus der offenen Tür der von Mrs und Mr Bedemann angemieteten Erdgeschosswohnung leuchtete. Und dann stand Mrs Bedemann auch schon am Fuß der Treppe und schwenkte etwas in der Hand.

»Ich habe eine Nachricht für Sie. Sie waren nicht zu Hause, da hat der Mann sie bei mir hinterlassen.«

Joseph sagte mit gesenkter Stimme: »Dann hören wir ja jetzt von Dane«, und eilte hinunter, um den Brief zu holen.

Mein Herz raste, als mein Bruder die Treppe wieder heraufgelaufen kam und dabei jedes Mal zwei Stufen auf einmal nahm. Ich folgte ihm in den Portego und durch die Dunkelheit in mein Schlafzimmer, wo er eine Lampe anzündete.

»Ist er von ihm?«, fragte ich und versuchte, ihm den Brief abzunehmen.

Er riss ihn mir weg. »Das weiß ich noch nicht.« Er warf einen Blick darauf. »Oh. Nein. Er ist für mich.«

»Für dich? Nur für dich? Von wem?«

Joseph schob einen Finger unter das Siegel und brach es. Er faltete das Papier auseinander. »Es ist eine Einladung zum Abendessen«, sagte er langsam, während er las. »Von Odilé León. In die Casa Dana Rosti.«

Ich war sprachlos.

Joseph fuhr fort: »Für morgen Abend. Acht Uhr.«

»Aber ... wir kennen sie doch gar nicht.«

Joseph warf die Einladung auf meine Kommode. »So lernt man Leute kennen, nicht wahr?«

»Ja, aber ... Warum sollte sie dich zum Abendessen einladen wollen?«

»Ich weiß es nicht.«

Aber ich wusste es. Sie war für Männer ziemlich unwiderstehlich. Ich erinnerte mich daran, wie Joseph sie angesehen hatte, und mein Unbehagen kehrte zurück. Ich musterte meinen Bruder, der seine Anzugsjacke ausgezogen hatte und sich nun das Hemd aufknöpfte, und ich sagte: »Ich habe heute Abend mit Mrs Bronson über sie gesprochen. Weißt du, dass sie die Frau war, in die sich Mr Stafford so sehr verliebt hatte, dass er letztlich daran gestorben ist? Sie war diejenige, deretwegen er sich das Leben genommen hat!«

Joseph zog sein Hemd aus und hängte es über eine Stuhllehne. »Das kann man ihr wohl kaum zum Vorwurf machen.«

»Woher weißt du das? Vielleicht war sie grausam oder ... bösartig.«

Mein Bruder lachte. Er setzte sich auf die Bettkante. »Bösartig?«

Ich holte tief Luft, kniete mich hinter ihn aufs Bett und legte ihm die Hand auf die Schulter. Ich konnte nicht umhin, noch einmal zu sagen: »Sie ist sehr schön, nicht wahr?«

»Ist es das, was dich so verstört?« Er legte den Kopf schief, um mich anzusehen. »Dass sie schön ist?«

»Ich mache mir Sorgen, das ist alles. Mrs Bronson hat gesagt, dass sie für Männer unwiderstehlich ist, und …«

Er lachte erneut. »Hast du Angst, dass sie vorhat, über mich herzufallen? Sollen wir sie zum Duell fordern? Mit Pistolen im Morgengrauen?«

Seine Übertreibung brachte mich zum Lächeln. »Das ist so altmodisch. Gift wäre besser, finde ich.«

»Es freut mich, wie sehr du darum bemüht bist, meine Tugend zu bewahren.«

»Deine Tugend hast du längst verloren. Ich versuche nur, deine sterbliche Seele zu schützen.«

»Die ist auch ein hoffnungsloser Fall, fürchte ich.« Mit einem Schlag wirkte er ernüchtert; alles Neckische war verschwunden und einer plötzlichen tödlichen Dunkelheit gewichen, einer ungestillten Sehnsucht. Sie erinnerte mich daran, dass Odilé León nur eine schöne Frau wie alle anderen war, und von denen hatte es schon viele gegeben. Ich hatte von ihr nichts zu befürchten.

Joseph nahm meine Hand von seiner Schulter, küsste mir die Handfläche und schloss dann meine Finger um den Kuss, als wollte er, dass ich ihn festhielt. »Ich glaube, ich gehe noch einmal an die frische Luft. Es ist heute Abend stickig hier.«

Das war es ganz und gar nicht, aber ich wusste, dass er nicht der Schwüle zu entkommen versuchte. »Joseph …«

Er ging zur Tür, blieb dann stehen und sah sich noch einmal nach mir um. »Begleite mich zu dem Abendessen.«

»Sie hat mich nicht eingeladen.«

»Aber ich tue es. Komm mit. Wir nehmen sie uns gemeinsam vor. Ich erzähle ihr einfach, ich hätte die Einladung falsch verstanden.«

»Was kann sie für uns tun, Joseph?«

»Ich weiß es nicht, aber ich möchte es herausfinden. Was kann das schon schaden?«

Er hatte recht. Ich konnte ihm nicht widersprechen, obwohl es mir nicht recht behagte. »Nun gut, ich komme mit.«

Er schenkte mir ein sanftes Lächeln und flüsterte: »Gut. Jetzt leg dich schlafen. Ich bin nicht weit weg. Nur draußen im Hof.« Dann ließ er mich allein. Ich fühlte mich seltsam im Stich gelassen, als ich zusah, wie er verschwand.

KAPITEL 26

Sophie

ES WAR EIN KÜHLER ABEND, ALS WIR AM NÄCHSTEN TAG ZUR CA'
Dana Rosti fuhren. Marco hatte die Felze auf der Gondel
aufgebaut, in ihr war es dunkel und still; die schwarze Kabine
dämpfte alle Geräusche, obwohl die Fensterläden auf beiden
Seiten offen standen. Während ich aus dem Fenster sah, dachte
ich an Mrs Bronsons Worte und das Unbehagen, das ich von
dem Moment an empfunden hatte, in dem ich Odilé León
zum ersten Mal gesehen hatte. Ich wünschte, wir hätten die
Einladung nicht angenommen. Aber jetzt war es zu spät. Die
Gondel hielt an; wir waren da. Joseph zog schon an der Klingelschnur, als ich ausstieg. Ich hörte das Läuten hinter der Tür,
die beinahe sofort von einer Frau geöffnet wurde, die uns einen
Moment lang misstrauisch beäugte, bevor sie den Blick senkte
und sagte: »Willkommen in der Casa Dana Rosti, Monsieur,
Mademoiselle.«

Im Ehrenhof war es kalt und klamm; die Gaslaternen
entlang der Wände tauchten den weißen Marmor in einen
mattgelben Schein. Es fühlt sich ganz wie eine Gruft an, dachte
ich zitternd, und das nicht nur wegen der feuchten Kühle. Es
hätte mich nicht überrascht, Sargnischen in den Wänden zu
entdecken. Die Dienerin führte uns zu einer seitlich gelegenen
Treppe, die ebenfalls aus Marmor bestand und oben in einem
dunklen Torbogen verschwand. Joseph nahm meine Hand,
als würde er mein Unbehagen spüren, und schloss die Finger
tröstend um meine.

Im Piano nobile wandte sich die Dienerin ruckartig einer

weiteren Tür zu, öffnete sie und bat uns in den Portego, der gleißend hell erleuchtet war. Drei große Lüster mit mehreren Reihen Kerzen warfen ein grelles Licht auf den düsteren Glanz des Terrazzobodens. Vom Portego gingen zahlreiche Türen ab, die alle mit Bronzeengeln über vergoldeten Muschelreliefs bekrönt und von ebenfalls vergoldeten Stuckgirlanden gefasst waren. Die rosa Wandfarbe blätterte ab, ganz in der Art lieblichen Verfalls, der ganz Venedig auszeichnete; sie kontrastierten mit Feldern marmorierter lindgrüner Tapete. Das Kerzenlicht schien auf allen Oberflächen zu tanzen. Die Ausstattung des Hauses war schön und dekadent, ganz darauf ausgerichtet, einen zu bezaubern.

Unsere Schritte hallten laut vom Boden wider, und es war kein anderes Geräusch zu hören, während die Dienerin uns durch den Saal zu einer Tür zur Rechten führte. Die beiden Türflügel öffneten sich in die Sala, die so prunkvoll war wie der Portego: Fresken, die Seestücke zeigten, bedeckten die Wände, schwere bronzefarbene Vorhänge verbargen Türen, die, wie ich annahm, auf den Balkon führten. Es gab nicht viele Möbel – ein paar Kanapees, ein oder zwei Stühle, ein Klavier –, aber alle waren elegant und gut angeordnet. Hier und da standen Statuen, und Gemälde hingen an rosettenbesetzten Kordeln. So groß der Raum auch war, er fühlte sich behaglich und intim an. Mehrere Kandelaber trugen flackernde Kerzen; die Gaslampen brannten nicht. Die Decke hoch über uns wirkte düster. Verglichen mit der Helligkeit im Portego wirkte dieses Zimmer dunkel und romantisch.

Zuerst sah ich sie gar nicht – erst als die Dienerin uns meldete und sie sich aus den Schatten erhob und vortrat, nahm ich sie wahr. Erneut stellte ich fest, dass ihre Schönheit mich sprachlos machte. Sie trug ein Kleid in einem dunklen Weinrot, das üppig glänzte, als würde es von einem unsichtbaren Licht gespeist, und das ihrem dunklen Haar einen rötlichen Schimmer verlieh. Sie trug eine Halskette aus Gold mit Rubinen, die auf ihrer Haut zu pulsieren schienen, und die zierlichen venezianischen Ketten, die sie um ihre Handgelenke geschlungen hatte, hingen in Schlaufen so weit herab, dass sie ihr über die Hände fielen.

Ich bemerkte das kurze Aufblitzen von Überraschung, als sie mich sah. Ich hatte den Eindruck, dass Odilé León nicht oft überrascht war – und dass es etwas war, das sie genoss.

»Miss Hannigan«, sagte sie geschmeidig, »wie reizend.«

Sie sprach Englisch. Der leichte französische Akzent verlieh ihren Worten Wärme. Joseph ergriff ihre Hand und beugte sich darüber. Sie schien zu erschauern; es war fast unmerklich, aber es verstörte mich, wie auch die Stimme meines Bruders, als er sprach. Sie klang tiefer als sonst, beinahe heiser, als er sagte: »Ich hoffe, es stört Sie nicht, dass ich Sophie mitgebracht habe. Ich lasse sie nicht gern allein.«

»Nein, natürlich nicht.« Sie lächelte, aber es wirkte auf mich bemüht, und ich sah ein Funkeln in ihren Augen, die im Kerzenschein sehr dunkel wirkten, obwohl ich gestern gedacht hatte, sie wären grau.

»Kommen Sie, möchten Sie etwas Wein? Oder etwas Stärkeres?«, fragte sie, als sie ins sanfte Licht trat; ihr Kleid schimmerte nach wie vor. Auf einem kleinen Tisch standen kunstvoll geschliffene Karaffen aus Muranoglas. Sie blieb dort stehen und wandte sich leicht um, und ich glaubte, dass sie genau wusste, welchen Eindruck sie in dieser Haltung machte, und dass sie es darauf anlegte, genau diesen Eindruck zu erzielen. Eifersucht durchzuckte mich, als ich erkannte, wie Joseph sie anstarrte.

Es spielt keine Rolle, sagte ich mir noch einmal. Sie war nur eine Frau wie alle anderen, wenn auch schöner als die meisten. Ich hatte das hier schon hundert Mal erlebt.

»Wein wäre hervorragend«, sagte Joseph, »für uns beide.«

Als sie den Wein eingoss, schlug die Karaffe erst einmal, dann ein zweites Mal gegen das Glas, als wäre sie nervös, obwohl ich sonst keine Anzeichen von Nervosität bemerkte. Sie brachte uns zwei Gläser aus geschliffenem und facettiertem Kristall. Als ich an meinem nippte, erkannte ich, von welcher Güte der Wein war: Wie bei Mrs Bronsons Sherry hatte ich noch nie besseren getrunken. Eigentlich zeugte alles in diesem Raum von Reichtum.

Ich war mir noch nie so fehl am Platz vorgekommen. Ich wünschte, ich wäre nicht mitgegangen, aber zugleich wollte ich nicht, dass Joseph mit ihr allein war. Ich sagte: »Ich habe mit einer Freundin über Sie gesprochen. Sie sagte mir, sie hätten in Verbindung mit Nelson Stafford gestanden.«

Sie runzelte die Stirn, als würde ihr der Name nichts sagen, aber dann hellte sich ihr Gesicht auf. »Ach, der Schriftsteller, der sich das Leben genommen hat.«

Ich nickte. »Ich habe seine Leiche gefunden.«

»Sie?«

»Ich war auf der Suche nach einer Mietwohnung und bin über ihn gestolpert. Die Vermieterin sagte, er sei aus Liebe zu Ihnen gestorben.«

Ihre Miene wurde weich und ein wenig betrübt. »Ich verstehe. Sie haben ihn gefunden, und so haben Sie vielleicht Mitleid mit ihm. Womöglich fühlen Sie sich ein wenig verantwortlich und sind hier, um mich zu tadeln.«

Joseph öffnete den Mund, um etwas zu erwidern. Ich berührte seinen Arm, um ihn aufzuhalten, und sagte: »Das würde ich mir nicht anmaßen. Es geht mich nichts an. Aber ich kann ihn nicht vergessen.«

Sie nippte an ihrem Wein, behielt den Schluck einen Augenblick im Mund und drückte sich den Rand ihres Glases fest gegen die volle Unterlippe – so fest, dass ich den Eindruck hatte, es müsste wehtun. Ihre Lippe wurde kurz weiß, bevor sie den Druck wieder lockerte. Sie warf meinem Bruder einen Blick aus dem Augenwinkel zu; ich spürte, wie etwas zwischen ihnen übersprang, und war froh, als sie wieder beiseite sah und leichthin sagte: »Vielleicht wird es Sie trösten, zu erfahren, dass mir zu spät bewusst geworden ist, wie… empfindlich Mr Stafford war. Im Geiste, wenn auch nicht hinsichtlich seiner Konstitution. Mein einziger Fehler ist, dass ich eine falsche Wahl getroffen habe. Die Last der Verzweiflung eines anderen ist im Voraus bisweilen schwer einzuschätzen. Aber auch Venedig trägt einen Teil der Schuld, wissen Sie? Sie empfinden es doch auch so, Mademoiselle, das zeigt schon das Porträt, das Ihr Bruder von Ihnen gezeichnet hat. Sie spüren die Dinge, die hier in der Luft liegen. Venedig schmachtet. Seine Schönheit ist ein Ungeheuer. Es beschwört törichte, unerfüllbare Sehnsüchte herauf. Es bringt einen dazu, das zu wollen, was einem nie zuteilwerden kann – oder was man gar nicht erst wollen sollte.«

Ich dachte daran, wie ich auf dem Porträt aussah, das mein Bruder gezeichnet hatte, an das, was ich empfunden hatte, während er skizziert hatte, an die Dinge, nach denen ich mich sehnte. Ich fürchtete mich vor dem, was sie sagte, und hatte auch Angst, weil sie zu sehen schien, was ich fühlte. Törichte, unerfüllbare Sehnsüchte. Das, was ich wollte, obwohl ich es nie hätte wollen sollen. Ich spürte einen raschen Blick meines Bruders, und mir wurde heiß.

Sie lächelte leicht, als ob sie wusste, wie sehr sie mich verstört hatte, und sagte: »Ich bin froh, dass Sie heute Abend gekommen sind. Ich werde dafür sorgen, dass Sie Ihre Zeit hier nicht verschwenden. Die Venezianer würden sagen: *Venga a mangian quattro risi con me*. Das bedeutet: ›Kommen Sie und essen Sie vier Körner Reis mit mir.‹ Venezianer sind für ihre Sparsamkeit berühmt. Aber keine Angst, ich habe nicht vor, Sie verhungern zu lassen. Sie müssen doch Appetit haben. Kommen Sie zu Tisch, dann erzähle ich Ihrem Bruder, warum ich ihn heute hierher eingeladen habe.« Sie betonte das Wort »ihn« ein wenig.

Wir folgten ihr aus dem Salon ins Speisezimmer, das kleiner, aber ebenfalls elegant und mit einem glänzenden Mahagonitisch und an einem Ende mit einem Satz Kandelaber ausgestattet war. Es war schon für drei Personen gedeckt – wie behände ihre Dienerschaft doch war!

»Bitte nehmen Sie Platz«, sagte sie und legte meinem Bruder eine Hand auf den Arm, um ihn zu einem Stuhl zu führen. Sie atmete dabei tief ein, als ob die Berührung ihr Befriedigung verschaffte. Es war seltsam, und wieder überkam mich ein nicht zu unterschätzender Anflug von Unbehagen. Ich setzte mich auf den anderen Stuhl. Das flackernde Kerzenlicht ließ die vergoldeten Ornamente an der Decke dann und wann aus der Dunkelheit hervorblitzen; zugleich verlieh es ihrem Haar einen rötlichen Schimmer, wurde von den Rubinen ihrer Halskette reflektiert und spiegelte sich auf ihrem Kleid wider.

Der erste Gang war eine dekadente Krebssuppe, üppig mit Sahne angereichert und intensiv im Geschmack. Als sie aufgetragen wurde, atmete Odilé den Duft tief ein. »Ich liebe die Gerüche von Venedig. Sie unterscheiden sich so sehr von denen jeder anderen Stadt, finden Sie nicht?«

Ich stammelte: »Das kann ich nicht so recht einschätzen. Wir waren erst in sehr wenigen. Aber es ist sicher etwas Besonderes.«

Sie nahm einen Löffel Suppe. »Sie werden keinen anderen Ort finden, der so ist, das verspreche ich Ihnen. Keine andere Stadt hat solche Legenden und Geister wie Venedig. Haben Sie den im Palazzo Moretta gesehen, von dem ich Ihnen erzählt habe?«

»Nein. Sind Sie sicher, dass es dort einen Geist gibt?«

Sie nickte. »Das ist der Grund, warum der Besitzer ihn nicht oft an Amerikaner vermietet. Sie beschweren sich zu sehr darüber. Seltsame Geräusche und dergleichen. Sonderbare Gerüche. Ich glaube, die Deutschen haben ihr Vergnügen daran – aber sie haben ja auch einen Sinn fürs Makabre, nicht wahr?«

»Sonderbare Gerüche?«, fragte mein Bruder. »Welche denn zum Beispiel?«

»Ein merkwürdiges Parfüm, sagt man«, sagte sie, und er lächelte sie auf eine Art an, bei der sich mir der Magen zusammenzog. »Moschus und Sandelholz. Und Schatten.«

»Schatten?«, fragte ich. »Ich hätte nicht gedacht, dass Schatten einen Duft haben.«

Joseph sagte: »Ich … du weißt doch, dass sie einen haben, Soph. Du beschreibst ihn, wenn du deine Geschichten erzählst.«

Sie fragte: »Ihre Geschichten? Sind Sie also Schriftstellerin, Mademoiselle?«

»Sophie schreibt sie nicht auf«, sagte Joseph.

»Oh, ich schätze Geschichten so sehr. Vielleicht würden Sie mir irgendwann eine erzählen? Zum Beispiel über die Casa Dana Rosti. Sie hat ihre eigenen Geister. Manchmal habe ich das Gefühl, die Geräusche des Karnevals in vergangenen Zeiten in ihren Mauern hören zu können.« Plötzlich fiel ihr der Löffel mit einem lauten Klirren in die Schale. Sie biss sich kräftig auf die Lippe, schob die Schüssel von sich und winkte unvermittelt die Dienerin heran, die im Halbdunkel stand. Ich bemerkte, dass sie sich am Tisch festklammerte, als die Dienerin die Teller abräumte.

»Geht es Ihnen nicht gut?«, fragte ich sie.

Ihre Finger entspannten sich, und sie hob die Hände, sodass die venezianischen Ketten in eine sanfte Wellenbewegung gerieten. »Ich war krank und bin leider noch immer etwas geschwächt. Aber ich erhole mich nach und nach. Es besteht kein Grund zur Besorgnis.«

Der nächste Gang wurde aufgetragen, eine dampfende Platte mit safrangewürztem Reis, üppigen rosafarbenen Garnelen und blanken schwarzen Miesmuscheln, glänzenden Venusmuscheln und prallen Würsten; dazu gab es runde, knusprige Brotlaibe. Sie riss Stücke davon ab, reichte uns das Brot mit einer kleinen Flasche Olivenöl und sagte: »Sie müssen es ins Öl eintunken. Es kann mit dem Brot in Paris nicht mithalten – das kann kein anderes Brot –, aber es hat seinen eigenen Reiz.« Sie führte ein Bröckchen an ihre Nase, schloss die Augen und atmete ein. »Es stammt vom Bäcker weiter unten an der Straße. Ich habe das Gefühl, seine Kinder darin riechen zu können. Schmutz und Sonnenschein.«

Mein Bruder lachte. Sie öffnete die Augen und erwiderte sein Lächeln, während sie das Brot hinlegte und auf den Teller mit Reis und Meeresfrüchten wies. »Dieses Gericht habe ich zum ersten Mal in Valencia probiert, und es ist seitdem eine meiner Lieblingsspeisen.«

Sie füllte uns auf. Als ich den ersten Bissen probierte, wurde ich fast ohnmächtig.

»Sehen Sie?«, sagte sie. »Schmeckt es Ihnen?«

»Oh, du meine Güte! Valencia, sagen Sie?«

»Eine schöne Stadt. Waren Sie je dort?«

»Nein. Es ist leider unsere erste Auslandsreise.«

»Die erste? Na, auf wie viel Sie sich dann noch freuen können! Wohin fahren Sie als Nächstes?«

Ich warf einen Blick auf meinen Bruder, der stumm mit einer Garnele herumspielte. »Zurück nach New York, nehme ich an.«

»Also nur Venedig?« Sie zog eine zierlich zurechtgezupfte Augenbraue hoch. »Dann ist das ja gar keine Grand Tour! Sie sind aus einem bestimmten Grund hier.«

Josephs Augen waren im Kerzenschein so dunkel, dass sie schwarz wirkten. »Um Studien zu treiben.«

»Es gibt keinen Ort, der besser geeignet wäre, sich in der Kunst zu üben. Aber Sie müssen vorsichtig sein, Monsieur. Die Salons und Zerstreuungen werden Sie von Ihren eigentlichen Absichten ablenken. Ich habe es mehr als einmal mit angesehen. Wenn Sie vorhaben, in Venedig zu lernen, sollten Sie jeden Tag malen, alles, was Sie inspiriert. Kein Salon kann Ihnen beibringen, was die Stadt selbst Sie lehren kann.«

Ich widersprach: »James Whistler ist jeden Abend bei Mrs Bronson, Frank Duveneck ebenfalls. Joseph kann auch von ihnen lernen.«

Sie ließ ihren Blick bedächtig auf mir ruhen. »Ja. Aber wahre Größe besteht in einer einzigartigen Vision. Die Technik zu erlernen ist notwendig, gewiss. Aber alles Übrige… Dinge auf die Probe zu stellen, Grenzen auszureizen… Das erfordert Selbstvertrauen.«

»Das habe ich«, sagte Joseph und beugte sich vor. »Ich weiß, wozu ich in der Lage bin. Ich weiß, dass ich den Menschen etwas zeigen kann, was sie noch nie zuvor gesehen haben.«

Sie sah ihn mit funkelnden Augen an. Die Welt verstummte plötzlich, gedämpft und still, als hätte sich eine Stoffbahn herabgesenkt, um alles zu verhüllen und nur noch sie im Mittelpunkt stehen zu lassen. Ich spürte ihre Entrücktheit, eine Dunkelheit, die ich nicht zu deuten vermochte, die mir aber seltsam vertraut war. Sie erinnerte mich an etwas, das ich kannte, aber mir fiel nicht recht ein, was es war.

Sie sagte leise zu ihm: »O ja. Aber wozu taugt solch eine Vision, wenn niemand weiß, dass es sie gibt?«

»Sie verstehen es«, sagte mein Bruder voller Verwunderung.

Auch ich war erstaunt – nicht nur darüber, dass sie es gesagt hatte, sondern auch darüber, dass er es zugegeben hatte. Es gefiel mir nicht. Joseph hatte noch nie mit irgendjemandem außer mir über seine Ambitionen gesprochen.

Sie sagte langsam: »Sie wollen Ruhm; natürlich wollen Sie

ihn. Aber die Frage, die sich stellt, ist doch wie immer die, was Sie dafür zu opfern bereit sind.«

Sie hatte die Stimme gesenkt und sprach in hypnotisierendem Ton. Joseph hatte die Hand auf dem Tisch zur Faust geballt. Seine Gesichtszüge zeichneten sich deutlich und leidenschaftlich schön ab: die hohen Wangenknochen, die scharf geschnittene Nase, das stark hervortretende Kinn und das kleine Grübchen darin. Ich spürte ein entsetzliches Sehnen in ihm, etwas gefährlich Erbittertes.

Sie sagte: »Ich kann Ihnen sagen, dass Vivaldi alles riskiert hat.«

Fast gegen meinen Willen fühlte ich mich wieder zu ihr hingezogen. Sie schob ihren Teller, den sie kaum angerührt hatte, beiseite, stützte die Ellenbogen auf den Tisch und ließ ihr Kinn zwischen ihren Händen ruhen. Die venezianischen Geschmeide rutschten ab, baumelten herunter und verfingen sich an den Säumen ihrer Ärmel. Ihr Gesichtsausdruck hatte etwas Verträumtes und Geistesabwesendes.

»Venedig bewahrt ihm ein ehrendes Angedenken als Sohn der Stadt«, fuhr sie fast flüsternd fort, als würde sie mit einem Vertrauten sprechen, einem Geliebten; sie sah nur meinen Bruder an. »Man sagt, dass sein Geist noch immer die Calli durchstreift, dass man ihn in den Nächten spielen hören kann, in denen die Gewitterwolken das Meerwasser in die Kanäle treiben – in jenen Nächten sind die Schreie der Möwen die Noten seiner Musik. Aber bevor er ein Geist war, gab er im Pio Ospedale della Pietà Musikstunden und komponierte Werke, die die Waisenmädchen dort singen konnten. Welch schöne Lieder, und welch schöne Stimmen! Sie waren auf der ganzen Welt berühmt. Aber, ach, Vivaldi war unzufrieden. Er wollte, dass seine Musik nicht nur um der Stimmen willen berühmt war, die sie sangen, sondern dank seines eigenen Genies. Er wollte etwas nur für sich allein. Etwas Eigenes.«

Wieder durchzuckte mich Unbehagen, als ob sie etwas sah, von dem ich nicht wollte, dass sie es erspähte, und hatte das Gefühl, dass sie zu mir sprach, obwohl sie den Blick nicht von Joseph abwandte.

»Und so rief er eines Nachts nach dem Teufel, was in dieser Stadt sehr leicht zu bewerkstelligen ist, wissen Sie? Womöglich zu leicht. Er wartet vor dem Markusdom auf diejenigen, die in Verzweiflung geraten, die Gott nicht in sich finden können und sich deshalb an ihn wenden.« Das Kerzenlicht flackerte. Ihre Stimme war wie ein Zauberbann. »Und der Teufel weiß genau, was man will. Er hörte Vivaldis Ruf, und so spielte er in jener Nacht in der Calle unter Vivaldis Fenster die süßeste, berückendste Musik überhaupt. Er umwarb Vivaldi mit dem, was er liebte, und Vivaldi öffnete dem Teufel sein Fenster. Er bat ihn hinein. Er ...«

Sie brach ab, sog scharf die Luft ein, presste sich die Hand auf den Magen und senkte den Kopf. Ich stand noch ganz im Bann der Geschichte, aber Joseph sprang auf, lief die wenigen Schritte zu ihr hinüber und liebkoste mit den Fingern ihre nackte Schulter. »Was ist?«

Sie richtete sich bei seiner Berührung auf. Ihre Erleichterung war offensichtlich und so stark, dass es mir seltsam vorkam. Sie griff nach seiner Hand, drückte sie und sah meinem Bruder ins Gesicht. Er geriet in Verzückung: Aus seinem Gesichtsausdruck sprach pure Erotik, sodass mir fast das Herz stehen blieb. Nicht anders als andere Frauen, redete ich mir ein, aber es fiel mir immer schwerer, es zu glauben.

Sie versuchte zu lächeln. »Nein, es geht mir gut. Ein augenblicklicher Schmerz, ein Überbleibsel meiner Krankheit. Es ist nichts, wirklich.«

Joseph runzelte die Stirn. »Soll ich eine Bedienstete rufen?«

»Nein.« Wieder das Lächeln, gefolgt von einem Kopfschütteln, das ihr die Ohrringe ans Kinn schlagen ließ. »Bitte setzen Sie sich wieder.«

Die Hand meines Bruders ruhte noch immer auf ihrer Schulter; seine langen Finger reichten fast bis zur Rundung ihrer Brust oberhalb des weinroten Satins, dessen Farbe an Blut erinnerte. Er zog die Hand zurück, als würde er aus einer Verzauberung erwachen, und kehrte an seinen Platz zurück. Sie hob die Hand dorthin, wo seine gelegen hatte, als wäre ihr dort nun kalt. Dann wandte sie sich an mich. »Geschichten über Künstler, die ihre Seele dem Teufel verkaufen, sind doch alle gleich, nicht wahr? Der Aufstieg. Der Fall. Der Preis. Was ist Ihre Geschichte, Mademoiselle? Erzählen Sie mir, wie es kommt, dass Sie hier in Venedig sind. Woher Sie stammen. Wonach Sie streben. Das ist eine Geschichte, die ich gern hören würde.«

Ich nippte am Wein und versuchte, das plötzliche Zittern meiner Finger unter Kontrolle zu bringen. »Das ist leider eine sehr langweilige Geschichte. Unsere Eltern sind gestorben, als wir noch klein waren, und unsere Tante hat uns großgezogen. Wir sind nach Venedig gekommen, damit Joseph seine Studien treiben kann.«

Die Art, wie sie mich musterte, ließ mich erschaudern, mir kam es so vor, als könne sie die Erinnerungen sehen, die ich weggesperrt hatte, und ich zweifelte nicht daran, dass sie dazu in der Lage war. Hätte mir jemand in diesem Moment die Frage gestellt, hätte ich geantwortet, dass Odilé León all meine Geheimnisse kannte.

Sie bemerkte: »Es gibt keine langweiligen Geschichten, nur ein Unvermögen, richtig zuzuhören.«

»Ich glaube, man würde sehr genau zuhören müssen, um irgendetwas Interessantes an unserer Geschichte zu finden.«

»Ach, aber tote Eltern ... Das ist eine tränenreiche Geschichte, ein Kummer, der lange anhält. Ich kenne viele, die dieser Verlust geprägt hat. Ich will hoffen, dass sie beide darüber hinweggekommen sind.«

Joseph sagte: »Es ist lange her.«

»Aber darum nicht weniger tragisch.« Ihre Augen hatten eine seltsame Farbe; das helle Grau, das ich zuerst gesehen hatte, war zugleich dunkel, als ob sich die Farbe mit dem wechselnden Licht ständig veränderte. »Ich habe gelernt, dass die Welt gern im Gleichgewicht ist, wissen Sie? Man kann keine Trauer ohne Glück haben. Entschädigt Venedig Sie zumindest in gewissem Maße für Ihren Kummer?«

Ihre Worte und ihr Blick beschworen Bilder vor meinem inneren Auge herauf – meine erste sternklare Nacht in Venedig in der Gondel mit Joseph, der Tag auf dem Lido, mein lachender Bruder und schließlich Nicholas Dane in einer dunklen Küche, in der das Kerzenlicht sein goldenes Haar glänzen ließ. Ich hörte mich sagen: »O ja.«

»O ja?« Sie wandte sich in offensichtlichem Entzücken an meinen Bruder. »Hören Sie das, Monsieur? Ihre Schwester ist in Venedig verliebt, das sehe ich. Und vielleicht…« Sie drehte sich mit glänzenden Augen und neckischem Blick wieder zu mir um. »Vielleicht gibt es dafür noch einen Grund außer dem Zauber der Stadt selbst? Einen neuen Geliebten vielleicht?«

Wie konnte es mich überraschen, dass sie es wusste, da sie doch so viel zu wissen schien? Ich spürte, dass ich errötete. »O nein. Nein, nichts dergleichen.«

»Aber es gibt einen Mann. Kommen Sie schon, es hat keinen Zweck, es zu leugnen! Ich sehe es Ihren Augen an.«

Mein Bruder musterte mich stirnrunzelnd. »Wir haben uns mit jemandem angefreundet, der uns sehr geholfen hat. Er mag Sophie, das ist alles.«

Sie zog eine zierliche Augenbraue hoch und sah erst Joseph, dann mich an, als hätte sie etwas zwischen uns bemerkt, das sie faszinierte. »Ach, das ist also alles? Ein Freund?«

»Ja«, sagte ich und trank rasch einen Schluck Wein. Joseph schenkte mir ein beruhigendes Lächeln, aber ich sah, wie aufmerksam Odilé uns beobachtete, als ob sie entschlossen wäre, ein Rätsel zu lösen, das sie beschäftigte. Wieder kam mir etwas bekannt vor.

Sie sagte: »Monsieur, ich denke, dass es nun wohl an der Zeit ist, Ihnen zu verraten, warum ich Sie heute Abend eingeladen habe. Welches Angebot ich Ihnen zu machen gedenke.«

Josephs Blick fuhr ruckartig zu ihr herum. »Ein Angebot?«

Genau in dem Augenblick kehrte die Dienerin mit einem Silbertablett zurück. Darauf lagen sehr viele kleine ringförmige und mahagonifarbene Kuchen. Sie stellte das Tablett auf den Tisch und legte einen kleinen Stoffbeutel daneben. Ich hörte Münzen klirren.

Odilé León nahm eine zierliche Silbergabel, spießte eins der Küchlein auf und stellte es meinem Bruder hin, indem sie es mit den Fingern von den Zinken abstreifte. »Canelés«, sagte sie. »Eine Spezialität aus Bordeaux. Ich habe gehört, dass sie von Nonnen erfunden wurden. Finden Sie es nicht auch seltsam, dass Nonnen und Mönche die sinnlichsten Speisen und Getränke herstellen? Glauben Sie, dass es ihre Nähe zu Gott ist, die ihnen Zugang zu solchen Geheimnissen verschafft?«

Sie spießte noch einen Kuchen auf und reichte ihn mir. Ich nahm einen Bissen. Er war von außen knusprig, von innen weich und cremig und schmeckte nach Vanille und Karamel.

Joseph erwiderte: »Vielleicht ist es ja auch ihre Sehnsucht, die den Speisen solch eine Würze verleiht.«

»Sehnsucht«, wiederholte sie. »Ja, da haben Sie vielleicht recht.« Sie griff nach dem kleinen Stoffbeutel und wog ihn in der Hand. »Ich würde Ihnen gern einen Auftrag erteilen, Monsieur.«

»Einen Auftrag? Mir?« Joseph sah sie bass erstaunt an. »Aber warum? Weshalb mir? Sie haben noch keine meiner Arbeiten gesehen ...«

»Ich habe die Skizze gesehen, die Sie von Ihrer Schwester auf dem Rialto angefertigt haben.«

»Und Sie wollen mir auf Grundlage einer einzigen Skizze einen Auftrag erteilen?«

Sie beugte sich vor und reichte meinem Bruder die Geldbörse. »Sie hat ausgereicht, mir zu zeigen, dass Sie genau derjenige sind, nach dem ich schon seit einer ganzen Weile suche. Das hier ist die Hälfte dessen, was ich Ihnen zahlen werde; den Rest bezahle ich nach Fertigstellung.«

Der Beutel ließ Josephs Hand nach unten sinken. Ich fragte mich, wie viel darin war.

Joseph fragte: »Nach Fertigstellung wovon? Wen soll ich malen? Sie?«

Odilé León lächelte. »Ich glaube, Sie verstehen etwas von Begehren, nicht wahr? Von der Art Sehnsucht, die dem Leben Würze verleiht, wie Sie sagen, von dem, was dafür sorgt, dass wir uns unsterblich fühlen. Das ist es, was ich will. Ein Porträt, um mir das zu zeigen. Ich will es an den Tagen ansehen, an denen ich vergessen habe, dass man so etwas empfinden kann.« Sie nahm noch einen Canelé. Die goldenen Ketten ihrer Armbänder funkelten im Kerzenschein und wanden sich, als wären sie lebendig. Sie biss ein Stück von dem Küchlein ab, schloss die Augen und genoss es.

Ich hörte Joseph nach Luft schnappen. Wieder sah ich den Augen meines Bruders an, dass er wie behext war von ihrer dunklen Magie, die mir so vertraut erschien und so greifbar war, dass sie mir eine Gänsehaut bescherte. Die Nacht schien auf mich einzudringen, die schwere venezianische Seeluft, geschwängert von all den Dingen, von denen sie gesprochen hatte: Pakte mit dem Teufel und Begehren und eine verlockende Sehnsucht, die meinen Namen kannte und meine Geheimnisse offenlegte.

KAPITEL 27
Nicholas

Ich beobachtete die Casa Dana Rosti schon seit Stunden und empfand finstere Befriedigung über die Gegenwart der Polizeigondel. Also waren sie ihr endlich auf die Schliche gekommen – ich hätte mir keine bessere Art wünschen können, ihr Steine in den Weg zu legen. Odilé litt bestimmt. Vielleicht hatten der Verlust des Sängers und die beiden Tage ohne Nahrung sie so geschwächt, dass sie nun gelähmt war. Das war ein angenehmer, wenn auch äußerst unwahrscheinlicher Gedanke. Ich sah vor meinem inneren Auge ein Bild der nackten Odilé, wie sie sich wand und von ihrem eigenen Schlangenleib erdrosselt wurde.

Sie würde bald ein neues Opfer finden, aber der Gedanke daran, noch eine Nacht auf das Erscheinen ihres neuesten Liebhabers zu warten, reizte mich nicht, und ich hatte mittlerweile auch andere Interessen. Ich eilte zurück in die Wohnung, die ich mit Giles teilte. Er war damit beschäftigt, sich umzuziehen, um in die Casa Alvisi zu gehen, und als er mich hereinkommen sah, hielt er inne und runzelte die Stirn, während er sich eine breite bronzefarbene Seidenkrawatte umband.

»Wo zum Teufel warst du, Nicholas?«

»Ich hatte etwas zu erledigen«, antwortete ich ihm und ging in die Küche, wo die schmutzigen Gläser von vorgestern immer noch auf der Arbeitsplatte herumstanden. »Gibt es hier irgendetwas zu essen?«

»Nicht das Geringste«, sagte er und folgte mir. »Du siehst aus wie der leibhaftige Tod.«

»Ja, gut, mir ist kalt, und ich habe Hunger. Und ich bin müde.« Ich nahm mir ein sehr hartes Brötchen, konnte mich aber nicht erinnern, dass einer von uns es gekauft hatte. Mein Magen knurrte, als ich ohne viel Erfolg daran nagte.

Giles war fertig damit, seinen Krawattenknoten zu binden, und musterte mich mit forschendem Blick. »Du solltest besser zu Bett gehen. Du siehst völlig erschöpft aus.«

»Um dir die Gelegenheit zu verschaffen, dich ohne jegliche Konkurrenz um Sophie Hannigan zu bemühen?«, neckte ich ihn und ging in mein Zimmer hinüber. »Da habe ich wohl auch noch ein Wörtchen mitzureden! Lass mir nur einen Augenblick, damit ich mich umziehen kann.«

»Du hast sie gestern Abend verpasst. Sie und ihr Bruder waren beide im Salon. Sie haben nach dir gefragt.«

Ich hielt inne und sah ihn über die Schulter an. »Beide haben nach mir gefragt?«

»Na ja, sie hat gefragt.« Giles runzelte die Stirn, als ob ihm die Vorstellung nicht behagte. »Sie schien sogar recht verzweifelt zu sein, dass du nicht da warst.«

Ich konnte ein Lächeln nicht unterdrücken. »So?«

Giles seufzte. »Du hast es geschafft, nicht wahr? Hast sie erobert, bevor ich auch nur Gelegenheit dazu hatte? Ihr wart doch keine fünf Minuten in der Küche!«

»Lang genug für einen Kuss.«

Er schnitt eine Grimasse.

Ich schlug ihm auf die Schulter. »Tut mir leid, mein Freund, aber ich konnte einfach nicht anders.«

»Sie ist erstaunlich«, pflichtete Giles mir bei. »Und er auch, nicht wahr? Die beiden sind … nun ja …«

»Wenn ich dich recht verstehe, sind sie gestern Abend gut allein zurechtgekommen?«

»Als wären sie dazu geboren.«

Seine Worte beschworen wieder einen Anflug von Bestürzung in mir herauf; ich erinnerte mich, wie ich mich gefühlt hatte, als ich Hannigan mit Whistler gesehen hatte. Wie wenig er mich gebraucht hatte. Ich schob den Gedanken weit von mir. »Ich werde mich jetzt umziehen. Wartest du auf mich?«

Giles ließ sich aufs Kanapee sinken, verschränkte sie Arme und ließ den Kopf hilflos mit einem dumpfen Knall gegen die Wand sacken. »Es besteht wohl keine Hoffnung, dass ich sie dir ausspannen kann?«

»Nicht, wenn ich etwas dazu zu sagen habe.«

Ich ließ ihn allein, um mich anzukleiden, und binnen einer Stunde waren wir auf dem Weg. Der Abendnebel legte sich wieder über die Kanäle, und Venedigs feuchte Kühle drang mir nach und nach in die Knochen. Als wir auf der Schwelle der Casa Alvisi eintrafen, sagte ich kaum zwei Wörter zu dem Diener. Ich rannte die Treppe hinauf, dicht gefolgt von einem atemlosen Giles, der gereizt rief: »Langsamer, Nick! Warum die Eile?«

Ich trat in den Portego und ließ den Blick über die Menge schweifen: keine Spur von ihnen, weder dort noch auf dem Balkon. Im Hauptsalon hielt Katharine Bronson mit drei anderen Hof. Sie hob den Blick, als ich eintrat, und winkte mich zu sich heran.

»Mr Dane, wir haben Sie gestern Abend so vermisst!« Sie wandte sich den dreien zu. »Sie kennen die Paulsons, nicht wahr? Und Mr Sweeten?«

Ich kannte sie und nickte allen dreien zum Gruß zu, konnte meine Ungeduld aber kaum zähmen und fragte unvermittelt: »Sind die Hannigans schon da?«

»Leider noch nicht«, sagte sie. »Aber führen Sie sie bitte zu mir, wenn sie kommen, ja?« Sie wandte sich den anderen zu. »Mr Dane hat uns einen ganz wunderbaren Künstler und seine Schwester gebracht. Sie müssen die beiden wirklich kennenlernen. Sie sind Zwillinge und ganz außergewöhnlich …«

Ich schlenderte so bald davon, wie ich es mir erlauben konnte, und bezog im Portego Stellung, um die Tür im Auge zu behalten. Während ich darauf wartete, die Hannigans zu erspähen, beteiligte ich mich an mehreren entsetzlich langweiligen Gesprächen. Aber die Stunden vergingen, und sie kamen immer noch nicht. Ich begann, nervös zu werden. Kurz nach elf Uhr bekam ich Giles zu fassen und fragte: »Haben sie dir gegenüber etwas davon erwähnt, heute Abend nicht zu kommen?«

»Ich hätte es dir erzählt, wenn sie etwas gesagt hätten«, antwortete er gereizt.

Als es halb zwei schlug, sagte ich Giles, dass ich nach Hause gehen würde, und verließ die Casa Alvisi. Allerdings machte ich mich nicht wirklich auf den Heimweg. Stattdessen begab ich mich zum Palazzo Moretta. Hätte auch nur ein einziges Licht gebrannt, hätte ich geläutet, doch alles war dunkel. Sie waren offenbar schon zu Bett gegangen.

Ich wies den Gondoliere an, mich zur Casa Dana Rosti zu fahren. Bei Odilé brannte nur ein einziger Leuchter, und es flackerten keine Schatten. Niemand rührte sich, und es war keine Gondel eines Besuchers zu sehen. Erst jetzt wurde mir bewusst, dass ich befürchtet hatte, Odilé könnte sie gefunden haben – doch ich wusste ja, dass das unmöglich war. Ich hatte sie beobachtet. Ich hätte es erfahren.

Es war jetzt schon sehr spät, beinahe drei Uhr, und erbärmlich still; sogar der Nebel, der über dem Wasser hing, schien sich nicht zu bewegen, als meine Gondel durch ihn auf die Fondamenta zuglitt. Die Nacht fühlte sich seltsam an, als würde die Welt Wache halten, aber das lag nur daran, dass ich es tat, und da ich es wusste, ließ ich zu, dass meine Unruhe in Erleichterung umschlug. Sie waren nicht hier – natürlich nicht. Warum hätten sie hier sein sollen? Ich bezahlte den Gondoliere, stieg aus und ging wieder neben dem verrottenden Boot in

Stellung. Ich schlug den Kragen hoch und bereitete mich auf eine weitere Nachtwache inmitten der Geister von Venedig vor.

KAPITEL 28

Odilé

SIE VERABSCHIEDETEN SICH NOCH VOR MITTERNACHT, UND ALS SIE fort waren, wirkte das Zimmer gespenstisch still und gedämpft; obwohl die Kerzen flackerten, gingen immer noch Menschen umher. Bis auf einen einzigen Leuchter blies ich alle Kerzen aus, saß eine Weile im schwachen Licht und versuchte, meine unregelmäßige und schmerzhafte Atmung zu beruhigen.

Der Abend war eine schwere Prüfung gewesen. Ich war Begehren und Verlangen gewohnt – schließlich waren sie der Grund für meine Existenz –, aber ich konnte mich nicht erinnern, mich je so wie heute gefühlt zu haben. Die machtvolle Empfindung überkam mich und ergriff derart stark von mir Besitz, dass ich mich in ihrer Raserei buchstäblich auflöste und nur noch aus Sehnsucht bestand. Ich wollte ihn so unbedingt, wie ich nur je einen Mann gewollt hatte. Er hatte meinen Hunger zu einem Fieber aufgestachelt, sodass ich mich kaum noch hatte beherrschen können, und doch schien mein Appetit keine Wirkung auf ihn zu haben. Ich hatte bei ihr nicht das Geringste gespürt, und das sagte mir, dass sie keinerlei Talent hatte, ganz gleich, was er über ihre Geschichten behauptet hatte. Aber seine Begabung … Sie musste sogar noch außerordentlicher sein, als ich geahnt hatte, vielleicht größer als jede, an der ich mich je zuvor gelabt hatte. Ich spürte unter Schmerzen, wie mich ein Schauer der Erregung durchlief.

Was wünschst du dir am meisten, Odilé?

Ich versuchte, die tosenden Ströme meines Gedächtnisses zu ignorieren, doch die eine Erinnerung, die ich vergessen wollte, erschien beharrlich und klar immer wieder vor meinem inneren Auge. Die tiefschwarze Nacht, der Sturm, der draußen tobte, der Wind, der heulend durch die engen, verwinkelten Gassen fegte, der Regen, der auf die Pflastersteine peitschte ... Das Klopfen an meiner Tür zu so später Stunde. Der Schrecken, den ich empfand, als ich die Tür öffnete und Madeleine allein davor stehen sah, ohne dass ein Diener in Sicht gewesen wäre.

»Was ist?«, fragte ich sie. »Was ist geschehen?«

Sie drängte sich an mir vorbei herein. Ihr blondes Haar hing ihr über die Schultern, und sie wirkte verhärmt und blass, sodass ihre Augen sich wie funkelnde Kohlestücke von ihrem bleichen Gesicht abhoben. Ich schloss die Tür und zog meinen Umhang enger um mich. Sie ging zum Kamin, der kaum Wärme spendete, weil das Feuer schon für die Nacht abgedeckt war, und streckte die Hände aus, sodass ihre Armbänder sichtbar wurden – sie war noch wie für ein Fest gekleidet, obwohl es fast schon Morgen war. Sie verließ solche Veranstaltungen selten früh, und ich wusste, dass etwas vorgefallen sein musste, um sie herzuführen.

Meine Besorgnis wuchs. Ich eilte zum Kamin, schürte die Glut und fachte das Feuer neu an. »Soll ich dir etwas Tee holen? Oder Wein?«

Sie zitterte, als sie den Kopf schüttelte, aber ich ging in die Küche und wärmte etwas Wein für sie. Als ich ihn ihr brachte, trank sie ihn dankbar, sagte aber immer noch nichts, und ich ließ sie stumm dort sitzen, bis ich es nicht länger ertragen konnte. »Ich verstehe das nicht. Warum bist du jetzt hier?«

Sie wandte sich mir zu, und irgendetwas stand in ihrem Gesicht – ich kann es nicht beschreiben, aber es entsetzte mich. Sie streckte mir die zitternde Hand hin: bleiche, dürre Finger. Sie flüsterte: »Sieh dir nur an, was ich bin.«

Ich hatte keine Ahnung, was sie mir zeigen wollte. »Du siehst aus, als wärst du sehr erschrocken. Und du bist eiskalt.«

Sie schüttelte wieder den Kopf, diesmal geradezu heftig. »Du lässt zu, dass du blind bleibst, Odilé. Sieh mich doch nur an! Sag mir, was du siehst.«

Ich war verwirrt und fühlte mich von Augenblick zu Augenblick unbehaglicher. »Ich sehe meine Freundin, Madeleine Dumas, die große Männer inspiriert hat und noch viele inspirieren wird.«

Sie lachte, aber nicht ohne eine gewisse spröde Häme. »Du hast einmal gesagt, du wärst gern wie ich. Ist dem noch immer so?«

»Ja, natürlich«, sagte ich. »Warum auch nicht?«

»Ich frage mich, ob du es dir immer noch wünschen wirst, wenn du die Wahrheit kennst.«

»Welche Wahrheit ist das?«

Sie beugte sich zu mir herüber, um meinen Arm zu umfassen. Sie war sehr stark; ich spürte, dass es mich Kraft gekostet hätte, mich loszureißen, und staunte, dass ich auch nur daran dachte, es zu tun. Das hier war doch Madeleine, meine Freundin und Lehrmeisterin, aber… in diesen Augenblicken schien sie etwas ganz anderes zu sein. Etwas, das nicht hierher an meinen Kamin gehörte.

»Madeleine, du machst mir Angst.«

Bei diesen Worten lockerte sie ihren Griff. Ihre Augen flammten nicht mehr, sondern gewannen ihren üblichen hellen Glanz zurück. Ihr Gesicht wirkte nicht mehr so ernst und abgehärmt – ihre Wangen wurden wieder rosig, ihre Stirn glättete sich, und der zarte Haarflaum an ihren Schläfen war wieder zu erkennen. Sie zog sich zurück.

»Wie alt bin ich?«, fragte sie mich fordernd.

Die Frage verwirrte mich nur noch mehr. »Das weiß ich nicht. Etwa in meinem Alter, glaube ich. Nicht über vierzig.«

Sie verzog die Lippen zu einem Lächeln und sah ins Feuer,

das nun heiß brannte und ihr Gesicht mit einem orangegelben Schein überzog. »Ich lebe seit fünfhundertzweiunddreißig Jahren.«

Ich dachte, sie hätte Fieber oder wäre verrückt geworden. Der Wahnsinn des Dichters, den sie verlassen hatte, war vielleicht irgendwie ansteckend gewesen. Ich wusste nicht, was ich sagen sollte.

»Ich bin müde«, fuhr sie fort, »und das nun schon seit einer ganzen Weile. Und ich halte seit Längerem Ausschau nach jemandem, der meinen Platz einnehmen kann. Aber ich habe niemanden gefunden. Bis jetzt.«

»Du musst schlafen. Komm, ich…«

Sie zuckte vor meiner ausgestreckten Hand zurück. »Verstehst du nicht, Odilé? Ich verrate dir gerade die Geheimnisse, die zu enthüllen du mich angefleht hast. Willst du sie wirklich wissen? Oder war das nur so dahingesagt?«

Ihre Augen standen wieder in Flammen. Ich erinnerte mich an das Gespräch, das wir erst vor wenigen Tagen geführt hatten, das Gerede über Dämonen und meinen Eindruck, dass darin etwas mitschwang, das ich nicht benennen konnte. Vorsichtig, als würde ich mich einem wilden Tier nähern, sagte ich: »Ich möchte es wirklich wissen.«

Sie lächelte dünn. »Du hältst mich für verrückt. Ich kann dir versichern, dass ich es nicht bin.«

Die Luft um sie herum schien zu flirren. Ich ertappte mich dabei, einen Schritt zurückzutreten.

»Ich bin seit fünfhundertzweiunddreißig Jahren am Leben«, wiederholte sie, diesmal langsam, als wäre ich ein Einfaltspinsel, der ihre Worte nicht begreifen konnte. Ich konnte mich weder rühren noch den Blick abwenden. »Mir wurde diese Gabe zuteil, als ich zweiunddreißig war. Ich wollte jung bleiben, verstehst du? Ich wollte niemals alt werden. Damals verstand ich nicht, welche Bürde das bedeutet.«

»Die Gabe«, sagte ich behutsam. »Um welche Gabe handelt es sich?«

»Errätst du das nicht?«, fragte sie.

»Nein.«

Ihr Lächeln wurde breiter, aber diesmal wirkte es bitter. »Man hat uns mit vielen Namen belegt: Dämonen und Engel, Töchter von Lilith und Naamah, Sirenen und Banshees.«

Ich hatte das Gefühl, in einem seltsamen und verstörenden Traum gefangen zu sein. »Was?«

»Hast du nicht von den Frauen gehört, die sich mit gefallenen Engeln vereint haben und selbst zu Dämonen wurden?«

»Du ... Du hast mit einem gefallenen Engel geschlafen?« Ich konnte nicht glauben, dass ich so etwas auch nur auszusprechen wagte.

Ungeduldig schüttelte sie den Kopf. »Ich habe es dir doch gerade gesagt. Die Gabe wurde an mich weitergegeben. Die gefallenen Engel sind nur die Geschichte unseres Ursprungs. Aber genau das bin ich wirklich, Odilé: ein Sukkubus. Das bin ich nun schon seit fünfhundert Jahren, und ich möchte es nicht mehr sein. Ich bin müde, Chérie. Aber ich kann nicht einfach darauf verzichten. Es muss immer einen von uns geben. Verstehst du? Ich kann nicht sterben, bevor ich die Gabe weiterreiche. Du musst sie mir abnehmen.«

Das verstand ich ganz und gar nicht – nicht das Geringste von dem, was sie mir da sagte. Ein Sukkubus? Das war absurd; ein Fiebertraum, eine Krankheit.

Sie fuhr fort: »Als du mir jenen Dichter gebracht hast, erkannte ich, dass du viel besser darin sein würdest als ich. Du hast mir gesagt, ich könnte die Welt verändern, wenn ich eine bessere Wahl treffen würde. Jetzt biete ich dir genau das an: Du könntest die Welt verändern. Du hast den Blick, den man dafür braucht. Denk an das, was du mir gesagt hast. Du möchtest Spuren hinterlassen. Du willst, dass man sich an deinen Namen erinnert. Das kann ich dir schenken.«

Meine Gedanken überschlugen sich – sollte ich weiter zuhören, sie ins Bett bringen, den Arzt rufen? Aber ich war von ihrem Blick wie gelähmt und wurde mir nach und nach bewusst, dass ich keinen Wahnsinn in ihren Augen sah. Doch wie konnte das sein? Alles, was sie sagte, war unmöglich.

Sie fuhr gemessen fort: »Du hast von Anfang an gewusst, dass ich nicht wie alle anderen bin. Was in mir wohnt, spricht dich an, Chérie, das weißt du doch selbst. Du bist schön und kundig. Ich kann dich noch schöner machen. Ich kann dir die Macht verleihen, nach der du dich sehnst. Ich kann dir die Sehnsucht nehmen, die dich peinigt. Du weißt, dass ich dazu in der Lage bin.«

Die Wahrheit hat ihre ganz eigene Art, zu einem durchzudringen und sich an Furcht und Entsetzen vorbeizuschleichen. Meine Instinkte regten sich. Alles, was mich an Madeleine je gewundert hatte, verlieh ihren Worten nun einen Sinn: ihre unwiderstehliche Schönheit, der Wahnsinn derjenigen, die in ihren Bann gerieten, die Macht ihrer Inspiration.

Dennoch weigerte ich mich, daran zu glauben. »Was du sagst, ist unmöglich.«

»So? Stell es dir vor, Odilé. Stell dir Männer vor, die von dir inspiriert werden. Männer, die dich nie vergessen werden. Eine Welt, die dich nicht vergisst.«

Sie wusste, was sie sagen musste – was die stärkste Wirkung auf mich ausüben würde.

»All das kann einem nicht einfach geschenkt werden«, wandte ich ein. »Solch eine Gabe …«

»Du irrst dich. Sie kann einem doch geschenkt werden. Ich kann sie dir verleihen. Sieh mich an, Odilé.«

Ich sah, wie sich ihr Blick veränderte: Die Schwärze in ihren Augen funkelte und wirbelte. Übernatürlich. Okkult.

Dämonenaugen. Ich erinnerte mich an die Augen auf dem Porträt und ihre Frage, ob ich um jeden Preis Unsterblichkeit wollte.

»Nein«, flüsterte ich entsetzt. »Nein. Unmöglich.«

Sie stand auf und trat so nah an mich heran, dass ich die Wärme ihres Atems spürte, als sie zu mir sprach. »Es ist eine Gabe. Und ich kann sie dir geben. Bitte mich darum, Odilé. Bitte mich. Sei, was ich bin.«

Ich konnte es nicht glauben, nicht einmal, als ihre Worte sich in mein Herz stahlen und die Versuchung erwachte. Was sie mir anbot... Das konnte doch nicht sein, oder? Andererseits... hatte ich sie wirklich erkannt. Ich hatte erkannt, dass ihre Augen nicht von dieser Welt waren, und wusste, dass sie keine Einbildung war. Und um die Wahrheit zu sagen, sehnte ich mich tatsächlich danach, wie sie zu sein – wie konnte ich dem Angebot da widerstehen? Wenn so etwas möglich war... Ich sehnte mich schon so lange danach, mein ganzes Leben lang. Bekannt zu sein. Nicht vergessen zu werden. Einen bleibenden Eindruck zu hinterlassen.

Ich hatte nun das Gefühl, als wären mein Schicksal und jeder Schritt, den ich je unternommen hatte, nur auf diesen Augenblick hin ausgerichtet gewesen. Meine Gier keimte unwiderstehlich auf, und das musste Madeleine im Voraus gewusst haben.

Ich hörte meine eigene Stimme heiser vor Verlangen flüstern: »Ja. Ja. Was muss ich tun?«

Die Befriedigung, die sich in ihrem Gesicht spiegelte, hätte mich eiskalt werden lassen, wenn ich das, was sie mir anbot, nicht so unbedingt gewollt hätte. »Es gibt einige Dinge, die du wissen musst. Hör genau zu. Es gibt Regeln, gegen die du nicht verstoßen darfst. Du wirst jedem Mann als das Begehren selbst erscheinen. Aber nur die mit Begabung können dich nähren, und wenn du dich zu lange gegen deinen Appetit sperrst, wird er sich aus der Welt um dich herum speisen – Vogelgesang, das Pfeifen eines Bauern, die Kunststücke eines Gauklers ... Sogar derart kleine Talente wirst du aussaugen. Um deinen Hunger wirklich zu stillen, musst du mit jemandem das Bett teilen.« Ihr Lächeln wurde verschlagen. »Du bist schließlich ein Sukkubus. Die fleischgewordene Versuchung.«

»Und dann?«, fragte ich.

»Die Energie, die du Künstlern aussaugst, hinterlässt ein Gift in ihrem Blut – eine Art Wahnsinn, wenn du so willst. Für sie wird dieser Wahn zur Inspiration. Du wirst für jeden Mann, von dem du dich nährst, zur Muse werden, zumindest eine gewisse Zeit lang. Diejenigen, die zu wenig Talent haben, wirst du aussaugen, bis sie sterben, also musst du vorsichtig sein. Aber Folgendes ist das Wichtigste von allem, Odilé, und du darfst es nicht vergesse: Alle drei Jahre musst du den einen erwählen.«

»Den einen?«

»Den Künstler, mit dem du einen Handel schließt. Er muss zustimmen, Odilé. Er muss dir seine Seele verkaufen: seine Begabung im Tausch gegen Inspiration. Sobald der Handel besiegelt ist, wirst du ein Entzücken verspüren, wie du es noch nie erlebt hast. Du wirst ihn so inspirieren, dass er bis an die äußersten Grenzen seiner Fähigkeiten geht. Für ihn wirst du die Muse aller Musen sein.«

»Wie du für den Dichter«, sagte ich.

Ihr Lächeln war eiskalt – ich erkannte darin keine Trauer über sein Schicksal. »Ja. Alles, was er ist, wird er in die Erschaffung eines letzten Werks legen, das den Höhepunkt seiner Vortrefflichkeit bildet. Und dann wird sein Talent verschwunden sein und nie mehr wiederkehren. Einige von ihnen werden danach verrückt oder nehmen sich das Leben. Sie werden nie wieder etwas erschaffen. Aber dein Hunger wird gestillt sein. Für eine gewisse Zeit wird er Winterschlaf halten. Und dann beginnt der Zyklus von Neuem. Dein Hunger wird immer weiter wachsen, von Tag zu Tag, von Woche zu Woche, bis du wieder jemanden erwählst.«

»Das kommt mir wie ein ungünstiger Handel für sie vor«, sagte ich und dachte an die Verzweiflung ihres Dichters zurück.

Madeleine zuckte mit den Schultern. »Du hast mir gesagt, du wärst der Meinung, dass es jeden Preis wert ist, die Welt zu inspirieren. Hast du es dir anders überlegt?«

Ich dachte an die unübertrefflichen Gedichte des Mannes, den Grund dafür, dass ich ihn zu ihr gebracht hatte. »Nein. Und wenn ich das Talent, das ich will, nicht finde? Wenn ich niemanden erwähle?«

Madeleines Augen verdüsterten sich. Ihr Gesicht verhärtete sich und erstarrte. »Das willst du nicht tun, Chérie.«

»Was geschieht dann?«, fragte ich mit Nachdruck. »Du musst es mir erzählen. Sag mir alles, wenn ich mich darauf einlassen soll.«

»Das könntest du dir in deinen schlimmsten Albträumen nicht vorstellen.« In dem Moment sah ich dann tatsächlich den Dämon, auf den ich zuvor nur einen kurzen Blick erhascht hatte. Ich sah die Augen aus dem Porträt und eine furchtbare Leere, die Entsetzen in mir weckte. »Der Dämon in dir wird wachsen, bis du nur noch aus deinem Hunger bestehst. Er wird alles verschlingen, jeden Funken Talent, der seinen Weg kreuzt. Er wird zu gierig sein, um wählerisch zu bleiben. Du wirst allem die Schaffenskraft aussaugen, bis der Hunger gestillt ist – denn schließlich verfügt jeder über ein gewisses Maß an Einfallsreichtum und Fantasie. Du wirst zum Ungeheuer werden, und es wird einige Zeit dauern, bis du wieder du selbst wirst. Wenn du es zu oft so weit kommen lässt, dann … dann wirst du irgendwann nicht mehr in der Lage sein, den Dämon zu beherrschen. Odilé wird für immer verschwinden, ganz gleich, wie oft du dich nährst oder wem du den Tod bringst. Du – Odilé – wirst verschwunden sein, aber der Dämon wird überleben; du wirst zu ihm werden und so bleiben, bis du jemanden finden kannst, der die Gabe annimmt. Denn das Sukkubusungeheuer kann nicht getötet oder vernichtet werden. Man kann es nur weitergeben.«

Ein derartiges Grauen kann man sich ohne Erfahrung nicht wirklich ausmalen, und so konnte ich es mir nicht vorstellen. Ich wollte das, was sie mir anbot, so sehr, dass ich glaubte, solch düstere Umstände würden sich für mich nie ergeben. Wie schwer konnte es schon sein, alle drei Jahre jemanden zu erwählen? Ich war einen Großteil meines Lebens lang Kurtisane gewesen, und vor mir lag nur noch eine trostlose Zukunft. Aber das hier... die Muse zu sein, die jemanden zu solchen Höhenflügen inspirierte, gefeiert und vergöttert... Die Welt würde mir zu Füßen liegen. Wie konnte ich das nicht wollen?

»Nun gut«, sagte ich. »Ich verstehe. Schenk mir die Gabe. Ich nehme sie an.«

Madeleine trat an mich heran, ergriff meine Hand und drückte sie so fest, dass die Edelsteine der Armbänder an ihren Handgelenken sich in meine Haut gruben. Sie beugte sich nahe an mich heran und flüsterte mir in drängendem Befehlston ins Ohr: »Was wünschst du dir am meisten, Odilé?«

Ich spürte, dass es sich um ein Ritual handelte. »In Erinnerung zu bleiben.«

Sie drückte mir etwas in die Hand – als ich darauf hinabsah, erkannte ich ein Messer. Ich hatte keine Ahnung, woher es gekommen war. Als ich sie fragend ansah, sagte sie: »Du musst es benutzen, Chérie. Es kann nur eine von uns geben, und die eine muss sterben, damit die nächste leben kann.«

Ich starrte sie entsetzt an und begriff sofort, was sie von mir erwartete. Ich versuchte, mich loszureißen, aber sie hielt mich fest. »Nein«, sagte ich. »Das kann ich nicht. Du verlangst von mir, dich zu töten. Wie kann ich das tun? Ich habe dich lieb. Ich würde dich nie gegen das hier eintauschen.«

Sie schloss die Finger enger um mein Handgelenk. Die Dämonenaugen funkelten. »Du wirst es mir jetzt nicht abschlagen!«

»Ich kann es nicht. Nein, das mache ich nicht.«

»Ich bin bereit zu sterben, Odilé. Ich bin müde. Ich kann ohne Hilfe nicht dahinscheiden. Ich will es. Erweise dich als die Freundin, die du zu sein behauptest. Nimm mir diese Bürde ab. Nimm sie. Tu es. Ich bin bereit. Enttäusch mich nicht.«

Ich wünschte, ich könnte behaupten, mich diesem Gräuel verweigert zu haben, aber ich tat, was sie von mir verlangte. Letztlich wollte ich das, was sie mir anbot, so sehr, dass ich nun, da sie mir eine solche Möglichkeit in Aussicht stellte, nicht mehr in mein altes Leben zurückkehren konnte.

Sie schlang die Finger um meine Hand, zwang mich, den Messergriff zu umfassen, und gab mir die Kraft, die mir selbst fehlte, indem sie mich führte, als ich zögerte. Ich rammte das Messer in sie. Ihre Augen weiteren sich; ihr stockte der Atem. Ich spürte die Wärme ihres Bluts auf meiner Hand. Ich sah ihre Erleichterung und Freude.

Das Letzte, was sie zu mir sagte, war: »Vergiss nicht, Odilé: Du kannst nur einen erwählen.«

Dann spürte ich einen Sog in meinem Blut, eine kraftvolle Macht, die von mir Besitz ergriff, einen Schlag, der mich atemlos zu Boden gehen ließ. Mir brannten Finger und Zehen, ja sogar die Haarspitzen. Ich stand in Flammen, alles verzehrte mich. Ich schrie laut auf, und plötzlich saugte etwas an meiner Haut und zerrte daran, als wollte es das Unterste in mir zuoberst kehren, die Welt vor meinen Augen verglühte. Dann war auf einmal alles vorbei, und ich lag mit Blut an den Händen neben Madeleines Leiche. Ich empfand ihre Abwesenheit als gähnende, düstere Leere. Sie war nicht mehr da, und daran war ich schuld. Meine einzige Freundin war tot, und ich war allein – obwohl mir damals noch nicht bewusst war, wie allein ich wirklich war.

Zitternd erhob ich mich und versuchte, mir die Hände am Rock abzuwischen. Das Blut ließ sich nicht abreiben; fast schien es, also sollte es zur Erinnerung an den Preis, den ich gezahlt hatte, für immer an mir haften. Als ich stolpernd auf die Beine kam und spürte, dass mir übel wurde, erhaschte ich in dem Spiegel über dem Kamin einen Blick auf mich selbst. Ich erstarrte vor Erstaunen. Das Spiegelbild, das mich ansah, war ich – aber gesteigert, überhöht. Ich war immer schön gewesen, doch nun haftete mir noch etwas anderes an, das ich wiedererkannte, weil ich es bei Madeleine gesehen hatte. Ein Leuchten in meinen grauen Augen, eine klaffende Dunkelheit in ihren Tiefen.

Ich war zu betört von der Verwandlung, um mich zu fürchten. Das tat ich erst viel, viel später.

Die Erinnerung verblasste. Als ich die Augen wieder aufschlug, war ich fast verwundert, mich in meiner venezianischen Sala wiederzufinden. Tränen brannten mir in den Augen – ich vermisste sie immer noch so sehr und bedauerte zutiefst, dass sie nicht mehr da war. Und das Schlimmste daran war die Ironie – denn ich hatte ja noch nicht einmal bekommen, was ich gewollt hatte, nicht wahr? Ich war eine Muse, gewiss, aber wer wusste schon, dass Odilé León Byron, Canaletto und Schumann inspiriert hatte? Wer kannte meinen Namen?

Ich ging in mein Schlafzimmer und zündete das Gaslicht an. An der Wand stand eine mit einem schweren Vorhängeschloss versperrte eisenbeschlagene Truhe. Ich zog den Schlüssel aus der Tasche und drehte ihn im Schloss, hob den Deckel an und starrte auf mehrere eingewickelte Päckchen hinab. Ich nahm eines nach dem anderen heraus: Porträts, die alle mich zeigten, Miniaturen, Skizzen, Musik und Gedichte,

Papierstapel, die mit steif gewordenen, ausgeblichenen Bändern umwunden waren, zerfledderte Bücher. Ich wühlte alles durch. Da! Fast auf dem Boden lag, was ich suchte, ein Tagebuch, das im Laufe der Zeit so vergilbt war, dass sich die einzelnen Seiten an den Rändern aufzulösen begannen.

Ich hob es auf. Die Tinte war bereits stark verblasst. Seite um Seite in meiner eigenen fließenden Handschrift, Auflistungen von allem, was ich herausgefunden hatte. Ach, es waren eigentlich nur wenige Seiten! Madeleine hatte nicht viel darüber verraten, woher wir stammten und warum wir existierten, und obwohl ich mein Bestes getan hatte, mehr in Erfahrung zu bringen, gab es nicht viel zu entdecken. Das Meiste, was über Sukkubi geschrieben worden war, handelte nur von Entsetzen, Abwehr und Unmoral. Lilith, die Mutter, die Ehefrau, die Erste. Nachdem sie sich geweigert hatte, mit Adam zu schlafen, wenn sie ihm nicht gleichgestellt sein sollte, war sie aus dem Garten Eden ins Exil gegangen, hatte sich mit dem gefallenen Engel Samael eingelassen und war zum Sukkubus geworden. Als Gott drei Engel entsandte, um sie zu fangen, fanden sie sie im Bett mit Samael, und als sie sich weigerte, zu Adam zurückzukehren, drohten sie, ihre Dämonenkinder zu töten. Sie weigerte sich weiterhin. Der Legende nach nehmen sie bis heute Rache, indem sie Säuglingen im Schlaf Schaden zufügen. Aber wenn es tatsächlich noch eine Lilith gab, so wusste das Tagebuch nichts davon, und es waren auch nicht Liliths Kinder, an denen diejenigen, die über sie schrieben, sich störten, sondern ihre ungeheuren Reize und die Unwiderstehlichkeit des Verlangens, das sie heraufbeschwor. Lilith, die Verkörperung der Lust, wurde mit Asmodäus gleichgesetzt, dem Teufel der Unzucht. So hieß es im *Hexenhammer*: »Begierig zu schaden, immer auf neuen Trug bedacht... Sie erregen Stürme, verwandeln sich in Engel des Lichts, tragen immer die Hölle bei sich... weil sie nämlich durch die Üppigkeit des Fleisches mächtig in den

Menschen herrschen.« Oder *Sprüche* 2,18: »Denn ihr Haus neigt sich zum Tode und ihre Wege zum Ort der Toten; alle, die zu ihr eingehen, kommen nicht wieder ...«

Ich kannte die Namen von Sukkubi vergangener Epochen: Naamah, Agroth, Mahaleth. Lamaschtu, der dämonische Sukkubus von Mesopotamien. Qarinah von Arabien. Lilitû in Assyrien. Lamia – nur ein anderer Name für Lilith. Circe. Leanan von den schottischen Sidhe, eine blutsaugende Dämonin, die zugleich die Muse der Dichter war.

So viele, und dennoch ... Und dennoch hatte ich nur Madeleine getroffen, und sie hatte angedeutet, dass es keine anderen gab. Es kann nur eine von uns geben. Aber der *Hexenhammer* erklärte: »Dass es immer ... Inkubi und Sukkubi gegeben hat, kann niemand bezweifeln.« Inkubi und Sukkubi, Plural. Wenn dem so war, wo waren sie dann? Wie war es möglich, dass ich so allein war?

Obwohl ich alle »Tatsachen« festgehalten hatte, von denen ich gelesen oder auf andere Art erfahren hatte, wusste ich nicht, welche der Wahrheit entsprachen und welche Lügen oder reine Fantasterei waren. Es hatte Zeiten und Schrecknisse wie in Barcelona gegeben, die mich hatten glauben lassen, dass die Bösartigkeit den Sukkubi zu Recht zugeschrieben wurde. Aber in meinen vernünftigeren Augenblicken wusste ich, dass das, was ich zu Madeleine gesagt hatte, der Wahrheit entsprach: Die Vergnügungen, die ich zu bieten hatte, veränderten die Welt, und das war der eigentliche Grund dafür, dass man uns fürchtete. Begehren machte uns alle zu Narren, nicht wahr? Was war beherrschender als ungestilltes Verlangen? Was, wenn nicht das Wollen, ließ Menschen in tödliche Abenteuer ausziehen oder sinnlose Kriege vom Zaun brechen? Was sonst führte zu Diebstahl und Mord? Das Begehren selbst war nicht der Feind, sondern die Unfähigkeit, es zu stillen. Begehren war nur eine Gefühlsregung, die auch nicht bösartiger als die Liebe war.

Und wenn Sukkubi ausschließlich böse waren, wie sollte man sich dann den Rest der Gabe erklären? Wie konnte man Kunst und Schönheit für unheilig erklären, ganz gleich, was einen dazu inspiriert hatte?

Es hatte seinen Zweck, dass wir existierten – dass ich existierte: Wir gaben der Menschheit einen Grund, nach etwas zu streben. In einer Welt, die auf Ausgleich bedacht war, musste es notwendigerweise etwas geben, das Tod, Krankheit und Leid entgegenstand. Inspiration. Schönheit. Liebe brauchte Hass. Zerstörung war für die Schöpfung vonnöten. Für große und unvergängliche Schönheit musste ein Preis gezahlt werden. Die Kunst erforderte ein Opfer, und da kam ich ins Spiel.

Gleichgewicht. Symmetrie.

Ich machte mir keine Gedanken mehr über Philosophie; ganz wie Madeleine war ich der Debatte längst müde. Es gab nichts Neues unter der Sonne. Deshalb machte ich nur Jagd auf junge Männer, denn sie waren das Leben wenigstens noch nicht leid. Ihre Freude daran und ihre Unschuld spendeten mir Kraft, waren aber nichts wirklich Neues. Sie gehörten nicht mir. Sie waren nur ein Spiegelbild, ein Abglanz, nie etwas, das ich berühren konnte.

Mit Joseph Hannigan war mir etwas Besonderes zuteilgeworden, und ich fragte mich, ob er wohl derjenige sein würde, der mir die Achtung zollte, auf die ich nun schon seit vier Menschenaltern wartete. Würde er mir endlich die Belohnung für mein Opfer zuteilwerden lassen, um deretwillen ich um die Gabe gebeten hatte?

Ich glaube, dass er es war. Allerdings hatte ich das auch von Byron angenommen, nicht wahr? Und von Schumann. Von Canaletto. Nach all den Jahren war ich immer noch töricht genug, an Großmut zu glauben, ganz gleich, wie oft ich ernüchtert von dieser Vorstellung hatte Abschied nehmen müssen. Wie dumm, noch immer darauf zu hoffen, einem Mann in die

Augen zu sehen und zu glauben, dass er mir dauerhaft dankbar sein würde. Anzunehmen, dass er nicht nur seine eigene Begabung unsterblich machen, sondern seine Inspiration beim Namen nennen würde, den dann ganze Generationen ehrfürchtig flüstern würden. Dass er mir geben würde, was ich verdiente.

Aber manch törichte Hoffnung löst sich nie ganz auf, und Joseph Hannigan war einzigartig genug, sie mir zurückzugeben. Er hatte mich heute Abend überrascht, was selten genug vorkam; nicht nur mit dem Ausmaß seiner Begabung, sondern mit seinem Weltverständnis und seiner Ergebenheit seiner Schwester gegenüber. Ich verstand sie nicht, aber das spielte letzten Endes keine Rolle. Ich hatte seinen Gesichtsausdruck gesehen, als er mich gemustert hatte, und ich wusste, dass es keine große Herausforderung darstellen würde, ihn wieder herzulocken. Jetzt musste ich ihn nur noch überreden, mein Angebot anzunehmen und den Handel zu schließen. Ich rechnete nicht mit einem Kampf. Es war nie schwierig, einen talentierten Mann in Versuchung zu führen.

KAPITEL 29

Sophie

AM NÄCHSTEN MORGEN ERWACHTE ICH MIT DEM GEFÜHL, IN GEWIS-
ser Weise ein Gespenst inmitten der Welt zu sein, getrennt von
ihr und unsichtbar. Mein Bruder verstärkte diesen Eindruck
nur noch – er war sogar der eigentliche Grund dafür. Er saß
auf dem Kanapee und war so sehr ins Zeichnen vertieft, dass
es mir so vorkam, als hätte ich aufgehört, für ihn zu existieren.
Jede Bemerkung, die ich machte, beantwortete er entweder mit
Schweigen oder mit einem seltsam leeren Gesichtsausdruck,
einem Blinzeln, als koste es ihn Kraft, einen Blick auf mich
zu werfen, als wäre ich ein Geist, der eben noch da gewesen
und nun schon wieder verschwunden war. Ich hatte so etwas
bei Joseph noch nie erlebt, noch nicht einmal in den frühen
Jahren bei Miss Coring, in denen seine Verblendung noch die
Oberhand über Zorn und Hass gehabt hatte.

Es lag an Odilé León, das wusste ich. Ihr Zauberbann hing
noch immer in der Luft, und wenn ich das schon spürte ... Ich
warf einen verstohlenen Blick auf meinen Bruder, den Kohle-
staub, mit dem seine Hände und Manschetten verschmiert
waren, und die Haare, die ihm ins Gesicht fielen, ohne dass
er sie sich aus der Stirn zu schütteln versuchte, da er zu sehr in
dem aufging, was er vor seinem inneren Auge sah. Da erinnerte
ich mich an die Art, wie er sie gestern Abend angesehen hatte.
Wie er sie berührt hatte.

Joseph hatte sich schon mit vielen Frauen eingelassen, und
das war auch kein Wunder – man musste ihn nur ansehen, um
das zu erkennen. Aber noch nie hatte ich bei ihm diese Form

von Ruhelosigkeit gespürt, die auch mir unter die Haut zu gehen und mich unaufhörlich mit Nadeln zu peinigen schien, ohne dass deren Einstiche ganz auszumachen gewesen wären. Abermals hatte ich den Eindruck, etwas wiederzuerkennen, ohne zu wissen, worauf dieser Eindruck beruhte. Ich wusste nur, dass er verstörend war und etwas mit ihr und diesem seltsamen Auftrag zu tun hatte – *Sie verstehen etwas von Begehren.* Ihr Angebot hatte mich genauso verwirrt wie meinen Bruder. Wie konnte jemand auf Grundlage einer einzigen groben Skizze so viel Geld ausgeben? Es hatte wohl mehr damit zu tun, dass sie sich offensichtlich zu Joseph hingezogen fühlte, als mit dem Wunsch, seine Begabung zu fördern. Alles in mir riet mir, das Angebot abzulehnen. Aber wie hätten wir das tun können? Wir brauchten das Geld doch so dringend!

Es sei denn… Ich dachte an Nicholas Dane, die Loneghans, Josephs und meinen Plan. Was, wenn ich endlich dafür sorgen konnte, dass er Früchte trug? Loneghans Geld und Einfluss würden Odilé León mühelos überbieten. Und wenn es mir gelang, ihn ins Spiel zu bringen, konnte Joseph auf Odilé Leóns Auftrag verzichten. Keiner von uns würde sie je wiedersehen müssen. Ich musste nur noch Nicholas Dane davon überzeugen…

Der Gedanke an ihn weckte prickelnde Vorfreude in mir, aber ich gestattete es mir nicht, sie zu empfinden. Ich konnte es mir nicht leisten, sie zu spüren, nicht jetzt, da ich ihn mehr denn je brauchte. *Es gibt keine Ritter ohne Fehl und Tadel, Soph. Nicht wie in deinen Geschichten.*

Als wir an jenem Abend an Bord der Gondel gingen, um zum Salon zu fahren, musterte Joseph mich neugierig. »Woran denkst du? Du bist… ich weiß nicht, was das ist.«

Das war beinahe der erste vollständige Satz, den er an diesem Tag zu mir sagte. Ich erwiderte: »Ich hoffe, dass Mr Dane heute Abend da ist.«

Joseph zögerte. Dann fragte er: »Was hast du vor?«

»Wenn er da ist, werde ich uns noch vor Ende des Abends Henry Loneghan sichern.«

Mein Bruder sah mich prüfend an. »Jetzt haben wir doch etwas mehr Zeit, da Madame León ...«

»Sie kann uns nur Geld geben«, sagte ich fest. »Henry Loneghan kann uns alles geben. Dann brauchen wir Odilé León und ihren Auftrag nicht mehr.«

Ich entnahm seinem Blick, dass ihm eine Frage auf der Zunge lag, aber er stellte sie nicht. Stattdessen wirkte er leicht verstört. »Nun gut. Doch vergiss nicht, Soph, sag nicht Ja, aber ...«

»... sag auch nicht Nein. Ich weiß, was ich zu tun habe.«

»Du lässt es mich wissen, wenn du mich brauchst.«

Ich nickte lächelnd. »Sei einfach so charmant wie eh und je.«

Als wir die Casa Alvisi erreichten, verabschiedete ich mich mit einem Kuss von ihm und machte mich auf die Suche nach Nicholas Dane. Heute waren nicht allzu viele Gäste da, und so traf ich Mr Martin gleich in der großen Sala.

»Miss Hannigan! Sie sind heute Abend strahlend schön«, sagte er und beugte sich wie ein Höfling über meine Hand.

»Wie reizend von Ihnen. Ich vermute, Mr Dane hat Sie heute Abend nicht begleiten können?«

»O doch. Er ist hier.« Mr Martin schaute sich kurzsichtig um. »Nun ja, nicht hier, aber irgendwo in der Nähe.«

Ich begrub meine Erregung unter Entschlossenheit, streifte durch die Menge und reckte den Hals, um Mr Dane zu erspähen. Als ich ihn endlich in einem der kleineren Salons entdeckte, unterhielt er sich gerade mit einem Mann mit buschigem Schnauzbart, und ich spürte Wärme in mir aufsteigen. Plötzlich überkam mich der Wunsch, dass er mich spüren und sich umdrehen möge, um mich quer durch den Raum zu erspähen, als wüsste er schon, dass ich da bin. Wie mochte es sein, fragte ich mich, wenn jemand nur nach mir allein Ausschau hielt? Und gerade als mir der Gedanke kam, drehte er sich unglaublicherweise wirklich um, als hätte er es gewusst. Sein Blick traf mich, als hätte ich ihn magisch angezogen. Angesichts der Freude, die ich darin sah, stockte mir der Atem, und ich musste mich zwingen, an meine Aufgabe zu denken. Ich legte einen Befehl in meinen Blick – komm zu mir, folge mir –, wandte mich dann ab und verließ das Zimmer. Ich ging langsam, doch mein Herz raste, und ich fragte mich, ob er tatsächlich kommen würde.

Binnen weniger Augenblicke war er an meiner Seite, umfasste meinen Ellenbogen und flüsterte mir mit gesenkter Stimme ins Ohr: »Miss Hannigan, wie sehr ich Sie doch die letzten paar Tage über vermisst habe!«

Nimm dich in Acht, Sophie. Ich rief mir alles ins Gedächtnis, was auf dem Spiel stand, und schenkte Nicholas Dane einen koketten Blick. »So? Warum habe ich Sie dann nicht gesehen?«

»Andere Verpflichtungen haben mich ferngehalten, aber meine Gedanken haben Sie nie verlassen. Ich hatte mich darauf gefreut, Sie gestern Abend zu sehen – mehr, als ich in Worte fassen kann. Doch leider waren Sie nicht da.«

Ich berührte ihn am Arm. »Können wir … unter vier Augen miteinander sprechen?«

Er sah auf meine Finger hinab, dann wieder auf und schluckte krampfhaft. »Natürlich«, sagte er eilfertig und nahm wieder meinen Arm. Er führte mich durch die Menge, lächelte, nickte denjenigen, die er kannte, zu, um sie kurz zu begrüßen, und brachte mich schließlich in einen Raum, den ich für Arthur Bronsons Arbeitszimmer hielt. Dort war niemand, aber der Duft von Tabak hing noch in der Luft. Um der Sittsamkeit Genüge zu tun, schloss Mr Dane nicht die Tür – und ich war erleichtert. Solange die Tür offen stand, konnte ich nichts allzu Dummes tun.

Als wir zu einem Kanapee an der gegenüberliegenden Wand gingen, sagte ich: »Sie kennen dieses Haus gut.«

»Ich verbringe nun schon seit einigen Monaten fast jeden Abend hier«, entgegnete er. »Hierher zieht Arthur sich zurück, wenn der Salon ihm zu viel wird. Heute Abend ist er aber zu beschäftigt damit, sich mit einem alten Freund zu unterhalten.«

Der Plan. Loneghan. Denk nach. Ich fragte: »Haben Sie in den letzten Tagen wirklich an mich gedacht?«

»Ja«, sagte er.

»Das zu wissen hilft mir, mich besser zu fühlen; ich dachte, Sie hätten mich vielleicht als … unzureichend empfunden.«

Er wirkte verblüfft. »Unzureichend?«

»Was sollte ich denn sonst denken? Ich küsse Sie, und dann verschwinden Sie ohne ein Wort. Ich dachte, ich hätte Sie verärgert. Natürlich verstehe ich es, wenn …« Ich senkte den Blick, schaute wieder auf und setzte alle Schliche ein, die mir zu Gebote standen. »Nun ja, wenn ich vielleicht nicht besonders gut im Küssen bin.«

Wir saßen schon sehr nahe beieinander. Jetzt rückte er noch enger an mich heran, sodass er fast auf meinen Röcken saß. Es schien ihn eine gewisse Mühe zu kosten zu sagen: »Ganz und gar nicht. Nein, Sie sind … Sie sind sogar sehr gut darin.«

»Und natürlich war ich in letzter Zeit sehr oft abgelenkt, also habe ich mich vielleicht nicht allzu sehr angestrengt …«

»Abgelenkt?«

»Ich glaube, ich könnte es viel besser hinbekommen, wenn ich noch eine Gelegenheit bekäme und dabei nicht mit den Gedanken bei etwas anderem wäre. Und ich mag Sie so sehr, wissen Sie? Genug, um es noch einmal zu versuchen, wenn ich erst die andere Angelegenheit geregelt habe …«

»Welche Angelegenheit?«, fragte er – ganz schnell und äußerst eifrig. Die Art, wie er mich ansah … stieg mir zu Kopf.

Sein Blick blieb immer wieder an meinen Lippen hängen, als könnte er ihnen kaum widerstehen. Mein Mund wurde trocken. »Stimmt etwas nicht?«

»Nun, um die Wahrheit zu sagen ... Ich bin besorgt. Wir sind nach Venedig gekommen, damit Joseph seine Studien betreiben kann, aber es ist teurer geworden, als ich eingeplant hatte. Die ganze Zeit im Danieli, als ich keine Wohnung zur Miete finden konnte, und jetzt ... Ich fürchte, wir müssen bald nach New York zurückkehren, wenn nicht ...«

»Wenn nicht?«

»Es tut mir leid, ich sollte Sie damit nicht belasten.«

»Nein, nein, schon gut.« Seine Hand kam auf meinem Arm zu ruhen; seine Finger übten Druck auf die Seide meines Ärmels aus, und ich ertappte mich dabei, die Berührung ein wenig zu sehr zu genießen.

»Leider lässt sich nichts dagegen unternehmen. Ich werde Sie vermissen, Mr Dane, aber es ist nun einmal so, dass Joseph und ich nicht genug Geld haben, länger zu bleiben.«

»Ich verstehe. Was ... was, wenn es eine Möglichkeit gäbe, wenn ich nur ... Ich weiß, dass Ihr Bruder hier ist, um Studien zu betreiben, aber meinen Sie, er hätte etwas dagegen, einen Auftrag anzunehmen?«

Mein Herz machte einen Sprung. »Einen Auftrag?«

»Ich könnte ihn Henry Loneghan vorstellen; der ist immer auf der Suche nach neuen Künstlern. Ich könnte ihm Ihren Bruder empfehlen.«

»Das würden Sie für uns tun?«

»Natürlich. Ihr Bruder ist der begabteste Künstler, den ich seit Jahren gesehen habe. Henry wird von ihm begeistert sein. Ich kümmere mich morgen darum. Was meinen Sie, wäre das eine Hilfe?«

»Oh! Oh, ja, das wäre eine Hilfe. Eine große Hilfe!« Wie einfach es doch gewesen war ...

»Ich kann Ihnen natürlich nichts versprechen, aber Henry legt Wert auf meine Meinung. Ich kann mich nicht erinnern, wann er mir zum letzten Mal etwas abgeschlagen hat. Ich glaube sogar, er hat es noch nie getan.«

Ich versuchte gar nicht erst, mein Lächeln zu unterdrücken. »Sie sind der beste Freund überhaupt, Mr Dane, wirklich! Joseph wird so dankbar sein.«

»Das freut mich, aber es ist Ihre Dankbarkeit, auf die es mir am meisten ankommt.« Seine Hand tastete sich zu meiner vor. Er schob mir den Daumen unter die Finger, in die Handfläche. Obwohl mein Handschuh sich zwischen uns befand, fühlte sich die Berührung intim an.

Das Begehren, gegen das ich schon so lange ankämpfte, durchströmte mich. »Ich verstehe. Und haben Sie schon irgendeine Vorstellung, wie ich Ihnen danken könnte?«

Er beugte sich vor: »Vielleicht mit diesem Kuss …«

Das Letzte – den zischenden S-Laut – sprach er an meinem Mund. Ich spürte die Wärme seines Atems, unmittelbar bevor seine Lippen meine berührten, bevor sie zudrückten und sich öffneten, und ich seufzte, ließ ihn ein, schlang ihm die Arme um den Hals, zog ihn näher heran und erwiderte seinen Kuss. Einen Moment lang vergaß ich alles, was ich hätte tun sollen, den ganzen Plan. Seine Hand legte sich an meine Brust; ich spürte ihre Wärme sogar durch die Lagen von Seide, Korsett und Unterhemd hindurch und bemerkte, wie etwas in mir sich löste, ein wachsendes Aufkeimen von Verlangen. Ich schmiegte mich an ihn, hörte ein Raunen, ein Stöhnen, und plötzlich kamen mir Josephs Worte wieder in den Sinn: *Sag nicht Ja, aber sag auch nicht Nein.* Ich wusste, dass ich Gefahr lief, alles zu tun, wovor er mich gewarnt hatte.

Die Vergangenheit zog an meinem inneren Auge vorbei, alles, was ich zerstört hatte, weil ich allein so etwas Besonderes hatte sein wollen und darüber blind geworden war. Ich sollte

Nicholas Dane bezaubern, nichts mehr als das. Ich sollte ihn nur benutzen, um an Loneghan heranzukommen. Ihn weder mögen noch begehren. Ich konnte es nicht tun. Ich durfte es nicht riskieren.

Ich zügelte meine Sehnsüchte, sperrte das Verlangen weg und spürte im gleichen Augenblick, wie Nicholas Danes Kuss sich veränderte, als ob er meinen Rückzug wahrnahm und dagegen ankämpfen wollte. Aber ich entzog mich ihm. Ich atmete schwer, und ihm ging es nicht anders. »Nicht hier«, stieß ich hervor, zwang mich zu einem Lächeln und versuchte, ihm weiszumachen, dass das, was er bemerkt hatte, nur meine Angst davor war, ertappt zu werden.

Er wirkte schlaftrunken und murmelte unhörbar etwas, Worte, die ich nicht verstehen konnte.

Ich stand auf, und er ließ mich los. Ich strich mir den Rock glatt und schob mir eine Haarsträhne, die sich gelöst hatte, zurück in den Knoten. Mir zitterten die Finger. »Wir sollten zurück in die Sala gehen.«

»Ja, das sollten wir«, sagte er und erhob sich ebenfalls. Ich sah, dass er um Beherrschung rang. Als könnte er nicht anders, beugte er sich vor und strich mir mit den Lippen unmittelbar unterhalb des Ohrs über die Haut, sodass ich leise erschauerte. Er flüsterte halb zu sich gewandt: »Nein, es ist doch nicht, was ich dachte, nicht wahr? Es ist Veilchenduft. Das Parfüm, das Sie tragen?«

»Ja«, hauchte ich.

Er trat zurück und schenkte mir ein Lächeln, doch es erreichte seine Augen nicht ganz. Er war verärgert, wie mir plötzlich mit Schrecken klarwurde. Anscheinend konnte Nicholas Dane nicht gut damit umgehen, wenn man ihm etwas abschlug. Oh, ich hatte schon wieder alles verdorben!

»Es tut mir leid«, sagte ich rasch. »Ich hatte es nicht darauf angelegt …«

»Mich bis zum Wahnsinn zu erregen?«, fragte er leichthin. »Mich zu peinigen wie eine böse Hexe?«

»Nein.« Mein Herz klopfte heftig. »Nichts dergleichen.«

»Sie wären da nicht die Erste.« Seine Augen verdüsterten sich; ich sah, wie er sich bemühte, seinen Blick zu klären. Er lächelte wieder, aber auch diesmal wirkte es gedankenverloren. »Kommen Sie, lassen Sie uns zu den Heerscharen zurückkehren.«

»Ja«, stimmte ich zu und verspürte nervöse Erleichterung. Ich war froh, als wir wieder in die Menge eintauchten. Dort stand unvermittelt Joseph vor mir und sah mich fragend an. Ich zog Nicholas Dane zu ihm hinüber und sagte, wie um eine Garantie zu erhalten: »Joseph, Mr Dane hat mir etwas ganz Wunderbares versprochen!«

Wenn Joseph es auch wusste, konnte Nicholas schließlich keinen Rückzieher machen, ganz gleich, wie wütend er war.

»So? Was ist denn dieses Wunderbare?«

»Ich habe vor, Sie Henry Loneghan zu empfehlen«, sagte Nicholas. »Ich glaube, er sollte Ihre Werke sehen. Ich hoffe, ihn davon überzeugen zu können, Ihnen einen Auftrag zu erteilen.«

Joseph tat sein Bestes, überrascht dreinzusehen. Ich glaube, niemand außer mir hätte ihm angemerkt, dass er sich verstellte. »Oh, ich ... ich weiß gar nicht, was ich sagen soll.«

»Ihre Schwester schien der Ansicht zu sein, Sie wären dem nicht abgeneigt.«

»Ganz und gar nicht.« Mein Bruder lächelte, sodass seine Grübchen sichtbar wurden. »Danke, Dane. Das ist ... mehr, als ich je hätte verlangen können.«

»Sie haben es nicht verlangt. Ich habe es angeboten. Ich hätte eigentlich schon vor Tagen daran denken sollen, aber Ihre ... Situation war mir bisher nicht bewusst. Ich werde mit Henry sprechen, sobald ich kann. Er wird Sie kennenlernen wollen.«

»Ich stehe jederzeit gern zur Verfügung«, sagte Joseph.

»Gut.« Nicholas lächelte. »Jetzt muss ich leider los.« Er schüttelte meinem Bruder die Hand und beugte sich zu mir, um mir einen zarten Kuss auf die Wange zu geben, sehr freundschaftlich, ohne jeden Anflug von Ungehörigkeit. »Wir sehen uns bald.«

Er wandte sich zum Gehen. Mein Bruder runzelte die Stirn und flüsterte: »Was ist geschehen?«

Und ich eilte Nicholas Dane nach und holte ihn ein, als er schon fast den Flur hinunter war. Leise rief ich: »Nicholas!«

Er blieb stehen und drehte sich um.

»Ich ... Wenn ich Sie verärgert habe, entschuldige ich mich. Vielleicht war ich zu kühn ... Das heißt ...« Ich brach ab, weil ich nicht wusste, was ich noch sagen sollte.

Sein Blick wurde sanfter. Er sah sich um und kam dann mit zwei Schritten nahe an mich heran. »Wie haben Sie mich genannt?«

Ich runzelte die Stirn – ich hatte ihn beim Vornamen genannt. »Oh, ich ...«

»Sag das noch einmal«, forderte er.

»Nicholas«, sagte ich.

»Es gefällt mir, wie es aus deinem hübschen Mund klingt. Ich mag übrigens alles an deinem Mund. Habe ich dir das schon gesagt?«

Ringsum standen Leute. Er sprach so leise, dass ich glaubte, dass sie nichts belauschen konnten, aber die Umstände verliehen seinen Worten so viel Ungebührlichkeit, dass ich ein kleines Prickeln der Erregung verspürte.

»Nein.« Ich vermochte kaum etwas herauszubringen. »Das hast du, glaube ich, nicht.«

»Jedenfalls ist es so«, sagte er. »Gute Nacht, Sophie.« Und dann drehte er sich auf dem Absatz um und schritt davon.

KAPITEL 30
Nicholas

Im Città di Firenze gab es guten Wein, und Henry Loneghan war gern dort. Wir hatten schon so manchen Abend entspannt dort verbracht, und er hatte von sich aus vorgeschlagen, uns dort zu treffen, als ich ihm von Joseph Hannigan erzählt hatte.

»Er ist brillant«, hatte ich gesagt. »Er stellt Menschen sehr schön dar. Du kannst doch bestimmt ein neues Porträt gebrauchen?«

Henry hatte den Kopf geschüttelt. »Von mir? Da sei Gott vor! Wir haben schon eine astronomische Anzahl davon.«

»Dann von Edith. Wird es nicht Zeit für ein neues Porträt von ihr?«

Er hatte gezögert. »Sie verabscheut es, Modell zu sitzen.«

»Oh, aber er ist ein gut aussehender Bursche. Es wird ihr gefallen, ihm bei der Arbeit zuzusehen, und er hat eine charmante Schwester, die bestimmt mitkommen würde, um Konversation zu machen.«

Henry hatte sich über den vollen weißen Bart gestrichen – er hatte mehr Haare, als ein einzelner Mann mit Fug und Recht hätte besitzen sollen, und dazu noch eine hohe Stirn, die ihn edel und kultiviert wirken ließ. Er war beides. Er war ein Freund meines Vaters gewesen, als sie beide im Unterhaus gewesen waren, und hatte sich eher für mich als für meinen Bruder Jonathan interessiert, was einer der Gründe dafür war, dass ich ihn mochte. Aber Henrys Leidenschaft galt der Kunst, und seine Verachtung der Politik gegenüber war mit zunehmendem Alter gewachsen; vielleicht erklärte das, warum er einen Taugenichts von einem Dichter einem Anwalt vorgezogen hatte. Er war unter meinen Bekannten so gut wie der Einzige, der meine Gedichte tatsächlich kaufte.

»Sprich wenigstens mit ihm«, hatte ich Henry daraufhin gedrängt. »Ich habe sofort an dich gedacht, als ich seine Arbeiten gesehen habe. Du wirst ihn mögen. Ich mag ihn jedenfalls.«

»Nun, bislang hast du ja einen Scharfblick ohnegleichen für solche Dinge unter Beweis gestellt«, hatte er erwidert. »Und vielleicht... Wir suchen ja ohnehin nach einem Gemälde für den zweiten Salon.«

Deshalb saßen wir – Joseph Hannigan, Henry Loneghan und ich – jetzt bei einer dritten Flasche Wein zusammen. Henry war von Hannigan gleich beeindruckt gewesen, als er ins Restaurant spaziert gekommen war – und es freute mich, zu sehen, dass Hannigan das Treffen ernst nahm. Obwohl er immer noch keinen Hut trug, war er gut gekleidet. Er verfügte über eine Gewandtheit und einen Charme, die dafür sorgten, dass Henry sich sofort entspannte, und sie lachten schon miteinander, bevor auch nur das Abendessen abgeräumt war.

Es war gut, da ich wenig zum Gespräch beizutragen hatte. Ich war müde; ich hatte ein paar lange und anstrengende Nächte hinter mir, in denen ich kaum Schlaf gefunden hatte, und das lag nicht nur an meinem selbst gewählten Wachdienst vor Odilés Bleibe. Zum Teil waren auch Sophie Hannigan und ihre Küsse schuld – lieber Gott, dieser Kuss im Salon... Ich wollte nicht gerade jetzt daran denken, auch nicht daran, wie seltsam alles gewesen war, die Heftigkeit meiner Erregung und dann der Mandelduft, der mich gelähmt hatte – ein Parfüm, das nicht ihres war, sondern Odilés. Es hatte mich verfrüht vor Sophie zurückschrecken lassen – und ich hoffte, dass sie es nicht bemerkt hatte. Aber das Unbehagen, das mich zu dem Zeitpunkt überkommen hatte, war nicht wieder geschwunden.

Ich konnte mich nur mühsam ganz der Aufgabe widmen, Henry Loneghan heute Abend anzuleiten und in die richtige Richtung zu drängen. Als Henry endlich mit einer Handbewegung zu Hannigan sagte: »Nun, junger Mann, dann lassen Sie mal Ihre Arbeiten sehen«, wusste ich, dass ich Erfolg gehabt hatte. Henry mochte Hannigan – es war so gut wie unmöglich, dass seine Werke ihm nicht gefallen würden. Meine Aufgabe war erfüllt. Ich schenkte mir noch ein Glas Wein ein, lehnte mich auf meinem Stuhl zurück und sah zu, wie Hannigan Henry sein Skizzenbuch reichte und dieser es durchzublättern begann.

Henry hielt schon bei der ersten Seite inne. Er kniff die Augen zusammen, die für sein Alter noch sehr gut waren, musterte jede Einzelheit genau und sagte schließlich: »Sehr gut.« Dann widmete er sich der nächsten Zeichnung. Ich konnte nicht umhin, zu bemerken, dass es sich um eine Skizze von Mestre handelte, aber nicht Mestre so, wie es wirklich war – sondern Mestre, wie Sophie es in ihrer Geschichte beschrieben hatte, glanzvoll und schön und etwas unwirklich. Welch eine Begabung es doch war, die Welt auf diese Art zu sehen!

Henry schaute mit bewundernder Miene zu Hannigan auf. »Wo haben Sie Ihre Ausbildung erhalten?«

»Ich habe keine«, gestand Hannigan und beugte sich vor; sein Eifer sprach aus seiner Körperhaltung. Im schwachen Gaslicht des Restaurants wirkte er eindrucksvoller denn je. »Zumindest keine förmliche. Ich habe mit dem Abzeichnen begonnen, als ich noch sehr jung war. Meine Tante hatte kein Interesse daran, mir Zeichenstunden zu bezahlen, also habe ich getan, was ich konnte.«

»Außerordentlich«, sagte Henry. »Ich muss zugeben, dass ich selten solch ein unverfälschtes Talent gesehen habe. Und was Sie daraus gemacht haben …« Er verstummte, als er umblätterte, und erstarrte. Ich hatte eine gewisse Vorstellung, was er gerade sah, und war mir sicher, als er sagte: »Wer ist das?«

Hannigan beugte sich vor, um nachzusehen. »Meine Zwillingsschwester, Sophie.«

Es war weder die Skizze, die mich damals als Erste so in ihren Bann gezogen hatte, noch die vom Lido. Dies hier war eine Zeichnung, die ich noch nicht gesehen hatte, vom Fischmarkt am Rialto mit dem Canal Grande und der Ecke des Fondaco dei Tedeschi im Hintergrund. Sophie wirkte entrückt, das Kinn erhoben, die Augen geschlossen. Aus ihren Zügen sprach so schiere und verführerische Sehnsucht, dass ich gar nicht anders konnte, als sie anzustarren. Wieder war ich fassungslos, dass ihr Bruder etwas Derartiges in ihr sah, und fragte mich erneut, was es zu bedeuten hatte.

Ich spürte Hannigans Blick und sah, als ich aufschaute, eine Nachdenklichkeit in seinen Augen, die mich verwirrte, bevor er sich wieder abwandte. Henry schlug das Skizzenbuch mit einem sehr endgültigen Klacken zu. »Mehr muss ich gar nicht sehen. Sie sind hiermit angeworben, Mr Hannigan. Im kommenden Frühling hätte ich gern ein Porträt meiner Frau von Ihrer talentierten Hand, und ich glaube, dass ich vielleicht noch etwas anderes möchte, aber darüber können wir zu gegebener Zeit sprechen. Natürlich nur, wenn es Ihnen recht ist.«

Im kommenden Frühling. Ich sah Hannigan seine Enttäuschung an, die er im nächsten Augenblick verbarg.

»Im Frühling?«, fragte ich.

»Unglücklicherweise bin ich nach Rom bestellt worden«, sagte Henry. »Das ist schade, da wir gerade erst hier angekommen sind, aber ich kann doch sicher Ihre Dienste im Voraus reservieren, Mr Hannigan?«

Hannigan lächelte charmant. »Ja, natürlich. Es wäre mir eine Ehre. Ich bin Ihnen sehr dankbar, Sir.«

»Genau, wie ich Nicky dankbar bin, dass er Sie zu mir gebracht hat. Dein Blick für Talente ist schärfer denn je, mein Junge. Ich nehme an, der gute Mr Hannigan wird ganz Venedig entflammen.«

Ich fühlte mich bestätigt und war stolz und selbst halb in Hannigan verliebt, weil er Henry so schön beeindruckt hatte, was im besten Sinne auf mich zurückfiel. Als Henry Hannigan einen kleinen Scheck ausstellte, fragte ich mich, ob die Summe reichen würde, ihn und seine Schwester in der Stadt zu halten – und was ich unternehmen könnte, falls das nicht der Fall sein sollte.

Nachdem Henry sich verabschiedet hatte, sagte ich: »Ich hatte keine Ahnung, dass Henry so bald wieder abreisen würde. Ich hoffe sehr, dass sein Versprechen genug ist, Sie hier zu halten.«

Hannigan trank einen Schluck Wein. Er zitterte beinahe vor Aufregung. »Für Henry Loneghan würde ich zur Not ein Jahr lang auf der Straße hausen«, sagte er, und ich ertappte mich dabei, ihn noch mehr zu mögen, und freute mich, dass ich ihn hergebracht und ihm geholfen hatte – und war eifrig darauf bedacht, es noch weiter zu tun.

»Nicht auszudenken, dass ich an dem Tag, als wir uns kennengelernt haben, beinahe nicht mit Giles zum Campo gegangen wäre«, sagte ich zu ihm.

Er lächelte und umfasste meinen Arm. »Ich bin sehr dankbar, dass Sie es getan haben.«

Die Worte waren schlicht und kamen von Herzen, und es verblüffte mich, wie sehr ich darauf reagierte. Es lag wieder an der Magie, die ihm innewohnte – ich spürte sie in diesem Augenblick sehr intensiv und zugleich den Wunsch, sein Freund zu werden und zu bleiben. Ich hatte irgendwie mein ganzes Leben damit verbracht, darauf zu warten, mit ihm in diesem Café zu sitzen und mir eine Flasche Wein mit ihm zu teilen.

Ich war müde, und der Wein hatte mich sentimental und rührselig gemacht, sodass mein üblicher Zynismus wie ausgelöscht war – anders kann ich mir nicht erklären, warum ich das Gefühl hatte, dass er mich so in seinen Bann schlug. Ich ertappte mich bei der Bemerkung: »Sie und Ihre Schwester sind vielleicht das Beste, was mir je passiert ist.« Ich meinte es auf eine Art und Weise ernst wie sonst kaum jemals etwas.

»Sophie hat diese Wirkung auf andere Menschen.«

Ich verspürte bei dem Gedanken, dass es andere wie mich geben mochte, ein Aufflackern von Eifersucht. »So? Ich nehme an, Sie haben wohl beide schon mehr als nur ein paar gebrochene Herzen hinterlassen.«

Hannigan lachte freudlos. »Das weiß ich nicht so genau. Aber Sophie ist etwas ganz Besonderes.«

»Ja, das ist sie. Und Sie auch. Sie beide ... Nun ja, ich muss gestehen, dass keiner so recht weiß, was er von Ihnen halten soll. Da ist etwas ... Ich glaube, Sie verwirren die Leute.« Ich fragte mich, ob er die Anklage heraushörte, die ich nicht so recht aussprach.

»Zweifelsohne, weil wir Zwillinge sind.« Es klang, als hätte er es schon hundert Mal gesagt.

»Ich glaube, es könnte noch mehr dahinterstecken.«

Er setzte eine betont ausdruckslose Miene auf. »Was meinen Sie damit?«

»Nun, sie ist doch Ihre Muse, nicht wahr?«, sagte ich. »Was Sie aus den Geschichten machen, die sie erzählt, ist ... ganz anders als alles, was ich je zuvor gesehen habe. In Ihrer Skizze von Mestre – und auch in der vom Lido – haben Sie die Welt gezeichnet, die Sophie uns geschenkt hat. Sie beide haben diese Orte so schön gemacht, dass es die Art, wie ich sie sehe, verändert hat. Ich werde sie nie mehr mit denselben Augen wie früher betrachten.«

Er sah überrascht und dann nachdenklich drein, als ob

in mir etwas steckte, womit er nicht gerechnet hatte, sodass er seine Einschätzung nun revidieren musste. »Das hat noch niemand je zuvor gesehen«, sagte er leise. »Und wenn doch, dann hat es zumindest bisher keiner gesagt. Das ist Sophies Begabung, obwohl sie glaubt, keine zu haben. Sie weiß nicht, wie wichtig sie ist. Aber ohne sie ...«

»Was ohne sie?«

Er sah mir unverwandt in die Augen. »Bin ich nichts.«

Ich spürte ein nagendes Unbehagen und hatte das Gefühl, dass er mich herausforderte und geradezu wollte, dass ich die Frage stellte, was sie einander wirklich bedeuteten. Aber plötzlich war ich dazu nicht mehr in der Lage. So verstörend mein Verdacht auch gewesen war, jetzt war ich mir nicht mehr sicher, ob ich überhaupt wissen wollte, was an Düsterem zwischen ihnen stand – und es war düster, das sah ich seinen Augen an.

Stattdessen überkam mich der Drang, ihm zu beweisen, dass ich anders als alle Übrigen war, dass ich das Erhabene in ihnen wahrnahm, was dafür sorgte, dass der Rest eigentlich keine Rolle spielte. Ich wollte, dass er mir eine schärfere Auffassungsgabe als allen anderen zubilligte und erkannte, dass ich seine Aufmerksamkeit wert war. »Ich glaube, viele Männer würden einiges für eine solche Muse geben. Ich hätte meine Seele dagegen eingetauscht.« Das habe ich ja auch beinahe getan. »Ich verstehe, warum Sie sie so nah bei sich halten. Wenn ich so etwas hätte, würde ich es niemals loslassen. Sie sind dazu bestimmt, einen bleibenden Eindruck zu hinterlassen. Ich gestehe, dass ich neidisch auf Sie bin.«

»Sind Sie das?«

»Das gebe ich bloß zu, weil ich zu viel Wein getrunken habe – nur, dass Sie es wissen. Es wäre mir lieber, wenn Sie meinen Ehrgeiz geheim halten würden, sofern es Ihnen nichts ausmacht. Wenn einem nicht alle beim Versagen zusehen, ist es weniger erniedrigend.«

»In welcher Hinsicht haben Sie denn versagt?«, fragte er. »Waren Sie auf Ruhm aus?«

»Ruhm? Vielleicht. Aber ich glaube, es geht eher darum, dass ich glauben will, dass meine Zeit hier auf Erden eine Bedeutung hat; dass ich irgendetwas bewirkt habe.«

Er lächelte. Aus seinen dunkelblauen Augen sprachen Einfühlungsvermögen und Zuneigung, und ich fühlte mich wertgeschätzt und gewürdigt.

»Sie verstehen es«, sagte ich.

»Vielleicht besser, als Sie wissen«, antwortete er, hob sein Glas und leerte es. Dann sagte er mit plötzlichem Tatendrang: »Lassen Sie uns zurück in den Palazzo Moretta gehen und Sophie von Loneghan erzählen.«

»Liegt sie denn nicht schon im Bett?«, fragte ich.

»Wir wecken Sie auf«, entgegnete er. »Kommen Sie!«

Natürlich sagte ich nicht Nein. Die Aussicht, Sophie Hannigan aus dem Bett zu werfen, war unwiderstehlich. Ich vergaß meine Erschöpfung. Als wir auf dem Hof die Treppe zu den Zimmern, die er mit seiner Schwester teilte, hinaufstolperten, war ich hellwach, und wir lachten beide. Nachdem wir hineingegangen waren, wandte er sich mir zu und legte den Finger auf die Lippen, um mich zur Stille zu ermahnen. Dann führte er mich in ihr Schlafzimmer. Sie war nicht dort, und das Bett wirkte nicht, als hätte jemand darin gelegen.

Hannigan runzelte die Stirn. »Wo zum Teufel ist sie?«

»Dachtet ihr wirklich, ihr würdet mich nicht wecken?« Ihre Stimme ertönte hinter uns, und wir wirbelten beide herum und sahen sie in ihrem Morgenmantel vor uns stehen. Das Haar hing ihr in einem langen Zopf über die Schulter. Sie lächelte. »Ihr habt so viel Lärm gemacht wie eine Herde Esel.«

Hannigan lachte, stürzte sich auf sie und umarmte sie so stürmisch, dass er sie vom Boden hochriss. »Loneghan hat mich engagiert, ein Porträt seiner Frau zu malen.«

»Ja?« Sie strahlte, schlang ihm die Arme um den Hals und küsste ihn innig – und wie immer hielt dieser Kuss etwas zu lange an. Auf einmal sah ich im Geiste verschlungene Gliedmaßen in abgedunkelten Zimmern. Wieder hatte ich den Eindruck, dass er irgendwie ihre ohnehin schon beträchtlichen Reize steigerte. Sie trat von ihm zurück und sah mich mit funkelnden Augen an. »Das hast alles nur du bewirkt. Wir müssen dir für so vieles danken.«

»Das tun wir auch«, sagte Hannigan und ließ sie endlich los. »Ich habe ihn hergebracht, um zu feiern.«

»Ich habe eine Flasche Wein in der Sala.« Sie drehte sich um, ging voraus und ließ unter den dünnen Musselinschichten die Hüften schwingen. Hannigan und ich folgten ihr wie Rehböcke der Ricke – zumindest tat ich es, und ich hätte schwören mögen, dass es ihm nicht viel anders ging.

In der Sala hatte sie eine Öllampe entzündet, die einen matten romantischen Schein verbreitete. Ein Buch, *Don Juan* – schon wieder Byron –, lag aufgeschlagen mit den Seiten nach unten auf dem Kanapee, und auf dem Tisch daneben standen ein halb volles Weinglas und eine Flasche.

»Es ist noch etwas da«, sagte sie und hob die Flasche, um uns zu zeigen, dass noch genug Wein übrig war. Sie hatte getrunken, während sie auf ihren Bruder gewartet hatte, und mir wurde bewusst, dass sie angeheitert war – wie sehr, konnte ich nicht einschätzen.

Hannigan nahm ihr die Flasche aus der Hand. »Wie viel davon hast du getrunken?«

»Nur ein bisschen.« Sie lehnte sich an ihn, schlang ihm die Arme um die Taille und lächelte zu ihm empor. »Ich warte schon die ganze Nacht darauf, zu hören, wie alles verlaufen ist. Was hat Mr Loneghan gesagt? Was genau?«

Ich erkannte, dass sie ihn in der kurzen Zeit schon beschwichtigt hatte. Eine Berührung, ein Wort, und er war wieder ganz Aufregung und Befriedigung. »Meine Arbeiten haben ihm gefallen. Er hat gefragt, wo ich meine Ausbildung erhalten hätte.«

»Was hast du ihm erzählt?«

»Dass ich gar keine habe.« Er trat aus ihrer Umarmung zurück und trank einen Schluck aus der Flasche, bevor er sie an mich weiterreichte. Dann ließ er sich aufs Kanapee fallen, zog das Buch unter seiner Hüfte hervor und legte es auf den Tisch.

Sie lachte ein glockenähnliches Lachen. »Oh, das meinst du doch nicht ernst!«

»Es ist schließlich die Wahrheit, oder? Ich habe nur aus Büchern, von den Skizzen anderer Männer und in Kunstausstellungen kopiert. Leonardo da Vincis Schatten bekomme ich bis heute nicht richtig hin.«

Ich trank. »Sie müssen nicht wissen, wie man Leonardos Schatten abzeichnet, solange Sie Ihre eigenen gut hinbekommen. Henry sucht nicht nach einem Maler, der für ihn Leonardo kopiert. Er hält Ausschau nach jemandem mit einer neuen Vision. Das sind Sie.«

Hannigan sah mich an. Ich hatte den Eindruck, ihm ein Zögern anzumerken – oder Unsicherheit, die bei ihm ganz ungewohnt war.

Überrascht sagte ich: »Erzählen Sie mir nicht, dass das der erste Auftrag ist, den Sie bekommen.«

Er sagte. »Nein. Es ist nur … Ich hatte noch nie einen so wichtigen wie den von Henry Loneghan. Gut, es gab einen in New York, aber daraus ist letzten Endes nichts geworden.« Sein Blick wirkte geistesabwesend.

Seine Schwester saß schon neben ihm, bevor er geendet hatte, ein Wirbelwind aus Besorgnis und Musselin. Sie legte den Arm um ihn und vergrub ihre Finger in seinem Haar. Ich fühlte mich wie behext, von den beiden verführt. Wie in Gottes

Namen stellten sie das bloß an? Sie lächelte mich an, bis ich fast vergaß, worüber wir sprachen.

Ich trank den letzten Schluck Wein und streckte die Flasche von mir. »Na, die hier ist leer.«

»Dann brauchen wir eine neue«, sagte Sophie und stand rasch auf. »In der Küche ist eine. Ich hole sie.«

Sie eilte davon, ein weißer Schemen in der Dunkelheit.

Ich fragte leise: »Was ist aus dem Auftrag in New York geworden?«

»Wirklich nichts.« Hannigan lachte kurz auf, beugte sich vor und stützte die Ellenbogen auf die Knie. »Der Mann, der mich beauftragt hatte ... Sein Sohn fühlte sich zu mir hingezogen. Ich erwiderte diese Gefühle nicht. Der Auftrag wurde zurückgezogen. Aber ...« Er holte tief Luft. »... der Sohn ist jetzt tot, Gott sei's geklagt. Er ist vor ein paar Wochen gestorben. Sagen Sie es Sophie nicht. Sie weiß es nicht. Sie würde ... darunter leiden.«

»Warum würde sie darunter leiden?«, fragte ich.

Er sah mich an. Im Lampenschein wirkten seine Augen beinahe schwarz – schwarz und tief und seltsam abgründig. Ich war kaum jemals trübsinnig, aber in dem Augenblick erfüllte mich Joseph Hannigans Bekümmerung über das Leid seiner Schwester mit Trauer.

»Sie mochte ihn«, sagte er nur.

»Obwohl er schuld daran war, dass Ihnen ein Auftrag entgangen ist?«

»Es war schwer für sie, das ist alles. Ich möchte sie lieber nicht daran erinnern.«

»Ich verstehe«, sagte ich, auch wenn ich es eigentlich nicht tat. Ich hatte das Gefühl, dass mehr dahintersteckte, aber ich wusste nicht, ob es wichtig war oder wie ich es herausfinden sollte – ganz zu schweigen davon, dass ich nicht einschätzen konnte, ob es mir überhaupt wichtig genug war, es zu versuchen.

Genau in dem Augenblick ertönte das Klirren von splitterndem Glas aus der Küche.

Hannigan fuhr herum, aber ich war schon halb da, bevor er vom Kanapee aufspringen konnte. »Ich sehe nach«, sagte ich zu ihm, und binnen weniger Augenblicke war ich in der Küche und starrte auf Sophie Hannigan hinab, die auf Händen und Knien die Scherben aufwischte, mit denen der Boden übersät war.

»Ich habe das Glas fallen lassen«, sagte sie unnötigerweise, als sie aufschaute. Der Zopf fiel ihr über die Schulter. Der offene Kragen ihres Morgenmantels enthüllte ihren Brustansatz. Ihre Augen waren betörend blau – nicht so dunkel wie die ihres Bruders, aber sie hatten dieselbe Form und die gleiche Inbrunst. Ihr Haar glänzte im Licht der flackernden Öllampe so, wie es die Sonne auf dem Campo della Carità zurückgeworfen hatte. Der Drang, sie zu berühren, war unwiderstehlich.

Sie runzelte ein wenig die Stirn, setzte sich auf ihre Fersen und ließ den Lappen los, mit dem sie gewischt hatte. Er landete neben ihrem Knie auf dem Boden. »Was ist?«, fragte sie, und ihr heiseres Raunen entflammte mich.

Ich wusste kaum, was ich tat. Ich machte zwei Schritte und zog sie auf die Beine und in meine Arme. Ich schob sie vor mir her, bis sie vor dem Tisch stand und nicht weiter konnte. Ich schmiegte mich an sie, bis ich ihren weichen Busen an meiner Brust spürte und ihren kleinen Lustschrei hörte – oder vielleicht schrie sie auch nicht vor Lust, sondern vor Entsetzen; aber ehrlich gesagt war mir das gleichgültig. Ich schob ihr schwungvoll eine Hand ins Haar und verflocht meine Finger damit, um sie ruhig zu halten, und dann küsste ich sie. Es war ein Frontalangriff. Sie schmeckte nach Wein und Schlaf. Mit der anderen Hand umklammerte ich ihre Hüfte, riss sie sogar noch näher heran, drängte mich in die Mulde zwischen ihren Schenkeln und wollte, dass sie spürte, wie erregt ich war. Ich hörte sie nach Luft schnappen und neigte den Kopf über ihr Kinn, ihre Kehle, ihre gerundeten Brüste.

Der Geschmack ihrer Haut war nach so langer Entbehrung eine ganz eigene Qual: Der vertraute Honig, ein schwacher köstlicher Hauch von Salz, straffe Glätte, von der ich nie hätte genug bekommen können, der Duft nach Moschus und Mandeln – nein… Nein, halt! Es waren keine Mandeln. Es waren Veilchen. Veilchen. Veilchen.

Die gleiche Verwirrung, die mich am Vorabend im Salon so erschüttert hatte, kehrte zurück. Die Erinnerungen – Honig und Salz und Mandeln – gehörten nicht zu Sophie, sondern zu Odilé.

Ich riss mich von ihr los. Mein Begehren schwand in Angst und Schrecken dahin, und ich fluchte unterdrückt.

»Oh, es tut mir leid«, sagte sie – atemlos.

Ich brauchte einen Augenblick, um zu verstehen, dass sie sich entschuldigte. Was für ein Fehlverhalten sie sich zuschrieb, war mir beim besten Willen schleierhaft. Ich schämte mich, dass sie glaubte, schuld zu sein, hatte Angst vor dem, was mir widerfuhr, und war zornig. Ich hatte gedacht, mein Verlangen nach Sophie hieße, dass Odilés Bann endlich gebrochen war. Wie erbärmlich es sich anfühlte, herauszufinden, dass dem nicht so war – ich war noch immer an sie gebunden. Sollte ich sie denn nie loswerden?

Nur mühsam konnte ich Sophie sagen: »Du hast nichts getan.« Ich spürte, wie abgehackt meine Worte klangen, wie schroff mein Tonfall war. Ich versuchte, ihn zu mildern. »Wirklich nicht das Geringste. Es liegt nicht an dir, Sophie. Es liegt an mir. Ich bin derjenige, der sich entschuldigen sollte. Dafür …« Ich holte tief Luft. Als ich sie wieder ansah, geschah es wenigstens mit einem Mindestmaß an Höflichkeit. »Dafür … dass ich so über dich hergefallen bin. Das war unverzeihlich.«

Sie umklammerte die Säume ihres Morgenmantels und zog wieder zusammen, was ich auseinandergerissen hatte.

»Es tut mir leid«, fuhr ich fort. »Vergib mir.«

Sie sah mich mit wildem Argwohn an, ganz so, als könnte sie mir nicht ganz glauben – nun, das konnte ich ihr nicht zum Vorwurf machen. Ich hatte gerade eine perfekte Gelegenheit vollkommen verdorben, daran konnten auch alle schönen Worte dieser Welt nichts ändern. Odilé sollte verflucht sein – verflucht für Paris, für jeden Augenblick seitdem, für das, was sie mir angetan hatte, dafür, dass ich nicht damit gerechnet hatte. In diesem Moment hasste ich sie aus tiefster Seele.

Leise sagte ich: »Du richtest mich zugrunde, Sophie. Aber das hier, das … Du hast etwas Besseres verdient. Es tut mir leid, dass ich mich wie ein Barbar verhalten habe. Es ist nur … Mir scheint aller gesunde Menschenverstand abhanden zu kommen, wenn ich bei dir bin.«

Das waren die schönsten Worte, die mir zu dem Zeitpunkt einfielen – und es kostete mich wahrlich Mühe, mir überhaupt welche einfallen zu lassen. Aber sie taten ihren Dienst, das sah ich. Sie löste die Finger vom Morgenmantel; ihre Augen wurden sanft und strahlten.

Ich flüsterte: »Komm irgendwann nachts in meine Wohnung – oder auch tagsüber, wenn dir das lieber ist. Was auch immer einfacher ist. Ich sorge dafür, dass Giles dann nicht da ist. Wir werden das ganze Haus für uns haben, ohne dass uns jemand unterbricht.«

Sie leckte sich die Lippen; ein kleiner Ruck durchfuhr mich. »Ich weiß nicht. Ich weiß nicht, ob ich …«

Ich hörte Schritte. Ihr Bruder. Auch sie hatte ihn gehört. Sie ließ die Hand sinken, richtete sich auf, wandte sich eilig wieder der Schweinerei auf dem Boden zu und nahm den Lappen zur Hand. Ich rührte mich nicht, sondern blieb an der Wand stehen. In ehrbarem Abstand.

Dann stand er in der Tür. Er runzelte die Stirn, fuhr sich mit der Hand durchs Haar und sah die Glasscherben an, die sie zu einem kleinen Haufen zusammengekehrt hatte, bevor ich sie unterbrochen hatte. »Was ist dir zerbrochen?«

»Ein Glas«, sagte sie. »Ich habe eine Spinne gesehen und bin so erschrocken, dass ich es habe fallen lassen.«

»Ich verstehe.« Ich merkte seinem Blick an, dass er sich Gedanken machte – womöglich spürte er die Strömungen, die noch immer durch den Raum wirbelten. Ich zweifelte keinen Augenblick daran, dass er es konnte.

Ich stieß mich von der Wand ab. »Es ist spät. Ich glaube, ich sollte jetzt gehen.«

Sophie schaute auf. »Oh, aber wir haben doch noch eine Flasche Wein.«

»Heb sie für später auf«, sagte ich.

»Ich bringe Sie nach draußen«, bot Hannigan an. Ich sagte Sophie Gute Nacht und ließ mich von ihm zur Tür führen. Sobald wir da waren, blieb er stehen und sagte: »Ich stehe tief in Ihrer Schuld, Dane. Für Loneghan. Wenn ich umgekehrt irgendetwas für Sie tun kann, brauchen Sie es mir nur zu sagen.«

Ich wusste ganz genau, was er für mich tun konnte, aber wie hätte ich sagen können: Halten Sie Ihre Schwester nicht davon ab, mit mir das Bett zu teilen? Stattdessen lächelte ich nur und sagte: »Sie schulden mir nichts. Es war mir ein Vergnügen, zu sehen, wie sehr Henry Sie mag. Sie werden den Auftrag vorzüglich ausführen. Ich setze vollstes Vertrauen in Sie.«

Er holte tief Luft. »Nun, vielen Dank. Sie haben mir vieles ermöglicht heute Abend.«

Ich war mir nicht sicher, was das heißen sollte. Es spielte keine Rolle. »Mir genügt es, Sie erfolgreich zu sehen und zu wissen, dass ich einen kleinen Beitrag dazu geleistet habe.«

»Weder Sophie noch ich werden Ihnen das je vergessen«,

sagte er, und die Art, wie er es aussprach, war sonderbar. Das Wohlwollen, das zwischen uns bestanden hatte, schien sich in Luft aufzulösen. Plötzlich hatte ich den unverkennbaren Eindruck, dass ich für ihn schon der Vergangenheit angehörte. Die matten Gaslampen im Portego hinter ihm tauchten ihn in schwaches Gegenlicht und in Schatten, und für einen Augenblick sah er aus wie einer von William Blakes dunklen Engeln, schön und schrecklich zugleich.

Es kam mir wie eine Warnung vor. Einen Moment lang konnte ich nur dastehen und ihn anstarren. Schließlich brachte ich hervor: »Nun, dann gute Nacht.«

»Gute Nacht, Dane«, sagte er und schloss die Tür.

KAPITEL 31

Sophie

JOSEPH KAM IN DIE KÜCHE ZURÜCK, WO ICH STAND UND AUF DAS Glas hinuntersah, das ich zu einem Haufen zusammengekehrt hatte. Ich betrachtete den Widerschein des Lichts der Öllampe auf den Scherben. Mein Herz raste, und ich war mir nicht sicher, was ich empfand: Sehnsucht, Angst oder Verzweiflung.

Er sagte: »Er hat getan, wofür wir ihn brauchten, Soph.«

Ich schaute zu ihm hoch und wusste genau, was er meinte: Ich konnte Nicholas links liegen lassen. Und er hatte recht. Aber ich spürte immer noch den Druck von Nicholas' Lippen auf meinen, seine Hand an meiner Brust. In mir brodelte immer noch Verlangen nach ihm, obwohl ich wusste, dass ich es nicht hätte empfinden dürfen. Ich hatte mir schon geschworen, ihm jetzt zu widerstehen, da er uns Loneghan geangelt hatte. Ich hätte mir eigentlich heute Abend auch nicht gestattet, ihn zu küssen. Es war Josephs Schuld, dass ich es dennoch getan hatte; dass ich das Glas hatte fallen lassen; dass mich so viel Verwirrung und Trauer überkommen hatten; dass ich an nichts anderes als Edward hatte denken können. Edward war tot. Ich weiß nicht, warum ich Trauer empfand. Ich war zornig auf Edward Roberts. Ich hasste ihn sogar für das, was er uns angetan hatte. Aber dass er tot war, erschreckte mich. Es ließ alles mit solcher Macht zurückkehren – was ich für ihn empfunden hatte, die Dinge, die ich gewollt hatte –, und inmitten dieser Fassungslosigkeit war Nicholas Dane in die Küche gekommen und hatte mich mit diesem Blick voller Sehnsucht bedacht, der mir schon einmal zum Verhängnis geworden war, als ich ihn in

Edwards Augen gesehen hatte – obgleich er damals eine Lüge gewesen war. Dieser Blick sorgte dafür, dass ich mich als etwas Besonderes fühlte, nur weil ich ich war.

Es war mir so leicht erschienen, den Schritt in Nicholas' Arme zu machen und mich von ihm trösten zu lassen. Edward war tot, und ich hätte es nie erfahren, wenn ich die Worte meines Bruders nicht belauscht hätte. Ich konnte nicht fassen, dass Joseph es vor mir geheim gehalten hatte, obwohl ich zugleich verstand, warum er es getan hatte. Er hatte gewusst, wie ich mich fühlen würde.

Und letzten Endes hatte mich genau das gerettet. Die Tatsache, dass Joseph mich im Dunkeln gelassen hatte, erinnerte mich an das, was Edward uns angetan hatte, warum wir hier waren und was auf dem Spiel stand.

Nun sagte ich zu Joseph: »Wir müssen Odilé Leóns Auftrag nicht annehmen. Wir haben Henry Loneghan. Er ist derjenige, den wir brauchen. Du musst dich auf ihn konzentrieren. Du kannst es dir nicht leisten, Zeit mit ihr zu verschwenden.«

Mein Bruder hatte den Arm an die Tür über seinem Kopf gestützt, und ich sah, wie seine Muskeln sich anspannten. »Was ist mit dem Geld?«

»Dank Loneghans Auftrag werden wir genug Geld haben«, flehte ich. »Wir brauchen sie nicht. Sag mir, dass du ihren Auftrag ablehnst. Schreib noch heute Nacht an sie.«

Josephs Miene war nachdenklich. »Es ist nicht die Zeitverschwendung, die dir solche Sorgen macht, nicht wahr?«

Plötzlich setzten sich die Mosaiksteine zusammen: die Dinge, die ich an Odilé wahrgenommen hatte und die mir so bekannt vorgekommen waren. »Sie erinnert mich an jemanden.«

Er zog fragend eine Augenbraue hoch.

»Erkennst du es nicht?«

Er sagte leise: »Sie ist nicht Jessie, Soph.«

Ich zuckte zusammen. Ich verabscheute es, wenn er sie beim Vornamen nannte. Ich bevorzugte die Distanz, die Miss Coring ausdrückte. Mir waren Hass und Zorn in seinen Augen lieber als dieser sanfte Kummer.

Ich flüsterte: »Erinnerst du dich an die Geschichte, Joseph? Daran, dass die Prinzessin in der Dämonenkönigin von Anfang an etwas Schreckliches erkannte, obwohl sie erst so freundlich und gut wirkte?«

»Du hast es ihr gar nicht angemerkt«, sagte er etwas grob. »Nicht zu Anfang. Das haben wir beide nicht. Und was hast du schon Schlimmes in Odilé León gesehen? Beim Abendessen schienst du sie zu mögen.«

Natürlich konnte ich ihm nicht sagen, warum ich so empfand, wie ich es tat. Wie hätte ich ihm die Wahrheit sagen können, dass die Welt in ihrer Gegenwart gedämpft gewirkt hatte, verschlungen von ihrer wilden Energie, ihrem Zauberbann? Wie konnte ich die Wahrheit sagen – dass ich in ihr das sah, was ihn mir entfremden konnte und ihn mir beinahe schon einmal genommen hatte?

»Sie sieht dich an, als hätte sie vor, dich in einem Stück zu verspeisen.«

»Warum verstört dich das? Es gab schon andere …«

»Nicht so«, sagte ich mit Nachdruck. »Sie macht mir Angst. Du weißt, was Mrs Bronson über sie gesagt hat.«

»Ich bin nicht Nelson Stafford, Soph«, antwortete er. »Ich werde nicht gleich aus Liebe zu Odilé León sterben. Ich will sie, aber das hat nichts zu bedeuten. Das weißt du doch.« Seine Augen leuchteten im matten Licht der kleinen Lampe. In ihnen sah ich Liebe und Ergebenheit, die nur mir galten. »Du musst dich vor nichts fürchten.«

»Ich will dich nicht verlieren.«

»Das wird auch nie geschehen.«

»Das sagst du, aber …«

»Sie braucht jemanden wie dich«, erklärte er. »Ich glaube, sie ist sehr traurig. Ihr haftet etwas Tragisches an. Ich glaube, deine Welt würde ihr gefallen. Du solltest ihr eine deiner Geschichten erzählen.«

Wie immer war ich beeindruckt davon, wie viel mein Bruder sah, doch es gefiel mir nicht, dass er es in ihr gesehen hatte. »Ich bezweifle, dass sie meine Geschichten interessant finden würde.«

»Sie ist, wie wir alle, einfach nur auf der Suche nach ihrem eigenen glücklichen Ende. Ich will mehr über sie wissen. Aber ich male sie nur. Sonst nichts.«

Ich kannte ihn so gut wie er mich und bedachte ihn mit einem Blick, der ihn unbehaglich beiseitesehen ließ. Ich sagte noch einmal: »Wir brauchen sie nicht, Joseph. Jetzt nicht mehr. Wir haben, was wir hier gesucht haben. Wenn du Nein zu ihr sagst, dann sage ich auch Nein zu Nicholas.«

Ich spürte noch beim Sprechen einen Schmerz in der Brust, aber es war ein Handel, von dem ich wusste, dass er Josephs Aufmerksamkeit erregen würde. So war es auch. »Loneghan hat mich angeheuert, ja, aber ich kann die Arbeit erst im Frühling ausführen. Er und seine Frau fahren noch diese Woche nach Rom. Sie werden monatelang fort sein. Er hat mir etwas Geld als Vorschuss gegeben, aber viel ist es nicht. Nicht genug, um uns durchzubringen.«

»Im Frühling?« Ich konnte meine Enttäuschung nicht verhehlen.

»Du siehst also … ich habe keine Wahl. Ich kann nicht Nein sagen. Aber du kannst an Dane schreiben, Soph. Ich wünschte, du würdest es tun. Ich weiß, dass du ihn magst, und ich mag ihn auch, aber …«, er holte tief Atem, »… Loneghan gehört uns. Die Bronsons akzeptieren uns. Wozu brauchen wir ihn denn noch?«

Ich warf wieder einen Blick auf den Scherbenhaufen und

war auf einmal traurig. Ich wusste nicht, wie ich ihm sagen sollte, dass es sich für kurze Zeit so angefühlt hatte, als gehörte Nicholas nur mir allein. Natürlich traf das nicht zu – ich wusste, dass Nicholas so im Bann meines Bruders stand wie alle anderen. Es war nur eine Frage der Zeit, bevor meine Bedeutung verblassen würde, wie immer.

»Du bist nur eifersüchtig«, sagte ich.

»Ja.« Josephs Stimme war ein Flüstern. »Aber das ist es nicht. Nicht wirklich. Ich will, dass du glücklich bist, aber … aber du magst ihn jetzt schon zu sehr. Ich kann nicht mit ansehen, wie du das noch einmal durchmachst.«

»Ich weiß.« Mein Bruder hatte recht. Es war das Beste, Nicholas Dane jetzt eine Abfuhr zu erteilen, bevor er zu einem neuen Edward Roberts wurde, einer weiteren Affäre, die in einem Skandal, einer Katastrophe und anschließender Reue endete.

Ich spürte Josephs Bewegung; ich sah, wie sein Schatten zu mir herüberkam, und dann legte er die Arme um mich und zog mich an seine Brust. »Ich male sie nur«, flüsterte Joseph wieder. »Versprochen.« Ich spürte seinen Kuss auf meinem Haar, und Odilé Leóns Bann war gebrochen; er war wieder bei mir und gehörte mir allein, und Erleichterung verscheuchte meinen Kummer und meine Angst.

KAPITEL 32

Odile

ICH SCHICKTE IHM EINE EINLADUNG, UM SECHS UHR ZUM TEE ZU mir zu kommen, um über meinen Auftrag zu sprechen, und als er sie annahm, war ich mehr als erleichtert. Ich wartete ungeduldig auf ihn. Als die Sonne unterging, zündete ich die Lampen an und deckte sie mit rosafarbenen Schirmen ab, um das Licht lieblich und romantisch wirken zu lassen. Es kostete mich jetzt Mühe, charmant zu sein, obwohl ich es mehr denn je sein musste. Als ich am Morgen durch einen Kegel Sonnenlicht gekommen war, hatte ich einen Blick auf meinen Schatten an der Wand erhascht und war entsetzt gewesen, wie sehr er pulsierte: Der Dämon in mir konnte es nicht abwarten und kämpfte gegen die Enge meiner Haut an. Mit jedem Augenblick, der verging, wurde das Ungeheuer stärker, und bald würde ich mich nicht mehr zurückhalten können.

Verzweiflung war kein Gefühl, das mir gefiel, Angst noch viel weniger – und doch verspürte ich beide. Ich konnte es mir nicht mehr leisten, dass mir irgendetwas im Wege stand. Ich ging auf den Balkon und hielt Ausschau nach einem Anzeichen dafür, dass Nicholas in der Nähe war. Ich hatte ihn in letzter Zeit oft gesehen; er hatte auf der Fondamenta der verlassenen Palastruine nebenan herumgelungert. Sein unverkennbarer Blondschopf glänzte immer, ob nun im Sonnenschein, im Mondlicht oder bei Gasbeleuchtung. Aber jetzt war er zum Glück nicht hier.

Das hier war meine letzte Gelegenheit: Mir blieben weniger als anderthalb Wochen.

Ich kehrte ins Haus zurück, um auf Joseph Hannigan zu warten, und musste mich nicht lange gedulden. Als die beiden – beide, nicht er allein – ins Zimmer kamen, war meine Enttäuschung so heftig, dass ich einen Moment lang unfähig war, aufzustehen, um sie zu begrüßen. Er hatte sie mitgebracht – schon wieder. Ich war überrascht und erzürnt. Ich hatte vorgehabt, ihn binnen einer Stunde ins Bett zu bekommen, und jetzt würde ich einen Weg finden müssen, sie loszuwerden. Ich musste mich zwingen zu lächeln.

»Willkommen. Es freut mich sehr, dass Sie meine Einladung annehmen konnten.«

»Wir sind sehr glücklich, Sie wiederzusehen.« Joseph Hannigan würdigte mich keiner Entschuldigung oder Erklärung dafür, dass er sie mitgebracht hatte. Er legte das Skizzenbuch hin, das er bei sich trug, und beugte sich tief über meine Hand. Als er aufschaute, schaute er mir mit voller Absicht in die Augen, und sein Lächeln war verführerisch und wurde allmählich breiter. So etwas hatte ich schon hundert, wenn nicht gar tausend Mal gesehen, und doch verschlug es mir den Atem. So jung er auch war, darauf verstand er sich. Das war bei jemandem, der so gut aussehend war, eigentlich nicht überraschend. Ich unterdrückte meinen Appetit, so gut ich konnte.

»Madame León«, begrüßte Sophie Hannigan mich mit gesenkter Stimme.

Feindseligkeit wallte in mir auf, und es gelang mir nur mit Mühe, zu erwidern: »Schön, sie wiederzusehen, Miss Hannigan.«

Als sie sich setzten – sie neben mich auf das Kanapee, er auf den Sessel gegenüber –, läutete ich nach Tee. Er wurde beinahe sofort aufgetragen. Ich hatte eigentlich weder Tee noch höfliche Floskeln eingeplant – eher Wein und Verführung –, aber ich zügelte meine Ungeduld und schenkte beiden eine Tasse ein. Ich konnte nur daran denken, wie ich sie loswerden mochte …

Wie sollte ich sie hinauswerfen und ihn hierbehalten? Ich holte tief Luft. »Hat mein Auftrag Sie inspiriert, Monsieur?«

»Ich habe darüber nachgedacht«, räumte Joseph Hannigan ein.

»Haben Sie schon Ideen?«

Er lächelte. »Ein paar.«

»Welche denn?«

»Es würde mir leichter fallen, sie Ihnen zu zeigen.« Er stellte den Tee ab, griff nach seinem Skizzenbuch und blätterte bis zu einer leeren Seite weiter. »Sie sagten, Sie wollten etwas, das mit Begehren zu tun hat. Ich dachte...« Er griff in die Tasche und zog einen Kohlestift daraus hervor.

Und dann ging sein Blick erstaunlicherweise zu seiner Schwester. Er hatte ganz mir gehört, seit er angekommen war, aber sobald er die Zeichenkohle in der Hand hielt, war er wie verwandelt. Er sah mich nicht mehr, sah gar nichts mehr bis auf die Vision vor seinem inneren Auge. Ich sah Hunger in seinen Augen aufblitzen. Aber sein Hunger galt nicht mir.

Noch eine Überraschung.

Ich warf einen Blick auf Miss Hannigan, die an ihrem Tee nippte. Sie sah ganz nach einer wohlerzogenen Frau aus, züchtig, wie es sich gehörte, mit hochgestecktem Haar, einem kleinen Strohhütchen, dessen Strauß welker Seidenblumen früher einmal fröhlich gewirkt hatte, dem hochgeschlossenen Kragen ihres gestreiften Mieders und der glatten Rundung eines im Korsett eingezwängten Busens. Sie nahm nichts davon wahr, weder seinen Hunger noch, dass er sie brauchte.

Das verstörte mich. Ich hatte noch nie erlebt, dass sich die Aufmerksamkeit eines Mannes von mir abwandte, solange ich im Zimmer war. Mit ganz, ganz sanfter Stimme sagte er: »Stell den Tee ab, Soph.«

Sie tat widerspruchslos, was er verlangte. Er machte eine Handbewegung, und sie setzte sich auf dem Kanapee in Positur, als hätte sie es schon hundert Mal getan und wüsste genau, welche Haltung ihm gefallen würde. Da war kein Zögern, kein Neuordnen ihrer Gliedmaßen, nur anmutige Hinnahme der Tatsache, dass für den Augenblick jede ihrer Bewegungen ihm gehörte. Sie schien sogar geradezu unfähig zu sein, allein eine zu machen. Es war ein in seiner Endgültigkeit erschreckender Verzicht auf ihren eigenen Willen.

Ich sah, wie es ihn in den Fingern juckte, als er zu zeichnen begann, so, als könnte er gar nicht anders und als würde ihre Gegenwart allein ihn nähren. Die Luft schien von Lust und Hingabe geschwängert zu sein, von Erregung und Entsagung. Ich wusste natürlich, wie viel Verführung im Kunstschaffen lag – es war eine erotische Handlung. Aber die Inbrunst dieses Zeichnens … so etwas hatte ich noch nie erlebt. Ich konnte nur zusehen und warten, während er skizzierte.

Nach einiger Zeit schaute er auf, und ich sah, wie sich sein Interesse wieder auf mich richtete. Er schenkte mir ein Lächeln, das seine Grübchen sehen ließ und strahlend wurde, als er mir zeigte, was er gezeichnet hatte.

Es war seine Schwester, die wie hingegossen auf dem Kanapee saß, aber nicht so, wie ich sie gesehen hatte. Ihre Schultern waren rund und nackt. Sie hatte die Augen geschlossen, den Mund leicht geöffnet und das Haar gelöst. Sie wirkte sinnlich, verlockend. Sich ihrer Macht nur allzu bewusst. Es war berückend anmutig und verstörend intim.

Der Dämon in mir schlug um sich und biss zu. »Das ist schön«, sagte ich, obwohl es weit mehr als das war. Aber jetzt brauchte ich seine volle Aufmerksamkeit. »Und doch … würde ich gern mehr sehen.«

Er runzelte die Stirn, als ob ihm eine solche Bitte nicht vertraut wäre. Ich war mir sicher, dass es auch tatsächlich so war, denn ich war überzeugt, dass niemand je anders als mit atemloser Bewunderung auf seine Werke reagiert hatte. Aber ich... ich hatte unsterbliche Begabungen gesehen. Ich hatte beobachtet, wie sie vor meinen Augen erblüht waren.

Er fragte: »Mehr?«

Sophie Hannigan setzte sich stirnrunzelnd auf – nun zogen sie beide auf die gleiche Art die Stirn kraus. »Gefällt es Ihnen nicht?«

»O doch, natürlich.« Ich lächelte. »Es ist nur, dass ich gern mehr als ein Gesicht sehen möchte. Vielleicht einen ganzen Körper. Und Hände. Hände sind so schwierig, nicht wahr?«

Joseph Hannigan zog das Buch wieder zu sich herüber. »Ja, in Ordnung«, sagte er leichthin. »Wie Sie wünschen.«

»Und vielleicht... etwas weniger Vertrautes«, sagte ich. »Sie werden mich skizzieren, denke ich.«

Er warf einen Blick auf seine Schwester. Ich nahm den plötzlichen Argwohn zwischen ihnen war, die flüchtige Berührung der Sehnsucht und etwas anderes, etwas Dunkleres. Ich konnte mich nicht abwenden, aber sie schienen meine Musterung gar nicht zu bemerken. Ich versuchte, ihn wieder in die Hand zu bekommen.

»Vielleicht sollte ich mein Haar lösen. Würde Ihnen das gefallen, Monsieur?«

Er sah mich an. Ich konnte seinen Gesichtsausdruck nicht deuten. Ich spürte, wie sie uns beobachtete – wie angespannt sie war.

»Wie möchten Sie mich haben?«, fuhr ich fort. »Vielleicht auf der Chaiselongue dort drüben? Ich könnte mich hinlegen wie eine arabische Huri.«

Er warf einen Blick auf die Chaiselongue, zögerte und sagte dann: »Ja, genau.«

Ich ließ langsam mein Haar herunter, verführte ihn, ignorierte sie. Ich hörte, wie sie scharf die Luft einsog, als ich meine Locken fallen ließ und mich wie eine Odaliske auf der Chaiselongue ausstreckte. Ich sah, wie ihre Nasenlöcher sich weiteten, während ihre Brust sich mit ihrem Atem heftig hob und senkte. Sie wandte den Kopf, und ich sah, wie sie verwirrt und furchtsam die Stirn runzelte. Ich folgte ihrem Blick zu meinem Schatten, der pulsierend an der Wand ruhte. Der Herzschlag des Monsters – aber das konnte sie natürlich nicht wissen.

»Wie viel schöner das im Sonnenschein wäre«, murmelte ich und sah Joseph Hannigan an. »Finden Sie nicht auch, Chéri? Sie müssen am Morgen herkommen, wenn das Licht sich so lieblich im Canal Grande spiegelt. Ich könnte als Meerjungfrau Modell stehen, wie auf dem Wandgemälde im Palazzo Moretta. Neptun im Kreise seiner Untertanen. Ist es noch da? Es war so hübsch.«

»Es ist noch da.« Sophie Hannigans Stimme war ein rücksichtsloser Eindringling, der die Geräuschkulisse durchschnitt, die aus der Stadt vor dem Fenster hereindrang. »Allerdings ist es sehr verblasst. Es ist nicht so schön, wie es auf den ersten Blick wirkt. Wenn man es berührt, bleibt einem das Blattgold am Finger hängen.«

Ihr Bruder sah sie kurz an, aber ich verdrehte sinnlich den Arm, rief ihn zurück. »Ich fürchte, ich mag die Sonne einfach zu gern. Leider habe ich mittlerweile Sommersprossen. Am ganzen Körper, Gott sei's geklagt – oder vielleicht auch nicht. Ein Mann, den ich einmal kannte, sagte mir, Sommersprossen seien eine Landkarte für Küsse, die einem den Weg zur Lust weist.«

Joseph Hannigans Blick fuhr wieder zu mir herum. Er zeichnete verkrampft, reflexartig, aber innerlich erstarrte er, igelte sich ein. Ich gewann von Sekunde zu Sekunde mehr Kraft, wann immer er mich ansah.

Ich fuhr fort: »Finden Sie nicht auch, Monsieur? Ich glaube, die meisten Männer können gar nicht anders, als sich auszumalen, die Sommersprossen einer Frau zu küssen.«

Er sagte heiser: »Ich weiß nicht, was die meisten Männer denken.«

»Nein, natürlich wissen Sie das nicht. Sie sind einzigartig, nicht wahr, Joseph Hannigan?« Ich schnurrte seinen Namen, sah sein rasches Schlucken und konnte ein Lächeln nicht unterdrücken. »Das ist er doch, oder, Mademoiselle?«

»O ja. Es gibt keinen zweiten wie Joseph.« Miss Hannigans Antwort war schneidend. Sie sah mir mit herausforderndem Blick in die Augen. Wieder war ich überrascht. Mein Hunger ballte sich zusammen, als hätte sie ihn irgendwie abgewehrt. Alles wurde scharfkantig. Mir war plötzlich nur allzu bewusst, dass der Abend ins Zwielicht übergegangen war.

»Geschafft«, sagte Joseph Hannigan.

Ich ging zu ihm, um einen Blick über seine Schulter zu werfen, und schmiegte mich an seinen Rücken. »Oh, wie wunderbar! Ach, Sie können Gedanken lesen, Chéri, wenn Sie meine Sehnsucht so deutlich wahrnehmen.«

Ich berührte sein Haar und schlang mir eine Strähne um den Finger. Ich spürte, wie er sich anspannte, und hörte, wie sich seine Atmung beschleunigte und in meiner eigenen Brust ein dröhnendes Echo hervorrief: Sein Talent suchte nach dem Abgrund in mir. Ich ließ meinen Finger aus seinem Haar bis auf seinen Kragen sinken, zu der warmen Haut seines Nackens. Ich rechnete damit, ihn erschauern zu sehen. Aber obwohl ich wusste, dass er meine Berührung spürte, hatte ich den seltsamen Eindruck, dass er meinen Hunger gar nicht wahrnahm, und wurde von einer Erregung ergriffen, wie ich sie selten erlebt hatte. So viel Talent. Oh, ich konnte es gar nicht abwarten …

Sophie Hannigan bemerkte: »Joseph lässt alle immer viel reizender aussehen, als sie sind.«

Ich hätte gern über die Wirkungslosigkeit der Spitze gelacht. Stattdessen ignorierte ich sie und beugte mich zu Joseph Hannigan hinunter, um zu flüstern: »Sie haben die

Geheimnisse in meinen Augen gezeichnet. Wünschen Sie sich nicht, herauszufinden, worin sie bestehen?« Ich sah den raschen Pulsschlag an seiner Kehle und wollte den Mund darauf legen, ihn aussaugen, ihn zum Stillstand bringen. »Ich werde Sie Ihnen zeigen, und dann müssen Sie mir Ihre enthüllen.«

Er leckte sich die Lippen. »Meine Geheimnisse würden Ihnen vielleicht Angst machen.«

»Angst? Oh, wie faszinierend! Sie machen mich nur noch neugieriger.«

»Das sagen Sie jetzt.«

»Sie können mir keine Angst machen, Monsieur, sofern Sie nicht ablehnen, was ich Ihnen anzubieten habe.«

Ich hörte, wie Sophie Hannigan scharf die Luft einsog und »Joseph« flüsterte, aber er sah sie nicht an, und ich tat es auch nicht.

»Und was ist das?«, fragte er mich.

»Alles, was Sie wollen. Alles.«

Seine Augen wurden sogar noch dunkler als zuvor, und nun sah ich darin nicht mehr nur Begehren, sondern noch etwas anderes brennen, das ich ebenfalls erkannte: Ehrgeiz.

Aber in dem Moment stieß sie einen gequälten kleinen Laut aus, und sein Blick huschte zu ihr. Ich spürte, wie Wut in mir aufwallte: Mein Hunger biss um sich und bleckte die Zähne. Ich legte die bezwingende Macht in meinen Blick, die schon Tausende Männer dazu gebrachte hatte, zu tun, was ich verlangte.

»Ihr Bruder bleibt heute Nacht bei mir«, sagte ich leise, »und Sie müssen zu Ihrem Liebhaber gehen.«

Sie erstarrte. »Zu meinem Liebhaber?«

»Zu dem Freund, von dem Sie mir erzählt haben. Er ist mittlerweile mehr als das, nicht wahr?«

»Nein.«

Das stimmt nicht ganz, dachte ich. »Oder vielleicht haben

Sie zu große Angst? Wissen Sie nicht, was Sie tun sollen? Möchten Sie, dass ich Ihnen sagen, wie Sie ihn gewinnen können?«

Röte überzog ihre blasse Haut; ich sah ihr die Verwirrung an. »Joseph?«

Er sagte: »Ich bleibe. Du gehst am besten nach Hause.«

Ich war erleichterter über seine Worte, als ich erwartet hatte, und auch das war neu. Es war sehr lange her, dass ich mir hatte Sorgen machen müssen, dass ein Mann mir nicht ins Bett folgen würde.

Sophie Hannigan sah erschrocken drein. Ich sah, wie ihr unvermittelt die Tränen kamen, aber sie blinzelte sie fort und holte tief Luft. »Nun denn. Guten Abend, Madame. Vielen Dank für den Tee.«

»Es war mir ein Vergnügen«, sagte ich. Sie sah zornig aus, als sie sich zum Gehen wandte. Doch was kümmerte mich ihre Wut? Ich hatte ihn jetzt, und ich war entschlossen, ihn zu behalten.

KAPITEL 33

Sophie

Ich wandte mich ab und fühlte mich aus dem Gleichgewicht gebracht, erzürnt und zugleich den Tränen nah. Ich wollte nicht gehen und wollte doch zugleich nichts lieber, als diese Zimmer hinter mir zu lassen und den Ausdruck zu vergessen, der in den Augen meines Bruders gelegen hatte, als er mir ohne Zögern und ohne Entschuldigung gesagt hatte, dass ich gehen sollte. Ich hatte Angst vor Odilé. Sie erinnerte mich in diesem Moment so sehr an Miss Coring, dass ich beim besten Willen nicht wusste, wie ich die Tür öffnen und Joseph zurücklassen sollte.

Und doch war ich schon aus der Sala hinaus und im Portego, auf dem Weg zur Tür. Meine Hand lag schon auf der Klinke, als ich schnelle Schritte hinter mir hörte und die Stimme meines Bruders eilig rief: »Soph! Sophie, warte!«

Als ich mich umdrehte, sah ich ihn auf mich zurennen. Voller Erleichterung fragte ich: »Hast du es dir anders überlegt?«

Er schüttelte den Kopf. »Nein, aber das macht nichts.«

Meine Erleichterung verwandelte sich in dumpfes, schmerzliches Entsetzen. »Du hast gesagt, du würdest sie nur malen.«

Er atmete aus und fuhr sich mit der Hand durchs Haar. »Ach, du weißt doch, wie das ist.«

»Das hier fühlt sich anders an«, flüsterte ich.

Er ließ die Hand sinken. »Du musst dir keine Sorgen machen. Es ist nichts. Nur Lust. Nichts weiter. Du verstehst das.«

Ich wandte mich wieder der Tür zu. »Na gut, dann sehen wir uns morgen früh.«

»Ich werde schon da sein, bevor du aufwachst«, versicherte er mir.

Als ich die Tür öffnete, streckte er die Hand nach meiner aus, schloss die Finger darum, hielt mich auf. »Ich will, dass du nach Hause gehst, Soph. Nach Hause. Nicht in den Salon. Nicht zu ihm. Versprich mir, dass du das nicht tust.«

Seine Augen waren feurig und inbrünstig; ich spürte, dass er Angst um mich hatte. Aber ich war zornig. »Versprochen«, sagte ich, aber ich glaube, ich meinte es schon zu jenem Zeitpunkt nicht ernst. Ich fühlte mich elend und allein und dumm, eine Mischung von Gefühlen, die ich kaum verstand. Ich fühlte mich wieder zurückgesetzt, und wenngleich die ganze Welt mich so sehen mochte, war mein Bruder bisher noch nie derjenige gewesen, der es mich hatte spüren lassen. Ich verspürte auf einmal den übermächtigen Drang, etwas anderes zu sein – etwas von ihm Getrenntes. Ich selbst, allein, aber wie sollte ich das schaffen, wie sollte ich das sein, wenn ich doch solche Angst hatte ... wenn ich es nicht ertragen konnte, Joseph gehen zu lassen ...

Joseph setzte ein erleichtertes Lächeln auf, das seine Grübchen sehen ließ. Er beugte sich zu mir und küsste mich sacht. »Gut. Ich bin noch vor der Morgendämmerung zurück.«

Er trat zurück und ließ mich gehen, und als die Tür hinter mir zufiel, hörte ich den dumpfen Knall wie ein Echo in meinem Herzen. Ich hatte wieder das Gefühl, in einer gedämpften Welt zu stehen, farblos und trostlos.

Marco hatte gewartet und zog noch nicht einmal eine Augenbraue hoch, als er sah, dass ich allein war, oder als ich ihn anwies, mich nach Hause zu fahren. Die Fahrt erschien mir lang und kalt; unterwegs kamen wir an der Casa Alvisi vorbei, und ich sah die Gondeln, die davor vertäut waren.

Ich fragte mich, ob Nicholas wohl dort war und auf mich wartete. Ich dachte an gestern Nacht, an die Art, wie er sich an mich geschmiegt hatte, wie er mit dieser wunderbaren Stimme gesagt hatte: *Du richtest mich zugrunde, Sophie.* Ich dachte daran, wie sehr ich ihn mochte, wie seine Stimme mich wieder einmal an Möglichkeiten hatte denken lassen. Und dann dachte ich an eine andere Stimme, genauso heiser vor Verlangen, die in einem Schlafzimmer in New York, während ich hilflos zugesehen hatte, gefleht hatte: *Mein Gott, kommen Sie her.* Auch das ließ mich an Odilé denken, als ob alle, die Joseph und mich je verletzt hatten oder es hätten tun können, zu ihr verschmolzen wären.

Ich war froh, zu Hause zu sein, als wir den Palazzo Moretta erreichten. Wie schön es doch sein würde, zur Abwechslung einmal allein zu sein! Ein Bad und etwas Wein, und dann würde ich mich vielleicht wieder *Don Juan* widmen. Byrons romantische Ironie schien mir für heute Abend perfekt geeignet.

Ich ging die Treppe hinauf und ins Haus und redete mir ein, dass alles gut ist, ganz wie Joseph behauptet hatte. Er würde in der Morgendämmerung zurückkehren, ins Bett kriechen, wie er es immer tat, wenn er die Nacht über fort gewesen war, mich an sich ziehen und mir erschöpft ins Ohr flüstern: »Ich bin so müde, Soph.« Wenige Augenblicke später würde er schon tief und fest schlafen. Alles würde sein wie immer.

Aber als ich die Sala betrat, schien die Leere des Palazzo mich zu verhöhnen. Ich warf einen Blick hinauf zur Decke und zu dem vergoldeten gemalten Sonnenuntergang und erinnerte mich daran, wie Joseph mich zu sich auf den Boden gezogen hatte, um zu beobachten, wie sie am Morgen zum Leben erwachte, ganz wie er es vorhergesehen hatte. Ich spürte seinen Verlust wie eine Krankheit; plötzlich war ich so allein und einsam, dass ich es nicht ertragen konnte, und ich rief Marco, damit er mich zu Nicholas Danes Wohnung fuhr.

KAPITEL 34

Nicholas

Ich lag schlafend auf dem Kanapee, als es läutete: Meine durchwachten Nächte hatten mich schließlich doch noch eingeholt. Ich blinzelte orientierungslos und verwirrt. Giles kam aus seinem Schlafzimmer; er band sich gerade die Krawatte. »Erwartest du jemanden?«

Er ging ans Fenster, öffnete es, warf einen Blick hinaus und sagte dann voller Überraschung: »Oh! Ich bin sofort unten.« Er wandte sich an mich und erklärte: »Es ist Miss Hannigan.«

»Nur Sophie?« Einen Moment lang fragte ich mich, ob ich träumte.

»Ich bringe sie herauf.« Giles eilte zur Tür hinaus.

Ich setzte mich auf und fragte, was zum Teufel Sophie Hannigan allein vor meiner Tür trieb und ob ich besorgt, verächtlich oder dankbar darauf reagieren sollte.

Ich hatte mich immer noch nicht entschieden, als Giles mit ihr zurückkehrte. Er lächelte wie ein Wahnsinniger. Sie nicht.

»Sieh nur, wer hier ist, Nick!«, verkündete Giles, als wüsste ich es nicht schon gut genug.

Sie sagte: »Ich hoffe, es macht Ihnen nichts aus, dass ich ungebeten hergekommen bin.«

Ich sah, wie sich ihre Brüste unter ihrem Umhang hoben und senkten, als sie tief Luft holte. Sie warf Giles einen bedeutungsschwangeren Blick zu, doch er runzelte nur die Stirn und verstand ganz offensichtlich nicht, was sie meinte.

Ich sagte unverblümt: »Geh zu den Bronsons, Giles. Sag ihnen, dass es mir leidtut, dass ich nicht kommen kann.«

»Oh«, sagte er so entmutigt, dass ich Mitleid mit ihm hatte. »Ja, natürlich. Ich lasse euch beide allein.« Er wartete einen halben Augenblick, als hoffte er, dass sie ihn bitten würde zu bleiben, nahm dann seinen Mantel vom Haken neben der Tür und ging.

Sie hatte sich immer noch nicht gerührt.

»Ist etwas nicht in Ordnung?«, fragte ich.

Sie schüttelte den Kopf. Ich erkannte, dass sie unter dem Eindruck irgendeiner kaum gezügelten Gefühlsbewegung zitterte. Sie griff nach den Knöpfen ihres Capes. Ich sah zu, wie sie es aufknöpfte und es sich von den Schultern gleiten ließ, um es über den Stuhl zu hängen.

Dann wurde mir klar, warum sie hier war, hier sein musste, und war von der Macht meines Verlangens wie gelähmt. Zugleich hatte ich Angst, mich zu täuschen.

Sie zog die Nadel aus ihrem Hut, nahm ihn ab und legte ihn beiseite. Sie kam auf mich zu und blieb im Lampenlicht stehen, das sie mit einem sanften goldenen Schimmer überzog und ihr Haar, ihre Haut und die Streifen ihres Mieders betonte. »Warum nimmst du mich nicht mit in dein Zimmer?«

Mein Glied war schon steif. Es war unglaublich, wie sie das bewirkte. Dennoch bemühte ich mich, mein Begehren zu zügeln und behutsam zu sein, obwohl ich das ihr gegenüber bisher nie gewesen war. Ich führte sie ins Schlafzimmer, schloss die Tür und wandte mich ihr zu. Ich griff nach ihren Haarnadeln und beugte mich vor, um sie zu küssen. Kaum ruhte mein Mund auf ihrem, betastete sie mich wild, zog mir das Hemd aus der Hose und löste die Verschlüsse, als könnte sie keinen Moment mehr abwarten. Der brüchige Zaum, in dem ich meine Beherrschung gehalten hatte, riss. Ich versenkte die Hand in ihrem Haar, zerrte sie an mich, küsste sie grob und verschlang sie halb, und sie antwortete genauso roh darauf. Ich trat lange genug zurück, um mir das Hemd über den Kopf zu streifen und es auf den Boden zu werfen. Ihre Augen funkelten wie Edelsteine, so tief und dunkel und hungrig, dass es wehtat, sie anzusehen.

Sie ließ ihre Hände über meine Brust gleiten. Sie kratzte mich mit den Fingernägeln. Dann stieß sie einen gereizten kleinen Laut aus und tastete unbeholfen an den Knöpfen ihres Mieders herum. Als sie geöffnet waren, sagte sie: »Hilf mir bitte«, und schlagartig überkam mich die Erinnerung daran, wie Odilé einmal das Gleiche gesagt hatte. Odilé, die lächelte und mich mit dem Finger zu sich heranwinkte, während ich ihr wie eine Marionette gehorchte …

Ich verdrängte die Erinnerung und blinzelte, bis ich wieder Sophie vor mir sah. Ich packte ihr seidenes Mieder, das so eng anlag, dass ich es wie die Schale einer Frucht abziehen musste. Ich spürte die Wärme ihrer Haut unter den Fingerknöcheln, als ich ihre glatten Schultern, ihr spitzenbesetztes Hemd und ihr Korsett freilegte. Ich warf das Mieder hin. Sie wandte mir den Rücken zu, sodass ich den Verschluss des Rocks öffnen konnte, was ich auch schnell tat, um ihn ihr dann ungeduldig über die Hüften zu schieben, bis er zu Boden fiel. Sie trat daraus hervor, immer noch mit dem Rücken zu mir, und ich sah Odilé genauso aus einem Kleid hervortreten, das sich tiefrot auf dem Boden wellte. Allerdings hatte Odilé nicht so viel Unterwäsche getragen. Ich erinnerte mich, dass sie rosafarbenen Satin angehabt hatte, der mit so zarter, durchscheinender Spitze verziert gewesen war, dass ich die Farbe ihrer Haut darunter hatte sehen können.

Ich schluckte krampfhaft. Nein, sagte ich mir. Nicht Odilé. Sophie. Die beiden spielten in meinem Kopf Verstecken. Nicht Odilé, mahnte ich mich verzweifelt, Sophie. Sophie. Ich schob sie an die Wand. Ihr lustvolles kleines Aufkeuchen vermischte sich in meinen Gedanken mit Odilé, die mich auslachte und verhöhnte, und ich schrie vor Unwillen beinahe auf, als ich Sophie einzwängte. Ich zerrte den Stoff ihrer Unterröcke und ihres Hemds hoch; sie trug eine Unterhose, und ich verbiss mir einen Fluch: zu viel, zu langsam. Sie tastete an der Verschnürung herum, als verstünde sie mich: Der Musselin fiel ihr um die Knöchel, und ich spürte die kalte, unbarmherzige Anziehungskraft der Leere in ihr, das Bedürfnis, sie auszufüllen, sie saugen und schlingen zu lassen, und war entsetzt. Meine Erregung begann vor Angst zu verklingen; verzweifelt darauf bedacht, es nicht so weit kommen zu lassen, öffnete ich meine Hose, befreite mein Glied und nahm sie von hinten, indem ich ohne weitere Umstände in sie eindrang und mich tief in sie sinken ließ. Wieder hörte ich ihren kleinen Aufschrei.

Ich umfasste ihre Hüften. Stoff und Spitze ergossen sich über meine Hände – kein Satin, sondern Musselin und Batist, nicht rosafarben, sondern weiß; an diesen Einzelheiten klammerte ich mich fest. Ich sagte sie im Geiste wieder und wieder auf. Nicht rosafarben. Kein Satin. Ich begrub mein Gesicht in ihrem Nacken, an ihrer Schulter, sog ihren Duft ein. Veilchen, keine Mandeln. Sophie, nicht Odilé. Nicht Odilé. Nicht Odilé!

»Sophie«, flüsterte ich. »Sophie. Sophie«, als könnte ich mich selbst mit einem Zauberbann belegen, der wie ein Amulett die Besessenheit abhielt. Jetzt ging es nicht mehr um den Genuss, sondern darum, nicht zuzulassen, dass Odilé mich besiegte, und so arbeitete ich mich an der Frau ab, die meinen Druck erwiderte, bis ich die Oberhand über meinen eigenen Verstand gewann und zum Höhepunkt kam, mit einem Aufschrei, der nicht nach mir klang, sondern hilflos und enttäuscht, freudlos und unbefriedigend. Es war das Schlimmste, was ich je erlebt hatte, sogar noch schlimmer als in jenen Tagen, in denen alles verblasst war und in denen selbst diejenige, die ich zu lieben geglaubt hatte, mir keine Erfüllung hatte schenken können, sodass die Begierde eine reine Qual gewesen war.

Ich sank gegen sie, bis das Pochen sich legte und mir klar

wurde, dass ich sie immer noch an die Wand gedrängt hatte und ihre Hüften weiter so fest umklammerte, dass sie sich verkrampfte – bis ich hörte, dass ihr Atem in kleinen Schluchzern ging. Ich war entsetzt und verzweifelt, verabscheute mich selbst und war beschämt, wie ich sie benutzt hatte.

»Es tut mir leid«, flüsterte ich ihr zu. »Das habe ich nicht absichtlich getan.«

Ihre Atmung beruhigte sich. Sie sagte nichts.

Ich zog mich aus ihr zurück, lockerte meinen Griff um ihre Hüften und sah, dass ich rote Abdrücke hinterlassen hatte, die über Kreuz mit Spuren verliefen, die ich bis zu diesem Augenblick nicht bemerkt hatte, weil ich zu sehr in meiner peinigenden Begierde befangen gewesen war. Weiße Streifen zogen sich quer über ihr Hinterteil: Einer war an einem Ende breiter und verengte sich dann zu etwas, das wie ein Kratzer aussah. Der andere begann weiter oben auf Höhe ihrer Hüfte und verlief in einer ununterbrochenen Linie durch die Grübchen dort. Narben. Ihr Anblick lenkte mich von dem ab, was gerade zwischen uns geschehen war.

Ich fragte: »Was ist das?«

»Was?«, erwiderte sie leise. Ich weiß nicht, womit ich gerechnet hatte. Tränen vielleicht. Wut. Ich hatte beides verdient. Aber sie schien ... alles hinzunehmen, und das war vielleicht noch schlimmer. Es sorgte dafür, dass ich mich erbärmlich fühlte.

Ich trat von ihr zurück und ließ ihr Hemd und ihre Unterröcke sinken, um ihre Blöße zu bedecken. »Sophie. Mein Gott, ich kann mich gar nicht genug entschuldigen. So bin ich eigentlich nicht, das musst du mir glauben.« Ich wollte, dass es zutraf. Ich redete mir ein, dass es wahr sei.

Sie runzelte die Stirn und wandte sich ganz zu mir um. »Ich weiß nicht, wovon du sprichst.«

Erst war ich erleichtert, dann fassungslos. Ich hatte noch

nie solch eine brutale Vereinigung mit einer Frau erlebt, zumindest nicht mit einer Frau, die es nicht selbst so gewollt hatte. Ich konnte nicht glauben, dass sie es so leichthin beiseitewischte. »Sophie, ich …«

»Es tut dir leid, dass du mich eingeladen hast«, stellte sie ruhig fest. Sie trat von der Wand weg. »Ich hätte nicht kommen sollen, aber ich war … nun ja.« Sie holte tief Luft. »Es spielt keine Rolle. Mach dir keine Gedanken. Ich verstehe schon. Ich gehe.«

»Nein!« Das Wort brach mit solcher Gewalt aus mir hervor, dass ich uns beiden einen Schrecken einjagte. »Ich will nicht, dass du gehst.«

Sie sah mich sichtlich verwirrt an. »Nein?«

»Nein. Nein, ganz und gar nicht, aber ich kann nicht fassen, dass du bleiben willst. Nicht, nachdem …« Ich brach ab, als ich sah, wie sie mich musterte: so, als fände sie nicht falsch oder ungewöhnlich, was vorgefallen war.

»Du möchtest nicht, dass ich gehe?«, fragte sie. »Meinst du das ernst?«

»Ja. Mehr als alles andere auf der Welt.«

Sie zögerte, wie um den Wahrheitsgehalt meiner Worte zu überprüfen. Dann bückte sie sich, um die Stiefel auszuziehen und ihre Strümpfe abzustreifen. Sie griff hinter sich, zog an den Schnüren ihres Korsetts, löste es, öffnete die Haken, ließ es fallen und beförderte es mit einem Tritt beiseite. Sie öffnete ihre Unterröcke und schob sich das Hemd herab, vorbei an ihren Brüsten, die bei der Bewegung verführerisch tanzten, bis zur Hüfte und dann noch tiefer. Sie wand sich mit einem leichten Hüftschwung aus den Stoffschichten hervor wie eine Schlange, die sich häutet. Dann stand sie in göttlicher Nacktheit vor mir. Das Haar fiel ihr wie ein Vorhang über die Schultern und den Rücken hinab.

Sie drehte sich wieder zur Wand um, stützte sich daran

ab, warf einen Blick über die Schulter und fragte, als wollte sie mich belohnen, als hätte ich das verdient: »Gefällt es dir so? Willst du mich noch einmal auf diese Art?«

Die Erinnerung an den Lido brach ungebeten mit aller Macht über mich herein: Ihre Unterwerfung unter den Willen ihres Bruders, die Resignation, mit der sie sich damit abfand, sich zu allem machen zu lassen, was er wünschte ... Das hier erinnerte mich so stark daran, dass ich mich dabei ertappte, einen Blick über die Schulter zu werfen und halb damit zu rechnen, Joseph mit dem Skizzenbuch in der Hand dort stehen zu sehen. Sie gab sich mir nun auf die gleiche Art hin, die so seltsam, so verführerisch unschuldig und so ganz anders als Odilé war, dass deren Bild sich endlich verflüchtigte. Ich brachte heraus: »Nein. Ich will dich im Bett. Bitte.«

Sie trat an mir vorbei und legte sich hin, deckte sich aber nicht zu, wie die meisten Frauen es getan hätten, und mir fiel auf, wie wohl sie sich in ihrer Nacktheit zu fühlen schien. Ich staunte auch darüber. Ich zog mir schnell die Hose aus – die Welt kam wieder ins Gleichgewicht, als ich so nackt wie sie war. Sie war so blass, dass sie wie schräg auf die Bettdecke fallendes Mondlicht wirkte. Ich setzte mich neben sie auf die Matratze und drängte sie, sich auf den Bauch zu legen. Dann strich ich ihr mit dem Finger über den Rücken – sie hatte einen Leberfleck am Schulterblatt, der eine ungeheure Wirkung auf mich ausübte. Ich konnte mich nicht davon abhalten, ihn zu berühren, und dann fuhr ich an ihrer Wirbelsäule entlang bis zur schlimmsten ihrer Narben. »Erzähl mir erst, wie du zu denen hier gekommen bist.«

»Beachte sie gar nicht«, sagte sie und schüttelte ihr Haar aus, sodass es ihr wie ein Wasserfall über den Rücken fiel. »Joseph tut das auch nicht. Er zeichnet sie nie – bis auf das eine Mal. Ich erinnere mich kaum daran, dass sie überhaupt da sind.«

Ihre Worte warfen so viele Fragen auf, dass ich kaum wusste, wo ich anfangen sollte. Ich fing mit der an, die mir einfach vorkam. »Was meinst du damit, dass er sie nur ›das eine Mal‹ gezeichnet hätte?«

»Er hat sie gezeichnet, als sie mir zugefügt wurden«, sagte sie in aller Selbstverständlichkeit. »Das war seine Strafe. Sie hat ihn gezwungen, die blutigen Wunden zu zeichnen, bevor er sie mit Salbe bestreichen und verbinden durfte.«

Ich war entsetzt und verwirrt. »Sie?«

»Unsere Gouvernante. Oh, nun sieh nicht so schockiert drein. Bist du nie mit einer Birkenrute geschlagen worden?«

»Doch, natürlich bin ich verprügelt worden. Aber mein Vater hat einen Lederriemen oder die blanke Hand genommen, und ich glaube, er hat nie seine ganze Kraft in die Schläge gelegt.«

»Oh. Nun, Miss Coring war nicht so freundlich.«

»Was, in Gottes Namen, hattest du getan, um das zu verdienen?«

Sie wandte rasch den Blick ab, und diese kleine Abweisung verstörte mich noch mehr, obwohl ich nicht zu sagen vermochte, warum. »Es ist lange her. Ich war fünfzehn. Hinterher tat es ihr leid. Sie brachte mir Kirschtörtchen, um es wiedergutzumachen, und Joseph bekam Kuchen mit Zuckerguss. Das, was wir jeweils am liebsten mochten.«

»Kirschtörtchen magst du also am liebsten?« Ich streichelte die Narbe behutsam. »Das werde ich mir merken.«

Sie schauderte. »Oh, bitte nicht! Ich kann sie jetzt nicht mehr ausstehen. Ich weiß nicht, wann genau sich das geändert hat.«

»Vielleicht an dem Tag, an dem sie dich mit einer Birkenrute verprügelt hat.«

Sie lächelte beinahe bekümmert. »Mein Bruder und ich waren ungezogen. Zumindest hat sie das immer behauptet.«

»Ich verstehe. Hat sie deinen Bruder auch so heftig verprügelt?«

»Ihr standen andere Mittel zu Gebote, um ihn zu bestrafen.«

»Wie etwa, ihn mit ansehen zu lassen, wie du geblutet hast?«, fragte ich.

Der Blick, den sie mir schenkte, war düster und unglücklich, aber zugleich wissend, resigniert und gequält. Solch einen Gesichtsausdruck hatte ich noch nie gesehen. »Ja«, sagte sie, aber es war keine Antwort. Es war ein Ganzes, eine Fülle von Wahrheit, Spott, ein Geheimnis und eine offene Tür, und ich erkannte, dass Sophie Hannigan Abgründe hatte, in die ich noch nicht geblickt hatte und die ich nicht auszuloten vermochte.

Ich spürte das alles verzehrende Bedürfnis, sie zu beschützen, beugte mich über sie, küsste die Narben, fuhr mit der Zunge über ihre straffe, glatte Haut. Ich spürte, wie sie erschauerte, und dann verrenkte sie sich unter meinem Mund, drehte sich auf den Rücken, breitete die Arme aus, spreizte die Beine und sagte fast verzweifelt, als hätte sie Angst, dass ich ablehnen würde: »Bitte.«

Und da war sie nun, die Frau aus der Skizze ihres Bruders, in deren Augen so viel Sehnsucht, Begehren und Verletzlichkeit standen, dass man einfach schwach werden musste, und ich spürte, wie sie sich in mir einnistete und sich in mich grub wie ein Dorn, der sich immer näher an mein Herz heranarbeitete, und ich schlief mit ihr, wie sie es verlangte, wie ich es wollte, und vergaß Odilé in den Armen der Frau, die mich mehr als jede andere an sie erinnerte.

KAPITEL 35

Odile

Jenseits des Balkons war das Zwielicht in Dunkelheit übergegangen und zur Ruhe gekommen: Das Licht der venezianischen Fenster und Laternen flackerte im wallenden Nebel,
blitzte auf und verschwand wieder, ließ uns allein auf der Welt,
als gäbe es nichts außerhalb dieses Zimmers. Mein Appetit
erschauerte voll ungeduldiger, kaum gezügelter Vorfreude auf
die Befriedigung.

Atemlos in meinem Siegestaumel, schenkte ich Wein ein
und zog die Dinge nun, da ich mir seiner sicher war, in die
Länge, denn ich strebte nach dem lustvollen Schmerz einer
lang versagten Erfüllung.

Ich versuchte, mein Triumphgefühl zu bezähmen – das
hier war schließlich nur das Vorspiel. Worauf es ankam, war
der Handel, den ich mit ihm zu schließen plante. Ich würde
aus ihm etwas ganz Großartiges machen, und was er im
Gegenzug für mich tun konnte… Der Gedanke fesselte mich,
und der Schmerz durchzuckte mich so heftig, dass ich mir die
Fingernägel in die Handflächen grub, um mich davon abzu-
lenken.

Er spazierte durch die Sala und sah sich die Gemälde an
den Wänden an. Vor einem blieb er stehen und legte den Kopf
schief, als wollte er es im Kerzenschein genauer betrachten. Ich
ging zu ihm und reichte ihm den Wein.

»Kennen Sie den Künstler?«, fragte ich ihn.

»Canaletto, nicht wahr?«

Ich lächelte. »Ja, genau. Sehen Sie, wie schön er Venedig

malt? Wie wunderbar er den Himmel darstellt? Er wählt genau die richtigen Farben, finden Sie nicht?«

»Es ist schön«, sagte er.

»Niemand sieht Venedig genauso, wie Canaletto es tat.«

»Man sagt, Venedig sei seine Muse gewesen.«

»Natürlich sagt man das. Aber es gab da auch eine Frau, wissen Sie?«

Er trank einen Schluck Wein und wandte den Kopf, um mich anzusehen. Seine Augen wirkten im Kerzenlicht sehr dunkel, beinahe schwarz. »Gab es wirklich eine?«

»Man erzählt sich, er sei ihr am Himmelfahrtstag begegnet. Der war hier in Venedig ein großes Fest. Der Doge fuhr auf einem Schiff, dem Bucintoro, auf die Lagune hinaus und warf einen Ehering ins Wasser, um die Vermählung der Stadt mit dem Meer zu symbolisieren. Canaletto sagte immer, dies hier sei sein Lieblingswerk, weil er ihr am selben Tag begegnet sei.« Ich erinnerte mich, wie er lachend und stolpernd an Land gegangen war; ein Diener hatte ihm die Staffelei und den Malkasten nachgetragen.

»Wer war sie?«

»Er weigerte sich, ihren Namen zu enthüllen. Es geht das Gerücht, sie sei eine große Kurtisane gewesen, aber das ist nur eine Vermutung.«

»Was ist aus ihr geworden?«

»Sie inspirierte ihn, und dann verschwand sie wieder.« Ich nippte an meinem Wein, schloss die Augen und schwelgte in Erinnerungen.

Der Gedanke daran beschwor Sehnsucht herauf, die wiederum einen Schmerz, eine Forderung hervorrief.

»Haben Sie Schmerzen?«, fragte Joseph Hannigan leise. »Soll ich jemanden rufen?«

»Eine kurzfristige Schwäche. Sie geht schon wieder vorüber.«

»Kann ich irgendetwas tun?«

»Noch nicht«, sagte ich zu ihm und kostete das Spiel aus, die Art, wie keiner von uns aussprach, warum er hier war. Ich griff nach dem Gemälde und drehte es an seiner goldenen Kordel herum, sodass es zur Wand wies und er die Schrift auf der Rückseite sehen konnte. »Sie hat ihn berühmt gemacht. Das hier war sein einziger Dank dafür.«

Joseph Hannigan las laut: »›Ohne dich, meine Liebste, bin ich nichts.‹«

»Doch der Welt gegenüber ließ er sie gesichts- und namenlos bleiben.« Ich drehte das Bild wieder um. »Glauben Sie, dass sie etwas dagegen hatte?«

»Mir würde es etwas ausmachen.«

»Ach, aber Sie sind ein Mann, und Männer sind es gewohnt, dass man ihren Namen laut in die Welt hinausposaunt. Was meinen Sie, würde es Ihrer Schwester widerstreben? Stört es sie, Ihnen als Muse zu dienen?«

Er sah mich an, als sei das eine Frage, über die er sich noch nie Gedanken gemacht hatte. »Es wirkt nicht so.«

»Welche Belohnung erhält sie von Ihnen?« Ich trat näher an ihn heran. »Oder nehmen Sie einfach an, dass es ihr genügt, zu wissen, was sie Ihnen bedeutet?«

Er wich zurück; offensichtlich fühlte er sich unbehaglich und verunsichert.

»Ich verstehe. Sie haben nie darüber nachgedacht.« Ich streckte die Hand aus und drückte mit den Fingern auf seine Westenknöpfe, auf einen nach dem anderen, von unten nach oben. »Vielleicht sollten Sie das aber tun. Sonst wachen Sie eines Tages auf und stellen fest, dass sie losgezogen ist, um ihren eigenen Sehnsüchten zu folgen. Verschwunden. Auch Canaletto erwachte irgendwann und erkannte, dass seine Muse geflohen war.«

»Sophie würde mich nie verlassen«, sagte er heiser.

»Sind Sie sich da so sicher? Ich glaube, Sie halten zu vieles für selbstverständlich, Chéri. Will sie nur das Leben, das Sie ihr bieten? Haben Sie sich je gefragt, wonach sie sich sehnt? Wofür sie alles geben würde?«

Er wirkte verstört.

Ich ließ meine Finger zu der um seinen Hals gewundenen Seide emporklettern und fuhr fort: »Nur wenige Männer stellen sich je solche Fragen. Sie sind schließlich der Mittelpunkt der Welt. Aber Frauen sind gar nicht so anders, wenn es darum geht, was sie wollen. Sie sind es gewohnt, ihre Begierden zu verbergen und sich zu verstellen, das ist alles. Keine Frau ist je ganz das, was sie zu sein scheint.«

Er packte meine Hand und hielt sie still. »Ich weiß, dass dem so ist. Frauen haben viele Geheimisse. Aber ich glaube, ich kenne Ihre.«

Ich wollte über seine Vermessenheit lachen. »Ach so? Welche habe ich denn?«

»Ich sehe Traurigkeit. Bedauern. Sehnsucht.«

Mein Drang zu lachen verflog. Seine Auffassungsgabe verblüffte mich. Ich hatte keine Ahnung, was ich sagen sollte.

»Habe ich recht?«, flüsterte er.

Ich hätte ihn jetzt nehmen können. Noch in diesem Augenblick. Oh, wie ich ihn wollte! All meine Sinne waren geschärft, und seine Gegenwart wurde noch schmerzlicher: Sein Duft, meine Vorahnung, wie er schmeckte und sich anfühlte. Das finstere Ungeheuer in mir regte sich und winselte, aber ich wollte ihn schwitzen sehen. Ich wollte wissen, was in diesem Mann steckte, dass er mir ganz und gar gehörte, dass er würde sterben müssen, um mich zu bekommen.

Ich entzog meine Hand seinem Griff, trat zurück, spazierte zur Balkontür und sah hinaus. »Sehen Sie nur, wie schön die Nacht ist, selbst bei diesem Nebel.«

Ich hörte, wie er stutzte und dann das Rascheln von Papier.

Als ich einen Blick über die Schulter warf, sah ich ihn mit offenem Skizzenbuch. »Bleiben Sie genau so«, sagte er leise, und mein ganzer Körper verkrampfte sich: Schon jetzt spürte ich, wie meine Gabe Einfluss auf ihn nahm. Ich ließ ihn eine Weile zeichnen und lauschte dem Kratzen der Holzkohle auf dem Papier.

»Die Sonnenuntergänge hier in Venedig sind farbenprächtiger denn je. Wissen Sie, warum?«

»Warum?« Seine Stimme war sehr leise.

»Es liegt am Rauch der Spiegel- und Glasfabriken. Früher gab es nur Handwerker, keine Herstellung im großen Stil. Dementsprechend war die Rauchentwicklung damals geringer. Seltsam, dass etwas, das die Luft so verpestet, derart schön sein kann, finden Sie nicht?«

»Schönheit aus Hässlichkeit«, bemerkte er nachdenklich und melancholisch. »Nein. Ich finde es überhaupt nicht seltsam.«

Wie gebannt von seiner Bekümmernis, schaute ich mich nach ihm um und sah die Geheimnisse, die auf einmal in seinen Augen standen. Er hatte innegehalten und hielt die Hand ruhig und still. Ich ging zu ihm und sagte: »Lassen Sie mich einmal sehen.«

»Es ist nur eine Skizze«, erwiderte er, reichte sie mir aber.

Bestimmte Einzelheiten fielen mir zuerst ins Auge: die Schönheit seines Zeichenstils, sein Können im Chiaroscuro, seine seltene Begabung dafür, den menschlichen Körper scheinbar mühelos einzufangen, die selbst den größten Künstlern bisweilen abging. Aber vor allem war es seine Technik, die ihn zu etwas Besonderem machte: die Einzigartigkeit seiner Schraffuren, seine Art des Sehens – Schönheit, die er überhöhte und ausschmückte, ohne ihr ihre Kanten, die Gefahr und die Düsternis zu nehmen. Ich sah mich selbst, wie niemand sonst mich je zuvor porträtiert hatte: nicht nur Schönheit, sondern auch Schrecken und Ehrfurcht, als hätte er in mir das Ungeheuer erspäht und es nicht nur als tödlich, sondern zugleich als faszinierend empfunden.

Schönheit aus Hässlichkeit.

Welch ein Talent! Genau darauf hatte ich gewartet. Aber zugleich spürte ich einen kleinen Hauch von Furcht. Er hatte so viel mehr gesehen, als ich erwartet hatte. Die Welt schien aus den Fugen zu geraten; es war seltsam und verstörend. Ich schaute verwirrt zu ihm hoch, aber er musterte mich so innig – verweilte, wartete –, dass ich mich beruhigt fühlte und meine Angst sich zerstreute. Ich konnte meinen Hunger nicht mehr unterdrücken. Die Welt schillerte vor meinen Augen. Alles verschmolz miteinander, ging ineinander über und flirrte wie venezianisches Licht.

»Odilé?«, fragte er mich entgeistert. Seine Stimme drang nur als Raunen durch meinen Schmerz, aber sie rief mich zurück. Er starrte mich an, als würde er meine Raubgier sehen und sie geradezu willkommen heißen. Seine Miene verriet nur Neugier und eine merkwürdige Resignation, als wäre ihm das hier vertraut, und auch das brachte mich aus dem Takt. Doch nun wurde es Zeit.

Ich ließ das Skizzenbuch fallen und führte ihn in mein Schlafzimmer, zu Kissen und parfümierter Bettwäsche. Ich schob ihm die Anzugsjacke von den Schultern. Er streifte sie ab und ließ sie achtlos zu Boden fallen, gefolgt von seiner Weste, seiner Krawatte und seinem Hemd. Dann stand er mit nacktem Oberkörper vor mir, und ich spürte seine heiße Haut unter den Händen. Er griff nach mir, aber ich stieß ihn von mir und bat leichthin: »Lass mich dich ansehen.« Er hielt still, und ich ließ den Blick über ihn schweifen – Brustkorb und Arme waren schlank und muskulös. Er hatte breite Schultern, und oberhalb seines Brustbeins wuchs ein dunkler Haarflaum. Seine Kleider verbargen keine Schwächen. Ohne sie war er noch schöner.

Ich sagte: »Zieh die Stiefel aus.«

Er bückte sich, um zu tun, wie geheißen, und als das erledigt war, trat ich wieder näher an ihn heran und schnalzte mit der Zunge, als er versuchte, mich zu berühren. »Noch nicht«, flüsterte ich, und dann öffnete ich ihm die Hose, schob sie ihm mitsamt der Unterwäsche über die schmalen Hüften und legte ihn völlig bloß. Er war bereit für mich, und oh, welch ein Leckerbissen er war! Aber ich verhungerte, und alles in mir schrie jetzt, jetzt, eine köstlich grausame Qual.

Ich trat zurück und öffnete mein Kleid, indem ich Dutzende kleiner Perlenknöpfe durch ihre Ösen gleiten ließ. Er sah mir voll eigenem Hunger zu. Ich ließ das Kleid fallen, und als er diesmal auf mich zutrat, gestattete ich ihm, mich zu berühren. Sein Tonfall war so ehrfürchtig wie seine Miene, als er sagte: »Ich wusste gar nicht, dass so etwas überhaupt hergestellt wird.« Er schob den Finger unter den seidenen Träger meines Leibchens, führte ihn mir über die Schulter und ließ ihn fallen, um meine Brust zu entblößen.

»Dann hast du noch keine Zeit mit Kurtisanen verbracht«, neckte ich ihn.

»Bist du denn eine?«

»Vielleicht. In einem anderen Leben.«

Er bewegte sich wie unter einem Zauberbann, während er mich entkleidete. Als ich nackt vor ihm stand, ließ er die Hände über meinen Körper gleiten, über meine Brüste, meine Hüften. Seine Finger tasteten sich zu den Armbändern um meine Handgelenke vor und verflochten sich mit den vielen Schlingen aus dünnen Ketten, als wollte er sie mir abstreifen, und ich sagte: »Lass sie dort.«

Er zog eine Augenbraue hoch, widersprach aber nicht. Seine Augen wurden dunkel. Er stieß einen kehligen Laut aus und zog mich ruckartig an sich, um mir ins Ohr zu flüstern: »Wie hast du es gern? Sag mir, was dir gefällt.«

Die Frage war eigenartig – geradezu schockierend. Ich konnte mich nicht erinnern, dass sie mir jemals gestellt worden war, und plötzlich zitterte ich. Ich wollte nichts als Völlerei. So brachte ich nur mühsam hervor: »Was auch immer du willst.«

»Oh, aber ich will alles.«

»So?« Ich streckte die Hand nach ihm aus und streichelte ihn mit einer federleichten Berührung. »Wie ist es hiermit?«

»Ja«, hauchte er.

»Oder hiermit?« Ich fuhr die Krallen aus und kratzte ihn mit den Fingernägeln. Sein Atem ging rasch und heftig, und er schnappte nach Luft, zuckte aber nicht zurück.

»Ja«, keuchte er gequält, rührte sich aber nicht. Es war, als würde er auf Anweisungen warten, aber sein Begehren ballte sich so eng zusammen, dass ich es spürte und wusste, dass es sich Bahn brechen würde. Ich fragte mich, wie weit ich ihn treiben konnte, bevor es dazu kam. Ich neckte ihn damit. »Hiermit?«, fragte ich, während ich ihn streichelte. Ich schrammte mit den Nägeln über seine Brust, hinterließ Spuren und flüsterte: »Hiermit?«

Er stieß seine Antworten immer mühsamer hervor und bekundete seine Zustimmung, indem er sich die Lippen leckte oder die Luft anhielt. Ich wartete darauf, dass er die Beherrschung verlieren, mich aufs Bett schleudern und brutal über mich herfallen würde, aber er schloss nur die Augen, legte den Kopf in den Nacken und ließ es über sich ergehen, dass ich ihn peinigte. Es wurde zu einem Spiel, das ich schon oft gespielt hatte, aber noch nie mit einem Mann, der so gut durchhielt. Ich sah, wie die Muskeln an seinem Hals arbeiteten, wie er verkrampft die Schultern anspannte, und drückte ihm den Mund auf die Haut, schmeckte sein Salzaroma. Sein Atem ging immer schneller und heftiger. Ich küsste ihn, aufs Brustbein, auf den Bauchnabel und noch weiter unten, aber er ballte nur die Hände zu Fäusten und schluckte.

Dann endlich wurde mein Hunger mir zu viel, und ich konnte ihm nicht länger widerstehen. Ich schmiegte mich mit dem ganzen Körper an ihn und raunte nahe an seinem Mund: »Ich möchte, dass du mich jetzt nimmst«, und es war, als hätte ich ein gefangenes verängstigtes Tier in die Freiheit entlassen. Wir lagen schon auf dem Bett, bevor ich wusste, wie mir geschah. Ich war willenlos meiner Gier ausgeliefert, die uns wie mit Tentakeln umschlang, ihre Zähne in ihn schlug und sich so erbarmungslos vollfraß, dass ich wusste, dass er nicht lange durchhalten würde, und mich dabei ertappte, es schon zu bedauern.

Aber er glich keinem Mann, den ich je gekannt hatte. Er war bereit, alles zu tun, alles zu geben. Er unterwarf sich der Lust ohne jegliche Zurückhaltung. Auf Sanftheit reagierte er ebenso wie auf Schmerz. Er kannte keine Grenzen: Nichts ließ ihn zurückschrecken oder zögern. Ja, sagte er und wieder Ja, eine endlose, unerschöpfliche Kette von Jas, die mich zu immer größeren Anstrengungen antrieb. Sie war ein einzigartiges Aphrodisiakum.

Ich nahm ihn, bis ich so viel aufgesogen hatte, wie ich nur konnte, und prall gefüllt und erschöpft war. Und sogar dann noch, in meiner Sattheit, war ich … fasziniert, wie gebannt von ihm – unglaublich! Er verlor sich so völlig im Liebesspiel, als wäre er nichts als Begehren, ein Wesen, das nur für den Genuss lebte und dem nur der eigene Körper Grenzen aufzeigte. Ich verstand es nicht, obwohl ich eigentlich behauptet hätte, mich mit allem auszukennen, was man über die Lust wissen konnte.

Ich umklammerte ihn fest, hörte ihn stöhnen und sagte drängend: »Schau mich an.« Ich wusste nicht, was ich sehen wollte, was ich zu finden erwartete; ich war nur neugierig auf das, was ihn zu dem machte, der er war – auf die Geheimnisse, die ich vielleicht entdecken würde. Er gehorchte mir, schlug die

Augen auf und erwiderte meinen Blick, und ich sah Euphorie, Freiheit und Erleichterung.

Aber Joseph Hannigan sah ich nicht. Es war, als würde er zu jemand anderem, zu etwas anderem, und plötzlich hatte ich das Bild seiner Schwester im Kopf, ihre eigene Hingabe, als er sie gezeichnet hatte, die Resignation, die beinahe eine Erlösung zu sein schien, als wäre sie nicht sie selbst, sondern etwas ganz anderes.

Das Bild war kurz da und dann gleich wieder verschwunden, als er mit einem heiseren, kehligen Schrei zum Höhepunkt kam, auf mir zusammenbrach und das Gesicht mit pochendem Herzen an meiner Schulter barg. Nach einer Weile hob er den Blick, um mich anzusehen, und er war wieder da, der Joseph Hannigan, den ich kannte, mit einer Tür in den Augen, die, wie mir klar wurde, schon immer da gewesen war, obwohl ich sie nicht bemerkt hatte, bevor ihre Abwesenheit mir aufgefallen war. Fest verschlossen. Eine Gefängnistür, dachte ich und fühlte mich schlagartig wieder unbehaglich und aus dem Gleichgewicht gebracht.

Er küsste mich sanft und wälzte sich dann schlaff und ausgelaugt von mir herunter. Seufzend holte er Atem. Er war übersät von den besitzergreifenden Spuren, die ich hinterlassen hatte. Ich hätte mich gesättigt fühlen sollen, aber das Unbehagen blieb. Er hatte mir derart viel von sich gegeben, und ich fragte mich, wie solche Ergebenheit der Zerstörungswut meines Hungers widerstehen konnte, der so reißend geworden war. Wie viel Zeit blieb mir, ihn zu dem Handel zu überreden, bevor ich ihn völlig ausgesaugt hatte? Die Schwächung war Teil des Vorgangs; irgendwann fielen sie ihr alle zum Opfer. Meine einzige Aufgabe bestand darin, sie zu überzeugen, auf den Handel einzugehen, bevor sie zerstört waren. Sogar Byron hatte seine Stärke verloren. Ich hatte es weidlich genossen, ihn so kraftlos zu sehen: Es hatte ihn Demut gelehrt. Ich glaube allerdings nicht, dass ich es genießen würde, Joseph Hannigan schwach zu sehen, und auch das überraschte mich.

Die Glocken von San Silvestro begannen zu läuten. Joseph regte sich neben mir. »Ist es schon so spät?«

Wenn man bedachte, wie gut er mich genährt hatte, war es schon ein Wunder, dass er überhaupt sprechen konnte. Ich drehte mich auf die Seite, schmiegte mich an ihn und sagte: »Schlaf ein. Das hast du dir verdient.«

Aber er rollte sich von mir weg, setzte sich auf die Bettkante, begrub das Gesicht in den Händen und rieb es sich, als wollte er sich selbst aufwecken. Im Kerzenschein sah ich die Leberflecken, mit denen die blasse Haut seines Rückens von der Schulter bis zur Wirbelsäule gesprenkelt war. Sie sahen aus wie ein Sternbild, dachte ich bei mir, und noch dazu wie eines, das ich kannte: Serpens Caput, der Kopf der Schlange am Spätfrühlingshimmel. Es fehlte nur ein Stern – auf seinem Schulterblatt –, um es zu vervollständigen.

Ich verspürte das Bedürfnis, jeden einzelnen Leberfleck zu berühren, aber er gab mir keine Gelegenheit dazu. Er sagte: »Ich muss gehen. Sophie ist sicher schon besorgt.«

Ich war verärgert, dass er sie erwähnte, bewies es doch, dass er ständig an sie dachte – auch wenn ich erst vor Kurzem selbst an sie gedacht hatte. »Sie weiß, wo du bist. Bleib hier. Du musst erschöpft sein.«

»Ich muss gehen, so leid es mir tut.« Er drehte sich um, lächelte mich begütigend an und beugte sich vor, um mich schnell zu küssen. »Das verstehst du doch, nicht wahr? Sie wartet sicher schon auf mich. Sie rechnet bestimmt nicht damit, dass ich hierbleibe.«

»Nein? Warum nicht?«

Er stand auf, ging schnell zu seinen Kleidern hinüber, die noch immer auf dem Boden lagen, hob Unterwäsche und Hose hoch und streifte sie über.

Ich konnte ihn nur mit offenem Mund anstarren, nicht nur, weil er mich verließ, sondern auch, weil er nicht strauchelte oder das Gleichgewicht verlor. Er wirkte genauso wie vorhin, bevor er mit mir geschlafen hatte: stark und voller Leben, nicht im Geringsten verändert. Ich setzte mich auf und hielt im matten Kerzenschein nach Schwäche Ausschau. Ich sah keine.

Er knöpfte sich die Hose zu und streifte sich das Hemd über. Ich sagte: »Du kommst doch morgen? Soll ich dir wieder Modell stehen? Für Studien?«

Er lächelte rasch und strahlend. »Ich brauche keine Studien. Ich habe dich im Kopf.«

»Aber … du kommst doch trotzdem?«

Er schob die Füße schwungvoll in die Stiefel. »Wenn ich kann. Das hängt davon ab, was Sophie geplant hat. Ich schicke dir eine Nachricht, um dir mitzuteilen, wann du mit mir rechnen kannst.«

Ich glaubte nicht recht, dass er wirklich gehen würde. Ich sah zu, wie er seine Weste, seine Anzugsjacke und seine Krawatte einsammelte. Ich dachte, er würde innehalten, bevor er die Tür erreichte. Ich dachte, er würde tun, was alle taten, seine Sachen wieder zu Boden werfen und zurück ins Bett kommen. Ich dachte, er würde sagen: »Ich kann es nicht ertragen, dich zu verlassen.« Ich wollte seine Hingabe wieder sehen, die Erlösung, die das Gefängnis aus seinen Augen verbannte und so verführerisch wie nur irgendetwas war, das ich je gesehen hatte. Ich wollte ihm das Angebot unterbreiten und ihn sagen hören: Ja, ja. Das ist alles, was ich mir je gewünscht habe. Ich wollte sein Entzücken und die Möglichkeit, dass er endlich etwas aus mir machen konnte.

Aber er kehrte nicht um. Er eilte nicht in meine Arme zurück, und ich erkannte, dass ich mich darin getäuscht hatte, wie fest ich ihn im Griff hatte. Sie war noch immer da – seine Schwester, seine Muse –, und eine schier unglaubliche Angst überkam mich. Ich hatte falsch eingeschätzt, wie eng sie miteinander verbunden waren. Mir wurde bewusst, dass er mich, solange er nicht ihr Einverständnis hatte, sofort verlassen und nicht wiederkommen würde, weil sie ihn von mir fernhalten würde. In Panik setzte ich mich im Bett auf. Verzweifelt rief ich: »Joseph ...«

Er blieb in der Tür stehen und sah sich mit einem Lächeln um – war das etwa Ungeduld?

»Geht deine Schwester gern ins Theater?«

Er runzelte die Stirn. »Ja.«

»Dann lade ich euch beide ein. Was meinst du, würde ihr das gefallen? Morgen Abend? Hast du Lust darauf?«

»Es würde Sophie gefallen«, sagte er.

»Dann machen wir es so. Ich hole euch beide um acht ab. Vergiss das ja nicht.«

»Das lässt du ja sehr unheilvoll klingen!«, neckte er mich.

Ich sagte ihm nicht, wie unheilvoll es wirklich war, und er schenkte mir ein letztes Lächeln; dann war er verschwunden.

KAPITEL 36

Sophie

In Panik fuhr ich aus dem Schlaf hoch, ohne zu wissen, wie spät es war. Nicholas lag still neben mir. Sein markantes Gesicht wirkte im Schlaf weich und entspannt, und ich erinnerte mich an gestern Abend, an die Art, wie er meine Narben berührt hatte, und an sein zärtliches Entsetzen, als ich ihm von ihrer Entstehung erzählt hatte. Er hatte so sanfte Augen: Obwohl sie sehr hell waren, lag überhaupt keine Kälte in ihnen. Diese Sanftheit hatte mich auch verleitet, ihm zu erzählen, was ich noch nie zuvor einer Menschenseele anvertraut hatte, und als er sich nicht von mir abgewandt hatte, war ich mir vorgekommen wie der vom Teufel umworbene Vivaldi in Odilé Leóns Geschichte: Ich schwankte zwischen der Hoffnung und der Angst davor, endlich zu bekommen, wonach ich mich sehnte, endlich gesehen zu werden, ohne dass Josephs Pinselstriche dazu den Weg gewiesen hätten.

Wieder diese Möglichkeiten! Sie stiegen mir derart zu Kopf... Ich konnte nichts dagegen tun, ich wollte an sie glauben. Und dennoch... Wie sollte ich Joseph etwas derart Flüchtiges erklären? Beim Gedanken daran senkte sich bleierne Schwere auf meine Brust. Ich wollte nicht alles noch schlimmer machen, indem ich zuließ, dass mein Bruder nach Hause kam und mich vergeblich suchte, dass er von meinem Verrat erfuhr, bevor ich ihm gestanden hatte, mein Versprechen gebrochen zu haben. Der Morgen erwachte unmerklich zum Leben, und ich musste fort.

Ich kroch aus dem Bett, kleidete mich an und ging so

leise, wie ich konnte. Die nahende Morgendämmerung erhellte den Himmel, als ich den schlafenden Marco weckte. Ich hatte angenommen, vielleicht noch vor Joseph nach Hause zu gelangen, aber sobald ich den Portego betrat, spürte ich seine Nähe, so wie ich sie immer spürte. Er saß auf dem Kanapee in der Sala und wartete auf mich. Im heraufdämmernden Morgenlicht glich er einem verwaschenen blaugrauen Schemen. Ich blieb unmittelbar hinter der Tür stehen, zugleich erleichtert darüber, ihn zu sehen – er war hier, er hatte sich nicht verändert –, und besorgt darüber, wie er reagieren würde.

Er musterte mich von Kopf bis Fuß. »Du bist zu ihm gegangen. Obwohl du versprochen hast, es nicht zu tun. Du hast es versprochen!«

Er war gekränkt, das sah ich seinen Augen an – und auch zornig. Ich setzte mich neben ihn. »Du warst bei ihr, und es hat dich nicht gekümmert, was ich davon halte. Du hast kein Recht, über mich verärgert zu sein.«

»Du hattest von Anfang an nicht vor, ihn abzuweisen, nicht wahr? Trotz allem, was du gesagt hast?«

»Ich weiß es nicht«, antwortete ich hilflos. »Ja und nein.«

»Sophie…«

»Was macht dich so sicher, dass er mich verletzen wird?«

»Ich irre mich in der Hinsicht doch nie, nicht wahr? Du hältst jeden Mann für einen Erlöser, aber es gibt keine Erlöser, Soph – es gibt nur mich. Er wird uns nur im Weg stehen, und wir brauchen ihn nicht. Wir haben Odilé.«

Es erschreckte mich, wie ihr Name auf seinen Lippen klang: entsetzlich intim. »Sie kennt nicht die richtigen Leute. Sie kann dir keinen Ruhm einbringen, nicht so, wie Nicholas es kann…«

»Wir wissen gar nicht, ob dem so ist.«

»O doch!« Ich suchte nach Worten, um ihm zu erklären, was ich empfand, aber mir fiel nicht das Richtige ein, und so sagte ich etwas, von dem ich wusste, dass er es verstehen würde. »Denk nach, Joseph. Du musst doch einsehen, dass ich ihn nicht einfach fallen lassen kann. Nicholas kennt Leute, die dich in die Gesellschaft einführen können. Wen kennt sie schon? Was wird sie mit dem Gemälde anstellen, das sie bestellt hat? Es in ihr Empfangszimmer hängen, in das nie jemand kommt? Sie kann uns nicht helfen, aber Nicholas ist dazu in der Lage, und er wird es für dich tun. Für mich.«

»Diese Leier habe ich schon einmal gehört. Du hast das Gleiche über Roberts gesagt, und vergiss nicht, wohin das geführt hat.«

»Warum hast du mir nicht erzählt, dass er tot ist?«

Es schien ihn nicht zu überraschen, dass ich Bescheid wusste. »Ich hätte den Gedanken nicht ertragen, dass er dir noch etwas bedeutet.«

»Er bedeutet mir nichts mehr, Joseph. Ich bin ... eigentlich froh. Er hat uns so viel Ärger eingebrockt. Ich bin froh.«

Er sah mich an, als könnte er mir nicht ganz glauben und würde nach Trost und Vergebung suchen. Plötzlich wusste ich es. »Wie ist es geschehen? Was hast du ihm angetan?«

»Ich habe seinem Vater einen Brief geschrieben. Anonym, aber mit so vielen Einzelheiten, dass der Inhalt schwer abzustreiten war. Ich glaube, er hatte längst einen Verdacht, wie es wirklich um seinen Sohn bestellt war.« Er hielt inne und fuhr dann schneidend fort: »Ich wusste schon, was geschehen würde, bevor ich den Brief abschickte. Roberts war schwach. Ich konnte es nicht riskieren, so etwas zu tun, solange wir noch da waren, aber sobald wir fort waren und die Skizzen wiederhatten ... Nun ...«

»Nun?«

»Er hat Selbstmord begangen. Er hat sich von der Fähre nach Staten Island gestürzt. Man hat seine Leiche erst drei Tage später gefunden.«

Ich spürte eine kleine Aufwallung von... ja, wovon? Triumph, Bestätigung? Oder war es Reue und Kummer? Vielleicht alles zugleich.

Joseph nahm meine Hände. »Verstehst du? Nimm Abschied von Dane. Wir brauchen ihn nicht.«

Wie er mich ansah... Er kannte mich so gut. Dennoch konnte ich das gewünschte Versprechen nicht ablegen. »Das kann ich nicht. Warum musst du zu ihr zurückkehren? Hat die vergangene Nacht dir nicht gereicht? Was fasziniert dich so an ihr?«

»Ich weiß es nicht«, sagte er. »Ich nehme an, ich will... ihre Geheimnisse herausfinden.«

Mir wurde kalt. Auch diese Neugier war etwas Neues. »Und wenn sie stattdessen deine herausfindet?«

»Ich glaube nicht, dass ihr das etwas ausmachen würde. Sie würde es wohl verstehen.«

»So wie Edward es verstanden hat?«

»Sie ist nicht wie er.«

»Joseph, ich traue ihr nicht über den Weg.«

»Warum nicht? Sie hat uns doch schon gerettet. Wir brauchen Geld, und sie hat genug davon. Außerdem mag sie dich, ganz gleich, was du glaubst. Sie will uns heute Abend beide ins Theater mitnehmen...«

»Um dich im Anschluss daran zu verführen?«

Er lachte kurz auf. »Glaub mir, da muss sie sich nicht erst anstrengen.«

Mir war übel. »Sag so etwas nicht zu mir.«

Er schluckte. Aus seinen Augen sprach eine Kümmernis, die mit jener mithalten konnte, von der ich wusste, dass sie in meinen stand. »Es ist für mich nicht anders als für dich: Es ist für niemand anderen Platz, Soph, verstehst du das denn nicht? Weder für Odilé noch für Edward. Noch für Dane.«

Die Wahrheit seiner Worte glich einem Balsam, einem

Wunsch, einem Gift. Ich spürte ihn ganz und gar, so wie ich es stets getan hatte, und dennoch… dennoch fühlte sich etwas falsch an. Ich vermochte es nicht ganz zu benennen, wusste aber, dass es etwas mit ihr zu tun hatte.

Joseph fuhr fort: »Also kommst du mit ins Theater?«

»Ja.« In diesem Augenblick hätten mich keine zehn Pferde davon abhalten können. Ich vertraute Odilé nicht im Geringsten, und Joseph war in Gefahr – das wusste ich, wenn ich auch nicht wusste, worin diese Gefahr bestand. Und ich würde tun, was ich konnte, um ihn von ihr fernzuhalten. »Ja, natürlich komme ich mit.«

Er drückte mir die Hand. »Du wirst schon noch sehen, dass ich recht habe.«

Dazu sagte ich nichts – es war zwecklos. Ich war zu müde, um mich weiter mit ihm zu streiten, und verabscheute es ohnehin, mir mit ihm in den Haaren zu liegen. Ich entzog mich ihm – allerdings sanft – und stand auf. »Jedenfalls gehe ich jetzt ins Bett. Ich bin erschöpft.«

»Du triffst dich also nicht wieder mit Dane?«, fragte Joseph.

Ich zögerte. Vielleicht tat Joseph recht daran, sich zu fürchten. Ich konnte meine Gefühle nicht so gut im Zaum halten wie er. Womöglich würde das, was zwischen Nicholas und mir war, nur in eine Wiederholung dessen münden, was ich mit Edward erlebt hatte. Aber ich fühlte nicht das Gleiche, und mir wurde klar, dass das nicht nur daran lag, wie Nicholas mich angesehen oder was ich ihm erzählt hatte; jetzt kam noch die Gefahr hinzu, die von Odilé ausging. Nicholas schien in irgendeiner Form das Gegengewicht zu sein, das ich jetzt brauchte, mein goldener Kristall, der mir half, gegen das anzukämpfen, was ich nicht sehen konnte. Er würde Joseph und mich beide beschützen – und sobald ich das gedacht hatte, war ich erstaunt. Joseph und ich waren immer unser eigenes Bollwerk gegen die Welt gewesen. Wir hatten nie einen Beschützer gebraucht.

Aber das war vor Odilé León gewesen.

Ich wandte ein: »Ich muss mich wieder mit ihm treffen, nicht wahr? Er kennt jeden im Salon. Ich kann ihn nicht einfach ignorieren, und ich will nicht, dass er sich über mich ärgert.«

Joseph maß mich mit einem langen Blick. »Ja. Nun gut.«

Ich wandte mich zum Gehen und hatte auf dem Weg zur Tür schon die halbe Sala durchquert, als mein Bruder mich leise rief: »Sophie.«

Ich blieb stehen und warf einen Blick über die Schulter. Die Strahlen der aufgehenden Sonne drangen durchs Fenster, umhüllten Joseph mit einem rosigen Schein und machten ihn so schön, dass es mir das Herz zerriss. »Was ist?«

»Macht… macht es dir etwas aus, meine Muse zu sein?«

Die Frage war sonderbar, aber nicht so sonderbar wie die Unsicherheit, die aus seinem Tonfall und seiner ganzen Körperhaltung sprach. Unsicherheit stand Joseph nicht; sie schien ihn irgendwie zu verzerren. Ich hörte darin alles, was er vor der Welt verbarg, sein eigenes Gefühl der Wertlosigkeit, die Angst, die sich hinter seiner Arroganz versteckte. Um diese Dinge wusste nur ich, und es schmerzte mich, sie jetzt zu sehen.

Als könnte er die Worte nicht schnell genug hervorstoßen, sprudelte es aus ihm heraus: »Stört es dich, dass du nie anerkannt wirst? Sehnst du dich nach Beifall? Sollte ich dir danken?«

»Wofür?«, fragte ich verwirrt. »Du bist doch mein Prinz Unverzagt. Du hast mich vor Ungeheuern und Dämonenrittern gerettet. Ich sollte viel eher dir danken.«

Sein Gesicht erschlaffte. »Das meine ich nicht.«

»Wie kannst du es denn nicht verstehen?«, flüsterte ich. »Weißt du es denn nicht? Wenn du mich zeichnest, erwache ich zum Leben. Ich existiere doch nur deinetwegen.«

Ich hätte noch mehr sagen können: Ich hätte ihm verraten,

dass ich hoffte, es gäbe noch jemanden, der mich vielleicht so sah, wie er es tat. Ich hätte ihm von der Möglichkeit erzählt, die ich neben Nicholas gespürt hatte. Ich glaubte, dass er mir vielleicht zuhören würde. Doch dann sah ich, dass er mich so anstarrte, als ob ich ihm plötzlich ein Rätsel geworden wäre, als wäre die Welt zusammengebrochen und er stünde nur wenige Zoll von einem klaffenden Abgrund entfernt, als wüsste er nicht, ob er springen oder zurückweichen sollte. Dann barg er das Gesicht in den Händen, und sein nach vorn fallendes Haar verbarg die Sicht auf ihn noch zusätzlich.

»Joseph?«, fragte ich verblüfft und verängstigt zugleich.

Er sagte: »Mir geht es gut. Geh zu Bett.«

Und ich fühlte mich ... getrennt von ihm. Vereinzelt. Es war das, von ich gedacht hatte, dass ich es wollte, aber das Gefühl war schrecklich und Furcht einflößend und ganz und gar nicht das, wonach ich mich gesehnt hatte. Er hatte gesagt, zwischen uns sei für nichts und niemanden Platz, doch nun spürte ich einen Keil, den es nie zuvor gegeben hatte, und ich wusste nicht, was ich tun sollte.

KAPITEL 37

Nicholas

Sie war fort, als ich erwachte. Ich stieg zum Dachgarten hinauf, weil ich hoffte, dass sie vielleicht dorthin gegangen wäre, um sich die Morgendämmerung anzusehen. Sie war romantisch genug veranlagt, so etwas zu tun, dachte ich, ungeachtet der Tatsache, dass die Luft kalt war und rosenroter Nebel einen Großteil der Stadt verhüllte. Ich fand mich am Rand des Dachs wieder und malte mir aus, sie würde neben mir stehen: Ihr dunkles Haar umspielte ihre Schultern, und sie lächelte strahlend, als sie mit mir beobachtete, wie die grauen Schatten der Stadt allmählich aus dem seltsamen rosigen Nebel hervortraten. Zu meinem Erstaunen dachte ich: Darin verbirgt sich ein Gedicht. Ich erinnerte mich an das Bild, das mir auf dem Lido in den Sinn gekommen war, die Worte, die knapp außerhalb meiner Reichweite tanzten. Ich fühlte mich aus dem Gleichgewicht gebracht und irritiert.

Dafür sorgte nicht nur die Poesie, die sich in meinen Kopf schlich, als ich die Treppe hinunter in meine dunkle Wohnung zurückkehrte. Bis auf Odilé hatte mich keine andere Frau je mitten in der Nacht verlassen, und ich war mir nicht sicher, was das hieß oder ob ich überhaupt eine bestimmte Bedeutung dahinter vermuten sollte. Ich sagte mir, dass es so besser war. Ich hatte schließlich einiges zu tun, und so konnte ich schon bei Odilés Haus sein, bevor der Morgen ihre neueste Eroberung wieder auf die Straße hinauswarf. Also versuchte ich, mir Sophie aus dem Kopf zu schlagen, und mietete eine Gondel, um zu meinem üblichen Posten auf der schmalen

Fondamenta vor dem Nachbarhaus der Casa Dana Rosti zu fahren.

Der Nebel war sogar noch kühler als sonst, und ich steckte mir die Hände in die Manteltaschen und sehnte mich nach einem Hut – aber ich wollte, dass Odilé wusste, dass ich da war und sie beobachtete, und ich wusste, dass sie mein blondes Haar immer erkannte. Die Casa Dana Rosti lag still da; nichts rührte sich, und ich ertappte mich bei Tagträumen über weiche, schwere Brüste in meinen Händen, einen geschmeidigen Körper, der sich unter meinem wand, und ein leises Keuchen in meinem Ohr. Worte kamen mir in den Sinn und brachten mich dazu, nach dem Bleistift und dem Notizbuch zu greifen, die ich schon lange nicht mehr bei mir trug, und als mir klar wurde, was ich da tat, staunte ich von Neuem über mich selbst.

Unmöglich. Ich hatte seit Jahren kein Gedicht mehr geschrieben. Jetzt zu spüren, wie sich eines regte, war verblüffend – wie konnte das nur sein? Zum ersten Mal seit Ewigkeiten saß ich vor Odilés Wohnung und dachte an jemand anderen als Odilé.

Ich hatte Mühe, meine Gedanken im Zaum zu halten, und zügelte meinen Wunsch, geradewegs zum Palazzo Moretta zu eilen. Ich musste mich auf die anstehende Aufgabe konzentrieren. Es war schon mehrere Tage her, dass der Straßensänger ins Verderben gerannt war, und ich wusste, dass Odilé sich nähren musste. Ihr blieb nicht mehr viel Zeit, nur noch gut eine Woche, und ich war überzeugt, dass sie ihre Wahl noch nicht getroffen hatte. Der Gedanke erregte mich – diesmal übertraf mein Erfolg meine kühnsten Hoffnungen. Nach sieben Jahren war es nun fast vorüber.

Ich hörte ein Geräusch – eine Balkontür schwang auf. Als ich aufschaute, sah ich Odilé ins Freie treten. Sie trug einen leichten, spitzenbesetzten Morgenmantel aus elfenbeinfarbener Seide. Die Haare fielen ihr in üppigen Wellen bis an die Taille.

Sie kam ganz auf den Balkon heraus und stützte die Hände auf die steinerne Balustrade. Die Sonne brachte das Gold, das sie an den Handgelenken trug, zum Funkeln, und ich blinzelte gegen den grellen Widerschein an. Ich wartete darauf, dass ihr ein Mann folgen würde. Aber niemand erschien, und sie wirkte lebensvoll und nicht im Geringsten geschwächt. Ich wusste, dass sie sich gelabt hatte und dass er sich noch in den Zimmern hinter ihr befinden musste.

Sie sah zu meinem Standort herunter und kam bis in die äußerste Ecke des Balkons. Sie beugte sich über die Balustrade, und ihr Morgenmantel klaffte so weit auf, dass es aussah, als würde sie gleich herausfallen. Ihr Lächeln war kokett und neckisch und entfaltete immer noch seine alte Macht.

»Hallo, Nicholas!«, rief sie. »Wie langweilig für dich, immer dort herumzustehen! Vielleicht solltest du dir eigene Zerstreuungen suchen, statt immer nur darauf zu hoffen, mir bei meinen zusehen zu können.«

Ich trat an den Rand der Fondamenta, um sie besser erkennen zu können. »Du scheinst bei bester Gesundheit zu sein, meine Liebe. Wer füttert dich denn im Augenblick so gut?«

Odilé lachte. Der Klang fing sich in der Luft und wurde zurückgeworfen, wie es in Venedig, das alle Geräusche dämpfte und verzerrte, nun einmal war, und so ging ihr Lachen verloren, bevor es meine Ohren erreichte, aber ich wusste, dass drei Rii entfernt jemand in seinem Garten stutzte, einen Blick gen Himmel warf und sich fragte, ob die Engel in den Wolken über seinem Kopf lachten. Ihr Haar glitt ihr über die Schulter und bedeckte ihre Hand. »Oh, ich vermisse dich wirklich, Nicholas. Warum kommst du nicht herauf? Lass mich dich aussaugen, wie ich es schon vor Jahren hätte tun sollen.«

»So verlockend die Einladung auch klingt: Ich glaube, ich muss sie ablehnen.«

»Du bist so viel schlauer, als du aussiehst. Geh nach London zurück. Venedig ist im Winter doch ungemütlich, und so hübsch du auch bist, muss ich doch gestehen, dass ich es müde bin, dein Gesicht jeden Tag zu sehen.«

»Daran bist du selbst schuld«, sagte ich zu ihr.

»Behaupte nicht, ich hätte dich nicht gewarnt«, erwiderte sie. »Doch so schön es auch war, heute Morgen mit dir zu plaudern ... jetzt bin ich müde. Ich bin die ganze Nacht wach geblieben, in Gesellschaft eines anderen unterhaltsamen Mannes. Leider ist er vor Tagesanbruch geflohen. Wie ungeschickt von dir, zu spät zu kommen.«

Ich konnte es nicht fassen. »Vor Tagesanbruch? Und du hast ihn gehen lassen? Wie ungeschickt von dir, meine Liebe. Allerdings siehst du ja auch ein bisschen, wie soll ich sagen ... monströs aus? Vielleicht hat er etwas von deinem Gift eingesogen? Ich kann nicht der Einzige sein, der in der Lage ist, es zu riechen.«

Ich konnte nicht einschätzen, ob ich sie getroffen hatte oder nicht. Sie entgegnete nur kalt: »Adieu, Nicholas.« Dann kehrte sie mit einem Kopfschütteln, das ihr Haar auf ihrem Rücken Wellen schlagen ließ, ins Haus zurück.

Ich wartete noch ein wenig länger und versuchte, durch die Fenster zu spähen und einen Blick auf eventuelle Bewegungen in den Zimmern dahinter zu erhaschen, aber ich sah nichts. Mir wurde klar, dass sie die Wahrheit gesagt hatte: Ich war zu spät gekommen. Es hatte keinen Zweck, noch länger hierzubleiben.

Ich kehrte in meine Wohnung zurück und konnte es kaum abwarten, dass die Zeit verging, bis ich in den Salon gehen konnte, wo ich gewiss Sophie wiedersehen würde. Ich zog ein Buch aus dem Stapel auf dem Boden und legte mich auf mein Bett, dem noch immer ein schwacher Hauch ihres Parfüms anhaftete, und plötzlich dachte ich an Veilchen in der Sonne und dunkles Haar im Kerzenschein, griff nach dem Bleistift und erschrak, als ich weder ihn noch Papier fand. Die Macht der Worte, die sich in meinem Kopf überschlugen, verwirrte mich, ebenso die Inbrunst, mit der sie danach verlangten, niedergeschrieben zu werden. Wie konnte das sein? Und dennoch … der Drang war unwiderstehlich, und am Ende fand ich Giles' Skizzenbuch und riss eine Ecke davon ab, griff zu einem Stück Zeichenkohle und begann zu kritzeln: Die Worte sprudelten aus mir hervor, ein einziger Vers. Als er vollendet war, starrte ich überrascht darauf herab. Er war ganz ordentlich, aber wie konnte er auch nur das sein? Wie konnte er überhaupt existieren? Odilé war noch am Leben, und sie hielt mein Talent umklammert. Ich knüllte das Papier zusammen und ließ es achtlos zu Boden fallen, als mich das Gefühl, aus dem Gleichgewicht geraten zu sein, in aller Heftigkeit wieder überkam.

Ich brach so bald wie möglich zum Salon auf. Der Canal Grande war von einem dünnen Nebelschleier verhüllt, der in Schwaden umherwallte und sich bei jeder Bewegung wie Rauch in Luft auflöste. Dunkelgraue Wolken ballten sich in der Ferne zusammen: Ein Unwetter zog auf. Ich fühlte mich verletzlicher denn je. Sophie Hannigan hatte eine Macht über mich, die ich nicht in Worte zu fassen vermochte und die mir sogar jetzt, in der venezianischen Dämmerung, Angst machte. Ich verstand – oder glaubte zu verstehen –, warum ihr Bruder das Gefühl hatte, nicht ohne sie auskommen zu können. Ich spürte ein warnendes Prickeln und riet mir selbst, mich nicht allzu leidenschaftlich zu verlieben. Das war mir schließlich schon einmal zum Verhängnis geworden.

Doch ihr Zauberbann blieb bestehen, und der Salon trug nicht dazu bei, ihn zu brechen, denn sie war nicht da, ebenso wenig ihr Bruder. Ich hatte keine Ahnung, warum. Ich fragte mich, ob sie mir aus dem Weg ging, ob ich etwas getan hatte, das sie hätte kränken können – gut, das hatte ich natürlich –, und ob sie mich deshalb heute Morgen ohne jedes Abschiedswort verlassen hatte. Allein der Gedanke, dass es so sein könnte, trieb mich vor Besorgnis und Nervosität fast in den Wahnsinn. Ich konnte nicht im Salon bleiben. Ich war zu abgelenkt, um auch nur im Geringsten umgänglich zu sein. Ich wusste nicht, ob ich kam oder ging, und war mir selbst böse dafür, dass ich es so empfand. Ich wurde das Bild einfach nicht los, wie ich sie umarmt und dabei gedrängt hatte, mir den Kopf auf die Schulter zu legen, wie ich ihr die Finger ins Haar geschoben hatte. Wenn ich mich richtig erinnerte, hatte sie einen kleinen Laut ausgestoßen – ein leises Wimmern – und war dann eingeschlafen, hatte sanft und stetig geatmet und die Hand neben dem Gesicht wie ein kleines Kind zur Faust geballt. Ich hatte auf sie hinabgesehen und geglaubt, noch nie so glücklich und befriedigt gewesen zu sein.

Noch nicht einmal mit Odilé.

Der Gedanke erschreckte mich jetzt noch, genau wie die Erkenntnis, dass er der Wahrheit entsprach. In jenem Augenblick schien sich alles – Odilé, meine Berufung, all meine Verpflichtungen – in Luft aufzulösen. Plötzlich dachte ich an eine Zukunft, die ich nie zuvor auch nur in Erwägung gezogen hatte. Ein Zuhause irgendwo. Kinder. Gedichte im Kopf, die niedergeschrieben werden wollten. Gedichte über dunkelbraunes Haar, das im Sonnenschein auf dem Lido glänzte, über milchweiße Haut, über verführerische Leberflecken in Form eines Sternbilds und über einen Namen, der den Bann brechen konnte, in dem ich seit Jahren stand.

Eines wusste ich jedenfalls: Ich liebte Sophie Hannigan, und alles war anders geworden.

KAPITEL 38

Nicholas

WIE WURDE MAN EINE SCHON SEIT SIEBEN JAHREN ANDAUERNDE Besessenheit los? Ich wusste, dass ich mich nicht auf eine Zukunft mit Sophie einlassen konnte, bevor ich nicht Odilé für immer aus meinem Leben verbannt hatte. Nur noch etwas über eine Woche – es kam mir zugleich kurz und wie eine halbe Ewigkeit vor.

Die Unheil verkündenden Wolken hatten sich über die ganze Stadt ausgebreitet, verdeckten die Sterne am Himmel und sorgten für einen leichten Nieselregen, der vermutlich bald stärker werden würde. Ich heuerte einen Gondoliere an, um mich von der Casa Alvisi zur Casa Dana Rosti zu bringen. Diesmal bezahlte ich ihn, damit er mit mir wartete. Vom Lamellenfenster der Felze aus hatte ich Odilés Eingangstür perfekt im Blick. Ich beobachtete ihre Fenster, erspähte eine Bewegung hier und da, Schatten vor den Lampen. Und dann, als der Wind gerade auffrischte und den Regen mitbrachte, öffnete sich ihre Tür.

Ich richtete mich auf und sah zu, wie ihr Gondoliere ins Freie trat. Er stieg in die Gondel und machte sie bereit. Aha! Also ging Odilé heute Abend aus. Zweifelsohne, um sich mit ihrem neuen Opfer zu treffen.

Sie trug einen Umhang, dessen dunkle Kapuze sie hochgeschlagen hatte, um ihr Gesicht zu verbergen. Aber auch in ihrer Verkleidung war sie dank der unvergleichlichen Anmut zu erkennen, über die keine andere Frau zu verfügen schien. Sie raunte ihrem Gondoliere etwas zu und verschwand in der Felze.

Die Gondel glitt auf den Kanal hinaus. Ich rief meinem eigenen Gondoliere zu: »Folgen Sie ihnen, aber so, dass sie es nicht bemerken.«

»Sì, padrone.«

Ich spürte, wie das Boot unter mir schwankte, als wir aufs Wasser hinausfuhren. Ich konnte das von einem rötlichen Schatten umgebene Licht ihrer Gondel in seiner kardanischen Aufhängung sehen. Sie fuhr Richtung San Marco zur Piazza. Der Regen prasselte auf das Dach der kleinen Kabine und peitschte auf das Wasser ein. Ein Blitz erhellte den Himmel und beleuchtete den Umriss ihrer Gondel mit dem vermummten Gondoliere, sodass sie gespenstisch und unheilvoll wie eine Totenbarke wirkte.

Nun, das ist sie ja auch, dachte ich grimmig, als der Donner so laut grollte, dass er das Boot zu schütteln schien.

Der Wind wühlte das Wasser auf, ließ es an die Gondel spritzen und brachte sie so sehr ins Schwanken, dass ich mich darin nicht mehr wohlfühlte. Ein Donnerschlag war zu hören, und dann leuchtete ein so greller Blitz, dass die ganze Welt elektrisiert zu sein schien – und wie zur Antwort darauf bog Odilés Gondel in den Rio de San Moisè ein.

Ich fühlte mich einen Augenblick lang wie schwerelos – seltsam, dass sie gerade dorthin fuhr, da ich hier doch selbst gewisse Interessen verfolgte. Gerade, als ich mich vorbeugte, um nachzusehen, welche Lichter im Palazzo Moretta brannten, und im Vorbeigleiten einen Blick auf Sophie zu erhaschen, machte Odilés Gondel halt.

Ich glaubte, es wäre ein Versehen. Warum hätte sie hier anhalten sollen? Ich spürte, wie mein eigenes Boot plötzlich bremste, und das Herz sackte mir in die Hose. Ungläubig beobachtete ich, wie sich das Tor des Palazzo öffnete und zwei Gestalten herauskamen.

Ein gleißend heller Blitz schlug ein, erleuchtete den

schmalen Rio und wurde von den Gebäuden reflektiert. Das grelle und entsetzliche Licht dauerte gerade so lang an, dass ich beobachten konnte, wie einer der beiden in Kapuzenmäntel gehüllten Gestalten erstaunt aufschaute. Bevor es wieder dunkel wurde, sah ich für einen kurzen Moment ein blasses, mir vertrautes Gesicht, umrandet von braunen Haaren.

Sophie.

Die andere Gestalt – offensichtlich ihr Bruder – nahm ihren Ellenbogen, half ihr in die Gondel und folgte ihr an Bord. Ich konnte es immer noch nicht fassen. Nicht, als sie auf dem Boot waren, und auch nicht, als die Gondel ablegte.

Mein Gott, nein! Nicht Joseph Hannigan! Bitte mach, dass er es nicht ist!

Als ihre Gondel die Fondamenta des Rialto erreichte, hielt sie an. Donner grollte – so laut, dass er alles zu erschüttern schien. Ich sah zu, wie die drei von Bord gingen, hörte das Lachen eines Mannes und einen kleinen weiblichen Aufschrei, als der Regen mit voller Wucht auf sie niederprasselte. Sie eilten auf ein schützendes Vordach zu.

»*Padrone?*«, fragte mein Gondoliere.

Ich schoss aus der Felze hervor und sagte knapp: »Lassen Sie mich aussteigen.«

Ich eilte ihnen über das rutschige Pflaster der Calle nach. Hannigan ging in der Mitte, an jedem Arm eine Frau, die sich festklammerte. Sie rannten geduckt durch den strömenden Regen und verschwanden im hell erleuchteten Eingang der quadratischen Marmorfassade des Teatro Goldoni. Ich hatte keine Eintrittskarte, aber das ließ sich mühelos ändern. Ich kaufte mir eine fürs Parkett, wo ich hoffentlich inmitten der anderen Theaterbesucher untergehen würde. Da ich nicht wollte, dass Sophie oder ihr Bruder mich bemerkte, hielt ich mich am Rand der Menge verborgen und spähte zu den Logen hinauf, wo sie sich befinden mussten.

Das Teatro Goldoni war klein und prunkvoll: Die nach italienischer Mode an den Seiten angeordneten Logen waren allesamt vergoldet, und an der Decke hing ein großer Gaskronleuchter. Die Gaslampen an den Rändern ließen den ganzen Raum glänzen und glitzern und brachen das Licht. Wie in Venedig üblich, war es nicht schwer, zu sehen und gesehen zu werden. Eigentlich kam niemand ins Theater, um sich an den Stücken zu ergötzen. Die meisten Adligen mieteten Logen für das ganze Jahr, um ihre Freunde dorthin einzuladen – das war billiger, als Gas und Diener in ihren eigenen Häusern zu bezahlen. Gelächter und Geplauder erfüllten das Theater, erhobene Operngläser reflektierten das Licht, während die Logen sich zu füllen begannen.

Sie saß sicher nicht im unteren Rang – zu nah am Parkett. Der zweite Rang war der begehrteste, aber ich rechnete auch dort nicht mit ihr. Sie gehörte nicht zur feinen Gesellschaft, und viele jener Logen waren schon vermietet. Also im dritten ... Ich wünschte, ich hätte selbst ein Opernglas dabeigehabt, und bemühte mich, etwas zu erkennen. An einigen Logen waren die rosafarbenen Samtvorhänge zugezogen, damit man ungestört blieb – die meisten Leute waren ja nicht hier, um sich das Stück anzusehen. Ich ging auch nicht davon aus, dass es Odilé auf Gespräche ankam, aber um ehrlich zu sein, war ich mir nicht sicher, was sie eigentlich vorhatte. Wenn sie Joseph Hannigan gefunden hatte, war das eine Sache. Aber warum sollte sie die Gastgeberin für Sophie spielen? Frauen hatten Odilé nie etwas bedeutet.

Ich begann mich gerade zu fragen, ob Odilé vielleicht doch keine Loge gemietet hatte, als ich sah, wie sie eine betrat. Sie stützte die Hände auf die Balustrade, wie sie es auf dem Balkon der Casa Dana Rosti getan hatte, und genau wie dort fing sich das Licht glitzernd in den goldenen Armbändern, die ihre Handgelenke umspielten. Und dann sah ich Sophie neben ihr erscheinen. Ich zog mich noch weiter in die Schatten zurück. Es gab zwar keine Frau, die Odilé gleichkam – ihre Schönheit war berückend –, aber Sophie wirkte frisch und lebhaft, und mein Begehren wallte so verhängnisvoll auf wie eh und je.

Dann trat Hannigan neben die beiden. Er und Odilé gaben ein atemberaubendes Paar ab, das musste ich eingestehen. Ich war gewiss nicht der Einzige, der die beiden musterte. Gedankenlos drängte ich mich nach vorn, ohne die Männer ringsum zu beachten, die sich unterhielten und gestikulierten, und ignorierte den Geruch nach Nässe, Schweiß und Anis, auf dem viele hier mit Vorliebe herumkauten, das laute Gelächter und den Rauch. Ich konnte den Blick einfach nicht abwenden, als Hannigan sich vorbeugte, um Odilé etwas ins Ohr zu flüstern. Sie lächelte zu ihm hinauf und liebkoste sein Kinn mit einer Vertraulichkeit, die davon zeugte, dass die beiden eine Affäre hatten.

Ich verspürte bodenlose Verzweiflung. Wie hatte sie ihn nur finden können? Ich hatte die ganze Zeit über die Augen aufgesperrt, ihn ständig bewacht, ohne mich ablenken zu lassen...

Nur einmal hatte ich mich ablenken lassen, wie mir plötzlich aufging. Sophie hatte mich auf Abwege geführt: Während ich mich ganz damit befasst hatte, sie für mich zu gewinnen, war Odilé unbemerkt eingedrungen.

Und jetzt... und jetzt...

O Gott, was sollte ich jetzt nur tun?

KAPITEL 39

Sophie

Es war eine Komödie – ich verstand zwar nur wenig Italienisch, aber es ging um eine kokette Wirtin. »Viele halten dieses Stück für Goldonis Meisterwerk«, erklärte Odilé mir und erläuterte mir im Verlauf des Abends die Handlung, sodass ich ihr recht gut folgen konnte, obwohl ich die Feinheiten nicht durchschaute.

»Oh, meine Liebe, Feinheiten gibt es da gar nicht«, sagte sie lachend.

Es war schon fesselnd genug, allein die Leute zu beobachten, und das Teatro Goldoni war so prunkvoll, dass es sich anfühlte, als würde man sich inmitten einer Kerzenflamme befinden – überall blitzten und blinkten Vergoldungen und Gaslampen.

Die Aufführung war gelungen und zeichnete sich durch schöne Kostüme aus, sodass es immer etwas zu sehen gab, und Odilé hatte kandierte Früchte und Wein servieren lassen. Aber ich konnte nichts davon so recht genießen. Das Gespräch, das mein Bruder und ich am Morgen geführt hatten, lastete wie ein Stein auf meinem Herzen.

Als das Theaterstück vorüber war, sagte sie: »Ich darf euch doch zum Abendessen einladen?«

Ich wollte gerade ablehnen, als Joseph die Einladung schon für uns beide annahm. Es war fast Mitternacht – der Komödie waren ein Ballett und ein kürzeres Stück vorausgegangen –, und ich war in der vorherigen Nacht die meiste Zeit über mit Nicholas wach gewesen. Ich wollte einfach nur nach Hause, aber stattdessen setzte ich ein mattes Lächeln auf und legte mir den Mantel um.

Es regnete noch immer heftig, als wir das Theater verließen: Die Straße vor uns stand mindestens einen Zoll tief unter Wasser, der Himmel war pechschwarz; alle Farbenpracht war verschwunden, und die Gaslaternen verbreiteten nur noch einen kränklichen mattgelben Schein, da der Regen ihr Licht verschluckte. Es war, als würde man eine geheimnisvolle Unterwasserwelt betreten – nur für Odilé nicht. Ihr gelang es irgendwie, glänzend und strahlend wie immer zu wirken.

Das Restaurant »Zum kleinen Pferd« war eng und in deutschem Besitz, wie sie erläuterte, obwohl es dort so venezianisch aussah wie überall sonst. Fast alle Tische waren besetzt, die Gespräche laut, die Luft vom dumpfen Geruch nasser Wolle geschwängert, in den sich der Duft von Polenta, Öl und Fisch mischte. Odilé bestellte Wein und einen Teller mit den kleinen frittierten Krebsen, die man Moleche nannte. Mein Bruder hob einen an der Schere auf und verspeiste ihn in einem Stück. Sie lachte ihn an, und er erwiderte beim Kauen ihr Lächeln.

Ich verstand, warum sie ihn so faszinierte. Sie war elegant, kultiviert und schön, doch ich konnte nicht umhin, mich zu fragen, warum sie darauf bestanden hatte, dass ich mitkam, und warum sie mich mittlerweile so angestrengt umgarnte.

Sie goss mir Wein ein, richtete den seltsamen Blick ihrer grauen Augen unverwandt auf mich und stützte das Kinn in die Hand. »Hat Ihnen das Stück gefallen, Miss Hannigan?«

»Ja, sehr sogar.«

»Mögen Sie die Oper? Das Teatro La Fenice öffnet gleich nach Weihnachten. Und es gibt auch noch das Teatro Rossini – dort sind die Opern zwar zweitklassig, aber unterhaltsam sind sie durchaus. Würden Sie gern dorthin gehen? Soll ich Eintrittskarten besorgen?«

Wieder fragte ich mich, warum sie sich so anstrengte. »Ich liebe die Oper. Aber Sie müssen sich nicht solch eine Mühe machen …«

»Wenn nicht für Sie, für wen sollte ich mir dann solch eine Mühe machen?«, fragte sie. »Ich habe inzwischen großes Interesse sowohl an Ihnen als auch an Ihrem Bruder, Sophie – darf ich dich so nennen? Es erscheint mir so förmlich, immer noch ›Miss Hannigan‹ zu sagen, und so möchte ich gar nicht sein.«

Meinem Bruder zuliebe – wegen all der Dinge, die er am Morgen zu mir gesagt hatte – versuchte ich zu lächeln. Ich musste mich zwingen, zu sagen: »Natürlich.«

»Und du musst mich Odilé nennen. Sophie, sag mir, was du am liebsten tun möchtest, solange du in Venedig bist. Äußere einen Wunsch, und ich sorge dafür, dass er in Erfüllung geht.«

»Ich will, dass Joseph berühmt wird«, sagte ich, ohne zu zögern.

»Ja, natürlich, das wünschen wir uns alle. Aber es gibt doch gewiss auch etwas, das du für dich selbst willst?«

Ich schüttelte den Kopf. »Nein. Das ist unser Traum, wir hatten ihn immer schon.«

Sie zog eine zierlich geschwungene Augenbraue hoch. »Ach, wie reizend! Zwillinge, die gemeinsam träumen. Einander inspirieren. Aber hast du denn keinen Traum, der ganz dein eigener ist?«

Ich dachte an all die Geschichten, die ich im Laufe der Jahre erfunden hatte, die Dinge, die ich mir gewünscht hatte. Flucht. Erleichterung. Vergessen. Doch all das war zu privat, um es gegenüber irgendjemand anderem als Joseph zu erwähnen, der das Gleiche empfand. Und ich würde ihr auch nicht meinen einzigen anderen Traum verraten, von dem ich hoffte, dass er gerade in Erfüllung ging. Es stand ihr nicht zu, davon zu erfahren. »Eigentlich nicht. Nein.«

Odilé runzelte die Stirn – nur ganz leicht, fast unmerklich, als wäre sie verwirrt. Es dauerte nicht lange, aber ich bemerkte es.

Joseph sagte lächelnd: »Es ist nicht nur mir zuliebe, sondern auch für Sophie. Bei uns sind beide mit von der Partie. Bei allem.«

Verglichen mit dem, was er mir morgens gesagt hatte, klangen seine Worte tröstlich.

Odilé sah mich an und sagte: »Ich glaube, das stimmt nicht ganz, nicht wahr? Vielleicht möchte dein Bruder das glauben, aber ich sehe noch etwas anderes in deinen Augen, meine liebe Sophie. Dein Freund ist endlich dein Geliebter geworden, und jetzt denkst du an ihn.«

Ich spürte, wie mein Bruder sich verkrampfte. Sie bemerkte es ebenfalls, das erkannte ich an der Art, wie sie zu ihm sagte: »Komm, Chéri, du darfst nicht so selbstsüchtig sein. Deine Schwester hat dir alles gegeben, nicht wahr? Aber die Inspiration, die du verlangst, erfordert ein hohes Maß an Kraft. Vielleicht ist es an der Zeit, sie freizulassen, sodass sie allein ihr Glück finden kann.«

Unvermittelt stieg Panik in mir auf. »O nein. Nein, es macht mir gar nichts aus …«

»Natürlich nicht«, sagte sie nachdenklich. »Aber ein Mann erkennt, wenn er nicht der Einzige ist, dem man Zuneigung entgegenbringt. Ich kann nicht umhin, zu vermuten, dass das vielleicht der Grund dafür ist, dass du nie die Art Liebe kennengelernt hast, nach der du dich sehnst. Dein Bruder steht im Weg.«

Die Wahrheit, die sich hinter ihrer Aussage verbarg, bestürzte mich. Aus dem Augenwinkel erhaschte ich flüchtige Blicke auf die Vergangenheit. Der Gesichtsausdruck meines Bruders erinnerte mich an morgens, als er das Gesicht in den Händen geborgen und so verwirrt auf meine Worte reagiert hatte; als würde er etwas sehen, das er noch nie zuvor gesehen hatte.

Odilé fuhr fort: »Wissen Sie, dass es im Torbogen des Soto-portego di Preti ein Herz gibt? Die Legende besagt, dass zwei Liebende, die es zur selben Zeit berühren, sich für immer lieben werden. Wer es allein berührt, kann sich wünschen, wahre Liebe zu finden. Es gibt eine Geschichte darüber – natürlich handelt sie von einem Liebespaar –, aber die spielt kaum eine Rolle. Der Aberglaube ist alles, was von ihr geblieben ist. Vielleicht solltest du dorthin gehen, meine Liebe, und deinen Geliebten gleich mitnehmen. Solch ein Versprechen wird ihn trösten.«

Joseph starrte mich an, und ich spürte in ihm eine Unter-würfigkeit, die ich nicht verstand. Draußen heulte der Wind. Das Restaurantschild schwang laut quietschend hin und her. Odilé warf einen Blick zur Tür und erschauerte zierlich. »Dieser Sturm fühlt sich an, als wolle er die Welt zerfetzen.« Sie griff nach dem Wein, als sei er ein Stärkungsmittel. »Oh, es ist keiner mehr da. Chéri, holst du uns bitte noch welchen? Und sag dem Kellner, dass es ein Bordeaux sein muss – ein alter.« Sie lächelte Joseph an, der aufstand, um zu tun, wie ihm geheißen, und sobald er den Tisch verlassen hatte, sah sie mich an. Als ob sie die Antwort unbedingt hören wollte, bevor er zurückkehrte, fragte sie mich schnell: »Wie sehr wünschst du dir seinen Ruhm, Sophie? Wie sehr tut er es selbst?«

Ihre Stimme war so machtvoll... Mein Herz hämmerte, als ich mich erwidern hörte: »Sein Ruhm ist alles, worauf wir je hingearbeitet haben.«

Ihre Augen schienen zu funkeln. »Was würdet ihr dafür opfern?«

»Alles und jeden.« Sobald ich es ausgesprochen hatte, wünschte ich mir, ich hätte es nicht gesagt. Ich hatte das Gefühl, ihr ein entsetzliches Geheimnis anvertraut zu haben, das ihr eine Möglichkeit verschaffte, mich in die Enge zu treiben.

»Aha.« Sie lächelte ein wenig, griff nach einem Krebs und ließ ihn einen Augenblick über ihrem Teller baumeln, bevor sie ihn fallen ließ. Dann hob sie die Gabel, brach mit den Zinken den kleinen Krebs auf und führte einen tödlichen Schnitt aus, der seinen Rücken spaltete. Nun bestand das Tier nur noch aus verstreuten Bröckchen auf ihrem Teller, Fleisch und Krumen der Panade. Sie legte die Gabel beiseite, griff mit schlanken Fingern anmutig nach dem Fleisch und nahm ein Stückchen. Ihre Armbänder rutschten ab und kreisten um ihre Handgelenke, als sie es sich in den Mund schob. Ich spürte die Last ihres Blicks. Einen Moment lang hatte ich den Eindruck, wir seien miteinander verbunden – fatalerweise ganz und gar.

Und wieder sah ich in ihr Miss Coring. Der gleiche Blick, das gleiche Funkeln widergespiegelten Lampenlichts. Komm schon, Sophie, tanz für mich und deinen Bruder. Zieh dein Nachthemd aus und tanz…

»Ich brauche dich, Sophie«, flüsterte Odilé und riss mich so aus der Erinnerung. »Mehr, als du wissen kannst. Wenn ich dich bitten würde… etwas für mich zu tun, würdest du es mir versprechen?«

»Was denn?«, hörte ich mich fragen.

»Gib deinen Bruder frei. Überlass ihn mir.«

»Joseph… dir überlassen? Was meinst du damit?«

Ihr Blick nagelte mich fest. »Gib mir Joseph, dann mache ich einen König aus ihm. Ich sorge dafür, dass die ganze Welt ein Loblied auf ihn singt. Ich mache ihn berühmter, als er es in seinen kühnsten Träumen ahnt.«

Ich machte mir nicht die Mühe, zu fragen, wie sie dies bewerkstelligen wollte. Das musste ich nicht erst. Die Verheißung loderte in ihren Augen. Ich sah die Wahrheit darin. Ich spürte, wie ihre Sehnsucht nach meiner rief, wie ihr Versprechen ins Pulsieren meines Blutes einsank. Und dieses

Versprechen fühlte sich so bindend an wie die Geschichten, die ich mir seit jeher erzählte, Jahre um Jahre voller Geschichten, die schon in meinem Kopf herumgewirbelt waren, als ich in meinem Kinderzimmer für meine Gouvernante und meinen Bruder getanzt hatte, die eng umschlungen dagelegen und sich gewunden hatten – wie der Zauberbann, den ich gewirkt hatte, während ich meinem Bruder in die Augen gesehen hatte; mit jeder Umdrehung und jedem Knicks war er tiefer und echter geworden. Solange keiner von uns beiden wegsah, blieben wir in der Welt, die ich für uns erschuf. Miss Coring existierte nicht. Er war mein, und ich war sein, und nichts konnte einen Keil zwischen uns treiben. Ich war die Prinzessin, die sowohl sich selbst als auch den Prinzen vor der Dämonenkönigin im Turm rettete. Eine goldene Brücke zur Erlösung, die meilenweit über Flüsse, Ozeane und Kanäle führte, die mir keine Angst machten, weil ich sie selbst dorthin gesetzt hatte. Ich hatte sie erschaffen. Ich werde uns retten. Ich werde uns retten. Ich werde … uns retten.

Der Drang, das Versprechen abzulegen, war überwältigend. Ich öffnete den Mund, um die Worte auszusprechen, um zu sagen: ja, ja …

Und dann kehrte Joseph zurück. Er ließ sich schwer fallen und erklärte: »Er sucht nach einem Bordeaux, aber er glaubt, dass er keinen hat.«

»Ach so.« Odilé zuckte ebenso resigniert wie anmutig die Schultern, sehr französisch, und warf mir einen bedeutungsschwangeren Blick zu. »Nun denn, vielleicht ist das ein Zeichen, dass der Abend zu Ende gehen soll. Aber er war wirklich ganz reizend, nicht wahr? Ich muss euch beiden danken, dass ihr ihn mit mir geteilt habt.«

Sie bezahlte die Rechnung, und wir gingen in den Sturm hinaus. Die Nacht war wild: Der Wind toste, und es regnete in Strömen. Über unseren Köpfen schwang das Restaurantschild heftig hin und her. Alles wirkte seltsam – verzerrt, von merk-würdigen Schatten umgeben, in falscher Perspektive. Ich führte die Hand an die Augen, da mir plötzlich schwindlig wurde. »Es sieht alles so sonderbar aus.«

Joseph nahm meinen Arm. Tröstliche Wärme. »Das liegt nur am Sturm.«

Aber ich fragte mich, weshalb er es nicht sehen konnte – wie seinen Künstleraugen, die tagtäglich Dinge sahen, die ich nie bemerkte, die plötzliche Seltsamkeit der Welt entgehen konnte.

Wir eilten zur Gondel, und sobald wir darin saßen, fragte Odilé: »Sollen wir dich nach Hause bringen, Sophie, oder zu deinem Geliebten?«

Erst da wurde mir bewusst, dass Joseph sie natürlich begleiten würde, dass ich seine Ungeduld, mit ihr allein zu sein, den ganzen Abend über gespürt hatte, ohne sie zur Kenntnis nehmen zu wollen. In der Hinsicht war sie, wie ich erkannte, nicht wie Miss Coring. Joseph hatte nie eine andere Frau so sehr gewollt, dass er mich für sie verlassen hätte, aber ich spürte, dass es nun so war. Denn Odilé war das Begehren schlechthin, mehr als jede andere Frau, die ich je gekannt hatte, und Joseph brauchte das. Er musste sich darin ertränken, um zu vergessen. Aber dass ich verstand, warum er sie wollte, machte es nicht weniger schmerzlich. Ich hatte Angst und fühlte mich im Stich gelassen. Als ob Odilé es spürte, legte sie mir die Hand an die Wange und beugte sich so nahe zu mir, dass ich ihr Parfüm riechen konnte. Es duftete nach Mandeln und Moschus und stieg mir zu Kopf, schwindelerregend, süß und wunderbar. Sie flüsterte: »Ich mache einen König aus ihm.«

Dann hörte ich Joseph wie aus weiter Ferne sagen: »Wir bringen sie nach Hause.«

Die Fahrt verging wie im Fluge; bevor ich wusste, wie mir geschah, hielt die Gondel an. Als ich von Bord ging, war ich war so unsicher auf den Beinen, dass Joseph mir half, während Odilé in der Felze wartete. Er hatte meinen Arm fest im Griff, als wir zur Tür gingen, und ich wandte mich ihm zu und drängte ihn: »Geh nicht mit ihr, Joseph.«

Er bedachte mich mit einem tadelnden Blick. »Du weißt, dass ich es muss. Wir brauchen das Geld, und wir dürfen den Auftrag nicht vergessen.«

»Und du willst bei ihr sein.«

Er sah verlegen beiseite.

»Warum gibst du es nicht einfach zu? Du willst heute Nacht lieber bei ihr als bei mir sein.«

Sein Blick huschte zu mir zurück. Ich sah schreckliche, schmerzliche Trauer darin. »Na und? Du bist doch auch nicht besser, oder? Du willst lieber bei Dane sein.«

»Nein, ich ...«

»Du liebst ihn, Soph. Glaubst du etwa, das sehe ich nicht? Du bist hingegangen und hast dich verliebt, trotz allem, was ich gesagt habe.«

Er wartete darauf, dass ich es abstreiten würde. Ich spürte seine Hoffnung und hätte ihn gern getröstet, konnte es aber nicht. »Vielleicht liebe ich ihn wirklich.«

Er erstarrte. Einen ganzen Augenblick lang herrschte Schweigen zwischen uns. Dann sagte er: »Ich weiß nicht, wann ich zurückkomme.« Er küsste mich. Seine Lippen waren kalt und nass vom Regen. Er trat zurück, ging wieder an Bord der Gondel, und ich stand da und sah hilflos dabei zu, wie er in der Felze verschwand und der Gondoliere ihn fortbrachte.

Ich hörte kehlige Schreie von irgendwoher, das Rauschen des Regens, das schlangengleiche Zischen des Winds durch Mauerritzen. In dem Moment glaubte ich wirklich, dass Venedig voller Geister und Teufel war, dass Dämonen in seinen Schatten herumspukten, dass ich selbst dazugehörte: ein Gespenst, dem nur noch blieb, in den Calli und Rii einer Stadt herumzustreifen, in der unsere Träume hätten wahr werden sollen. Ich konnte das Gefühl nicht abschütteln, dass ich verblasste, dass ich in meinem Versuch, allein etwas Besonderes zu sein, Joseph verlor – dass ich ihn schon verloren hatte.

Unsere Wohnung fühlte sich leer an – mehr als leer, verlassen –, und das Haus lastete schwer auf mir, als wollte es mir sagen, dass ich nicht hierhergehörte. Ich ging in die Sala, legte mich auf den Boden, starrte in die Schwärze, in der sich die Decke mit ihrem vergoldeten Sonnenuntergang verbarg, und versuchte, mich daran zu erinnern, wie ich mit meinem Bruder hier gelegen und den Tanz des Morgens beobachtet hatte; aber die Erinnerung wollte sich nicht einstellen. Ich spürte seine Abwesenheit wie ein Loch in der Welt, das zu groß war, es zu ermessen oder auszuloten. Ich schloss die Augen und dachte an eine ganz uralte Geschichte zurück: Eine Prinzessin, die allein in einem Zimmer war; ein Prinz, der aus der Schlacht zurückkehrte; die Dämonenkönigin war erschlagen, und ihr Blut klebte an seinem Schwert. Seine Augen funkelten triumphierend. Siehst du, was ich getan habe? Ich habe sie getötet, meine Liebe. Ich habe sie für dich getötet, für uns beide...

Ein Schlurfen riss mich aus meiner Einbildung. Ich riss die Augen auf, schoss hoch und starrte in die Dunkelheit. Mein Herz raste. Joseph war zurück. Joseph, der Siegreiche. Aber da war nichts. Nur Stille. Und als mein Herz gerade zur Ruhe kam und ich wieder dumpfe Verzweiflung spürte, sah ich eine Bewegung, ein Flirren in der Luft, als würde jemand knapp am Rand meines Gesichtsfelds stehen und mich im Dunkeln beobachten. Ich roch Kälte und Schatten. Die Nackenhaare stellten sich mir auf: Ich spürte kurz Entsetzen und dann... Ruhe. Als ob das, was dort im Dunkeln stand, mir sagen wollte, dass von ihm keine Gefahr drohe.

Ich erinnerte mich an das, was Odilé uns über den Geist im Palazzo Moretta erzählt hatte, den Mann, der sich aus Verzweiflung und Liebe vom Balkon gestürzt hatte. Ich flüsterte: »Was willst du?«

Meine Stimme klang zu laut. Die Luft flirrte und war dann wieder nur Dunkelheit. Was auch immer hier gewesen sein mochte, war verschwunden, und ich war erschüttert. Mein Herz raste erneut. Unglaublich, dass ich es gesehen haben sollte. Die Geschichten konnten doch unmöglich wahr sein! Und doch wusste ich besser als die meisten, dass sie Wirklichkeit waren. Ich hatte plötzlich das Gefühl, mich selbst inmitten einer Geschichte zu befinden. Die Geschichten, die ich erzählte, endeten immer gut, aber die fortdauernde Gegenwart des Geistes, seine Trauer und sein Leid erinnerten mich daran, dass sich manchmal auch Tragödien abspielten.

Ich dachte daran, wie Joseph sich auf den Stufen von mir abgewandt hatte, den Abschied in seinem Kuss, seine Worte: Ich weiß nicht, wann ich zurückkomme. Und die Odilés: Ich werde einen König aus ihm machen … Gib ihn frei. Nun, da sich der Geist entfernt hatte, war auch Odilés Bann gebrochen, und ich wusste, dass ich heute Abend einen entsetzlichen Fehler begangen hatte, als ich meinen Bruder hatte gehen lassen.

KAPITEL 40

Nicholas

Ich hätte euch nicht sagen können, welches Stück ich im
Teatro Goldoni gesehen hatte, ja, ich hätte euch keine einzige
Figur oder Szene beschreiben können, selbst wenn mein Leben
davon abgehangen hätte. Ich blieb nicht bis zum Ende; das
konnte ich nicht ertragen. Stattdessen brach ich nach Hause
auf. Mir war übel, und ich hatte Angst: Visionen, in denen
Odilés Lamia-Schlange sich zusammenrollte, suchten mich
heim. Ich eilte durch den strömenden Regen, durch Blitz und
Donner, die um mich herum tosten, und den heftigen Wind.
Das Regenwasser, das die Straßen überflutet hatte, sickerte mir
in die Stiefel.

Ich fand keinen Schlaf, und als das Unwetter der Mor-
genröte wich, war meine Furcht in Zorn und Verzweiflung
übergegangen.

Ich begab mich zur Ca' Dana Rosti, zu meinem Platz auf
der elenden Fondamenta, wo ich mich zitternd zusammen-
kauerte und darauf wartete, dass er ins Freie kommen würde.
Die Vorhänge waren zugezogen und verhinderten, dass Licht
und Bewegungen durch die Fenster zu sehen waren, und ich
hielt in verdrossenem Entsetzen Wache. Ich wusste, dass er
da war, genauso, wie ich wusste, dass er irgendwann heraus-
kommen musste, sofern ihr Hunger nicht so groß war, dass
er ihn vernichtete. Aber ich glaubte nicht, dass es so weit
kommen würde – noch nicht. Sie hatte nur noch so wenig
Zeit, bevor sie sich verwandeln würde, und musste ihre Wahl
treffen. Es war unvermeidlich, dass sie sich für ihn entschied.

Ich hatte es schon gewusst, als ich ihm begegnet war, nicht wahr?

Allein der Gedanke daran, wozu sie ihn herabwürdigen würde... All seine Begabung dahin. Nichts mehr in diesen tiefblauen Augen bis auf Trübsal, Verzweiflung und Wahnsinn. Und was das alles Sophie antun würde... Was würde sie ohne ihn noch sein? Undenkbar, sich die beiden ihres Zaubers beraubt und nicht mehr so außergewöhnlich vorzustellen...

Ich vergaß, was ich bei meiner eigenen Begegnung mit Odilé verloren hatte. Ich vergaß, was ich durch ihre Vernichtung zu gewinnen geglaubt hatte. Ich dachte nur an Joseph und Sophie. Ich wartete ungeduldig auf ihn, ließ mir meine unterschiedlichen Argumente durch den Kopf gehen, einen endlosen Kreis flehentlicher Bitten. Ich glaubte, dass er auf mich hören würde. Und wenn ich ihn selbst nicht überreden konnte, würde ich mich an Sophie wenden. Ich hatte nur selten einen Mann überzeugt, Odilé zu verlassen, aber bis jetzt hatte auch noch nie so viel für mich auf dem Spiel gestanden – nicht nur das Schicksal der Welt, sondern zugleich mein eigenes, ganz persönliches.

Und so wartete ich, vor Kälte zitternd, während der Morgen grau und wolkenverhangen heraufdämmerte. Eine Brise ließ das trübe Wasser des Kanals Wellen schlagen, und die Feuchtigkeit kroch mir in die Knochen. Ich hatte schon begonnen, mich zu fragen, was ich tun würde, wenn er sich nicht blicken ließ, da hörte ich, wie die Balkontür sich öffnete, und sah Hannigan ins Freie kommen. Er trug nur eine Hose und ein offenes Hemd, das flatterte, als er an die Balustrade trat. Er stützte die Hände darauf und beugte sich vor.

Sie folgte ihm nicht ins Freie – ein Segen, der, wie ich annahm, nicht lange vorhalten würde. Aber ich ergriff die Gelegenheit beim Schopf, wagte mich aus meinem Versteck, schritt rasch in die Mitte der Fondamenta und winkte. Ich sah, wie er mich erkannte und zusammenzuckte.

»Dane?«

»Leise«, sagte ich. »Können Sie für einen Augenblick herunterkommen? Ich will mit Ihnen reden.«

Besorgnis huschte über sein Gesicht. »Ist Sophie …«

»Pst. Kommen Sie herunter. Und sagen Sie es niemandem. Schnell.« Ich trat zurück, bevor er noch etwas sagen konnte, eilte in die enge Calle, die den verfallenen Palazzo von der Ca' Dana Rosti trennte, und wartete. Beinahe rechnete ich damit, Odilé an seiner Stelle kommen zu sehen, ihr schmales, bösartiges Lächeln im Gesicht, um mir selbstgefällig zu erwidern: Du bist wohl doch nicht so schlau, nicht wahr, Nicholas? So war ich erleichtert, als es Hannigan war, der aus dem Tor trat. Sein Hemd war jetzt zugeknöpft, und er hatte Stiefel angezogen. Aus der Nähe hatte ich den Eindruck, dass er müde aussah, und ich fragte mich, wie sehr Odilé schon an ihm zehrte. Ich fragte mich, ob sie ihn bereits erwählt hatte. Wenn ja, war alles aus und vorbei; dann blieb mir nichts, als ihm zu helfen, seinem Elend ein Ende zu setzen – und ich erkannte, dass ich es tun würde, wenn er mich darum bat. Ich würde nicht tatenlos dabei zusehen, wie er dem Wahnsinn verfiel.

Hannigan runzelte die Stirn, als er mich sah, eilte zu mir und fragte rasch: »Was ist? Wenn es Sophie betrifft …«

»Ihr geht es gut, soweit ich weiß«, entgegnete ich. »Ich bin nicht wegen Sophie hier – zumindest nicht eigentlich –, sondern Ihretwegen.«

Er strich sich die Haare aus dem Gesicht und zog die Stirn noch krauser. »Meinetwegen?«

»Sie schweben in höchster Gefahr, mein Freund – in größerer, als Sie wissen können.«

»Was für eine Gefahr soll das sein?«

»Ich habe eine gemeinsame Vergangenheit mit Odilé León. Es gibt etwas, das Sie über sie erfahren sollten.«

»Sie haben eine gemeinsame Vergangenheit mit ihr?« Er

klang so ungläubig, dass es fast schon kränkend war. »Was für eine?«

»Genau die, an die Sie denken«, antwortete ich schneidender, als ich gewollt hatte. »Ich bin ihr vor etwa sieben Jahren in Paris begegnet. Ich habe eine gewisse Zeit mit ihr verbracht.«

»Eine gewisse Zeit?«

Ich nickte. »Und genau das getan, was Sie jetzt tun. Mit ihr geschlafen. Kunst geschaffen. Sie ist eine ganz teuflische Inspiration.«

Er runzelte wieder die Stirn.

Ich fuhr fort: »Sie geht auf die Suche nach begabten jungen Männern, und dann zerstört sie sie. Jeden einzelnen, immer. Sie wird auch Sie zugrunde richten.«

Jetzt verzog er den Mund zu einem misstrauischen Lächeln. »Sie waren doch, wie Sie sagen, auch mit ihr zusammen und wirken nicht unbedingt zugrunde gerichtet.«

Er war wie all die anderen. Stand in ihrem Bann. Wollte mir nicht glauben. Ich holte tief Luft. »Aber ich bin ihr rechtzeitig entkommen. Wohl nur dank Gottes Gnade. Aber ich folge dieser Frau nun schon seit sieben Jahren, Hannigan. Seit sieben Jahren beobachtete ich, was sie anderen Männern antut. Glauben Sie mir, wenn ich Ihnen sage, dass Sie sich von ihr fernhalten müssen!«

Ich sah den Verdacht in seine Augen treten. »Damit Sie wieder einen Fuß in die Tür bekommen?«

»Ich habe nicht die Absicht, das auch nur zu versuchen.«

»Ich verstehe«, sagte er trocken. »Also verfolgen Sie sieben Jahre lang eine Frau aus bloßer Neugier?«

Ich lachte auf. »Lieber Gott, wenn es nur das wäre! Nein. Man könnte wohl sagen, dass es eine Art Berufung ist.«

»Eine Berufung?«

Ich scheiterte. Verzweifelt sagte ich: »Ich weiß, was Sie vermuten. Sie glauben, ich würde sie immer noch lieben. Sie glauben, ich wäre ihr in der Hoffnung gefolgt, dass sie mich eines Tages zurücknimmt. Ich kann Ihnen versichern, nichts ist weiter von der Wahrheit entfernt. Sie ist eine Dämonin, Hannigan. Wortwörtlich. Ich habe Dinge gesehen... die Sie sich noch nicht einmal vorstellen können. Ich habe es mir zur Aufgabe gemacht, dafür zu sorgen, dass kein anderer in ihren Bann gerät. Vor allem nicht der Mann, den ich irgendwann zu meinem Bruder zu machen hoffe.«

Er erstarrte. Seine blauen Augen verdüsterten sich.

Ich war mir nicht sicher, was ich darin sah, Eifersucht, Zorn oder Erleichterung, aber ich machte einfach weiter: »Ich liebe nicht Odilé, sondern Ihre Schwester, und ich glaube, das wissen Sie auch. Deshalb bitte ich Sie jetzt, mich anzuhören.«

Endlich hatte ich seine volle Aufmerksamkeit. »Nun gut.«

»Es wird sich absurd anhören – wie ein Märchen.«

Er verschränkte die Arme vor der Brust. »An Märchen bin ich gewöhnt.«

Ich erzählte ihm alles, was ich über Odilé wusste, und schloss außer Atem mit den Worten: »Jeder von ihnen hat sich auf einen Handel mit ihr eingelassen – sie wollten Ruhm und Inspiration und waren bereit, alles dafür zu opfern. In der Tat leben sie auch für immer durch ein geniales Werk weiter. Ein einziges Werk, Hannigan. Denken Sie nach: Was hat auch nur einer von ihnen danach noch geschaffen? Nichts. Das haben sie ihr verkauft: ihre Begabung und ihre Fertigkeiten. Ihre Vision. Und sie hat ihnen Unsterblichkeit in der Kunst geschenkt. Sie ist ein Sukkubus.«

»Woher wissen Sie das?«

Ich hatte mit so vielen anderen Fragen gerechnet, mit Widerspruch und Gelächter, mit Leugnen – es war doch schließlich alles so absurd! Aber ich erkannte entsetzt, dass er es verstand. Und das – seine beiläufige Hinnahme einer unglaublichen Wahrheit – erstaunte mich weit mehr als alles andere an Joseph Hannigan. Ich hatte Monate gebraucht, um mich damit abzufinden und daran zu glauben, und sogar heute noch erwachte ich manchmal mitten in der Nacht in kaltem Schweiß und dachte: Nein, nein! Das kann nicht wahr sein! Das kann nicht mein Leben sein...

Aber er sah mich an, als würde die Welt plötzlich auf eine Art Sinn ergeben wie noch nie zuvor, und ich ertappte mich dabei, leise zu sagen: »Im ersten Jahr bin ich ihr gefolgt, weil ich nicht glauben konnte, dass sie gegangen war. Ich war verrückt nach ihr, selbst als sie mich verzweifelt und halbtot zurückgelassen hatte. Ich habe Ihnen ja erzählt, dass ich mit dem Künstler in Paris gesprochen habe... Nun, und ich redete auch mit vielen anderen. Damals hatte ich schon einen Verdacht, aber mit Gewissheit wusste ich es erst in Barcelona. Ich weiß nicht, woher sie stammt oder ob es noch andere wie sie gibt, aber... ich habe sie gesehen... in einer düsteren kleinen Kammer in Barcelona. Sie ist wie eine Schlange gekrochen oder wie eine... eine Dämonin... über eine Reihe nackter Männer. Und sie waren alle tot. Jeder Einzelne von ihnen. Sie hatte ihnen die Lebenskraft ausgesaugt, bis sie nichts mehr waren. Sie ist wie ein Vampir, aber sie zapft einem kein Blut ab, sondern die Lebens- und Schaffenskraft. Ich habe es selbst gespürt – ich weiß, was sie anrichten kann. Sie müssen es auch gespürt haben. Den schnelleren Herzschlag, die Atemlosigkeit...«

Jetzt sah er verwirrt drein. »Nein. Das habe ich nie gespürt.«

»Dann werden Sie es noch spüren. Wie lange sind Sie schon mit ihr zusammen? Ein paar Tage? Eine Woche? Sie zehrt an Ihnen, und Sie wissen es noch nicht einmal. Aber eines Tages werden Sie aufwachen und nicht mehr in der Lage sein zu zeichnen. Ihre Finger werden nicht mehr wissen, wie sie einen Bleistift halten sollen. Sie werden nichts sehen, was Sie inspiriert, nichts, was es wert wäre, festgehalten zu werden. Sie wird Sie aussaugen, bevor Sie wissen, wie Ihnen geschieht – sofern sie nicht beschließt, Ihnen das Angebot zu machen. Aber wenn sie das tut, steht Ihnen erst recht die Hölle bevor.«

»Warum denn?«

»Wenn Sie das Angebot annehmen, werden Sie Ihr Meisterwerk malen und den Ruhm erlangen, den Sie sich immer erhofft haben, aber Sie werden nichts anderes mehr erschaffen, ungeachtet der Tatsache, dass jedermann auf der ganzen Welt darauf hofft. Man wird Sie beobachten, darauf warten, und nichts wird kommen. Sie werden nicht mehr so sein, wie Sie heute sind. Alles, was Sie zu Joseph Hannigan macht, wird verschwunden sein. Ihre Vision … dahin! Stellen Sie sich das vor! Sie haben einmal gesagt, sie könnten es nicht ertragen, sie zu verlieren, aber so wird es kommen. Ich weiß, wie sich das anfühlt. Seit sieben Jahren spüre ich nun schon …«

»Sie hat Ihnen das Angebot gemacht?«, fragte er. »Aber … warum habe ich dann nichts von Ihnen gehört?«

Seine Worte waren wie eine Ohrfeige, und eine rasche Aufwallung von Ärger folgte ihnen unwillkürlich. Ich zwang mich, den Groll herunterzuschlucken. »Nein. Das hat sie nie getan.«

Er bedachte mich mit einem Blick – wie soll ich ihn beschreiben? Wissend, nachdenklich und mitleidig zugleich. Mitleid. Das erzürnte mich. Es juckte mich in den Fingern, ihm diesen Ausdruck vom Gesicht zu wischen.

Aber dann wurde seine Miene milder. Er sagte: »Das tut mir leid.« Ich hörte ihm die Traurigkeit an und wusste, dass er wieder einmal etwas durchschaute, das ich mir nicht einmal selbst eingestehen konnte.

Und ich wusste auch, dass ich ihn nicht überzeugen würde. Er wollte zu viel – das sah ich jetzt. Dieser strahlende, übersprudelnde Ehrgeiz, all das, was einst auch in mir gesteckt hatte, die tiefe Leere, die entsetzliche Sehnsucht …

»Sie werden anfangen, Engel singen zu hören, wie Schumann. Sie werden ins Wasser gehen wie Gros. Oder schlimmer noch, sie werden ein Schatten Ihrer selbst sein, eine Witzfigur, über die sich die englischen Touristen lustig machen, wie Canaletto. Welche dieser Zukünfte ist Ihre, Hannigan? Welche wollen Sie? Und was ist mit Sophie? Wie wird sie darunter leiden? Ich flehe Sie an, und sei es nur um Ihretwillen: Verlassen Sie Odilé sofort! Ihnen steht eine glänzende Zukunft bevor. Henry Loneghan wird etwas aus Ihnen machen, und das ist ein besserer Handel, denn der wird sie im Gegenzug nicht alles kosten.«

Er wandte den Blick ab. »Das können Sie mir nicht versprechen – und auch kein Geld. Ich verfüge nicht über die nötigen Mittel, jahrelang herumzukrebsen. Und Sophie … Sophie sollte nicht …« Er rang nach Worten; ich sah in seinen Augen eine seltsame Trostlosigkeit. »Sophie hat für mich schon zu lange alles geopfert. Es ist ungerecht von mir, sie zu behalten. Ihre Begabung … Sie verstehen doch, dass sie etwas ganz Besonderes ist. Sie sind der Einzige, der das je erkannt hat. Sie wissen, wozu sie in der Lage ist.«

Ich runzelte verwirrt die Stirn.

»Ich vertraue Ihnen, Dane. Ich wäre nicht in der Lage, sie irgendeinem anderen zu überlassen.«

»Was sagen Sie da?«

Ein Geräusch ertönte – die Balkontür schwang auf. Er warf einen Blick über die Schulter. Wir waren vom Balkon aus nicht zu sehen, aber ich spürte Odilé dort, und ihm musste es ebenso ergangen sein, denn ich sah, wie er sich versteifte, als würde er einem in die Luft geraunten Lied lauschen, das nur er allein hören konnte.

Ich packte ihn fest am Arm und rief ihn zu mir zurück, indem ich leise und drängend sagte: »Auch ich denke an Sophie. Was soll aus ihr werden, wenn Sie ruiniert sind? Um Gottes willen, denken Sie an Ihre Schwester! Ihre Zwillingsschwester! Denken Sie an alles, was noch vor Ihnen liegt. Reißen Sie sich los!«

Er entzog sich mir sanft, aber mit Nachdruck. »Ich sollte wieder hineingehen, bevor Odilé mich noch vermisst.«

»Gehen Sie nicht wieder zurück. Kommen Sie mit. Wir gehen zum Palazzo Moretta. Sophie wartet.«

Er lächelte nur ansatzweise, und sein Blick war abwesend. »Gehen Sie nur zu ihr. Passen Sie auf sie auf. Versprechen Sie mir ... versprechen Sie mir, das zu tun.«

»Hannigan, um Gottes willen, tun Sie es nicht!«

Er beugte sich nahe zu mir und flüsterte: »Sie verstehen das nicht. Das hier wird mich für alles entschädigen.«

Und dann, bevor ich voll und ganz begreifen konnte, was er gesagt hatte, stand er an der Tür und öffnete sie.

»Hannigan ...«

Er ging hinein. Die Tür fiel hinter ihm mit einem dumpfen Knall zu, und ich hörte das Klirren des einrastenden Metallriegels.

Einen Augenblick lang stand ich ungläubig da, doch ich war mir nicht sicher, warum ich mich wunderte. Ich hatte schließlich nur sehr selten einen von ihnen überredet, aber bei ihm hatte ich geglaubt, Aussichten auf Erfolg zu haben. Ich hatte es geglaubt, weil er mein Freund war, wegen Sophie ... Ich konnte immer noch nicht ganz fassen, dass es mir nicht gelungen war.

Sie verstehen das nicht. Das hier wird mich für alles entschädigen. Und voller Verzweiflung erkannte ich, dass Odilé für ihn, mehr als für jeden anderen, den ich je gekannt hatte, die Erhörung eines Gebets war.

KAPITEL 41

Odile

ICH WAR ALT GENUG, ZU WISSEN, WIE LANGSAM DER LAUF DER Welt in Wirklichkeit ist. Die Zeit hatte kein Gewicht und keinen Zweck; ganze Tage vergingen wie im Flug. Das Schicksal – das Karma, oder wie auch immer man die Absichten des Universums nannte – erstreckte sich über ganze Jahrhunderte: Wunden, die ein Leben lang nicht heilten, wurden später von Menschen verarztet, die weder ihre Vorgeschichte kannten noch über das nötige Wissen verfügten, um zu begreifen, welche Rolle sie spielten. Symmetrie. Und weil ich das verstand, wusste ich zugleich, dass ein einziges Gemälde, ein einziges Musikstück oder ein einziges Gedicht die Zukunft verändern konnte. Wann sein Einfluss enden würde – wenn er es denn je tat –, war ein Rätsel.

Ich hatte ganze Menschenalter damit verbracht, die Auswirkungen meiner Entscheidungen mit anzusehen, und so wusste ich, dass es Joseph Hannigan bestimmt war, der Beste von allen zu sein. Die Welt hatte ihn mir an die Hand gegeben; ich konnte nur raten, was sie damit bezweckte, aber ich wusste, dass er für sehr lange Zeit bekannt und sein Name in aller Munde sein würde. Deshalb konnte ich es kaum abwarten, ihn an die Arbeit zu schicken. Mein Appetit auf ihn machte sich bemerkbar, er war groß und doch gelindert von seinem Talent. Joseph würde nach und nach seine Vision und seine Lebenskraft verlieren, bis der Handel geschlossen war und ich ihn wiederherstellte. Je eher er mein Angebot annahm, desto früher konnte er seinen Tanz mit dem Ruhm beginnen. Ich glaubte nicht, dass es schwierig sein würde, ihn zu überzeugen – nicht nach der letzten Nacht. Schon nach meinem Gespräch mit Sophie war ich siegesgewiss gewesen. Ich hatte Josephs Gesichtsausdruck bemerkt, als er zur Gondel zurückgekehrt war, und obwohl ich keine Ahnung hatte, was sich zwischen ihnen abgespielt hatte, war ich mir sicher, gewonnen zu haben. Seine Schwester würde sich nicht mehr einmischen. Ich hatte ihn mit nach Hause genommen, hier hatte er mit unerschütterlicher Konzentration gemalt, während ich ihm Modell gestanden hatte; danach hatte er mit mir geschlafen, bis ich außer Atem gewesen war. Ich war durch und durch befriedigt und rechnete damit, dass er zu schwach sein würde, um sich zu bewegen.

Aber als ich spät am nächsten Vormittag erwachte, war Joseph weder im Bett noch sonst irgendwo im Schlafzimmer. Einen Moment lang dachte ich, ich hätte mich geirrt und wäre gescheitert. Er war doch zu ihr zurückgekehrt. Ich spürte eine Aufwallung von Verärgerung… und dann Verzweiflung. Aber als ich aus dem Schlafzimmer trat, war er da, an der Staffelei. Er malte wie ein Besessener, kein bisschen geschwächt. Seine Kraft war erstaunlich, verstörend.

Er schaute auf, als ich das Schlafzimmer verließ. Ich vermochte seinen Gesichtsausdruck nicht zu deuten – nachdenklich, nervös, erregt… Er war in merkwürdiger Stimmung, und ich war misstrauisch, als ich fragte: »Wie geht es voran?«

Er schlug ein Stück Musselin vor die Leinwand, bevor ich näher kommen konnte. »Noch nicht. Ich will nicht, dass du es siehst, bevor es vollendet ist.«

Ich war die Launen von Künstlern gewohnt, und so ging ich gar nicht weiter darauf ein. Er legte die Palette und den Pinsel beiseite, kam zu mir, strich mir mit den Händen über die Arme und verflocht die Finger mit meinen Armbändern. Er beugte sich vor, um mich zu küssen, und murmelte: »Trägst du die immer?«

»Sie sind meine neueste Modetorheit«, sagte ich, hob den Arm und verdrehte das Handgelenk, sodass die Ketten aneinanderglitten und im Morgenlicht schimmerten. »Mir gefallen sie. Dir etwa nicht?«

»Doch.« Er hielt meine Hand fest und schob die Finger zwischen das Gold. Ich wusste, in welchem Augenblick er die Narben ertastete, mit denen mein Handgelenk überzogen war. Ich spürte, wie er stutzig wurde, und wusste, dass er erkannte, was sie hervorgerufen hatte. Er war zu scharfsichtig, es nicht zu bemerken. Es wäre höflich gewesen, sie zu ignorieren und so zu tun, als hätte er nichts entdeckt, und ich rechnete damit, dass er es genau so halten würde. Aber wie immer überraschte er mich. »Wie alt sind die?«, flüsterte er, und wieder sah ich dieses seltsame Funkeln in seinen Augen. Ich verspürte unterdrückte Erregung – oder war es Angst?

Es brachte mich so durcheinander, dass ich ihm eine ehrliche Antwort gab. »Etwa ein Jahr alt.«

»Was ist denn vor etwa einem Jahr geschehen?«

Ich entzog ihm sanft meine Hand. »Das spielt jetzt keine Rolle.«

»O doch«, sagte er. »Ich kann es nicht ertragen, auch nur daran zu denken, dass du so unglücklich warst.«

»Ich war nicht unglücklich. Ich war verzweifelt. Ich glaube, damit kennst du dich selbst ganz gut aus.«

Wieder sah ich die Düsternis in seine Augen treten und das verscheuchen, was zuvor darin gestanden hatte.

Ich sprach rasch weiter, um auf den Handel hinzuführen, den ich abschließen musste. »Ich will, dass du mir etwas über dich erzählst.«

Seine Miene wirkte nun verschlossen. »Was möchtest du wissen?«

»Wie warst du als Kind?«

»Ich bin mir nicht sicher, ob ich je ein Kind war.«

Auch dafür hatte ich Verständnis. Ich begann mich zu fragen, ob Joseph Hannigan und ich vielleicht Seelenverwandte waren. Aber dann erkundigte ich mich: »Wer war deine erste Geliebte?«

Sein Gesicht wurde noch verschlossener. Ich konnte überhaupt nicht mehr darin lesen. Er zögerte; ich dachte, er würde es mir nicht sagen, und fragte mich, warum. Aber dann sagte er recht verbittert: »Willst du die Wahrheit hören? Oder die Geschichte, die ich mir selbst erzähle?«

Ich hatte diese Frage wohl schon mehr als hundert Mal gestellt. Die Antworten unterschieden sich nur in ihrer Häufigkeit, aber nicht in grundsätzlicher Hinsicht. Eine Hure. Meine Cousine. Ein Nachbarsmädchen. Eine hübsche Grisette. Aber Joseph Hannigans Antwort war eine, die ich noch nie zuvor gehört hatte. Wie konnte ich nicht darauf eingehen? »Die Geschichte, die du dir selbst erzählst.«

Die sonderbare Stimmung, die ich in ihm gespürt hatte, war jetzt förmlich greifbar. Er warf einen Blick auf das verhängte Gemälde. »Ich war fünfzehn und schwer verliebt. Sie war eine Prinzessin.«

Seine Antwort klang ganz nach seiner Schwester. Vielleicht war das eine von ihren Geschichten – oder war es gar nicht erfunden? War sie seine Geliebte gewesen? Der Gedanke war faszinierend und erschütternd zugleich. Ein Hauch von Eifersucht durchzuckte mich. Lächerlich. Ich hatte von ihr nichts mehr zu fürchten. Dennoch konnte ich nicht verhindern, dass mein Tonfall schneidend klang, als ich fragte: »Und die Wahrheit?«

»Die Wahrheit?« Sein Gesicht war wie versteinert. »Die Wahrheit ist, dass es meine Gouvernante war. Und ich war elf.«

Das erleichterte mich. Diese Antwort verstand ich. Ich hatte sie sogar schon einmal gehört. Byron hatte genau in diesem Zimmer gestanden, der venezianische Sonnenaufgang drang durchs Fenster und hüllte alles in weiches, fließendes Licht, als er seine eigene Geschichte mit einem brutalen Selbsthass zum Besten gegeben hatte, der Joseph Hannigans unverblümter Erklärung fehlte. »Ich verstehe.«

»Du klingst nicht schockiert.«

»Nein. Ich habe solch eine Geschichte schon einmal gehört. Aber der Mann, der sie mir erzählte, war jünger als elf gewesen, und vielleicht frühreifer.«

»Ich war auch noch jünger, als es anfing«, sagte Joseph nachdenklich. »Sie berührte mich beim Baden. Ich fand das nicht seltsam. Ich dachte nur … Ich weiß nicht, was ich dachte. Dann begann sie, zur Schlafenszeit mit mir zu spielen. Als ich zehn war, lutschte sie schon an mir.«

»War sie wenigstens hübsch?«

Er wirkte nicht überrascht über meine Frage. »Hübsch? Weder hübsch noch hässlich. Nichts Bemerkenswertes. Sie war … gewöhnlich. Und schon älter. Nicht mehr im gebärfähigen Alter.«

»Hast du sie geliebt?«

»Gleichermaßen geliebt und gehasst«, sagte er ehrlich. »Sie war manchmal freundlich. Und dann wieder … Um die Wahrheit zu sagen: Sophie hat das Schlimmste abbekommen.«

Ich tat mein Bestes, nicht beim Klang ihres Namens zusammenzuzucken und auch nicht angesichts der Tatsache, dass sie wieder einmal mit uns in diesem Zimmer war, und das schon, seit ich die Frage gestellt hatte. »So? Wie das?«

Er schwieg innig und mit Nachdruck. »Es steht nur Sophie zu, diese Geschichte zu erzählen, mir nicht«, sagte er dann.

Ich spürte seine Unnachgiebigkeit, seinen Beschützerdrang, und dachte an die Blicke, die zwischen ihnen hin und her gingen, an die Vertrautheit, die sie verband und mich dazu gebracht hatte, sie mir auf dem Rialto näher anzusehen. Die

Art, wie sie einander ergänzten. Wieder durchzuckte mich dieses verstörende kleine Gefühl.

Er schottete einen Teil von sich vor mir ab – und auch das war anders als bei all den anderen. Nachdem wir schon so viele Stunden zusammen verbracht hatten, hätte er mir alles erzählen und mir seine Geheimnisse anvertrauen sollen. Er hätte von Inspiration und erhabenen Visionen sprechen sollen, davon, wie er mich in einem Gemälde unsterblich machen würde. Ich war Lobhudeleien, Superlative und leidenschaftliche Geständnisse gewohnt. Ich konnte weder seine Distanziertheit ertragen noch die Tatsache, dass Sophie noch immer zwischen uns stand – das hätte unmöglich sein sollen.

Ich rang darum, mein Erschrecken und meine Eifersucht zu verbergen, und sagte so leichthin, wie ich konnte: »Du bist mir ein Rätsel, Joseph Hannigan.«

»Ich glaube, du kannst ein kleines Rätsel gut gebrauchen. Das Leben muss doch sonst langweilig für dich sein.«

In seiner Stimme lag ein schneidender Unterton. Ich wünschte, ich hätte meine Fragen nicht gestellt, denn was auch immer sie sonst bewirkt haben mochten, sie hatten uns zugleich voneinander entfernt. Ich wollte ihn zu mir zurücklocken, berührte seine Brust und spürte durch sein Hemd hindurch seine warme Haut.

Es war an der Zeit, ihn dorthin zu führen, wo ich ihn hinhaben wollte. An der Zeit, von einem Handel zu sprechen. »Ich verrate dir das Rätsel, dessen Lösung ich suche. Ich möchte wissen, was dafür sorgt, dass du die Welt so siehst, wie du es tust.«

»Spielt es eine Rolle, was dafür sorgt, oder ist es nur wichtig, dass ich es tue?«

»Ich habe mein ganzes Leben mit Künstlern aller Art verbracht«, sagte ich zu ihm, »und das ist die Frage, an der sie alle scheitern. Woher solch eine Begabung stammt, ist ein Rätsel.

Wird sie von einer besonderen Gehirnwindung verursacht? Oder ist sie den Augen zu verdanken? Dem Herzen? Was bildet das Prisma, durch das du die Welt siehst? Was wärst du ohne diesen Blick?«

Ich war mir nicht sicher, warum ich die Frage stellte – ich hatte es noch nie zuvor getan. Genauso wenig wusste ich, was Joseph Hannigan an sich hatte, das mich dazu brachte, darüber nachzudenken. Ich erinnerte mich an die Düsternis, die ich in ihm gesehen hatte, ihre gewaltige Ausdehnung, die Art, wie sie ihn zu prägen schien, und fragte mich, ob ich seine Begabung gesehen hatte – und was geschehen würde, wenn diese Düsternis einfach verschwand.

Ich fragte mich auch, ob ich bekümmert sein würde, wenn sie ihm genommen wurde.

Der Gedanke verwunderte mich genauso sehr wie Josephs Gesichtsausdruck, der wieder diese seltsame, gereizte Nachdenklichkeit verriet, als würde er in mir etwas sehen, das er nie zu finden erwartet hätte.

»Die Geschichten, die du mir erzählst«, sagte er leise, »die über Byron und Canaletto und all die anderen… Hast du ihnen diese Fragen auch gestellt?«

Ich war so verblüfft, dass ich mich fragte, ob ich ihn richtig verstanden hatte. Du, hatte er gesagt, nicht wahr? Hast du ihnen diese Fragen auch gestellt?

»Du warst es doch, nicht wahr?« Er schien von irgendeinem abgründigen Gefühl angetrieben zu werden, einem tödlichen Mut. »In all den Geschichten. Du bist die Frau. Du bist diejenige, die ihnen das Angebot gemacht hat.«

Ich war nicht in der Lage zu antworten. Wie konnte er es wissen? Und doch war offenkundig, dass er es wusste. Mein Hunger schlängelte sich und raunte.

Versuchsweise sagte ich vorsichtig: »Wie könnte ich diese Frau gewesen sein?«

»Tu nicht so. Ich weiß es schon, begreifst du das nicht? Ich weiß, was du bist. Ich weiß, was du tust.«

Ich war erschüttert. »Aber...«

»Ich kenne einen Freund von dir, Sophies... Geliebten.« Er schluckte das Wort halb hinunter. Ich fragte mich, ob das, was ich darin mitschwingen hörte, Eifersucht war. Oder Kummer. »Nicholas Dane.«

»Was?«

»Du kennst ihn doch, nicht wahr? Und das, was er mir erzählt hat, ist keine Lüge. Er hat mich angefleht, dein Angebot nicht anzunehmen. Er hat mir erklärt, was du bist und was geschehen wird. Aber ich kannte die Wahrheit schon, nicht wahr? Du hast sie mir erzählt. In jeder einzelnen deiner Geschichten hast du sie ausgesprochen. Dämonische Inspiration.«

Nicholas war Sophies Geliebter. Weshalb hatte ich das nur übersehen? Warum hatte ich es nicht gewusst? Er würde alles verderben. Mir blieben nur noch wenige Tage, dann würde das Ungeheuer hervorbrechen. In Panik sagte ich: »Du darfst nicht auf ihn hören...«

»Es ist mir gleichgültig, was er sagt.« Josephs Blick war flammend blau und fordernd. »Ich will, dass du es tust. Mach mir das Angebot. Bitte.«

Es war, was ich gewollt und beabsichtigt hatte. Meine Panik legte sich, und mein Hunger vertiefte sich und raunte: Tu, was er verlangt. Erwähle ihn. Aber er wirkte so... nein, nicht zornig, das nicht. Verzweifelt.

Ich zögerte. Das war alles seltsam. Was hatte Nicholas gesagt? Was hatte er getan? Ich musste nachdenken. Nichts blieb folgenlos, und Nicholas' Bekanntschaft mit den Hannigans war ein Aspekt, den ich nicht bedacht hatte. Ich durfte mich nicht Hals über Kopf in etwas hineinstürzen. Aber, ach, ich hatte keine Zeit mehr! Mein Hunger bettelte: Er gehört dir. Nimm ihn! Und ich hatte viel zu lange gewartet, um dagegen anzukämpfen oder noch länger zu zögern. Doch ich musste fragen: »Warum?«

Joseph sah mir tief in die Augen, und die Gefängnistüren schwangen weit auf und ließen die Geister, die dahinter lauerten, sichtbar werden.

»Ich will sie freigeben«, sagte er, und in seiner Stimme lag heftiger, wilder Schmerz. »Ich muss sie gehen lassen. Es wird Zeit. Sie liebt ihn, aber sie wird mich nicht verlassen, und ich … ich habe nicht die Kraft, gegen sie anzukämpfen. Nicht, wenn du mir das hier nicht schenkst. Gib mir deine Inspiration, Odilé. Nimm Sophie aus meinem Kopf. Mach, dass sich alles zumindest ein bisschen gelohnt hat.«

Ich sah die Andersweltlichkeit aus ihm hervorleuchten und auf seiner Haut schimmern. Ich sah sein Begehren, seine Bedürfnisse und seine Angst.

»Tu es«, flüsterte er.

Mach ihm das Angebot! Erwähl ihn! Mein Hunger bäumte sich auf und schnappte gierig um sich. Die Leere in mir griff aus, und meine eigene Düsternis verflocht sich mit seiner. Ich schrie vor Schmerz auf, und nur seine Hände auf meinen Armen verhinderten, dass ich zusammenbrach. Er war blass und funkelte und war schön. Ich sah ihn durch das Prisma meiner selbst und wollte ihn so sehr, wie ich noch nie jemanden gewollt hatte.

Ich schaute zu ihm hoch und keuchte: »Was wünschst du dir am meisten?«

Seine Antwort klang so, als würden wir ein Theaterstück aufführen, er wählte die perfekten Worte, jene, die ich ihm mit jeder einzelnen meiner Geschichten beigebracht hatte: »Ich will Ruhm.«

Mein Hunger brach hervor. Joseph wich zurück: Seine Inbrunst verblasste vor plötzlicher Verwirrung und Furcht. Ich wusste, dass er meine Gier erkannte und nicht geahnt hatte, wie monströs sie war. Aber ich legte ihm die Hände ums Gesicht und zwang ihn, mich anzusehen, und seine Qual wich heftigem Verlangen. Die Wände um uns herum schienen zu flirren und Wellen zu schlagen: Ich sah mich selbst, wie er mich sah, glühend wie einen Engel, ein pulsierendes Licht, und er drängte mich an die Wand. Ich öffnete seine Hose und schlang die Beine um ihn, und seine Lebenskraft floss in mich hinein, immer noch so stark, nimmer endend – wie machte er das nur? Warum war er nie müde, nie erschöpft, nie abgehärmt?

Mein Appetit war mittlerweile so schmerzhaft, umfassend und endlos, dass ich spürte, wie ich hineinstürzte und tief darin versank, als ich meine Wahl traf. Ich spürte, wie der Handel seine Zähne in mich schlug. Ein Krampf aus Schmerz und Hochgefühl drang tief in mich ein und schien zu schierem Licht zu explodieren, bis nichts mehr als Sinnlichkeit übrig blieb. Es war ein Entzücken, wie ich es zuvor noch nie erlebt hatte, intensiv, verdoppelt, und durch meinen eigenen Aufschrei hindurch hörte ich sein gequältes Aufkeuchen, seinen Schrei, als er sich unter der Wucht des Vorgangs aufbäumte. Seine Hände, die bis eben meine Oberschenkel gehalten hatten, glitten ab und packten dann wieder zu, und die Wände schwankten und lösten sich auf: Die Welt drehte sich und verging, sodass wir nichts als ins Universum hinausgehauchter Atem waren, zerfielen, wie Rauch davongetragen wurden. Mein Atem, seiner, ihrer. Auch ihrer ...

Ich blinzelte, aus meiner Seligkeit gerissen, und kehrte erschrocken in die Welt zurück – in den Portego und das seltsame Licht –, grau und verhangen, auf den Terrazzoboden, der dennoch glänzte, die wässrigen Schatten an den Wänden, die nicht mehr da waren ... Oh, aber das waren sie nie gewesen! Sie hatten sich nur in seinem Blickfeld befunden, und ich hatte sie, bevor ich ihn erwählt hatte, durch seine Augen gesehen. Sie waren nicht echt.

Ich spürte sein Genie in meinem Blut: Es durchströmte mich und war stärker, als ich vorhergesehen hatte – so stark und üppig, dass ich es nicht ganz in mich aufnehmen konnte. Ich spürte, wie es auf den Boden schwappte und sich ausbreitete, ein Licht, das uns beide umfing. Ich raffte zusammen, so viel ich konnte – es würde erhalten bleiben und zwischen uns hin und her fluten, wenn er Inspiration benötigte. Bis er hatte, was ich versprochen hatte; danach würde es tief in mir verschlossen sein und mich Monate, vielleicht ein ganzes Jahr lang nähren, während mein Appetit in Winterschlaf fiel, um irgendwann wieder zu erwachen. Ich spürte sein sanftes Pulsieren tief in mir. Seine Brust, die an meine geschmiegt war, hob und senkte sich, während er versuchte, wieder zu Atem zu kommen. Er barg sein Gesicht an meiner Schulter. Sein Haar ruhte weich an meiner Wange. Seine Finger, die mich umklammert hielten, gruben sich in meine Oberschenkel. Er zitterte und – Wunder über Wunder! – ich ebenfalls.

»Es ist vollbracht«, flüsterte er – ich war mir nicht sicher, ob es eine Frage oder eine Feststellung war. Er klang himmelhoch jauchzend und erstaunt. Die Worte waren ein Psalm, den seine tiefe Stimme sang, und in meinen Ohren klangen sie so verzerrt wie vom Wasser verzerrtes Licht, sie wogten und verwandelten sich, bis sie widerhallten und von einer Stimme gesprochen ertönten, die nicht mehr seine war, sondern bedrohlich wirkte. Von ihrer Stimme. Es ist vollbracht.

KAPITEL 42

Sophie

Ich schnellte aus dem Bett hoch und keuchte, als würde ich ertrinken, da ich im Geiste meines Bruders und Odilés Stimmen hörte. Mein Herz raste, und mein Blut rauschte, als sei ich in einem Albtraum schnell gerannt, aber ich konnte mich an keinerlei Traum erinnern.

Gedämpftes Licht strömte in mein Zimmer: Es war später Vormittag, und ich fühlte mich, als sei mein Körper verrenkt, in Stücke gerissen und hastig wieder zusammengesetzt worden; und immer noch überschlugen sich ihre flüsternden Stimmen in meinem Kopf.

Ich schob die Decke beiseite, um aufzustehen, doch ich fühlte mich schwach. Es schien mir all meine Kraft abzuverlangen, nach dem Krug auf dem Waschtisch zu greifen. Die Hand zitterte mir, als ich mir Wasser eingoss, und als ich trank, klammerte ich mich an der Tischkante fest, um mich abzustützen. Ich zog meinen Morgenmantel an und tastete mich langsam in die Küche vor. Dort gab es nicht viel – eine Flasche Wein, die Joseph und ich halb geleert hatten, den Knust eines Brotlaibs. Ich nahm das Brot und hatte nach dem ersten Bissen solch einen Bärenhunger, dass ich mir fast das ganze Stück auf einmal in den Mund stopfte – es war trocken und zäh und viel zu groß, um es auf einmal zu kauen; ich kam mir vor wie ein Tier, als ich es herunterschlang.

Das Brot ließ mich etwas zu Kräften kommen, aber das Raunen tönte mir immer noch in den Ohren. Ich fasste mir an die Schläfe und fühlte ein seltsames Surren, als hätte ich einen elektrischen Schlag erlitten. Dann verklangen die Stimmen; stattdessen setzte ein Pochen ein, hartnäckig und wild. Ich hatte nicht übel Lust, den Kopf unter ein Kissen zu stecken, um es zu dämpfen. Aber dann erkannte ich, dass es überhaupt nicht aus meinem Kopf kam: Jemand klopfte an die Tür.

Ich hätte es gern ignoriert, um wieder ins Bett zu gehen, aber das Klopfen hörte einfach nicht auf. Ich dachte, es sei vielleicht Joseph. Zu spät fiel mir ein, dass Joseph nicht so geklopft hätte – er wäre einfach hereingekommen –, aber da war ich schon fast an der Tür und hörte eine leise, beschwörende Stimme auf der anderen Seite: »Sophie, lass mich um Gottes willen herein!«

Nicholas. Ich riss die Tür auf, und er fiel fast ins Haus und hielt sich gerade noch am Türrahmen fest. Sein Haar war zerzaust, und er sah so aus, wie man es manchmal nach einer schlaflosen Nacht tut: nicht müde, sondern gestärkt und angespannt, sodass jede Bewegung zu schnell und unvermittelt wirkt.

»Gott sei Dank, du bist hier«, sagte er.

Aber mir wurde bei seinen Worten nicht warm, weil etwas Verzweifeltes in der Art lag, wie er sie aussprach. Etwas Falsches.

»Was ist geschehen?«

Er war nun ganz hereingekommen und schritt schon auf die Sala zu. Er sah über die Schulter, winkte mir, ihm zu folgen, und sagte: »Ich muss dir etwas erzählen.«

Ich schloss die Tür und stolperte ihm nach. »Stimmt etwas nicht?«, fragte ich.

Er holte tief Luft und schloss die Augen. Als er sie wieder öffnete, war sein Gesichtsausdruck milder geworden. »Ich glaube, du solltest dich besser hinsetzen. Es wird dir nicht leichtfallen, dir die Sache anzuhören, und … und du wirkst ziemlich … angegriffen.«

»Ich fühle mich nicht sehr wohl«, gestand ich, ging dankbar zum Kanapee und ließ mich darauf sinken. »Ich bin mit einem ganz seltsamen Gefühl aufgewacht. Allerdings habe ich ohnehin kaum geschlafen.«

»Dann sind wir schon zwei. Joseph ist nicht hier.«

Es war keine Frage. »Nein. Er ist gestern Abend nicht nach Hause gekommen. Er ist bei einer Freundin …«

»Odilé León«, sagte er.

Das überraschte mich. »Ja. Woher weißt du das?«

Er wirkte mit einem Schlag erschöpft. »Weil ich ihr seit Langem folge. Ich kenne sie schon seit Jahren. Sie ist sogar der Grund dafür, dass ich nach Venedig gekommen bin.«

Mein Unbehagen wuchs. »Der Grund dafür?«

»Ich muss dir eine Geschichte erzählen, Sophie, und ich hoffe, dass du sie glauben wirst.«

Ich hob den Kopf, da ich annahm, die Geschichte schon zu kennen, und war nun nicht mehr nur müde, sondern noch dazu untröstlich und hoffnungslos. Es konnte nur einen Grund dafür geben, dass er Odilé nach Venedig gefolgt war. »Du musst nichts mehr sagen. Es wäre mir sogar lieber, wenn du es nicht tätest. Du liebst Odilé und …«

»Das ist es nicht«, sagte Nicholas heftig, beinahe zornig. »Ich liebe Odilé León nicht.«

»Nein?«

»Wie könnte ich, da ich doch dich liebe?«

Niemand hatte mir je eine Liebeserklärung gemacht, und ich war auf meine Erleichterung und Freude nicht vorbereitet. »Oh, Nicholas …« Sein Gesichtsausdruck ließ mich innehalten. So ernst und düster. Besorgt. Meine Freude schreckte ernüchtert zurück.

Er kam zum Kanapee und ließ sich neben mir nieder, schloss mich aber nicht in die Arme und berührte mich auch sonst nicht. »Ich will dich beschützen, Sophie. Ich würde dich

414

nie in diese Sache mit hineinziehen, doch... ich habe heute Morgen mit deinem Bruder gesprochen. Er will nicht auf mich hören, und deshalb bin ich zu dir gekommen. Du wirst ihn überzeugen müssen.«

»Ihn überzeugen? Wovon?«

Er nahm meine Hand, umschloss sie fest mit seiner und streichelte mir die Handfläche mit dem Finger. »Ich habe Odilé León vor sieben Jahren kennengelernt. In Paris. Wir hatten ein Verhältnis miteinander.« Er hielt inne, als würde er auf meine Antwort warten und meine Reaktion beobachten.

Ich wusste nicht, was ich sagen sollte. Natürlich. Niemand hätte sich die Gelegenheit entgehen lassen, mit ihr zu schlafen. »Ich verstehe.«

»Nein, das tust du nicht, da bin ich mir sicher.« Er drückte meine Hand etwas fester. »Ich war nur für kurze Zeit mit ihr zusammen, aber das war die ertragreichste Phase meines Dichterlebens. Ich schrieb genug Gedichte, um einen ganzen Band damit zu füllen. Und als sie mich verließ, geriet ich in Verzweiflung.«

»So hast du also deine Worte verloren«, sagte ich.

»Die Worte, die Inspiration, die Liebe... alles auf einmal«, gestand er offen. »Aber darauf kommt es nicht an.« Er fuhr fort und erzählte mir eine unglaubliche Geschichte von Liebe und Verlangen und Inspiration. Eine grauenvolle Geschichte, in deren Mittelpunkt eine schöne Dämonin stand.

Er war rot angelaufen; eine seltsame Energie strahlte in Wellen von ihm ab. Einen Moment lang glaubte ich, er sei verrückt – natürlich, wie perfekt! Der Mann, der mich liebt, ist verrückt.

»Ich weiß, dass es wenig plausibel klingt, Sophie. Ich weiß, dass es unmöglich ist. Aber ich sage dir die Wahrheit. Sie ist sowohl für die größten Offenbarungen als auch für die entsetzlichsten Verheerungen verantwortlich.«

»Oh, Nicholas.«

»Du glaubst, dass ich wahnsinnig bin«, sagte er. »Das dachte ich auch, als mir klar wurde, wer sie ist. Ich wollte es nicht glauben. Aber es ist die reine Wahrheit!«

Ich entzog ihm meine Hand. »Es tut mir leid; ich fühle mich wirklich nicht wohl. Ich glaube, ich verstehe dich nicht richtig.«

Er umfasste meine Hand erneut und wiederholte drängend: »Ich sage dir die Wahrheit. Sie wird auch Joseph zerstören. Ich habe ihn heute Morgen gewarnt, aber er will, was sie zu bieten hat, Sophie. Er wird auf den Handel eingehen, wenn sie ihm das Angebot macht. Und wenn sie ihn erwählt, können wir nichts mehr tun. Sie wird ihm alles nehmen. Willst du das? Soll Joseph für ein Werk – ein einziges Werk – berühmt werden und danach der Verzweiflung oder dem Wahnsinn verfallen?«

Ich sagte müde: »Hast du mit Joseph heute Morgen darüber gesprochen?«

»Ja. Und er hat mir gesagt, es sei ihm gleichgültig.«

»Willst du damit sagen, er hat dir geglaubt?«

Nicholas sah mir in die Augen. »Er weiß, was sie ist, ja. Er weiß, was sie für ihn tun kann. Er sagte ... er sagte, er wolle nicht, dass du noch mehr für ihn opferst. Er hat mich gebeten, mich um dich zu kümmern.«

Seine letzten Worte erregten meine Aufmerksamkeit. Mein Traum aus der vergangenen Nacht kam mir wieder in den Sinn: ihr Flüstern und seines. Meine Ängste, dass Odilé das war, wonach mein Bruder sich sehnte, ein Ort, an dem er ertrinken konnte.

Nicholas fuhr fort: »Hör mir zu, Sophie. Du hast Nelson Staffords Leichnam in jenem Hof gefunden. Er war Odilés Liebhaber. Und der Musiker, den man im Kanal gefunden hat – weißt du noch? Auch er hatte sich mit Odilé eingelassen. Seit sie in Venedig ist, pflastern Tote ihren Weg – allesamt talentierte Männer. Drei, Sophie! Drei Männer, die ihr verfallen sind und zugrunde gerichtet wurden. Die Polizei behält sie im Auge. Frag dort nach, wenn du mir nicht glaubst; man wird dir von dem Verdacht erzählen.«

Ich dachte an das zurück, was Katharine Bronson mir über Nelson Stafford gesagt hatte. *Sie erinnern sich auch, dass ich Ihnen erzählt habe, dass er sich mit einer Frau eingelassen hatte und nicht mehr in den Salon kam? Sie ist für Männer ziemlich unwiderstehlich…* Ich dachte an das Gesicht meines Bruders im Regen.

»Nein«, flüsterte ich. »O nein. Bitte nicht.«

»Ich habe sie das in allen Städten, in denen sie sich aufgehalten hat, tun sehen«, erzählte Nicholas. »Aber erst in Barcelona habe ich die Wahrheit über sie herausgefunden. Ihr Hunger ist ein Wesen, das seinen eigenen Willen hat. Wenn sie nicht binnen drei Jahren eine Wahl trifft, wenn sie niemanden davon überzeugen kann, auf ihren Handel einzugehen, dann kann sie ihn nicht mehr bezähmen. Dann wird sie wirklich zu dem Dämon, der in ihr lebt. Genau das habe ich in Barcelona gesehen: eine Lamia, die über die Leichen der Männer kroch, die sie ausgesaugt hatte. Ein Dutzend von ihnen, vielleicht sogar noch mehr. Aber ihr Tod hat Odilé genährt und sie neu erschaffen. Der Dämon hat sich zurückgezogen. Als ich sie das nächste Mal in Paris sah, war sie wieder ganz die Alte.«

Mir wurde kalt, kalt bis ins Mark. So kalt, dass ich seine Berührung nicht mehr an den Fingern spürte. Nein, das konnte doch alles nicht wahr sein! Ein Sukkubus. So etwas war doch nur ein Mythos. Ein Geschöpf aus Geschichten. Aus Märchen. Und dennoch… Ich wusste, dass solche Wesen an den Rändern der realen Welt lauerten. Ich wusste, wie es sich anfühlt, wenn einen Dämonen in der Hand haben. Ich wusste, was es bedeutet, gegen sie anzukämpfen.

Und wenn ich ehrlich war, ergab nun alles einen Sinn: Gib

mir Joseph, dann mache ich einen König aus ihm … Ich mache ihn berühmter, als er es in seinen kühnsten Träumen ahnt.

»Was hat Joseph zu dir gesagt?«, fragte ich heftig. »Was genau?«

Nicholas flüsterte: »Dass es ungerecht von ihm sei, dich für sich zu behalten. Er hat mich gebeten, dich zu lieben. Er sagte, er könnte dich niemandem sonst überlassen. Er sagte, das hier würde ihn für alles entschädigen.«

Mir verschwamm alles vor den Augen. »Nein. Nein, er darf den Handel nicht abschließen! Das lasse ich nicht zu! Er kann es noch nicht getan haben. Er würde mich nicht im Stich lassen!«

Aber selbst ich glaubte nicht mehr daran, und Nicholas sah mich nur grimmig an. »Dann musst du mit ihm sprechen. Sofort!«

Er ließ meine Hände los, und ich stand auf. Das Zimmer schwankte.

Er umfasste meinen Arm und stützte mich. »Wir können unmöglich länger warten. Wir müssen sofort los!«

Der Boden neigte sich unter mir, als ich in mein Schlafzimmer ging und mich mit zitternden Fingern anzog. Joseph zu holen und ihn aufzuhalten war alles, woran ich denken konnte. Ich wusste, dass ich zerzaust aussah, als ich wieder aus dem Zimmer eilte. Ich trug mein Haar noch zum Zopf geflochten, weil ich mir nicht die Zeit nehmen konnte, es hochzustecken. Nicht, Joseph! Verlass mich nicht! Das überlebe ich nie und nimmer.

Marco wartete schon, und gleich darauf waren Nicholas und ich auf dem Weg zur Ca' Dana Rosti. Mein Magen verkrampfte sich, als Nicholas mir erzählte, was er tun wollte, wie Odilés Ende aussehen sollte.

»Ich plane, sie zu vernichten, Sophie. Ich dachte … Wenn ich sie davon abhalten könnte, die Wahl zu treffen, wenn ich sie zwingen könnte, drei Jahre ohne das zu verbringen …«

»Aber dann würde doch der Dämon hervorbrechen, wie du sagst.«

»Ja. Doch was geschieht, wenn niemand da ist, von dem sie zehren kann? Was, wenn sie in einem Zimmer eingeschlossen ist, ohne entkommen zu können? Ich glaube – und hoffe –, dass sie sich, wenn das geschieht, selbst zerstören wird.«

Ich spürte die Inbrunst seines Glaubens, den schieren Willen hinter seiner Absicht. Das Grauen.

»Die drei Jahre sind fast um, Sophie«, sagte er, die Stimme zu einem Flüstern gesenkt. »Ich bin so nah daran. Ihre Vernichtung steht unmittelbar bevor. Aber jetzt ... jetzt ist da noch Joseph, und wer weiß, was er getan hat?«

* * *

Als wir ankamen, sagte Nicholas: »Es wäre das Beste, wenn sie gar nicht wüsste, dass ich hier bin. Mich lässt sie nicht herein, das steht fest, und dich weist sie vielleicht auch ab, wenn sie mich sieht. Du musst es allein schaffen, Sophie. Rede mit Joseph – hol ihn heraus, wenn du kannst.«

Ich nickte. Er half mir aus der Felze, blieb aber selbst in den Schatten der Kabine. Seltsamerweise fühlte ich mich gestärkt, sobald ich einen Fuß auf die geborstenen, algenüberzogenen Stufen setzte. Unvermittelt durchströmten mich Kraft und Entschlossenheit, als ich auf die Tür zutrat.

Ich zog ruckartig an der Klingelschnur. Erst herrschte Stille, anscheinend für lange Zeit, und ich warf einen Blick über die Schulter, um Zuspruch zu finden, aber Nicholas versteckte sich weiterhin in der Felze. Ich griff noch einmal nach der Klingelschnur.

Bevor ich läuten konnte, hörte ich Schritte auf dem Steinboden hinter der Tür, die einen Spaltbreit aufschwang. Ich erblickte Maria, die missmutig die Stirn runzelte.

Ich versuchte zu lächeln. »Ich bin hier, um Madame León zu besuchen. Und meinen Bruder. Sagen Sie ihr bitte, dass Sophie Hannigan hier ist, um ihr einen Besuch abzustatten?«

Marias Stirnrunzeln wurde noch wilder. »Die Padrona empfängt heute keine Besucher, Signorina.«

Mein Lächeln erstarrte. »Oh, aber ich bin doch eigentlich keine Besucherin. Mein Bruder ist hier, das wissen Sie doch, Joseph, und...«

»Sie sind beide indisponiert.« Sie machte Anstalten, die Tür zu schließen.

Ich streckte die Hand aus, um die Tür offen zu halten. »Ich glaube, Sie verstehen mich nicht richtig. Bitte sagen Sie Madame León, dass ich hier bin. Ich bin mir sicher, dass Sie gern wissen würde...«

»Sie sagte, dass sie keinen Besuch will, Signorina«, sagte Maria. Ihre dunklen Augen funkelten seltsam. »Und vor allem Sie nicht. Sie sagt, dass Sie sich an Ihr Versprechen erinnern sollen. Sie sagt, dass Sie gehen sollen.«

Die Tür fiel so schwungvoll zu, dass ich zurückwich. Ich hörte, wie das Schloss einrastete und die Schritte sich entfernten. Ich spürte, wie die Luft an meiner Haut erschauerte: Die Welt verblasste und wirkte gedämpft, sodass es nur noch mich gab, das einzige Licht inmitten von Schatten. Ich fühlte mich so mutterseelenallein, dass ich aufkeuchte und die Hand ausstreckte, um mich an der Tür abzustützen. Ich blinzelte, und dann war das Gefühl vorüber, aber es hinterließ großes Unbehagen in mir. Joseph!

Zornig packte ich die Klingelschnur und riss sie beinahe aus ihrer Verankerung. Das Läuten hallte von Ferne wie entrückt wider. Ich zog sie noch einmal. Dann noch einmal. Nichts. Niemand kam.

Verzweifelt trat ich zurück und reckte den Hals, um zum

Balkon über mir hinaufzusehen. »Joseph!«, rief ich. »Joseph, ich bin's, Sophie! Komm an die Tür!«

Meine Stimme klang zu laut, und dann verhallte sie, als hätte ich ins Nichts hineingerufen. Ich erhielt keine Antwort. Ungläubig rief ich noch einmal. Wenn Joseph mich hörte, würde er kommen. Er musste kommen.

»Joseph! Joseph, bitte!«

Nichts.

Aus der Gondel rief Nicholas leise, aber mit Nachdruck: »Sophie, komm weg von hier.«

»Ich kann nicht«, sagte ich in Panik. »Er wird zu mir kommen. Das wird er. Er kommt immer!«

»Diesmal nicht, das habe ich dir doch gesagt.«

Sie sagt, dass Sie sich an Ihr Versprechen erinnern sollen. Wieder hörte ich Odilés Stimme. Gib deinen Bruder frei… Gib mir Joseph, dann mache ich einen König aus ihm. Und die Antwort, die ich hatte geben wollen: Ja. Aber das hatte ich doch nie laut gesagt!

»Ich habe es nie versprochen, Odilé!«, schrie ich. »Ich habe es nie versprochen!«

Ich erhielt nur tiefes Schweigen und das Echo meiner eigenen Stimme zur Antwort.

Entsetzt stolperte ich von der Stufe auf die nächste, die halb im Kanal lag. Das Wasser reichte mir bis an die Knöchel, und der Saum meines Kleids wurde nass. Marco packte mich am Ellenbogen und half mir wieder an Bord, und dann lag ich in seinen Armen.

»Ich muss zur Polizei gehen«, sagte ich.

Er strich mir die Haare sanft aus dem Gesicht. »Warum?«

»Sie kann mir helfen. Ich weiß, dass sie es kann.«

Er warf mir einen traurigen Blick zu, widersprach aber nicht.

Mir war übel, und ich war in Panik. Das Boot stieß ab; ich

ließ mich mit Nicholas auf die Kissen sinken und empfand die Art, wie er mir übers Haar strich, als tröstlich. Ich dachte daran zurück, wie Joseph und ich im Palazzo Moretta auf dem Boden gelegen und den Sonnenaufgang beobachtet hatten, daran, wie ich in seinen Augen eine ganze Welt gesehen hatte, die nur uns allein gehörte ...

Als wir das Polizeirevier erreichten, ließ Nicholas mich los und gab mir einen sachten Kuss aufs Haar. »Sophie ...«

Ich drehte mich zu ihm um. »Ja?«

»Erzähl ihnen, dass du dich wegen der anderen fürchtest. Stafford, meine ich, und die übrigen. Sag ihnen nicht, wer sie in Wirklichkeit ist. Das würden sie nie glauben.«

Ich lachte auf. Verzweiflung, Panik und Grauen schnürten mir die Brust zusammen. »Nein«, sagte ich. »Wer würde das schon?«

KAPITEL 43

Sophie

ALS ICH DAS POLIZEIREVIER BETRAT, KÄMPFTE ICH MIT MEINER Übelkeit und zitterte heftiger denn je. Weil ich mir unsicher war, wohin ich mich wenden oder was ich tun sollte, blieb ich unmittelbar hinter der Tür stehen; sofort kam ein Mann in schäbigem Gehrock auf mich zu, sprach mich in diesem unmöglich zu verstehenden venezianischen Dialekt an und runzelte besorgt die Stirn.

So wie er mich ansah, vermutete ich, dass man mir ansah, wie nah ich einer Ohnmacht war. Ich stammelte in gebrochenem Italienisch: »Ich muss mit jemandem sprechen, mit einem… einem…« Ich gab auf, zuckte mit den Schultern und fuhr auf Englisch fort: »Einem Beamten. Einem Inspektor.«

In den Augen des Mannes blitzte Verständnis auf. Er nickte, führte mich zu einer schmalen Treppe und bedeutete mir hinaufzugehen. Am zweiten Treppenabsatz gab es eine Tür: Durch sie betrat man einen Raum mit einer breiten Fensterfront. Selbst in diesem grauen Licht wirbelten Spiegelungen aus dem Wasser an der Decke herum, graue und weiße Wellen. Der Raum war voller Schreibtische und Männer, die alle zu mir aufschauten, als sei ihnen plötzlich ein Gespenst erschienen.

Ich sagte, weil mir nichts anderes einfiel: »Odilé León.«

Wie sehr ich gehofft hatte, dass Nicholas sich irrte, wurde mir erst bewusst, als ich sah, wie ihr Name alle im Raum aufschrecken ließ. Einer der Männer sprang auf, kam auf mich zu und redete beflissen auf Italienisch auf mich ein, bis ich die

Hand hob und fragte: »Spricht hier jemand Französisch? Oder Englisch?«

Er blieb stehen, runzelte die Stirn und sagte: »Ich spreche beides, Mademoiselle. Was wäre Ihnen lieber?«

Ich sah ihn erleichtert an. »Englisch, bitte. Ich bin hier, um mit einem ... einem Inspektor, nehme ich an, zu sprechen. Über sie. Madame León.«

Er nickte und bedeutete mir, ihm zu folgen. Ich tat wie geheißen und versuchte, mit ihm Schritt zu halten, während er durch das Labyrinth aus Schreibtischen schritt. Er blieb an einer Tür am gegenüberliegenden Ende des Raums stehen und klopfte zackig an. Auf ein Knurren von der anderen Seite her brach er in einen Schwall Italienisch aus, erhielt eine Antwort, wandte sich mir zu und sagte: »Inspektor Balbi wird Sie empfangen.« Er öffnete die Tür und schloss sie hinter mir, nachdem ich eingetreten war.

Das Büro war klein und unordentlich. Ein einziges schmales Sprossenfenster, das vor Schmutz und Rauchspuren starrte, gestattete einen verschwommenen Blick auf den Canal Grande. Das Zimmer stank nach abgestandenem Tabaksqualm, und auf der Ecke eines großen Schreibtischs, der mit Papieren übersät war, stand ein leerer Aschenbecher. Dahinter saß ein hochgewachsener Mann mit dunklen Augen, unstetem Blick und ergrauendem Spitzbart.

Er erhob sich. »Sie haben Informationen über Odilé León?«, fragte er mich in aller Höflichkeit auf Französisch. Er hatte einen starken Akzent.

Ich nickte, und dann machte er eine Handbewegung – hinter mir stand ein Stuhl, und ich ließ mich dankbar darauf nieder.

»Mein Name ist Sophie Hannigan.«

Er runzelte die Stirn. »Sophie Hannigan? Warum kommt mir das bekannt vor?«

Noch etwas, das die Wahrheit bekräftigte. »Ich habe Nelson Staffords Leiche gefunden.«

»Ach so.« Er setzte sich und lehnte sich auf seinem Stuhl zurück. »Ja. Sie wollten eine Wohnung mieten. Welch ein Unglück, Mademoiselle! Es tut mir leid. Ich kann nur sagen, dass so etwas in Venedig heutzutage nicht häufig vorkommt.«

»Aber häufiger, als Ihnen lieb wäre, nehme ich an.«

Seine dunklen Augen funkelten. Er nickte knapp. »Es war ein ereignisreicher Sommer. Warum sind Sie hier, Mademoiselle Hannigan? Haben Sie Ihrer Zeugenaussage über Mr Stafford noch etwas hinzuzufügen? Mein Mitarbeiter sagte, sie wollten über Odilé León sprechen.«

Ich nickte. »Soweit ich weiß, kannte Mr Stafford sie?«

Der Inspektor musterte mich unverwandt. »Und wenn dem so war?«

»Man hat mir gesagt, er hätte ihretwegen Selbstmord begangen. Dass er sie liebte.«

»Wer hat Ihnen das erzählt?«

»Katharine Bronson.«

»Aha. Die Casa Alvisi?«

Ich nickte. »Sie hat nur Klatsch nachgeplappert.«

Balbi legte die Fingerspitzen aneinander. »In Venedig gibt es überall Klatsch und Tratsch, aber niemand kommt zur Polizei, um ihn zu melden. Ich nehme an, dieses Gerücht über Mr Stafford ist nicht der Grund dafür, dass Sie hier sind. Vielleicht stellt er nicht Ihre einzige Verbindung zu Madame León dar?«

»Mein Bruder und ich haben Odilé León vor ein paar Tagen kennengelernt«, erklärte ich unverblümt. »Und ... er ist ihr Geliebter geworden. Er ist nicht nach Hause gekommen, und ich mache mir Sorgen um ihn.«

Inspektor Balbi seufzte schwer. Er ließ die Hände auf die Tischplatte sinken und beugte sich vor. »Sie sollten sich auch

Sorgen machen, Mademoiselle. Ich wage zu behaupten, dass es eine gefährliche Verpflichtung ist, Odilé Leóns Liebhaber zu sein.«

Die Angst schnürte mir den Brustkorb zu. »Ich habe gehört, dass sie nicht nur mit Mr Staffords Selbstmord, sondern auch mit anderen Todesfällen Verbindung gebracht wird.«

»Zwei weiteren«, sagte der Inspektor. »Insgesamt also mit dreien.«

»Mit dreien.« Meine Stimme war nur ein Flüstern. »Dann ... dann müssen Sie mir helfen.«

»Wie soll ich das tun?«

»Sie müssen meinen Bruder befreien. Gehen Sie hin und holen Sie ihn heraus, wenigstens lange genug, dass ich mit ihm sprechen kann.«

»Er ist ein erwachsener Mann, nicht wahr, Mademoiselle?«

»Ja. Ja, aber ...«

»Ich kann nicht das Geringste tun. Wir haben keine Beweise gegen sie. Jeder dieser Männer war in den Tagen vor seinem Tod ihr Geliebter, und ich habe den Verdacht, dass sie entweder die Hand im Spiel hatte oder etwas weiß. Aber das verneint sie, und so ...« Er zuckte vielsagend mit den Schultern. »Doch wenn mein Bruder in ihrem Bett läge, würde ich ihm mit allem Nachdruck raten, es zu verlassen.«

»Aber ich habe Ihnen doch gesagt, dass er nicht nach Hause gekommen ist. Ich konnte nicht mit ihm sprechen. Sie lässt mich nicht ein.«

Balbis Blick war mitfühlend. »Dann will ich stark hoffen, dass wir nicht demnächst seine Leiche aus einem Kanal fischen.«

Neuerliche Übelkeit überkam mich; mein Herz hämmerte so laut, dass ich nichts anderes mehr hörte.

»Mademoiselle«, sagte er, sprang auf und langte über den Schreibtisch, als wollte er mich vor etwas retten, und mir wurde bewusst, dass ich im Begriff stand, schwankend aufzustehen.

Die Welt schien ihre Farben verloren zu haben, und ich sehnte mich danach, die Wände des Zimmers anzuheben, um nachzusehen, ob sich in einer Ecke vielleicht Drachen oder Prinzen oder irgendetwas sonst versteckte, mit dessen Überwindung ich mich auskannte, denn hier gab es nichts Greifbares, nichts, wogegen man ankämpfen konnte.

Oh, wie töricht wir doch gewesen waren! Wie konnte ich ihn jetzt noch retten?

Ich verabschiedete mich von Inspektor Balbi und verließ blindlings das Polizeirevier.

Als ich endlich die Gondel erreichte, sah Nicholas mich besorgt an und fragte: »Was ist geschehen? Was hat man dir gesagt?«

»Wir müssen ihn retten«, sagte ich. »Versprich mir, dass du mir hilfst! Du weißt, was zu tun ist. Du weißt, wie man sie bekämpft.«

»Wie ich schon sagte, hatte ich bisher keinen sonderlichen Erfolg damit.«

»Aber du weißt, wer sie in Wirklichkeit ist, und das ist mehr, als sonst jemand weiß.«

Er runzelte die Stirn. »Wenn sie Joseph schon erwählt hat, Liebste, dann können wir kaum noch etwas tun.«

»Bitte, Nicholas! Ich sterbe, wenn ihm etwas zustößt. Ich kann ohne ihn nicht leben!«

Er bedachte mich mit einem seltsamen Blick, den ich nicht zu deuten vermochte, und ich zitterte wieder. Er schlang die Arme fest um mich.

Ich flüsterte: »So würde er nicht leben wollen, ganz gleich, was er jetzt glaubt. Ich kann es nicht zulassen. Wir müssen ihn aufhalten, bevor er das Versprechen abgibt.«

Ich spürte Nicholas' warmen Atem an der Schläfe, seine Finger auf meinem Haar, die mich wieder streichelten, den weichen Stoff seines abgetragenen Mantels an meiner Wange.

»Er liegt dir doch so am Herzen wie mir, nicht wahr?«, fragte ich ihn. »Wenn du mich liebst, musst du auch ihn lieben, denn wir sind dasselbe. Du musst ihm jetzt ein wahrer Freund sein, Nicholas – uns beiden. Kannst du das?«

Er ließ seine Finger auf meinem Haupt ruhen. Ich konnte seinen Herzschlag spüren und hörte, wie er mir leise ins Ohr flüsterte: »Ja, das kann ich.«

KAPITEL 44

Odile

Ich beobachtete Joseph voller Unbehagen bei der Arbeit und bemerkte gar nicht, dass ich die Stirn runzelte, bis er aufschaute und fragte: »Habe ich dich erzürnt?«

»Nein, natürlich nicht. Warum sagst du so etwas?«

»Du siehst … ich weiß auch nicht … verärgert aus. Nein – aufgelöst.« Bevor ich antworten konnte, wandte er sich schon wieder abgelenkt der Leinwand zu, seufzte, kratzte mit dem Palettenmesser etwas aus, das ihm nicht gefiel, und murmelte: »Irgendetwas stimmt nicht, ich kann nur nicht sehen, was.«

Seine Worte spiegelten meine eigenen Gedanken erstaunlich genau wider, nur dass er im Unterschied zu mir von dem Gemälde sprach. »Vielleicht sehen vier Augen mehr als zwei. Soll ich einmal einen Blick darauf werfen?«

Er schüttelte den Kopf. »Ich bin noch nicht so weit, dass du es dir ansehen darfst.«

Es war seltsam: Zum jetzigen Zeitpunkt hätte er schon fieberhaft malen sollen, von Inspiration überschwemmt, aber seit ich die Wahl getroffen hatte, war er planlos, langsam und mit jedem Pinselstrich unzufrieden. Es war das genaue Gegenteil dessen, was ich bei meinen anderen Erwählten erlebt hatte, die unermüdlich gewesen waren, sobald der Handel geschlossen war. Ich ermahnte mich, mir keine Sorgen zu machen; sein Genie befand sich nun in meinem Blut, wo der Sukkubus in mir es verwandelte und stärkte, um ihn wieder mit Magie zu speisen, wann immer wir miteinander schliefen. Ich wusste, dass er darin finden würde, was er benötigte, auch wenn es vielleicht ein paar Tage dauern würde.

Ich wandte mich ab und ging zum Fenster. Ich sah Nicholas nirgendwo. Ich hoffte, dass Sophie Hannigan ihn um den Finger gewickelt hatte – obwohl es keine Rolle mehr spielte. Ich hatte meinen Hunger besiegt; die Zeit spielte jetzt keine Rolle mehr. Die Wahl war getroffen, und es gab kein Zurück.

Dennoch hörte ich weiterhin ihre Stimme in meinem Kopf wie ein Lied, das ich nicht vergessen konnte: Es ist vollbracht, es ist vollbracht, es ist vollbracht.

Ich hörte ein Geräusch hinter mir, und als ich mich umdrehte, sah ich Joseph auf mich zukommen. Er schlang die Arme um mich, zog mich rückwärts an seine Brust und küsste mir das Ohr.

Ich erschauerte, da ich plötzlich fror, und verrenkte mich, um ihn anzusehen. »Du bist doch nicht schon für heute fertig?«

»Ich brauche etwas Inspiration«, murmelte er. »Inspiriere mich. Ist das nicht deine Aufgabe?«

Ich war erleichtert über die Ablenkung, und so tat ich wie geheißen, aber als wir fertig waren, starrte er nur ins Leere, während er mir mit der Hand durchs Haar fuhr; er dachte offenbar an etwas anderes. Ich fürchtete mich davor, zu fragen, was es war. Sie befand sich mit uns im selben Zimmer, wie ein Geist.

Er schlief ein. Als er etwa eine Stunde später erwachte, wirkte er lustlos. Ich schlug ihm vor zu malen, aber er sah mich nur mit müdem Blick an und sagte: »Erzähl mir lieber eine Geschichte.«

»Ich habe dir all meine Geschichten erzählt«, erwiderte ich leise.

»Das kann nicht wahr sein«, beharrte er. »Ich will es verstehen. Wie alt bist du? Was hat dich zu dem gemacht, was du bist? Oder bist du so schon geboren worden?«

Ich lachte. »Geboren? O nein. Ich bin nicht in dieses Leben hineingeboren. Ich wurde erschaffen, wie auch alle anderen Dinge erschaffen werden.«

»Alle anderen Dinge?«

»Wir bleiben nicht so, wie wir geboren werden – keiner von uns.« Ich goss ein Glas Wein ein. »Wir werden alle erschaffen. Und das hier – was ich bin – war nichts als eine Entscheidung in einem Meer von Entscheidungen.«

»Hast du es je bereut?«

»Zur Muse geworden zu sein, die ganze Zeitalter inspiriert und der aus jedem Auge Bewunderung entgegenblickt? Wie könnte man so etwas bereuen? Welche Frau könnte es?«

Ich sagte es leichthin, aber er nahm es schwer. »Ich glaube nicht, dass Bewunderung alles ist, was du dir erhofft hast, oder? Nur Bewunderung zu verlangen, das kommt mir wie ein bescheidener Wunsch vor, vor allem bei jemandem wie dir.«

»Bei jemandem wie mir?«

»In dir brennt eine Leidenschaft, die nichts mit Wollust zu tun hat. Es gibt Dinge, die du dir wünschst. Sag mir, welche es sind.«

Wieder verstörte mich seine Auffassungsgabe.

»Was ich mir wünsche? Ich habe alles, was ich brauche oder will. Ich habe dich.« Ich hob das Glas hoch, ging zu ihm und küsste ihn sacht.

Er reagierte nicht. Im Zurücktreten sah ich betörende Nachdenklichkeit in seinen Augen. Er sagte: »Als du mir gesagt hast, dass Sophie mehr wollen könnte, als nur meine Muse zu sein … hattest du recht. Ich hatte darüber noch nie nachgedacht. Und jetzt kann ich nicht anders, als mich zu fragen, ob es dir auch so geht.«

»Darüber brauchst du dir keine Gedanken zu machen. Ich bin dazu geschaffen, eine Muse zu sein. Es ist meine Berufung und mein Schicksal.«

»Ja, vielleicht.« Er hob mein Kinn an und zwang mich, ihm in die Augen zu sehen. »Aber das ist nicht alles, was in dir steckt, das spüre ich.«

Ich sehnte mich danach, ihm alles zu erzählen. Ihn mit der wahren Odilé León bekannt zu machen – nicht mit dem Monster, um das Nicholas wusste, sondern mit der Frau, die Madeleine gesehen hatte. Mit der Frau, die ich einst gewesen war. Ich trat behutsam zurück. »Ich war nichts, und ich wollte mehr als das. Aber welche Frau auf der Welt bekommt schon jemals genau das, was sie ersehnt? Wir verändern die Welt nicht mit unseren Begabungen, Chéri. Wir sind nur Frauen, dazu geboren, Männer zu wahrer Größe zu inspirieren, die wir selbst nicht erlangen können.«

»Das glaubst du doch selbst nicht. Warum sollten Frauen nichts aus ihren Begabungen machen, wenn sie ihnen schon verliehen worden sind? Sophies Geschichten …«

Musste sich jedes Gespräch irgendwie ihr zuwenden? »Ihre Geschichten? Was macht sie mit denen schon, außer dich in einsamen Nächten zu unterhalten?«

Ich hatte sie herabwürdigen wollen, aber er wurde nur noch nachdenklicher. »Sie macht die Welt erträglich.«

»Ach! Aber die Welt sieht sie nur durch dich, und du, feierst du sie etwa? Sie verblasst im Strahlen deines Sterns! Die Welt erinnert sich nicht an die Namen von Frauen, sie sieht nur Männer – nicht diejenigen, die hinter ihnen stehen.« Aus mir sprach die Enttäuschung von mehreren Jahrhunderten, all mein Kummer und meine Verzweiflung. Er hatte die Gefühle wachgerufen, die ich für gewöhnlich gut unter Kontrolle hielt. Allerdings rechnete ich nicht damit, dass er sie mitschwingen hörte. Welcher Mann hört schon jemals, was Frauen sich wirklich wünschen?

Aber er hörte es. In seinen Augen stand Mitgefühl. Wieder war ich verwirrt.

»Ich habe noch nie jemanden wie dich getroffen, Joseph Hannigan.«

Er legte die Arme um mich, und mein Wein blieb ungetrunken. Er war so leidenschaftlich wie eh und je und verlor sich so unbedacht im Liebesspiel wie zuvor, und dennoch kehrte er an diesem Abend nicht zu seinem Gemälde zurück, sondern ruhte stattdessen auf dem Kanapee, auf seinem Schoß das aufgeschlagene Skizzenbuch, das er Seite um Seite durchblätterte. Als ich nachfragte, sagte er nur wieder: »Es ist nichts. Ich bin müde.«

Am nächsten Tag war es genauso. Nachdem er ein paar Stunden an der Leinwand herumgespielt, oft die Stirn gerunzelt und frustriert geschnauft hatte, trat er zurück, verhängte das Bild und sagte gereizt: »Wann soll ich noch einmal etwas spüren?«

Ich hatte ihm keine Antwort zu bieten – was konnte ich schon sagen? Du hast es doch schon gespürt. Ich verstehe nicht, warum es dich nicht so prägt, wie es sollte. Ich verstehe dich nicht. Als er eingeschlafen war, zündete ich eine Kerze an und sah auf ihn hinab. Er war so schön, und nun gehörte er mir, und ich hätte triumphieren sollen.

Aber ich litt, denn er hätte nichts anderes tun sollen, als die Nacht hindurch zu malen oder mit mir zu schlafen. Ich hätte ihm Modell stehen sollen, obwohl er behauptete, keine Vorstudien zu benötigen und im Kopf alles genau so zu sehen, wie er es haben wollte. Canaletto hatte darauf bestanden, dass ich neben ihm stand, während er arbeitete. Byron hatte gewollt, dass ich mich im selben Zimmer aufhielt, sodass er mich ansehen konnte, wann immer ihm die Kräfte schwanden. Robert Schumann hatte mich gebeten, so nah bei ihm zu bleiben, dass er mich berühren konnte. Und Keats... der wunderbare Keats... Er hatte mit dem Kopf auf meinem Schoß gelegen, als er *Lamia* geschrieben hatte.

Aber Joseph Hannigan wollte nicht, dass ich in der Nähe war. Er musste mich nur in Gedanken sehen.

Plötzlich kam mir ein Verdacht, den ich nicht unterdrücken konnte. Ich stand aus dem Bett auf, zog mir den Morgenmantel über und nahm die Kerze. Joseph schlief tief und fest weiter und wurde kein bisschen unruhig. Ich fragte mich, ob er je träumte oder ob er in jenes gewaltige, düstere Vergessen in seinem Inneren gestürzt war. Auch das machte mir Sorgen.

Ich eilte lautlos aus dem Schlafzimmer. Das Kerzenlicht wurde flackernd vom blank polierten Boden zurückgeworfen; mein Schatten tanzte und erschauerte, als ich in den Portego hinaus zu der Staffelei tappte, auf der die große Leinwand von einem Tuch bedeckt war.

Ich zögerte; plötzlich war ich verunsichert und hatte Angst. Ich wusste nicht, was ich zu sehen erwartete. Ich wusste nicht, was ich sehen wollte.

Behutsam hob ich das Tuch ganz allmählich an und enthüllte zuerst den gemalten Glanz eines Terrazzobodens, der so schön wiedergegeben war, dass er jenen unter meinen Füßen fortzusetzen schien, dann ein zierliches Fußgewölbe, Waden, Knie, höher und höher und höher. Am Ende verließ mich die Geduld mit meiner eigenen Zurückhaltung, ich zog den Musselin vollständig ab und ließ ihn raschelnd zu Boden gleiten.

Das Gemälde war unbestreitbar schön. Auf den Marmorwänden tanzten Spiegelungen; Venedigs eigenartiges, bebendes Licht wurde überallhin geworfen, auch auf die Haut der nackten Frau, die mit dem Rücken zum Betrachter stand und die Hände hob, um ihr Haar herunterzulassen. Einzelne Strähnen lösten sich und fielen ihr gelockt in den Nacken und zwischen die Schulterblätter. Sie warf einen Blick über die Schulter, und der Ausdruck ihrer Augen war verführerisch und unwiderstehlich – man wollte ihr folgen, wohin auch immer sie ging, selbst wenn das bedeutete, das Zimmer hinter ihr zu betreten, das voll dunkler Schatten war, aus denen einen kaum sichtbare, fast formlose Gräuel ansprangen. Doch der Verstand sah sie. Der Verstand begriff und schreckte zurück.

Sie verstehen etwas von Begehren, nicht wahr? Das ist es, was ich will. Ein Porträt, um mir das zu zeigen, hatte ich zu ihm gesagt. Und später: Ich will deine Geheimnisse sehen.

Und hier waren sie nun. Joseph Hannigan, offengelegt. Dämonen im dunklen Zimmer im Hintergrund. Ein Geist im dünnen Hemd, der sich beim Herumwirbeln auflöste wie Rauch in der Dunkelheit. Der Schatten eines Betts. Schatten über Schatten. Eine Frau mit funkelnden Augen, die zugleich bösartig und verlockend wirkten. Eine ausgestreckte Hand. Und in der gegenüberliegenden Ecke noch eine Frau – eine Engelsgestalt mit einem Gesicht, das schrecklich und zugleich so schön war, dass es unmöglich war, den Blick von ihr abzuwenden und ihr Antlitz zu mustern, das sich mit jeder Bewegung des Betrachters verschob und veränderte. All dies trat aus derart bodenloser Dunkelheit hervor, dass sie kein Ende zu nehmen schien.

Die Frau in der Tür war das Licht inmitten dieser Dunkelheit, so zart von einem Glanz umhüllt, dass ich nicht wusste, wie er ihn erzeugt hatte. Das Licht schien aus ihrer Haut hervorzudringen, ein Schein, der die Wesen im Hinterzimmer zugleich enthüllte und noch tiefer umschattete. Sie war die Erlösung – und sie war berückend schön. Gerundete Hüften, Grübchen in den Hinterbacken, der Rücken genau richtig geschwungen. In ihrem Haar funkelten rötliche Strähnen, die er fein säuberlich abgetönt hatte. Ihre Augen, deren leicht geschlitzte Form abgerundet worden war, waren grau, aber sie schimmerten, und wenn man einen Schritt nach rechts trat, wirkten sie auf einmal nicht mehr grau, sondern blau. Die volle Oberlippe hatte er verwischt und schmaler gemacht, sodass sie nur noch knapp einen leichten Überbiss verhüllte. Um ihre einstige Üppigkeit schlanker wirken zu lassen, hatte er ihre Hüfte mit einem Schatten versehen.

Und da … auf ihrem Schulterblatt, ein Leberfleck wie ein Stern. Ein fehlender Stern, der sich in andere Gestirne einfügen sollte, um ein Sternbild zu vervollständigen.

Bevor ich die Bedeutung ganz erfassen konnte, hörte ich ein Schlurfen hinter mir. Ich drehte mich langsam um und befürchtete schon, sie dort zu sehen, aber nein: Er war es, aus dem Bett aufgestanden, nackt und stirnrunzelnd.

»Was tust du da?«, fragte er.

»Ich konnte nicht schlafen.«

Er stellte sich neben mich. »Ich habe dich doch gebeten zu warten. Es ist noch nicht fertig.«

»Nein, das sehe ich.« Ich deutete auf den Leberfleck auf dem Schulterblatt. »Solch einen Leberfleck habe ich nicht.«

»Er gehört Sophie«, sagte er leise. »Ich fand ihn schon immer …«

»Er ist der fehlende Stern im Sternbild.«

»Was?«

»Die Leberflecken auf deinem Rücken sind zu einem Sternbild angeordnet. Ihm fehlt nur ein Stern, um vollständig zu sein. Der hier, an der Stelle, an der sie ihn hat.«

Er wirkte überrascht. »Wirklich? Ein Sternbild? Welches?«

»Der Schlangenträger«, erklärte ich ihm, sah wieder das Gemälde an und spürte, wie sich etwas in mir verkrampfte. »Ophiuchus. Der zugleich Äskulap war – der Heiler. Oder nein, eigentlich nicht der Schlangenträger. Deine Sterne bilden nicht den Heiler, sondern die Schlange, die er hält. Den Schlangenkopf.«

»Sophie hat früher immer gesagt, es sei eine Landkarte.« Er betrachtete das Gemälde mit melancholischem Blick.

»Eine Landkarte? Wohin weist sie den Weg?«

»An einen Ort, den nur wir kennen.« Melancholie sprach auch aus seiner Stimme.

Mir wurde wieder kalt. Ich spürte ein bitteres Frösteln, das mich zwang, die Arme um mich selbst zu legen. »Schlangen erscheinen in vielerlei Gestalt, weißt du? Sie galten nicht immer als böse oder giftig – zumindest nicht ausschließlich. Genau wie das Begehren nicht immer als böse galt. In alten Zeiten waren Schlangen ein Symbol der Heilkunst. Der Weisheit. Sie können sehr schön sein.«

»Wie die Schlange in dem Gedicht von Keats«, sagte er leise. »Die Lamia.«

»Ja«, sagte ich, auch wenn die Erinnerung nicht tröstlich war. Ich dachte an Byron, der mich als Hexe und Teufelin bezeichnet hatte, wenn auch als eine, ohne die er nicht leben konnte. Und an Robert Schumann, der mich in seinem Wahnsinn genauso oft als Dämon wie als Engel bezeichnet hatte. Und plötzlich wurde mir klar, dass das Mischwesen aus Engel und Dämon in Josephs Gemälde, die Gestalt, deren Gesicht man nicht ganz zu erfassen vermochte, ich war.

Die Angst, die ich bisher im Zaum gehalten hatte, bäumte sich wild auf. Joseph starrte das Gemälde an, als würde es ihn quälen, als enthielte es, was er mehr als alles andere wollte – knapp außer Reichweite. Ich flüsterte: »Wer seid ihr wirklich? Du und deine Schwester – was seid ihr?«

Er sah mich an. In seinem Gesicht lag keine Verwirrung oder Überraschung angesichts der Frage, als hätte er sie schon einmal gehört oder zumindest damit gerechnet. »Nichts Besonderes.«

Aber ich sah das Feuer in seinen Augen, als er es aussprach, und wusste, dass er selbst nicht daran glaubte. Ich wusste auch, dass ich von ihm hören wollte, sie bedeute ihm nichts, und dieses Gemälde enthalte nicht ihre ganze Geschichte, obwohl ich ebenso wusste, dass dem so war. Ich wusste mit versengender, schmerzlicher Gewissheit, dass man nicht gegen sie kämpfen und sie auch nicht besiegen konnte, und ich war so eifersüchtig auf sie wie noch nie auf irgendeine andere Frau.

Mir war es bestimmt, seine Inspiration zu sein. Ich sollte diejenige sein, die sein Leben und seine Kunst vervollständigte. Ich sollte alles sein, statt nur diese belanglose kleine Rolle zu spielen, die er mir zugestand. Aber wie konnte das sein? Ich hatte den Handel geschlossen. Ich hatte das Entzücken verspürt. Ich hatte bemerkt, wie es die Zähne in mich geschlagen und sich verbissen hatte.

Er fragte: »Geht es dir gut? Du siehst aus, als hättest du Schmerzen.«

»Nein«, sagte ich. »Nein, es geht mir hervorragend.«

Aber ich sah ihm ins Gesicht und spürte, wie die Welt aus den Fugen geriet und sich verformte – das war nicht gerade das, womit ich gerechnet hatte. Und so hatte ich große Angst.

KAPITEL 45

Nicholas

Sophie war am Boden zerstört und schwach, als wir wieder im Palazzo ankamen. Ich brachte sie ins Bett und blieb bei ihr, während sie einschlief. Unmittelbar bevor sie einschlummerte, packte sie meine Hand und sagte: »Bring ihn zurück zu mir.«

Ich frage mich, ob ich angemessen beschreiben kann, wie vernichtend diese Worte auf mich wirkten. Die Frau, die ich über alles liebte, war ein bleicher Schatten ihrer selbst und rief nach ihrem Bruder, nachdem sie mir gerade gesagt hatte, dass sie ohne ihn nicht leben könne. Wir müssen ihn retten! Sei ihm ein Freund.

Ich wollte Joseph Hannigan aus eigenem Antrieb retten, und ich wollte tun, was immer sie von mir verlangte, aber als ich sie beim Schlafen beobachtete, ihr auf dem Kissen aufgefächertes Haar sah und ihr leises Ausatmen hörte, wurde mein Bedürfnis, sie ganz und gar für mich allein zu haben, übermächtig. Ohne ihn zu sein … Einen Moment lang war diese Vision eine solche Versuchung, dass ich nah daran war, ihr nachzugeben. Aber da sprach nur meine ungestüme Natur aus mir, und was hatte die mir außer Ärger je eingebracht? Ich zwang mich, an die sanfte Verheißung in ihren Augen zu denken, die Art, wie sie sich mir in die Arme geworfen hatte, als wäre ich ihre Rettung. Ich rief mir das Versprechen ins Gedächtnis, das ich Joseph Hannigan gegeben hatte. Auf sie aufzupassen. Sie zu lieben.

Ich wollte sein, was beide brauchten. Um die Wahrheit zu

sagen, konnte ich sie mir getrennt voneinander gar nicht mehr vorstellen. Ich nehme an, es lag an ihrer Zwillingshaftigkeit, an der Magie, die ich gespürt hatte, sobald wir uns begegnet waren, und die dafür gesorgt hatte, dass ich mich schon im selben Moment halb in beide verliebt hatte. Ihn zu verlieren, würde sie zerstören, das wusste ich. Ich würde tun, was ich tun musste, um das zu verhindern. Zwar wagte ich nicht zu hoffen, dass ich es wirklich konnte, aber um ihrer beider willen würde ich es versuchen.

Sophie konnte nicht zu Joseph oder Odilé gelangen, und das würde sich auch nicht ändern. Odilé wusste bestimmt so gut wie ich um das Band zwischen den Zwillingen. Sie würde nicht zulassen, dass irgendetwas ihren Würgegriff um ihn lockerte. Sie würde ihr Bestes tun, Joseph von Sophie fernzu-halten. Aber was mich betraf… Ich glaubte, dass Odilé mich empfangen würde. Sie hatte schließlich keine Ahnung von meiner Verbindung zu den beiden.

Also brach ich auf, um sie zur Rede zu stellen. Als ich an der Ca' Dana Rosti eintraf, machte ich mir nicht die Mühe, mich zu verstecken oder zu ducken, sondern ging zur Tür und läutete. Niemand öffnete, aber damit hatte ich auch nicht gerechnet. Sie wollte sicher nicht, dass jemand den Zauberbann zerstörte, an dem sie webte. Ich ging zur Fondamenta des Palazzo nebenan, machte es mir auf dem umgedrehten Boot dort bequem und wartete darauf, dass sie mich entdecken würde.

Die Brise, die vom Canal Grande heraufwehte, war frisch und feucht; es war zu kühl, um lange hierzubleiben, und glück-licherweise war ich auch nicht dazu gezwungen. Es verging nur eine Viertelstunde, bis ich hörte, wie die Balkontür aufschwang. Odilé trat an die Balustrade: Das lange Haar wurde ihr aus dem Gesicht geweht, ihr Morgenmantel klaffte auf, und ihr umschatteter Busen verlor sich in einer Dunkelheit, die sogar jetzt noch meinen eigenen Hunger weckte – doch der war nur noch ein schwaches Ungeheuer, das zwar in Versuchung geriet, aber nicht nach dem Köder schnappte.

»Ach, Nicholas!«, rief sie herunter. »Ich habe schon Ausschau nach dir gehalten.«

»Ich war anderweitig beschäftigt.«

Ihr Lächeln war spitz und eigenartig verzweifelt. Es schlug eine seltsame Saite in mir an, aber ich verstand nicht recht, warum. »Mit deinem neuen Liebchen? Miss Hannigan, nicht wahr? Darf ich zu hoffen wagen, dass sie dich fest in ihr Netz eingesponnen hat?«

Also wusste sie Bescheid. Ich machte mir nicht die Mühe, es abzustreiten. »Gib ihr ihren Bruder zurück, Odilé.«

»Vermisst sie ihn?« Odilés Augen funkelten seltsam in dem verhangenen Licht. Schlangenaugen. »Träumt sie von ihm?«

»Genauso oft, wie er von ihr träumt, nehme ich an.«

Sie schürzte die Lippen. Ihr Gesicht schien vor meinen Augen zu zerfließen – einen Moment lang sah ich die Dämonin, die schrecklichen bleichen Windungen ihres Schlangenleibs, und mein Mund wurde trocken.

»Oh, aber der hier ist so anders.« In ihrer Stimme schwang ein merkwürdiger Widerhall mit, tief und entsetzlich, eine Heiserkeit wie das Tosen eines Sturms. »Er ist nicht wie all die übrigen, und so werde ich ihn wohl behalten. Sag ihr, dass er jetzt mir gehört. Der Handel ist geschlossen.« Sie lachte, und auch das klang Furcht einflößend.

Mein letztes Fünkchen Hoffnung zerstob.

»Er wird nicht zurückkehren. Er hat sie aufgegeben.« Wieder schien ihr Gesicht Wellen zu schlagen. Sie umklammerte ihren Morgenmantel, als würde ein schmerzhafter Krampf oder Verzweiflung sie durchzucken.

Irgendetwas stimmte nicht. Ich hatte das Gefühl, einen Riss in der Welt erspäht zu haben, der sich schon wieder schloss, bevor ich ihn genauer betrachten konnte. Die Fondamenta schien unter meinen Füßen ruckartig zu wanken.

Als Odilé sich abwandte, um wieder hineinzugehen, bat ich drängend: »Odilé, warte…« Aber sie verschwand in der Dunkelheit. Die Tür stand noch offen; ich ergriff die letzte Möglichkeit, die mir noch blieb, und rief: »Joseph! Joseph Hannigan! Ihre Schwester bittet Sie…«

Die Tür fiel krachend ins Schloss.

Ich hatte keine Ahnung, ob er mich gehört hatte, und es fiel mir schwer zu verstehen, was gerade geschehen war und warum ich den Eindruck nicht loswurde, dass etwas nicht war, wie es sein sollte. Ich eilte zum Palazzo Moretta und war erleichtert, als ich Sophie bei meiner Rückkehr in der Sala fand. Aber sie wirkte verhärmt; ihre Haut war so blass, dass ich darunter das Blau ihrer Adern sah. Sie trug ihren Morgenmantel und lag ausgestreckt auf dem Kanapee.

Als ich hereinkam, warf sie nur einen Blick auf mich und erstarrte. »Was ist? Oh… nein… Nein, bitte, sag mir, dass er es nicht getan hat!«

Ich spürte, wie die Welt auf mich eindrang, und eine Erkenntnis regte sich am Rande meines Bewusstseins, ohne dass ich sie ganz hätte erfassen können. Ich ging rasch zu ihr, fiel neben ihr auf die Knie und umfasste ihre Hand. Während Sophie mich verunsichert anstarrte, strömten all die Worte, die ich verloren hatte, in mich zurück – ein ganzes Schneegestöber aus Poesie. Ich wollte ihr ein Leben lang in die Augen sehen. Ich holte tief Luft. »Odilé hat Joseph erwählt. Er hat zugestimmt. Es ist genau das eingetreten, was ich befürchtet habe.«

»Aber man kann doch sicher noch etwas unternehmen. Du hast gesagt, du könntest ihm helfen…«

»Wenn er den Handel nicht geschlossen hätte, dann ja«, verbesserte ich sie müde. »Doch das hat er nun getan.«

»Nein. Du hast es versprochen. Du hast versprochen, ihn zu retten!« Ihre Augen funkelten wild in der Blässe ihres Gesichts.

»Sophie, ich …«

Sie umklammerte meinen Arm so fest, dass ihre Nägel durch meinen Mantel drangen. »Das wird ihn zugrunde richten. Tu, was du versprochen hast, das ist alles, was ich von dir verlange. Wenn du mich liebst, dann tust du es. Ich verzeihe es dir nie, wenn du es nicht tust!«

Sie wusste nicht, was sie da verlangte. Sie konnte beim besten Willen nicht meinen, was ich vermutete.

Rette ihn. Er würde so nicht leben wollen.

Er würde nicht leben wollen …

Er bedeutet mir alles. Ich könnte ohne ihn nicht leben.

Das Leben, das ich mir gerade erst auszumalen begonnen hatte, verblasste und mit ihm der Mann, der ich hätte sein können, wenn ich Odilé nicht auf einer Straße in Paris über den Weg gelaufen wäre.

Ein Mann, dessen Feder wieder Poesie entströmte. Ein Haus und Kinder. Ein Leben statt der ohne Unterlass zu tragenden Bürde, einem Mythos nachzujagen und all der Zerstörungswut.

Ich konnte nur sagen: »Es wird alles gut, Sophie. Es wird alles gut.« Dabei befürchtete ich in meiner Verzweiflung, dass es nie wieder gut werden würde.

KAPITEL 46

Sophie

ICH HÖRTE NICHOLAS' WORTE – ES WIRD ALLES GUT – UND ZUGLEICH auch die verheerende Verzweiflung, die in ihnen lag. Ich wusste, dass er glaubte, Joseph sei nicht mehr da. Ich wusste, dass er das Gefühl hatte, wir könnten nichts unternehmen; und von uns allen kannte er Odilé am besten. Ich konnte ihm seine Hoffnungslosigkeit nicht zum Vorwurf machen.

Aber er kannte Joseph nicht so gut wie ich, und er wusste auch nicht, wie gut ich meinen Bruder schon einmal gerettet hatte – und er mich. Womöglich war ich naiv, aber ich glaubte, dass ich ihn auch diesmal wieder erlösen konnte. Wenn ich nur zu ihm gelangte und mit Odilé sprach, dann konnte ich ihn retten.

Ich wusste, dass Nicholas mich jetzt nicht mehr in ihre Nähe lassen würde – zumindest nicht ohne ihn. Und sogar durch meine Trauer hindurch verstand ich, dass er mir nicht helfen konnte. Das hier war eine Sache zwischen meinem Bruder und mir. Ich erinnerte mich, wie Joseph gesagt hatte: »Du liebst ihn«, und ich wusste, dass er mich an Nicholas hatte übergeben wollen. Deshalb hatte er Odilés Angebot angenommen: Er hatte uns beide vor einer Bindung retten wollen, von der wir befürchteten – und hofften –, dass sie unauflöslich war.

Ich würde nicht zulassen, dass er es tat, und ich wusste, dass Nicholas' Anwesenheit Joseph nur in seiner Entschlossenheit bestärkt hätte, mich zu verlassen. Das hier war etwas, das ich allein tun musste.

Aber Nicholas wollte mich unbedingt beschützen und war so besorgt, dass ich ihn erst spät am nächsten Abend überreden konnte, nach Hause zu gehen, Giles zu sagen, dass er nicht tot ist, und Kleider zum Wechseln zu holen. Er ging – sehr widerstrebend –, was mir, wie ich zugeben muss, warm ums Herz werden ließ.

»Ich bleibe im Bett, bis du zurück bist, du musst dich also nicht beeilen«, sagte ich zu ihm. »Ich schlafe einfach.«

Er lächelte, beugte sich vor, um mich zu küssen, und sagte, die hellen Augen trostlos vor Sorge: »Nur eine Stunde. Schlaf gut, Liebste. Wenn ich wieder da bin, besprechen wir, was wir wegen deines Bruders unternehmen.«

Als Nicholas fort war, kroch ich aus dem Bett. Ich schauderte. Zu heiß. Zu kalt.

Ich kleidete mich an – zu langsam. Es war schwierig, die Knöpfe richtig zu schließen, da ich so zitterte. Am Ende gab ich auf, ließ einige offen stehen und schloss noch nicht einmal meine Stiefel, weil ich damit nicht zurechtkam. Ich schrieb eine Nachricht an Nicholas und legte sie aufs Bett. Dann stolperte ich die Treppe hinab und fand Marco dösend in der Felze der Gondel vor.

»Bringen Sie mich zur Ca' Dana Rosti«, sagte ich, als ich ihn wachrüttelte. »Und das schnell.«

Sobald ich in der Felze saß und die Gondel den schmalen Rio entlang auf den Canal Grande zuzugleiten begann, schloss ich die Augen und erweckte meine Geschichten zum Leben, wie ich es immer tat, wenn ich Angst hatte. Statt düsterer, gespenstischer venezianischer Kanäle und Algen, abblätternden Putzes und unheilverkündender Schatten sah ich Türmchen und Wimpel, einen Burggraben, der vom Atem eines Ungeheuers brodelte, und eine goldene Brücke, die schwankend einen Abgrund voller Dämonen überspannte. Ich stellte mir eine Prinzessin vor, die einen funkelnden Kristall trug; die Liebe zu ihrem Bruder diente ihr als Schutzschild, als sie auszog, der Dämonenkönigin in ihrem Turm die Stirn zu bieten.

Ich schloss die Hand fester um den Halteriemen, als das Boot in einer Welle krängte, und mit der Bewegung kehrte meine Kraft zu mir zurück. Es fühlte sich irgendwie richtig an, dass wir zu guter Letzt diese Merkwürdigkeit erlebten, dass alles, was wir getan hatten und gewesen waren, uns hierhergeführt hatte, wo es keine Doppeldeutigkeit und kein verhüllendes Grau in Grau gab. Wo die Dämonen ihr wahres Gesicht zeigten und die Gräuel endlich einmal diejenigen waren, die jedermann verstand.

KAPITEL 47

Odile

ER VERFIEL. »WANN SPÜRE ICH ES ENDLICH?«, FRAGTE ER MICH erneut. Aus seinen dunkelblauen Augen sprachen Enttäuschung und Zorn. Er warf einen Pinsel von sich, sodass er über den Boden hüpfte und eine Spur gelber Flecken hinterließ. »Wo ist die Inspiration, die du mir versprochen hast?«

»Bald«, versicherte ich ihm, obwohl ich in Wahrheit selbst keine Gewissheit mehr hatte. Wie hätte ich sie auch haben können? Alles an ihm war ganz anders als das, was ich kannte. Er verwirrte mich und hinterließ in mir das Gefühl, dass Teile meiner selbst in sich zusammenbrachen und sich dann wieder aufrichteten.

Er ging zu dem Pinsel hinüber, den er weggeworfen hatte, hob ihn hoch und wischte die gelben Flecken mit bloßen Fingern auf, die er sich dann an der weißen Hose abrieb, die nun schon so voller Farbe war, dass sie selbst wie ein eigenartig betörendes Kunstwerk wirkte. Er ließ den Pinsel in einen Krug fallen, um ihn einzuweichen, und marschierte davon. Ich spürte den Nachhall seiner Wut und Gereiztheit, als ich das Gemälde abdeckte, und dann ging ich in der Absicht zu ihm, ihn alles vergessen zu lassen, seine Verzweiflung zu lindern und ihn wieder zu speisen. Doch er lag schon zusammengerollt im Bett, schlief und suchte nach der Inspiration, die er nur in Träumen fand. Nicht in mir.

Hatte er sie in mir je gefunden?

»Sophie«, murmelte er im Schlaf. Sophie. Dabei hätte er doch meinen Namen rufen sollen!

Ich setzte mich neben ihn, während er schlief, und verflocht sein dunkles, dichtes Haar mit meinen Fingern. Mein Verlangen nach ihm flammte schon bei der geringsten Berührung, bei jedem Blick wieder auf. Ich war nicht gesättigt wie sonst.

Ich konnte nicht gehen – nicht bevor das Gemälde vollendet und meine Arbeit getan war –, aber ich wollte es. Ich hatte immer mehr Angst vor meinem Begehren und dem immer weiter wachsenden Strudel meines Hungers. Ich wollte das Wrack hinter mir lassen, das ich aus ihm gemacht hatte, aber ich ermahnte mich dazu, nicht zu ungeduldig zu ein. Er würde der Beste von allen sein. Es musste funktionieren wie immer. Mit der Zeit würde er seine Inspiration schon noch in mir finden. Er würde sein Gemälde vollenden. Ich würde ihm geben, was ich ihm zu schenken versprochen hatte.

Ich hörte das Läuten der Türklingel aus einem entfernten Teil des Hauses. Es war sehr spät – fast Mitternacht –, ein seltsamer Zeitpunkt, um zu Besuch zu kommen. Ich ignorierte es, wie ich es schon all die anderen Male getan hatte. Ich berührte Josephs Wangenknochen. Er regte sich, hob die Hand und schob mich im Schlaf von sich, als wäre ich eine lästige Mücke. Ich spürte wieder diesen Schauder in mir, dieses Zusammensinken, ein Knurren. Ich drückte mir die Hand auf den Magen, um es zu lindern. Seltsam. Es sollte …

»Padrona?«

Ich seufzte und stand auf. Mit Schrecken erkannte ich, dass es ihn gar nicht zu berühren schien, dass ich mich von ihm entfernte. Maria stand mit nervösem Gesicht im Türrahmen.

»Was ist?«, fragte ich.

»Es ist seine Schwester«, sagte sie mit gesenkter Stimme und spähte an mir vorbei, um zu sehen, ob Joseph wach war und alles mit anhörte.

»Seine Schwester? So spät?«

Maria erwiderte zögerlich: »Sie scheint … Sie sieht aus, als ob es ihr schlecht geht. Soll ich sie wieder fortschicken?«

Ich warf einen Blick über meine Schulter auf den entkräfteten, teilnahmslosen Joseph und spürte, wie Zorn in mir aufwallte. Es wurde Zeit, sie ein für alle Mal loszuwerden.

»Nein. Ich empfange sie im Hof. Weck ihn nicht auf.« Ich rauschte an ihr vorbei, zur Tür hinaus und die Treppe zum Hof hinunter, als es schon wieder klingelte. Ich fragte mich, wie lange sie noch läuten würde. Was hatte Nicholas ihr erzählt? Vermutlich alles, und es verschaffte mir finstere Befriedigung, dass sie um die Macht wusste, über die ich verfügte.

Ich betrat den kalten Hof, der in mattes gelbes Gaslicht getaucht war und an eine Gruft erinnerte. Hinter der Tür hörte ich ein leises Schluchzen und ein gedämpftes: »Bitte!«

Ich öffnete ihr. Sie war zusammengesunken. Wie blass sie aussah! Ihr Haar fiel ihr zu einem losen Zopf geflochten über die Schulter. Sie trug keinen Hut, aber einen Mantel, der einem Mann zu gehören schien und sie förmlich verschluckte.

Sie begriff sofort, dass nicht Maria die Tür geöffnet hatte, sondern ich. Als wollte sie mich davon abhalten, zu verschwinden, streckte sie die Hand aus und drängte sich an mir vorbei in den Hof. »Bitte, Odilé! Bitte! Ich muss mit dir sprechen! Wo ist Joseph?«

»Er gehört jetzt mir«, sagte ich kalt. »Warum bist du hier?«

»Weil ich meinen Bruder zurückhaben will! Ich weiß, was du bist, und will, dass du ihn freigibst.«

»Du weißt, was ich bin«, wiederholte ich.

»Nicholas hat es mir erzählt.«

»Was? Und du glaubst ihm? Kein vernünftiges Abstreiten? Kein: ›Das kann doch nicht wahr sein! So etwas geschieht nur in Schauermärchen!‹?«

»Geschichten sind nicht immer nur Geschichten«, sagte sie. Ich lachte leise und ein wenig verbittert, da ich mich auf die geliebte Prinzessin besann und die Karte jenes Landes, das nur die beiden kannten. »Ach ja. Welten, die es nicht geben sollte, sind dir nicht fremd, nicht wahr, Sophie?«

»Hat Nicholas recht? Hast du meinem Bruder Ruhm angeboten? Hat er dir seine Seele verkauft?«

»Du weißt so gut wie ich, dass er es getan hat.«

»Dann musst du sie zurückgeben!«

»Meinst du, dass er das wollen würde?«

»Er kann ohne sie nicht leben!«

»Er wusste, was er aufgab. Und doch bat er darum. Er hat geradezu darum gefleht! Sogar jetzt malt er vor sich hin und fragt mich, wann der Ruhm zu ihm kommen wird. ›Wann?‹, fragt er tagtäglich. ›Wann?‹« Das entsprach der Wahrheit, wenn auch nicht ganz in der Form, in der ich es ihr erzählte. »Glaubst du, dass er das zurücknehmen will?«

»Er hat es für mich getan!«, sagte sie schneidend. »Und deshalb will ich, dass du es ungeschehen machst. Ich weiß, dass es einen Preis dafür geben muss. Ich bin willens, ihn zu zahlen!«

»Oh, du kennst die Regeln, ich verstehe.«

Sie musterte mich unverwandt. »Eines weiß ich jedenfalls: Wenn man einen Dämon ohne jedes Opfer besiegen kann, dann ist das, was man damit gewinnt, es nicht wert, errungen zu werden. Kann man es ungeschehen machen?«

Ich fühlte mich, als würde ich ihn ansehen, als ich ihr in die Augen starrte. Diese schreckliche, bizarre Zwillingshaftigkeit. »Nein. Aber er wird den Ruhm bekommen, nach dem er sich sehnt. Das Gemälde ist jetzt schon ein Meisterwerk, obwohl es unvollendet ist.«

Sie atmete aus und ließ sich an die Mauer sinken.

»Er wird der Größte von allen sein, die ich je erwählt habe, wenn dir das ein Trost ist. Größer als Canaletto oder Keats. Er wird sogar Byron übertreffen.«

»Aber danach wird er nie wieder malen.«

Ich zuckte mit den Schultern. »Vielleicht doch, aber es wird nichts Besonderes sein. Bilder für Kinder. Einfallslose Landschaften. Canaletto hat auch bis zu seinem Tod gemalt.«

»Man hat ihn verspottet.«

»Aber zuvor hat er viele inspiriert. Ist das nicht genug?«

»Joseph malt, um sich selbst zu retten«, sagte sie. »Und mich. Wir wollten nur beweisen, dass wir etwas Besonderes sind. Dass wir aus gutem Grund überlebt haben. Dass nicht einfach nur alles … bedeutungslos war.«

»Was habt ihr überlebt? Was war nicht bedeutungslos?«

Sie wandte den Blick ab.

Ich dachte an die Schrecknisse auf Josephs Gemälde. Enthüllte Geheimnisse, denen man lieber nicht ins Gesicht sah, die man besser wegsperrte. Ich dachte an die Schatten in seinen Augen, in ihren. Das Bild einer kleinen, dunklen Kammer in Barcelona huschte mir ungebeten durch den Kopf. Das Grauen eines Hungers, der nicht gestillt werden konnte. Ein Albtraum, der zu derartiger seelischer Abgestumpftheit führte, dass ich alles getan hätte, um überhaupt wieder etwas zu empfinden, ganz gleich, was es war, sofern es denn nur irgendetwas war. Das hatte ausgereicht, mich dazu zu bringen, in einem heruntergekommenen Pariser Zimmer mit einer Rasierklinge über mein Handgelenk herzufallen. Und ich dachte: Sie ist wie ich.

Ich wandte mich von ihr ab, starrte die Mauer hinter ihr an, den rissigen, glänzenden Marmor. Und ich hörte mich zu ihr selbst sagen, als hätte sie es gefordert, obwohl sie in Wirklichkeit kein Wort gesprochen hatte: »Ich habe einst das Gleiche empfunden wie du: dass Leid etwas bedeuten muss, dass an seinem Ende irgendeine Belohnung steht, eine Rechtfertigung. Aber jetzt glaube ich … dass es einfach nur Leid ist. Ich habe früher nach Bedeutung gesucht, wie du es heute tust. Ich bin keine Philosophin, aber ich habe in diesen fast dreihundert Jahren gesehen, dass die Welt sich weiterdreht, wie sie es stets getan hat. Es gibt keine Bedeutung. Nur ein Gleichgewicht. Nur Symmetrie.«

Sie schwieg eine ganze Weile. Dann sagte sie: »Wenn du ihn ruinierst, zerstörst du damit etwas Schönes. Joseph und ich ... Ich kann ohne ihn nicht leben.«

»O doch, das kannst du gewiss. Weißt du, was ich glaube? Ich habe den Eindruck, dass du und dein Bruder einander gegenseitig behindert. Du stehst ihm im Weg, so wie er dir. Ihr werdet die Vergangenheit nie gänzlich abschütteln können, wenn ihr euch nicht selbst befreit. Ich glaube, ihr habt euch zu etwas wie diesen Zwillingen gemacht, die sich ein Herz oder eine Leber teilen und deshalb nicht ohne einander leben können – weißt du, welche ich meine? Was meinst du, wie erfüllt ist ein solches Leben? Mir kommt es nur wie ein halbes vor.«

Sie sagte leise: »Vielleicht ist es aber auch genau umgekehrt. Hast du darüber einmal nachgedacht? Vielleicht ist es gar kein halbes Leben, sondern ein doppeltes. Zwei, die zu einem verbunden sind. Verdoppelt statt halbiert.«

Verdoppelt. Ich erinnerte mich an den Abschluss des Handels, die Magie, die mehr als nur seine allein war. Zwillingssehnsucht – sie und Joseph waren wirklich wie diese Siamesischen Zwillinge und brauchten einander, um zu überleben. Sie war jetzt ohne ihn nur halb am Leben. Genauso wie er ohne sie nur halb am Leben war.

Und plötzlich verstand ich, warum das Entzücken so intensiv gewesen war, warum ich ihre Stimme gehört hatte, warum alles falsch war. Ich war nicht seine Muse, weil er längst eine hatte, und sie war unersetzlich. Sie konnte ihn nicht freigeben, weil sie so tief in ihm ruhte, dass sie nicht von ihm zu trennen war. Die Welt, die er sah, war ihre. Sie war geradezu sein innerstes Wesen, sein Genie und sein Begehren – und umgekehrt.

Madeleines Stimme drang aus einer fernen Vergangenheit zu mir und sagte etwas, das ich vergessen hatte, Worte, die nun eine neue Bedeutung erhielten. *Vergiss nicht, Odilé: Du kannst nur einen erwählen. Einen. Nicht zwei!*

Deshalb verfiel Joseph, und deshalb brannte mein Hunger noch so heftig. Der Handel war nicht besiegelt worden, weil ich das Bollwerk nicht durchdringen konnte, das die beiden dagegen bildeten. Zwei, nicht einer.

Die Wahl ist nicht getroffen worden.

Mein Körper hätte mir das längst verraten, wenn ich nur willens gewesen wäre, auf ihn zu hören. Die Kälte, der stete Hunger, das Gefühl, in mich zusammenzusinken … alles ergab nun einen Sinn. Mein Stolz hatte mich davon abgehalten, mir die Wahrheit einzugestehen, und jetzt war es zu spät. Ich hatte alles falsch eingeschätzt. Nun spürte ich, wie das Ungeheuer erwachte.

Ich hörte rasche Schritte auf der Treppe, und Joseph erschien, das Haar noch wirr vom Schlaf, das Hemd nicht zugeknöpft, die weiße Hose voller Farbflecken.

Er blieb stocksteif stehen, sobald er sie sah. Mir stockte der Atem, als ich spürte, welchen Sog sie auf ihn ausübte, eine so starke Sehnsucht, dass sie mir fast das Herz aus der Brust zu reißen schien. Ich sah seinen Augen den Schmerz und das Verlangen an und nahm in irgendeiner Form wahr, wie sie sich aufrichtete: Ich spürte plötzlich ihre Stärke, eine pulsierende Kraft, die mich verblüffte.

Er hatte erst zwei Schritte auf sie zu gemacht, als die Uhr Mitternacht schlug. Die Kirchenglocken läuteten, La Marangona von San Marco. Der Ton hallte in der Luft nach. Mitternacht. Das Ende dreier Jahre.

Ich erkannte, wie sich die Dunkelheit in mir regte, spürte die Hand der Welt und empfand kurz horrende Verzweiflung, als der Dämon in mir die Flügel spreizte.

KAPITEL 48

Nicholas

Die Nacht war kalt; es lag schon Raureif in der Luft, der sich langsam herabsenkte, und aus den stillen Kanälen stieg Feuchtigkeit auf wie ein Krankheitskeim. Ich schlug den Mantelkragen hoch und zog ihn enger um mich, dankbar dafür, dass der Eintopf und das Schmalzgebäck, die ich für Sophie mitgebracht hatte, mir die Hände wärmten, und eifrig darauf bedacht, zu ihr zurückzukehren, bevor sie erwachte. Die ganze Zeit über schwirrte mir der Kopf, da ich zu entscheiden versuchte, was ich tun sollte, um ihren Bruder zu retten und ihn vor der Verzweiflung und dem Wahnsinn zu bewahren, die sich über ihn herabsenken würden, wenn sein Meisterwerk erst vollendet war. Jetzt, da der Handel geschlossen war und sich das Leid nicht mehr verhindern ließ, konnte ich nur noch darauf hoffen, es zu lindern.

Ich stieg die Treppe hinauf, ging durch die Tür des Portego und blieb kurz stehen, um mir den Mantel auszuziehen, obwohl es im Palazzo so kalt war wie in jedem anderen verdammten Raum in Venedig, sodass ich ihn vielleicht besser anbehalten hätte. Stattdessen mummelte ich mich in meine Anzugsjacke ein, hob das Essen wieder hoch und ging in ihr Schlafzimmer hinüber. Es war totstill – wie in einem Grab, dachte ich. Als ich das Schlafzimmer erreichte, erkannte ich auch, warum. Der Palazzo Moretta war wirklich leer. Sophie war fort.

Ich stand in der Tür, während mir durch das zerknitterte Einwickelpapier das Fett des Schmalzkuchens über die Hand lief. Ungläubig starrte ich das zerwühlte Bett an. Die Lampe brannte, war aber weit heruntergedreht, und ich glaubte mich zu täuschen. Sie war hier irgendwo. Vielleicht in der Sala. Ich stellte das Essen ab und rief: »Sophie!« Während meine Stimme noch in der Dunkelheit verhallte, sah ich die Nachricht, die sie hinterlassen hatte.

»Nicholas, ich bin ausgezogen, um Joseph zu retten. Ich liebe Dich.«

Die überschäumende Freude, die ich angesichts des Schlusssatzes empfand, wurde von dem ersten übertönt.

Ich bin ausgezogen, um Joseph zu retten.

Ich unterdrückte einen Fluch. Was konnte sie denn nur zu erreichen hoffen – falls Odilé sie überhaupt einließ? Der Handel war besiegelt; man konnte ihn nicht ungeschehen machen. Odilé würde keine Gnade gewähren.

Ich steckte das Briefchen ein, holte eilig meinen Mantel und kehrte zurück in den dunklen, eiskalten Nebel.

Vorbei an den flackernden Öllampen der Eckschreine und den Schatten suchte ich mir einen Weg durch die schmalen Calli und wich Katzen sowie der ein oder anderen Ratte aus. Ich wünschte, Sophie hätte auf mich gewartet, aber ich wusste, dass sie nicht gründlich nachdachte. Die Neuigkeiten über Odilé hatten sie zutiefst erschüttert, das Schicksal ihres Bruders noch mehr, und ich wusste, dass er recht gehabt hatte, als er mir sagte, dass Sophie ihre eigene Bedeutung nicht erkannte, dass sie glaubte, nichts zu sein. Es würde mir zufallen, sie vom Gegenteil zu überzeugen und ihr zu zeigen, über was für ein einzigartiges Talent sie verfügte. Ihr wohnte Magie inne, genau wie ihrem Bruder. Ich dachte an den Lido zurück, daran, wie sie vor unseren Augen ihre Geschichte ausgesponnen hatte, wie sie ihn verlockt hatte, wie viel Kraft und Inspiration sie ihm schenkte. Die Art, wie er sie zeichnete, als sei sie sein einziger Lebenszweck. Ich konnte mich immer noch nicht daran gewöhnen, wie die beiden einen behexten, wenn sie zusammen waren. Als seien sie in einem entsetzlichen Tiegel miteinander verschmolzen worden, nur um stark und strahlend, aber auf Gedeih und Verderb aneinander gebunden daraus hervorzugehen.

Auf Gedeih und Verderb.

»Ich kann nicht ohne ihn leben«, hatte sie gesagt.

Ich blieb wie angewurzelt stehen. Nein. Unmöglich!

Ich dachte an Odilé auf dem Balkon, wie sie vor mir zu verschwimmen schien, als würde ich sie unter Wasser sehen. Die Schlange, die ich hinter ihren Augen erkannt hatte. Die Verzweiflung in ihrem Tonfall. Der hier ist so anders... Er ist nicht wie all die übrigen... Damals hatte ich geglaubt, sie würde mir nur erzählen, was ich längst wusste. Er war wirklich wie niemand sonst, der mir je begegnet war. Blakes dunkler Engel. Aber jetzt fragte ich mich auf einmal, ob es vielleicht noch an etwas anderem lag.

War Joseph Hannigan anders, weil er so begabt war – oder wegen seiner Schwester? Lag es daran, dass Sophie und Joseph unerklärlicherweise miteinander verbunden waren, nicht nur Zwillinge von Geburt, sondern auch Zwillinge im Leben?

Ich versuchte, meine Gedanken zu ordnen. Odilés Verzweiflung, das Verschwimmen... Das hatte ich alles doch schon einmal gesehen, nicht wahr? In Barcelona, in den Tagen, bevor sie sich mit einem Dutzend unglückseliger, vom Pech verfolgter Männer in eine kleine, dunkle Kammer zurückgezogen hatte. Ich hatte das Hervorbrechen des Dämons miterlebt, als die Wahl nicht getroffen worden war. Ich hatte diese Männer sterben sehen.

Die Wahl ist nicht getroffen worden.

Odilé hatte die Nähe zwischen Sophie und Joseph falsch eingeschätzt. Die Welt, die sie erschufen, erforderte sie beide: Sie waren untrennbar verbunden. Keiner von beiden konnte sich ohne die Zustimmung des anderen auf etwas einlassen.

Odilé konnte Joseph nicht nehmen, da Sophie im Weg stand. Um einen von beiden zu lieben, musste man beide lieben.

Ich starrte in die Schatten, ohne etwas zu sehen, und mein Herz begann heftig zu klopfen. Nichts davon war möglich. Aber ich verbrachte nun schon Jahre damit, dem Unmöglichen nachzujagen, und wusste, dass Unglaubliches wahr sein konnte. Der Handel war nicht besiegelt worden. Was auch immer in Joseph und Sophie steckte, hatte das verhindert. Odilé war gescheitert. Verzweifelt versuchte ich, mich an das Datum zu erinnern. Es war doch der 14. Oktober, nicht wahr? Fast auf den Tag genau drei Jahre nach Barcelona. Es fehlte nur noch ein einziger Tag.

Morgen würden die drei Jahre um sein.

Das weit hallende Dröhnen von La Marangona zerschmetterte meine Gedanken. Ich zuckte zusammen und blickte in den Himmel, während die große Glocke von San Marco Mitternacht schlug.

Ich geriet in Panik, als mir klar wurde, dass es kein Morgen mehr gab. Die Zeit war jetzt um, heute. Joseph war bei Odilé. Und Sophie ... Sophie war auch da.

Ich rannte los.

KAPITEL 49

Sophie

»SOPHIE«, SAGTE JOSEPH.

Seine Stimme schien in der Luft zu erschauern und mir einen Schauder über die Haut zu jagen, wie es auch der Nachhall des Glockenklangs tat.

Mein Herz sprang ihm entgegen: Ich spürte, wie Kraft in mir aufwallte, und stolperte auf ihn zu.

Sie trat zwischen uns, bevor ich ihn erreichen konnte. Ihre Augen wirkten schwarz im schwachen Licht. Wie seltsam sie doch waren. »Er gehört jetzt mir«, sagte sie, und auch ihre Stimme war seltsam, fast ein Zischen. Die Nackenhaare stellten sich mir auf.

»Ich lasse nicht zu, dass du ihn bekommst«, sagte ich verzweifelt und sah meinen Bruder an, aber der Kummer in seinem Gesicht verriet mir, was ich schon längst gewusst hatte, ohne es glauben zu wollen.

»Es tut mir leid, Soph«, sagte er leise. »Ich musste es tun, verstehst du nicht?«

»Du musstest es nicht«, widersprach ich. Er und Odilé verschwammen vor meinen Augen. »Henry Loneghan kommt doch irgendwann zurück! Es hätte auch noch andere gegeben. Wir hätten nur warten müssen!«

»Aber das ist doch der Grund dafür! Ich wollte nicht, dass du noch länger warten musst. Nicht auf mich! Du hast schon so viel geopfert. Du bist selbst ein Genie! Die Welt, die du siehst, ist so schön. Ich sollte nicht der Einzige bleiben, der sie kennt. Andere sollten auch davon erfahren!«

Das Herz tat mir so weh, dass ich kaum atmen konnte. »Aber ich kann sie ohne dich nicht sehen!«

»O doch!« Ich hörte die Tränen in seiner Stimme. »Dane wird dir helfen. Er hat es versprochen! Und auch er liebt dich.«

»Joseph, nein …«

»Es ist zu spät dafür«, flüsterte Odilé. »Zu spät.«

Ich sah sie an – diese schrecklichen Augen. Odilés Gesicht schien sich aufzulösen. Ich konnte ihre Züge einfach nicht genau erkennen. Ich wandte mich wieder an meinen Bruder. »Joseph, komm mit. Bitte! Du darfst das hier nicht tun. Du weißt, was sie ist. Du weißt, was geschehen wird. Es wird dich umbringen!«

Ich wischte mir die Tränen aus den Augen, aber Odilé verschwamm immer noch vor mir. Es war, als lösten sich ihre Umrisse auf. Schatten – waren es Schatten? – drifteten über ihr Gesicht und ließen ihre Züge unkenntlich werden. Es war verwirrend und ekelerregend – und dann trat ihr Antlitz auf einmal so scharf hervor, dass es unwirklich erschien. »Der Handel ist nicht geschlossen.« Die Worte hallten wider, als ertönten sie aus der Welt um uns herum und nicht aus ihrem Mund. »Ich kann eure Mauern nicht überwinden.«

Meine Verzweiflung wich plötzlichem Misstrauen. Irgendetwas stimmte nicht mit ihr, etwas Entsetzliches ging vor. »Was meinst du damit – ›der Handel ist nicht geschlossen‹?«

»Hast du es nicht gespürt? Hast du in deinen Träumen nicht seine Verzweiflung wahrgenommen? Eure verschmolzenen Seelen …« Sie lachte bitter. »Was warst du, solange er fort war?«

Die Dunkelheit in ihr schien sich auszubreiten. Ihr Schatten zeichnete sich wie ein Bluterguss auf der marmornen Mauer hinter ihr ab. Ich glaubte, Flügel zu erkennen. Ich konnte den Blick nicht von ihr abwenden.

Sie sagte: »Spürt ihr nicht jeden Schmerz und jede Freude des anderen?«

Ihre Worte beschworen ein Echo herauf, eine Erinnerung. Miss Coring, die mich mit flammendem Blick und Schaum vor dem Mund verprügelte, und Joseph, der auf der anderen Seite des Zimmers tränenüberströmt die Fäuste ballte, als sie ihn zwang, zuzusehen und später alles zu zeichnen. Ihre zornige Befriedigung. Er spürt alles, was du spürst, nicht wahr? Nicht wahr? Nun, dann soll er das hier spüren!

Ich verdrängte das Bild und versuchte, mich darauf zu konzentrieren, was genau Odilé sagte. »Aber... wenn kein Handel geschlossen ist, dann heißt das doch, dass er nicht an dich gebunden ist. Es steht ihm frei zu gehen – mit ungeschmälerter Begabung?«

Sie starrte mich einen endlosen, angespannten Augenblick lang an. Dann lachte sie wieder. Es war ein entsetzliches Geräusch, ein Gurgeln und Glucksen. »Das ist halb wahr. Ihr gehört einander, ganz wie zuvor. Aber jetzt gehört ihr beide mir.«

»Was meinst du damit?«

Sie ignorierte mich. Stattdessen ging sie zu Joseph, während ihr Morgenmantel wie Nebel um ihre nackten Füße wallte. Er rührte sich nicht, sondern beobachtete sie nur argwöhnisch. Als sie ihn am Arm berührte, sah ich sein Begehren, das noch immer nicht verschwunden, sondern stark wie eh und je war, und verlor den Mut.

Sie ließ die Finger beinahe beiläufig über sein Handgelenk gleiten und streifte dann mit den Lippen sein Kinn. »Du bist so schön. So talentiert. Du hättest der Beste von allen sein können! Hättest du ein Loblied auf mich gesungen, mein süßer Junge. Wie traurig ich doch sein werde, wenn du nicht mehr da bist.« Sie flüsterte nur. Eigentlich hätte ich nicht in der Lage sein sollen, es zu hören, aber es war, als stünde sie unmittelbar neben mir und würde mir etwas ins Ohr raunen.

Joseph riss den Kopf zu mir herum. »Sophie, geh nach Haus.«

»Oh, das kann sie doch nicht«, sagte Odilé und trat von ihm zurück. Ihre Augen wurden so groß, dass sie ihren ganzen Schädel einzuhüllen schienen: Ich sah die Dämonin, von der Nicholas versichert hatte, es gäbe sie, die bodenlosen schwarzen Augen, den elenden gierigen Hunger, der alles verschlingen musste. »Hast du mich nicht verstanden? Es ist zu spät dafür. Ich habe euch beide. Jetzt gibt es kein Entkommen mehr.«

Alles, was Nicholas über sie gesagt hatte, entsprach der Wahrheit, und in dem Moment begriff ich, was vorging. Der Handel hatte sein Werk nicht getan. Niemand war erwählt worden, und ihre Zeit war abgelaufen. Drei Jahre, hatte er gesagt. Wenn nach drei Jahren keine Wahl getroffen war, brach die Dämonin hervor und zerstörte alles, was ihr im Wege stand. Sie würde alles um sich herum töten. Joseph. Mich.

Sie trat auf mich zu. Ich hatte mir ein Leben lang Dämonen und Monster ausgemalt, aber meine Vorstellungskraft war nicht einmal ansatzweise ehrgeizig genug für das gewesen, was ich jetzt sah: schiere Unersättlichkeit. Ich konnte nur da stehen und sie anstarren, als sie auf mich zukam, und sie war immer noch so schön, trotz ihres drohenden Blicks…

Joseph sprang zwischen uns. »Rühr sie nicht an, Odilé! Lass sie gehen. Du hast mich. Ich tue alles, was du willst! Lass nur Sophie gehen.«

»Nein«, flüsterte ich. »Sie hat recht. Es ist zu spät.«

Joseph warf mir einen Blick zu und sagte mit zusammengebissenen Zähnen: »Lauf weg. Verschwinde! Überlass sie mir.«

»Nein, ich will dich nicht verlieren.«

»Ihr versteht es wohl immer noch nicht«, sagte Odilé in einem sanften, traurigen Singsang, als würde sie mit Kindern sprechen. »Ihr seid schon verloren.«

»Das sind wir wirklich«, verkündete eine Stimme hinter mir.

Ich warf einen Blick über meine Schulter. Die Tür zum Hof stand offen, und Nicholas war da. Ich verspürte so viel

Erleichterung und Freude, dass meine Knie nachgaben – und dann Entsetzen, dass auch er hier und in Gefahr war.

Joseph schloss die Hand um meinen Arm und hielt mich auf den Beinen.

Nicholas trat ganz in den Hof. Er atmete schwer, als sei er ein gutes Stück gelaufen.

»Nicholas«, sagte sie, und in diesem einen Wort lag ein ganzer Schatz, viele Jahre einer gemeinsamen Vergangenheit; ich wünschte, ich hätte alles davon verstehen können. Ich hörte Zuneigung und Resignation, Zorn und Groll, Liebe und Hass. »Oh, mein Liebling, wie traurig, dass du gerade in diesem Augenblick kommst! Ich fürchte, diesmal wird es dich wirklich das Leben kosten.«

Er sah weder mich noch Joseph an. Seine hellen Augen waren unverwandt auf sie gerichtet. »Setz allem ein Ende, Odilé! Bist du nicht müde? Sehnst du dich nicht nach dem ewigen Schlaf? Wann hat man nach so vielen Jahren und so vielen Meisterwerken genug?«

Ihre Augen verengten sich, während ihre Nasenlöcher sich weiteten. Aber ich glaubte ihr noch etwas anderes anzusehen – ein Teil von dem, was er zu ihr gesagt hatte, brachte in ihr eine Saite zum Klingen.

Nicholas fuhr fort: »Du hinterlässt doch sicher ein ausreichendes Vermächtnis.«

»Vermächtnis?« Ihr Körper schien zu pulsieren; die Flügel des Schattens an der Wand flatterten. »Ich habe kein Vermächtnis. Wer weiß schon, wer ich bin? Wer hat je von mir gehört?«

»Du hast Künstler zu unsterblichen Werken inspiriert. Byron. Keats. Schumann.« Er sprach sanft und drängend zugleich. »Was kann das noch übertreffen? Wie viel mehr kannst du wollen? Es ist an der Zeit, Odilé. Schließ dich in ein Zimmer ein. Verschling dich selbst und lass uns in Frieden. Setz allem ein Ende!«

Ich spürte, wie ein Ruck durch mich ging; mir wurde schwindelig, und ich keuchte, als zerrte etwas an meiner Seele. Als ich meinen Bruder ansah, erkannte ich, dass es ihm genauso erging.

Nicholas strauchelte; ich begriff, dass er das Gleiche wie Joseph und ich spürte, als würden uns Atem und Knochen allmählich entzogen. »Du willst das doch nicht tun, Odilé! Du willst uns nicht töten. Sperr dich selbst ein!«

»Und du glaubst, dass das allem ein Ende setzen wird?«, fragte sie in unversöhnlichem Ton. Ihre Stimme grollte ringsum und drang derart auf meine Ohren ein, dass ich dagegen ankämpfen musste, sie mir zuzuhalten. »Hast du all die Jahre in dem Glauben gelebt, dass ich mich selbst zerstören könnte?« Ihr Lachen klang wie ein Donnerschlag. »Wenn du mich einsperrst, ist das erst der Anfang, du törichter Kerl! Das Ungeheuer kann man nicht in ein Zimmer sperren oder gar vernichten. Es gibt keinen Raum, der es halten könnte.«

Sie wuchs, als wollte sie ihre Worte unterstreichen: Die Dunkelheit hüllte den Hof ein, als würde eine Flutwelle von ihr ausgehen. Der Schatten an der Wand hinter ihr war schwarz geworden, und das Gaslicht wurde von so tiefer Finsternis verschluckt, dass ich nicht hindurchsehen konnte; nur wir vier schienen gespenstisch beleuchtet zu sein. Odilé begann sich zu verwandeln: Ihr Körper bedeckte sich Windung um Windung mit edelsteingleichen, berückend schönen Schuppen, deren gleißendes Licht einen blendete – Keats' Lamia, mit Kopf und Oberkörper einer Frau auf einem Schlangenleib. Ihre Augen blitzten, ein bodenloser Abgrund, unendlich schrecklich.

»Das hier ist alles, was du bewirkt hast«, zischte das Wesen, das nicht ganz Odilé war. »Ich kann nicht umkehren. Du kannst mich nicht zerstören, Nicholas. Das kann niemand! Du hast nur ein noch schlimmeres Ungeheuer erschaffen.«

Ich klammerte mich am Marmor fest, um auf den Beinen zu bleiben. In meinem Kopf drehte sich alles, und mein Herz schlug so heftig, dass ich keine Luft mehr bekam. Joseph fiel auf die Knie; Nicholas stolperte. »Es muss doch irgendeinen Weg geben, dem ein Ende zu setzen«, beharrte er. »Nichts ist unzerstörbar! Sag mir, wie ich dich erlösen kann, dann tue ich es.«

Ihr Hals verschwamm, und das dunkle Haar, das ihr über die Schultern fiel, verfing sich an glänzenden Schuppen. »Es gibt keine Erlösung. Es muss immer eine geben.«

Nicholas wirkte verwirrt. »Eine?«

»Eine Inspiration. Eine Muse. Die Menschheit würde sich ohne die Gabe des Engels selbst zerstören.« Ihre dunklen Augen funkelten; zwischen Odilés Lippen drang eine Stimme hervor, die mich in ihrer Entsetzlichkeit betörte. Sie lachte erneut. »Die Inspiration dient dazu, die Menschheit davor zu bewahren, der Verzweiflung anheimzufallen. Es muss immer eine geben.«

Nicholas lag jetzt vor ihr auf den Knien und versuchte offensichtlich, sich an die Vernunft zu klammern. Doch ich sah, wie heftig sich ihr Sog auf ihn auswirkte – ich spürte ihn auch. Meine Gedanken waren wirr, die Welt drehte sich und verschwamm vor meinen Augen. Ich konnte nur daran denken, wie Nicholas' Haar in der Dunkelheit glänzte. Wie seltsam, dass es so leuchtete.

»Eine Inspiration«, wiederholte er flüsternd. »Meinst du damit… dass du die Gabe an jemand anderen weiterreichen kannst?«

Sie hielt den Blick unverwandt auf ihn gerichtet, und doch spürte ich, wie sie mich ansah und erbarmungslos aussaugte. »Du warst schon immer so schlau, Nicholas.«

»Lass mich das verstehen«, keuchte Nicholas. »Wenn du den Dämon weitergibst, ist er dann zufrieden und fordert nicht unseren Tod?«

»Ja. Aber warum sollte ich das tun, Chéri? Warum sollte ich Odilé für immer ablegen?«

Mein Herz raste wie wild. Joseph fasste sich an die Brust.

Nicholas erwiderte heiser: »Weil du müde bist. Weil es nichts mehr gibt, was du wollen kannst, Odilé. Du hast schon so viele inspiriert! Du weißt, wie begabt Hannigan ist. Warum solltest du ihn zugrunde richten? Was willst du denn noch?«

»Was, wenn ich dir sage, dass ich nicht den Wunsch hege, ins große Nichts zu verschwinden?«, fragte sie. »Vergessenheit steht mir nicht. Ich habe meine eigenen Wünsche noch nicht erfüllt. Warum sollte ich unbefriedigt sterben?«

»Tun wir das nicht alle?«, fragte Nicholas. »Sind wir nicht …«

»Nein.« Mein Bruder hob den Kopf. Sein Gesicht war bleich, und seine Augen wirkten dunkel, als er sie ansah. »Was, wenn ich dich befriedigen könnte? Was, wenn ich dir geben könnte, was du dir am meisten wünschst?«

Ich dachte zuerst, er würde sich über sie lustig machen, ihr die Worte aus ihren Geschichten ins Gesicht schleudern, die Worte ihres Handels.

Sie lachte. »Woher willst du überhaupt wissen, was das ist, Joseph Hannigan?«

Joseph flüsterte: »Ich könnte deinen Namen bis in alle Ewigkeit berühmt machen. Deinen! Ich kann dafür sorgen, dass die Leute sich für immer an Odilé León erinnern. Das willst du doch, nicht wahr? Das hast du schon immer gewollt.«

Sie hatte uns unerbittlich ausgesaugt – und dann tat sie es auf einmal nicht mehr. Meine Gedanken klärten sich. Ich sah wieder schärfer und erkannte, dass sie ihn konzentriert musterte, als ob sie nicht ganz glauben konnte, was er sagte, als sei er auf eine große Wahrheit gestoßen – und mir ging auf, dass es ihm tatsächlich gelungen war. Er hatte, wie immer, gesehen, was andere nie bemerkt hatten und gar nicht sehen konnten.

»Wie willst du das bewerkstelligen?«, fragte sie.

Mein Bruder erklärte selbstbewusst: »Du sagst, ich könnte der Beste von allen werden. Wenn du uns am Leben lässt, dann verspreche ich dir, tatsächlich der Beste zu werden. Ich male ein Porträt von dir, das alle Zeiten überdauern wird, und gebe ihm deinen Namen.«

Sie erstarrte – es war verstörend, einen Schlangenkörper zu sehen, der sich kein bisschen rührt. Man konnte noch nicht einmal den Pulsschlag in seinen Windungen erahnen.

Nicholas setzte hinzu: »Er ist dazu in der Lage, Odilé, und das weißt du. Er wird ein Meisterwerk malen, und ich werde dafür sorgen, dass er damit berühmt wird. Ich kenne Menschen, die ihm dabei helfen können. Sogar ohne deine Inspiration ist ihm ein großes Schicksal vorherbestimmt, und ich werde meinen Teil tun, um sicherzustellen, dass er ihm gerecht wird.«

Ich spürte ein Fünkchen Hoffnung, als ich sah, dass sie es in Erwägung zog. Aber ihre Antwort war weder an meinen Bruder noch an Nicholas gerichtet. Stattdessen sah sie mich an.

Ihre bodenlosen Augen musterten mich leidenschaftslos; ich spürte ihr Gift in meinem Herzen. »Wie kommt es, dass du mich besiegen kannst? Worin besteht deine Magie, Sophie Hannigan?«

Ich erwiderte ihren Blick, obwohl es mich all meine Willenskraft kostete, mich nicht abzuwenden. Ich spürte, dass Nicholas mich ansah, nervös, aber zugleich entschlossen und voller Hoffnung. Ich spürte seine Liebe zu mir. Ich spürte auch Josephs Liebe und zugleich die Kraft der Welt, die wir gemeinsam erschaffen hatten. »Du sagtest, das Leben habe keine Bedeutung, aber ich glaube nicht, dass das wahr sein kann. Ich glaube, ich kann deinem Leben eine Bedeutung verleihen, wenn du es zulässt. Joseph wird dich malen, Nicholas wird ihm helfen, den Ruhm zu erlangen, den er verdient hat, und ich … ich werde der ganzen Welt deine Geschichte erzählen. Ich werde daraus eine von Venedigs besten und langlebigsten Legenden machen. Ich werde sie auf anderen Kontinenten erzählen und nie damit aufhören.«

Odilé schwieg. Die Geräusche der venezianischen Nacht drangen zu uns – das Klatschen eines Ruders, die leisen Klänge des Lieds, das ein Gondoliere in der Ferne sang –, so gewöhnlich, dass sie märchenhaft, sündhaft und schrecklich zugleich wirkten.

»Ist das nicht genug, Odilé?«, fragte Nicholas leise. »Oder wären dir weitere zweihundert Jahre voller Enttäuschungen lieber?«

Ich hatte den Eindruck, in ihren Augen mehrere Menschenalter vorüberziehen zu sehen. Reue und Kummer und Freude, aber vor allem Erschöpfung und Erleichterung. Und ich wusste schon, wie ihre Antwort lauten würde, bevor sie sagte: »Ich nehme dein Angebot an.«

Mein Bruder sank dankbar in sich zusammen. Nicholas lächelte.

Der Juwelenglanz ihres Schlangenleibs blendete mich. Ich spürte ihren Lockruf so stark wie eh und je, die Versuchung und die Bezauberung. Selbst in dieser entsetzlichen Gestalt war sie noch wunderschön.

Ihre Stimme klang zischelnd und hohl und schien in mich einzudringen, als wäre sie mein eigener Puls. »Nun denn … Wer von euch nimmt die Gabe an? Es muss immer eine von uns geben.«

KAPITEL 50

Nicholas

ICH WAR SO UNENDLICH ERLEICHTERT ÜBER ODILÉS ZUSTIMMUNG, dass ich einen Augenblick brauchte, um zu verstehen, was sie eigentlich zu bedeuten hatte: dass einer von uns ihren Platz einnehmen musste. Zu dieser grauenvollen Erkenntnis kam noch eine weitere, als ich sah, wie Sophie sich wie von einem Zauber angezogen erhob. Neben mir schrie Hannigan auf: »Sophie, nein!«

In ihren Augen stand Entschlossenheit – und noch etwas anderes als das. Ich sah wieder die Verzweiflung, die ich ihr schon in meinem Schlafzimmer angemerkt hatte, als sie mir erzählt hatte, wie ihre Narben entstanden waren.

»Nein«, sagte ich leise, und als sie mich ansah, empfand ich Schmerz und Freude zugleich. »Das nicht, Sophie! Es ist dir nicht bestimmt.«

»Du verstehst das nicht«, sagte sie.

»Sie ist es müde, im Schatten zu leben. Ist das nicht so, Chérie?«, flüsterte Odilé, und ihre Stimme war trotz des leisen Schlangenzischens verführerisch wie eh und je. »Was sie sich wünscht, ist, ein Zimmer zu betreten und von den Menschen wahrgenommen zu werden. Sie will nicht neben ihrem Bruder verblassen. Sie möchte nicht wieder die zweite Geige spielen. Das willst du doch, nicht wahr? Sag ihnen, was du dir am meisten wünschst, Sophie. Sag ihnen, wer du wirklich bist!«

»Sophie«, sagte ich verzweifelt, »du spielst nicht die zweite Geige. Nicht für mich und auch nicht für Joseph. Du bist alles, begreifst du das nicht? Du hast das hier nicht nötig. Tu es nicht!«

Sophie sagte knapp: »Irgendjemand muss es tun, und …«

»Dann lass es mich sein«, fiel Hannigan ihr ins Wort. Er eilte auf Odilé zu und streckte ihr die Hand hin. »Ich nehme die Gabe an. Sofort. Verleih sie mir.«

Sophie packte ihn an der Schulter und riss ihn zurück. »Mach dich nicht lächerlich, Joseph! Das wäre auch nicht besser als der Handel.«

Die Luft um Odilé herum pulsierte. Ich spüre das Hämmern meines Herzens, auf das sich ihr Sog auswirkte, bis in die Muskeln.

Es erschien mir, als würde das Bild vor mir erstarren – Hannigan, der Odilés Lamia die Hand bot; Sophie, die entsetzt zusah und seinen Arm umklammert hielt –, und in diesem Augenblick überkam mich eine Klarheit, die war, als würde die Welt aufreißen. Ich hatte es schon immer gewusst, obwohl ich mich geweigert hatte, es einzusehen: Die Annahme, dass mein Talent mir Ruhm hätte einbringen können, wenn Odilé es nicht zerstört hätte, war absurd. Hatte sie mir das nicht schon längst gesagt? Auf jener Straße in Florenz… *Du hast nicht genug Talent, die Welt zu verändern.* Ich hatte es damals schon gewusst, war aber entschlossen gewesen, einen Sündenbock für meinen eigenen Mangel an Begabung zu finden und an eine Lüge zu glauben, die bequemer war als die Wahrheit. Doch die Inspiration war längst zu mir zurückgekehrt, nicht wahr? Sophie und die Liebe hatten mir wiedergegeben, was ich für verloren gehalten hatte.

Ich dachte an das, was Sophie über ihren Bruder gesagt hatte. *Ich kann ohne ihn nicht leben.* Und ich wusste, dass es zutraf – Odilé konnte keinen der beiden erwählen, ihren Platz einzunehmen, weil die Zwillinge zu eng miteinander verbunden waren. Es musste immer einen geben, hatte sie gesagt. Was verhindert hatte, dass der Handel besiegelt wurde, würde auch dem hier im Weg stehen.

Ich musste es sein.

Wenn ich die Gabe nicht annahm, würden wir alle sterben. Joseph Hannigans Begabung würde nicht mehr da sein und Sophies auch nicht. Die Worte aus Sophies Nachricht senkten sich tief in mich herab. Ich liebe dich.

Ich trat vor. Es war mein erste völlig selbstlose Tat – es war das Einzige, was ich tun konnte, um die Frau zu retten, die ich liebte, und ich dachte – und hoffte –, dass es vielleicht einen Unterschied machen würde, dass ich die Gabe nicht aus Gier, sondern aus Liebe annahm. »Du kannst die beiden nicht erwählen. Die Gabe gehört mir, Odilé, das weißt du so gut wie ich.«

Sophie schrie so voller Trauer und Bestürzung auf, dass es mir das Herz zerriss. Ihr Bruder sagte schneidend und zugleich verzweifelt: »Nein, Dane. Um Sophies willen, tun Sie es nicht.«

Aber ich tat es ja gerade um ihretwillen.

»Ein Mann.« Odilé ignorierte sie beide, und ich zwang mich, das Gleiche zu tun. »Ja, warum nicht? Ein Inkubus als Muse. Ich glaube, es ist an der Zeit, dass auch Frauen berühmt werden.«

Sie sah mir in die Augen. Vor mir stand die Dämonin, die ich über die Toten hatte kriechen sehen. Vor mir stand die Summe aller meiner Albträume. Aber vor mir stand auch jene Odilé, die ich einmal geliebt hatte, und ich spürte das Band zwischen uns – sieben Jahre Verfolgung, sieben Jahre Unfreiheit. Symmetrie, wie sie so gern sagte. Ich war bereit, alles zu Ende zu führen, und ich glaube, ihr ging es genauso.

»Es muss immer einen geben«, sagte sie erneut zu mir, und ihr Schlangenleib ringelte sich. »Und du hast jedes Mal drei Jahre Zeit, deine Wahl zu treffen.«

»Ich verstehe«, sagte ich.

»In meinem Schlafzimmer steht eine Truhe. Darin findest du alles, was ich weiß.« Sie lächelte sanft. Ihr Blick ruhte kurz auf Sophie und Joseph, bevor er sich wieder mir zuwandte. »Ich dachte, es gäbe nichts Neues auf der Welt. Wie seltsam es ist, festzustellen, dass ich mich geirrt habe.«

Ich spürte die Last ihres Blicks und damit zugleich das Eingeständnis, dass die letzten sieben Jahre nicht bedeutungslos gewesen waren – dass ich ein würdiger Gegner gewesen war. Dass ich trotz allem wichtig gewesen war.

»Hast du ein Messer?«, fragte sie.

Ich griff in meine Manteltasche und zog das Messer hervor, das ich immer bei mir trug. »Es ist ziemlich klein.«

»Es ist groß genug.« Sie streckte die Hand aus, packte mich am Arm und zog mich so nah an sich heran, dass ihr Schlangenleib sich um meine Füße legte – die gleiche Form würde nun ich annehmen. Es war meine letzte Gelegenheit abzulehnen. Ich warf einen Blick auf Sophie, die untröstlich wirkte.

»Nicholas«, flüsterte sie.

Ich beachtete weder sie noch den Schmerz in meinem Herzen.

Odilé sagte: »Was wünschst du dir am meisten, Nicholas?«

»Wichtig zu sein«, antwortete ich.

Sie lächelte. Dann flüsterte sie mir ins Ohr: »Halt dein Versprechen! Mach Joseph berühmt. Ich will, dass die Welt meinen Namen kennt!«

»Das werde ich«, schwor ich.

Sie wich zurück und sah mir unverwandt in die Augen. In ihren war das Grau von der Dunkelheit verschlungen worden, und alles, was wir einander gewesen waren, wirbelte durch ihre Tiefen. »Leb wohl, Chéri.«

Ich rammte ihr das Messer in die Brust und hörte sie vor Schmerz ein wenig aufkeuchen; ich sah ihre Erleichterung und Dankbarkeit.

Dann erschlaffte sie in meinen Armen, und ich spürte den Übergang wie eine Flutwelle: Eine Energie, die alles überstieg, was ich je erlebt hatte, durchströmte mich. Ich schrie auf, ließ sie unwillkürlich los, brach neben ihr auf dem Marmorboden zusammen und beobachtete, wie sie sich wieder in die Frau verwandelte, die ich einmal geliebt hatte, die schöne Odilé – und zugleich spürte ich, wie das Ungeheuer in mir zum Leben erwachte.

KAPITEL 51
DEZEMBER 1879
Sophie

Es schneite. Die Marmorengel von Santa Maria della Salute waren durch das Schneegestöber nur schwach und gespenstisch auszumachen, und die sonst so durchscheinenden Kuppeln wirkten, als wären sie von den gefallenen Schwungfedern himmlischer Heerscharen bedeckt, die ihr Loblied herausposaunten. Beiderseits der Kirche wirkten die Balkone und Dächer der Palazzi, als wären sie wie Süßigkeiten mit Zuckerguss überzogen. Der Canal Grande unter uns zeigte ein undurchdringliches Grün, und der Schnee, der hineinfiel, vermischte sich damit wie die Farben auf Josephs Palette, ein Hauch von Weiß mit klarem Smaragdton. Die Gondeln waren nicht mehr als flüchtige Schatten. Die Stille, die sich über die Welt herabgesenkt hatte, war sogar über den Gesprächslärm in der Casa Alvisi hinweg zu hören, als wäre Venedig mehr denn je zu einer verzauberten Stadt geworden, die es nur in einem Märchen gab.

Aber so war es ja auch, nicht wahr? Für mich war es stärker als je zuvor so.

»… und dann setzte die Stadt wieder ihre alltägliche Maske auf«, sagte ich zu dem Grüppchen von Zuhörern, das sich um mich geschart hatte, und führte so die Geschichte zu Ende, die ich schon seit einer Stunde erzählte. »Die Öllampen in den Eckschreinen wurden entzündet wie immer, die Ratten stibitzten Stücke der Opfergaben, die für die Heiligen zurückgelassen worden waren, die Katzen schlichen mit spöttisch erhobenen Schwänzen vorbei. Es war, als wäre nichts geschehen, als hätte nichts sich verändert. Der Schleier schwebte herab, und niemand bis auf die drei wusste, was wirklich darunter lag und welch seltsame Zauber es außerhalb der menschlichen Wahrnehmung gab.«

Ich hatte die Stimme zuletzt zu einem Flüstern gesenkt, und einen Atemzug lang – für einen ganz kurzen Augenblick – breitete sich die Schneefallstille von Venedig über unsere kleine Runde, und die Gespräche im Nebenzimmer schienen zu verklingen.

Frank Duveneck war der Erste, der aufsprang. »Wunderbar!«, sagte er und klatschte Beifall. »Mein Gott, Miss Hannigan, sie verstehen sich wirklich aufs Erzählen! Sie bringen mich fast dazu zu glauben, dass es so etwas wie unsterbliche Sukkubi gibt!«

Der Kartograf neben ihm lachte. »In der Tat! Es ist eine Schande, Hannigan – warum haben Sie uns nicht schon längst verraten, dass Ihre Schwester solch eine brillante Geschichtenerzählerin ist?«

Wir sahen alle zu meinem Bruder hinüber, der neben dem Gemälde stand, das auf dem Ehrenplatz in der Sala ausgestellt war. Joseph lächelte und zwinkerte, und mein Herz quoll vor Liebe zu ihm über. »Sophie war bisher nur schüchtern. Ich habe sie erst kürzlich davon überzeugen können, Ihnen allen zu zeigen, was ich schon immer wusste.«

Duvenecks Blick wandte sich dem Gemälde zu. »Gab es sie wirklich? Ist die Frau auf Ihrem Bild tatsächlich der Sukkubus aus der Geschichte?«

Ich fragte mich, ob ich die Einzige war, die die Trauer in den Augen meines Bruders wahrnahm, als er erwiderte: »Das ist doch gerade das Schöne an einer Geschichte, nicht wahr? Selbst zu entscheiden, für wie wahrheitsgetreu man sie halten möchte.«

Das Gemälde war ein Meisterwerk, ganz wie Odilé es vorhergesehen hatte. Joseph hatte zu mir gesagt: »Ich will, dass es ihrer würdig ist, Soph.« Und es war ihrer würdig. Es war herausragend – eine Frau stand in der Tür zu einem Schlafzimmer und warf einen Blick über ihre Schulter, während sie Anstalten machte, ihr Haar herunterzulassen, und in der Dunkelheit hinter ihr lockten die Dämonen. Ein Geist im wirbelnden Hemd. Ein Ungeheuer mit feurigen Augen. Ein Engel, der bisweilen zum Teufel wurde; es kam ganz auf den Lichteinfall an. *Odilé León, Inamorata* – so hatte Joseph das Gemälde genannt. Seit einer Woche versammelten sich nun schon jeden Abend Kritiker davor, lobten ihn in höchsten Tönen und machten sich aufgeregt Notizen. Als Nächstes würde es dank Nicholas' Beziehungen im Pariser Salon ausgestellt werden.

»Wie lebensvoll Sie die Frau doch abgebildet haben«, sagte Duveneck. »Ich kann mir fast vorstellen, dass ich warme Haut spüren würde, wenn ich den Leberfleck auf ihrem Rücken küssen würde. Welch ein verführerischer Makel!«

Der Kartograf sagte: »Erst die Makel machen wahre Schönheit aus, finden Sie nicht, Duveneck? Symmetrie ist langweilig.«

»Der Makel hat mich inspiriert«, sagte Joseph leise mit einem Lächeln, das nur mir allein galt.

»Wenn es sie wirklich gibt, würde ich jedenfalls meine Seele dafür verkaufen, sie kennenzulernen. Wo ist sie?«, fragte der Kartograf.

»Sie hat sich in Rauch aufgelöst und ist davongeweht, so wie ich es Ihnen erzählt habe«, antwortete ich.

Sie lachten alle. Es war schließlich nur eine Geschichte. Solche Abmachungen kamen nur in Legenden vor, die man sich am besten an kalten Winterabenden bei ein paar Gläsern Wein erzählte. In Trunkenheit und Träumen gewirkte Zauber, unerklärlich, unmöglich. Schichten unterhalb der Oberfläche der Welt, die wie der Engelsdämon auf Josephs Gemälde nur bei einer bestimmten Beleuchtung sichtbar wurden.

Der Kartograf fragte: »Erzählen Sie uns morgen noch eine Geschichte? Ihre Erzählungen sind mittlerweile der einzige Grund dafür, dass ich diesen Salon besuche, Miss Hannigan, also müssen Sie mir versprechen, hier zu sein.«

Ich nickte lächelnd und entgegnete, dass ich natürlich da sein würde, denn wo hätte ich sonst sein sollen? Ich musste zugeben, dass die Aufmerksamkeit mir zu Kopfe stieg, und ich genoss es, meine Geschichten vor Publikum zu erzählen. Joseph und ich waren schließlich nicht die Einzigen, die eine Vergoldung dieser grausamen, hässlichen Welt brauchten, und es gefiel mir, dass die Art, wie ich alles ausmalte, in ihren Herzen, Gedanken und Träumen nachwirkte.

Als die anderen nach und nach in der Menge verschwanden, kam Joseph zu mir, hockte sich hinter meinen Stuhl und ließ das Kinn auf meiner Schulter ruhen, sodass sein dichtes Haar meine Wange streifte. »Sie glauben es fast.«

»Manchmal glaube ich es fast nicht mehr«, sagte ich nachdenklich. »Aber es hat sich so echt angefühlt, nicht wahr?«

»Das tun deine Geschichten immer«, antwortete er.

Und inzwischen fühlte es sich wirklich wie eine Geschichte an, etwas, das ich mir ausgedacht hatte, aus dem Nichts heraufbeschworene Worte. Odilé kam mir manchmal wie eine Lichtspiegelung vor – ihr Lachen, die Edelsteine, die an ihrer Kehle gefunkelt hatten, der Schlangenleib und das rote Blut auf ihrer Brust, als Nicholas das Messer daraus hervorgezogen hatte. Sie huschte in mein Blickfeld und wieder hinaus wie ein Geist, obwohl ich doch mit angesehen hatte, wie sie von uns gegangen war, und wusste, dass sie nicht mehr da war. Ich hatte erlebt, wie sie zu Rauch in der Farbe ihrer Augen geworden und mit einem plötzlichen Windstoß durch den Hof davongetrieben war, während wir wie betäubt zugesehen hatten. Und dann hatte Nicholas den Kopf gehoben und seufzend gesagt: »Na, das war's dann. Es ist vollbracht.« Joseph hatte dem Rauch mit so mitfühlendem Blick nachgesehen, dass ich hatte weinen wollen. Dann hatte er geblinzelt und Nicholas aufgeholfen, und sie hatten sich gegenseitig auf die Schulter geschlagen, wie Kameraden, wie Brüder.

Sie waren zu mir gekommen, und Nicholas hatte mich in die Arme geschlossen, und sobald er mich berührt hatte, hatte ich den Sog seines Hungers gespürt – so rein und süß, so verlockend. Die Sehnsucht danach hatte mich übermannt, und ich hatte erkannt, dass Joseph genau das Gleiche bei Odilé empfunden hatte. Aber Nicholas war zurückgescheut und hatte geflüstert: »Nein. O nein!«

Da hatte ich es gewusst, genau wie er. Ich hatte es so genau gewusst, wie ich den Herzschlag meines Bruders kannte. Nicholas hatte seine Wahl getroffen so wie ich meine. Er hatte die Gabe angenommen, um sowohl Joseph als auch mich zu retten, und dadurch hatte er unmöglich gemacht, dass je etwas zwischen uns sein würde. Denn er war ein Inkubus, und schon seine Berührung raubte mir alles. Er liebte mich, und weil er auch meinen Bruder liebte und wir beide ihn liebten, konnte er an der Mauer vorbeigelangen, in die Odilé nie eine Bresche hatte schlagen können. Wir hätten gar nicht anders gekonnt, als ihn einzulassen, und sein Hunger hatte sich von der Begabung genährt, von der ich ihm gegenüber einst behauptet hatte, ich hätte sie nicht, und mich geschwächt und keuchend zurückgelassen.

Jetzt murmelte Joseph, als ob er wusste, woran ich mich erinnerte: »Nicht, Soph. Denk nicht daran.« Die Worte, die wir benutzten, um alle Gespenster und alles Leid zu verscheuchen.

Ich wischte mir die Augen und sagte: »Nein. Natürlich nicht.«

Joseph erstarrte plötzlich. Dann sagte er leise: »Er ist hier. Er ist gerade gekommen.«

Ich weiß nicht, woher er es wusste. Irgendeine Verbindung zwischen ihnen, ein Verständnis, das sich herausgebildet hatte – zwischen zweien, die in ihrem Bann gestanden hatten, die sie gefangen gehalten hatte –, noch ein Band, das geschmiedet war, um uns drei für immer aneinander zu binden.

Ich spürte einen Schauer der Vorfreude und schaute gerade noch rechtzeitig auf, um zu sehen, wie Nicholas die Sala betrat. Ich bemerkte, wie andere stehen blieben und sich umdrehten, um ihn zu beobachten. Er war immer gut aussehend gewesen, aber nun war er schön, als würde ein Licht aus ihm hervorstrahlen, die Helligkeit eines Engels, sodass die Welt um ihn herum zu verblassen schien, während er im Mittelpunkt stand. Unwiderstehlich. Odilé in männlicher Gestalt. Er bezauberte alle, wohin er auch ging. Er kam ins Zimmer spaziert, als würde es ihm gehören. Katharine Bronson saß auf ihrer Chaiselongue, und als sie ihn sah, winkte sie ihn zu sich heran. Eine Frau saß neben ihr, eine gewisse Constance Woolson; ich hatte ihren Namen vorhin gehört. Ich sah zu, wie Nicholas auf sie zuging und sich über ihre Hand beugte, und erkannte, wie sehr sie schon in seinem Bann stand. Ich malte mir aus, zu spüren, wie ihr Herz einen Sprung machte.

»Sieh dir nur an, wie gut er ist. Sie gehört jetzt schon ihm«, flüsterte ich, und der Schmerz in meiner Brust wurde stärker.

Joseph küsste mich auf die Wange. »Ja. Aber er wird immer dein sein, Soph.«

Das war er; ich wusste es.

»Ich liebe dich, Sophie«, hatte er gesagt. »Ich werde dich immer lieben. Was du auch von mir verlangst, es gehört dir – abgesehen davon, dich zu zerstören. Das tue ich unter keinen Umständen.«

Nicholas schaute auf. Sein Blick richtete sich unbeirrbar auf mich. Er hob die Finger an die Lippen und warf mir eine Kusshand zu, und ich glaubte zu spüren, der Kuss schwebe durch die Luft und streife meine Haut. Eine federleichte Berührung, unerträglich warm.

Joseph legte den Arm um mich und zog mich eng an sich. Er begrub das Gesicht in meiner Halsbeuge, als wollte er meinen Duft einsaugen. Ich spürte seine Lippen an meiner Kehle, als er flüsterte: »Sag mir, dass du es nicht bereust.«

Ich dachte an alles, was mein Bruder für mich getan hatte, das Opfer, das er gebracht hatte. Ich dachte daran, wie verloren ich mich ohne ihn gefühlt hatte, und die Wahrheit, die ich Odilé und Nicholas gegenüber ausgesprochen hatte – dass ich ohne ihn nicht leben konnte. Ich dachte an den Blick, den Nicholas uns beiden geschenkt hatte, bevor er vorgetreten war und gesagt hatte: *Die Gabe gehört mir, Odilé, das weißt du so gut wie ich.* An die Trauer, die ich empfunden hatte, als er es gesagt hatte, und auch an die Erleichterung. Die schreckliche Erleichterung, die verräterischer als alles andere war.

Manche Dinge kann selbst ein Märchen nicht beschönigen.

»Ich bereue es nicht«, sagte ich jetzt zu Joseph. Ein Echo anderer Geständnisse, die immer gleich Antwort, ob es nun um Edward Roberts, um Miss Coring oder sonst jemanden ging, der sich zwischen uns gestellt hatte. Und es traf zu: Ich bereute es nicht. Aber ich wusste jetzt, dass Odilé vielleicht recht gehabt hatte, als sie gesagt hatte, dass Joseph und ich uns zu sehr an die Vergangenheit klammerten und einander ebenso sehr behinderten wie beschützten. Mit Nicholas zusammen zu sein hatte mir gezeigt, dass es nicht immer so sein musste: Joseph war zwar untrennbar mit mir verbunden, aber er musste für mich nicht alles sein. Ich konnte auch etwas haben, das nur mir gehörte.

Ich spürte den Kuss meines Bruders unmittelbar unter meinem Ohr. Auf der anderen Seite des Raums sah ich Nicholas bekümmert lächeln.

Mir wurde klar, dass das hier der Beginn einer anderen Geschichte war, einer neuen Erzählung, die ich bis zum Ende verfolgen und der Sammlung hinzufügen musste, die ich für meinen Bruder, für mich selbst und für Odilé ersonnen hatte. Und vielleicht würde auch diese zu einer Legende werden, die die Gondolieri den Reisenden erzählen konnten, zu einem Märchen, das uns zeigt, dass es möglich ist, das Böse und die Verzweiflung zu überwinden, zu einem Wegweiser, der einen auf einer Brücke aus dem allerzartesten gesponnenen Gold über einen Abgrund führt. Ich dachte an die Geschichten, die Odilé erzählt hatte, und wusste, dass meine besser waren – meine hatten aus ihrem Leben etwas Edles und Erhabenes gemacht. Siehst du, Odilé? Ich habe dir doch noch eine Bedeutung verliehen.

Ich hatte das Gefühl, sie zur Antwort lachen zu hören, als sie in den Schatten und im Reich der Legende verschwand und sich wie Rauch im sanft fallenden Schnee auflöste.

DANKSAGUNG

Ich danke Courtney Miller, Terry Goodman und meinem Autorenteam bei Amazon, die in so vielerlei Hinsicht wunderbar sind. Ich empfinde es als echtes Privileg, Sie alle zu kennen und mit Ihnen zusammenzuarbeiten. Außerdem danke ich wie immer Kim Witherspoon, Allison Hunter, Nathaniel Jacks und allen bei Inkwell, die mir alles sehr erleichtern. Ich schulde Kristin Hannah großen Dank – immer und für immer, aber insbesondere für dieses Buch –, weil sie von Anfang an so stark daran geglaubt hat, selbst als ich ins Schwimmen geriet. Vielen Dank auch an Suzanne Droppert und alle bei Liberty Bay Books in Poulsbo, Washington, die so begeistert auf meinen Zug aufgesprungen sind; ich weiß das wirklich zu schätzen. Meine Familie war in einigen äußerst schweren Zeiten mit ihrer Unterstützung und ihrer Liebe sehr großzügig – ich hoffe, ihr wisst alle, wie wichtig ihr mir seid. Und natürlich könnte ich es ohne Kany, Maggie und Cleo nicht schaffen. Für sie lohnt sich alles.

QUELLEN

Die Bibel nach der Übersetzung Martin Luthers. Durchgesehene Ausgabe in neuer Rechtschreibung, Stuttgart, Deutsche Bibelgesellschaft, 1999.

Institoris, Heinrich, und Jakob Sprenger: *Der Hexenhammer*. Drei Teile, übersetzt von J. W. R. Schmidt, Berlin/Leipzig, Verlag Hermann Barsdorf, 1923; https://de.wikisource.org/wiki/Der_Hexenhammer_(1923).

Keats, John: *Lamia*, in: John Keats: *Gedichte*. Auswahl, übersetzt von Gisela Etzel, Leipzig, Insel Verlag, 1910, S. 104–126; http://www.zeno.org/Literatur/M/Keats,+John/Lyrik/Gedichte+(Auswahl).

Shelley, Percy Bysshe: *Die Zauberin des Atlas*, in: *Percy Bysshe Shelley's Poetische Werke in einem Bande*, übersetzt von Julius Seybt, Leipzig, Verlag Wilhelm Engelmann, 1844, S. 305–312; https://books.google.de/books?id=loiDAAAAIAAJ.

Thackeray, William Makepeace: *Jahrmarkt der Eitelkeit*. 2 Bände, übersetzt von Christoph Friedrich Grieb, Berlin, Rütten & Loening, 1964; http://www.zeno.org/Literatur/M/Thackeray,+William+Makepeace/Roman/Jahrmarkt+der+Eitelkeit?hl=jahrmarkt+der+eitelkeit.

6281530R00299

Printed in Germany
by Amazon Distribution
GmbH, Leipzig